IRVIN D. YALOM

Stanford Üniversitesi Tıp Fakültesi psikiyatri bölümünde ders veriyor. *The Theory and Practice of Group Psychotheraphy* (Grup Psikoterapisi: Teorisi ve Pratiği), *Existential Psychotherapy* (Varoluşsal Psikoterapi) ve *Inpatient Group Psychotherapy* (Hastanede Grup Psikoterapisi) ders kitaplarının yazarı; ayrıca *Every Day Gets a Little Closer* (Her Gün Biraz Daha Yaklaşıyor) ve *Encounter Groups: First Facts* (Karşılaşma Grupları: İlk Olgular) kitaplarının yazarlarından biri. *Love's Executioner and Other Tales of Psychotherapy* (*Aşkın Celladı*, Çev. Handan Saraç, Remzi Kitabevi, 1995) kitabı da 1990'da yayımlandı. Nietzsche aracılığı ile varoluşun kader, inanç, hakikat, huzur, mutluluk, acı, özgürlük, irade... ve neden, nasıl gibi en önemli duraklarından söz eden *When Nietzsche Wept* (*Nietzsche Ağladığında,* Çev. Aysun Babacan, Ayrıntı Yayınları, 1996) adlı romanı ise büyük ilgi gördü.

Ayrıntı: 213
Edebiyat dizisi: 73

Divan
Irvin D. Yalom

İngilizceden çeviren
Özden Arıkan

Yayıma hazırlayan
Elif Özsayar

Kitabın özgün adı
Lying on the Couch

Harper Perennial/1996
basımından çevrilmiştir.

Kapak illüstrasyonu
Sevinç Altan

Kapak düzeni
Arslan Kahraman

Düzelti
Sibel Türkmenoğlu

Baskı ve cilt
Mart Matbaacılık Sanatları Ltd. Şti. Tel: (0 212) 212 03 39-40

Birinci basım *1998*
İkinci basım *1998*
Üçüncü basım *1999*
Dördüncü basım *2000*

ISBN 975-539-199-1

AYRINTI YAYINLARI
Dizdariye Çeşmesi Sk. No: 23/1 34400 Çemberlitaş-İstanbul Tel: (0 212) 518 76 19 Faks: (0 212) 516 45 77

Irvin D. Yalom

Divan

AYRINTI

E D E B İ Y A T D İ Z İ S İ

GÜLÜNESİ AŞKLAR/*Milan Kundera* ➶ KALECİNİN PENALTI ANINDAKİ ENDİŞESİ/*Peter Handke* ➶ YÜZBAŞI VE KADINLAR TABURU/*Mario Vargas Llosa* ➶ BİZ/*Yevgeni Zamyatin* ➶ KESİK BİR BAŞ/*Iris Murdoch* ➶ YENİ TANRILAR/*Alberto Vasquez-Figueroa* ➶ İNFAZA ÇAĞRI/*Vladimir Nabokov* ➶ EVET AMA, BİR LOKOMOTİF BUNU YAPABİLİR Mİ BAKALIM?/*Woody Allen* ➶ ÇALI HOROZU/*Michel Tournier* ➶ BANYO/*Jean-Philippe Toussaint* ➶ BALKON/*Jean Genet* ➶ GÜNEŞ İMPARATORLUĞU/*J.G. Ballard* ➶ BEYAZ ZENCİLER/*Ingvar Ambjörnsen* ➶ SİYAH MADONNA/*Doris Lessing* ➶ KAPANDA ÜÇ KAPLAN/*G. Cabrera Infante* ➶ ZAMANIN KIYISINDAKİ KADIN/*Marge Piercy* ➶ ANARŞİNİN KISA YAZI/*Hans Magnus Enzensberger* ➶ FOTOĞRAF MAKİNESİ/*Jean-Philippe Toussaint* ➶ GÜLÜN GÜNLÜĞÜ/*Ursula K. LeGuin* ➶ HOTEL DU LAC/*Anita Brookner* ➶ AZİZLER ve ÂLİMLER/*Terry Eagleton* ➶ VEDA YEMEĞİ/*Michel Tournier* ➶ ORLANDO/*Virginia Woolf* ➶ UTANÇ BİTTİ/*Anja Meulenbelt* ➶ YAKIN GELECEĞİN MİTOSLARI/*J. G. Ballard* ➶ KARANLIĞIN SOL ELİ/*Ursula K. LeGuin* ➶ AĞ/*Iris Murdoch* ➶ WATT/*Samuel Beckett* ➶ EKOTOPYA/*Ernest Callenbach* ➶ GECEYİ ANLAT BANA/*Djuna Barnes* ➶ İNSAN POSTUNA BÜRÜNMÜŞ KÖPEK/*Ingvar Ambjörnsen* ➶ CUMA/*Michel Tournier* ➶ AFRODİT'İN BAŞKALDIRISI/*Lawrence Durrell* ➶ GÜNDELİK MUTLULUĞA ALIŞMA/*Anja Meulenbelt* ➶ MURPHY/*Samuel Beckett* ➶ MASAL MASAL İÇİNDE/Khimaira/*John Barth* ➶ ZEN VE MOTOSİKLET BAKIM SANATI/*Robert M. Pirsig* ➶ PARFÜMÜN DANSI/*Tom Robbins* ➶ SINIRSIZ RÜYALAR DİYARI/*J. G. Ballard* ➶ FRANSIZ TEĞMENİN KADINI/*John Fowles* ➶ BEYAZ OTEL/*D.M. Thomas* ➶ MYRA/*Gore Vidal* ➶ DALGALAR/*Virginia Woolf* ➶ ATLANTİK ÖTESİ/*Witold Gombrowicz* ➶ HAYRANLIK/*Anja Meulenbelt* ➶ FERDYDURKE/*Witold Gombrowicz* ➶ MELEKLER ZAMANI/*Iris Murdoch* ➶ PAULINA 1880/*Pierre Jean Jouve* ➶ EŞEKARISI FABRİKASI/*Iain Banks* ➶ ROCK LANETİ/*Iain Banks* ➶ KAYIP ZAMAN/*Anja Meulenbelt* ➶ SENİ İÇİME GÖMDÜM/*Andrew Jolly* ➶ BAŞTAN ÇIKARICININ GÜNLÜĞÜ/*Sören Kierkegaard* ➶ KONFİDENZ/*Ariel Dorfman* ➶ ALTIN DAMLA/*Michel Tournier* ➶ BİR GARİP VAKA: MATMAZEL P./*Brian O'Doherty* ➶ NIETZSCHE AĞLADIĞINDA/*Irvin D. Yalom* ➶ KIZILAĞAÇLAR KRALI/*Michel Tournier* ➶ AİLEDE BİR ÖLÜM/*James Agee* ➶ KUTSAL BÖLGE/*Carlos Fuentes* ➶ KALPSİZ AMANDA/*Jurek Becker* ➶ 62-Maket Seti/*Julio Cortázar* ➶ ÇARPIŞMA/*J.G. Ballard* ➶ ÜÇLEME-Molloy-Malone Ölüyor-Adlandırılamayan/*Samuel Beckett* ➶ DUR BİR MOLA VER!/*Tom Robbins* ➶ HIRSIZIN GÜNLÜĞÜ/*Jean Genet* ➶ KÜÇÜK DEĞİŞİMLER/*Marge Piercy* ➶ LILA/*Robert M. Pirsig* ➶ ERGİNLİK YAŞI/*Michel Leiris* ➶ AŞKSIZ İLİŞKİLER/*Samuel Beckett* ➶ ESİRGEYEN GÖKYÜZÜ/*Paul Bowles* ➶ YALANCI JAKOB/*Jurek Becker* ➶ DİVAN/*Irvin D. Yalom* ➶ PORNOGRAFİ/*Witold Gombrowicz* ➶ MERCIER İLE CAMIER/*Samuel Beckett* ➶ BİR ERKEĞE NASIL TECAVÜZ EDİLİR?/*Märta Tikkanen* ➶ /BENDENİZ VE MARCO POLO/*Paul Griffiths* ➶ DOĞMAMIŞ KRİSTOF/*Carlos Fuentes* ➶ RÜYA SAKİNLERİ/*Iris Murdoch* ➶ HİÇ İÇİN METİNLER ve Uzun Öyküler/*Samuel Beckett* ➶ DUYGU YOLCULUĞU/*Laurence Sterne* ➶ BETTY BLUE/*Philippe Djian* ➶ AĞAÇKAKAN/*Tom Robbins* ➶ ANARŞİST/*Tristan Hawkins* ➶ BAKAKAİ/*Witold Gombrowicz* ➶ PORTNOY'UN FERYADI/*Philip Roth* ➶ $10^{1/2}$ BÖLÜMDE DÜNYA TARİHİ/*Julian Barnes* ➶ SUNİ TENEFFÜS/*Ricardo Piglia* ➶ MANŞ ÖTESİ/*Julian Barnes* ➶ ADA/*Aldous Huxley* ➶ GÜLÜN MUCİZESİ/*Jean Genet* ➶ MÖSYÖ/*Jean-Philippe Toussaint* ➶ ÇİÇEKLERİN MERYEM ANASI/*Jean Genet*

H A Z I R L A N A N K İ T A P L A R

BAŞUCU OĞLANI/*Alison Fell* ➶ KARA PRENS/*Iris Murdoch* ➶ SENİ SEVMİYORUM/*Julian Barnes* ➶ GÖKTAŞLARI/*Michel Tournier* ➶ YOL AYRIMINDAKİ AYDIN: BENJAMIN/*Joy Parini*

Geleceğe – Lily, Alana, Lenore, Jason.
Ömrünüz mucizelerle dolsun.

TEŞEKKÜR

Psikiyatriden edebiyata yaptığım tehlikeli yolculukta birçoklarının yardımı dokundu bana: John Beletsis, Martel Bryant, Casey Feutsch, Peggy Gifford, Ruthellen Josselson, Julius Kaplan, Stina Katchadourian, Elizabeth Tallent, Josiah Thompson, Alan Rinzler, David Spiegel, Saul Spiro, Randy Weingarten, poker oynadığım çocuklar, Benjamin Yalom ve Marilyn Yalom (o olmasaydı çok daha huzur içinde yazacaktım bu kitabı). Hepsine sonsuz teşekkürler.

Giriş

ERNEST psikoterapist olmaktan çok memnundu. Her geçen gün hastaları, hayatlarının en mahrem kuytularına davet ediyorlardı onu. Her geçen gün Ernest onları rahatlatıyor, onlara şefkat gösteriyor, umutsuzluklarını hafifletiyordu. Karşılığında ise el üstünde tutuluyor, hayranlık topluyordu. Para da tabii; gerçi Ernest sık sık düşünürdü de, paraya ihtiyacı olmasa bedava da yapardı psikoterapiyi.

Ne mutlu işini severek yapana. Ernest da kendini mutlu bir adam sayıyordu zaten. Ondan da öte. Tanrı'nın sevgili kullarından olduğuna inanıyordu. Hayatının amacını bulmuş bir adamdı o, göğsünü gere gere şunları söyleyebilecek bir adam: İşte tam ait olduğum yerdeyim, yeteneklerimin, çıkarlarımın, tutkularımın zirvesinde.

Ernest dindar bir adam değildi. Ama her sabah randevu defterini açıp da o günü birlikte geçireceği canından aziz sekiz-dokuz insanın ismini gördü mü, ancak dindarlıkla ilişkilendirebileceği bir duygu sarardı bütün benliğini. İşte böyle zamanlarda, onu bu amaca yöneltmiş olduğu için –birilerine, bir şeylere– şükranlarını sunma isteğiyle dolardı.

Bazı sabahlar, Sacramento Sokağı'nda, muayenehanesinin bulunduğu bu Viktoryen binanın çatı penceresinden sabah pusları arasında gökyüzüne bakar, psikoterapi ecdadının şafakta süzülüşünü görür gibi olurdu.

"Sağ olun, var olun," diye şakırdı. Hepsine şükranlarını sunardı, umutsuzluğa şifa dağıtan bütün hekimlere. Öncelikle, semavi siluetleri belli belirsiz seçilen, hepimizin ecdadı sayılacak olan Hazreti İsa'ya, Buda'ya ve Sokrates'e. Onların hemen altında öncü atalar yer alırdı, biraz daha açık seçik: Nietzsche, Kierkegaard, Freud, Jung. Yere biraz daha yaklaşınca da dedelerimiz, ninelerimiz sayılacak terapistler: Adler, Horney, Sullivan, Fromm ve işte Sandor Ferenczi'nin tatlı tatlı gülümseyen yüzü.

Birkaç yıl önce Ernest, ihtisasını tamamlayıp da bütün hırslı genç nöropsikiyatristlerin tuttuğu yolu tutarak nörokimya araştırmalarına yöneldiğinde –istikbalin ta kendisi, kişisel fırsatların altın arenası– çaresizlik dolu çığlığına cevap vermişti ataları. Yolunu kaybetmiş olduğunu görmüşlerdi. Onun yeri bir bilim laboratuvarı değildi ki. Gelene gidene ilaç yazacağı psikofarmakoloji işi de değildi.

Ataları, onu alıp kendi kaderine taşıması için bir haberci göndermişlerdi – bir kudret müjdecisine pek benzemeyen, tuhaf bir haberciydi bu. Ernest, terapist olmaya *nasıl* karar verdiğini hâlâ bilmiyordu. Ama *ne zaman* karar verdiğini hatırlamaktaydı. Şaşırtıcı bir berraklıkla hatırlıyordu o günü. Haberciyi de: Seymour Trotter, sadece bir kez gördüğü bir adam, sonsuza dek bütün hayatını değiştiren adam.

Altı yıl önce Ernest'ın bölüm başkanı, Stanford Hastanesi Tıbbi Etik Komitesi'nde bir dönem sürecek bir göreve atamıştı onu ve hakkında disiplin soruşturması yapacağı ilk kişi de Dr. Trotter'dı. Seymour Trotter, psikiyatri camiasının babalarından sayılan yetmişlik bir hekimdi ve Amerikan Psikiyatri Birliği'nin başkanlığını yapmıştı. Şimdi de otuz iki yaşında bir kadın hastasıyla uygunsuz biçimde cinsel ilişki kurmuş olmakla suçlanıyordu.

O sıralar Ernest, ihtisasını daha dört yıl önce tamamlamış bir psikiyatri doçentiydi. Nöropsikiyatri asistanı olarak tam gün çalışıyordu ve psikoterapi dünyası hakkında tek kelimeyle safdildi – bu soruşturmanın, başka hiç kimse elini sürmek istemediği için kendisine verildiğini anlayamayacak kadar safdil: Yaşı ondan büyük olan Kuzey California'lı psikiyatristlerin hepsi de Seymour Trotter'a büyük hürmet besler, bu adamdan çekinirlerdi.

Ernest, görüşme yapmak üzere hastanenin sade döşeli idari ofislerinden birini seçmişti; gözü saatte Dr. Trotter'ı beklerken resmi görünmeye çalışıyordu; masada, önünde duran şikâyet dosyası açılmamıştı. Ernest, tarafsız kalabilmek amacıyla hiçbir ön bilgi edinmeden zanlı ile görüşme yapmaya karar vermişti, böylelikle kafasında önceden hiçbir yaklaşım oluşmadan dinleyebilecekti onun hikâyesini. Dosyayı daha sonra okur ve gerekirse ikinci bir görüşme ayarlardı.

Şimdi koridorda yankılanan bir baston takırtısı duyuyordu. Dr. Trotter kör müydü yoksa? Kimse ona bundan bahsetmemişti. Hemen arkasından ayak sürümeye benzer bir ses çıkartan takırtı gitgide yaklaştı. Ernest yerinden kalkıp koridora çıktı.

Hayır, kör değil. Topal. Dr. Trotter, iki değnekle zar zor dengesini bularak koridorda ağır aksak ilerliyordu. Beli bir yana bükülmüştü ve değnekleri birbirinden çok ayrık tutuyordu, neredeyse kol kadar bir mesafe vardı iki değneğin arasında. Adamın güzel görünümlü, belirgin elmacık kemikleriyle çenesi mevzilerini korumuş, ama bunların dışındaki bütün yumuşak zeminler kırışıkların ve yaşlılık çillerinin istilasına uğramıştı. Boyun derisi kat kat sarkıyordu ve kulaklarından beyaz beyaz kıl topakları fışkırmıştı. Yine de yaşlılık çökertememişti bu adamı – delikanlılıktan kalma, hatta çocuksu bir şey varlığını korumuştu. Neydi ki bu? Belki de alabros tıraşlı gri ve gür saçları veya giyimi, boğazlı beyaz kazağın üstüne giydiği mavi kot ceket.

Koridorda tanıştılar. Dr. Trotter sendeleyerek iki adım atıp girdi odaya, aniden değneklerini havaya kaldırdı, büyük bir gayretle dengesini buldu ve kendi etrafında dönüp sanki milim farkla yere serilmekten kurtulmuşçasına koltuğa yıkıldı.

"Tam isabet! Şaşırttım seni, ha?"

Ernest, konunun dağılmasına izin vermeyecekti. "Bu görüşmeden neyin amaçlandığını anlıyorsunuz, değil mi Dr. Trotter – ve görüşmeyi neden teybe aldığımı da anlıyorsunuz?"

"Duyduğuma göre hastane yönetimi Ayın Çalışanı ödülü için beni düşünüyormuş."

Kalın camlı kocaman gözlüklerinin arkasından gözünü kırpmadan bakmakta olan Ernest bir şey söylemedi.

"Kusuruma bakma, biliyorum sen de işini yapıyorsun tabii, ama işte insan yetmişini geçtikten sonra böyle laf ebeliklerine tebessüm etmeyi öğreniyor. Yaa, geçen hafta yetmiş bir bitti. Ya sen kaç yaşındasın, Dr....? İsmini unuttum. Her dakika," dedi parmağıyla şakağına vururken, "bir düzine korteks nöronu sinek ölüsü gibi düşüp gidiyor. İşin komiği Alzheimer üzerine de tam dört tane makalem yayımlandı – haliyle, nerede yayımlandıklarını unuttum, ama iyi dergilerdi. Bunu biliyor muydun?"

Ernest başını iki yana salladı.

"Bak işte sen zaten bilmiyormuşsun, ben de unuttum. Demek ki aşağı yukarı eşit durumdayız. Alzheimer'in iki faydası vardır, bilir misin? Eski dostların yeni birer dost olur ve bir de kendi Paskalya yumurtalarını kendin saklayabilirsin."

Duyduğu rahatsızlığa rağmen gülümsemesini zaptedememişti Ernest.

"İsmin, yaşın ve bağlı olduğun ekol?"

"Ben, Dr. Ernest Lash'im ve galiba diğer soruların konumuzla pek ilgisi yok, Dr. Trotter. Bugün için yüklü bir gündemimiz var."

"Oğlum kırk yaşında. Sen de ondan fazla değilsindir. İhtisasını Stanford'da yaptığını biliyorum. Geçen sene kongredeki konuşmanı dinledim. Hiç fena değildin. Çok anlaşılır bir tebliğdi. Artık hep ilaç veriyorlar değil mi? Size ne cins bir psikoterapi öğretiyorlar şimdi? Daha doğrusu psikoterapi öğretiyorlar mı bari?"

Ernest kolundan saatini çıkarıp masanın üstüne koydu. "Başka bir zaman Stanford ihtisas programı müfredatının bir kopyasını memnuniyetle takdim ederim size, ama şimdi, lütfen, şu elimizdeki meseleye bakalım artık, Dr. Trotter. Belki de en iyisi Bayan Felini'nin hikâyesini sizden dinlemek olacak."

"Tamam, tamam, tamam. Ciddi olmamı istiyorsun. Sana kendi

hikâyemi anlatmamı istiyorsun. Yaslan bakalım arkana *evlatçık*, sana hikâyemi anlatayım. En başından başlıyoruz. Dört yıl kadar önceydi – en az dört yıl... O hastayla ilgili bütün kayıtları kaybetmişim... senin elindeki şikâyet yazısına göre tarih ne? Efendim? Okumamışsın. Tembel. Yoksa bilimsel tarafsızlığa gölge düşürmemek için mi?"

"Lütfen Dr. Trotter, devam edin."

"Görüşme yaparken ilk kural, sıcak, güven dolu bir ortam yaratma ayaklarıdır. Bu işi büyük ustalıkla hallettiğine göre, ben de acı ve utanç kaynağı olaylar hakkında konuşmakta artık çok daha özgür hissediyorum kendimi. Vay – işte *bu* etkiledi seni. Bana çok dikkat edeceksin Dr. Lash, tam kırk yıldır insanların suratlarını okuyorum ben. Çok iyiyimdir bu işte. Neyse, sözümü kesip durmazsan başlıyorum artık. Hazır mısın?

"Birkaç yıl önce –yaklaşık dört yıl diyelim– bir kadın, yani Belle, muayenehaneme gelir, yoksa kendisini muayenehaneme sürükler mi desem –ya da düşer– düşer daha iyi oldu. *Düşmek* fiil oluyor, değil mi? Otuzlu yaşlardadır, zengin bir aileden gelmektedir –İsviçreli İtalyan– depresyondadır, yaz günü uzun kollu bluz giymektedir. Jiletçi olduğu kesindir – bileklerinde yara izleri vardır. Yaz günü uzun kollu bluzla gezen, kafa karıştırıcı bir hasta görürsen bil ki ya bileklerini doğramıştır ya iğnecidir, Dr. Lash. Güzel kadındır hasta, enfes bir ten, baştan çıkarıcı gözler, şık giysiler. Gayet klas, ama tohuma kaçmaya da az kalmış.

"Uzun bir özyıkım hikâyesi. Aklına ne gelirse, uyuşturucu falan işte, her şeyi denemiş, tek birini atlamadan. Onu ilk gördüğümde yine içkiye başlamıştı ve ara sıra biraz eroin alıyordu. Ama tam manasıyla bağımlı değildi. Bir şekilde, bağımlılığa yatkın değildi işte kadın –bazı insanlar böyledir– ama elinden geleni yapıyordu. Yeme bozukluğu da vardı. Esas olarak anoreksi ama arada bir bulimiye bağlı kusma da oluyordu. Kendini doğradığından bahsetmiştim, iki kolunun üst ve alt kısımları, bilekleri kesik doluydu – acıdan ve kandan hoşlanıyordu; bir tek o zaman hissediyordu yaşadığını. Hastalardan hep duyarsın bunu. Altı kere hastaneye yatmış – kısa sürelerle. Her seferinde bir-iki gün içinde kendi isteğiyle taburcu olmuş. Personel o giderken bayram edermiş. Yaygara oyununda çok ustaydı, gerçek bir dehaydı. Eric Berne'ün eserini hatırlar mısın, *Oynadığımız Oyunlar*'ı?

"Hatırlamıyor musun? Herhalde sen doğmamıştın o zamanlar. Hey gidi, çok kocadık be. İyi eserdir – Berne aptal biri değildi. Mutlaka oku – unutulmaması gereken bir eser.

"Evliydi, çocuk yok. Çocuk doğurmayı reddediyordu – dünya, çocuklar için çok korkunç bir yermiş. Kocası iyi adamdı, berbat bir ilişkileri vardı. Adam çok istiyordu çocuk, hep bu yüzden kavga ederlerdi. Babası gibi kocası da yatırım bankacılığıyla uğraşıyordu, durmadan seyahatte olan bir koca yani. Evlendikten birkaç yıl sonra adamın libidosu sönmüş veya belki de para kazanmaya kanalize olmuştur – iyi para yapmış, ama asla Belle'in babası gibi büyük bir vurgun vuramamış. Hep meşgul, hep meşgul, bilgisayarıyla yatıyordu herif. Belki de bilgisayarına kayıyordu, kim bilir? Belle'e kaymadığı ise kesin. Kadının anlattığına göre kocası yıllardır uzak duruyormuş ondan, muhtemelen çocuk yapmadıkları için duyduğu öfke yüzünden. Evliliklerini ayakta tutanın ne olduğunu söylemek güç. Adam Hıristiyan İlim Kilisesi'ne bağlı bir ailede yetişmiş, çift halinde terapiye gelmeyi, daha doğrusu her türlü psikoterapiyi kesinlikle reddediyordu. Ama kadın da bu konuda kocasına hiçbir zaman fazla ısrarcı davranmadığını kabul etmiştir. Bakalım. Başka? Biraz sufle ver, Dr. Lash.

"Daha önce gördüğü terapiler ha? Güzel. Mühim bir soru. Ben ilk otuz dakika içinde mutlaka sorarım bunu. Ergenlik çağından itibaren non-stop terapi görmüş, yahut da terapi teşebbüsleri. Cenevre'deki bütün terapistlerin elinden geçmiş, hatta bir müddet analiz için Zürih'e gidip gelmiş. Yüksek tahsil için –Pomona'da– geldiği ABD'de arka arkaya bir sürü terapiste gitmiş, çoğu tek seanslık. Üç veya dört tanesinde birkaç ay sebat göstermiş, ama hiçbirine sonuna kadar devam etmemiş. Belle hiç sıkıya gelemezdi – hâlâ da gelemiyordur ya. Terapistlerin hiçbiri yeterince iyi değilmiş, yahut en azından ona uygun değilmiş. Her terapiste bir kusur bulmuştu işte: Fazla resmi, fazla azametli, fazla yargılayıcı, fazla kibirli, fazla ticari, fazla soğuk, teşhisle fazla meşgul, formüllere fazla gömülmüş. İlaç? Psikolojik testler? Davranışçı yaklaşımlar? Hayatta olmaz – bunları öneren her kimse anında defterden silinir. Ee, başka?

"Beni nasıl mı seçti? Müthiş soru, Dr. Lash – bizi bir odağa yöneltip adımlarımızı sıklaştırmamızı sağlıyor. İyisi mi gel seni psikoterapist yapalım. Daha kongredeki konuşmanı dinlediğimde düşünmüştüm bunu. Kafan iyi çalışıyor, zehir gibi. Bulgularını sunarken zekân belli oluyordu. Ama benim asıl beğendiğim, vaka sunumundu, hele hastaların seni etki altına almasına izin verişin. Baktım da, tam bu işin istediği içgüdüler vardı sende. Carl Rogers demiş ki, 'Psikoterapist yetiştirmekle vaktinizi boşa harcamayın, asıl mesele psikoterapist olabilecek adamı *seçmektir.*' Hep çok anlamlı bulmuşumdur bu sözleri.

"Eveet, nerede kalmıştık? Ha, beni nasıl bulduğunda: Gittiği jinekolog, ki Belle tapardı ona, benim eski hastamdı. Ona benim düzgün bir adam olduğumu, martaval atmadığımı, elimi boka batırmaktan da çekinmediğimi söylemiş. Belle kütüphaneye gidip hakkımda araştırma yapmış ve on beş yıl önce Jung üzerine yazdığım bir makaleyi pek beğenmiş; Jung'un, her hasta için yeni bir terapi dili bulma anlayışını tartışmıştım. Bilir misin o çalışmayı? Bilmiyor musun? *Ortopsikiyatri Günlüğü*'nde çıktı. Sana bir kopyasını yollarım. Ben hadiseyi Jung'dan da öteye götürdüm. Her hasta için yeni bir terapi icat edilmesini önerdim, her hastanın tamamen kendine özgü olduğu nosyonunu ciddiye almamız ve her biri için tamamen kendine özgü bir psikoterapi geliştirmemiz gerektiğini savundum.

"Kahve mi? Tamam, içerim. Sade olsun. Sağolasın. Neyse, işte beni böyle bulmuş. Ya şimdi ne soruyorsun, Dr. Lash? *Derdi neydi?* Evvet. İşte bu, işte bu. Yeni hastalara sorulacak yüksek mahsullü bir sorudur daima. El cevap: Tehlikeli seks oyunları. Kendisi bile farkındaydı sorunun. Her zaman böyle numaralara takılmış ama iş çığırından çıkmaya başlamıştı artık. Düşünsene, otoyolda minibüslerin, kamyonların falan yanı sıra sürüyor arabasını –yani sürücünün onu rahatlıkla görebileceği kadar yüksek araçlar bunlar– sonra eteklerini sıyırıp mastürbasyona başlıyor, saatte yüz yirmiyle giderken. Düpedüz manyaklık. Sonra ilk sapaktan dönüyor, olur da araç peşinden gelirse duruyor, şoför mahalline tırmanıp ağzına alıyor herifinkini. İyice gözünü karartmış yani. Daha neler neler. Öyle kontrolünü kaybetmiş ki, canı sıkıldıkça San Jose'de salaş bir bara dalıyor, artık kimi bulursa, meleziydi, siyahıydı kaldırıyor. Tanımadığı, şiddet potansiyeli taşıyan adamların yanında, tehlikeli ortamlarda bulunmak uyarıyor onu. Üstelik sadece bu adamlardan gelmiyor tehlike, ellerinden iş kaptığı için fahişeler de ona diş biliyor. Ölümle tehdit etmişler sonunda, bunun üzerine durmadan yer değiştirmeye başlamış. Efendim? AIDS, herpes, güvenli seks, prezervatif mi? Sanki hiçbirini duymamış mübarek.

"Başladığımızda üç aşağı beş yukarı böyleydi işte Belle. Bir fikir sahibi olabildin mi? Sorun var mı, yoksa devam mı edeyim? Pekâlâ. İşte, her nasılsa ilk seansta bütün testlerinden geçmeyi başardım. İkinci kez geldi, sonra üçüncü kez ve haftada iki gün olmak üzere terapiye başladık, bazen üçü de buluyordu. Bir saat boyunca, daha önce gittiği bütün terapistlerle neler yaptığına dair ayrıntılı bilgiler aldım. Karşında zor bir hasta varsa, bu her zaman iyi bir stratejidir, Dr. Lash. Diğerleri ona nasıl davranmış öğrenirsin ve onların yaptığı hataları tekrarlamaktan kaçınırsın. Hasta terapiye hazır değildi falan gibi palavralara takılma! *Terapi hastaya hazır değil* demektir. Her hasta için yeni bir terapi geliştirecek kadar cesur ve yaratıcı olmak zorundasın.

"Belle Felini, geleneksel tekniklerle yaklaşılabilecek bir hasta değildi. Olağan profesyonel rolümü oynayacak olsam –hastanın geçmişini öğrenirsin, oturur düşünürsün, empati geliştirirsin, yorumlamaya girişirsin– vınnn, uçar giderdi elimden. İnan bana. Sayonara. Auf Wiedersehen. Rastladığı her terapiste bunu yapmış – üstelik birçoğu da muteber isimler. O fıkrayı bilirsin değil mi? Ameliyat başarılı geçti, yalnız... hasta öldü.

"Ne gibi teknikler mi kullandım? Korkarım söylediklerimi pek iyi takip edememişsin. *Benim tekniğim, her türlü tekniği bir yana bırakmaktır!* Ve derdim zirzopluk falan da değil ha, Dr. Lash – iyi terapide birinci kural budur. Terapist olacaksan sen de bu kuralı benimsemelisin. Daha fazla insani, daha az mekanik olmaya çalıştım. Sistematik bir terapi planı yapmam – bu işte kırk yılını geçirsen sen de yapmazdın. Sadece sezgilerime güvenirim. Ama acemi olduğunu düşündüğümüzde sana haksızlık oluyor tabii bu. Zannedersem, şimdi geçmişe bakınca, Belle'in patolojisinde en çarpıcı özellik kadının dürtüselliği, aklına eseni hemen yapma huyuydu. Bir şey mi istiyor – hop, derhal bu isteğine göre hareket edecek. İsteklerinin engellenmesine karşı toleransını artırmaya çalıştığımı hatırlıyorum. Terapide başlangıç noktam buydu, birinci, belki de temel hedefimdi. Bir bakalım, nasıl başlamıştık? O kadar zaman geçti ki, elimde notlarım olmayınca nasıl başladığımı hatırlamam zor.

"Söyledim sana, kaybettim. Yüzünde kuşku görüyorum. Gitti notlar. İki yıl önce muayenehanemi taşırken kayboldular. Bana inanmaktan başka seçeneğin yok.

"Hatırladığım en önemli şey, ilk başta işlerin umduğumdan çok daha iyi gitmiş olması. *Nedeni* konusunda emin değilim, ama Belle çok çabuk ısındı bana. Kaşıma gözüme vurulmuş olamaz. Daha yeni katarakt ameliyatı olmuştum ve gözüm feci görünüyordu. Bendeki bu ataksi de cinsel cazibemi artırmıyor doğrusu... ailevi serebelar ataksi bu, merak ediyorsan eğer. Kesin bir şekilde ilerleyici bir hastalık... istikbalde yürüteç görünüyor, bir-iki yıla kalmaz... sonra bir üç-dört yıl daha geçti miydi tekerlekli sandalye. *C'est la vie.*

"Bence Belle'in beni sevmesinin nedeni ona insan muamelesi yapmamdır. Sen şu anda ne yapıyorsan ben de tam olarak onu yaptım – ve şunu da belirtmek isterim Dr. Lash, senin şu anda yapmakta olduğunu takdir ediyorum. Ona ait hiçbir dosyayı okumadım. Körlemesine daldım, taze bir başlangıç yapmak istedim. Belle, benim için *asla* bir teşhis olmadı, bir sınır kişilik, bir yeme bozukluğu, bir kompülsif ya da anti-sosyal bozukluk olmadı. Bütün hastalarıma böyle yaklaşırım. Ve umarım ben de senin için asla bir teşhis olmam.

"Bence teşhisin yeri nedir mi? Ah, ben bu yeni mezunları bilmez miyim? Bütün psikofarmakoloji endüstrisi de teşhisten ekmek yiyor tabii. Psikiyatri yayımları teşhisteki nüanslara dair anlamsız tartışmalarla dolu. Geleceğin enkazı. Bazı psikozlarda önemli olduğunu ben de biliyorum ama gündelik psikoterapide çok küçük bir rolü var – hatta negatif rol oynuyor. Hiç şunu düşündün mü, bir hastayı ilk gördüğünde teşhis koymak kolay olur, ama onu daha iyi tanıdıkça zorlaşır? Hangi tecrübeli terapiste sorsan –başkalarının yanında değil tabii– aynı şeyi söyleyecektir sana! Bir başka deyişle, kesinlik, bilgi ile ters orantılıdır. Biraz da bilim mevzuuna girelim, ha?

"Burada ben sana, Dr. Lash, Belle'e hiçbir teşhis *koymadığımı* söylemeye çalışmıyorum; teşhis üzerine *düşünmedim*, hepsi bu. Hâlâ da düşünmem. Bu olanlara rağmen, bana yaptıklarına rağmen, hâlâ düşünmem. Ve sanıyorum o da bunu biliyordu. Biz, birbiriyle ilişki kuran iki insandık sadece. Hem Belle'den hoşlanırdım. Her zaman hoşlanmışımdır. Çok hoşlanmışımdır! Üstelik bunu da biliyordu. Belki de asıl mesele *budur*.

"Evet, Belle, konuşkan bir terapi hastası değildi – hiçbir standarda göre değildi. Aklına estiği gibi davranıyor, eyleme dönük, kendine dair hiçbir şeyi merak etmez, içgözlem yeteneğinden yoksun, serbest çağrışım yapamıyor. Terapide verilen geleneksel ödevlerde –kendi kendini inceleme, içgörü falan– hep başarısız olur, sonra da kendini daha kötü hissederdi. Terapinin hep fiyaskoyla sonuçlanmasının sebebi *buydu*. Onun dikkatini çekmek için başka yöntemler kullanmak zorunda olduğumu da bu sayede anladım. O yüzden Belle için yeni bir terapi icat ettim.

"Örnek mi? Peki, terapinin başlarından bir örnek vereyim sana, üçüncü ya da dördüncü aydaydık galiba. Dikkatimi, kendi kendini mahvetmeye yönelik cinsel davranışı üzerinde toplamıştım ve hayatındaki ilk erkek, yani babası da dahil olmak üzere erkeklerden gerçekten ne istediği hakkında sorular sormaya başladım ona. Ama hiçbir yere varamadım. Geçmiş hakkında konuşmaya tam anlamıyla direnç gösteriyordu – öteki doktorlarla çok yaptım bunu, diyordu. Ayrıca geçmişin küllerini eşelemenin, yaptıklarımız konusunda kişisel sorumluluktan kaçınmak için mazeret bulmaya yönelik olduğuna inanırdı. Yazdığım psikoterapi kitabını okumuş ve oradan alıntı yaparak benim de aynı şeyi söylediğimi hatırlattı. Allah kahretsin. Hasta kendi kitabından alıntı yaparak sana direnirse boku yediğinin resmidir.

"Bir seansta çocukluğunda kurduğu hayallerden ya da cinsel fantezilerden birini anlatmasını istemiştim, o da sonunda beni kırmadı ve sekiz-dokuz yaşlarından beri sürekli tekrarladığı bir fantezisini anlattı: Dışarıda fırtına var, sırılsıklam ve soğuktan titreyerek bir odaya giriyor, orada kendinden büyük bir adam onu beklemekte. Adam onu kucaklıyor, ıslak giysilerini çıkarıyor, kocaman ılık bir havluyla onu kuruluyor, sonra sıcak çikolata getiriyor. Ben de bu rolleri oynamamızı önerdim: Odadan çıkmasını, sonra da ıslanmış ve üşümüş gibi yaparak tekrar girmesini söyledim. Giysilerini çıkarma kısmını atladım elbette, tuvaletten büyükçe bir havlu bulup ciddi ciddi kuruladım onu – cinsel nitelikli hareketlerden her zaman yaptığım gibi kaçındım. Sırtını ve saçlarını 'kuruladım,' sonra onu havluya sararak oturttum ve bir fincan sıcak çikolata hazırladım.

"O sırada neden ya da nasıl oldu da bunu seçtim diye sorma. Sen de benim kadar uzun süre terapi yaparsan kendi sezgilerine güvenmeyi öğrenirsin. Bu müdahale her şeyi değiştirdi. Belle bir süre konuşamadı, sonra gözlerinde yaşlar belirdi ve bebek gibi haykıra haykıra ağlamaya başladı. Belle terapide asla ve asla ağlamamıştı. Direnci eridi gitti.

"Direnci eridi gittiyle neyi mi kastediyorum? Bana güvenmeye başladığını kastediyorum, ikimizin aynı tarafta olduğuna inanmaya başladığını söylemek istiyorum. Bunun teknik tabiri, Dr. Lash, 'terapötik ittifak'tır. Ondan sonra gerçek bir hasta oldu. Ağzından çığ gibi önemli malzeme dökülmeye başladı. Bir sonraki seans için yaşar oldu. Terapi, hayatının merkezi haline geldi. Durmadan benim, onun için ne kadar önemli olduğumu söylüyordu. Ve bütün bunlar sadece üçüncü ayın sonunda olmuştu.

"Ben *çok* mu önemliydim? Hayır, Dr. Lash, terapinin başlarında terapist çok önemli olamaz. Freud bile psikonevrozun yerine aktarım nevrozunu geçirmeye çalışma stratejisini benimsemiştir – yıkıcı semptomlar üzerinde denetim kurmak için sağlam bir yoldur bu.

"Kafan karışmışa benziyor. Bak, hadise şu: Hasta, terapistini saplantı haline getirir – her seans üzerine derin derin düşünür, seanslar arasında terapistle hayalinde uzun uzun konuşur. Sonunda semptomlar terapiye yenik düşer. Bir başka deyişle semptomlar, artık içsel nevrotik faktörlerce yönlendirilmemekte, terapi ilişkisinin gereklerine göre gidip gelmektedir.

"Yo, sağol, artık kahve içmeyeyim Ernest. Ama sen iç. Sana Ernest dersem bozulmazsın değil mi? Güzel. Yani senin anlayacağın, bütün yatırımımı bu gelişmenin üzerine yaptım. Belle için daha da önemli hale geleyim diye elimden geleni ardıma koymadım. Hayatımla ilgili bana sorduğu her soruya cevap verdim, ondaki pozitif yanları destekledim. Ne kadar zeki ve güzel bir kadın olduğunu söyledim. Kendisine yapmakta olduğu şeyler midemi bulandırıyordu ve bunu da dosdoğru söyledim ona. Bunların hiçbiri zor şeyler değildi: Bütün yapmam gereken, doğruyu söylemekti.

"Tekniğimin ne olduğunu sormuştun. Belki de bunun cevabı çok basit: *Doğruyu söyledim.* Zamanla onun hayal dünyasında daha ağırlıklı bir rol oynamaya başladım. İkimizle ilgili uzun düşlere dalıyordu – ikimiz baş başa, sarmaş dolaştık, ben onunla evcilik oynuyordum, ona mama yediriyordum. Bir keresinde muayenehaneye bir kutu jöle getirmişti, bir de kaşık, ve ona yedirmemi istedi – ben de yedirdim ve çok memnun oldu buna.

"Kulağa çok masumane geliyor, öyle değil mi? Ama daha en başından beri üstümüzde bir gölgenin kol gezdiğini biliyordum ben. O zaman biliyordum bunu, ona jöle yedirirken nasıl tahrik olduğunu söylediğinde bunu biliyordum. Haftada iki-üç gün uzun süre kanoyla dolaştığını, bunu sırf suyun üstünde bir başına salınarak benimle ilgili düşlerinin tadını çıkarmak için yaptığını anlattığında biliyordum. Yaklaşımımın riskli olduğunu biliyordum, ama bu riski önceden hesaba katmıştım zaten. Pozitif aktarımın kurulmasına izin verecek, böylece ondaki özyıkım eğilimiyle savaşacaktım.

"Nitekim birkaç ay sonra onun için o kadar önemli hale gelmiştim ki, Belle'in patolojisine yönelmeyi başarabildim. İlk olarak hayat memat meselesi olan konulara yöneldim: HIV, bar ortamları, otoyolda Saksofon Ana hayratı falan. HIV testi yaptırdı – Allahıma şükürler olsun, negatif çıktı. HIV testinin sonucunu almak için o iki haftalık bekleyişi hatırlıyorum da. Açıkça söyleyeyim, sonucu ben de en az onun kadar korkuyla bekledim.

"HIV testi sonucu bekleyen hastalarla çalıştın mı hiç? Çalışmadın mı? Bak Ernest, o bekleme dönemi bir fırsat kapısıdır. Gerçek bir iş çıkarmak için yararlanabilirsin bundan. Birkaç gün için hastalar, kendi ölümleriyle yüz yüze gelirler, muhtemelen hayatlarında ilk defa. Önceliklerini inceleyip yeniden sıralamalarına, hayatlarını ve davranışlarını kendileri için gerçekten önemli olan şeyler üzerine kurmalarına yardımcı olabilirsin. Ben buna bazen *varoluşsal şok terapisi* derim. Ama Belle için öyle olmadı. Hiçbir şekilde iplemedi kadın. Kendini o kadar çok inkâr ediyordu ki. Özyıkım eğilimi gösteren bütün hastalar gibi Belle de başkasından gelecek tehlikelere aldırmıyordu, ona zarar verebilecek tek insan kendisiydi.

"Onu HIV ve herpes hakkında bilgilendirdim, mucize kabilinden her ikisini de kapmamıştı. Güvenli seks yöntemleri hakkında da bilgi verdim. İlle de erkek bulması gerekiyorsa bu işi daha güvenli biçimde yapabileceği yerlere yönelttim onu: Tenis kulüpleri, okul-aile birliği toplantıları, kitabevlerindeki söyleşiler. Belle müthişti – ne becerikli kadındı Yarabbim! Hayatında ilk defa gördüğü yakışıklı bir erkekle beş-altı dakika içinde randevu ayarlayabiliyordu, hem de bazen adamın karısı, sadece üç metre ötede hiçbir şeyden kuşkulanmadan dikilirken. Onu kıskandığımı itiraf etmek zorundayım. Kadınların çoğu bu açıdan kısmetlerini iyi değerlendiremiyor. Bir erkeğin –hele benim gibi talana uğramış bir sefilin– bu kadar çabuk iş bağladığını gördün mü hiç?

"Şu ana dek anlattıklarımı göz önünde bulundurunca Belle'in şaşırtıcı bir yönü de mutlak biçimde dürüst olmasıydı. Birlikte çalışma kararına vardığımız ilk iki seansta ben, terapideki temel koşulumu ortaya koymuştum: *Kesin dürüstlük.* Hayatındaki bütün önemli olayları benimle paylaşma kararlılığını gösterecekti: Uyuşturucu kullanımını, aklına estiği gibi cinsel ilişkilere girmesini, kendini doğramasını, kusmalarını, fantezilerini – her şeyi. Yoksa, demiştim ona, boşa zaman harcıyor oluruz. Ama her şeyi benimle paylaşırsa, bunları anlamak için onunla birlikte çaba göstereceğim konusunda bana güvenebilirdi. Söz verdi ve gayet ciddi el sıkışıp anlaşma yaptık.

"Ve bildiğim kadarıyla da sözünü tuttu. Zaten benim gücüm de kısmen buna dayanıyordu, çünkü eğer olur da iki seans arasında dağıtırsa, mesela bileklerini jiletler ya da bara giderse, ölümüne bir analize girişiyordum. Dağıtmadan hemen önce neler yaşadığı konusunda uzun uzadıya, derinlemesine sorguya çekerdim onu. 'Lütfen Belle,' derdim, 'olaydan önce olan her şeyi bilmem lazım, olayı anlamamıza yardımcı olabilecek her şeyi: Aynı gün içinde olan bitenleri, senin düşüncelerini, duygularını, fantezilerini.' Belle'i deli ederdi bu – konuşmak istediği başka şeyler olur, terapi zamanını bunlara harcamaktan nefret ederdi. Sadece bu bile dürtüselliğini kontrol etmesine yardımcı olmuştur.

"İçgörü mü? Belle'in terapisinde önemli bir rolü yoktu. Haa, ama tabii, aklına eseni yapmaya başlamasından hemen önce nasıl bir duygusal duruma girdiğini zamanla tanımlamayı başardı – müthiş bir boşluk duygusuna kapılıyor, kendini ölü gibi hissediyordu; tehlikeye atılması, kendini doğraması, seks, yeme nöbetleri, hep o içindeki boşluğu doldurma ya da hayatiyetini tekrar kazanma çabalarıydı.

"Ama işte Belle'in anlayamadığı da, bu çabaların sonunun olmamasıydı. Hepsi tek tek geri tepiyordu, çünkü derin bir utanç duygusuyla sona eriyorlardı ve hemen arkasından, tekrar hayatiyet bulmak için daha da çılgınca –ve daha şiddetli bir özyıkıma yönelik– şeyler yapıyordu. Belle, her davranışının bir sonucu olduğunu kabullenme konusunda tuhaf bir duyarsızlık gösterirdi hep.

"Yani, diyeceğim, içgörü işe yaramadı. Dürtüselliğini denetim altına almasına yardım etmek için başka bir şey denemem gerekiyordu – kitapta yazan her yolu da denedim doğrusu. Ondaki yıkıcı dürtüsel davranışların listesini çıkardık ve bana telefon etmeden listedekilerin hiçbirini yapmayacağına söz verdi, önce bu konuda kendisiyle konuşmam için bir şans tanıyacaktı bana. Gerçi ender olarak telefon ederdi – vaktimi almak istemiyormuş. Ama derinlerde, benim ona pamuk ipliğiyle bağlı olduğuma, çok geçmeden usanıp onu yüz üstü bırakacağıma inanıyordu. Onu bu düşünceden vazgeçiremedim. Yanında taşımak için benden somut bir şey, bir yadigâr almak istedi. Böylece kendini daha iyi kontrol edebilecekmiş. Muayenehanemden bir şey seç, dedim. Ceketimin cebinden mendilimi çekip çıkardı. Mendili verdim ona, ama önce üstüne, kendisinin en önemli dinamiklerinden bir kısmını yazdım:

> *Kendimi ölü hissediyor ve yaşadığımı anlayabilmek için kendi canımı yakıyorum.*
>
> *Tamamen uyuşmuş durumdayım, yaşadığımı hissedebilmek için tehlikeli risklere girmek zorundayım.*
>
> *İçimi bomboş hissediyor, uyuşturucuyla, yiyecekle, meniyle doldurmaya çalışıyorum.*
>
> *Ama bunlar kısa süreli çareler. Sonunda utanç duyuyorum – ve daha da ölü, daha da boş hissediyorum kendimi.*

"Ne zaman aklına eseni yapma isteğine kapılırsa, bu mendili ve üstündeki mesajları düşünmesini söyledim Belle'e.

"Alaycı bir halin var, Ernest. Ne o, onaylamıyor musun? Niye? Çok mu yutturmaca? Hiç de değil. Yutturmaca gibi görünüyor, doğru, ama çaresiz durumlara çaresizlikle önerilmiş çareler bunlar. Asla kesin bir nesne sürekliliği geliştirememiş görünen hastalarda böyle ufak tefek eşyanın, somut bir hatırlatıcının çok yararlı olduğunu görmüşümdür. Lewis Hill diye bir hocam vardı, ağır şizofreni vakaları konusunda bir dâhiydi adam, tatile çıkarken minicik bir şişenin içine nefesini üfler, boynuna taksın diye hastasına verirdi.

"Demek bu da yutturmaca geldi sana, ha Ernest? İstersen bunun yerine başka bir kelime kullanalım, daha doğru bir kelime: *Yaratıcı.* Az önce, her hasta için yeni bir terapi yaratmaktan bahsetmiştim, hatırlıyor musun? İşte tam da bunu kastediyordum. Hem sen daha en önemli soruyu sormadın.

"İşe yaradı mı? Kesinlikle, kesinlikle. İşte sorulması gereken bu. Sorulacak *yegâne* soru bu. Kuralları unut. Evet, işe yaradı! Dr. Hill'in hastalarında işe yaramıştı, Belle'de de işe yaradı; Belle mendilimi hep yanında taşıyordu ve aklına eseni yapma huyu üzerinde zamanla daha çok denetim kurmayı başardı. 'Dağıtmaları' gitgide seyrekleşti ve çok geçmeden, terapi saatlerimizde dikkatimizi başka konulara verebilir olduk.

"Ne? Sadece aktarım tedavisi mi? Sen bu işi gerçekten kapıyorsun, Ernest. Gayet iyi – sıkı bir soru bu. İşin aslını kavrama yeteneğine sahipsin. Benden söylemesi, sen harcanıyorsun – nörokimyacı olmak için yaratılmamışsın sen. Bak, Freud 'aktarım tedavisi'ni tu kaka edeli neredeyse yüz yıl oldu. Haklılık payı yok değil ama temeli yanlış.

"Güven bana: Kişide özyıkıma yönelik davranış döngüsünü bir yerinden kırabilirsen –bunu *nasıl* yapmış olursan ol– önemli bir iş başarmışsın demektir. İlk adım, kendinden nefret etme, özyıkım ve arkasından da, yaptıklarından utanarak kendinden daha fazla nefret etmeye dayalı kısırdöngüyü kırmak *olmalıdır*. Gerçi kendisi bunu hiç ifade etmedi ama, o yoz davranışlarının ardından Belle'in nasıl bir utanç yaşadığını, kendini nasıl hakir gördüğünü düşün bir. Bu süreci tersine çevirmek terapistin görevidir. Karen Horney bir keresinde demişti ki... Horney'ın çalışmalarını bilir misin, Ernest?

"Çok yazık, ama zaten bizim sahamızdaki belli başlı teorisyenlerin yazgısı bu galiba – öğretileri ancak bir kuşak dayanıyor. Horney benim en sevdiklerimden biriydi. Eğitimim sırasında bütün eserlerini okudum. En iyi kitabı, *Nevrozlar ve İnsan Gelişimi* çıkalı elli yılı geçmiştir, ama terapi hakkında okuyabileceğin en iyi kitaplardandır – tek kelime jargon kullanmaz üstelik. Sana bendeki nüshayı yollayacağım. Bir keresinde Horney, ha belki de o kitapta işte, çok yalın ama kuvvetli bir söz eder: 'Kendinizle gurur duymak istiyorsanız, gurur duyabileceğiniz şeyler yapın.'

"Dur ya, hikâyenin neresinde kalmıştım unuttum. Kaldığım yerden devam etmeme yardımcı ol, Ernest. Belle'le ilişkimde mi kalmıştım? Tabii ya, zaten bunun için buradayız, öyle değil mi? O cephede bir sürü önemli gelişme oldu. Ama sizin komiteyi en çok ilgilendiren gelişmenin fiziksel temas meselesi olduğunu biliyorum. Belle neredeyse en başından beri mesele yapmıştı bunu. Pekâlâ, ben, kadın olsun erkek olsun bütün hastalarıma her seansta dokunmayı alışkanlık edinmişimdir– genellikle bu, hasta giderken elini sıkmak veya belki omzuna hafifçe vurmak şeklinde olur. Ama Belle böyle şeylerden pek hazzetmiyordu: Elimi sıkmayı reddetti ve benimle dalga geçmeye başladı, 'Amerikan Psikiyatri Birliği onay veriyor mu bu tokalaşmaya?' derdi mesela, yahut da 'Bu ne laubalilik böyle?'

"Bazen seansın sonunda sarılırdı bana – daima dostça, cinsellikle ilgisi yok. Bir sonraki seansta da davranışım yüzünden bana çıkışır, fazla resmi olduğumdan, sarılırken nasıl kaskatı kesildiğimden falan dem vururdu. Burada 'kaskatı' derken kastettiği bedenimdi Ernest, çüküm değil – nasıl baktığını gördüm de. İyi poker oyuncusu olmaz senden. Şehvaniyet kısmına gelmedik daha. Oraya gelince ben sana haber veririm.

"Yaşa göre ayrımcılık yapmamdan şikâyetçiydi. Yaşlı ve eciş bücüş olsaymış ona sarılmakta tereddüt etmezmişim. Galiba haklı bu konuda. Fiziksel temas, Belle için olağanüstü önemliydi: Birbirimize dokunmamız için ısrar ederdi ve asla kesmezdi ısrarı. Bastırdıkça bastırırdı. Hiç durmamacasına. Ama bunu anlayabiliyordum: Belle, dokunmadan mahrum büyümüştü. Annesi bebekken ölmüş ve arka arkaya gelen mesafeli İsviçre mürebbiyeleri yetiştirmiş onu. Hele babası! Mikrop kapma fobisi olan bir babayla büyüdüğünü düşünsene, asla dokunmazmış kıza, dışarıda da, evin içinde de daima eldiven giyermiş. Kâğıt paraları hizmetçilere yıkatıp ütületirmiş.

"Yavaş yavaş, bir yıl kadar sonra, Belle'in bitmek bilmez baskıları sonucu yeterince gevşedim ya da yumuşadım, böylece seansların sonunda düzenli olarak merdümperest bir tarzda sarılmaya başladım ona. Merdümperest tarz ne mi demek? Dostça, kardeşçe demek. Ama ne verirsem vereyim hep daha fazlasını istiyordu, sarılırken hep yanağımdan öpmeye çalışıyordu. Ben onun sınırlara saygı göstermesi için ısrar ettikçe, o da sınırları zorlamakta ısrar ediyordu. Ona bu konuda ne kadar çok mini konferans verdim, okusun diye ne kadar çok makale ve kitap gösterdim, anlatamam.

"Ama kadın vücuduna bürünmüş bir çocuk gibiydi –hem de işe bakınız ki muhteşem bir kadın vücuduna– ve insanlarla temas kurma isteği dur durak tanımıyordu. Biraz daha yakına çekebilir miydi sandalyesini? Birkaç dakika elini tutamaz mıydım? Divanda yan yana oturamaz mıydık? Konuşmak yerine kolumu omzuna atsam da öyle sessizce otursak veya yürüyüşe çıksak n'olurdu sanki?

"Üstelik insanı ikna etmekte müthiş hünerliydi. 'Seymour,' derdi, 'her hasta için yeni bir terapi yaratılması hakkında gayet güzel laflar ediyorsun, ama "kitapta yeri varsa" veya "orta yaşlı burjuva terapistimizin keyfine uyuyorsa" ibaresini makalelerine eklemeyi unutmuşsun bak.' Terapide sınırlar konusunda Amerikan Psikiyatri Birliği'nin elkitaplarına sığındığım için azarlardı beni. APB başkanı olduğum dönemde o elkitaplarının yazılmasında sorumluluk taşıdığımı bilir, beni kendi kurallarıma tutsak olmakla suçlardı. Kendi yazdığım makaleleri okumadığım için beni eleştirirdi. 'Her hastanın kendine özgü yapısına saygı duymak gerektiğini vurgulayıp duruyorsun, sonra da bir dizi kural her durumda, her hastaya uyarmış gibi davranıyorsun. Sanki hepimiz koca bir yığın halinde bir arada duruyoruz,' derdi, 'bütün hastalar aynıymış ve hepsine aynı terapi uygulanabilirmiş gibi.' Hiç değişmeyen nakaratı ise şuydu: 'Hangisi daha önemli? Kurallara uymak, kendi çöplüğünde huzurunu garantiye alarak koltuğuna gömülmek mi, yoksa hastan için en iyisi neyse onu yapmak mı?'

"Bazen de benim 'savunma odaklı terapi' anlayışıma sövüp sayardı: 'Mahkemeye verilmekten ödün kopuyor. Siz hümanistik terapistler, hepiniz avukatların önünde süklüm püklüm oluyorsunuz, zihinsel olarak sakatlanmış hastalarınızı kendi özgürlüklerine sahip çıkmaya zorlarsınız bir de. Gerçekten seni mahkemeye vereceğimi mi düşünüyorsun? Beni hâlâ tanımadın mı, Seymour? Sen benim hayatımı kurtarıyorsun. Ve ben, seni seviyorum!'

"Ve senin de bildiğin gibi Ernest, doğru söylüyordu. Köşeye kıstırmıştı beni. Ödümün koptuğu *doğruydu*. Terapiyi olumsuz etkileyeceklerini düşündüğüm bir durumda bile kendi ilkelerimi savunmaktaydım. Kendi korkaklığım, kendi küçük kariyerime dair endişelerim onun en önemli çıkarlarının önüne geçmişti. Gerçekten de, hadiseye tamamen kayıtsız bir gözle bakabildiğinde, yanıma oturup elimi tutmasına izin vermenin hiçbir zararı *yoktu*. Hem ne zaman bunu yapsam kesinlikle terapiye faydası dokunuyordu, Belle daha az savunmada davranıyor, bana daha çok güvenip kendi iç dünyasına daha çok yöneliyordu.

"Ne? Terapide kesin sınır diye bir şey olabilir mi, ha? Olur, elbette. Dinle bak Ernest. Benim sorunum, Belle'in bütün sınırlara hamle etmesiydi, kırmızı bayrak görmüş bir boğa gibi. Nereye *–nereye–* sınır koysam orayı zorladıkça zorluyordu. Varla yok arası elbiseler, sutyensiz transparan bluzlar falan giymeye başladı. Bu konuda bir şey söyleyecek olduğumda, insan bedenine yönelik Viktoryen tutumlarımla dalga geçti. Onun zihninin en mahrem kuytularını bile tanımak istiyormuşum da, tenine gelince cısmış. Bir-iki sefer göğsünde bir yumru olduğunu söyleyip muayene etmemi istedi – tabii ki etmedim. Sonunda benimle bir kerecik seks yapmak için saatlerce aralıksız yalvarmaya başladı. Argümanlarından biri de, bir kerelik seksin bu saplantıyı ortadan kaldıracağıydı. Bunun hiç de öyle özel ve büyülü bir şey olmadığını görecek, böylece saplantısından kurtularak hayattaki başka şeyleri düşünmeye başlayacaktı.

"Belle'in cinsel temas gayreti bende ne gibi duygular mı uyandırdı? Güzel soru Ernest, ama bu soruşturmayla alakası var mı?

"Emin değilsin demek? Soruşturmayla alakası olan, benim ne *yaptığım* – yaptıklarım için yargılanıyorum, duygularım ya da düşüncelerim için değil. Bir linç harekâtında kimse bunu iplemiyor tabii! Ama birkaç dakikalığına teybi kapatırsan sana anlatırım. Bunu bir ders kabul et. Rilke'nin *Genç Bir Şaire Mektuplar*'ını okudun değil mi? Tamam, bunu da benim genç bir terapiste mektubum olarak kabul et işte.

"Güzel. Kalemini de, Ernest. Koy onu masaya ve bir an için sadece dinle. Bunun beni nasıl etkilediğini bilmek istiyorsun, ha? Kafayı bana takmış güzel bir kadın, her gün beni düşünüp mastürbasyon yapıyor, onunla yatayım diye bana yalvarıyor, hiç durmadan benimle ilgili fantezilerini anlatıyor, menimi suratına sıvamaktan ya da çikolatalı çöreğin hamuruna katmaktan bahsediyor – *nasıl bir şey* hissettiğimi sanıyorsun? Bir baksana bana! İki değnek, gitgide kötüleşiyorum, çirkinim, suratım kırışıklar içinde, şiş şiş, her tarafım sarkmış, döküldükçe dökülüyorum.

"Kabul ediyorum. Ben de insanım. Etkilenmeye başladım tabii. Seansımız olduğu günler giyinirken onu düşünüyordum. Hangi gömleği giysem? Kalın çizgililerden nefret ederdi – fazla kendini beğenmiş bir adam görüntüsü veriyormuş bana. Hangi tıraş losyonunu sürsem? Royall Lyme'ı Mennen'den daha çok seviyordu, her seferinde hangisini kullanacağımı şaşırırdım. Genellikle Royall Lyme sürerdim. Bir gün, gittiği tenis kulübünde benim meslektaşlardan biriyle tanışmış –tatsız herifin teki, kazanmaktan başka bir şey düşünmezdi, gerçek bir narsist, hep benimle rekabet ederdi– beni tanıdığını öğrenince hakkımda konuşturmaya başlamış adamı. Benimle bir bağlantısının bulunması onu tahrik etmiş ve adamı derhal eve atmış. Düşünsene, o andavallı böyle muhteşem bir kadınla yatıyor ve bunun benim sayemde olduğundan haberi yok. Ben de söyleyemem herife. İllet oldum anlayacağın.

"Ama bir hastaya kuvvetli duygular beslemek başka şeydir, bu duygulara göre davranmak başka. Duygularıma karşı savaştım – hiç durmadan kendimi analiz ettim, düzenli olarak bir-iki arkadaşa danıştım, seanslar sırasında da bunlarla başa çıkmaya çalıştım. Onunla seks yapmamın asla söz konusu olamayacağını tekrar tekrar anlattım Belle'e, böyle bir şey yapacak olursam bir daha asla kendimi iyi hissedemeyeceğimi söyledim. Onun yaşlı, sakat bir âşığa değil iyi ve şefkatli bir terapiste ihtiyacı olduğunu söyledim. Ama onun cazibesinden etkilendiğimi de kabul ettim. Bana o kadar yakın oturmamasını, çünkü fiziksel temasın beni uyardığını ve terapist olarak verimimi düşürdüğünü belirttim. Otoriter bir tutum takındım: Ondan daha ileri görüşlü olduğumu, onun terapisi hakkında, kendisinin henüz bilmediği şeyler bildiğimi söyledim.

"Tamam, tamam, teybi açabilirsin tekrar. Duygularımla ilgili sorunu cevaplamış oldum herhalde. İşte böylece, yüzeye fırlayan semptomlarla boğuşa boğuşa bir yılı ettik. Arada birçok kez dağıtmıştı gerçi ama bütün olarak bakınca iyi gidiyorduk. Tedaviyi başarmış falan olmadığımı biliyordum. Ancak onu 'zaptetmeyi' başarmıştım, seanslar arasında emniyette olacağı bir ortam sağlamıştım. Ama bir yandan da tetikteydim hep; Belle gitgide huzursuzlanıyordu ve yorulmuştu.

"Sonra bir gün bitap bir halde girdi içeri. Sokaklarda gayet temiz, yeni bir mal varmış, biraz eroin almamak için kendini çok zor tuttuğunu itiraf etti. 'Tam bir engellenmişlik durumunda yaşamaya devam edemem,' dedi. 'Canımı dişime taktım uğraşıyorum ama pilim bitiyor artık. Ben kendimi tanıyorum, ben kendimi tanıyorum, bu makine nasıl işler biliyorum. Sen beni hayatta tutuyorsun, seninle çalışmak da istiyorum. Bunu yapabileceğimi sanıyorum. Ama *biraz teşvike ihtiyacım var!* Evet, evet Seymour, ne diyeceğini biliyorum: Tiradını ezbere biliyorum ben. Diyeceksin ki, zaten beni teşvik eden bir şey var, beni teşvik eden şey daha iyi bir hayat sürmek, kendimi daha iyi hissetmek, kendimi öldürmeye çalışmaktan vazgeçmek, kendime saygı duymak. Ama yetmiyor işte. Çok uzaklarda bu. Çok havada kalıyor. Oysa ben ona dokunmak istiyorum. Dokunabilmek istiyorum!'

"Yatıştırıcı bir şeyler söylemek istedim ama sözümü kesti. Çaresizliği son haddine varmıştı ve bu çaresizlik içinde bir teklif yaptı bana. 'Seymour, bana yardım et. Benim bildiğim gibi ama. Sana yalvarıyorum. Bir yıl süreyle temiz kalırsam –gerçekten temiz, ne demek istediğimi anlıyorsun: Uyuşturucu yok, kusma yok, bar rezaletleri yok, kesip biçme yok, *hiçbiri* yok– işte o zaman *beni ödüllendir!* Beni teşvik edecek bir şey yap! Beni bir hafta süreyle Hawaii'ye götüreceğine söz ver. Ve oraya bir kadın ve bir erkek olarak gidelim – deliyle doktoru olarak değil. Gülme Seymour, ben ciddiyim – ölümüne ciddiyim. Buna ihtiyacım var. Seymour, bir kerecik olsun *benim* ihtiyaçlarım, kurallarından önce gelsin. N'olur bana yardım et bu konuda.'

"Onunla Hawaii'de bir hafta! Gülüyorsun ha Ernest, ben de gülmüştüm. Olacak şey değil! Ben de senin yapmış olacağın şeyi yaptım: Gülüp geçtim. Önceki akıl çelici tekliflerine yaptığım gibi bunu da bir kenara attım. Ama bu sefer olmadı. Belle'in tavrında daha zorlayıcı, daha uğursuz bir şeyler vardı. Ve çok daha inatçı.

Teklifini bir kenara atmama izin vermedi. Bunu bir türlü unutturamadım ona. Böyle bir şeyin söz konusu olamayacağını söylediğimde pazarlığa başladı Belle: Uslu durma süresini bir buçuk yıla çıkardı, Hawaii'yi San Francisco olarak değiştirdi ve bir haftayı da önce beş, sonra dört güne indirdi.

"Seanslar arasında elimde olmadan Belle'in teklifini düşünür olmuştum. Kendimi tutamıyordum. Hiç durmadan bunu evirip çeviriyordum kafamda. Bir buçuk yıl *–on sekiz ay–* uslu duracaktı ha? İmkânsız bir şey. Saçma. Asla beceremezdi. Bunu konuşmak bile zaman kaybıydı, ne diye zamanımızı boşa harcayacaktık ki?

"Peki, dedim kendi kendime, tut ki –sadece düşünce düzeyinde bir deneydi bu– gerçekten de on sekiz ay boyunca davranışlarını değiştirmeyi başardı. Bu düşünceyi bir dene, Ernest. Hele bir düşün. Böyle bir olasılığı düşün. Böylesine dürtüsel, aklına eseni hemen yapıveren bir kadın on sekiz ay boyunca kendini kontrol edecek, egosu açısından çok daha kabul edilebilir bir şekilde davranacak, uyuşturucu almayacak, kendini kesmeyecek, kendine yönelik her türlü tahripkârlıktan uzak duracak, *artık bambaşka bir insan olacak* – sen olsan kabul etmez miydin?

"Ne? 'Sınır kişilik vakaları oyunlar mı oynar?' Böyle diyorsun ha? Ernest, böyle düşünürsen asla gerçek bir terapist olamazsın. Daha önce teşhisin sakıncalarından bahsederken tam da bunu anlatmaya çalışıyordum işte. Sınır kişilik vardır, sınır kişilik vardır. Yaftalar insana kötülük ederler. Bir yaftayı tedavi edemezsin; o yaftanın ardındaki insanı tedavi etmek zorundasın. Yani Ernest, bak bir daha soruyorum: Bu insanın, bu yaftanın değil, bu Belle'in, etten kemikten yapılma bu insanın, on sekiz ay boyunca temelden farklı bir şekilde davranacak olursa esaslı, köklü bir değişim geçireceğini kabul etmiyor musun?

"Görüş belirtmek istemiyorsun ha? Seni suçlayamam – bugün burada nasıl bir konumda bulunduğunu düşünecek olursak. Teybi de tabii. Tamam, kendi kendine, içinden cevapla soruyu. Yok, bırak ben cevaplayayım senin yerine: Yeryüzünde, bu dürtüsel davranış bozukluğunun pençesinden kurtulduğunda Belle'in artık tamamen başka bir insan olacağı düşüncesini kabul etmeyecek tek bir terapist bulunduğuna inanmıyorum. Bu durumda Belle, başka değerler, başka öncelikler, bambaşka bir bakış geliştirecekti. Uyanacak, gözlerini açacak, gerçekliği görecek, belki kendi güzelliğini ve değerini görecekti. Ve beni de başka bir gözle görecekti, senin gördüğün gibi: Yalpalayarak yürüyen, günden güne çürüyen bir ihtiyar. Gerçeklik bir kez araya girdi mi erotik aktarımı, nekrofilisi sönüp gidecekti artık ve tabii onlarla birlikte Hawaii teşviki de.

"Ne o Ernest? Erotik aktarımı özler miydim ha? Beni üzer miydi bu? Elbette! Elbette! Bana hayranlık duyulmasına bayılırım. Kim bayılmaz ki? Sen olsan bayılmaz mıydın?

"Bırak şimdi Ernest. *Bayılmaz mıydın?* Tebliğlerini sunduktan sonra kopan alkışa bayılmıyor musun? İnsanların, hele kadınların etrafına toplanmasına bayılmıyor musun?

"Güzel! Dürüstlüğünü takdir ediyorum. Bunda utanacak bir şey yok. Kim bayılmaz? Mayamızda var bu. Velhasıl, bana duyduğu hayranlığı özleyecektim, kendimi kayba uğramış hissedecektim: Ama n'apalım? Benim işim bu: Gerçekliği görmesini sağlamak, büyüyüp benden kurtulmasına yardım etmek. Hatta, Allah muhafaza, beni unutmasına.

"Evet, günler ve haftalar birbirini kovalarken, Belle'in pazarlığı gitgide daha çekici geliyordu bana. *On sekiz ay temiz kalmayı* teklif etmişti. Ve unutma ki bu, pazarlığın başında yapılmış bir teklifti. Ben iyi pazarlık ederim, daha fazlasını koparabileceğimden, şansımı artırabileceğimden, daha geniş bir hareket sahası sağlayabileceğimden emindim. Tam anlamıyla sağlama alacaktım bu değişimi. Israrla dayatabileceğim başka koşullar üzerinde düşündüm: Belki onun için bir miktar grup terapisi ve kocasına çift halinde terapiye gelmeyi kabul ettirme yönünde daha gayretli teşebbüsler.

"Gece gündüz Belle'in teklifini düşünüyordum. Aklımdan çıkmaz olmuştu. İddiacı adamımdır ben ve elimde müthiş kozlar vardı. Belle iddiayı kaybedecek olursa, dağıtırsa –uyuşturucu alır, yiyip yiyip kusar, barlara takılır ya da bileklerini keserse– *kaybedeceğimiz hiçbir şey yoktu.* Sadece başladığımız yere dönmüş olacaktık. Onu birkaç hafta veya birkaç ay bunlardan uzak tutmayı başarmam bile yeterdi gerisini getirmeye. Belle kazanacak olduğunda ise öylesine değişecekti ki ödülünü almak istemeyecekti. Hiçbir riski yoktu bu işin. Olmazsa bir şey kaybetmiyorduk, olursa bu kadını kurtarabilecektim.

"Daima hareketi sevmişimdir, yarışları sevmişimdir, her şey

için bahis tutuşabilirim – beyzbol, basketbol. Liseyi bitirince donanmaya girmiştim, gemilerde pokerden kazandıklarım sayesinde gittim üniversiteye; New York'ta, Mount Sinai'de internken, nöbetçi olmadığım geceler Park Avenue'nun nöbetçi doğum hekimleriyle oyun oynardık. Doğumhanenin yanında doktorların bekleme odasında sürekli oyun dönerdi. 'Açık' denince hemen operatörü arar Dr. Blackwood'u anons ettirirlerdi. 'Dr. Blackwood, lütfen doğumhaneye' anonsunu duydum mu mümkün olduğu kadar çabuk yükseltirdim eli. Hepsi de çok iyi doktordu ama pokerde dökülüyorlardı. Bilirsin Ernest, internlerin eline üç kuruş para geçerdi o günlerde, yıl sonu geldiğinde bütün diğer internler gırtlağına kadar borca batmış olurdu. Ben mi? Ben Ann Arbor'daki konutuma üstü açılabilen yeni bir De Soto'yla gidiyordum, Park Avenue kadındoğumcuları sağolsun.

"Belle'e dönelim. Haftalarca teklifini düşündükten sonra bir gün gözümü kararttım. Bir teşvike ihtiyaç duymasını anladığımı söyleyerek ciddi bir pazarlık başlattım. İki yıl üzerinde ısrar ettim. Ciddiye alındığı için öyle sevinmişti ki bütün koşullarımı kabul etti ve çarçabuk kesin, net bir sözleşme yaptık. Onun yükümlülüğü, iki yıl süreyle tamamen temiz kalmaktı: Hiçbir madde (alkol dahil) kullanmayacak, kendini doğramayacak, kusana kadar yemeyecek, barlardan ya da otoyollardan adam kaldırmayacak, yahut başka herhangi bir tehlikeli cinsel davranışa girmeyecekti. Medeni cinsel ilişkilere izin vardı. Ve hiçbir yasadışı iş yapmayacaktı. Bunun her şeyi kapsadığını düşünmüştüm. Ha tabii, grup terapisine başlamak zorundaydı ve kocasıyla birlikte çift olarak terapiye katılmaya söz veriyordu. Benim yükümlülüğüm ise San Francisco'da bir hafta sonuydu: Bütün ayrıntıları, otelleri, faaliyetleri o belirleyecekti – açık kart. Ben, onun emrine amade olacaktım.

"Belle çok ciddiye aldı bu işi. Pazarlık sona erince resmi bir şekilde yemin etmemizi önerdi. Seansa bir Kitabı Mukaddes getirdi ve ikimiz de ona el basarak sözleşmedeki yükümlülüklerimizi yerine getireceğimize söz verdik. Sonra da ciddi bir şekilde el sıkışıp anlaşmamızı teyit ettik.

"Terapi önceden olduğu gibi devam etti. Belle ile yaklaşık haftada iki kez görüşüyorduk – üç kez görüşsek daha iyi olurdu aslında, ama kocası terapi faturalarına söylenmeye başlamıştı. Belle temiz kaldığı için 'dağıtma'larını analiz etmekle vakit harcamıyorduk, dolayısıyla terapi daha hızlı ve derinden ilerliyordu. Rüyalar, fanteziler – her şey daha kolay erişilir hale gelmişti. Onda kendisiyle ilgili merak tohumları ekmeyi başarmıştım sonunda; üniversitede misafir öğrenci olarak anormallikler psikolojisi derslerine kaydoldu ve hayatının ilk dönemlerini kapsayan bir otobiyografi yazmaya başladı. Yavaş yavaş çocukluğuna ilişkin daha fazla ayrıntı hatırlıyordu, birbirini izleyen ilgisiz mürebbiyeler arasından kendine yeni bir anne bulmak için giriştiği hazin çabaları hatırlıyordu – babasının temizlik ve düzen konusundaki fanatik ısrarı yüzünden mürebbiyelerin çoğu bir-iki ay içinde ayrılıyormuş evden. Belle'in hayatının her boyutu adamın mikrop kapma fobisine göre düzenlenmiş. Düşünsene: On dört yaşına kadar okula gönderilmemiş Belle, evde eğitim almış, çünkü babası, eve mikrop taşımasından korkuyormuş. Sonuçta çok az yakın arkadaşı olmuş. Arkadaşlarıyla yemek yediği bile endermiş; dışarıda yemek yemesi yasakmış ve babasının sofradaki tuhaflıklarından utandığı için arkadaşlarını eve de davet edemezmiş: Eldivenler takılır, tabaktaki yemek değiştikçe kalkıp eller yıkanır, hizmetçilere tırnak kontrolü yapılırmış. Ödünç kitap almasına izin verilmezmiş Belle'in – çok sevdiği bir mürebbiye, Belle ile bir arkadaşının bir günlüğüne giysilerini değiştokuş etmesine izin verdiği için anında işten atılmış. On dört yaşında Grenoble'da bir yatılı okula gönderilince çocukluktan da, babasının kızı olmaktan da bir anda çıkmış Belle. Ondan sonra babasıyla ancak formalite icabı görüşmüş, adam çok geçmeden tekrar evlenmiş zaten. Yeni karısı güzel kadınmış ama eski bir fahişeymiş – evde kalmış halasının dediğine bakılırsa kadın, babasının son on dört yıl içinde tanıdığı çok sayıda orospudan biriymiş. Belki de, demişti Belle, adam *kendini* kirli hissediyordu ve bu yüzden hiç durmadan yıkanıyordu, teninin Belle'inkine değmesini bu yüzden istemiyordu – onun terapi boyunca yaptığı ilk yorumdu bu.

"Bu aylarda Belle, yaptığımız anlaşmayı sadece bana duyduğu minnettarlık bağlamında dile getirdi. 'Hayatta aldığım en büyük teşvik' diyordu buna. Bu anlaşmanın ona verilen bir armağan olduğunu biliyordu: Diğer doktorlardan aldığı 'armağanlar'ın –sözcükler, yorumlar, vaatler, 'terapötik şefkat'– tersine bu gerçekti ve elle tutulabilir bir şeydi. Etten kemikten bir şey. Kendimi tamamen ona yardıma adadığımın somut kanıtıydı. Ve onu sevdiğimin. Daha önce hiç böyle sevilmediğini söylüyordu. Daha önce hiç kimse, onu kendi çıkarlarının önüne geçirmemişti, kuralların önüne onu koymamıştı. Hele babası hiç değil tabii, adam elinde eldiven olmadan asla dokunmamış ona ve on yıl önce ölene kadar her yıl doğum gününde aynı hediyeyi göndermiş: Yüz dolarlık banknotlardan bir deste, her yaşı için bir yüzlük, hepsi de yıkanıp ütülenmiş olarak.

"Böylece anlaşma bir anlam daha kazanmış oluyordu. Benim kuralları esnetmeye istekli olmam pek sevindirmişti onu. Söylediğine göre en çok sevdiği yönüm, şansımı denemeye istekli olmammış, kendi gölgeme bir dehliz açmammış. 'Sende de haylaz ve karanlık bir taraf var,' derdi. 'Onun için beni bu kadar iyi anlıyorsun. Bazı bakımlardan beyin ikizi olduğumuzu düşünüyorum ben.'

"İşte Ernest, galiba bu işi böyle çabuk kıvırmamızın sebebi buydu, yani beni görür görmez ona uygun terapist olduğumu anlamasının sebebi – yüzümde yaramaz bir kıpırtı, gözümde hürmetkârlıktan uzak bir pırıltı yakalamıştı. Haklıydı Belle. Ciğerimi okumuştu benim. Uyanık kızdı o.

"Ve malum, tam olarak ne demek istediğini anlamıştım – tam olarak! Ben de aynı şekilde başkalarında yakalayabilirim bunu. Ernest, bir dakikacık kapat şu teybi. Güzel. Sağol. Söylemek istediğim o ki, ben de sende aynı şeyi gördüğümü sanıyorum. Sen ve ben, bu kürsünün, bu yargı masasının farklı taraflarında oturuyoruz, ama ortak bir yanımız var. Sana söylemiştim, yüz okuma konusunda ustayımdır. Bu işlerde nadiren yanılırım.

"Hayır mı? Bırak şimdi! Sen biliyorsun ne demek istediğimi! Tam da bu nedenle böyle ilgiyle dinlemiyor musun hikâyemi? İlgi ne kelime! *Büyülenme* dersem çok mu ileri gitmiş olurum? Gözlerin faltaşı gibi. Evet, Ernest, sen ve ben. Benim yerimde, benim durumumda sen olabilirdin. Benim Faustvari pazarlığı sen de yapabilirdin pekâlâ.

"Kafanı sallarsın tabii ya. Tabii! Ama ben kafana söylemiyorum bunları. Doğrudan kalbine sesleniyorum ve zaman gelecek sen de benim söylediklerime açacaksın kendini. Dahası var – sadece bende değil belki Belle'de de kendini bulacaksın. Üçümüz. Birbirimizden o kadar farklı değiliz! Tamam, hepsi bu – haydi şimdi işimize dönelim.

"Dur! Teybi tekrar açmadan önce sana bir şey daha diyeyim, Ernest. Etik komite umurumda bile değil benim. Ne yapabilirler ki? Hastaneye yatma önceliğimi mi elimden alacaklar? Ben yetmiş yaşındayım, meslek hayatım bitti, bunu biliyorum. O halde ne diye anlatıyorum bütün bunları sana? Bir hayrı dokunur umuduyla. Olur da benden biraz feyz alırsın, damarlarında akan kana karışmama, sana bir şeyler öğretmeme izin verirsin umuduyla. Unutma Ernest, kendi gölgene bir dehliz açmandan bahsederken *pozitif* anlamda kullandım bu tabiri – demem o ki, sen de büyük bir terapist olmanı sağlayacak cesareti ve ruh yüceliğini gösterebilirsin. Şimdi aç teybi Ernest. Lütfen, cevap vermene gerek yok. Yaşın yetmişse cevaba falan lüzum kalmıyor.

"Evet, nerede kalmıştık? Ha, ilk yıl boyunca Belle kesinlikle daha iyiydi. Hiçbir şekilde dağıtmadı. Tamamen temiz kaldı. Benden daha az talepte bulundu. Ara sıra yanıma oturmak ister, kolumu omzuna atmamı söylerdi ve birkaç dakika otururduk öyle. Bu daima onu gevşetiyor, terapide daha verimli olmasını sağlıyordu. Seansların sonunda yine babacan bir şekilde sarılıyordum ona, o da çoğunlukla kendini tuta tuta, babasının kızı edasıyla yanağımdan öperdi beni. Kocası çift halinde terapiyi reddetti ama Hıristiyan İlim Kilisesi'ne bağlı bir hekimle birkaç seans görüşmeye razı oldu. Belle, aralarındaki iletişimin iyiye gittiğini anlatıyordu, her ikisi de ilişkiden daha memnun görünüyordu.

"Altı ay dolduğunda hâlâ her şey yolundaydı. Eroin yoktu – hiçbir türden uyuşturucu yoktu– kendini doğrama yoktu, bulimi, kusma ya da kendine yönelik herhangi bir tahripkârlık yoktu. Belle bir-iki marjinal gruba takıldı – bir medyuma, geçmiş hayatları araştıran bir terapi grubuna, su yosunuyla beslenmeyi savunan birilerine, tipik Californialı kaçıklar işte, zararsızdı hepsi. Kocasıyla cinsel ilişkileri tekrar başlamıştı, benim meslektaşla da bir-iki posta daha gittiler – o hıyar vardı ya hani, tenis kulübündeki dalyarak. Hiç değilse güvenli seksti ama bu, bar ve otoyol serüvenleriyle alakası yoktu.

"Bir terapide gördüğüm en büyük değişimdi bu. Belle ise hayatının en mutlu dönemini yaşadığını söylüyordu. Bu konuda iddialıyım Ernest: Tedavi sonuçlarıyla ilgili çalışmalarından herhangi birine al onu. Hastalar arasında yıldız olacaktır! Onun gösterdiği sonuçları, istediğin ilaç tedavisiyle karşılaştırabilirsin: Risperidone, Prozac, Paxil, Effexor, Wellbutrin –hangisini istersen– benim uyguladığım terapi havada kazanır. Hayatımda gerçekleştirdiğim en iyi terapiydi ve yayımlama şansım sıfırdı. Ne yayımlaması? Kimseye anlatamadım bile. Bugüne kadar! İlk gerçek dinleyicim sensin.

"Aşağı yukarı on sekizinci aya geldiğimizde seanslar değişmeye başladı. Önceleri belli belirsiz bir değişimdi. San Francisco'da geçireceğimiz hafta sonunun gitgide daha çok sözü edilir oldu ve sonunda Belle, her seansta bundan bahsetmeye başladı. Sabahları yatakta bir saat fazla kalıp hafta sonumuzun nasıl olacağını düşlüyormuş: Benim kollarımda uyuyacağını, yatakta telefonla kahvaltı isteyeceğimizi, sonra arabayla Sausalito'ya gidip öğle yemeği yiyeceğimizi, arkasından da öğle uykusuna yatacağımızı falan. Fantezilerinde ikimizi evlendirmiş, akşamları evde beni bekliyormuş. Sonunda eve, onun yanına döneceğimi bilmesi koşuluyla hayatının geriye kalanını saadet içinde geçireceğini söylüyordu ısrarla. Benimle birlikte çok fazla zaman geçirmesi gerekmiyormuş; ikinci bir eş olmaya, beni haftada bir-iki saat görmeye razıydı – böylelikle sonsuza dek sağlıklı ve mutlu bir hayat sürebilirdi.

"Eh, o sıralar artık biraz huzursuzlanmaya başladığımı tahmin edebilirsin. Sonra da iyiden iyiye huzursuzlanır oldum. Kıvranmaya başladım. Gerçekle yüz yüze gelmesine yardımcı olmak için elimden geleni yaptım. Hilafsız her seansta yaşımı konu ettim. Üç-dört yıl içinde tekerlekli sandalyeyle gezecektim. On yıl sonra seksen yaşında olacaktım. Benim ne kadar yaşayacağımı düşündüğünü sordum ona. Benim ailemde erkekler genç ölür. Babam, benim yaşıma gelmesine daha on beş yıl varken girmişti mezara. Belle, benden en az yirmi beş yıl fazla yaşayacaktı. Hatta onun yanında nörolojik sakatlığımı bile abartmaya başlamıştım. Bir keresinde mahsustan düştüm – görüyorsun işte ne kadar çaresiz kaldığımı. Hem ihtiyarlarda pek enerji olmadığını söyledim, tekrar tekrar. Saat sekiz buçukta yatıp uyuduğumu söyledim. Saat ondaki haberleri seyretmeyeli beş yıl olmuştu. Görme bozukluğumdan, omzumdaki bursitten, sindirim güçlüğü çektiğimden, prostatımdan, sürekli gazım olduğundan, kabızlığımdan bahsettim. Sırf onu etkilemek için işitme cihazı kullanmayı bile düşündüm.

"Ama hepsinde bozguna uğradım. Hepsi geri tepti! Bunlar iştahını daha da kabarttı. Benim hastalıklı ya da sakat olduğum düşüncesi sapkınca bir tutku yaratıyordu onda. Bana inme indiğini, karımın beni terk ettiğini, kendisinin gelip bakımımı üstlendiğini düşlemeye başladı. En sevdiği fantezilerden biri bana hastabakıcılık etmekti: Bana çay yapmak, beni yıkamak, çarşaflarımı ve pijamalarımı değiştirmek, beni pudralamak ve sonra da soyunup serin çarşafların arasına süzülerek yanımda yatmak.

"Yirminci aya geldiğimizde Belle çok daha belirgin bir iyileşme göstermekteydi artık. Kendi başına gidip Adsız Uyuşturucu Bağımlıları'na katılmıştı ve haftada üç kez toplantılarına gidiyordu. Gettolardaki okullarda gönüllü çalışarak genç kızları doğum kontrolü ve AIDS hakkında bilgilendiriyordu, ayrıca master yapmaya başlamıştı.

"Nasıl Ernest? Bana doğruyu söylediğini nereden biliyordum ha? Söyledim ya, ondan hiç kuşkulanmadım. Karakterinde kusurlar olduğunu biliyordum, ama en azından benim karşımda asla yalan söylemiyordu. Bundan daha önce de bahsetmiştim galiba, terapinin başında birbirimize kesinlikle doğruyu söyleyeceğimize dair bir sözleşme yapmıştık. Terapinin ilk haftalarında birkaç kez marifetlerini benden saklar gibi olmuştu da sonunda dayanamamıştı; deli olmuştu, zihninden geçenleri okuyabildiğimi ve onu terapiden atacağımı sanıyordu. Her defasında da itirafta bulunmak için bir dahaki seansı bekleyemeyip işin doğrusunu anlatmak üzere bana telefon etmişti – bir keresinde gece yarısı.

"Ama güzel soru sordun. Bu kadar şaibeli bir işte onun sözüne hemen güvenmek olmazdı. Zaten muhtemelen senin de yapacağın şeyi yaptım: Bütün olası kaynakları kontrol ettim. Bu süre içinde bir-iki kez kocasıyla da görüştüm. Adam terapiye girmeyi reddediyordu ama Belle'in terapisinin daha hızlı ilerlemesine yardımcı olmak üzere benimle görüşmeye razı oldu, üstelik karısının anlattığı her şeyi doğruladı. Bununla da kalmayıp Hıristiyan İlim Kilisesi'nin psikolojik danışmanıyla temasa geçmeme izin verdi; çok komik olacak ama, danışman hanım klinik psikoloji alanında doktora yapmaktaydı ve benim çalışmalarımı okuyordu. O da Belle'in anlattıklarını doğruladı: Evliliğini kurtarmak için gayret gösteriyordu kadın, kendini kesmiyor, uyuşturucu almıyor, mahallede gönüllü işler yapıyordu. Yok, işe hile karıştırmamıştı Belle.

"Peki sen ne yapardın bu durumda, Ernest? Ne? Sen zaten benim yerimde olmazdın, öyle değil mi? Tamam, tamam, biliyorum. Kolaycı bir cevap bu. Beni hayal kırıklığına uğratıyorsun. Söyle Ernest, benim yerimde olmazsan, nerede *olurdun?* Laboratuvarında mı? Yoksa kütüphanede mi? Emniyette olurdun. Huzur içinde ve rahat olurdun. Peki hasta nerede olurdu? Çoktan kayıp olurdu, işte o kadar! Tıpkı Belle'in benden önce gittiği yirmi terapist gibi – onların da hepsi kolay yolu seçmiş. Ama ben başka türlü bir terapistim. Kayıp ruhların kurtarıcısı. Bir hastayı bırakmayı reddederim ben. Kafamı gözümü yarar, kellemi koltuğuma alır, hastayı kurtarmak için her yolu denerim. Bütün meslek yaşamım boyunca böyle olmuştur. Nasıl bir ün yaptığımı bilir misin? Sor bakalım etrafa. Bölüm başkanına sor. O bilir. Bana düzinelerce hasta göndermiştir. Ben, son çare olarak başvurulan terapistim. Terapistler, bir hasta karşısında pes ettiler mi bana gönderirler onu. Ne o, başını sallıyorsun? Duymuş muydun yani bunu? Güzel! Benim işe yaramaz bir bunak olmadığımı bilmene sevindim.

"O zaman, içinde bulunduğum durumu bir düşün! Ne halt edecektim? Üç buçuk atmaya başlamıştım artık. Bütün setleri kaldırdım: Deli gibi yorum yapmaya başladım, sanki hayatım buna bağlıymışçasına. Uçanı kaçanı yorumlar olmuştum. Ve onun yanılsamalarına tahammül edemiyordum artık.

"Mesela Belle'in, ikimizi evlendirdiği o saçmasapan fantezisini alalım, hafta boyunca beni beklemesini, bütün hayatını buna, benimle geçireceği o bir-iki saate bağlamasını, ben gelene kadar hayatı askıya almasını, falan. 'Bu nasıl bir hayat ve nasıl bir ilişki?' diye sormuştum ona. İlişki değildi ki – bir tür putperestlikti. Benim bakış açımdan düşün bunu, dedim ona: Böyle bir düzenlemeden benim elime ne geçecekti, ne geçeceğini sanıyordu? Bir saat yanında kalıyorum diye onun iyileştiğini görmek – gerçekdışı bir şey. Bu bir ilişki miydi şimdi? Hayır! Birbirimiz karşısında gerçek birer insan değildik ki; beni bir put olarak kullanıyordu. Sonra benimkini emip menimi yutma saplantısı. Aynı şey. Gerçekdışı. İçini bomboş hissediyor ve kendi özsuyumla onu doldurmamı istiyordu benden. Ne yaptığını göremiyor muydu, simgesel bir şeyi sanki somut gerçeklikmiş gibi ele almanın ne kadar hatalı olduğunu göremiyor muydu? Bir çay kaşığını ancak dolduran meninin onu ne kadar dolduracağını sanıyordu ki? Midesindeki hidroklorik asit, birkaç saniye içinde parçalanmış DNA zincirlerinden başka bir şey bırakmayacaktı geriye.

"Belle, benim zıvanadan çıkmış yorumlarım karşısında gayet ciddi başını sallıyor, sonra örgüsüne dönüyordu. Adsız Uyuşturucu Bağımlıları'ndaki danışmanından öğrenmişti örgüyü ve birkaç haftadır hiç durmadan bana saç örgüsü desenli bir kazak örmekle uğraşmaktaydı, hafta sonu tatilimizde giyeyim diye. Onun aklını çelmenin hiç yolu yoktu. Evet, bütün hayatını bir fantezi üzerine temellendiriyor olabilirdi. Belki de ihtiyar bilge arketipinin peşindeydi. Ama o kadar da kötü bir şey miydi bu? Master öğreniminin dışında bir de konuk öğrenci olarak antropoloji derslerine giriyor ve *Altın Dal*'ı okuyordu. İnsanlığın büyük bölümünün totem, reenkarnasyon, cennet ve cehennem gibi böyle akıldışı kavramlara göre yaşadığını hatırlattı bana, hatta aktarım tedavisi ve Freud'un ilahlaştırılması da böyle bir şeydi. 'Neyin işe yaradığı önemli,' diyordu, 've birlikte bir hafta sonu geçireceğimiz düşüncesi işe yarıyor. Hayatımın en güzel dönemi oldu bu; sanki seninle evleniyormuşum gibi geliyor. Sanki senin çok geçmeden evde olacağını bilerek beklemek gibi; bununla yaşıyorum, bununla sevinç duyuyorum.' Sonra da elindeki örgüye dönüyordu. Ah o batasıca kazak! Elinden çekip alasım geliyordu bazen.

"Yirmi ikinci aya geldiğimizde bende şafak attı. Metanetimi tamamen kaybedip dil dökmeye, yan çizmeye, yalvarmaya başladım. Sevgi üzerine nutuklar çektim. 'Beni sevdiğini söylüyorsun, oysa sevgi bir ilişkidir, sevmek karşındakini önemsemektir, karşındakinin gelişimini ve durumunu önemsemektir. Sen beni hiç önemsiyor musun? *Benim* neler hissettiğimi? Duyduğum suçluluğu, korkuyu; bunun, etik olmayan bir şey yaptığımı bilmenin, benim kendime saygımı nasıl etkilediğini düşündün mü hiç? Ve itibarımı nasıl etkileyeceğini, tehlikeye attığım şeyleri –mesleğimi, evliliğimi– düşündün mü?'

" 'Bizim, insani bir ilişki içinde bulunan iki insan olduğumuzu –aramızdakinin bundan ne bir eksik ne bir fazla olduğunu– bana defalarca söyleyen sen değil miydin?' diye cevap veriyordu Belle. 'Benden sana güvenmemi istedin, ben de güvendim – hayatımda ilk kez birine güvendim. Şimdi de ben, *senden bana* güvenmeni istiyorum. Bu bizim sırrımız olacak. Mezara götüreceğim bunu. Ne olursa olsun. Sonsuza dek! Senin kendine olan saygına ve suçluluk duyguna ve de mesleki kaygılarına gelince, iyi güzel, ama senin, insanları iyileştirmekle yükümlü biri olarak beni iyileştirmekte olmandan daha fazla önem taşıyan bir şey var mı? Kuralların, itibarın, etiğin bunun önüne geçmesine izin mi veriyorsun?' Senin bu soruya iyi bir cevabın var mı Ernest? Ben bulamamıştım da.

"Bu anlaşmayı bozmamın doğurabileceği sonuçlar üzerine çok ince, ama uğursuz imalarda bulunmaya başladı. *İki yıl* boyunca, benimle geçireceği bu hafta sonu için yaşamıştı. Bir daha güven duyabilir miydi? Herhangi bir terapiste? Hatta *herhangi birine?* İşte asıl *bunun* için suçluluk duymam gerekeceğini söylüyordu. Daha fazla konuşmasına gerek yoktu. İhanetimin onun için ne anlama geleceğini biliyordum. İki yılı aşkın zamandır kendi kendine zarar vermemişti, ama bu konudaki becerisini kaybetmediğinden emindim. Dosdoğru söyleyecek olursak, anlaşmadan caydığım takdirde Belle'in kendini öldüreceğine ikna olmuştum. Hâlâ kafesten kaçmaya çalışıyordum ama, kanat çırpışlarım gittikçe ağırlaşmıştı.

" 'Ben yetmiş yaşındayım, sense otuz dört,' dedim ona. 'Bizim yatmamız doğal bir durum olmaz.'

" 'Chaplin, Kissinger, Picasso, Humbert Humbert ile Lolita,' diye cevapladı Belle, başını örgüsünden kaldırmaya bile gerek duymamıştı.

" 'İşi karikatür boyutlarına vardırıyorsun,' dedim ona, 'şişirdikçe şişirdin, abarttıkça abarttın, hadiseyi gerçeklikten tamamen kopardın. Sonunda bu tatil tam bir hayal kırıklığı olacak senin için.'

" 'Olabilecek en iyi şey, hayal kırıklığı olur,' diye cevapladı. 'Böylece seninle ilgili saplantımdan, senin hoşuna gidecek tabirle "erotik aktarım"ımdan kurtulurum işte. Bu da terapimiz açısından hiçbir sakınca yaratmaz.'

"Ben dil dökmeye devam ediyordum. 'Hem benim yaşımda, iktidarsızlık olabiliyor.'

" 'Seymour,' diye çıkıştı bana, 'sana hayret ediyorum. Hâlâ anlayamadın, meselenin iktidar ya da cinsel ilişki olmadığını hâlâ anlayamadın. Ben sadece yanımda olmanı istiyorum ve bana sarılmanı – bir insana, bir kadına sarıldığın gibi sarılmanı. Bir hastaya değil. Hem Seymour,' –bu noktada elindeki örgüyü peçe gibi yüzüne tutup işveli işveli bakmıştı– 'hayatının düzüşmesini yaşatacağım sana!'

"Ve vakit geldi çattı. Yirmi dördüncü ay da dolunca, sözümü tutmaktan başka seçeneğim kalmamıştı. Yan çizecek olursam bunun bir felakete yol açacağını biliyordum. Peki ya sözümü tutarsam ne olacaktı? Kim bilebilirdi ki bunu? Belki de haklıydı Belle, belki de saplantısından *kurtulurdu*. Belki erotik aktarım ortadan kalkınca kocasına daha fazla enerji ayırabilirdi. Terapiye olan inancı sarsılmazdı. Ben birkaç yıla kadar emekli olacaktım, o da başka terapistlere giderdi artık. Belki de Belle'le San Francisco'da bir hafta sonu, üst düzeyde bir terapötik agape olacaktı.

"Nasıl Ernest? Bendeki karşı aktarım ha? Sendeki nasıl olursa bendeki de öyleydi: Zıvanadan çıkmıştı. Bunun kararımı etkilememesi için çaba gösterdim. Karşı aktarıma göre davranmadım – başka hiçbir makul seçeneğim olmadığına inanmıştım. Bütün bu olanların ışığında, hâlâ da inanırım buna. Ama kendimi eni konu kaptırmış olduğumu da inkâr etmeyeceğim. Benim durumum ortadaydı, ömrünü doldurmayı bekleyen bir ihtiyar, serebelar korteks nöronları gün be gün azalan, gözleri iyi görmeyen, cinsel hayatı bitmiş sayılacak bir ihtiyar – vazgeçme konusunda yetenekli biri olan karım, seksten de uzun zaman önce vazgeçmişti. Belle'e duyduğum çekime gelecek olursak, ha? Bunu saklamayacağım: Ona hayrandım. Bana hayatımın düzüşmesini yaşatacağını söylediğinde, hurdaya çıkmış testis motorlarımın gacırdaya gucurdaya tekrar dönmeye başladığını duyar gibi olmuştum. Ama bak sana söylüyorum –ve teybe de, söyleyebileceğim kadar kesin bir şekilde söylüyorum– *bu yüzden yapmadım!* Senin için ya da etik komite için önemli olmayabilir bu, ama benim açımdan hayat memat meselesidir. Belle'le yaptığım anlaşmayı asla bozmadım. Hiçbir hastayla yaptığım anlaşmayı bozmadım. Hiçbir zaman kendi ihtiyaçlarımı onların ihtiyaçlarından önde görmedim.

"Hikâyenin devamına gelince, herhalde biliyorsun. Önündeki raporda hepsi yazılı. Belle ve ben San Francisco'da buluşup Cumartesi sabahı North Beach'te Annemin Yeri diye bir lokantada kahvaltı ettik ve Pazar akşamı hava kararana kadar birlikte olduk. Her ikimiz de eşlerimize, benim, bir grup hastam için iki günlük bir toplu terapi maratonu düzenlediğimi söyleyecektik. Yılda iki kere falan on-on iki hastamla böyle gruplar düzenlerim. Hatta Belle de terapideki ilk yılında böyle bir hafta sonu programına katılmıştı.

"Sen hiç böyle gruplarla çalıştın mı, Ernest? Çalışmadın mı? O halde bunun çok etkili olduğunu söylemeliyim sana... terapiyi müthiş hızlandırır. Bu gruplar hakkında bilgilenmelisin. Bir daha görüştüğümüzde –ki eminim görüşeceğiz, başka koşullarda– sana bu gruplardan bahsederim; otuz beş yıldır böyle gruplarla çalışıyorum ben.

"Evet, hafta sonuna gelelim. Lafı buraya kadar getirip hikâyenin doruğunu seninle paylaşmamak haksızlık olur. Bakalım, ne anlatabilirim ki sana? Sana ne anlatmak *istiyorum?* Vakarımı korumaya, terapist kimliğimde kalmaya çalıştım, ama fazla sürmedi – Belle bunun da üstesinden geldi. Fairmont'ta odamızı tutar tutmaz bu tavrımı yüzüme vurdu, çok geçmeden bir kadın ile bir erkek olduk ve Belle'in öngördüğü her şey, ama her şey doğru çıktı.

"Sana yalan söyleyecek değilim Ernest. Hafta sonumuzun her anından çok hoşlandım, büyük bölümünü de yatakta geçirdik. Bunca yıl kullanılmaya kullanılmaya bütün borularımın pas tutmuş olmasından endişeleniyordum. Ama Belle usta tesisatçıydı, biraz tıslayıp takırtı çıkardıktan sonra hepsi açıldı ve yeniden çalışmaya başladı.

"Bir yanılsamayla yaşıyor diye üç yıl boyunca Belle'i azarlayıp durmuş, kendi gerçeğimi ona dayatmıştım. Oysa şimdi, bir hafta sonunda onun dünyasına girivermiştim işte ve sihirli krallıkta hayatın o kadar da kötü olmadığını görüyordum. O benim gençlik pınarımdı. Her geçen saat biraz daha genç, biraz daha dinç oluyordum. Daha iyi yürüyor, karnımı içeri çekiyordum, daha uzun boylu duruyordum. Vallahi Ernest, aslanlar gibi kükreyesim geliyordu. Belle de farkına varmıştı bunun. 'İşte sana lazım olan buydu, Seymour. Ve benim de senden hep istediğim buydu – sana sarılmak, seni sarmak, sana sevgimi vermek. Hayatımda ilk defa birisine sevgi veriyorum, anlıyor musun bunu? O kadar kötü bir şey mi?'

"Çok ağladı. Vücudumdaki diğer kanalların yanı sıra gözyaşı kanallarım da açılmıştı ve ben de ağladım. O hafta sonu öyle çok şey verdi ki bana. Bütün meslek hayatımı insanlara bir şeyler vererek geçirmiştim ve ilk defa bunun karşılığını alıyordum, gerçekten alıyordum. Sanki meslek hayatım boyunca baktığım bütün diğer hastalar adına da veriyordu bana Belle.

"Ama sonra gerçek hayat yeniden başladı. Hafta sonu bitti. Belle'le haftada iki kez seans yapmaya devam ettik. İddiayı kaybedeceğimi hiç düşünmediğim için, bu hafta sonunun ardından nasıl bir terapi uygulayabileceğime dair hiçbir plan yapmamıştım. Her zamanki gibi devam etmeye çalıştım, ama bir-iki seans sonra bir sorun yaşamakta olduğumu fark ettim. Büyük bir sorun. Mahrem bir ilişkiye girmiş iki insanın aralarına tekrar resmi bir mesafe koymaları neredeyse imkânsızdır. Bütün çabalarıma rağmen, ciddi terapi ortamı gitmiş, sevgi ve oyun dolu yeni bir hava oluşmuştu. Kimi zamanlar Belle, ille de kucağıma oturmak istiyordu. Durmadan bana sarılıyor, beni okşayıp sıkıştırıyordu. Onu uzak tutmaya çalıştım, ciddi bir iş ahlakını sürdürmeye çalıştım, ama kabul etmek lazım, terapi olmaktan çıkmıştı artık bu.

"Bir süre ara vermek istediğimi söyleyip sadece iki seçeneğimiz bulunduğunu ciddi bir şekilde bildirdim: Ya ağırbaşlılıkla işimize dönmeye çalışacaktık, ki bu da fiziksel temas içermeyen, daha geleneksel bir ilişkiye geri dönmek demekti; ya da terapi yapmakta olduğumuz bahanesini bırakıp tümüyle sosyal nitelikli bir ilişki kuracaktık. Burada 'sosyal'den kasıt da cinsel değildi: Sorunu daha da vahimleştirmek istemiyordum. Daha önce de söylediğim gibi, terapistlerle hastaların terapi sonrasında cinsel ilişkiye girmesini kınayan mesleki ilkelerin oluşturulmasına katkıda bulunmuştum. Ayrıca artık terapi yapmadığımıza göre, bundan böyle ondan para almayacağımı da açıkça belirttim.

"Ama Belle bu seçeneklerin ikisini de kabul etmedi. Terapide resmiyete dönmek komedi olurdu. Oysa terapi ilişkisi, insanların oyun oynamadığı yegâne ortam değil miydi? Para almamaya gelince, işte bu imkânsızdı. Kocası bürosunu eve taşımıştı ve vaktinin çoğunu evde geçiriyordu. Terapistine düzenli olarak çek yazmazsa, haftada iki kez ortadan kayboluşunu nasıl açıklardı ona?

"Belle, benimsediğim dar terapi tanımından ötürü azarlıyordu beni. 'Seninle buluşmalarımız –bu kadar yakın olmamız, oynaşmamız, dokunmamız, bazen divanda aşk yapmamız, gerçek aşk– terapi *bu* işte. Hem de iyi terapi. Neden bunu anlayamıyorsun, Seymour?' diye soruyordu. 'Sonuç veren terapi, iyi terapi değil midir?' Terapide yegâne önemli sorunun, terapinin *işe yarayıp yaramaması* olduğu şeklindeki sözlerini ne çabuk unuttun? Ya benim terapim, işe yaramıyor mu? Hâlâ iyiye gitmiyor muyum ben? Temiz kaldım işte. Semptomlar kayboldu. Master derecemi alıyorum. Yeni bir hayata başlıyorum. Beni sen değiştirdin Seymour ve bu değişimi kalıcı kılmak için yapman gereken tek şey, haftada iki saati bana yakın olarak geçirmek.'

"Belle çok uyanık kızdı. Gittikçe de daha çok gözü açılıyordu. Böyle bir düzenlemenin iyi terapi olmadığı konusunda hiçbir karşı argüman geliştiremedim.

"Yine de bunun böyle gitmeyeceğini biliyordum. Çok fazla hoşuma gidiyordu bu iş. Yavaş yavaş -ama gerçekten çok yavaş- anlıyordum ki, başım fena halde dertteydi. Bizi yan yana gören herkes, benim aktarımı suiistimal ederek hastayı kendi zevkim için kullandığımı düşünürdü. Ya da benim fahiş fiyatla çalışan ihtiyar bir jigolo olduğumu!

"Ne yapacağımı bilemiyordum. Kimseye akıl danışamayacağım ortadaydı – bana ne salık vereceklerini biliyor ve bunu göze alamıyordum. Onu başka bir terapiste de havale edemezdim – gitmezdi. Ama dürüst olmak gerekirse, bu seçeneği fazla da zorlamamıştım. Bu konuda içim rahat değil. Acaba onun için doğru olanı mı yaptım? Bir başka terapiste benimle ilgili her şeyi anlatırsa diye düşünerek birkaç gece uyuyamadım. Terapistlerin, seleflerinin falsoları hakkında dedikodu yapmayı nasıl sevdiklerini bilirsin – ve Seymour Trotter hakkında şöyle sıkı bir dedikoduya ağızlarının suyu akacaktı. Ondan beni korumasını da isteyemezdim – böyle bir sırrı saklaması, benden sonraki terapisini baltalardı.

"Senin anlayacağın tetikte duruyordum, ama buna rağmen, nihayet kasırga koptuğunda tamamen hazırlıksız yakalandım. Bir akşam eve dönünce bir de baktım içerisi kapkaranlık, karım gitmiş ve giriş kapısına da Belle'le benim dört tane resmimiz asılmış: Bir tanesinde, Fairmont Oteli'nin resepsiyonunda oda tutarken görülüyoruz, birinde elimizde bavullar, birlikte odaya giriyoruz, üçüncüsü otelin müşteri kayıt formunun yakın plan çekimi – Belle nakit ödeme yapıp bizi Dr. ve Bayan Seymour diye kaydettirmişti. Dördüncü fotoğrafta ise Golden Gate Köprüsü'nün manzarası önünde sarmaş dolaş görünüyorduk.

"İçeride, mutfak masasında iki mektup buldum: Biri Belle'in kocası tarafından karıma yazılmıştı, ilişikte, benim karısına ne tür bir tedavi uyguladığım konusunda aydınlatıcı olacak dört adet fotoğraf bulunduğunu belirtiyordu. Eyalet tıbbi etik komitesine de benzer bir mektup gönderdiğini yazmıştı adam ve Belle'i bir daha görecek olursam, Trotter ailesinin başını en az ağrıtacak şeyin bir mahkeme olacağı şeklinde pis bir tehdit savurarak mektubuna son veriyordu. İkinci mektup ise karım tarafından yazılmıştı – az ve öz yazmış, açıklama yapma zahmetine girmememi söylemişti. Gerekli görüşmeyi avukatla yapabilirmişim. Eşyamı toplayıp evi terk etmem için yirmi dört saat veriyordu bana.

"İşte böylece bugüne kadar geldik, Ernest. Başka ne anlatabilirim sana?

"Fotoğrafları nasıl ele geçirmişti? Peşimize özel dedektif takmış olmalı. İşe bak – kocası ancak Belle düzelince terk etti onu! Ama kim bilir? Belki de uzun zamandır bir kaçış yolu arıyordu. Belki de Belle yiyip bitirmişti adamı.

"Belle'i bir daha hiç görmedim. Tek bildiğim, Pacific Redwood Hastanesi'ndeki eski bir dostumun aktardığı söylenti – hayırlı bir haber de değil üstelik. Kocası onu boşayıp ailenin bütün mal varlığıyla birlikte ülkeden ayrılmış. Aylardır şüpheleniyormuş Belle'den, çantasında birkaç prezervatif bulalı beri. Bu daha da komik bir durum tabii: Belle, terapi sayesinde kendine yönelik tahripkârlıktan kurtulduğu için ilişkilerinde prezervatif kullanmaya razı oluyordu artık.

"Son duyduğuma göre Belle'in hali içler acısıymış – tamamen dibe vurmuş. Eski patolojisi olduğu gibi geri dönmüş: İki kez intihar girişimiyle hastaneye kaldırılmış – birinde bileklerini keserek, birinde aşırı dozla. Kendini öldürecek. Biliyorum bunu. Anladığıma göre üç yeni terapist denemiş, üçünü de bırakmış, şimdi başka terapiyi reddediyormuş ve tekrar ağır uyuşturucular kullanmaya başlamış.

"İşin en kötü tarafı ne oldu biliyor musun? Ona yardım edebileceğimi biliyorum, şimdi bile. Eminim bundan, ama onu görmem ve onunla konuşmam mahkeme emriyle yasaklandı, ağır ceza tehdidi söz konusu. Telesekreterime birkaç kez mesaj bırakmış, ama avukatım başımın ciddi biçimde belada olduğu konusunda beni uyardı ve eğer hapse girmek istemiyorsam cevap vermememi söyledi. Kendisi de Belle'le temas kurarak mahkemenin onunla görüşmemi yasakladığını bildirdi. O da aramayı kesti sonunda.

"Ne mi yapacağım? Belle'le ilgili olarak mı yani? Karar vermek çok zor. Mesajlarına cevap verememek öldürüyor beni, ama hapse girmeyi de hiç istemiyorum. Onunla on dakika konuşabilsem büyük faydası olur. Şu anda bile. Bunu kaydetme – kapa teybi Ernest. Onun mahvına seyirci kalmayı başarabilecek miyim, emin değilim. Vicdanım buna izin verecek mi bilmiyorum.

"İşte böyle Ernest. Hikâyem bu kadar. *Finis*. Meslek hayatımın bu şekilde sona ermesini istemezdim doğrusu. Belle bu tragedyanın baş kahramanı ama durum benim açımdan da tam bir facia. Avukatları onu tazminat istemeye zorluyor – koparabildiği kadar koparmasını söylüyorlar. Gözleri doymuyor – mesleği kötüye kullanma davası bir-iki aya kadar başlar.

"Depresyon mu?! Tabii ki depresyondayım. Kim olsa depresyon geçirir. Miadında depresyon diyorum ben buna: Sefil durumda, keder içinde bir ihtiyarım ben. Cesareti kırılmış, yapayalnız, kendinden fena halde şüpheye düşmüş, hayatı utanç içinde sona erecek bir ihtiyar.

"Yo Ernest, ilaçla geçecek bir depresyon değil bu. O tür bir depresyon değil. Biyolojik belirti yok hiç: Psikomotor semptomlar, uykusuzluk, kilo kaybı – hiçbiri yok. Yine de sağol.

"Yok, yok, intihar eğilimi falan yok, gerçi tam bir karanlığa gömüldüğümü kabul ediyorum. Ama ben ayakta kalmasını bilirim. Mahzene sığınıp yaralarımı yalarım.

"Evet, çok yalnızım. Karımla yıllardır birlikte yaşıyorduk, bir alışkanlık vardı tabii. Ben hep işim için yaşamışımdır; evlilik, hayatımın kıyısında bir yerlerde durmuştur. Karım, insani yakınlık ihtiyacımı hastalarımla giderdiğimi söylerdi hep. Haklıydı da. Ama bu yüzden terk etmedi beni. Ataksim hızla ilerliyordu ve bana tam gün hastabakıcılık etme fikrinden çok hoşlandığını sanmıyorum. O işten sıyırmak için bunu bahane ettiğine dair bir sezgi var içimde. Onu suçlayamam.

"Hayır, terapi için birine görünmeye ihtiyaç duymuyorum. Söyledim sana, klinik bir depresyon değil bu. Nazik teklifin için teşekkürler Ernest, ama çok huysuz bir hasta olurdum ben. Demin de söylediğim gibi, şimdiye dek hep kendi yaralarımı yaladım ve iyi de yalarım doğrusu.

"Telefon edip hatırımı sormanın tabii ki bir sakıncası yok. Teklifin beni çok duygulandırdı. Ama sen meraklanma, Ernest. Acı patlıcanı kırağı çalmaz. Yakında toparlanırım."

Bu sözlerden sonra Seymour Trotter, koltuk değneklerini toplayıp ağır aksak odadan çıktı. Ernest, oturduğu yerden kalkmadan, koridorda gitgide cılızlaşan takırtıya kulak verdi.

* * *

Ernest birkaç hafta sonra kendisini telefonla aradığında, Dr. Trotter bir kez daha bütün yardım tekliflerini geri çevirdi. Kaşla göz arasında lafı Ernest'ın istikbaline getirip psikofarmakolojide ne kadar yetkinleşmiş olursa olsun asıl yerini bulamamış olacağı konusundaki kanaatini tekrarladı: O, terapist olmak için gelmişti dünyaya ve kendine karşı, bu yazgıyı yerine getirmek gibi bir borcu vardı. Dr. Trotter, meseleyi daha etraflı tartışabilmeleri için onu öğle yemeğine çağırdıysa da, Ernest daveti geri çevirdi.

"Düşüncesizlik ettim," diye cevapladı Dr. Trotter, sesinde alay havasından eser yoktu. "Kusuruma bakma. Mesleğini değiştirmen için akıl vereceğim derken, halka açık bir yerde benimle birlikte görünerek mesleğini tehlikeye atmaya itiyorum seni."

"Hayır Seymour." Ernest, ilk kez ön adıyla hitap ediyordu ona. "Sebebi kesinlikle bu değil. İşin aslı şu, gerçi bunu sana söylerken yüzüm kızarıyor ama, mesleğini kötüye kullandığın iddiasıyla hakkında açılan sulh davasına uzman tanık olarak katılmak üzere sorumluluk almış bulunuyorum."

"Yüz kızartıcı bir şey yok ortada, Ernest. Tanıklık etmek senin görevin. Yerinde olsam ben de mutlaka aynısını yapardım. Bizimki nazik bir meslektir, dört bir yandan tehdit altındadır. Bu mesleği müdafaa ve standartlarını muhafaza etmek bizim görevimiz. Hakkımda başka hiçbir şeye inanmıyorsan bile, bu işe değer verdiğime inanmalısın. Bütün hayatımı buna adadım. Hikâyemi sana bu kadar ayrıntılı anlatmamın sebebi de bu, istedim ki bunun bir ihanet hikâyesi olmadığını bilesin. İyi niyetle davrandım. Biliyorum saçma görünüyor ama, yine de şu anda bile, doğru olanı yaptığıma inanıyorum. Bazen kader bizi öyle durumlara düşürür ki, doğruyu yapmakla yanlış yapmış oluruz. Asla işime ihanet etmedim, hiçbir hastama da. İleride ne olursa olsun, bana inan Ernest. Ben, yaptığım şeye inanıyorum: Asla hastalarıma ihanet etmedim."

Ernest, duruşmada tanıklık etti. Seymour'ın avukatı, müvekkilinin ilerleyen yaşına, zayıflamış muhakemesine ve sakatlığına dayanan yaratıcı ve çaresiz bir savunma yaptı: Bu olayda kurbanın Belle değil, Seymour olduğunu öne sürüdü. Ama davada hiç umut yoktu ve Belle iki milyon dolar tazminat aldı – Seymour'a mesleğini kötüye kullanma gerekçesiyle verilebilecek en ağır cezaydı bu. Belle'in avukatlarına kalsa daha da fazlasını isteyeceklerdi ama, bu pek de anlamlı görünmüyordu, çünkü nafakadan ve avukat masraflarından sonra Seymour'ın cepleri tamamen boşalmıştı.

Seymour Trotter'ın hayat hikâyesinin kamuya mal olan kısmı burada sona eriyordu. Duruşmadan kısa bir süre sonra sessizce kentten ayrıldı ve bir daha ondan haber alan olmadı, Ernest'ın bir yıl sonra aldığı bir mektubu saymazsak tabii – mektupta gönderici adresi yoktu.

* * *

Ernest birkaç dakika sonra ilk hastasını kabul edecekti. Ama Seymour Trotter'dan kalan son izi bir kez daha gözden geçirme isteğine karşı koyamadı:

> Sevgili Ernest,
>
> O korkunç cadı avı sırasında beni düşünen tek insan sen oldun. Teşekkür ederim – dayanmama çok yardımcı oldu bu. Ben iyiyim. Ortadan kayboldum, ama bulunmak da istemiyorum. Kendimi sana borçlu sayıyorum – bu mektubu ve Belle'le çekilmiş bir resmimizi göndermek boynumun borcu kuşkusuz. Sahi, arka planda görünen Belle'in evi: Epey yüklü bir paraya kondu da.
>
> Seymour

Ernest, daha önce de pek çok kez yaptığı gibi uzun uzun baktı solmuş resme. Seymour, palmiyelerin yükseldiği bir çimenlikte, tekerlekli sandalyede oturuyordu. Hemen arkasında duran Belle'in yüzü meyus ve kederliydi, tekerlekli sandalyenin saplarını sımsıkı kavramıştı. Gözlerinde hüzün vardı. Arkasında koloniyal tarzda yapılmış zarif bir ev görünmekteydi, onun da gerisinde tropikal bir denizin pırıl pırıl, sütsü yeşil suları. Seymour gülümsüyordu – kocaman, çarpık, şavalak bir gülümseme. Bir eliyle tekerlekli sandalyeye tutunmuş, öbür eliyle değneğini kavrayıp bir zafer edasıyla göğe kaldırmıştı.

Ernest, her zaman olduğu gibi resmi incelerken bir huzursuzluk duydu yine. İyice yaklaşıp âdeta resmin içine girmeye çalıştı, bir ipucu yakalamaya, Seymour ile Belle'in gerçek yazgısı konusunda kesin bir cevap bulmaya çalıştı. Ona göre cevap, Belle'in gözlerinde bulunacaktı ancak. Melankoli, hatta ümitsizlik vardı o gözlerde. Niçin? İstediğini elde etmişti işte, öyle değil mi? Başını iyice Belle'e yaklaştırıp onun bakışlarını yakalamaya çalıştı Ernest. Ama Belle hep uzaklara bakıyordu.

I

SON beş yıldır Justin Astrid, haftada beş kez güne Dr. Ernest Lash'i ziyaret ederek başlıyordu. Bugünkü ziyareti de önceki yedi yüz terapi seansı gibi başlamıştı: Sabah 7.50'de Justin, Sacramento Sokağı'nda, leylak ve kestane renkleriyle güzelce boyanmış Viktoryen binanın merdivenini çıkıp ön kapıdan içeri girerek holü geçmiş, ikinci kata çıkmış, Ernest'ın muayenehanesinde, çifte kavrulmuş İtalyan kahvesinin kesif ve buğulu kokusunun yayılmakta olduğu loş bekleme salonunda yerini almıştı. Kokuyu iyice içine çektikten sonra, üstünde elle yapılmış incir desenleri olan bir Japon fincanına kahve doldurdu ve yeşil deri kaplı sert kanapeye oturup *San Francisco Chronicle*'ın spor sayfasını açtı.

Ama dünkü beyzbol maçıyla ilgili yazıyı okuyamadı. Bugün olmuyordu. Çok önemli bir hadise olmuştu çünkü, anılmayı gerektiren bir hadise. Gazeteyi katlayıp Ernest'ın kapısına dikti gözlerini.

Sekiz olduğunda Ernest, Seymour Trotter dosyasını dolaba yerleştirdi, Justin'le ilgili kayıtlara çabucak göz atıp masasının üstünü düzeltti, gazetesini çekmeceye koydu, kahve fincanını göz önünden kaldırdı, kalktı ve tam kapıyı açmadan önce dönüp odaya şöyle bir göz attı. Buranın bir yaşama ortamı olduğuna dair hiçbir belirgin işaret yok. Güzel.

Kapıyı açtığında bir an iki adam birbirlerine baktılar. Hekim ile hasta. Justin'in *Chronicle*'ı elinde, Ernest'ın gazetesi ise masanın derinliklerine gizlenmiş. Justin lacivert takım elbisesini giyip çizgili ipekten İtalyan kravatını takmıştı. Ernest'ta ise denizci mavisi ceket ile Liberty marka çiçekli kravat. İkisinin de altı-yedi kilo fazlası vardı, Justin'in eti çenesiyle gerdanında toplanmış, Ernest'ın göbeği kemerinin üstünden sarkmaya başlamıştı. Justin'in bıyığı yukarı kıvrılarak burun deliklerine uzanıyordu. Ernest'ın makasla düzeltilip taranmış sakalı ise en bakımlı yeriydi. Justin'in hareketli, kıpır kıpır bir yüzü, gergin ve sinirli bakışları vardı. Ernest kocaman gözlükler takmıştı ve uzun süre hiç gözünü kırpmadan durabilirdi.

Justin, oturduktan sonra, "Karımı terk ettim," diye söze başladı. "Dün akşam. Çekip gidiverdim işte. Geceyi Laura'da geçirdim." Bu ilk sözleri serinkanlılıkla, kayıtsız bir havada söylemişti, sonra durup Ernest'a baktı.

"Tam olarak böyle mi oldu?" diye usulca sordu Ernest. Hiç gözünü kırpmadan.

"Tam olarak böyle oldu." Justin gülümsedi. "Ne yapacağıma karar verdikten sonra vakit kaybetmem."

Son birkaç aydır aralarındaki etkileşime belli bir mizah eklenmişti. Normal olarak bunu olumlu karşılıyordu Ernest. Gözetmeni Marshal Streider, terapide mizah içeren bir yan etkileşim gelişmesinin çoğu zaman umut verici bir işaret olduğunu söylemişti.

Ama Ernest'ın ettiği "Tam olarak böyle mi" sözü, iyi huylu bir yan etkileşime benzemiyordu pek. Justin'in verdiği haber rahatsız etmişti onu. Ve irkiltmişti! Beş yıldır terapi uyguluyordu Justin'e – karısını terk etmesine yardımcı olmak için beş yıldır kıçını yırtıyordu! Ve bugün Justin gelip karısını terk etmiş olduğunu öylesine bildiriveriyordu işte.

Ernest ilk seanslarını düşündü, Justin'in ilk sözlerini: "Bu evlilikten kurtulmak için yardıma ihtiyacım var!" Ernest aylar boyunca bin bir zahmetle durumu incelemişti. Nihayet şu sonuca varmıştı: Justin *kurtulmalı* – Ernest'ın gördüğü en berbat evliliklerden biriydi bu. Sonraki beş yıl boyunca da Ernest, Justin'in karısını bırakabilmesini sağlamak için bilinen bütün psikoterapi yöntemlerini kullandı. Hiçbiri işe yaramamıştı.

Ernest, inatçı bir terapistti. Bugüne kadar hiç kimse, onu yeterince uğraşmamış olmakla suçlamamıştı. Meslektaşlarının çoğu onu terapide fazla aktif, fazla hırslı bulurdu. Gözetmeni hiç durmadan şöyle sitem ederdi ona: "Hoop, kovboy, ağır ol biraz! Önce toprağı hazır et. İnsanları değişmeye *zorlayamazsın.*" Ama sonunda Ernest bile umutlarından vazgeçmek zorunda kalmıştı. Gerçi Justin'i sevmekten hiç vazgeçmemişti, onun için daha iyi şeyler dilemekten hiç vazgeçmemişti, ama giderek inanmaya başlamıştı ki Justin karısını asla terk etmeyecek, Justin yerinden kıpırdayamaz, yerine kök salmış ve hayatı boyunca bu eziyet dolu evliliğe yapışıp kalacak.

Bunun üzerine Ernest, Justin için daha sınırlı hedefler belirledi: Kötü bir evlilikten alabileceğinin en iyisini almak, iş hayatında daha özerk olmak, daha iyi toplumsal beceriler geliştirmek. Ernest da herhangi bir terapist kadar yapabilirdi bunları. Ama çok sıkıcıydı. Terapi gittikçe daha öngörülebilir hale geldi; beklenmedik hiçbir şey olmuyordu artık. Ernest esnemesini güçlükle zaptediyor, uyumamak için gözlüğünü burnunun köprüsüne bastırıyordu. Gözetmeniyle Justin hakkında konuşmaz olmuştu. Hayalinde Justin'le konuşuyor, sorunu başka bir terapiste havale etme düşüncesini açıyordu ona.

Ve bugün, Justin içeri süzülüp karısını terk ettiğini gayet rahat bir şekilde açıklayabiliyordu!

Ernest duygularını göstermemek için kutudan bir kâğıt mendil çekip gözlüğünü silmeye başladı.

"Anlatsana bana Justin." Berbat bir teknik! Anında fark etmişti bunu. Gözlüğünü tekrar takıp defterine not düştü: "Hata – bilgi istedim – karşı aktarım?"

Daha sonra gözetmeni Marshal'la görüşürken üzerinden geçeceklerdi bu notların. Ama bilgi elde etmeye çalışmanın saçmalık olduğunu kendisi de biliyordu zaten. Niye sözüne devam etsin diye *onun* Justin'e dil dökmesi gerekecekmiş ki? Merakına yenik düşmemeliydi. *Hiç kendini tutamıyorsun* – bir-iki hafta önce Marshal böyle demişti ona. "Beklemeyi öğren," diyordu Marshal. "Justin'in anlatma isteği, senin dinleme hevesinden daha güçlü olmalı. Ve sana *anlatmamayı* tercih ederse, dikkatini vermen gereken konu, sana geldiği ve para verdiği halde niye senden bir şeyler sakladığı olmalı."

Marshal'ın haklı olduğunu biliyordu Ernest. Yine de teknik açıdan doğru olmayı umursamıyordu – sıradan bir seans değildi ki bu. Justin uykusundan uyanmış ve karısını terk etmişti! Ernest hastasına baktı; ona mı öyle geliyordu, yoksa bugün gerçekten daha mı güçlü görünmekteydi Justin? Ne söylense uslu uslu başını sallamıyor, külçe gibi yığılmış oturmuyor, iç çamaşırını düzeltmek için sandalyesinde kıpırdanıp durmuyor, tereddüt etmiyor, gazetesini yere düşürdü diye özürler dilemiyordu.

"Vallahi keşke anlatacak daha çok şey olsaydı – o kadar kolay oldu ki. Sanki otomatiğe bağlanmış gibi. Yapıverdim işte. Kapıyı çekip çıktım!" Sonra sustu Justin.

Yine bekleyemedi Ernest. "Daha ayrıntılı anlat Justin."

"Laura'nın sayesinde oldu, genç arkadaşımın."

Justin ender olarak bahsederdi Laura'dan, ama her bahsettiğinde de kız sadece "genç arkadaşım"dı. Ernest sinir olmuştu. Ama bozuntuya vermedi ve sesini çıkarmadı.

"Biliyorsun sık sık görüşüyordum onunla – belki sana biraz indirimli anlatmışımdır. Bunu senden niye sakladığımı bilmiyorum. Ama hemen her gün görüyorum onu, öğlen yemek yiyoruz, yürüyüş yapıyoruz veya evine gidip kaşla göz arasında iş tutuyoruz. Onunla birlikteyken gittikçe daha rahat hissetmeye başlamıştım kendimi. Sonra, işte dün Laura, sanki havadan sudan bahseder gibi dedi ki, 'Artık benim yanıma taşınmanın zamanı geldi Justin.'

"Ve işte," diye devam etti Justin, bir yandan da burun deliklerine giren bıyıklarını düzeltiyordu, "ben de onun haklı olduğunu düşündüm, zamanı *gelmişti* artık."

Laura karısını bırakmasını söylüyor, o da karısını bırakıyor. Bir an için Ernest, mercan resiflerinde yaşayan balıkların çiftleşme davranışı hakkında okuduğu bir yazıyı düşündü. Deniz biyologlarının, baskın dişi ve erkek balıkları bir bakışta ayırt edebildiği anlaşılıyordu: Bunun için dişinin yüzme biçimini izleyip erkek balıkların çoğunun –baskın erkekler dışında hepsinin– kalıplaşmış yüzme biçimlerini bozup bozmadığına bakmak yeterliymiş. Balık olsun insan olsun, güzel bir dişinin gücü! Ürkütücü! Liseyi zar zor bitirmiş olan Laura, Justin'e artık karısını terk etmenin zamanı geldiğini söylemiş yalnızca ve o da itaat etmiş. Oysa kendisi, yani yetenekli, hem de son derece yetenekli bir terapist olan Ernest Lash, Justin'i bu evlilikten çekip çıkarmak için beş yılını ziyan etmişti.

"Sonra da," diye devam etti Justin, "akşam evde Carol her zamanki iğrençlikleriyle işimi kolaylaştırdı, orada *olmadığımı* söyleyerek yüklendi durdu bana. 'Burada olduğunda bile burada değil gibisin,' dedi. 'Sandalyeni masaya yanaştır! Niye hep bu kadar uzakta oturuyorsun? Konuşsana! Suratımıza bak! En son ne zaman bana ya da çocuklara doğru dürüst bir çift laf ettin? Neredesin sen? Bedenin burada – ama sen burada değilsin!' Sofradan kalkınca da, bir yandan tabakları çarpa çarpa masayı toplarken dedi ki, 'Ne diye zahmet edip bedenini eve getirdiğini de anlamıyorum ya.'

"Sonra birdenbire zihnim aydınlandı Ernest: 'Carol haklı,' diye düşündüm. 'Kadın haklı. *Ne diye zahmet ediyorum?*' Bir daha söyledim bunu kendi kendime, '*Ne diye zahmet ediyorum?*' Sonra da aynı şeyi yüksek sesle söyledim: 'Carol, sen haklısın. Başka her şeyde olduğu gibi bunda da haklısın! *Ne diye* zahmet edip eve geldiğimi ben de bilmiyorum. Kesinlikle haklısın.'

"İşte böylece, başka tek kelime etmeden üst kata çıkıp eşyamı topladım ve bulduğum ilk bavula doldurdum, sonra da çıkıp gittim. İsterdim ki daha fazla şey alayım, geri dönüp bir bavul daha doldurayım. Carol'ı biliyorsun – geride bıraktığım her şeyi yakıp yıkacaktır. Dönüp bilgisayarımı alayım isterdim; balyozla parçalayacaktır onu. Ama biliyordum ki, ya o anda yapacaktım ya da hiçbir zaman yapamayacaktım. O eve bir daha dönersen, dedim kendi kendime, işin bitik. Ben kendimi tanıyorum. Carol'ı tanıyorum. Sağıma soluma bakmadım. Yürümeye devam ettim ve tam ön kapıyı çekerken başımı uzatıp 'Sizi ararım,' diye seslendim. O anda Carol'ın da çocukların da nerede olduğunu bilmiyordum. Sonra da bastım gittim işte!"

Justin sandalyesinde öne doğru uzanmıştı. Derin bir nefes aldı, bitkin bir şekilde arkasına yaslandı ve dedi ki, "Anlatacak başka bir şey yok."

"Dün gece oldu ha?"

Justin başıyla doğruladı. "Doğru Laura'ya gittim ve bütün gece birbirimize sarıldık. Allahım, bu sabah ne zor oldu onun kollarından ayrılmak. Anlatmak zor geliyor, çok zor oldu gerçekten."

"Anlatmayı dene," diye zorladı Ernest.

"Peki, Laura'nın kollarından ayrılmaya çalışırken, ansızın ikiye bölünmekte olan bir amip imgesi belirdi kafamda – lisedeki biyoloji dersinden beri hiç düşünmemişimdir bunu. Bir amibin iki yarısı gibiydik, parça parça ayrıldık, ta ki bizi birleştiren incecik tek bir lif kalana dek. Sonra, *çat* –acı verici bir çat– ve ayrılmıştık. Kalkıp giyindim, saate baktım ve şöyle düşündüm: 'Yatakta tekrar Laura'yla sarmaş dolaş yatmama sadece on dört saat var.' Sonra da buraya geldim."

"Carol'la dün gece yaşananlar – yıllardır seni çok korkutuyordu bu. Ama şimdi gayet iyi görünüyorsun."

"Dediğim gibi, Laura'yla birbirimize uyuyoruz, birbirimize aitiz biz. O bir melek – cennette benim için yaratılmış bir melek. Bugün öğleden sonra ev bakmaya gidiyoruz. Russian Hill'de küçük bir stüdyosu var. Nefis bir Bay Bridge manzarası. Ama ikimize çok ufak."

Cennette yaratılmış! Ernest'ın öğüresi gelmişti.

"Keşke," diye devam etti Justin, "keşke yıllar önce karşıma çıksaydı Laura! Ne kadar kira verebiliriz diye konuşuyorduk. Bugün buraya gelirken terapiye verdiğim paraları hesap ettim. Beş yıldır haftada üç seans... ne eder? Yetmiş, seksen bin dolar mı? Bunu sakın yanlış anlama Ernest, ama Laura beş yıl önce karşıma çıksaydı ne olurdu diye düşünüyorum ister istemez. Belki o zaman ayrılırdım Carol'dan. Ve terapiye de son verirdim. Belki de şimdi cebime seksen bin doları koymuş öyle ev arıyor olurdum!"

Ernest yüzüne ateş bastığını hissetti. Justin'in sözleri beyninde yankılanıyordu. *Seksen bin dolar! Bunu sakın yanlış anlama, sakın yanlış anlama!*

Ama hiç bozuntuya vermedi Ernest. Ne gözünü kırptı ne kendini savunmaya kalktı. Ne de bundan beş yıl önce Laura'nın aşağı yukarı on dört yaşında olduğunu ve Justin'in, Carol'dan izin almadan kıçını bile silemediğini, terapistini aramadan öğleyi edemediğini, karısı ona yol göstermeden mönüye bakıp yemek siparişi veremediğini, karısı giysilerini çıkarıp hazır etmeden sabahları giyinemediğini hatırlattı. Hem zaten faturalar da karısının parasıyla ödeniyordu, onun parasıyla değil – Carol ondan üç kat fazla para kazanmaktaydı. Beş yıl terapiye gelmeseymiş şimdi cebinde seksen bin dolar olurmuş! Ha siktir, beş yıl önce Justin parayı hangi cebine koyacağına karar veremezdi ki!

Ama bunların hiçbirini söylemedi Ernest. Kendini tutmayı başardığı için de çok gururlandı, terapist olarak olgunlaştığına dair açık bir işaretti bu. Onun yerine masum bir şekilde sordu: "İçin tamamen rahat mı peki?"

"Ne demek istiyorsun?"

"Bunun çok önemli bir olay olduğunu söylemek istiyorum. Bununla ilgili olarak katman katman birçok duygu vardır herhalde içinde."

Ama Justin, istediğini vermedi Ernest'a. Pek gönüllü görünmüyor, mesafeli ve güvensiz duruyordu. Sonunda Ernest anladı ki dikkatini *içeriğe* değil *sürece* vermeliydi – yani hasta ile terapist arasındaki *ilişkiye.*

Süreç, terapistin boynundaki muskadır, açmaz durumlarda daima etkili olmuştur. Terapistin en güçlü meslek sırrıdır o, terapistle konuşmayı, yakın bir arkadaşla konuşmaktan tamamen farklı ve daha etkili kılan yegâne usûldür. Süreç üzerinde –hasta ile terapist arasında olup bitenler üzerinde– odaklanmayı öğrenmek, Ernest'ın, gözetmeni Marshal'dan aldığı en değerli şeydi ve kendisinin de ihtisas yapan hekimlere gözetim uygularken onlara verdiği en değerli ders. Yıllar geçtikçe, *sürecin* zor zamanlarda kullanılacak bir muska olmakla kalmadığını da yavaş yavaş anlamıştı; terapinin kalbiydi o. Marshal'ın ona yaptırdığı eğitim alıştırmaları içinde en değerli olanlarından biri, her seansta en az üç kez süreç üzerinde odaklanmaktı.

"Justin," diye bir deneme yaptı Ernest, "bugün ikimiz arasında neler olup bittiğine bir göz atalım mı?"

"Ne? 'Neler olup bittiğine' derken neyi kastediyorsun?"

Direnç artıyor. Justin aptal numarasına yatıyor. Ama, belki de, diye düşündü Ernest, isyan, pasif isyan, kötü bir şey değildi. Justin'in insanı çıldırtan uysallığını inceledikleri o bitmez tükenmez saatleri hatırladı – Justin'in her şeyden ötürü özür dileme ve hiçbir isteğini söylememe, hatta gözüne giren sabah güneşinden yakınmama veya pancurların kapatılmasını rica etmekten çekinme huyunu inceleyerek geçirdikleri seanslardı bunlar. *Bu* geçmişi düşününce Ernest, Justin'i alkışlaması, tavır alabildiği için ona destek vermesi gerektiğini biliyordu. Bugün önündeki görev, gizli gizli gösterdiği direnci açıkça ifade edebilmesi için Justin'e yardımcı olmaktı.

"Yani bugün benimle konuşurken kendini nasıl hissediyorsun demek istiyorum. Bir farklılık var ortada. Sence de öyle değil mi?"

"*Sen* nasıl hissediyorsun?" diye sordu Justin.

Vayy, son derece gayri Justin bir cevap daha. Bir bağımsızlık bildirgesi. *Mutlu olmalısın,* diye düşündü Ernest. *Pinokyo, kendisini oynatan ipler olmadan ilk kez dans ettiğinde Geppetto nasıl sevinmişti, hatırlasana.*

"Yerinde bir soru, Justin. Pekâlâ, biraz uzak hissediyorum, dışarıda bırakılmış, sanki senin hayatında önemli bir şeyler olmuş da... yo, öyle değil. Bak şöyle anlatayım: Sanki *sen, kendi hayatında önemli bir şeyler olmasını sağlamışsın gibi* ve bunu benden ayrı tutmak istiyormuşsun, sanki burada olmak istemiyormuşsun, sanki beni dışlamak istiyormuşsun gibi."

Justin ona hak verircesine başını salladı. "Tamamen öyle, Ernest. *Gerçekten de* tam böyle. Evvet, böyle *hissediyorum.* Senden *uzaklaşıyorum.* Yaşadığım bu keyifli duyguya yapışmak istiyorum. Keyfimin bozulmasını istemiyorum."

"Ve ben de senin keyfini bozacağım, öyle mi? Bunu senin elinden almaya çalışacağım, ha?"

"Çalışıyorsun bile," dedi Justin, hiç âdeti olmayan bir tarzda dosdoğru Ernest'ın gözlerinin içine bakarak.

Ernest soru sorarcasına kaşlarını kaldırdı.

"İçimin tamamen rahat olup olmadığını sorduğunda, yapmaya çalıştığın bu değil miydi yani?"

Ernest nefesini tuttu. Vayy be! Justin tam anlamıyla meydan okuyor. Ne de olsa terapiden bir şeyler öğrenmiştir herhalde! Şimdi aptal numarasına yatma sırası *Ernest*'ta. "Ne demek istiyorsun?"

"*Tabii ki* içim tamamen rahat değil – Carol'ı ve ailemi sonsuza kadar terk etme konusunda bir sürü değişik duygu taşıyorum. Sen bunu bilmiyor musun? Nasıl olur da bilmezsin? Her şeyi bırakıp çıktım: Evimi, Toshiba dizüstü bilgisayarımı, çocuklarımı, giysilerimi, bisikletimi, tenis raketlerimi, kravatlarımı, Mitsubishi televizyonumu, video kasetlerimi, CD'lerimi. Carol'ı bilirsin – hiçbir şey vermeyecektir bana, benim olan her şeyi yok edecektir. Offf..." Justin suratını buruşturdu, kollarını kavuşturdu ve sanki midesine yumruk yemiş gibi iki büklüm oldu. "Bunların acısı hep şurada –bak yerini biliyorum– ne kadar yakınımda olduğunu görüyorsun. Ama bugün, bir günlüğüne, birkaç saatliğine bunu unutmak istedim. Oysa sen unutmamı istemedin. Sonunda Carol'ı terk edebildiğime sevinmiş bile görünmüyorsun."

Ernest sersemlemişti. Çok mu fazla belli etmişti duygularını? Onun yerinde Marshal olsa ne yapardı şimdi? Allah kahretsin, Marshal onun yerinde *olmazdı ki!*

"Öyle mi gerçekten?" diye tekrarladı Justin.

"Ne öyle mi?" Yediği yumrukla sersemlemiş bir boksör gibi, kendini toplayana kadar rakibine sarılıyordu Ernest.

"Yaptığıma sevinmedin mi?"

Sesi düzgün çıksın diye epey zorlanan Ernest, "Sence," diye vakit kazanmaya çalıştı, "sence gösterdiğin bu ilerlemeye sevinmedim mi ben?"

"Sevinmek mi? Hiç öyle görünmüyorsun?" diye karşılık geldi Justin'den.

"Peki ya *sen?*" Ernest yine vakit kazanmaya çalışıyordu. "*Sen* sevindin mi?"

Justin bu kez oyalama girişimlerini görmezden gelerek çözüldü. Bu kadarı yeterdi. Ernest'a ihtiyacı vardı ve geri adım atıyordu. "Sevindim mi? Evet. Ve korktum da. Ve karar verdim. Ve de kararsızım. Hepsi iç içe. Şimdi benim için en önemli mesele asla geri dönmemek. Bir kez ipi kopardım, şimdi önemli olan oradan uzak durmak, sonsuza dek uzak durmak."

Seansın kalan bölümünde Ernest, hastasına destek ve nasihat vererek durumu kurtarmaya çalıştı: "Mevzini koru... ne kadar uzun zamandır bu adımı atmak istediğini unutma... kendin için en iyi olanı yaptın... hayatında yaptığın en önemli iş olabilir bu."

"Acaba gidip Carol'la konuşsam mı bunu? Dokuz yıldan sonra, ona böyle bir borcum yok mu?"

"O zaman oynayalım bakalım bunu," diye bir öneride bulundu Ernest. "Şimdi konuşmak üzere dönmüş olsaydın neler olurdu?"

"Facia. Onun neler yapabileceğini biliyorsun. Bana. Kendisine."

Ernest'a bunları anlatmaya gerek yoktu. Justin'in bir yıl önce anlattığı bir olayı bütün canlılığıyla hatırlıyordu. Carol'ın hukuk bürosundaki ortaklarından birkaçı bir pazar günü *brunch*'a gelecekmiş ve Justin'le Carol, iki çocuklarıyla birlikte sabah erkenden alışverişe çıkmışlar. Evde yemekleri pişiren Justin'miş ve konuklara tütsülenmiş balık, bazlama, bir de laçso (lakerda, çırpılmış yumurta, soğan) hazırlamak istiyormuş. Çok banal, demiş Carol. Justin, ortaklardan yarısının Yahudi olduğunu hatırlatmışsa da bir türlü dinletememiş kadına. Sonunda tavır koymaya karar vererek direksiyonu şarküteriye doğru kırmış. "Hayır, dönmesene, orospu çocuğu seni," diye haykırmış Carol ve arabayı geri döndürmek için direksiyona yapışmış. Hareket halindeki trafikte yaşanan bu itiş kakış sonucunda, orada park etmiş duran bir motosikletin üstünden geçmiş arabayla.

Yırtıcı bir kediydi Carol, tam bir çakaldı, akıldışılığı sayesinde zorbalık eden deli karının tekiydi. Justin'in iki yıl önce anlattığı bir başka araba serüvenini hatırlıyordu Ernest. Ilık bir yaz gecesi Justin'le ikisi arabadayken, hangi filme gidecekleri konusunda tartışmaya başlamışlar – Carol *Kasabanın Cadıları*'nı, Justin de *Terminatör II*'yi istiyormuş. Kadın sesini yükseltmiş, ama isteklerini kararlılıkla ifade etmek için o hafta Ernest'tan epey cesaret almış olan Justin geri adım atmayı reddetmiş. Sonunda Carol, yine hareket halindeki trafikte arabanın kapısını açıp "Aşağılık pezevenk, senin yanında bir dakika daha kalmıyorum," demiş. Justin onu tutmaya çalışmışsa da, adamın koluna tırnaklarını geçirdiği gibi trafiğin içine atlamış Carol; Justin'in etinde saban izi gibi dört tane kanlı çizgi bırakarak.

Saatte otuz kilometre kadar hızla gitmekte olan arabadan atlayan Carol, üç-dört adım sıçrayarak savrulduktan sonra, park etmiş bir arabaya çarpıp yere uçmuş. Justin arabayı durdurup, çoktan olay mahalline toplanmış olan kalabalığı yara yara yanına koşmuş.

Caddenin ortasında yatıyormuş Carol, sersemlemiş ama kendindeymiş – çorapları parçalanmış, dizleri kan olmuş, elleri, dirsekleri, yanakları sıyrılmış ve bileğinin kırıldığı da belli oluyormuş. O akşam tam bir kâbusa dönüşmüş tabii: Ambülans, acil servis, polis ve hastane görevlileri tarafından yüz kızartıcı biçimde sorguya çekilmek.

Justin'i çok sarsmıştı bu olay. Anlıyordu ki artık, Ernest'ın yardımıyla bile olsa Carol'ı alt edemeyecek. Kadının göze almayacağı şey yoktu. O gün hareket halindeki arabadan aşağı atlaması Justin'in tüm direncini kırmıştı. Ne ona karşı koyabiliyordu artık, ne de onu terk edebilecekti. Kadın zorbanın tekiydi, ama Justin'in de bir zorbaya ihtiyacı vardı. Carol'dan ayrı geçirdiği tek bir gece bile evhama kapılmasına sebep oluyordu. Ernest, ne zaman bir düşünce egzersizi olarak evliliğini bitirdiğini kafasında canlandırmasını istese, bütün benliğini bir korku kaplıyordu Justin'in. Carol'la arasındaki bağı koparmak düşünülmez bir şeydi onun için. Ta ki –on dokuz yaşında, güzel, içtenlik dolu, atak, zorbalardan yılmaz– Laura ortaya çıkana dek.

"Ne dersin?" diye tekrar sordu Justin. "Sence bir erkek gibi davranıp bunu Carol'la konuşmayı deneyeyim mi?"

Ernest bu seçenekler üzerinde düşünmeye başladı. Justin'in baskın bir kadına ihtiyacı vardı: Acaba birinin yerine bir başkasını mı geçiriyordu sadece? Yeni ilişkisi de birkaç yıl içinde eskisine mi benzeyecekti? Yine de Carol'la işler içinden çıkılmaz bir şekilde kilitlenmişti. Belki de ondan bir kez uzak kalınca Justin, kısa bir süre için de olsa terapötik çalışmaya açık hale gelirdi.

"Şu anda gerçekten de nasihate ihtiyacım var."

Bütün terapistler gibi Ernest da doğrudan nasihat vermekten hiç hazzetmiyordu – kimseye bir yararı olmazdı bunun: İşe yararsa hastayı çocuk yerine koymuş olurdunuz; yaramazsa da kendinizi hıyar yerine. Ama bu hadisede başka seçeneği yoktu.

"Justin, bence hemen bu aşamada onunla görüşmen akıllıca olmaz. Biraz zaman geçsin. O da kendini bir toplasın. Yahut belki de bir terapistin yanında onunla görüşmeyi denemelisin. Ben yardıma hazırım, ya da daha iyisi, bir evlilik terapistinin adını vereyim sana. Önceden görüştüklerinden biri değil – onların işe yaramadığını biliyorum. Yeni biri."

Ernest nasihatinin işe yaramayacağını biliyordu: Carol her zaman evlilik terapisini sabote etmişti. Ama burada mesele *içerik* –yani verdiği nasihatin kendisi– değildi. Bu aşamada önemli olan *süreç* idi: Yani sözcüklerin arkasındaki ilişki, onun Justin'e yardım öneriyor olması, deminki kaçamak tavrını telafi etmesi, birlikte geçirdikleri saati tekrar değerli bir şey haline getirmesi.

"Olur da kendini sıkışmış hisseder ve bir dahaki seanstan önce benimle görüşme ihtiyacı duyarsan, ara beni," diye de ekledi Ernest.

Teknik iyi. Justin yatışmış görünüyordu. Ernest dengeyi yeniden kurmuştu. Seansı kurtarmıştı. Gözetmeninin bu tekniği onaylayacağını biliyordu. Ama kendisi onaylamıyordu. Lekelenmiş hissediyordu kendini. Kirlenmiş. Justin'e karşı dürüst olmamıştı. Birbirlerine *sahici* davranmamışlardı. Oysa Seymour Trotter'da asıl değer verdiği şey buydu işte. Onun hakkında kim ne derse desin –ve Allah biliyordu ki, çok şey denmişti– Seymour *sahici* olmasını biliyordu. Seymour'ın teknikle ilgili soruya verdiği cevap hâlâ kulaklarındaydı. "*Benim tekniğim, her türlü tekniği bir yana bırakmaktır. Benim tekniğim, doğruyu söylemektir.*"

Seans sona ererken alışılmadık bir şey oldu. Ernest, her seansta hastalarıyla mutlaka bir fiziksel temas sağlamaya dikkat ederdi. Justin'le ayrılırken el sıkışma âdeti geliştirmişlerdi. Ama o gün öyle olmadı: Justin giderken Ernest kapıyı açtı ve o çıkarken, sıkıntılı bir şekilde başıyla selam vermekle yetindi.

II

GECE yarısıydı ve Justin Astrid evden ayrılalı daha dört saat olmamıştı ki, Carol Astrid onu hayatından kesin bir şekilde çıkarma harekâtına başladı. Bir elinde Justin'in ayakkabı bağcıkları, diğerinde makas olduğu halde banyo zemininde başladığı işini, dört saat sonra tavanarasında, Justin'in Roosevelt Lisesi'nden kalma tenis eşofmanının üstündeki kocaman kırmızı *R*'yi keserek noktalamıştı. Bu ikisi arasında ise odadan odaya geçerek sistemli bir şekilde Justin'in giysilerini, flanel çarşaflarını, kenarı kürklü terliklerini, cam mahfazadaki böcek koleksiyonunu, lise ve üniversite diplomalarını, porno kaset külliyatını imha etmişti. Oymak başı yardımcısıyla birlikte sekiz yaşındaki izcilerin başında poz verdikleri yaz kampı resimleri, lisedeki tenis takımıyla ve at suratlı kız arkadaşıyla birlikte lise mezuniyet gecesinde çekilmiş resimleri – hepsi paramparça edilmişti. Sonra evlilik albümlerine gelmişti sıra. Oğlunun model uçak yapımında kullandığı maket bıçağının yardımıyla çok geçmeden Justin'in St. Marks Kilisesi'ne ayak bastığına dair her türlü iz oyulup atılmıştı (Episkopal Chicago nikâhlarının gözdesiydi bu kilise).

Carol, eli değmişken kaynanasıyla kayınpederinin görüntülerini de oyup çıkardı resimlerden. Onlar olmasaydı, onların o boş vaatleri, para, çok çok para konusundaki boş vaatleri olmasaydı herhalde asla evlenmezdi Justin'le. Ancak cehenneme kar yağdığında görürlerdi artık torunlarını. Carol'ın abisi Jeb de öyle. Ne işi vardı onun resminin hâlâ burada? Paramparça etti onu. Jeb'le işi yoktu onun. Arkasından Justin'in bütün akrabalarına ait resimlere geldi sıra, sofralar dolusu ablak suratlara: Salak salak sırıtıp kadeh tokuşturan şişkolar, bir de şekilsiz çocuklarını objektife baktırıp dans pistinde sarsak sarsak salınmazlar mı? Hepsinin canı cehenneme! Çok geçmeden Justin'e ve ailesine ait her türlü iz şömineyi boylamıştı. Evliliği gibi düğünü de yanıp kül olmuştu artık.

Albümde kala kala Carol'ın birkaç resmi kalmıştı, bir de annesinin ve bir avuç arkadaşının, hukuk bürosundaki ortakları Norma ile Heather da vardı bunların arasında, sabah onları arayıp yardım isteyecekti. Annesinin resmine uzun uzun baktı Carol, onun yardımına nasıl da muhtaçtı şimdi. Ama annesi onu bırakalı çok olmuştu, on beş senedir mezardaydı kadın. Aslında daha önce bırakmıştı ya. Göğsündeki kanser yavaş yavaş vücuduna yayılırken dehşet duygusuyla kadının eli ayağı kesilmiş, yıllarca annesine annelik etmişti Carol. Saklamak istediği resimlerin bulunduğu yaprakları kopardıktan sonra albümü de parçalayıp ateşe attı. Bir dakika sonra aklı başına geldi – albümün beyaz plastik kapaklarından çıkan dumanlar, sekiz yaşındaki ikizleri zehirleyebilirdi. Ateşten kaptığı gibi garaja götürdü albümü. Sonradan, başka bazı döküntülerle birlikte onu da paketleyip Justin'e gönderecekti.

Şimde de Justin'in çalışma masasındaydı sıra. Carol'ın şansı vardı: Ay sonu geliyordu ve babasının ayakkabı mağazaları zincirinde yeminli mali müşavir olarak çalışmakta olan Justin, eve bir sürü iş getirmişti. Kayıtların bulunduğu her türlü kâğıt –defter-i kebir ve bordrolar– makasın elinde can verdi. Asıl önemli malzemenin dizüstü bilgisayarında saklandığını biliyordu Carol. İçinden bilgisayarı çekiçle parçalamak geliyordu, ama aklını başına topladı – beş bin dolarlık bir bilgisayar, işine yarayabilirdi. En iyisi dosyaları silmekti. Dokümanlara girmeye çalıştı ama Justin şifrelemişti hepsini. Paranoyak pezevenk! Sonra bir çaresine bakardı. Şimdilik bilgisayarı sedir ağacından sandığına sakladı ve evdeki bütün kilitleri değiştirmesi gerektiğini tembih etti kendi kendine.

Gidip üçüncü kez ikizlere baktıktan sonra, şafak sökmeden yatağa girdi. Çocukların yatakları oyuncak bebekler ve peluş hayvanlarla doluydu. Derin derin, huzurlu bir şekilde nefes alıyorlardı. Ne masum, ne tatlı bir uyku. Ah ah, imreniyordu onlara. Çenesindeki ağrıyla uyanana dek üç saat boyunca huzursuz bir şekilde uyudu Carol. Uykusunda dişlerini gıcırdatıyordu. Ellerini yüzüne dayamış, ağır ağır çenesini açıp kaparken dişlerinin gıcırtısını duyabiliyordu.

Yatakta Justin'den kalan boş yere bakarak kendi kendine söylendi: "Orospu çocuğu. Diş ağrısı çekmeye değmezsin sen!" Sonra ürpererek ellerini dizlerinin üstünde kavuşturup oturdu yatakta ve Justin'in nerede olabileceğini düşünmeye başladı. Yanaklarından süzülerek geceliğine akan yaşlara çok şaşırdı. Göz yaşlarını silip ıslak ıslak parlayan parmak uçlarına baktı. Carol olağanüstü enerjik bir kadındı, hiç vakit kaybetmeden, kesin biçimde eyleme geçerdi. Bakışlarını kendi içine yöneltmek asla huzur vermemişti ona ve böyle yapanların da, mesela Justin'in, tabansız olduğunu düşünürdü.

Ama artık yapacak bir şey kalmamıştı: Justin'den kalan ne varsa paramparça etmişti ve artık öyle ağırlaşmış hissediyordu ki kendini, neredeyse hareket edemeyecek haldeydi. Ama hâlâ nefes alabiliyordu ve yoga dersinde öğrendiği nefes alma egzersizlerini hatırlayarak derin bir nefes çekip yarısını yavaş yavaş dışarı verdi. Sonra kalan nefesinin yarısını, sonra onun da yarısını, ondan kalanın da yarısını verdi dışarı. İşe yaramıştı. Yoga öğretmeninin önerdiği bir egzersizi daha denedi. Zihninin bir sahne olduğunu düşündü ve seyircilerin arasına kurularak mesafeli bir şekilde, kendi düşüncelerinin sahneden geçişini izledi. Hiçbir şey çıkmamıştı ortaya – sadece arka arkaya geçip giden acı verici, olgunlaşmamış düşünceler. Peki bunları nasıl birbirinden ayırıp da ele almalı? Her şey karman çorman görünüyordu.

Sonra bir görüntü giriverdi zihnine – nefret ettiği adamın, ihanetiyle onda hayat boyu kapanmaz bir yara açmış olan adamın suratı: Okulun mediko-sosyal servisindeki psikiyatrist Dr. Ralph Cooke. Ay gibi yusyuvarlak, pırıl pırıl pembe bir surat, tepesinde de püskül gibi sarı saçlar. Okuldaki ikinci senesinde gitmişti ona Carol, on dördünden beri çıktığı Rusty'nin yüzünden. Rusty onun ilk erkek arkadaşıydı ve ilk dört yıl boyunca işine yaramıştı; çıkacak erkek, mezuniyet balolarına gidecek kavalye, daha ileride de yatak arkadaşı aranmak gibi biçimsiz durumlara düşmekten korumuştu Carol'ı. Carol, Rusty'nin peşinden Brown Üniversitesi'ne gitti, Rusty'nin aldığı her dersi o da aldı, yurttaki odasını onunkine yakın bir odayla takas etti. Ama belki de fazla sıkmıştı çocuğu: Sonunda Rusty, Fransız-Vietnamlı melezi güzel bir kızla çıkmaya başladı.

Acının böylesini hiç tatmamıştı Carol. Başlangıçta bütün hıncını kendine yöneltti: Her gece ağladı, yemek yemeyi reddetti, dersleri asmaya, uyuşturucu kullanmaya başladı. Sonra bir öfke patlaması geldi: Rusty'nin odasını darmadağın etti, bisikletinin lastiklerini indirdi, yeni kız arkadaşını izleyip taciz etmeye başladı. Bir keresinde peşlerinden bara girip bir maşrapa dolusu birayı boca etmişti üstlerine.

Başlangıçta ona yardımcı oldu Dr. Cooke. Carol'ın güvenini kazandıktan sonra, yaşadığı kaybın yasını tutmasına yardım etti. Ona göre Carol'ın bu kadar şiddetli bir ızdırap yaşamasının nedeni, Rusty'yi kaybetmekle içindeki eski bir yaranın açılmış olmasıydı: Babası tarafından terk edilmiş olmanın yarası. Babası bir "Woodstock Zayii" idi; Carol sekiz yaşındayken Woodstock konserine gitmiş ve bir daha dönmemişti. Önceleri Vancouver'dan, Sri Lanka'dan ve San Francisco'dan bir-iki kart gönderdi, ama zamanla bu bağlantı da kesildi. Annesini onun resimleriyle giysilerini parçalayıp yakarken seyrettiğini hatırlıyordu Carol. O olaydan sonra annesi, bir daha babasının adını ağzına almamıştı.

Dr. Cooke'un ısrarla belirttiğine göre Carol'ın, Rusty tarafından terk edilmenin acısını bu kadar güçlü yaşamasının sebebi babasının çekip gitmiş olmasıydı. Carol ise babasına dair hiçbir olumlu anısı olmadığını söyleyerek direnç gösteriyordu. Belki *bi-*

linçli anısı yoktu, Dr. Cooke'un cevabına göre, ama babasının ona baktığı, onu doyurup beslediği anlara dair hiç anı kalmamış olması mümkün müydü? Hele ya dilediği ve düşlediği baba – asla sahip olamadığı o seven, destek olan, koruyan baba? Mutlaka babasının yasını tutmuştu Carol, ve Rusty'nin çekip gitmesi o acının da mührünü açmıştı.

Dr. Cooke, başka bir açıdan bakmasına, yani Rusty'yi kaybetmiş olmasını bütün bir hayat perspektifi içinde değerlendirmesine yardımcı olarak da rahatlattı Carol'ı: Daha on dokuz yaşındaydı, Rusty'ye ilişkin anıları silinip gidecekti. Birkaç ay sonra onu ender olarak düşünmeye başlayacaktı; birkaç yıl sonra ise Rusty adında hoş bir delikanlıyı belli belirsiz hatırlıyor olacaktı. Başka erkekler girecekti hayatına.

Aslında başka bir erkek hayatına *girmekteydi* bile, zira Dr. Cooke, onunla konuşurken sinsi sinsi yanaştırıyordu sandalyesini. Carol'a çekici, *çok* çekici bir kadın olduğunu söyledi ısrarla, o ağlarken elini tuttu, seanslar sonunda sıkı sıkı sarıldı ona ve bu kadar hoş bir kadının erkekleri kendine çekmekte hiçbir güçlükle karşılaşmayacağına temin etti Carol'ı. Kendi adına konuştuğunu söylüyordu, giderek Carol'dan etkilenmekte olduğunu da.

Dr. Cooke, kendi hareketlerini teorik gerekçelerle desteklemekteydi. "Dokunmak, senin iyileşmen için gerekli, Carol. Rusty'yi kaybetmen, hayatının ilk evrelerinde, sözlü dönem öncesinde yaşadıklarının korlarını alevlendirdi ve tedavi yaklaşımı da sözlü olmamalı. Bu tip bedensel anılar üzerine konuşamazsın – fiziksel rahatlatma ve ihtimamla yatıştırılmalıdır bunlar."

Kısa süre içinde fiziksel rahatlamadan cinsel rahatlatmaya geçildi, ikisinin oturduğu sandalyeleri ayıran hazin, eprimiş Acem halısının üstünde. Ondan sonra da reçeteye bağlanmış bir ritüel şekline büründü seanslar: Carol'ın o hafta yaşadıkları birkaç dakika süreyle gözden geçiriliyor, Dr. Cooke (Carol asla ön adıyla hitap etmemişti ona) empati dolu bir edayla "cık-cık-cık" yapıyor, arkasından Carol'ın semptomlarını –saplantı halinde Rusty'yi düşünmesi, uykusuzluk, iştahsızlık, konsantrasyon bozukluğu– keşfe çıkıyor ve nihayet Rusty olayının böyle bir faciaya dönüşmesinin altında, babanın aileyi terk edip gitmesinin yattığı şeklindeki yorumunu tekrarlıyordu.

İşinin ehliydi adam. Carol kendini daha sakinleşmiş, şefkat bulmuş hissediyor ve minnet duyuyordu. Ve sonra, aşağı yukarı seansın ortalarında Dr. Cooke, sözü bırakıp eyleme geçerdi. Carol'ın cinsel fantezilerinden söz edilirken olabilirdi mesela bu: Dr. Cooke, bu fantezilerin bir kısmının gerçekleşmesinin önemli olduğunu söylerdi; yahut Carol'ın erkeklere duyduğu öfkeye karşılık kendisinin, bütün erkeklerin birer orospu çocuğu olmadığını kanıtlamakla görevli olduğunu anlatırdı; yahut da Carol, kendini çirkin bulduğunu ve erkeklerin gözünde hiçbir çekiciliği olmadığına inandığını söyledi mi, şahsen kendisinin, bu hipotezin yanlış olduğunu kanıtlayabileceğini belirtirdi, tam tersine Carol, onun gözünde büyüleyici bir çekicilik taşıyordu. Galiba Carol ağladığı zamanlarda da şöyle diyordu: "Bak işte, kendini koyvermek iyi gelecek sana, ama biraz fiziksel temasa ihtiyacın var."

Oraya kadar nasıl gelinmiş olursa olsun, seansın kalan bölümü hep aynıydı. Dr. Cooke sandalyesinden aşağı kayarak eskimiş Acem halısına oturur, parmağıyla işaret ederek onu da yanına çağırırdı. Birkaç dakika sarılıp okşadıktan sonra, her birinde ayrı renkte birer prezervatif bulunan ellerini uzatır ve birini seçmesini söylerdi Carol'a. Belki de Carol'ın böyle bir seçim yapmasına izin vermekle, hadisenin onun denetiminde olduğuna kendini inandırmaya çalışıyordu. Sonra Carol prezervatifi paketinden çıkarıp adamın hazır bekleyen organına geçirirdi, pırıl pırıl pembe yanaklarıyla aynı renkteydi o da. Dr. Cooke daima pasif bir pozisyon alır, sırt üstü yatarak Carol'ın üstüne oturmasına, erotik danslarının temposunu ve derinliğini istediği gibi ayarlamasına izin verirdi. Belki bu da yine, iplerin Carol'ın elinde olduğu yanılsamasını beslemek içindi.

İşe yaramış mıydı bu seanslar? Carol yaradığını düşünüyordu. Beş ay boyunca her hafta, birisi için önemli olduğunu hissederek ayrılmıştı Dr. Cooke'un odasından. Ve tam da Dr. Cooke'un öngördüğü gibi, Rusty'yle ilgili düşünceler zihninden silinip gitmiş, sükûnetini yeniden bulmuş, derslere girmeye başlamıştı Carol. Her şey gayet iyi gidiyordu, ta ki bir gün, yirmi kadar böyle seanstan sonra Dr. Cooke, ona artık iyileştiğini bildirene kadar. Kendi sözleriyle, doktorun işi bitmişti artık ve terapiye son verme zamanı gelmişti.

Terapiye son vermek! Adamın onu bırakmasıyla birlikte başladığı noktaya düşüverdi Carol. Aralarındakini sürekli bir ilişki olarak görmemişti gerçi ama, hiçbir zaman, tek bir an bile, böyle bir kenara atılıvereceğini de düşünmemişti. Her gün telefon etti Dr. Cooke'a. Adam önceleri candan ve nazikken, telefonlar devam ettikçe sertleşmeye, tahammülsüzleşmeye başladı. Mediko-sosyalin öğrencilere ancak kısa süreli terapi sağladığını hatırlatarak bir daha aramamasının daha uygun olacağını söyledi. Carol, onun cinsel tedavi uygulayacak başka bir hasta bulduğundan emindi. Demek ki hepsi yalandı: Adamın onun için kaygılandığı, ona önem verdiği, onu çekici bulduğu. Hepsi onu istediği gibi yönlendirmek içindi, hepsi kendi zevkini tatmin içindi, Carol'ın yararı için değil. Artık neye ve kime güveneceğini bilemiyordu.

Sonraki birkaç hafta tam bir kâbustu. Çaresiz bir şekilde Dr. Cooke'un odasının kapısında bekliyor, bir bakışını yakalamayı, bir dikkat kırıntısı toplamayı ümit ediyordu. Doktorun numarasını çevirerek ya da Prospect Sokağı'ndaki muhteşem evinin dökme demirden bahçe parmaklığına yaslanıp onu görebilmek için kıvranarak geceler geçirdi. Evin içinde odadan odaya gezinen adamın ve ailesinin siluetlerini gözetlerken yanağını bastırdığı burgulu demir parmaklıkların soğukluğunu yirmi yıl sonra bile bazen hâlâ hissedebiliyordu. Bir süre sonra, duyduğu acının yerini öfke ve intikam düşüncesi almıştı. Dr. Cooke'un tecavüzüne uğramıştı o – şiddet yoktu işin içinde gerçi ama tecavüz, tecavüzdü. Kadın asistanlardan birine danıştı yardım için, ama o bu işi unutmasını salık verdi. "Hiç şansın yok," demişti; "kimse ciddiye almaz seni. Ciddiye alsalar bile ne kadar aşağılanacağını düşün – yaşadığın tecavüzü anlatmak zorunda kaldığında yaşayacağın aşağılanmayı, özellikle bu tecavüze senin de katılmış olduğunu, her hafta yeni baştan tecavüze uğramak için kendi iradenle oraya gittiğini anlatırken."

On beş yıl önceydi bu. İşte o anda Carol, avukat olmaya karar vermişti.

Üniversitedeki son senesinde siyaset bilimi derslerinde çok sivrildi Carol ve profesörü, hukuk fakültesine kabul edilmesi için iyi bir tavsiye mektubu yazmaya razı oldu – ama karşılığında bazı cinsel menfaatler bekleyeceğine dair güçlü imalarda da bulundu. Öfkesini güçlükle zaptedebilmişti Carol. Bir kez daha çaresizlik ve ruhsal çöküntü içinde buldu kendini, böylece özel bir psikolog olan Dr. Zweizung'dan yardım istedi. İlk iki seansta çok yardımı da dokundu Dr. Zweizung'un, ama sandalyesini ona yaklaştırmaya ve Carol'ın ne kadar çekici olduğundan dem vurmaya başladıkça, gitgide çok meşum bir şekilde Dr. Cooke'u andırır olmuştu. Bu kez ne yapacağını biliyordu Carol, derhal kalkıp adamın odasından dışarı fırladı ve avazı çıktığı kadar haykırdı: "Aşağılık herif!" İşte bu, Carol'ın hayattaki son imdat çağrısıydı.

Sanki görüntüleri beyninden sökmek istercesine hırsla kafasını sallıyordu şimdi. Ne diye o pislikleri düşünüyordu ki? Hele o küçük bok yığınını, Dr. Ralph Cooke'u. Birbirine dolanıp düğüm olmuş duygularını ayırmak istemişti çünkü. Ralph Cooke'un bir iyiliği dokunmuştu ona – dört temel duygudan başlayarak ruh halini çözümleyebilmesi için bir hatırlatıcı ipucu: 4K, yani kötü, kızgın, keyifli ve kederli. Çok kereler işine yaramıştı bu.

Arkasına bir yastık alıp zihnini yoğunlaştırmaya çalıştı. "Keyifli" derhal elenebilirdi. Keyif nedir bilmeyeli uzun zaman olmuştu. Diğer üçünü düşündü. "Kızgın" – bu kolaydı; kızgınlığı iyi tanıyordu: Hayatının merkeziydi kızgınlık. Ellerini sıkıp yumruk yaptı ve içinden yükselen öfkeyi büyük bir açıklıkla hissetti. Çok basit. Çok doğal. Uzanıp Justin'in yastığına bir yumruk attı ve tısladı: "Puşt, puşt, puşt! Hangi cehennemde geçirdin geceyi?"

"Kederli"yi de tanıyordu Carol. Çok iyi, çok canlı biçimde değil; belli belirsiz, gölge gibi bir yoldaş olarak daha çok. Bugün, onun şu andaki yokluğu sayesinde daha önceki varlığını net bir şekilde fark ediyordu. Aylardır sabah saatlerinden nefret etmişti: O gün yapacağı işleri düşünerek sızlana sızlana yataktan kalkmaktan, duyduğu halsizlikten, midesindeki bulantıdan, eklemlerinin tutulmasından. "Keder" buysa, bugün uçup gitmişti işte; bu sabah kendini başka türlü hissediyordu – enerji dolu, teyakkuz halinde. Ve kızgın!

"Kötü?" Carol "kötü" olmayı da pek bilmiyordu. Justin durmadan "kötü" olmaktan bahseder, eliyle göğsünü, suçluluk duygusu ve endişenin yoğun baskısını hissettiği yeri gösterirdi. Oysa Carol'ın "kötü" üzerine tecrübesi pek fazla değildi – Justin gibi, bu konuda sızlanıp duranlara karşı tahammülü de öyle.

Oda hâlâ karanlıktı. Carol, banyoya giderken yumuşak bir tümseğe takılarak tökezledi. Elektrik düğmesini çevirince önceki gece yaptığı giysi katliamını hatırladı. Justin'in kravatlarıyla pantalonlarına ait parçalar odanın her yerine yayılmıştı. Carol, ayak parmaklarıyla bir pantalon dilimini tutup havaya savurdu. Bu ona iyi gelmişti. Ama kravatlar... onları dilimlemek aptalcaydı. Justin'in çok değer verdiği beş tane kravatı vardı –kendi tabiriyle onun sanat koleksiyonuydu bunlar– ve bir zamanlar yaş gününde Carol'ın aldığı fermuarlı bir süet kılıfta ayrı ayrı asılı dururlardı. Justin, sanat koleksiyonundaki kravatları ender olarak, ancak çok özel günlerde taktığı için yıllarca dayanmışlardı. Hatta kravatlardan ikisini daha onlar evlenmeden, dokuz yıl önce almıştı. Dün gece Carol, onun günlük olarak taktığı kravatların hepsini paralayıp sanat koleksiyonundaki kravatlara geçmişti. Ama ikisini doğradıktan sonra durup Justin'in en sevdiği kravatına baktı: Enfes bir Japon deseni; merkezinde, orman yeşili, kocaman ve görkemli kat kat yaprakları olan bir çiçek. Çok aptalca, diye düşündü. Bu kravatlarla daha fazla can yakacak, daha şiddetli bir şeyler yapmalıydı. Sonunda bunu ve diğer iki kravatı, sedir sandığına kilitlediği bilgisayarın üstüne koydu.

* * *

Norma'yla Heather'ı arayarak acil bir toplantı için o akşam gelmelerini istedi. Gerçi üçü arasında düzenli bir sosyal ilişki yoktu –aslında Carol'ın hiç yakın arkadaşı yoktu– ama, kendilerini daimi bir savaş konseyi addeder, önemli ihtiyaç anlarında sık sık toplanırlardı; genellikle de bu, sekiz yıldır çalıştıkları Kaplan, Jarndyce ve Tuttle hukuk bürosunda cinsiyet ayrımcılığıyla ilgili bir kriz olurdu.

Norma'yla Heather akşam yemeğinden sonra geldiler ve üç kadın oturma odasında görüştü – duvarlarda sıvasız kirişler ve kırmızı renkli dev tomruklardan yapılıp kalın hayvan postuyla kaplanmış Neandertal koltuklar vardı burada. Okaliptüs ve çam kütükleriyle ateşi yakan Carol, buzdolabından ister şarap ister bira alarak kendi evlerindeymiş gibi davranmalarını söyledi Norma'yla Heather'a. Öyle huzursuzdu ki, kendi kutu birasını açarken kazağının koluna döktü. Yedi aylık hamile olan Heather, yerinden fırlayarak mutfağa koştu, ıslak bir bez alıp geldi ve Carol'ın kolunu sildi. Kazağını kurutmak için şöminenin başına oturan Carol, bir yandan da Justin'in gidişine dair ayrıntıları anlatıyordu.

Kendisine beyaz şarap koymakta olan Norma, "Buna hamdetmelisin, Carol. Bir *mitsva*, yani bir tür lütuf say bunu," dedi. Ufak tefek, tezcanlı bir kadındı Norma, kusursuz hatları olan ufak yüzünü siyah perçemler çevreliyordu. Ailesi İrlanda Katoliklerindendi –babası Güney Boston'da polislik yapan bir İrlandalıydı– ama eski kocasından her duruma uygun Yidiş deyişleri öğrenmişti. "Seni tanıdık tanıyalı boynunda üvendire o adam."

Aslen İsveçli olan uzun yüzlü ve muazzam göğüslü –hamilelik boyunca on sekiz kilo almıştı– Heather da ona katıldı: "Doğru söylüyor, Carol. Gitti işte. Kurtuldun. Ev sana kaldı. Gün matem günü değil; kilit değiştirme günü. Kazağına dikkat et Carol! Burnuma yanık kokusu geliyor."

Carol şöminenin önünden uzaklaşıp kürk kaplı koltuklardan birine gömüldü.

Norma şarabından koca bir yudum aldı. "*Le hayim,* Carol, hayata. Özgürlüğüne. Şimdi sarsıldığını biliyorum, ama unutma *senin istediğin de buydu.* Tanıştık tanışalı, Justin ya da evliliğin hakkında hiç iyi bir laf duymadım senden – tek kelime olsun."

Ayakkabılarını çıkarıp dizlerine sarılarak oturan Carol'dan çıt çıkmıyordu. İnce yapılı bir kadındı o; uzun, zarif bir boynu, kısa kesilmiş kalın ve kıvırcık saçları, belirgin bir çenesi ile elmacık kemikleri ve kor gibi yanan gözleri vardı. Daracık siyah Levi's ve saç örgüsü desenli, kocaman kapüşonu olan, büyük beden bir kazak giymişti.

Norma ile Heather doğru havayı tutturmaya çalıştılar. Duraklaya duraklaya konuşuyor, sık sık birbirlerine bakarak tüyo almaya uğraşıyorlardı.

Carol'a doğru uzanıp onun sırtını sıvazlayarak "Carol," dedi Norma, "şöyle düşün: Vebadan kurtuldun. Şükürler olsun!"

Ama Carol, iyice büzülerek Norma'nın dokunuşundan kaçmış ve daha da sıkı sarılmıştı dizlerine. "Evet, evet. Bunu biliyorum. Bütün bunları biliyorum. Ama işe yaramıyor. Justin'in ciğerini bilirim. Hayatımın dokuz yılını heba ettiğini biliyorum. Ama böyle sıyıramayacak bu işten."

"*Nasıl* sıyıramayacak?" dedi Heather. "Unutma, gitmesini isteyen sendin. Onu geri *istiyor* değilsin. Hayatında olan *iyi* bir şey bu."

"Mesele bu değil," dedi Carol.

"Çıbanı patlattın. Şimdi irini geri mi istiyorsun? Aksın gitsin, bırak," dedi Norma.

Carol, "Mesele bu da değil," dedi.

"Mesele *nedir*?" diye sordu Norma.

"Mesele, intikam!"

Heather'la Norma aynı anda söze girdiler. "Ne?! Harcayacağın zamana değmez! Çekti gitti, bırak gittiği yerde kalsın. Hayatını yönetmeye devam etmesine izin verme."

Tam o sırada Carol'ın ikizlerinden Jimmy seslendi. Kalkıp çocuğa bakmaya gitti Carol, bir yandan da "Çocuklarımı seviyorum, ama önümüzdeki on seneyi yirmi dört saat nöbette geçireceğimi düşündükçe... Yarabbim!" diye söyleniyordu.

Carol gidince, Norma'yla Heather ne yapacaklarını bilemediler. Fesat dedikodulara girişmemek en iyisi, diye düşündü ikisi de. Norma ateşe küçük bir okaliptüs kütüğü daha attı ve Carol dönene kadar kütüğün çatır çutur yanışını seyrettiler. Döner dönmez kaldığı yerden devam etti Carol: "Elbette geri dönmesine izin vermeyeceğim. Hâlâ anlayamıyorsunuz. Gittiğine seviniyorum - onu geri alacak değilim. Ama beni böyle terk etmeyi ona ödeteceğim."

Heather hukuk fakültesinden beri tanırdı Carol'ı ve düşmanca tarzına alışıktı. "Anlamaya çalışalım bari," dedi. "Ben meseleyi kavramak istiyorum. Justin çekip gitti diye mi öfkeleniyorsun? Yoksa onun çekip gitmesi *düşüncesi* mi öfkelendiriyor seni?"

Carol cevap veremeden Norma araya girdi. "Belki de, onu daha önce başından atmadığın için kendine öfkeleniyorsun!"

Carol başını iki yana salladı. "Norma, sen bunun cevabını biliyorsun. Yıllarca onu evden atayım diye beni kışkırtmaya çalıştı, çünkü kendisi gidemeyecek kadar zayıftı, yuvasını yıkmanın suçluluk duygusunu taşıyamayacak kadar zayıftı. Onu evden atarak ekmeğine yağ süremezdim."

"Yani," diye sordu Norma, "sırf onu cezalandırmak için mi bu evliliği sürdürdüğünü söylemek istiyorsun?"

Carol huzursuz bir şekilde yine iki yana salladı başını. "Çok,

çok uzun bir zaman önce yemin ettim, bir daha hiçbir erkek beni terk edip gidemeyecek diye. Ne zaman gidebileceğini *ben* söylerim ona. Buna ben karar veririm! Justin kendisi gitmedi – onda o göt yoktur: Birisi çekip aldı onu ya da birisi elinden tutup götürdü. Ben de bunun kim olduğunu öğrenmek istiyorum. Bir ay önce sekreterim onu Yank Sing'de neşe içinde *dim sum* yerken gördüğünü söylemişti, çok genç bir kadın varmış yanında, on sekiz yaşlarında falan. En çok neye bozuldum biliyor musunuz? *Dim sum*'a! Ben bu Çin *brunch*'ına bayılırım, ama bir kez bile *dim sum* yemeye götürmedi beni. Benimle olunca, ne zaman bir Çin haritası görse mide ve baş ağrıları tutuyor pezevengi."

"Yanındaki kadının kim olduğunu sordun mu ona?" dedi Heather.

"Tabii ki sordum! Ne yapacaktım yani? Bilmiyormuş gibi mi davranacaktım? Yalan söyledi. Müşterisi olduğunu iddia etti. Ertesi akşam Sheraton'ın barından birini kaldırarak skoru eşitledim. Birlikte *dim sum* yediği kadını tamamen unutmuşum. Ama kim olduğunu bulacağım. Tahmin yürütebiliyorum. Büyük ihtimalle yanında çalışan biridir. Yoksul biri. Onun o bamyasına hayran kalacak kadar ahmak ya da miyop biri! Gerçek bir kadına yaklaşacak kadar taşaklı değil ki herif. Öğreneceğim o kadının kim olduğunu."

"Bak Carol," dedi Heather, "Justin senin avukatlık mesleğini mahvetti – kaç kere kendi ağzınla söyledin bunu? Evde tek başına kalmaktan korkmasıyla senin bütün meslek hayatını sabote etti. Chipman, Bremer ve Robey'den aldığın teklifi hatırlıyor musun, geri çevirmek zorunda kalmıştın hani?"

"Hatırlamak ha? Elbette hatırlıyorum! Benim meslek hayatımı *o* mahvetti! Daha mezun olduğum zaman gelen teklifleri siz biliyorsunuz. İstediğim her şeyi yapabilirdim. Rüyalarımda göremeyeceğim teklifti o, ama geri çevirmek *zorunda kaldım.* Uluslararası hukukta seyahate engel durumu olan adam nerede duyulmuş? Ona bir bebek bakıcısı tutsaymışım keşke. Sonra da ikizler doğdu, onlar da meslek hayatında benim tabutumun çivisini çaktılar işte. On yıl önce C, B ve R'ye girseydim şimdiye ortak olmuştum. Şu Marsha salağına baksanıza – malı götürdü işte. Sizce ortak olamaz mıydım ben? Hem de ne biçim olurdum, şimdiye kadar çoktan olurdum."

"Ama," dedi Heather, "benim söylemeye çalıştığım da bu

zaten! Onun zayıflığı senin hayatını yönlendiriyordu. Vaktini ve enerjini intikam için harcarsan yine seni yönlendirmeye devam etmiş olacak."

"Doğru," diyerek ona katıldı Norma. "Şimdi ikinci bir şans geçti eline. Bununla yetin işte!"

Carol, "Bununla yetin işte," diye hırsla tekrarladı. "Söylemesi kolay. Ama o kadar basit değil bu iş. Dokuz yılımı yedi! Geleceğe dair vaatlerine kanacak kadar kerizdim işte. Evlendiğimizde babası hastaydı ve milyonlar değerindeki ayakkabı mağazaları zincirini ona bırakmak üzereydi. Bak dokuz yıl geçti ve o geberesice babası her zamankinden daha sağlıklı! Emekliye bile ayrılmadı. Justin de hâlâ üç otuz paraya babacığının muhasebesini tutuyor. Bilin bakalım, babacık cartlağı çektiğinde bana ne kalıyor? Yıllarca bekledikten sonra? Eski gelini olarak? Hiçbir şey! Kesinlikle hiçbir şey.

"Karşıma geçmiş 'Bununla yetin işte,' diyorsunuz. İnsan dokuz yılını havaya attıktan sonra yetinmez işte." Carol minderlerden birini öfkeyle yere fırlattı ve kalkıp Norma'yla Heather'ın oturduğu koltuğun arkasında turlamaya başladı. "Her şeyini ben yapardım, ben giydirirdim onu –o beceriksiz orospu çocuğunu– asla tek başına iç çamaşırı alamazdı, çorap da! Siyah çorap giyer ve çoraplarını gidip ben almak zorundaydım, çünkü onun aldıkları kazık gibi sert olurdu ve hep düşerdi. Ona analık ettim, karılık ettim, onun için fedakârlık ettim. Ve onun için başka erkeklerden vazgeçtim. Ne erkekler kaçırdığımı düşününce sinirimden kuduruyorum. Ve şimdi, salak bir kız yularını çekiverince basıp gidiyor herif!"

Sandalyesini Carol'dan tarafa çeviren Heather, "Bundan emin misin?" diye sordu. "Kadından yani. O konuda bir şey söyledi mi?"

"Her iddiasına varım. O dallamayı tanırım ben. Kendi başına gidebilir miydi hiç evden? Haydi bahse girelim: Beş yüze karşılık bin veriyorum, şimdiden biriyle yaşamaya başladı bile, dün geceden beri."

Bahse giren olmadı. Carol genellikle bahiste kazanırdı. Karşı taraf kazanacak olsa da buna değmezdi – çamura yatardı Carol.

"Biliyorsun," dedi Norma –o da sandalyesini çevirmişti– "ilk kocam beni terk ettiğinde altı ay boyunca bunalıma girmiştim. Terapi görmeseydim şimdi hâlâ bunalımda olurdum. Bir psikiyatriste gittim, Seth Pande adında San Francisco'lu bir psikanalist. Müthiş bir adamdı, sonra da Shelly'yle tanıştım. Onunla olmak harikaydı, özellikle de yatakta, ama Shelly'nin kumar problemi vardı ve evlenmeden önce bu alışkanlığı için Dr. Pande'ye gitmesini istedim. Pande muhteşem bir iş çıkardı. Shelly'yi tamamen değiştirdi. Shelly, hareket eden ne görse bütün maaşını yatırıyordu: Atlara, tazılara, futbola. Oysa şimdi sosyal faaliyet mahiyetinde ufak bir poker oyunuyla tatmin oluyor. Pande'ye gözü kapalı güvenir Shelly. Bak sana da numarasını vereyim."

Carol kalkıp yine arkalarında dolaşmaya başlarken "Hayır!" dedi. "Kesinlikle hayır! İhtiyacım olan en son şey bir deli doktoru. Bana yardım etmeye çalıştığını biliyorum Norma, ikiniz de yardım etmek istiyorsunuz, ama inanın, böyle bir yardımın faydası yok! Terapinin hiç faydası olmaz. Hem sonra sana ve Shelly'ye ne kadar faydası oldu ki? Hikâyeni doğru dürüst anlat – kaç kere Shelly'nin senin sırtında bir yük olduğunu söyledin bize? Hâlâ eskisi gibi kumar oynadığını sen söylemedin mi? Paraları tüketmesin diye ayrı bir banka hesabı açtığını söylemedin mi?" Norma ne zaman Shelly'yi övse siniri bozulurdu Carol'ın. Shelly'nin karakteri hakkında epey bilgisi vardı – ve cinsel gücü hakkında: *Dim sum* hadisesinin intikamını almasına vesile olan adam *oydu*. Ama iyi sır tutardı Carol.

"Kalıcı bir çözüm sağlamadığını kabul ediyorum," dedi Norma, "ama Pande'nin çok yardımı dokundu. Shelly yıllarca uslu durdu. Eski alışkanlıklarına geri dönmesi, işten atıldıktan sonrasına rastlıyor. Bir iş bulduğunda her şey düzelecek. İyi de sen terapistler konusunda niye bu kadar katısın, Carol?"

"Terapistlerin nasıl ağzıma sıçtığını bir gün size anlatırım. Onlarla yaşadıklarımdan öğrendiğim bir şeyi söyleyeyim: Öfkeni içine atmayacaksın. İnanın bana, bir daha asla yapmayacağım bir hata varsa, budur."

Carol yerine oturup Norma'ya baktı. "Melvin seni terk ettiğinde belki hâlâ seviyordun onu – belki kafan karışmıştı veya onu geri istiyordun veya kendine olan saygın zedelenmişti. Gittiğin doktorun bu konuda sana yardımı dokunmuş olabilir. Ama bu, *sensin*. Ben ise öyle değilim. Benim kafam karışık değil. Justin neredeyse on yılımı çaldı benim, hayatımın en güzel dönemini – meslekte kendimi kabul ettirip ettiremeyeceğimin belli olacağı dönemi. İkizleri bana havale etti, onu geçindirme işini sırtıma yıktı, babasının yanındaki üç kuruşluk muhasebecilik işi için gece-gündüz sızlandı durdu, boktan bir ruh doktoruna tonla para döktü – benim paramı. İnanabiliyor musunuz, haftada üç, bazen dört kez gidiyordu herife? Şimdi de çükünün keyfine düşüp evi terk ediveriyor. Söylesenize, abartıyor muyum Allah aşkına?"

"Eh," dedi Heather, "belki meseleye başka bir açıdan bakmakta... "

"İnanın," diye araya girdi Carol, "kafam karışık falan değil. Onu sevmediğimden adım gibi eminim. Dönmesini falan da istemiyorum. Yo, bu doğru olmadı. Onu geri *istiyorum* – gelsin de kıçına tekmeyi yapıştırıp ben atayım diye! Nerede durduğumu ve ne istediğimi çok iyi biliyorum ben. Onun *canını yakmak* istiyorum – ve o şapşal karının da, kim olduğunu öğrenince tabii. Bana yardım etmek istiyor musunuz? O zaman söyleyin, onun canını yakmak için ne yapabilirim? Ama gerçekten yakmak için."

Norma, ahşap sandığın yanında duran eski bir lahana bebeği alıp (Carol'ın ikizleri, Alice'le Jimmy, artık sekiz yaşındaydılar ve bebekle oynama çağını geride bırakmaya başlamışlardı) şöminenin üstüne koydu ve dönüp sordu: "Yanında iğne olan var mı?"

"Ha, şöyle," dedi Carol.

Saatlerce kafa patlattılar. Önce eski usûl bir yönteme başvurup parasal yollarla intikaını almayı düşündüler. Justin'in, hayatının kalan bölümünü borç içinde geçirmesini sağlayacak, BMW'sini, İtalyan malı giysilerini ve kravatlarını alacaklardı elinden. Onu mahvedeceklerdi – muhasebe kayıtlarını değiştirip babasını vergi kaçakçılığından hapse attıracak, Justin'in kasko ve sağlık sigortasını iptal ettireceklerdi.

"Sağlık sigortasını iptal etmek. Hmm, ilginç. Sigorta, ruh doktoruna verdiği paranın ancak yüzde otuzunu ödüyor, ama bu da bir şeydir. O doktora gitmesini önlemek için neler yapmazdım. O zaman bütün umudunu yitirirdi. O zaman topu atardı işte! Durmadan Lash'in en iyi arkadaşı olduğunu söyler – Justin ücretini ödemesin de Lash nasıl bir arkadaşmış görelim bakalım!"

Ama bütün bunlar oyundu: Üçü de profesyonel, kafası çalışan kadınlardı; üçü de biliyordu ki para, sorunun bir parçası olacaktı, intikamın değil. Carol'ın Justin'den çok daha fazla para kazandığını, dolayısıyla California'da yapılacak her türlü boşanma anlaşmasında hiç kuşkusuz onun *Justin'e* nafaka ödemek zorunda kalacağını lisan-ı münasiple hatırlatmak, boşanma avukatı olan Heather'a düşmüştü sonunda. Ve tabii eninde sonunda Justin'e miras kalacak olan milyonlar üzerinde de hiçbir hak iddia edemezdi Carol. Acı olan gerçek şuydu ki, Justin'i mahvetmek için nasıl bir plan yaparlarsa yapsınlar, mali açıdan bu, Carol'ın ona daha fazla para ödemesiyle sonuçlanacaktı.

"Biliyorsun Carol," dedi Norma, "bir tek senin başında değil bu; yakında ben de aynı sorunla karşı karşıya kalabilirim. Bak, Shelly hakkında açık konuşacağım seninle. İşini kaybedeli altı ay oldu; *ben de* onun sırtımda bir yük olduğunu hissediyorum. İş bulmak için yırtınıyor olmaması da yeterince tatsız zaten, ama haklısın: Yine *kumar oynuyor* – paralar ortadan kayboluyor. Soyup soğana çeviriyor beni. Ve ne zaman bunu yüzüne vursam kurnazca bahaneler uyduruyor. Allah bilir neler eksilmiştir evden; eşyamızın envanterini çıkaracak cesaretim yok. Keşke ona ültimatom verebilsem: Kumarı bırakıp iş ara, yoksa bu evlilik biter. Vermeliyim de. Ama yapamıyorum işte. Allahım, bir toplayabilse kendini."

"Belki de," dedi Heather, "sen bu adamı sevdiğin içindir. Sır değil bu – eğlenceli adam, hoş adam. Harika bir âşık olduğunu söylüyorsun. Herkes Sean Connery'nin gençliğine benzetiyor onu."

"İnkâr etmiyorum. Yatakta bir harika. Tanıdıklarımın en harikası! Ama pahalıya patlıyor. Yine de boşanmak daha pahalı. Çok büyük rakamlara mal olur: Ona ödeyeceğim nafaka miktarı, pokerde çarçur ettiği parayı geçer eminim. Ayrıca benim hukuk bürosundaki hissemin ortak bir maddi varlık sayılması gibi kuvvetli bir ihtimal söz konusu, hem de değerli bir maddi varlık. Geçen ay Sonoma İl Mahkemesi'nin aldığı karar buna emsal teşkil ediyor ve aynı durum senin için de geçerli Carol."

"Senin durumun farklı, Norma. Sen evlilikten *bir şey* anlıyorsun. Hiç değilse kocandan hoşlanıyorsun. Bense o serseme nafaka bağlamaktansa işten ayrılır, başka eyalete taşınırım daha iyi."

"Evini bırakacaksın, San Francisco'yu bırakacaksın, bizi –beni ve Heather'ı– bırakacaksın ve Idaho, Boise'de, bir kuru temizlemecinin üst katında büro açacaksın, ha?" diye sordu Norma. "Çok sıkı plan! Bu ona gününü gösterir işte!"

Carol bir avuç çırayı öfkeyle ateşe savurup kıvılcımların tutuşmasını izledi.

"Daha da keyfim kaçıyor," dedi. "Bütün bu akşam benim daha da keyfimi kaçırdı. Sizler anlamıyorsunuz – ne kadar ciddi olduğumun farkında bile değilsiniz. Özellikle de sen, Heather, gayet sakin oturmuş boşanma yasalarının teknik ayrıntılarını anlatıyorsun; bense bütün günümü bir tetikçi bulmayı düşünerek geçirdim. Ortalıkta bu işi yapan ne kadar çok adam var, biliyor musunuz? Ne kadar para lazım? Yirmi bin mi, yirmi beş bin mi? Bende var. Eyalet dışında o kadar param var ve kimse de izini süremez! O parayı harcamak için bundan daha hayırlı bir iş düşünemiyorum. Ölmesi hoşuma gider mi, gitmez mi? Bahse girelim mi?"

Heather ile Norma susmuştu. Birbirleriyle de Carol'la da göz göze gelmekten kaçınıyorlardı. Carol ise pür dikkat onların yüzünü incelemekteydi. "Ne o, şoke mi ettim sizi?"

Arkadaşları başlarını iki yana salladılar. Şok geçirdiklerini inkâr ediyorlardı, ama içten içe kaygılanmaya başlamışlardı. Heather için çok fazlaydı bu; sonunda ayağa kalktı, gerindi, mutfağa gitti ve birkaç dakika sonra koca bir kâse dolusu vişneli dondurma ve üç tane çatalla geri geldi. Ötekiler bu teklifi reddedince kendi yemeye başladı dondurmayı, vişneleri tek tek ayıklayarak.

Carol aniden bir çatal kapıp dondurmaya saldırdı. "Dur, çok geç olmadan biraz yiyeyim bari. Böyle yaptığında illet oluyorum sana Heather, vişne taneleri bunun en güzel tarafı."

Norma biraz daha şarap almak için mutfağa gitti, kadehini kaldırırken şen şakrak görünmeye çalışıyordu. "Senin tetikçiye – buna içerim doğrusu! Williams şirkete ortak yapılmama karşı oy kullandığında ben de düşünmeliydim böyle bir şey."

"Yahut cinayet olmasa bile," diye devam etti Norma, "adamı şöyle eşek sudan gelinceye kadar dövdürmeye ne dersiniz? Sicilyalı bir müşterim var, özel tarife uyguluyor: Kar zinciriyle adam dövmek beş bin dolar."

"Kar zinciriyle dövmeye beş bin kâğıt ha?" diye sordu Carol. "Hiç fena değil. Bu herife güveniyor musun?"

Norma, Heather'ın dik dik baktığını fark etti.

"Bakışlarını gördüm," dedi Carol. "Neler oluyor?"

"Dengemizi korumak zorundayız," dedi Heather. "Norma, bence Carol'ın öfkesini beslemekle hiç de iyi etmiyorsun, şakayla bile olsa. Bu bir şakaysa tabii. Carol, zamanlamayı bir düşün. Önümüzdeki birkaç ay içinde Justin'in başına gelebilecek her türlü yasadışı iş *–her türlü iş–* seni zan altında *bırakacaktır*. Otomatikman böyle bu. Seni harekete geçiren nedenler, senin kontrolsüzlüğün..."

"Benim neyim?"

"Peki, şöyle diyelim," diye devam etti Heather, "aklına eseni yapma huyun seni... "

Carol kafa silkip başka tarafa döndü.

"Carol, nesnel olalım. Sigortan çabuk atıyor: Bunu sen de biliyorsun, biz de biliyoruz, dünya âlem biliyor. Justin'in avukatı da mahkemede bunu herkese göstermekte hiç zorluk çekmeyecektir."

Carol cevap vermedi. Heather devam etti. "Söylemek istediğim şu: Herkesin gözü üstünde olacaktır ve herhangi bir kanunsuz davranışta bulunursan anında barodan ihraç edilirsin."

Yine sessizlik. En üstteki odunlar yanıp kül oldukça kütükler gürültüyle düşüyor ve eğri büğrü yeni biçimlere bürünüyorlardı. Ateşi karıştırmak ya da yeni odun atmak için kimse kalkmadı yerinden.

Norma oyuncu bir havayla tekrar aldı lahana bebeği. "Yanında iğne olan var mı? Güvenli, yasal bir iğne?"

"İntikam üzerine yazılmış iyi bir kitap biliyor musunuz?" diye sordu Carol. "Şöyle işe yarar bir elkitabı falan?"

Heather da Norma da iki yana salladılar kafalarını. "Demek ki," diye devam etti Carol, "bu konuda bir pazar var. Ben böyle bir kitap yazsam diyorum – kişisel olarak denenmiş reçetelerle."

Norma, "O zaman tetikçinin ücretini de masraftan düşebilirsin," dedi.

"Bir zamanlar D. H. Lawrence'ın biyografisini okumuştum," diye lafa girdi Heather, "ve karısı Frieda'yla ilgili uğursuz bir hikâyeyi hatırlar gibiyim. Kadın Lawrence'ın son arzusuna karşı gelip cenazesini yaktırmış ve küllerini de çimentoya karıştırmış."

Carol hayran hayran başını salladı. "Lawrence'ın özgür ruhu sonsuza dek betonda hapsolmuş yani. Helal olsun Frieda! İşte intikam diye ben *buna* derim! Yaratıcı intikam!"

Heather saatine baktı. "Gerçekçi olmak lazım Carol, Justin'i cezalandırmanın güvenli ve yasal yolları var. Neyi sever? Onun için ne önemlidir? *Bu* noktadan başlamalıyız işe."

"Öyle bir şey yok pek," dedi Carol. "Adamın sorunu da bu zaten. Ah tabii, konforu, giysileri – giysilerini sever. Ama gardrobunu lime lime etmek için sizin yardımınıza ihtiyacım yok. O işi hallettim bile, gerçi onu etkileyeceğini sanmıyorum. Yanında benim param ve zevkine göre giysileri seçecek yeni bir kadın olduğu halde alışverişe çıkar, olur biter. Giysilerine başka bir şey yapmalıydım, mesela onları en beter düşmanına göndermek gibi. Ama sorun şu ki, düşmanı bile olamayacak kadar sünepe bir herif. Veya hayatımdaki yeni erkeğe verseydim o giysileri. Yeni bir erkek olursa. En sevdiği kravatlarını sakladım. Bir patronu olsaydı, patronuyla yatar, kravatlarını da ona verirdim.

"Başka neyi sever? Belki BMW'sini. Çocuklarını değil – onlara karşı inanılmaz derecede ilgisizdir. Çocukları göstermemek ona iyilik olacaktır, ceza değil. Doğal olarak babalarına karşı dolduracağım ikisini de – bunu söylemeye bile gerek yok. Ama bunun da farkına varacağını zannetmiyorum. Ona karşı birtakım cinsel suiistimal suçlamalarında bulunabilirim, ama çocuklar, artık beyinleri yıkanamayacak kadar büyüdüler. Hem o zaman arada bir çocukları yanına alması imkânsız hale gelir ve bana hiç boş zaman kalmaz."

"Başka?" diye sordu Norma. "Başka bir şeyler olmalı."

"Pek bir şey yok! Kendinden başka hiçbir şeyle ilgilenmeyen bir adam bu. Ah, tabii ya, tenis oynuyor bir de, haftada iki-üç kez. Raketlerini testereyle ikiye ayırmayı düşündüm, ama onları jimnastik salonunda bırakıyor. O kadınla da jimnastik salonunda tanışmış olabilir, aerobik hocalarından biridir belki. Üstelik herif o kadar egzersize rağmen hâlâ domuz gibi. Herhalde bira yüzündendir... ha tabii ya, bir de birayı sever."

"Ya insanlar?" diye sordu Norma. "Birileri olmalı!"

"Yaptığı bütün konuşmaların yaklaşık yüzde ellisini tek başına oturup mızırdanmak oluşturuyor – Yidiş dilinde buna ne deniyor Norma?"

"*Kveç!*"

"Evet, oturduğu yerde oturup arkadaşım yok diye *kveçiyor*. Yakın olduğu hiç kimse yok, *dim sum* yedirdiği kızdan başka tabii.

Yani oltaya takılacak en iyi yem de o kız olur."

"Adam senin düşündüğün kadar kötüyse," dedi Heather, "belki en iyisi hiçbir şey yapmamaktır, bırakalım dibine kadar gitsinler. Tam bir çözümsüzlüğe saplansınlar. Kendi kişisel cehennemleri olur bu."

"Hâlâ anlamıyorsun, Heather. Ben onun sürünmesini istemiyorum ki: Bu, intikam değil. *Bunu ona benim yaptığımı bilmesini istiyorum.*"

"Öyleyse," dedi Norma, "ilk adımı belirledik: Kadının kim olduğunu öğreneceğiz."

Carol başıyla doğruladı. "Tamam! Sonra da kadın aracılığıyla onu kıskıvrak yakalamanın bir yolunu bulacağım. Yılanın başını ezdin mi, kuyruğu zaten ölür. Heather, boşanma davalarında kullandığın iyi bir özel dedektif var mı?"

"Kolay: Yarasa Thomas. Müthiştir – Justin'in peşine takılıp yirmi dört saat içinde bulur çıkartır kızı."

"Hem de hoş adamdır Yarasa," diye ekledi Norma. "Belki cinsel cazibene duyduğun güveni pekiştirmek için de bir şeyler yapar – ek tarife uygulamadan."

Carol'ın buna cevabı "Yirmi dört saat ha?" oldu. "Justin'in gittiği doktorun muayenehanesindeki divana bir dinleme cihazı koymayı becerecek kadar iyi bir dedektif olsaydı, bir saatte öğrenirdi kadının ismini. Justin durmadan ondan bahsediyordur herhalde."

"Justin'in doktoru. Justin'in doktoru," dedi Norma. "Sahi ya, Justin'in doktorunu unutmuş olmamız çok tuhaf. Justin kaç zamandır ona gidiyor demiştin?"

"Beş yıldır!"

"Beş yıldır haftada üç kez," diye devam etti Norma. "Bakalım... tatilleri de sayarsak yılda yaklaşık yüz kırk saat eder – bunu beşle çarpalım, toplam olarak yaklaşık yedi yüz saat."

Heather'dan "*Yedi yüz saat!*" diye bir çığlık geldi. "Yedi yüz saattir ne konuşuyor bunlar Allah aşkına?"

"Son zamanlarda," dedi Norma, "neyi tartıştıklarını tahmin edebiliyorum."

Carol, son birkaç dakikadır Heather ve Norma'nın yanında duyduğu rahatsızlığı gizlemek için kapüşonunu öyle bir çekmişti ki kafasına, bir tek gözleri görünüyordu. Daha önce de sık sık olduğu gibi, şimdi her zamankinden daha yalnız hissediyordu kendini. Ama sürpriz olmamıştı bu – arkadaşları birçok kez yarı yola kadar gelmişti onunla, birçok kez sadakat yemini etmişlerdi; yine de sonunda, mutlaka yanlış anlamış oluyorlardı.

Onun dikkatini çeken, Justin'in doktorundan bahsedilmesi oldu. Şimdi, kabuğundan çıkmakta olan bir kaplumbağa gibi usulca boynunu dışarı uzatıyordu Carol. "Ne demek istiyorsun? Neymiş *tartıştıkları?*"

"Büyük ilticayı tabii ki. Başka ne olabilir?" dedi Norma. "Şaşırmış görünüyorsun, Carol."

"Hayır! Yani evet. Justin'in doktoruyla beni *mutlaka* konuşmuş olacağını biliyordum. Nasıl olup da unutmuşum, çok komik. Belki unutmak zorundaydım. Her söylediğinizin birilerine yetiştirildiğini düşünmek çok ürkütücü, yani Justin'in benimle yaptığı her konuşmayı doktoruna bildirdiğini düşünmek. Ama tabii ya! Tabii! O ikisi bunu adım adım birlikte planladılar. Ben size söylemiştim! Justin'in kendi başına çekip gidemeyeceğini ben daha önce söylemiştim size."

Norma, "Neler konuştuklarını hiç anlattı mı sana?" diye sordu.

"Asla! Lash bana anlatmamasını tavsiye etmiş, benim çok mütehakkim olduğumu ve Justin'in, benim giremeyeceğim bir özel sığınağa ihtiyaç duyduğunu söylemiş. Ben de uzun zaman önce vazgeçtim sormaktan. Ama biliyorsunuz, iki-üç yıl önce bir ara doktoruna bozulmuştu da, birkaç hafta boyunca arkasından konuşup durmuştu. Lash'in alçağın teki olduğunu, onu evliliğimizi yıkmaya zorladığını söylüyordu. O sıralar, nedendir bilmiyorum –belki Justin'in dayanılmaz sümsüklüğü yüzündendir– Lash'in benim tarafımda olduğunu düşünmüştüm, belki Justin'e, benden uzaklaşacak olursa, benim ona ne kadar çok şey vermekte olduğumu fark edeceğini göstermeye çalışıyordu. Ama şimdi her şeyi farklı görüyorum. Allah kahretsin, yıllardır evimde bir köstebek varmış meğer!"

"Beş yıldır," dedi Heather. "Uzun zaman bu. Bu kadar uzun süre terapiye giden kimseyi tanımıyorum. Niye beş yıl?"

"Sen terapi sektörünü pek bilmiyorsun," diye cevap verdi Carol. "Öyle deli doktorları vardır ki sonsuza dek ellerinde tutarlar adamı. Hah, bir de tabii benim söylemeyi asıl unuttuğum şey, Justin'in beş yıldır *bu* terapiste gitmekte olduğu. Ondan önce başkaları olmuştu. Justin daima problemli biriydi: Kararsız, takıntılı, her şeyi kırk kere kontrol etme ihtiyacı duyan biri. Evden çıkarız, gider gelir kapıyı kontrol eder, kilitli mi değil mi diye. Arabaya binmeyi başardığında, kapıyı kontrol edip etmediğini unutmuş olur ve dönüp bir daha kontrol eder. Allahın belası! Böyle bir muhasebeci düşünebiliyor musunuz? Şaka gibi geliyor. İlaç bağımlısıydı – hapsız uyuyamaz, uçağa hapsız binemez, müfettişin karşısına hapsız çıkamazdı."

"Hâlâ öyle mi?" diye sordu Heather.

"Hap bağımlılığından kurtuldu, doktor bağımlısı oldu. Lash onun yalancı memesi. Ne kadar emse doyamıyor. Haftada üç kez onu görmeye gittiği halde hafta içinde de Lash'e telefon etmeden duramaz. İşyerinde biri onu eleştirmeyegörsün, beş dakika sonra telefonda doktoruna ağlıyordur. İğrenç."

Heather, "Tıp adamlarının bu tür bir bağımlılıktan istifade etmesi de iğrenç," dedi. "Doktorun banka hesabı epey kabarık olmalı. Kendi başına ayakta durması için ne diye yardım edecek ki hastasına? Mesleğini kötüye kullanma açısından bakabilir miyiz buna?"

"Heather, dinlemiyorsun ki. Sektör beş yılı normal kabul ediyor, diyorum sana. Haftada dört-beş kereden sekiz, dokuz yıl süren analizler var. Bu heriflerden birinin bir diğeri aleyhine tanıklık ettiğini gördün mü hiç? Dükkândan dışarı bilgi sızdırmak yok."

"Bakın," dedi Norma, "galiba bir ilerleme kaydediyoruz." Bir bebek daha alıp şöminenin üstüne, ötekinin yanına koydu ve odunların arasından bulduğu kurumuş bir sarmaşık dalını ikisinin de boynuna doladı. "Siyam ikizleri bunlar. Birini hakladık mı, öbürünü de haklarız. Doktorun canını yaktık mı, Justin'in de canını yakarız."

"Tam olarak değil," dedi Carol. Uzun boynu tamamen kapüşonun dışına çıkmıştı artık, sesi sert ve sabırsızdı. "Tek başına Lash'in canını yakmak bir işe yaramaz. Hatta ikisini daha da yakınlaştırması bile mümkün. Hayır, asıl hedef ilişkileri: *Onu* mahvedersem, Justin'i haklarım."

"Lash'le hiç karşılaştın mı, Carol?" diye sordu Heather.

"Hayır. Birkaç kez Justin, benim de gitmemi ve çift halinde

seans yapmamızı istedi, ama ben deli doktorlarından ağzımın payını almıştım. Yine de birinde, bir yıl kadar önce merakıma yenik düşüp Lash'in konferanslarından birine gittim. Kendini beğenmişin teki, bir balon o herif. Muayenehanesindeki divanın altına bomba koymak ya da o mübarek suratına bir tane patlatmak gelmişti içimden, şimdi hatırlıyorum. O zaman hıncımı kısmen almış olurdum. Eski hınçlarımı da, yenilerini de."

Heather ile Norma, bir ruh doktorunun canına nasıl okunacağı üzerine kafa patlatırken Carol sessiz kaldı. Gözünü ateşe dikmiş, Dr. Ernest Lash'i düşünüyordu; yanaklarında oynaşan ışıklar, okaliptüs korlarının pırıltısını yansıtmaktaydı. Sonra birden aklına düşüverdi. Zihninde bir kapı açıldı; bir fikir, harikulade bir fikir, fırıl fırıl dönerek görüntüye girdi. Ne yapması gerektiğini tamı tamına biliyordu Carol! Kalktı, şöminenin üstünden bebekleri alıp ateşe fırlattı. İkisini birbirine bağlayan incecik dal bir an tutuşarak parladı, sonra akkor haline geldi ve kül oldu. Bebeklerden duman çıkmaya başlamıştı; sonunda ısıdan karardılar ve alev aldılar. Carol külleri karıştırırken bir açıklama yaptı: "Sağolun dostlarım. Artık ne yapacağımı biliyorum. Bakalım doktoru mesleğinden olunca ne yapacak Justin. Toplantı sona ermiştir, hanımlar."

Heather'la Norma yerlerinden kıpırdamadılar.

Şöminenin kapağını kapatırken "Bana güvenin," dedi Carol. "Daha fazlasını bilmemeniz en iyisi. Bir şey bilmezseniz, yalan söylemek zorunda da kalmazsınız."

III

PALO Alto'daki Printers Inc. kitabevine giren Ernest, kapıdaki ilana bir göz attı.

DR. ERNEST LASH
Klin. Psik. Doç. Calif. Ünv. San Francisco

Söyleşi ve İmza Günü

SEVDİKLERİMİZİ KAYBEDİNCE:
GERÇEKLER VE YANILGILAR
19 Şubat, Saat: 08:00-09:00

Ernest, geçen haftaki söyleşilere katılanların listesine baktı. Müthiş! Çok mühim isimlerin yanına düşmüştü: Alice Walker, Amy Tan, James Hillman, David Lodge. *David Lodge* ha – İngiltere'den? Nasıl kandırmışlardı *onu*?

İçeri girerken, mağazada dolaşan müşterilerin, o akşamki konuşmacı olarak kendisini tanıyıp tanımadıklarını merak ediyordu. Mağazanın sahibi olan Susan'a kendini tanıttı ve kadının, kitabevinin kafeteryasında ona kahve ikram etme teklifini kabul etti. Toplantı salonuna doğru giderlerken, sevdiği yazarlardan bir şeyler var mı diye yeni çıkan kitapların başlıklarını taradı Ernest. Kitabevlerinin çoğu, gösterdikleri çabaya karşılık konuşmacıların bedava bir kitap almasına izin veriyordu. Aa, Paul Auster'ın yeni kitabı!

Kitapçı dükkânlarında kapıldığı o hüzün birkaç dakika içinde dağıldı. Her yeri doldurmuştu kitaplar, sergilendikleri geniş tezgâhların üstünden dikkat çekmek için çığlık çığlığa bağırıyor, yanardöner yeşil ve macenta şömizlerini hiç utanmasız teşhir ediyor, yerde yığın olmuş, sabırla rafa dizilmeyi bekliyor, tezgâhların üstünden paldır küldür yere düşüyorlardı. Mağazanın en dip duvarına dayalı bir yığın başarısız kitap üzgün üzgün yayınevine geri gönderilmeyi bekliyordu. Onların hemen yanında, bir an önce gün yüzünü görmek için acele eden pırıl pırıl yeni ciltlerin bekleştiği açılmamış koliler vardı.

Ernest'ın kalbi yeni doğmuş bebeği için çarpıyordu. Bu kitap deryasında, hayatta kalmak için kulaç atan bir küçücük çelimsiz yavrunun ne şansı olurdu ki?

Toplantı salonuna yöneldi Ernest; on beş sıra portatif metal sandalye açılmıştı. Burada *Sevdiklerimizi Kaybedince: Gerçekler ve Yanılgılar*, göze çarpacak biçimde sergilenmekteydi; kürsünün yanı başında birkaç sıra, belki toplam altmış kitap, imzalanıp satın alınmayı bekliyordu. Güzel. Güzel. Ama ne olacaktı kitabının geleceği? Bundan iki-üç ay sonra ne olacaktı? Belki psikoloji ya da kendine yeterlik bölümünde bir-iki nüshası, göze çarpmayacak biçimde *L* harfine konmuş olacaktı. Ya altı ay sonra? Belki de kaybolup gidecekti! "Sipariş üzerine gönderilir; üç ila dört hafta içinde adresinize ulaşır."

Ernest anlıyordu ki hiçbir mağazada bütün kitapları sergileyecek kadar yer yoktu, çok önemli olanlarını bile. En azından başka yazarların kitapları söz konusu olduğunda anlayabiliyordu bunu. Ama *kendi* kitabının ölmek zorunda oluşu anlaşılabilir bir şey değildi elbette – üç yıldır üzerinde çalıştığı o kitap, özene bezene kurduğu o cümleler, okurları elinden tutup usulca hayatın en karanlık alanlarına götürmede tutturduğu o zarafet dolu üslup, ölemezdi. Ertesi yıl, bundan on yıl sonra, onun kitabına ihtiyaç duyacak bol miktarda dul erkek ve kadın olacaktı dünyada. Kaleme aldığı hakikatler o zaman da bugünkü kadar derin ve taze olacaklardı.

Hüznünü üstünden atmaya çalışırken, "Değer ile kalıcılığı birbirine karıştırma – bu yol nihilizme çıkar," diye mırıldanıyordu Ernest. En iyi bildiği ilmihallere başvurdu: "Her şey zamanla silinir," diye hatırlattı kendine. "Yaşantının tabiatıdır bu. Hiçbir şey daim olmaz. Daimilik bir yanılsamadır, gün gelip Güneş sistemi de paramparça olacaktır." Evet ya, böyle düşünmek rahatlatıyordu insanı! Hele bir de Sisyphos'u hatırlayınca daha da rahatladı Ernest: Kitabın silinip gidiyor mu? İyi o zaman, yenisini yaz! Sonra bir tane daha, bir tane daha.

Daha on beş dakika vardı ama dolmaya başlamıştı sandalyeler. Ernest en arkadaki sıraya çöküp notlarını gözden geçirdi ve geçen hafta Berkeley'de yaptığı söyleşiden sonra onları doğru sıraya koyup koymadığına baktı. İki sandalye ötesinde bir kadın oturuyordu, elinde bir fincan kahveyle. Bir şey dürttü Ernest'ı, başını kaldırıp baktı ve baktığı anda da, kadının kendisini izlemekte olduğunu gördü.

Kadına alıcı gözüyle baktığında ise hoşuna gitti gördükleri: İri gözlü, güzel bir kadın, kırk yaşlarında, uzun sarı saçlı, kocaman sallantılı gümüş küpeler takmış, yılan biçimli gümüş bir kolyesi var, siyah file çorap giymiş ve kırmızıya çalan portakal rengi angora kazağı, amirane göğüslerini zaptetmek için canla başla uğraşıyor. O göğüsler! Ernest'ın nabzı hızlanmaya başlamıştı; derhal gözlerini almalıydı onlardan.

Kadının bakışları ise ısrarlıydı. Ruth'u, altı yıl önce araba kazasında ölen karısını ender olarak düşünürdü Ernest, ama karısının ona verdiği bir armağanı minnetle anardı. İlk günlerinde, daha birbirlerine dokunmayı ve birbirlerini sevmeyi bırakmadıkları dönemlerde bir gün, Ruth kadınların en büyük sırrını ifşa etmişti ona: Erkekleri nasıl elde ettiklerini. "Çok basit," demişti. "Dosdoğru adamın gözlerinin içine bakmak ve bakışlarını fazladan birkaç saniye orada tutmak yeterli. Hepsi bu!" Ruth'un sırrı doğru çıkmıştı: Birçok kez onu tavlamaya çalışan kadınları tespit etmişti Ernest. Bu kadın da testi geçmişti işte. Ernest, başını kaldırıp bir daha baktı. Hâlâ bakıyordu kadın. Buna hiç kuşku yoktu – bu kadın ona kancayı takmıştı! Hem de en elverişli zamanda: Şu anda hayatında bulunan kadınla ilişkisi hızla çözülmekteydi ve Ernest fena halde abazandı. Sevinç içinde karnını içeri çekip cesur bir bakışla karşılık verdi kadına.

"Dr. Lash?" Kadın ona doğru kaykılmış elini uzatıyordu. Ernest tuttu bu eli.

"Adım Nan Swensen." Ernest'ın elini beklenenden iki-üç saniye fazla tuttu avcunda.

"Ernest Lash." Ernest, sesini ayarlamaya çalışıyordu. Hızla çarpıyordu kalbi. Seks kovalamacasına bayılırdı ama ilk aşamadan nefret ediyordu – merasim, risk. Nan Swensen'ın tavrına gıpta etmişti doğrusu: Mutlak biçimde olaya hâkim, mutlak biçimde kendinden emindi kadın. Ne mutlu böyle kadınlara, diye geçirdi içinden. Konuşmalarına gerek yok, zarif açılış cümleleri kuracağım diye uğraşmalarına gerek yok, hadi içki içelim, dans edelim, konuşalım gibi saçmasapan davetlere gerek yok. Tek yapmaları gereken, güzelliklerini konuşturmak.

"Ben *sizin* kim olduğunuzu biliyorum," dedi kadın. "Mesele, siz *benim* kim olduğumu biliyor musunuz?"

"Bilmeli miyim?"

"Bilemezseniz çok üzülürüm."

Ernest'ın aklı karışmıştı. Tepeden tırnağa süzdü kadını, bir yandan da gözlerinin göğüs bölgesinde fazla oyalanmasını önlemeye çalışıyordu.

"Galiba daha dikkatli ve daha uzun bakmam gerekiyor – daha sonra." Gülümsedi ve giderek çoğalan dinleyicilere doğru anlamlı bir bakış attı, az sonra gitmesi gerekecekti.

"Belki Nan *Carlin* desem size yardımı dokunur."

"Nan Carlin! Nan Carlin! Elbette!" Ernest heyecanla omzunu sıktı onun, ama kadının elindeki kahve bu sarsıntıyla çantasına ve eteğine döküldü. Yerinden fırlayıp peçete bulma umuduyla şapşal şapşal salonda dolaşan Ernest, sonunda bir rulo kâğıt havluyla geri döndü.

Kadın eteğine dökülen kahveyi silerken, Ernest da Nan Carlin'e ilişkin anıları arasında dolaşıyordu. On yıl önce, ihtisasa yeni başladığında ilk hastalarından biri olmuştu bu kadın. Eğitim programının başında, grup terapisi fanatiği olan Dr. Molay vardı ve yeni terapistlerin ilk yıl içinde grup terapisi yapmasında ısrarlıydı. Nan Carlin de o gruba katılanlardan biriydi işte. Gerçi çok yıl geçmişti üstünden ama, hepsini büyük bir netlikle hatırlıyordu Ernest. O zamanlar bayağı şişmandı Nan – şimdi onu tanıyamamasının nedeni de buydu zaten. Üstelik hep kendini değersiz gören, çok çekingen biri olarak kalmıştı aklında; gözlerini Ernest'ın üzerine dikmiş olan bu kendinden emin kadınla hiç alakası yoktu. Yanlış hatırlamıyorsa evliliği dağılmak üzereydi o zamanlar – evet, evet. Kocası, çok şişmanladığı için onu terk ettiğini açıkça söylemişti. Evlilik yeminine uymamakla suçlamıştı kadını, mahsus kendini çirkinleştirerek kocasının onurunu iki paralık ettiğini ve kocasına karşı geldiğini öne sürüyordu.

"Doğru mu hatırlıyorum?" diye karşılık verdi Ernest. "Hatırladığım kadarıyla grupta çok çekingendin sen, ağzından tek bir söz çıkması ne kadar uzun sürerdi. Sonra nasıl değiştiğini hatırlıyorum, gruptaki erkeklerden birine nasıl öfkelenmiştin – Saul'du galiba. Sakalının arkasına saklanarak grubu topa tutmakla suçlamıştın onu, haklı nedenlerin de vardı doğrusu."

Ernest şov yapıyordu. İnanılmaz bir hafızası vardı, yıllar sonra bile bireysel seanslarda olsun grup psikoterapisi seanslarında olsun, geçen her şeyi neredeyse tümüyle hatırlardı.

Nan, bir tebessümle başını hararetli hararetli sallayarak doğruladı. "O grubu ben de hatırlıyorum: Jay, Mort, Bea, Germana, Irina, Claudia. Doğu Kıyısı'na taşınmadan önce ancak iki-üç ay katılabilmiştim o gruba. Ama galiba hayatımı kurtardı benim. O evlilik beni mahvediyordu."

"Şimdi daha iyi durumda olduğunu öğrenmek ne kadar güzel. Üstelik o grubun bunda payı olduğunu öğrenmek. Nan, harika görünüyorsun. Gerçekten on yıl geçmiş olabilir mi? Gerçekten, gerçekten, ve bak terapistin sana yağ çekiyor falan da değil – *yağ çekmek* senin en sık kullandığın laflardan biriydi, değil mi?" – yine şov yapıyordu. "Çok daha kendinden emin, daha genç, daha çekici görünüyorsun. Sen de böyle hissediyor musun kendini?"

Başıyla onu doğrulayan Nan, Ernest'ın elini tutarak konuşuyordu. "Çok iyiyim şimdi. Yalnız yaşıyorum, sağlığım yerinde ve zayıfladım."

"Hatırlıyorum, hep kilolarınla boğuşuyordun!"

"Savaşı kazandım. Gerçekten bambaşka bir kadın oldum."

"Nasıl yaptın bunu? Ben de senin yöntemini uygulasam diyorum." Ernest göbeğini tutup parmakları arasında sıktı.

"Senin ihtiyacın yok. Erkekler şanslı bu konuda. Fazla kiloları iyi taşıyorlar – hatta bu sayede *güçlü kuvvetli* sayılarak ödüllendiriliyorlar. Yöntemime gelince... İlle de öğrenmek istiyorsan, bir doktorun yardımıyla oldu!"

İşte bu haber cesaretini kırmıştı Ernest'ın. "Bunca zamandır terapi mi görüyordun yani?"

"Hayır, sana daima sadık kaldım, benim ilk ve son deli doktorumsun!" Şaka yollu eline vurdu Ernest'ın. "Ben doktor olan bir doktordan bahsediyorum, bana yepyeni bir burun yapan ve sihirli *liposuction* değneğiyle göbeğime dokunuveren bir plastik cerrahtan."

Salon dolmuştu. Ernest takdim konuşmasına kulak kabarttı; konuşma, mutat olduğu üzere "ve şimdi de huzurlarınızda Dr. Ernest Lash" sözleriyle sona ermekteydi.

Yerinden kalkarken kadına doğru uzanan Ernest, onu omzundan tutarak fısıldadı: "Seni gördüğüme gerçekten çok sevindim. Sonra yine konuşalım."

Kürsüye yürürken hafiften başı dönüyordu. Çok güzeldi Nan. İnsanı serseme çeviriyordu. Üstelik onun olması işten bile değildi. Hiçbir kadın bu kadar hazır görünmemişti gözüne. Mesele en yakın yatağı bulmaya kalmıştı artık – ya da divanı.

Divan. Evet, tam olarak öyle! Ve sorun da burada zaten, diye hatırlattı kendi kendine Ernest: Aradan on yıl geçmiş olsun ya da olmasın, o hâlâ Ernest'ın hastası ve aralarındaki ilişki yasağı hâlâ geçerli. Yasak bölgede o kadın! Yo, *artık* değil – hastam *idi,* diye düşündü Ernest, birkaç hafta süren bir terapi grubunun sekiz üyesinden biriydi. *Grup terapisine başlamadan yapılan ön görüşme dışında onunla bire bir ilişkim olduğunu bile hatırlamıyorum.*

Ne fark eder ki? Hasta, hastadır.

Sonsuza dek mi? On yıl sonra da mı? Hastalar er geç mezun

olup tam anlamıyla birer yetişkin olmaya adım atarlar, yetişkinliğin getirdiği bütün ayrıcalıklara da sahip olurlar.

Ernest iç monoloğundan sıyrılıp salondaki dinleyicilere yöneltti dikkatini.

"Neden? Hanımlar, beyler, neden sevdiklerimizi kaybetmemizle ilgili bir kitap yazdım ben? Bu kitabevinin, sevdiklerimizi kaybetme veya genel olarak kaybetme olgusuyla ilgili kitaplara ayrılmış raflarına bakınız. Tıka basa dolu olduklarını göreceksiniz. Öyleyse, neden bir kitap daha?"

Konuşurken bile devam ediyordu içindeki tartışma. *Kendini hiç bu kadar iyi hissetmediğini söylüyor. Bir psikiyatri hastası değil o. Dokuz yıldır terapi görmemiş! Mükemmel. Niye olmazmış, Allaşkına? Kendi rızasıyla ilişkiye girecek iki yetişkin!*

"Yakınlarımızın kaybıyla yaşadığımız acı, psikolojik bir bozukluk olarak apayrı bir yer işgal etmektedir. Her şeyden önce, evrensel bir durumdur. Bizim yaşımızda olup da... "

Ernest gülümseyerek dinleyiciler arasında birçok kimseyle göz teması kuruyordu; iyi becerirdi bunu. Nan'in en arka sırada oturup başıyla sözlerini doğruladığını ve gülümsediğini gördü. Nan'in hemen yanında sert görünümlü, çekici bir kadın oturuyordu, kısa kesilmiş kıvırcık saçları vardı ve büyük bir dikkatle Ernest'ı inceliyordu. Bu öteki kadın da mı ona iş koymaktaydı acaba? Bir an bakışlarını yakaladı. Kadın hemen gözlerini kaçırdı.

"Bizim yaşımızda olup da," diye devam etti Ernest, "bir yakınını kaybetmenin acısını yaşamayacak kimse yoktur. Evrensel nitelik taşıyan yegâne psikolojik sorundur bu."

Hayır, sorun da burada işte, diye hatırlattı kendine Ernest: *Nan ve ben, kendi rızasıyla ilişkiye girecek iki yetişkin değiliz. Ben onun hakkında çok fazla şey biliyorum. Bana kendini çok fazla açmış olduğu için, başka kimseyle kuramayacağı bir bağ var benimle arasında. O daha bir yeniyetmeyken babasının öldüğünü biliyorum – onun gözünde baba rolünü ben doldurdum. Onunla cinsel ilişkiye girmem ona ihanet olur.*

"Birçok kimse fark etmiştir, tıp öğrencilerine, bir yakının kaybından doğan acı konusunda ders vermek, diğer psikiyatrik sendromlar hakkında ders vermekten daha kolaydır. Tıp öğrencileri anlarlar bunu. Bütün psikiyatrik durumlar içinde diğer tıbbi rahatsızlıklara, mesela enfeksiyon hastalıklarına ya da fiziksel travmaya en çok benzeyeni budur. Başka hiçbir psikiyatrik bozuklukta böylesine kesin bir başlangıç, kesin biçimde teşhis edilebilen belirgin bir neden, iyi kötü öngörülebilen bir seyir, süresi belli, etkili bir tedavi ve kesin biçimde tanımlanabilen, belirgin bir bitim noktası görülmez."

Hayır, diye kendi kendisiyle tartışıyordu Ernest, *on yıl sonra iş değişir. Bir zamanlar beni babasının yerine koymuş olabilir. Ee? O, o zamandı; bu, şimdi. Şimdi zeki, duyarlı bir erkek olarak görüyor beni. Şuna baksana: Ağzımdan çıkan sözleri yutuyor. İnanılmaz bir çekim duyuyor bana. Bunu kabul etmek zorundayım. Ben duyarlıyım. Derinim. Onun yaşında, yok canım hangi yaşta olursa olsun, bekâr kadınların karşısına her gün benim gibi erkekler çıkmıyor ya!*

"Ancak hanımlar ve beyler, tıp öğrencilerinin ya da hekimlerin, yahut da psikoterapistlerin, sevdiklerini kaybetmiş kişiler için basit ve dolambaçsız bir teşhis ile tedavi arayışında olması, bu olguyu basit ve dolambaçsız kılmıyor. Yakınını kaybetmiş kişilerin acısını tıbbi hastalık modelini kullanarak anlamaya çalışmak, kesinlikle en insani olan yanımızı gözardı etmek demektir. Sevdiğimiz birinin kaybı, bakteri istilasına benzemez, fiziksel travmaya da benzemez; psişik acı, somatik işlev bozukluğuna benzer bir şey değildir; zihin ayrıdır, beden ayrı. Böyle bir durumda yaşadığımız ızdırabın miktarıyla niteliğini belirleyen, travmanın niteliği değil (veya *yalnızca* o değil), travmanın *anlamıdır. Anlam* ise tam da beden ile ruh arasındaki farkı oluşturur."

Ernest kıvamını bulmuştu. Dinleyicinin dikkatini çekebildiğinden emin olmak için karşısındaki yüzleri inceledi.

Unutma, diyordu bir yandan da kendi kendine, *erkeklerle daha önceden yaşadıkları yüzünden boşanmaktan nasıl korkuyordu, unutma. Erkekler cinsel olarak ondan istifade etmiş, alacaklarını alınca da çekip gitmişlerdi. Kendini nasıl bomboş hissediyordu, hatırlamıyor musun? Bu gece onunla birlikte eve gidersem, ben de onların yaptığını yapmış olacağım – ondan yararlanan bir sürü erkekten bir tanesi olacağım yalnızca!*

" 'Anlam'ın önemini daha iyi göstermek için kendi araştırmalarımdan bir örnek vereyim sizlere. Şöyle bir bilmeceyi ele alalım:

Her ikisi de kırk yıl evliliğin ardından yakın zamanlarda dul kalmış iki kadın düşünün. Bu dullardan biri, büyük acılar çektikten sonra zamanla kendini toparlamış ve dönem dönem sükûn bulmayı başarmış, hatta seyrek de olsa hayatında çok neşeli zamanlar oluyor. Ötekinin durumu ise çok daha kötü: Kaybın üstünden bir yıl geçtiği halde derin bir depresyon batağından çıkamıyor, bazı zamanlar intiharı düşünüyor ve sürekli psikiyatrik yardıma ihtiyacı var. Bu ikisi arasındaki farkı nasıl açıklarız? *Bu,* bir bilmece. Bakın size bir ipucu vereyim.

"Her ne kadar bu iki kadın birçok bakımdan birbirlerine benzeseler de, çok önemli bir konuda büyük farklılık gösteriyorlar: Evliliklerinin niteliği. Birinin çalkantılı, çatışmalı bir evlilik ilişkisi olmuş; diğerininse sevgiye ve karşılıklı saygıya dayalı, giderek gelişen bir ilişkisi. Şimdi size soracağım soru şu: Hangi evlilik hangi kadına ait?"

Ernest, dinleyicilerden cevap beklerken yine Nan'in bakışlarını yakaladı ve şöyle düşündü: *Kendini bomboş hissedeceğini nereden biliyorum? Ya da kullanılmış hissedeceğini? Ya bana minnettar kalacaksa? Belki ilişkimiz bir yerlere gider. Belki onun canı da benim kadar seks istiyordur! Vazifeden başka hiç mi bir şey düşünmeyeceğim yani? Günün yirmi dört saati ruh doktoru olmak zorunda mıyım? Her bir davranışın, her ilişkinin nüansları üzerine bu kadar kafa yorarsam, asla kimseyle yatamayacağım!*

Kadınlar, kocaman memeler, yatmak... iğrençsin Ernest – dedi kendi kendine. *Yapacak başka işin yok mudur senin? Üzerinde düşüneceğin daha nezih konular yok mudur?*

"Evet, tamamen öyle!" dedi Ernest; üçüncü sırada oturan bir kadın medeni cesaret göstererek sorusunu cevaplamıştı. "Haklısınız: Kendini toparlayamayan kadın, çatışmalı bir ilişkisi olan kadındır. Gayet iyi. Bahse girerim kitabımı okudunuz – veya zaten okumaya ihtiyacınız yok." Dinleyiciden hayranlık dolu tebessümler geldi. Ernest, tebessümleri büyük bir açlıkla içine çekip sözüne devam etti. "Oysa ilk anda tam tersi akla gelirdi, değil mi? Kırk yıl boyunca son derece doyurucu, sevgi dolu bir ilişki yaşamış olan dulun daha zor toparlanması beklenirdi. Ne de olsa asıl büyük kaybı yaşayan o değil mi?

"Yine de, belirtmiş olduğunuz gibi, genellikle tam tersi görülüyor. Bunun birkaç açıklaması var. Bence burada kilit kavram, 'pişmanlık'. Kırk yılını yanlış adamla evli kalarak geçirdiğini benliğinin derinliklerinde hisseden dulun yaşayacağı ızdırabı düşünün. Sonuçta o, kocası için ya da *sadece* kocası için acı çekmeyecektir. Kendi hayatı için matemdedir."

Ernest, diye kendi kendini ikaz etti, *dünyada milyonlarca, milyarlarca kadın var. Herhalde bu akşam dinleyiciler arasında da, seninle iş tutmaya can atacak bir düzine kadın vardır, yiyorsa onlara yanaşsana. Hastalarından uzak dur, o kadar! Hastalardan uzak dur!*

Ama o hastam değil ki! Özgür bir kadın.

Seni gerçekçi bir gözle görmedi, şimdi de öyle göremez. Sen ona yardım ettin; o sana güvendi. Çok güçlü bir aktarım vardı. Şimdi de bundan yararlanmaya çalışıyorsun!

On yıl! Aktarım ölümsüz müdür? Nerede yazıyor bu?

Şuna bir bak! Muhteşem bir kadın. Sana tapıyor. Ne zaman böyle bir kadın bir kalabalığın içinden seni buldu da sana böyle iş koydu? Kendine bir bak. Şu göbeğine bir bak. Birkaç kilo daha alırsan uçkurunu göremeyeceksin. Kanıt mı istiyorsun? Al sana kanıt!

Ernest'ın dikkati öyle bölünmüştü ki, kendini sersemlemiş hissetmeye başladı. Tanıdık bir bölünmeydi bu. Bir yandan hastaları, öğrencileri, çevresi için duyduğu samimi bir kaygı. Ve tabii gerçek varoluş sorunları konusunda duyduğu samimi kaygı da: Olgunlaşma, pişmanlık, hayat, ölüm, anlamlılık. Öte yandan, kendi gölgesi: Bencillik ve dünyevi arzular. Ah nasıl da yardımcı olmuştu hastalarının kendi gölgelerini ıslah etmesine, o gölgenin gücünü kullanmayı öğrenmesine: Kudret, yaşama enerjisi, yaratıcı dürtüler. İyi bilirdi bütün o sözleri; Nietzsche'nin sözünü de bilirdi: En güçlü ağaçlar en derinlere kök salmak zorundadır, karanlığa, kötülüğe kadar uzanmak zorundadır.

Ama bu güzel sözler pek bir şey ifade etmiyordu onun için. Ernest kendi karanlık yanından nefret ediyordu, o yanın benliğine hâkim olmasından nefret ediyordu. Onun esiri olmaktan, hayvani içgüdüleri tarafından yönlendirilmekten, en ilkel programlanmaların kölesi olmaktan nefret ediyordu. Ve bugün bunun kusursuz bir örneği vardı işte: Köpek gibi havayı koklayıp horoz gibi kabarması, baştan çıkarma ve fethetme yönündeki ilkel dürtüleri – tarihin şafağından kalma fosiller değilse *neydi* bunlar? Ya şu memelere olan tutkusu, onları mıncıklayıp emme arzusu. İçler acısı! Bebekliğin kalıntısı!

Ernest elini yumruk yaparak tırnaklarını avcuna geçirdi var gücüyle! *Dikkatini topla! Yüz kişi toplandı burada! Onlara verebileceğinin en iyisini ver.*

"Çatışma dolu evlilik ilişkileri hakkında bir şey daha: Ölüm, zaman içinde dondurur bunu. Sonsuza dek çatışmalı, sonsuza dek tamamlanmamış, tatmin bulmamış kalırlar. Bunun yaratacağı suçluluk duygusunu düşünün! Eşini kaybetmiş kişinin kendi kendine kaç kere '*Ah keşke...* ' diyeceğini düşünün. Bence ani bir ölümle, mesela trafik kazasında yakınını kaybetmiş olmanın insana bu kadar zor gelmesinin nedeni de aynı. Böyle durumlarda karı-koca vedalaşacak zaman bulamamış oluyor, hazırlık yapmaya zaman olmuyor – çok fazla bitmemiş iş kalıyor geride, çok fazla çözülmemiş çatışma kalıyor."

Ernest iyice açılmıştı, izleyiciler de dikkat kesilmiş, sessizce dinliyorlardı. Artık Nan'e bakmıyordu Ernest.

"Sorulara geçmeden önce son bir noktaya değinmek istiyorum. Zihin sağlığıyla ilgili mesleklerdeki uzmanların, kişinin eşini kaybetmesi sürecini nasıl değerlendirdiğini düşünün bir. Yas tutma sürecini başarıyla tamamlamak ne demektir? Yas dönemi ne kadar sürer? Bir yıl? İki yıl? Sağduyuya dayalı anlayışa göre yas tutma süreci, eşini kaybeden kişinin, ölen eşten kopmayı başarıp hayattaki işlevlerini tekrar yerine getirmeye başlamasıyla sona erer. Oysa daha karmaşık bir süreçtir bu! Çok daha karmaşık!

"Araştırmamda ortaya çıkan en ilginç bulgulardan birine göre, eşini kaybedenlerin azımsanmayacak bir bölümü –belki bir yüzde yirmi beş kadarı– yas tutma sona erdiğinde hayata kaldıkları yerden devam etmiyor ya da önceki işlevsellik düzeylerine geri dönmüyorlar. Yas sona erdiğinde, kişisel olarak çok daha olgunlaşmış oldukları bir noktada bulunuyorlar."

Ernest konuşmanın bu kısmını seviyordu; dinleyiciler de hep çok anlamlı bulurlardı burayı.

"*Kişisel olgunlaşma* kusursuz bir terim olmadı aslında. Buna tam olarak ne demek lazım bilemiyorum – belki *varoluş bilincinin yükselmesi* daha iyi olur. Bildiğim kadarıyla dul kalan kadınların ve daha seyrek olmakla birlikte erkeklerin belli bir kısmı, hayata daha farklı bir tarzda yaklaşmayı öğreniyor. Hayatın ne kadar değerli bir şey olduğunu daha iyi kavrıyorlar. Ve yeni öncelikler belirliyorlar. Bunu en iyi nasıl açıklayabiliriz? Denebilir ki, fuzuli şeyleri fuzuli olarak görmeyi öğreniyorlar. Yapmak istemedikleri şeylere hayır demeyi, hayatlarını anlamlı şeylere adamayı öğreniyorlar: Yakın arkadaşların ve ailenin sevgisine mesela. Öğrendikleri bir başka şey de, kendi yaratıcı kaynaklarını kullanmak, mevsim değişiminin, çevrelerini saran doğal güzelliklerin farkına ve tadına varmak. Belki de en önemlisi, kendilerinin de ölümlü olduğunu çok kesin bir şekilde kavrıyor ve sonuç olarak da hayatı gelecekteki bir ana ertelemek yerine şimdiki zamanı yaşamayı öğreniyorlar: Hafta sonunu, yaz tatilini, emekliliği. Bütün bunları kitabımda çok daha etraflı biçimde anlatıyorum ve bu varoluş bilincinin nedenleri ile onu hazırlayan koşullar üzerine spekülasyonlarda bulunuyorum.

"Şimdi sorularınızı alabilirim." Ernest, kendini anlatma fırsatı sağlayan sorulardan hoşlanırdı: "Bu kitap üzerinde ne kadar çalıştınız?" "Anlattığınız öyküler gerçek mi, gerçekse gizlilik ilkesini nasıl korudunuz?" "Bir sonraki kitabınız ne olacak?" "Yakınını kaybedenlere terapinin ne kadar faydası olur?" Terapiyle ilgili sorular daima bir yakınını daha yeni kaybetmiş olan birileri tarafından sorulur ve Ernest böyle soruları dikkatle cevaplamaya büyük özen gösterirdi. O yüzden, bir yakınını kaybetme olgusunun sınırları belli bir deneyim olduğunu, yani bu durumdaki çoğu kişinin terapi olsa da olmasa da eninde sonunda iyileşeceğini anlattı; ayrıca yakınını kaybetmiş ortalama kişiler açısından, terapi görmüş olanların bir yılın sonunda, terapi görmeyenlerden daha iyi bir durumda olduğuna dair kanıt bulunmadığını belirtti. Ama bundan, terapinin hiçbir işe yaramadığı şeklinde bir sonuç çıkmaması için, terapinin ilk yılın daha az sancılı bir şekilde atlatılmasına yardımcı olduğunu, yoğun bir suçluluk duygusu ya da öfke yaşayan kişilere yararı konusunda ise tartışılmaz bulgular elde edildiğini eklemeyi unutmadı.

Hep rutin ve nazik sorular gelmişti – Palo Alto dinleyicisinden de bunu beklerdi zaten, Berkeley'deki kalabalığın kavgacı, irkiltici sorularına benzemiyordu hiç. Ernest saatine bakıp sözünün bittiğine dair bir işaret verdi salon görevlisine; sonra notlarını koyduğu dosyayı kapattı ve oturdu. Kitabevi sahibinin yaptığı resmi teşekkür konuşmasından sonra sıkı bir alkış yağmuru patladı. Kitap satın almak isteyenler Ernest'ın çevresine üşüştü. Her kitabı imzalarken zarif bir tebessüm beliriyordu Ernest'ın dudaklarında. Belki sadece hayal kurmaktaydı ama, sanki birkaç çekici kadın ona ilgiyle bakıyor ve gözlerini fazladan birkaç saniye onun üstünde tutuyor gibi gelmişti. Ernest bunlara karşılık vermedi tabii: Nan Carlin onu bekliyordu.

Kalabalık yavaş yavaş dağıldı. Sonunda özgürdü işte, Nan'in yanına gidebilirdi. Acaba nasıl yapmalıydı? Kitabevindeki kafeteryada bir kapuçino? Daha az umumi bir yer mi seçmeli? Yahut belki de kitabevinde birkaç dakikalık bir sohbetten sonra bütün bu kahrolası meseleyi unutmalıydı. Ne yapmalı? Ernest'ın kalbi çarpmaya başlamıştı yine. Salona bakındı. Neredeydi bu kadın?

Ernest çantasını kapattığı gibi yerinden fırladı, bütün kitabevini aradı. Nan'den eser yoktu. Başını toplantı salonunun kapısından içeri uzatıp son bir kez baktı. Kimseler yoktu içeride – demin Nan'in oturduğu sandalyede sessizce oturan kadından başka, sert görünümlü, ince yapılı, kısa kesilmiş, kıvırcık siyah saçları olan kadındı bu. İnsanın içine işleyen kızgın bakışları vardı. Buna rağmen bir kez daha onun bakışlarını yakalamaya çalıştı Ernest. Kadın yine gözlerini kaçırdı.

IV

BİR hastanın son dakikada randevusunu iptal etmesi sayesinde Dr. Marshal Streider, Ernest Lash'le yapacağı haftalık gözetim görüşmesinden önce boş vakit bulmuştu. Randevunun iptal edilmesiyle ilgili olarak karışık duygular taşıyordu. Hastanın bu kadar derin bir direnç göstermesi canını sıkmaktaydı: İş seyahati gibi zayıf bir mazereti bir an bile yememiş, ama yine de boş vakte kavuştuğuna sevinmişti. Para açısından değişen bir şey yoktu nasıl olsa: Mazereti ne olursa olsun, bu bir saati yazacaktı hastanın faturasına.

Telefonlara cevap verip yazışmalarını tamamladıktan sonra Marshal, küçük balkonuna çıkarak pencere pervazının dışında ahşap bir rafa oturtulmuş olan dört adet bonsaisini suladı: Mucizevi denecek kadar narin kökleri dışarıda olan bir kar gülü (çok titiz bir bahçıvan, bir kayanın üstünde büyüyecek şekilde dikmişti bu bitkiyi ve dört yıl sonra da kayayı büyük bir titizlikle kırarak ayırmıştı); yaprakları beşer iğneli, boğum boğum bir çam – en az altmış yıllık; dokuz ağaçlık bir akçaağaç korucuğu ve bir ardıç. Karısı Shirley geçen pazar onunla birlikte uğraşarak ardıça şekil vermesine yardım etmişti; şimdi bambaşka görünüyordu ardıç, tıpkı ilk kez saçını kestirmiş dört yaşında bir çocuk gibi. Ayrı yönlerde büyüyen iki ana dalın altındaki bütün sürgünleri budamış, ileri doğru büyüyen başıbozuk bir dalı kesmiş, ağacı budaya budaya, her kenarı başka uzunlukta, pek fütursuz bir üçgene çevirmişlerdi.

Sonra hayattaki en büyük zevklerinden birine gömüldü Marshal: *Wall Street Journal*'ın borsa raporlarına bakarken, bir yandan da cüzdanından kredi kartı büyüklüğünde iki alet çıkartarak kârını hesaplamaya başladı. Aletleri, minicik puntolarla dizilmiş borsa fiyatlarını okuyabilmek için bir büyüteç ve güneş enerjisiyle çalışan bir hesap makinesiydi. Dün düşük bir hacimle kapanmıştı borsa. En çok hisse almış olduğu Silicon Valley Bank'ten başka yerinden kımıldayan olmamıştı – bu bankanın hisselerini eski bir hastasından gelen iyi bir tüyo sayesinde almıştı Marshal ve dün bir virgül sekiz artış kaydetmişlerdi. Bin beş yüz hissesi olduğuna göre, demek ki yaklaşık bin yedi yüz dolar ediyordu. Gözlerini borsa raporundan ayırıp tavana dikti. Hayat ne güzeldi be.

Amerikan Psikanaliz Günlüğü'nün son sayısını alan Marshal, içindekiler bölümüne şöyle bir göz attıktan sonra hemen kapattı dergiyi. Bin yedi yüz dolar! Dinine yandığımın, niye daha fazla kâğıt almamıştı sanki? Döner deri koltuğunda geriye yaslanarak bürosunun görünümünü inceledi: Hundertwasser ve Chagall'in tıpkıbasımları, on sekizinci yüzyıl şarap kadehleri koleksiyonu, incecik burgulu saplı kadehler, pırıl pırıl cilalı gülağacından büfede sergileniyor. Ama bütün bunlar içinde Marshal'ın en sevdiği, camdan yapılmış üç tane muhteşem Musler heykelciğiydi. Yerinden kalkıp kuştüyünden eski bir el süpürgesiyle heykelciklerin tozunu aldı Marshal; bir zamanlar babası, Washington'daki Beşinci Sokak'la R Sokağı'nın kesiştiği köşede bulunan bakkal dükkânında, rafların tozunu almak için kullanırdı bu süpürgeyi.

Tablolarla tıpkıbasımları arada bir eve götürür, oradakileri alıp muayenehanesine getirirdi Marshal, ama narin şeri kadehleriyle hassas Musler heykelcikleri daima burada dururdu. Cam heykelciklerin depremden etkilenmeyen kaidelerini kontrol ettikten sonra, içlerinden en çok beğendiğini sevgiyle okşadı: Zamanın Altından Kenarı; kâğıt kadar ince, kocaman, ışıl ışıl, portakal rengi bir kâseydi bu, kenarları fütüristik bir metropolün siluetini andırıyordu. Kâseyi alalı on iki yıl olmuş ve bu süre içinde onu okşamadan tek bir gün geçirmemişti Marshal; kusursuz konturları ve olağanüstü serinliği müthiş bir dinginlik veriyordu insana. Derin bunalım içinde bulunan hastalarını onu okşayarak serin, yatıştırıcı gizemine gömülmeye teşvik etmek geçmişti aklından, hem yalnız bir defa da değil – ama yalnızca aklından geçmişti.

Allahtan karısının istekleri doğrultusunda davranmamıştı da satın almıştı bu üç parçayı: Bugüne kadar satın aldığı en iyi şeylerdi. Hem büyük ihtimalle başka alamayacaktı bunlardan. Musler fiyatları o kadar yükselmişti ki, bir tane daha almaya kalksa altı aylık kazancını vermesi gerekirdi. Ama Standard and Poor vadeli işlemlerinde geçen seneki gibi bir yükseliş yakalarsa, belki – gerçi ona borsa konusunda tüyo veren en iyi hastası da terapiyi sona erdirme düşüncesizliğini göstermişti. Veya belki iki çocuğu yüksek eğitimlerini tamamladıktan sonra, ama daha en az beş yıl vardı buna da.

On biri üç dakika geçiyor. Ernest Lash gecikmişti, her zamanki gibi. Marshal iki yıldır onun gözetim analistiydi ve her ne kadar Ernest, hastalardan yüzde on daha az ücret ödese de, Marshal hemen hemen her seferinde iple çekerdi randevularını. Ernest, gün boyu uğraşıp durduğu klinik vakalar arasında ona ferahlık veriyordu – mükemmel bir öğrenciydi o: Araştırmacı, zeki, yeni fikirlere açık. Öğrenci olarak engin bir merak duygusu vardı Ernest'ın, psikoterapi konusunda ise daha bile engin bir cehaleti.

Ernest artık gözetim gerektirmeyecek kadar yaşlıydı –otuz sekiz– gerçi ama, Marshal bunu bir zaaf değil kuvvetlilik addediyordu. Hastanede on yılı aşkın bir süre önce tamamladığı psikiyatri ihtisası sırasında Ernest, psikoterapi konusunda bir şeyler öğrenmemeye karşı tam bir direnç göstermişti. Onun yerine biyolojik psikiyatrinin çağrısına uyarak zihinsel bozukluklara ilaç tedavisi uygulamaya vermişti kendini ve ihtisasını tamamladıktan sonra da birkaç yılını bir moleküler biyoloji laboratuvarında araştırma yaparak geçirmeyi tercih etmişti.

Bir tek Ernest değildi böyle yapan. Onun döneminden öğrencilerin çoğu aynı eğilimi gösteriyordu. On yıl önce psikiyatri, çok büyük biyolojik atılımların eşiğinde görünüyordu: Zihinsel bozuklukların biyokimyasal nedenlerinin bulunması, psikofarmakoloji, beynin anatomisi ve işleyişini inceleme amacıyla geliştirilmiş yeni görüntüleme yöntemleri, psikogenetik ve belli başlı zihinsel bozuklukların her birine sebep olan özgül genlerin kromozomlardaki yerinin saptanması gibi bir keşfin gerçekleşeceğine dair umutlara dayanmaktaydı bu atılım.

Ama Marshal'ı hiçbir zaman sarmamıştı bu yeni gelişmeler. Altmış üç yaşındaydı ve böyle pozitivist modalara karnı tok olacak kadar uzun bir zamandır psikiyatri mesleğindeydi. Arka arkaya birbirini izleyen sersemletici iyimserlik (ve ardından gelen hüsran) dalgalarını hatırlıyordu: Thorazine, psikoşirürji, Miltown, Reserpine, Pacatal, LSD, Tofranil, lityum, Ecstasy, beta blokajı, Xanax ve Prozac – moleküler biyoloji ateşinin harı azalmaya başladığında, araştırmacıların ortaya attığı abartılı iddiaların birçoğu gerçekleşmediğinde ve bilim adamları, canım belki de bütün o bozuk düşüncelerin ardındaki o bozuk kromozomun yerini daha saptayamamış olduklarını ilan ettiklerinde, hiç şaşırmamıştı. Geçen hafta, bir üniversitenin desteğiyle gerçekleştirilen bir seminere katılmıştı; önde gelen bilim adamları, çalışmalarının can alıcı bulgularını Dalai Lama'ya sunuyorlardı. Bilim adamları tek tek atomların yeni fotoğraflarını göstermiş ve madde dışında hiçbir şeyin varlığı olmadığını büyük bir kesinlikle ortaya koymuşlardı. Maddi gerçekliğe dayanmayan dünya görüşlerinin savunucusu değildi Marshal, ama Dalai Lama'nın tepkisi pek hoşuna gitmişti doğrusu. Tatlı tatlı sormuştu adam: "Peki ya zaman?" Sonra da demişti ki, "Onun moleküllerini gören oldu mu? Ve lütfen, benliğin fotoğraflarını gösterin bana, daimi benlik duygusunun fotoğraflarını."

Psikogenetik alanında yıllarca araştırmacı olarak çalıştıktan sonra Ernest, hem araştırmadan hem akademik politikadan soğuyarak özel muayenehanesini açmıştı. İki yıl boyunca sadece psikofarmakoloji uygulamış, yirmişer dakikalık randevularla hasta alıp hepsine ilaç dağıtmıştı. Ama zamanla bunun sınırlarını kabul etmişti ve Seymour Trotter'ın bunda rolü vardı; hatta bütün hastaları ilaçla tedaviye kalkışmanın saçmalığını da kabul ederek gelirinden yüzde kırk oranında fedakârlık yapma pahasına yavaş yavaş psikoterapiye yönelmişti.

Marshal'a göre, Ernest'ın şimdi bir uzman denetiminde psikoterapi uygulaması ve psikanaliz enstitüsüne adaylık planları yapması, onun açısından bir artı puandı. Doğru dürüst analiz eğitimi almadan terapi uygulayan bütün o psikiyatristleri –ve psikologları, sosyal hizmet görevlilerini, danışmanları da– düşününce tüyleri diken diken oluyordu Marshal'ın.

Her zaman olduğu gibi telaşla muayenehaneye daldı Ernest, tam beş dakika geç kalmıştı; kendine bir fincan kahve koyup Marshal'ın beyaz deriden İtalyan koltuğuna yığıldı ve klinik notlarını çıkarmak için çantasını karıştırmaya başladı.

Marshal, Ernest'ın niye geç kaldığını araştırmayı bırakmıştı artık. Aylarca sorular sormuştu bu konuda ve asla bir yere varamamıştı. Hatta bir keresinde sokağa çıkıp kendi muayenehanesiyle Ernest'inki arasındaki bir bloku yürüyerek zaman tutmuştu. Dört dakika! Ernest'ın 11:00'deki randevusu 11:50'de bittiğine göre, arada tuvalete gitse bile tam öğle saatinde rahat rahat yetişmesi gerekirdi. Ama şaşmaz bir şekilde her seferinde bir engel çıkıyordu işte: Hastası biraz fazla kalmış ya da bir telefon gelmiş ya da Ernest notlarını unuttuğu için yarı yolda muayenehanesine dönmek zorunda kalmış oluyordu. Her seferinde bir şey çıkıyordu yani.

Ve o bir şeyin direnç olduğu açıktı. Elli dakika için onca para ödeyip sonra da o paranın ve zamanın yüzde onunu sistemli bir şekilde boşa harcamak, diye düşünüyordu Marshal, kararsızlığın açık bir kanıtıydı kesinlikle.

Normal olarak Marshal, geç kalma huyunun tam anlamıyla incelenip çözümlenmesi konusunda bir kaya sağlamlığıyla ısrar ederdi. Ama Ernest hastası değildi. Tam değil. Gözetmenlik, terapi ile eğitim arasındaki belirsiz bölgede yer alıyordu. İyi bir gözetmen zaman zaman vakaya ilişkin malzemenin ötesinde sondaj çalışmasına girmek ve öğrencinin bilinçdışı motivasyonlarıyla çatışmalarının derinine ulaşmak zorunda kalırdı. Ama belli bir terapi sözleşmesi olmayınca gözetmenin de ötesine geçemeyeceği sınırlar vardı işte.

Böylece meseleyi kendi haline bırakmıştı Marshal, ancak bu konudaki tavrını ortaya koymak üzere elli dakikalık gözetim randevusunu her zaman saniyesi saniyesine sona erdirmeye dikkat ediyordu.

"Konuşacak çok şey var," diye lafa girdi Ernest. "Nereden başlayacağımı bilemiyorum. Bugün farklı bir konuyu görüşmek istiyorum. İzlediğimiz iki daimi hastayla ilgili yeni gelişme yok – Jonathan ve Andy'yle olağan seanslarımızı yaptık; iyi gidiyorlar.

"Justin'le yaptığımız bir seans hakkında konuşmak istiyorum, bir yığın karşı aktarım malzemesi çıktı bu seansta. Bir de, dün akşam bir kitabevi söyleşisinde eski bir hastamla karşılaştım, bu konuda da söyleceklerim var."

"Kitap iyi satıyor mu hâlâ?"

"Kitapçı dükkânlarında hâlâ sergileniyor. Bütün arkadaşlarım okuyor. Birkaç tane iyi eleştiri yazısı da çıktı – bir tanesi bu hafta Tabipler Birliği bülteninde yayımlandı."

"Mükemmel! Önemli bir kitap o. Geçen yaz kocasını kaybeden ablama da bir tane göndereceğim."

Ernest, kısa bir kişisel notla birlikte kitabı imzalamaktan sevinç duyacağını söylemeyi düşündü. Ama kelimeler boğazına takılıp kaldı. Marshal'a karşı ukalalık gibi olurdu bu.

"Pekâlâ, işimize bakalım... Justin... Justin... " Marshal notları taradı. "Justin? Hafızamı tazelesene. Uzun zamandır sana gelen obsesif-kompülsif değil miydi o? Evliliğinde bir sürü sorunu olan?"

"Evet. Uzun zamandır ondan bahsetmemiştik. Ama hatırlarsan birkaç ay yakından izledik tedavisini."

"Sana hâlâ geldiğini bilmiyordum. Unutmuşum – gözetim seanslarında onu izlemeyi bırakmamızın sebebi neydi?"

"Vallahi dürüst olmak gerekirse asıl sebep, benim ona olan ilgimi kaybetmiş olmam. Artık ilerleme kaydedemeyeceği kanısına varmıştım. Bir süredir gerçek anlamda terapi yapmıyoruz... daha çok, onu şimdiki durumunda tutmaya yönelik bir çalışma. Yine de hâlâ haftada üç kez geliyor."

"Tutmaya yönelik çalışma – haftada üç vizit? Epey bir tutuyorsun adamı desene." Marshal arkasına yaslanıp tavana dikti gözlerini, dikkatle dinlediği zamanlarda böyle yapardı.

"Bak ben de endişeleniyorum bu konuda. Bugün onun hakkında

konuşmak istememin sebebi bu değil, ama belki bu konuyu da ele alsak iyi olur. Seans sıklığını azaltamıyorum bir türlü – üstelik haftada üç vizitle kalmıyor, bir de bir ya da iki telefon görüşmesini say!"

"Ernest, sıra bekleyen hastaların var mı?"

"Kısa bir liste. Aslında bir hasta var. Niye ki?" Oysa Marshal'ın lafı nereye getirmeye çalıştığını biliyordu Ernest ve zor soruları tam bir özgüven içinde sormayı başarmasına hayrandı. Ne gaddar herifti bu Marshal!

"Bak, ben şahsen birçok terapistin, boş saatim kalacak korkusuyla hastalarını bilinçsizce kendine bağımlı hale getirdiği kanısındayım."

"Bu durumun farkındayım ve Justin'e durmadan haftalık saatlerimizi azaltmamızı söylüyorum. Kesemi düşünerek hastayı terapide tutacak olsam geceleri gözüme uyku girmezdi."

Marshal yavaşça kafasını salladı, şimdilik Ernest'ın cevabından tatmin olduğunu gösteriyordu bu. "Az önce, onun artık ilerleme kaydedemeyeceği kanısına *varmıştım,* dedin? Geçmiş zaman. Şimdi birden fikrini değiştirecek bir şey mi oldu?"

Marshal iyi dinliyordu doğrusu – her şeyi tutuyordu aklında. Ernest hayran hayran baktı ona: Kızıla çalan sarı saçlar, hep tetikte duran gözler, lekesiz bir cilt, yirmi yaş daha genç bir erkeğin vücudu. Marshal'ın fiziği de personası gibiydi: Yağ yok, fazlalık yok, sırf adale! Bir zamanlar Rochester Üniversitesi'nde defans oyuncusuydu. Kaslı kocaman pazuları ve çillerle kaplı kolları, ceketinin yenlerini tam anlamıyla dolduruyordu – kaya gibi! Profesyonel rolünde de kaya gibi: Bocalama yok, kuşku yok, her zaman kendinden emin, her zaman her şeyin doğrusunu kesinlikle bilir. Başka bazı eğitim analistlerinde de böyle bir kesinlik havası vardı –ortodoksluk ve imanın beslediği bir kesinlik– ama hiçbiri Marshal'a benzemezdi, hiçbiri bu kadar bilgi yüklü, bu kadar esnek bir otoriteyle konuşmazdı. Marshal'ın kesinliği başka bir kaynaktan geliyordu, beden ile zihin arasında içgüdüsel bir özgüven uyumu, her türlü kuşkuyu dağıtan, ona daha geniş meselelerin anında ve derinlemesine farkına varma gücü sağlayan bir özgüvendi bu. Ernest, on yıl önce Marshal'ın analitik psikoterapi konusundaki dersini dinleyip de kendisiyle tanışalı beri onu örnek almıştı.

"Hakkın var. Aradaki boşluğu kapatmak için biraz daha geriden almam lazım," dedi Ernest. "Hatırlarsan en başından beri Justin, karısını terk edebilmek için açık açık yardım istemişti benden. Sen benim bu işe fazla karıştığım, Justin'in boşanmasını sağlamayı bir misyon haline getirdiğim, ona bekçilik ettiğim kanısındaydın. Hani 'terapide hiç kendini tutamıyorsun' demiştin bana, hatırladın mı?"

Marshal hatırlıyordu elbette. Gülümseyerek başıyla doğruladı.

"Tamam, sen haklıydın. Çabalarımı yanlış yönlendirmiştim. Justin'in karısını terk etmesine yardımcı olmak için yaptığım her şey boşa çıktı. Ne zaman evden ayrılmaya çok yaklaşsa, ne zaman karısı belki ayrılığı düşünmeye başlamalarının iyi olacağını söylese paniğe kapıldı adam. Birkaç kez onu hastaneye yatırmayı bile düşündüm."

"Ya karısı?" Marshal kâğıt çıkarıp not almaya başlamıştı. "Kusura bakma Ernest, eski notlarım yanımda değil."

"Ne olmuş karısına?" diye sordu Ernest.

"Hiç çift olarak görüştün mü onlarla? Nasıl bir kadın? O da terapi görüyor muymuş?"

"Hiç karşılaşmadım! Neye benzediğini bile bilmiyorum, ama bir iblis olduğunu düşünüyorum. Benimle görüşmeyi kabul etmedi, Justin'in patolojisiymiş bu, onun değil. Bireysel psikoterapiye de yanaşmadı – yine aynı nedenle, sanırım. Yo, başka bir şey vardı... şimdi hatırlıyorum; Justin, kadının ruh doktorlarından nefret ettiğini söylemişti – gençliğinde iki, hatta belki üç ruh doktoruna gitmiş, hepsi de sonunda onu becermişler ya da becermeye kalkmışlar. Doktorları tarafından istismar edilen birkaç hasta görmüştüm biliyorsun, bu kadar vicdansızca bir ihanete kimse benim kadar öfke duyamaz. Yine de eğer aynı kadının başına iki veya üç kez gelmişse bu... bilemiyorum – belki *kadının* bilinçdışı motivasyonlarını merak etmeye başlasak iyi olacak."

"Ernest," dedi Marshal, kafasını hızla iki yana sallayarak, "bunu sadece bir kez duymuş olacaksın benden, ancak böyle bir durumda, bilinçdışı motivasyonların konuyla hiç ilgisi yoktur! Hasta ile terapist arasında seks varsa, dinamiği bir yana bırakıp tamamen davranışa bakmamız gerekir. Hastasıyla cinsel ilişkiye giren terapist, ne olursa olsun sorumsuzdur ve zarar verir. Savunulacak hiçbir yanları olamaz – meslekten uzaklaştırılmaları gerekir! Belki bazı hastalar cinsel çatışmalar yaşıyordur, belki otorite konumundaki erkekleri –ya da kadınları– baştan çıkarmak istiyorlardır, belki kompülsif cinsel güdüleri vardır, ama zaten terapi görmelerinin nedeni de bunlardır. Ve şayet terapist bunu anlayamıyor ve bununla başa çıkamıyorsa, meslek değiştirmesi gerekir.

"Sana söylemiştim," diye devam etti Marshal, "eyalet tıbbi etik komitesindeyim ben. Dün akşam, önümüzdeki hafta Sacramento'da yapılacak aylık toplantıyla ilgili vakaları okudum. Ben de sana bunlardan bahsedecektim zaten. Kurulda bir dönem görev yapman için seni aday göstermeyi düşünüyorum. Benim üç yıllık görev sürem önümüzdeki ay doluyor ve senin çok başarılı olacağına inanıyorum. Yıllar önce Seymour Trotter olayında takındığın tavrı hatırlıyorum. Cesaret ve dürüstlük vardı o tavırda; başka herkes o iğrenç kart pezevenk karşısında tir tir titriyordu, bir teki bile tanıklık etmezdi ona karşı. Sen bu mesleğe büyük bir hizmette bulundun. Ama benim asıl söyleyeceğim şuydu," diye devam etti Marshal, "terapist-hasta ilişkisinde cinsel suiistimal salgın halini aldı. Her geçen gün gazetelerde yeni bir skandal okuyoruz. Bir arkadaşım *Boston Globe*'da çıkan bir yazıyı göndermiş bana. Son birkaç yıldır tam on altı psikiyatristin cinsel suiistimal suçlamasıyla karşı karşıya kaldığını bildiriyor. Aralarında bazı tanınmış şahsiyetler de var: Tufts'ın eski bölüm başkanı ve Boston Enstitüsü'nün kıdemli eğitim analistlerinden biri. Sonra bir de Jules Masserman olayı var tabii – Trotter gibi o da Amerikan Psikiyatri Birliği başkanlarındandı. Herifin yaptığına inanabiliyor musun? Hastalara sodyum pentotal verip bilinçlerini kaybettiklerinde onlarla seks yapıyormuş. İnanılmaz bir şey bu!"

"Evet, beni de en çok sarsan olay buydu," dedi Ernest. "İnternken oda arkadaşlarım bir yılı ayaklarımı sıcak suya batırıp Masserman okumakla geçirdiğimi söyleyerek takılırlardı bana – ayak tırnaklarım feci bir şekilde içe kıvrılarak uzuyordu da. *Dinamik Psikiyatrinin İlkeleri,* okuduğum en iyi ders kitabıydı!"

"Bilirim," dedi Marshal, "bütün yıkılan putları bilirim. Durum iyice kötüye gidiyor! Ne oluyor anlamıyorum. Dün gece, sekiz terapiste yöneltilen suçlamaları okudum – insan şok geçiriyor, midesi bulanıyor. İnanabiliyor musun, bir terapist, her seansta hastasıyla yatmış, haftada iki kez, *sekiz* yıl boyunca ve parasını da son kuruşuna kadar alarak! Ya on beşindeki hastasıyla motelde basılan çocuk psikiyatristine ne demeli? Bütün vücudunu çikolata şurubuna bulamış, hastasına yalatıyormuş! İğrenç! Bir de röntgencilik suçu var – çoğul kişilik vakalarına bakan bir terapist, hastalarını hipnotize ediyor, sonra da daha ilkel kişiliklerin ortaya çıkıp onun önünde mastürbasyon yapmalarını sağlıyormuş. Hastalara asla dokunmadığını söyleyerek savunmuş kendini – üstelik bunun doğru tedavi olduğunu da öne sürmüş, önce bu kişiliklere güvenli bir ortamda kendini ifade şansı tanıyor, sonra da yavaş yavaş gerçekliği sınayıp benimsemeye teşvik ediyormuş onları."

Ernest saatine kaçamak bir bakış atarak, "Ve tabii o sırada, hastaların mastürbasyon yapmasını seyrederken cinsel olarak heyecanlanmıyormuş," dedi.

"Saatine baktın, Ernest. Bunu söze dökebilir misin?"

"Eh, zaman geçip gidiyor. Justin'le ilgili bazı şeyleri görüşmek istiyordum da."

"Bir başka deyişle, her ne kadar bu konuşma ilgi çekici olsa da, bunları konuşmak için gelmemiştin. Hatta gözetmene verdiğin zamanı ve parayı bu şekilde çarçur etmemeyi yeğlerdin, ha?"

Ernest omuz silkti.

"Yaklaştım mı?"

Başıyla doğruladı Ernest.

"O halde niye öyle söylemiyorsun? Bu senin zamanın; parasını ödeyen sensin!"

"Haklısın Marshal, karşındakini memnun etme meselesi işte yine. Senden hâlâ fazlasıyla çekiniyor olmamla ilgili."

"Daha az çekinir ve daha direkt olursan, gözetim işine daha çok faydası dokunur."

Kaya gibi, diye düşündü Ernest. Dağ gibi. Genellikle hastalar hakkında görüşme işinin tamamen dışında kalan bu ufak tefek fikir teatileri çoğu zaman Marshal'ın verdiği en değerli eğitimi oluştururdu. Ernest, er ya da geç Marshal'ın zihinsel sağlamlığını benimseyeceğini umuyordu. Marshal'ın, hasta-terapist arasındaki cinsel ilişkiye karşı aman vermez tutumu da dikkatini çekmişti; kitabevindeki söyleşide Nan Carlin'le ilişki konusunda yaşadığı ikilem hakkında konuşmaktı niyeti. Oysa şimdi emin değildi bundan.

Justin konusuna döndü. "Evet, Justin'le görüşmelerimiz ilerledikçe, seanslarda sağladığımız her türlü ilerlemenin evde karısıyla ilişkisi sayesinde boşa çıktığına daha fazla kani oldum. Karısı, Carol, tam bir cadalozdu."

"Şimdi hatırlıyorum. Kocası bazlamayla lakerda alamasın diye kendini arabadan atan sınır kişilik vakası değil miydi o?"

Başıyla doğruladı Ernest. "Tamam, Carol işte! Dolaylı biçimde de olsa tanıdığım en şirret, en edepsiz kadın, inşallah kendisiyle asla yüz yüze gelmem. Justin'e dönecek olursak, yaklaşık iki-üç yıl süreyle iyi bir geleneksel çalışma yaptım onunla: İyi bir terapötik ittifak kurdum, dinamiklerine ilişkin açık seçik yorumlar yaptım, gerekli profesyonel mesafeyi korudum. Yine de yerinden kımıldatamadım oğlanı. Her yolu denedim, gereken bütün soruları sordum: Niye Carol'la evlenmeyi seçmişti? Bu ilişkiyi sürdürmekle eline ne geçmiş oluyordu? Niye çocuk yapmıştı? Ama konuştuklarımızın hiçbiri davranışa tercüme olmadı.

"Sonuçta anladım ki başlangıçtaki kabullerimiz, yani yeterli düzeyde yorum ve içgörünün, sonunda dışsal bir değişime yol açacağı varsayımı, bir cevap sağlamıyordu. Yıllarca yorum yaptım ama anladığım kadarıyla Justin'in iradesi tam anlamıyla dumura uğramıştı. Hatırlarsan Justin'le uğraşırken irade kavramına kafayı takıp bu konuda elime geçen her şeyi okumaya başlamıştım: William James, Rollo May, Hannah Arendt, Allen Wheelis, Leslie Farber, Silvano Arieti. Yanılmıyorsam iki yıl önce de bir konferansta iradenin dumura uğraması üzerine bir tebliğ sundum."

"Evet, hatırlıyorum o konuşmayı – gayet iyiydin, Ernest. Hâlâ bunu kaleme alıp yayımlatman gerektiğini düşünürüm."

"Teşekkürler. O çalışmayı bitireyim derken benim iradem de hafiften dumura uğramıştı. Şu anda, başka iki yazı projesiyle birlikte rafta duruyor. Hatırlarsan konferansta, içgörünün iradeyi iteleyerek harekete geçirememesi durumunda, terapistin onu harekete geçirmek için başka bir yol bulması gerektiğini belirtmiştim. Telkini denedim, kulağının dibinde fısıldamaya başladım: 'Bak biliyorsun, bir denemen lazım.' Allen Wheelis'in sözlerini anlıyordum, evet anlıyordum; hani demiş ya, bazı hastaların sırtlarını divandan kaldırıp kollarını sıvamaları lazım, diye.

"Görsel imgeleri denedim," diye devam etti Ernest, "Justin'e gelecekteki halini düşünmesini söyledim –bundan on, yirmi yıl sonrasını– ve kendini hâlâ bu berbat evliliğin içinde kısılıp kalmış durumda hayal etmesini, kendi hayatını ne hale getirdiğine bakarak vicdan azabı ve pişmanlık duyduğunu hayal etmesini söyledim. İşe yaramadı.

"Ringdeki köşesinde boksörlere akıl veren antrenörler gibiydim, ona evlilikten kurtulma beyanına ilişkin provalar yaptırdım. Ama ben bir tüy sıklete antrenman veriyordum, karısı ise kelebek gibi uçup arı gibi sokan bir ağır sıkletti. Hiçbiri işe yaramadı. Galiba bardağı taşıran son damla, büyük kamping faciası oldu. Sana anlatmış mıydım bunu?"

"Sen anlat, önceden biliyorsam söylerim."

"Tamam, dört yıl kadar önce Justin, ailecek sırt çantalarıyla kamp yapmanın harika olacağına karar verdi – ikiz çocukları var, bir kız, bir oğlan, şimdi sekiz ya da dokuz yaşında olmaları lazım. Ben de teşvik ettim onu. Biraz inisiyatif gösterebildiği her durum beni memnun ediyordu. Çocuklarına yeterince vakit ayıramadığı için hep suçluluk duyardı. Bir yolunu bulup bunu değiştirmesini önermiştim, o da kamp yapmanın iyi bir babalık egzersizi olacağına karar verdi. Çok sevindim ve bunu da ona söyledim. Ama Carol sevinmedi! Gitmeyi reddetti –belli bir nedeni yok, sırf terslik olsun diye– ve çocukların Justin'le gitmesini yasakladı. Ormanda uyumalarını istemiyordu – her türlü fobi var kadında, aklına ne gelirse: Böcekler, zehirli bitkiler, yılanlar, akrepler. Üstelik evde tek başına kalamamak gibi bir sorunu da var, ki çok tuhaf bu çünkü tek başına iş seyahatine çıkmakta bir sorun yaşamıyor – hukukçu kendisi, yaman bir duruşma avukatı. Justin de tek başına evde kalamaz. İkisi de kaçık.

"Justin ise kampa gitmekte kararlıydı ve onun izni olsa da olmasa da gideceğini söyledi – benim yoğun ısrarlarım üzerine elbette. Bu sefer mevzi kaybetmeyecekti! *Hadi oğlum, hadi oğlum,* diye fısıldıyordum ben de. *Bu sefer geri çekilmiyoruz*. Kadın kıyametler kopardı, ne diller döktü, pazarlıklar yaptı, bu sene hep birlikte Yosemite Vadisi'ne gidip Ahwahnee Oteli'nde kalırlarsa, seneye onlarla kampa gideceğine söz verdi. '*Pazarlık yok,*' diye taktik verdim, '*geri adım atma.*'

"Sonra ne oldu?"

"Justin'den bunu beklemeyen kadın şaşırdı. Sonunda pes etti ve

Justin'le çocuklar kamptayken yanında kalması için kız kardeşini çağırdı. Ama sonra... belirsiz bir durum baş gösterdi... tuhaf şeyler olmaya başladı. Zafer sevinciyle serseme dönen Justin, böyle bir serüven için yeterince formda olmadığını düşünerek endişelenmeye başladı. Öncelikle kilo vermesi –dokuz kilo belirlemişti hedef olarak– sonra da sırt kaslarını kuvvetlendirmesi gerekiyordu. Böylece form tutmak için çalışmaya başladı; çalışmaları da kırkıncı kattaki işyerine gidip gelirken merdiveni kullanmaktan ibaretti. Bu antrenmanlardan birinde akut nefes darlığı başgösterince kapsamlı bir tıbbi muayeneden geçmesi gerekti."

"Ve bu da onu olumsuz etkiledi tabii ki," dedi Marshal. "Bana bunu anlattığını hatırlamıyorum, ama sanırım hikâyeyi tamamlayabilirim. Senin hasta, kamping tatili konusunda marazi bir şekilde evhamlanmaya başladı, kilo veremiyordu, sırt kaslarının asla güçlenmeyeceğine ve çocuklara bakmayı da beceremeyeceğine inanmıştı. Sonunda ciddi panik ataklar geçirmeye başladı ve kampingi unuttu. Ailecek Ahwahnee Oteli'ne gittiler ve herkes, Justin'in salak ruh doktorunun böyle eblehçe bir planı nereden çıkardığını merak etti."

"Disneyland Oteli."

"Ernest, eski, çok eski bir hikâyedir bu. Ve eski, çok eski bir hata! Terapistler, aile sisteminin semptomlarını bireyin semptomları zannetme yanılgısına düştü mü, bu hikâye hep böyle sonuçlanır. Neyse, sen bu olay üzerine mi umudunu kestin?"

Başıyla doğruladı Ernest. "Onu bulunduğu noktada tutma taktiğine o zaman geçtim. Onun terapide, evliliğinde, hayatında, sonsuza dek kısılıp kalmış olduğunu kabul ettim. İşte gözetim görüşmelerimizde onun sözünü etmekten vazgeçmem de aynı zamana rastlar."

"Oysa şimdi önemli bir gelişme var, ha?"

"Evet. Dün geldi ve gayet sakin bir şekilde, Carol'ı terk edip çok daha genç bir kadınla yaşamaya başladığını anlattı – bana pek bahsetmediği birisi. Haftada üç gün geliyor bana ve o kadından bahsetmeyi *unutuyor*."

"Vay vay, çok ilginç! Sonra?"

"Sonrası kötü bir seans oldu. Frekanslarımız uyuşmadı. Seans boyunca çok tedirgin hissettim kendimi."

"Şu seansı bana çarçabuk bir anlat bakalım, Ernest."

Ernest seansta olup bitenleri aktardı ve Marshal da dosdoğru karşı aktarım mevzuuna girdi – yani terapistin hastasına verdiği duygusal tepkiye.

"Ernest, öncelikle senin Justin karşısında duyduğun tedirginliğe verelim dikkatimizi. Seansı yeniden yaşamaya çalış. Hastan sana karısını terk ettiğini söylediğinde neler hissetmeye başlarsın? Bir dakikalığına serbest çağrışım yap bakalım. Akılcı olmaya çalışma – koyver kendini!"

Ernest gözünü karartıp daldı. "Peki, sanki birlikte çaba gösterdiğimiz onca yılı hafife alıyor, sanki bununla dalgasını geçiyor gibi geldi bana. Yıllarca deli gibi çalıştım bu oğlanla – kıçımı yırttım. Yıllarca sırtıma yük oldu... Hassas açıklamalar bunlar, Marshal."

"Devam et. *Elbette* öyle olacak."

Ernest duygularını tanımlamaya çalıştı. Tanımlanacak bol miktarda duygusu da vardı zaten, ama hangilerini Marshal'la paylaşmalı? Marshal'dan terapi görmüyordu ki. Üstelik meslektaşı olarak saygı bekliyordu Marshal'dan – psikanaliz enstitüsü için kendisini aday göstermesini ve desteklemesini de. Bir yandan da doğru dürüst gözetim istiyordu.

"Peki tamam, çok bozuldum – o seksen bin doları suratıma çarpmasına çok bozuldum, konuyu benimle hiç tartışmadan evliliğini bırakıp gitmesine çok bozuldum. Karısını terk etmesinin benim için ne kadar önemli olduğunu biliyordu. Bir telefon bile etmedi bana! Bak sana ne diyorum, en üfürükten meseleler için bana telefon ederdi bu herif. Hem o öteki kadını benden saklamış, işte bir de buna çok bozuldum. Ayrıca o kadının, herhangi bir kadının, benim dört yıldır uğraşıp da ona yaptıramadığım şeyi bir el çabukluğuyla ya da apış arası çabukluğuyla yaptırabilmesine de sinir oldum."

"Peki gerçekten karısını terk etmiş olması konusundaki duyguların nedir?"

"Eh, yaptı işte! Bu iyi bir şey tabii. *Nasıl* yapmış olursa olsun, iyi bir şey. Ama doğru bir şekilde yapmadı. Allah kahretsin, neden doğru bir şekilde yapamadı sanki? Marshal, bu çok saçma – çok ilkel, tamamen iptidai bir duygusal süreç. Bunu söze dökme konusunda gerçekten rahatsız hissediyorum kendimi."

Marshal uzanıp Ernest'ın omzuna koydu elini, hiç ondan beklenmeyecek bir davranıştı bu. "Güven bana, Ernest. Kolay bir şey değil bu. Gayet iyi gidiyorsun. Devam et."

Ernest'a cesaret gelmişti. Terapi ile gözetimin o garip paradoksunu yaşamak ilgi çekici bir durumdu: Kanunsuz, utanç verici, karanlık, çirkin yanınızı ne kadar ortaya dökerseniz, o kadar ödüllendiriliyordunuz! Ama çağrışım süreci yavaşlamıştı: "Bakalım, biraz eşelemem lazım. Justin'in çükünün keyfine göre davranmasından hiç hazzetmedim. Ondan daha iyisini beklerdim, o canavarı doğru bir şekilde terk etmesini beklerdim. Karısı olacak o kadın var ya, Carol... illet oluyorum ona."

"Bir-iki dakikacık onunla ilgili serbest çağrışım yap," dedi Marshal. "Bir-iki dakikacık" diyerek onun içini rahatlatması, Marshal'ın gözetim görüşmelerinde verdiği az sayıda tavizden biriydi; terapi sözleşmesinde ise böyle bir şeye yer olmazdı. Böyle kesin ve kısa bir zaman sınırı belirlenmesi Ernest'ın nereye kadar içini dökeceği konusunda bir sınır getirmişti; bu süreç daha güvenli görünüyordu artık gözüne.

"Carol, ha?... berbat bir karı... ifritin teki... bencil, sınır kişilik, ahlaksız kadın... sivri dişleri var... gözlerini kısarak bakıyor... içinde şeytan var... hayatımda gördüğüm en lanet kadın... "

"Demek onu *gördün?*"

"Hayatımda *görmediğim* lanet kadın demek istiyorum. Sadece Justin aracılığıyla tanıyorum onu. Ama yüzlerce saat dinledikten sonra gayet iyi tanıyorum."

"Justin'in bu işi *doğru* bir şekilde yapmadığını söylerken ne demek istedin? Doğru şekil nedir?"

Ernest yerinde kıpırdandı. Marshal'la göz göze gelmekten kaçınarak pencereden dışarı bakmaya başladı.

"Bak ben sana *yanlış* şekli anlatayım: Yanlış olan, bir kadının yatağından çıkıp bir başka kadının yatağına girmektir... Yani... ben ne dilerdim Justin için? Şunu: Bir kerecik, sadece bir kerecik adam gibi davranmasını! Ve Carol'ı adam gibi terk etmesini! Bu evliliğin yanlış bir seçim olduğuna, bir tanecik ömrünü tüketmek için yanlış bir yol olduğuna, çekip gitmesi gerektiğine kendi başına karar vermesini – bir başına kalmayı göze almasını, kendi kendisiyle baş başa kalıp bir birey olarak, bir yetişkin olarak, ayrı bir insan olarak kendini tanımasını dilerdim. Yaptığı şey içler acısı:

Sorumluluklarından kaçıp aklını kaybetmesi, genç ve güzel bir yüz görünce hemen ayılıp bayılıvermesi – 'cennette yaratılmış bir melek'miş, öyle diyor. Bu bir süre yürüse bile asla büyüyemeyecek; Justin, bundan hiçbir bok öğrenmiş olmayacak!

"İşte mesele bu, Marshal! Hiç güzel değil! Ben de bununla hiç gurur duymuyorum! Ama eğer ilkel duygular istiyorsan, al işte. Bol miktarda var – hem de olduğu gibi ortada. Çoğunu ben kendim de görebiliyorum!" Ernest iç geçirerek arkasına yaslandı, bitkin düşmüştü, Marshal'ın cevabını bekliyordu.

"Bilirsin, terapiden amacın, insanın kendi kendinin anası ve babası olmasını sağlamak olduğu söylenir. Gözetim için de buna benzer bir şey söyleyebiliriz bence. Amaç, kendi kendinin gözetmeni olman. O haldeee... bakalım sen kendinle ilgili olarak neleri görebiliyorsun?"

Ernest bakışlarını kendi içine yöneltmeden önce Marshal'a bir bakıp şöyle düşündü: "*Kendi kendimin anası ve babası olacağım, kendi kendimin gözetmeni olacağım* – vay anasını be, ne herif."

"Evet, burada en belirgin olan şey, benim duygularımın derinliği. Kendimi fazla kaptırdım, buna kuşku yok. Bir de bu manyakça öfke, sahiplenme duygusu – *ne cüretle o,* bana danışmadan karar verir, duygusu işte."

"Güzel!" Hararetle başını salladı Marshal. "Şimdi de duyduğun bu öfkeyi, onun sana olan bağımlılığını giderip seansları azaltma hedefiyle yan yana koy."

"Biliyorum, biliyorum. Çok çarpıcı bir çelişki var. Hem bana olan bağımlılığından kurtulmasını istiyorum, hem de bağımsız davrandı diye öfkeye kapılıyorum. Kendi özel dünyasını kurmakta ısrar etmesi sağlıklı bir işarettir, hatta bu kadını benden saklaması bile."

"Sadece sağlıklı bir işaret de değil," dedi Marshal, "senin iyi terapi yaptığını gösteren bir işaret aynı zamanda. Hem de çok iyi terapi! Bağımsız bir hastayla çalışırken alacağın ödül isyandır, minnet değil. Bundan kıvanç duymalısın."

Duygulanmıştı Ernest. Göz yaşlarını tutarak sessizce oturup Marshal'ın söylediklerini sindirmeye çalıştı. Bunca yıldır hep başkalarına şefkat vermişti, birisinden aynı şeyi almaya alışık değildi.

"Justin'in karısını doğru bir şekilde terk etmesi hakkında," dedi

Marshal, "ettiğin sözlerde ne görüyorsun?"

"Kendi küstahlığımı! Tek bir şekil vardır: *Benim* şeklim! Ama çok güçlü bir duygu bu – şu anda bile hissediyorum. Justin'de hayal kırıklığına uğradım. Onun için daha iyi şeyler arzu etmiştim. Talepkâr bir ebeveyne benzediğimin farkındayım!"

"Çok abartılı bir tutum sergilemektesin, öyle aşırı bir tutum ki kendin bile inanamıyorsun buna. Niye bu kadar abartıyorsun, Ernest? Bu kadar zorlamanın sebebi ne? Senin kendinden beklediklerin nedir?"

"Ama ben söylediklerime *inanıyorum!* Bir bağımlılıktan kurtulup bir başkasına kaptırdı paçayı, kadın-şeytan-anneden kurtulup melek-anneye gitti. Hele o âşık olmalar, ayağı yerden kesilmeler, 'cennetten inme melek' geyiği – saadetten eriyip gitmiş de, tam bölünmemiş bir amip gibiymiş de... kendi başına kalmayı göze almamak için her türlü kaçak yol. Bunca yıl böyle berbat bir evliliği sürdürmesinin sebebi de kendi başına kalmaktan korkmasıydı zaten. Bunu görmesine yardım etmek zorundayım."

"Ama niye bu kadar abartılı, Ernest? Niye bu kadar talepkârca? Teorik olarak sana hak veriyorum, ama boşanmakta olan hangi hasta bu standarda tam anlamıyla uyabilir? Sen bir varoluşçu kahraman istiyorsun. Romanlarda harika duruyor tabii, ama bak bunca yıldır bu meslekteyim, böyle soylu bir şekilde eşini terk eden tek bir hasta gelmiyor aklıma. Onun için bir daha soruyorum sana, bu kadar zorlamanın sebebi ne? Kendi hayatındaki benzer meseleler hakkında ne düşünüyorsun? Karının birkaç yıl önce trafik kazasında öldüğünü biliyorum. Ama senin kadınlarla ilişkilerin konusunda pek bir şey bilmiyorum. Yeniden evlendin mi? Hiç boşanma geçti mi başından?"

Ernest başını iki yana sallayınca devam etti Marshal: "Fazla ileri gidiyorsam söyle, eğer terapi ile gözetim arasındaki çizgiyi aşıyorsak bilmek istiyorum."

"Hayır, doğru yoldasın. Tekrar evlenmedim. Karım, Ruth, öleli altı yıl oldu. Ama işin doğrusu, evliliğimiz ondan çok önce bitmişti. Aynı evde ayrı hayatlar sürüyorduk, sırf kolayımıza geldiği için bir arada duruyorduk. Ruth'u terk etmekte çok zorlanmıştım, birbirimize göre olmadığımızı başından beri bildiğim halde – ikimiz de bildiğimiz halde."

"O haldeee," diye ısrarla sürdürdü Marshal, "Justin'e ve senin yaşadığın karşı aktarıma dönecek olursak... "

"Önümde yapılacak işler olduğu açık ve tabii Justin'den benim işimi üstlenmesini istemekten de vazgeçmeliyim." Ernest, gözlerini Marshal'ın şöminesinin üstünde duran XIV. Louis tarzı altın kaplamalı süslü saate çevirdi ve bunun sadece dekoratif amaçlı olduğunu bir kez daha hatırladı. Bunun üzerine kol saatine baktı: "Beş dakika kalmış – görüşmek istediğim bir şey daha var."

"Kitabevinde söyleşi günü gibi bir şeylerden bahsetmiştin, orada eski bir hastanla karşılaşmışsın galiba."

"Evet, ama ondan önce başka bir şey var. Justin duyduğum rahatsızlığı yüzüme vurduğunda bu duyguma sahip çıkmalı mıydım, çıkmamalı mıydım? Onu aşk uykusundan uyandırarak keyfini kaçırmaya çalıştığımı söylediğinde kesinlikle haklıydı – gerçeği görmüştü. Galiba *onun algılamasının doğru olduğunu teslim etmemekle* anti-terapi yapmış oldum."

Marshal sert bir şekilde iki yana salladı başını. "Şunu düşün, Ernest: Ne söyleyebilirdin?"

"Bir seçenek, Justin'e dosdoğru gerçeği söylemekti – yani aşağı yukarı bugün sana söylediklerimi." Seymour Trotter olsa böyle yapardı. Ama Ernest bunu söylemedi tabii.

"Ne gibi? Ne demek istiyorsun?"

"Onu akılsızca sahiplendiğimi; terapiden bağımsız hale gelme konusunda cesaretini kırarak onun kafasını karıştırıyor olabileceğimi; bir de, bazı kişisel meselelerimin, bu konudaki görüşümü bulandırmasına izin vermiş olabileceğimi."

Tavana bakmakta olan Marshal, ansızın Ernest'a çevirdi bakışlarını; yüzünde bir gülümseme bulmayı umuyordu. Ama gülümsemiyordu Ernest.

"Sen ciddi misin, Ernest?"

"Niye ciddi olmayacak mışım?"

"Konuya kişisel olarak çok fazla önem vermekte olduğunu göremiyor musun? Terapide amacın her konuda doğruyu söylemek olduğu nereden çıktı? *Amaç, yegâne amaç, daima hasta yararına hareket etmektir.* Terapistler, yol gösterici yapısal ilkeleri bir yana bırakıp kendi bildiklerini okurlarsa, sonucunu düşünmeden doğaçtan davranırlarsa, doğrucu Davut kesilirlerse... düşünsene bir – terapi kaosa sürüklenir. Hele bir düşün, bir general, savaş başladı başlayacakken bir karış suratla askerlerin arasına dalıp 'Yandık!' diye dövünüyor. Düşün ki ağır bir sınır kişilik vakasına, ne kadar uğraşırsa uğraşsın daha yirmi yıl terapi göreceğini, daha on beş kere hastaneye yatacağını, daha on kere bileklerini kesip aşırı dozda hap alacağını söylüyorsun. Düşün ki hastana, yorgun olduğunu, sıkıldığını, karnında gaz olduğunu, acıktığını, onu dinlemekten bıktığını, canının nasıl da gidip basket oynamak istediğini söylüyorsun. Ben haftada üç kez öğlenleri basketbol oynarım, baskete bir-iki saat kala da şut atma ve top sürme hayalleriyle içim dışıma sığmaz olur. Bunları hastama anlatmalı mıyım sence?

"Elbette hayır!" Kendi sorusunu kendi cevaplamıştı Marshal. "Bu hayalleri kendime saklıyorum. Olur da kafamı karıştırırlarsa, yaşadığım karşı aktarımı analiz eder ya da tam olarak senin şu anda yapmakta olduğunu yaparım, yani bir gözetmenle görüşürüm bunu – bu arada şunu da ekleyeyim, sen şu yapmakta olduğunu gayet iyi yapıyorsun."

Marshal saatine baktı. "Bu kadar uzattığım için kusura bakma. Zamanımız bitiyor – tabii ben de etik komiteden bahsederek biraz zaman harcadım. Komitede göreve başlamanla ilgili ayrıntıları haftaya anlatırım sana. Ama şimdi Ernest, lütfen iki dakikanı ayır da, kitabevinde karşılaştığın şu eski hastanı bir anlat bana. Bu konu senin gündemindeydi, biliyorum."

Ernest notlarını toplayıp çantasına yerleştirmeye başlamıştı. "Ha, önemli bir şey değildi, ama ilginç bir olaydı – bir enstitüdeki çalışma grubunda iyi tartışma konusu çıkardı bundan. Söyleşi başlamadan önce çok alımlı bir kadın beni kesmeye başladı, ben de bir-iki dakikalığına karşılık verdim, onunla flört ettim. Sonra, kısa bir süre benim hastam olduğunu söyledi, çok kısa bir süre, yaklaşık on yıl önceki bir grup terapisinde, ihtisasımın ilk yılında; ayrıca terapinin çok başarılı olduğunu, hayatının harika gittiğini anlattı."

"Ve?" diye sordu Marshal.

"Sonra, söyleşi bittikten sonra buluşmamızı önerdi, kitabevinin kafeteryasında bir kahve içmek için."

"Ya sen ne yaptın?"

"Bir mazeret uydurdum tabii. Akşama randevum olduğunu söyledim."

"Hmm... evet, ne demek istediğini anlıyorum. *Gerçekten* ilginç bir durum bu. Demek ki bazı terapistler, hatta bazı psikanalistler, kısa bir süre onunla görüşüp kahve içmiş olmalı. Bazıları, ona ancak çok kısa bir süre, hem de grup içinde terapi vermiş olmana dayanarak çok katı bir tutum sergilediğini söyleyecektir. Fakat. . ." Marshal, görüşmenin bittiğini belirtmek üzere ayağa kalkmıştı, "ben sana katılıyorum, Ernest. Doğru olanı yapmışsın. Ben de olsam aynı şeyi yapardım."

V

BİR sonraki hastasından önce kırk beş dakika boş vakti olan Ernest, Fillmore'dan Japon Mahallesi'ne kadar uzun bir yürüyüşe çıktı. Gözetmeniyle yaptığı görüşme birçok bakımdan huzurunu kaçırmıştı, özellikle de Marshal'ın onu Eyalet Tıbbi Etik Komitesi'ne davet etmesi, daha doğrusu tayin etmesi huzursuzluk vericiydi.

Aslında Marshal, bu mesleğin bünyesindeki inzibat kuvvetine katılmasını emrediyordu ona. Ve Ernest eğer psikanalist olmak istiyorsa, Marshal'la arasını bozmayı göze alamazdı. İyi de Marshal niye o kadar zorluyordu bu işi? Bu rolün Ernest'a uygun düşmediğini biliyor olmalıydı. Ernest konu üzerinde düşündükçe tedirginliği daha da arttı. Masumane bir teklif değildi bu. Hiç kuşkusuz Marshal bir nevi dolambaçlı, şifreli mesaj gönderiyordu ona. Belki de diyordu ki: "Kendini tutmayı bilmeyen doktorlara ne olduğunu kendi gözlerinle gör."

Sakin ol, bu kadar büyütme, dedi Ernest kendi kendine. Belki de tamamen iyi niyetliydi Marshal'ın teklifi – bu komitede görev yapmış olmak, psikanaliz enstitüsüne kabul edilmeyi kolaylaştırırdı herhalde. Ama öyle bile olsa bu fikirden hoşlanmamıştı Ernest. Onun tabiatı, karşısındakini bir insan olarak anlamaya eğilimliydi, mahkûm etmeye değil. Daha önce bir tek kez inzibatlık etmişti, o da Seymour Trotter'la ve her ne kadar o olayda sergilediği tavır kamu nezdinde kusursuz olsa da, bir daha kimseleri yargılamamaya yemini vardı.

Ernest saatine baktı: Öğleden sonra alacağı dört hastadan ilkinin gelmesine on sekiz dakika kalmıştı. Divisadero'daki bir bakkaldan kütür kütür iki Japon elması alıp muayenehanesine dönerken hızla mideye indirdi. Uzun zamandır arka arkaya uyguladığı, hepsi birbirinden başarısız zayıflama stratejilerinin en sonuncusu, elma ya da havuçla geçiştirilen kısa yemek molalarıydı. Ernest akşama kadar öyle acıkmış oluyordu ki, yemek vakti geldiğinde birkaç öğle yemeğine bedel miktarda yiyeceği kurt gibi yutuyordu sonra.

Basit bir hakikat: Oburun tekiydi Ernest. Toplam olarak çok fazla yiyecek tüketmekteydi, yani sırf gün içindeki öğünlerin orantılarını değiştirerek kilo vermesi olacak iş değildi. Marshal'ın teorisine göre (ki Ernest, içten içe bunun psikanalitik zırvalıktan ibaret olduğu fikrindeydi) terapide çok fazla analık ediyor, hastalarının kendisini emip iliğini kemiğini kurutmasına izin veriyor ve sonunda içinde oluşan boşluğu doldurmak için tıka basa yemek yiyordu işte. Gözetim seansları sırasında Marshal onu hep daha az vermeye, daha az şey söylemeye, kendini saat başına üç ya da dört yorumla sınırlamaya zorlamaktaydı.

Etrafına bakınarak –Ernest, bir şey yerken bir hastasının kendisini görmesine asla tahammül edemezdi– gözetim seansı üzerine düşünmeye devam etti. "Düşün ki bir general, savaş başladı başlayacakken askerlerin arasına dalıp 'Yandık!' diye dövünüyor." Kulağa güzel geliyordu. Marshal'ın o kendinden emin Boston şivesiyle söylediği her şey güzel geliyordu kulağa. Neredeyse Psikiyatri Bölümü'nde iki İngiliz psikanalistin Oxford tarzı konuşması kadar güzel. Ernest, kendisinin de başka herkesin de onların ağzından çıkan her sözün üstünde nasıl uzun uzun durduğunu hayretle hatırladı, oysa ikisinden de tek bir özgün düşünce duyabilmiş değildi daha.

İşte Marshal'ın sözleri de böyle güzel geliyordu kulağa. İyi ama gerçekten neydi söylediği? Ernest kendini saklamalıymış, kuşkuları ya da kararsızlıkları varsa bunları açık etmemeliymiş. Dövünüp duran generale gelince, nasıl bir analojiydi ki bu? Savaş meydanının onunla ve Justin'le ne alakası vardı şimdi? Savaş mı oluyordu yani? O bir general miydi? Justin asker miydi? Laf ü güzaf işte!

Tehlikeli düşüncelerdi bunlar. Daha önce Ernest, Marshal'ı böylesine eleştirme izni vermemişti hiç kendine. Muayenehanesine varınca, notlarını karıştırarak bir sonraki hastası için hazırlık yaptı. Bir hastayı görmeye hazırlanırken düşüncelere dalıp zaman kaybetme izni tanımazdı kendine. Marshal'la ilgili sapkınca düşünceler bekleyecekti. Ernest'ın terapideki temel kurallarından biri, her bir hastasına yüzde yüz dikkat göstermekti.

Hastalar ne zaman, kendilerinin onu, onun hastalarını düşündüğünden çok daha fazla düşündüğünü, onun saat hesabı kiralanan bir dosttan başka bir şey olmadığını söyleyerek yakınsalar, bu kuralını aktarırdı. Terapi saati boyunca, o anda ve orada hastalarının yanındayken, tamamen ve sonuna kadar onlarla birlikte olduğunu söylerdi genellikle. Evet, tabii ki onlar Ernest'ı, onun hastalarını düşündüğünden daha fazla düşünüyorlardı. Başka türlüsü nasıl olabilirdi ki? Ernest'ın birçok hastası vardı, onların ise bir tanecik terapisti. Çok sayıda öğrencisi olan öğretmen ya da birden çok çocuğu olan ebeveyn için de durum aynı değil miydi? Çoğu zaman Ernest'ın dilinin ucuna kadar gelirdi de söyleyemezdi – terapi görürken o da *kendi* terapistine karşı aynı şeyleri duymuştu; böyle bir şeyi hastalarına söyleyecek olsa Marshal'ın en amansız eleştirilerine maruz kalmış olacaktı.

"Allaşkına Ernest," derdi Marshal. "Bir şeyleri de dostlarına sakla. Hastaların profesyonel hayatındaki müşterilerindir, dostların *değil* onlar." Ama son zamanlarda Ernest, insanın kişisel ve profesyonel personaları arasındaki uyuşmazlığı daha ciddi biçimde sorgulamaya başlamıştı.

Terapistlerin her türlü ilişkide sahici olması, gerçek olması o kadar mı imkânsızdı? Yakın zamanda Ernest, Dalai Lama'nın, Budist öğretmenlerden oluşan bir dinleyici kitlesi önünde yaptığı bir konuşmanın bant kaydını dinlediğini hatırladı. Dinleyicilerden biri, öğretmenlerin aşırı çalışmaktan tükendiğini söyleyerek programlı biçimde tatil yapmalarını tavsiye edip etmediğini sormuştu da, kıkır kıkır gülerek cevap vermişti Dalai Lama: "Buda *tatildedir*? Yahut Hz. İsa *tatildedir?*"

O akşamın ilerleyen saatlerinde eski arkadaşı Paul'la yemek yerken bunlar gelmişti Ernest'ın aklına. Paul ile Ernest altıncı sınıftan beri tanışıyorlardı ve tıp fakültesi ile Johns Hopkins'deki ihtisas dönemlerinde dostlukları daha da güçlenmişti. Johns Hopkins'deyken, Baltimore'un Mount Vernon Place semtinde beyaz merdivenli küçük bir evde beraber oda tutmuşlardı.

Münzevi tabiatlı biri olan Paul, arabayla San Francisco'ya üç saat mesafede olan Sierra eteklerinde yirmi dönümlük bir koruda yaşadığından, son birkaç yıldır arkadaşlıkları esas olarak telefonla sürüyordu. Her ay bir akşamı birlikte geçirme sözleri vardı. Bazen yolun ortasında bir yerlerde buluşurlar, bazen de biri ya da diğeri arabaya atlar giderdi. Bu ay yolculuk sırası Paul'daydı ve akşam yemeğini erken bir saatte yemek üzere buluşmuşlardı. Artık gece yatısına kalmıyordu Paul; zaten her zaman insanlardan uzaktı, yaşlandıkça daha da uzaklaşmış ve son zamanlarda kendi yatağından başka hiçbir yerde uyumama huyu çıkarmıştı. Ernest'ın eşcinsellik paniğiyle ilgili yorumları olsun, sevgili yorganıyla şiltesini arabaya atıp getirmesi yolundaki takılmaları olsun, hiç mi hiç umurunda değildi Paul'un.

Paul'un gitgide iç yolculuklarla yetinir olması, eskinin seyahat arkadaşını özleyen Ernest'ı rahatsız ediyordu. Gerçi Paul'un psikoterapi konusunda son derece derin bir kavrayışı vardı –bir keresinde Zürih'teki Jung enstitüsünde psikoterapist adayı olarak bir yıl geçirmişti– ama kırsal hayattan yana tercihi uzun vadeli psikoterapi hastaları bulmasını güçleştiriyordu. Geçimini esas olarak şehir dışındaki bir psikiyatri kliniğinde psikofarmakoloji uzmanlığıyla sağlamaktaydı. Ama onun gerçek tutkusu heykeltıraşlıktı. Metal ve camla çalışarak en derin psikolojik ve varoluşsal kaygılarına grafik bir form kazandırıyordu. Ernest'ın en sevdiği eseri de, yine Ernest'a adamış olduğu bir heykeldi: İçinde küçük bir pirinç figürün bulunduğu dev bir toprak çanak; elinde iri bir kaya parçasını tutmakta olan figür, çanağın kenarından dışarı uzanmış, büyük bir ilgi ve merakla bakıyordu. Paul, Manzarayı Seyre Dalmış Sisyphos adını vermişti buna.

North Beach'te Grazie diye küçük bir İtalyan lokantasında yediler yemeklerini. Ernest muayenehanesinden dosdoğru oraya gelmişti, açık gri takım elbisesi ve siyah-yeşil kareli yeleğiyle çok düzgün bir görünümü vardı. Paul'un kıyafeti ise –kovboy çizmeleri, oduncu gömleği ve düğüm yerinde koca bir firuze olan ip boyun bağı– sivri uçlu doktor sakalı ve tel çerçeveli, kalın camlı gözlüğüyle tam bir tezat içindeydi. Âdeta bir Spinoza-Roy Rogers meleziydi adam.

Ernest muazzam bir yemek ısmarladı; vejetaryen olan Paul ise İtalyan garsonun bütün istirhamlarını geri çevirerek adamı sinir ettikten sonra yalnızca bir porsiyon salata, bir de soslu kabak kızartması söyledi. Ernest hiç vakit kaybetmeden o haftanın olaylarını anlatmaya başladı Paul'a. *Focaccia*'sını zeytinyağına banarken kitabevinde Nan Carlin'le karşılaşmasından söz etti ve o hafta üç kadına yaklaşıp üçünden de sonuç alamamasından yakınarak sürdürdü sözünü.

Paul, *radicchio* salatasından usulca bir lokma alırken bir yandan da kalın gözlüğünün arkasından ona bakarak "Duvarlara tırmanıyorsun be adam," dedi, "bir de şu yaptığına bak: Güzel bir kadın sana yanaşıyor ve onu yirmi sene önce görmüş olmak gibi osuruktan bir bahaneyle..."

"Onu 'görmüş' değilim, Paul; onun terapistiydim ben. Hem on sene önceydi."

"İyi, on sene öyleyse. Sırf on sene önce –yani yarım nesil önce– birkaç seans boyunca senin terapi grubuna katıldı diye şimdi onunla başka türlü bir ilişki kuramıyorsun. Büyük ihtimalle sekse susamıştır kadın ve ona sunabileceğin en iyi şey de bir adet çük olurdu."

"Bırak bunları Paul, ciddi ol biraz... Garson! Biraz daha *focacia*, zeytinyağı ve Chianti şarabı lütfen."

"*Ben* ciddiyim," diye devam etti Paul. "Niye kimseyle yatamadığını biliyor musun? Kararsızlık yüzünden. Bir umman, koca bir kararsızlık ummanı. Her seferinde başka bir neden. Myrna'da, sana âşık olur da kalıcı bir şekilde incinir diye korktun. Geçen ayki falanca kızda, sadece o koca memeleriyle ilgilendiğini anlar da kendini kullanılmış hisseder diye korktun. Marcie'de, bir kerelik yatak faslıyla kadının evliliği yıkılır diye korktun. Güfte habire değişiyor ama beste hep aynı: Bayan sana hayran, sen gayet asil davranıyorsun, yatak faslı suya düşüyor, bayan sana daha da bir saygı duyuyor ve sonra evine gidip dildosuna takılıyor."

"İyi de, düğmesi yok ki bunun açıp kapatayım. Gün boyu bir sorumluluk abidesi olup gece bastırınca tecavüzcü sokak çetelerine katılamam ya."

"Tecavüz mü? Laf mı şimdi bu söylediğin! Şöyle arada bir rastgele seks yapmaya ilgi duyan kadınların da en az bizim kadar kalabalık olduklarına seni inandırmak mümkün değil. Bana sorarsan sen, sofuca bir abazanlık içinde köşeye sıkıştırdın kendini. Her gördüğün kadın için çok fazla 'terapötik' sorumluluk üstleniyorsun, belki de asıl istedikleri şeyi vermiyorsun onlara."

Paul tam da can damarına temas etmişti. Söyledikleri, çok tuhaf bir şekilde, Marshal'ın da yıllardır söylemekte olduklarına yakındı: Başkalarının kişisel sorumluluklarını gasp etme. Bütün kâinatı emziren bir meme olmaya heves etme. İnsanların büyümesini istiyorsan, kendi kendilerinin ana-babası olmayı öğrenmelerine yardım et. İnsanlardan kaçan huysuz bir adam olmasına rağmen Paul, şaşmaz bir kesinlik ve yaratıcılık arz eden içgörülere sahipti.

"Paul, ben de seni cinsel mahrumiyet içerisindeki hanım hacılara kutsal toprakların yolunu gösterirken görmedim hiç."

"Ama şikâyet ederken de görmedin. Çükünün doğrultusunda giden adamlardan değilim ben. Artık değilim – ve özlemiyorum da bunu. Yaşlılık o kadar da fena değil. Geçenlerde 'erbezlerinin sükûnu'na bir methiye yazdım."

"Böyyk! 'Erbezlerinin sükûnu' ha! Senin için yaptırılacak mozolenin kaidesindeki yazıtta görür gibiyim bunu."

"*Kaide?* Güzel laf, Ernest." Paul önündeki peçeteye yazdı bunu ve sonra peçeteyi katlayıp damalı flanel gömleğinin cebine tıktı. Yaptığı her heykel için bir şiir yazmaya başlamıştı ve duyduğu çarpıcı sözleri derliyordu. "Ama ben ölmedim, sadece sükûn buldum. Dinginlik yani. Hem kucağına düşenlerden kaçan da ben değilim. Şu kitabevindeki var ya, psikiyatrik seks isteyen? Gönder onu bana. Onunla yatmamak için bahaneler bulmayacağıma dair güvence veriyorum. Hem kültürlü hem de gücü kuvveti yerinde bir erkeğe güvenebileceğini söyle ona."

"Seni Irene'le tanıştırma konusunda ciddiydim ben, gazete ilanıyla tanıştığım şu hoş kadın. Gerçekten ilgileniyor musun?"

"Elde ettiğiyle yetinecekse, evimde sağı solu karıştırmayacaksa ve gecenin sonunda kendi evine dönecekse. Sabaha portakal suyu istemediği sürece istediği her şeyi koparabilir benden."

Etli sebze çorbasından başını kaldırıp Paul'un yüzündeki tebessümü yakalamaya çalıştı Ernest. Ama tebessüm falan yoktu. Bir tek Paul'un iri iri açılıp kalın gözlük camlarının ardından onu süzen gözleri vardı. "Paul, bu işe bir çare bulmamız lazım – yabaniliğin had safhasına doğru gidiyorsun. Bir yıl sonra dağda bir mağaraya çekilmiş olacaksın, duvarına da Aziz Hieronymus'un resmini asacaksın."

"Aziz Antonius demek istiyorsun herhalde. Aziz Hieronymus çölde yaşayıp dilencilerle ahbaplık etmiştir. Ben dilencilerden nefret ederim. Hem mağaraların nesi varmış?"

"Bir şeyi yok canım, böcekler, soğuk, rutubet, karanlık, mağaralık, o kadar – amaan, bu akşam için fazla büyük bir proje bu, hele bir de muzdarip olan taraf işbirliğine yanaşmıyorsa."

Garson, Ernest'ın antresini güçlükle taşıyarak masaya yaklaştı. "Bakalım, kim ne yiyor tahmin edeceğim. *Osso buco, fagiolini* ve yanında *gnocchi al pesto* sizin olmalı, değil mi?" diye sorarak keyifle Paul'un önüne koydu tabağı. "Ve siz de," –Ernest'a döndü– "bu soğuk ve kuru sebzelere bayılacaksınız."

Ernest bir kahkaha attı. "Ben bu kadar kabağı yiyemem!" Tabakları değiştirerek yemeğe yumuldu. "Hastam Justin hakkında ciddi bir şekilde konuş benimle," dedi iki lokma arasında, "ve Marshal'ın beni yönlendirmesi hakkında. Beni gerçekten rahatsız ediyor bu, Paul. Bir yandan Marshal, ne yaptığını bilir görünüyor – yani, ne de olsa bu işte gerçek bir bilgi birikimi oluştuğunu söylemek istiyorum. Psikoterapi neredeyse yüz yıllık bir bilim..."

"Bilim mi? Dalga mı geçiyorsun? Ha siktir, aşağı yukarı simya kadar bilimsel bir şey. Belki o kadar bile değil."

"Peki. Terapi sanatı..." Ernest, Paul'un kaşlarını çattığını görerek lafını düzeltmeye çalıştı. "Öff, biliyorsun işte ne demek istediğimi –terapi alanı, çabası– yani yüz yıldır bu alanda pek çok zeki insan çalıştı, demek istiyorum. Freud'un zekâsı hiç de rastgele değildi, sen de biliyorsun – onun gibisi pek çıkmadı. Ve bunca analist onlarca yıldır, binlerce, on binlerce saati hastaları dinleyerek geçirdi. Marshal'ın görüşü bu: Diyor ki, bütün bu adamların öğrendiklerini görmezden gelmek haddini bilmezliğin daniskası olur, her şeye sıfırdan başlamak, her şeyi kendi süreçlerim içerisinde yeni baştan oluşturmak..."

Paul başını iki yana salladı. "Dinlemenin mutlaka bilgi getireceğine ilişkin bu martavala prim verme. Disiplinsiz dinleme, yanılgıda sabitlenme, seçici dikkatsizlik, beklentiler doğrultusunda öngörüde bulunma, bilincinde olmadan hastayı yönlendirerek senin duymak istediklerini söylemesini sağlama gibi şeyler de vardır. İlginç bir şeyler mi yapmak istiyorsun? Git kütüphaneye, on dokuzuncu yüzyılda yazılmış bir hidroterapi kitabı bul raflardan – tarihsel bir inceleme değil, özgün bir metin. Son derece kesin talimatlar içeren binlerce sayfalık metinler gördüm ben –işte malum, suyun sıcaklığı, suda kalma süresi, püskürtme basıncı, sıcağın ve soğuğun gerektiği gibi art arda düzenlenmesi– bunların hepsi de belli teşhis türlerine göre ayarlanmış üstelik. Çok etkileyici, çok nicel, çok bilimsel – ama gerçeklerle uzaktan yakından ilgisi yok. Senin anlayacağın, 'gelenek' hiç de etkilemiyor beni, seni de etkilememeli. Geçen gün bir enneagram uzmanı, yöntemini sorgulayan birine cevaben, enneagramın kökeninin eski tasavvuf metinlerine dayandığını öne sürdü. Sanki bu, enneagramın ciddiye alınması için nedenmiş gibi. Muhtemelen bunun bütün anlamı, çook uzun bir zaman önce develerle gezen birtakım adamların, kurumuş deve boku üzerinde oturup erkek erkeğe laflarken, deve gütmede kullandıkları değneklerle kumu eşeledikleri ve kişiliğe ilişkin bazı diyagramlar çizdikleri. Bunu kendisine de söyledim ama beni pek dikkate almadı."

Ernest, koca bir parça *focaccia*'yla *pesto* sosunun dibini sıyırırken "Çok tuhaf," dedi, "niye dikkate almadığını merak ettim doğrusu."

Paul sözüne devam etti. "Ne düşündüğünü biliyorum – yabaniliğin had safhası – özellikle de uzmanlar konusunda. Yeni Yıl için aldığım karardan bahsetmiş miydim sana? Her gün bir uzmanı kalaylamak! Uzmanların şu afra tafrası var ya, gösteriden başka bir şey değil. İşin aslı, çoğu zaman ne bok yemekte olduğumuzu kendimiz de bilmiyoruz. Ne diye sahici olmuyorsun, ne diye bunu kabullenmiyorsun, ne diye hastanın karşısında bir insan evladı olmuyorsun?

"Sana bahsetmiş miydim hiç," diye devam etti Paul, "Zürih'teki analizimden? Dr. Feifer diye birine gitmiştim, eski zamanlardan kalma bir herif, bir zamanlar Jung'un yakın çalışma arkadaşıymış. Terapistin kendini açması neymiş, sen onda görecektin! Bu adam *kendi* rüyalarını anlatırdı bana, hele bir de rüyada ben varsam, yahut benim terapimle uzaktan ilgili bir konuyla rüyanın uzaktan ilgisi varsa. Jung'un *Anılar, Rüyalar ve Düşünceler* kitabını okudun mu?"

Ernest başını sallayarak doğruladı. "Evet, tuhaf bir kitap. Dürüst de değil ayrıca."

"Dürüst değil mi? Nasıl dürüst değil? Önümüzdeki ayın gündemine alalım bunu. Ama şimdilik, yaralı şifacı üzerine söylediklerini hatırlıyor musun?"

"Ancak yaralı bir şifacının gerçek anlamda şifa dağıtabileceğini mi?"

"Bizim moruk daha da ileri gitmiş. Diyor ki, terapide ideal durum, hastanın, terapistin yarasına en iyi gelecek merhemi ortaya çıkarmasıyla oluşurmuş."

"*Hasta,* terapistin yarasına şifa buluyor, ha?" diye sordu Ernest.

"Tam olarak böyle! Bunun ne anlama gelebileceğini bir düşün! Akıl alacak şey mi bu? Ve de, Jung hakkında başka ne düşünürsen düşün, Allah biliyor ki ahmak değil herif. Freud'un klasında değilse de ona çok yakındı. Evet, Jung'un çevresindekilerin pek çoğu bu düşünceyi bayağı ciddiye alıp terapide kendi meselelerini konuşur olmuşlar. Senin anlayacağın, analistim bana kendi rüyalarını anlatmakla da kalmadı; rüyalarını yorumlarken gayet kişisel mevzulara da girdi, mesela bir zamanlar bana karşı eşcinsel bir ilgi duyduğunu falan söyledi. İşte o saat topuklarım kıçıma vura vura kaçtım muayenehanesinden. Sonraları anladım ki aslında derdi benim kıllı götüm değilmiş – kadın hastalarından ikisini pompalamakla meşgulmüş herif."

"Eminim bunu da işin duayeninden öğrenmiştir," dedi Ernest.

"Hiç şüphesiz. Koca Jung, kadın hastalarına atlama konusunda hiç tereddüt yaşamamış. O ilk analistlerin elinden bir uçanla kaçan kurtulurmuş zaten, hepsi öyle. Otto Rank, Anaïs Nin'i düzüyormuş; Jung, Sabina Spielrein ile Toni Wolff'u düzüyormuş; Ernest Jones da tuttuğunu düzüyormuş, seks skandalları yüzünden en az iki şehri terk etmek zorunda kalmış. Ve tabii Ferenczi de hastalarından uzak durma konusunda epey zorlanmış. Neredeyse bir tek Freud yapmamış hastalarıyla."

"Herhalde baldızı Minna'yı becermekle meşgul olduğu içindir."

"Yo, sanmıyorum," diye cevapladı Paul. "Bununla ilgili gerçek bir kanıt yok. Bence Freud, erbezlerinin sükûnu evresine vaktinden evvel varmıştı."

"Kadın hastaları baştan çıkarmaya karşı senin de benim kadar kuvvetli duygular taşıdığın açık. Peki nasıl oluyor da daha birkaç dakika önce, kitabevinde eski bir hastamla karşılaştığımı söyleyince öyle bir tavır gösterdin?"

"O sahne bana neyi hatırlattı biliyor musun? Dini bütün bir Yahudi olan amcam Morris'i; koşer meselesine öyle bağlıdır ki, koşere uymayan bir büfeden peynirli sandviç bile alıp yiyemez: Etliyle sütlünün karışması haram ya, peyniri kestikleri bıçakla daha önce et kesmişlerdir diye korkar. Bir yanda sorumluluk var, bir de sorumluluk kisvesi altında bağnazlık var. Hopkins'de hemşirelik öğrencileriyle ders dışında geçirdiğimiz saatleri hatırlıyorum da: Bir an önce sıvışıp romanının başına dönmek için fırsat kollardın, ya da tutup en evcimen tipli kıza takılırdın. Mathilda Shore'u hatırlar mısın – hani 'Mathilda Shorething' diyorduk? Senin kaldırdığın kız işte! Bir de peşini bırakmayan o muhteşem kız vardı, cüzamlıymış gibi kaçardın ondan. Neydi adı?"

"Betsy. Çok kırılgan görünüyordu ve erkek arkadaşı polis hafiyesiydi – daha ne olsun?"

"İşte ben de bunu anlatmaya çalışıyorum! Kırılganlık, erkek arkadaş – Ernest, bunlar *onun* problemleri, senin değil. Kim atadı seni yahu dünya terapistliğine? Neyse, önce şu Dr. Feifer'la ilgili hikâyemi bitireyim. Birkaç kere oturduğumuz koltukları değiştik."

"Koltuk mu değiştiniz?"

"Tam olarak öyle. Bazen, tam seansın ortasında kalkar, benim oturduğum koltuğa geçmeyi, kendi koltuğunu da bana vermeyi önerirdi. Ben bir sorundan bahsederken onunla ilgili kendi kişisel sıkıntılarını anlatmaya başlardı. Yahut çok güçlü biçimde yaşadığı bir karşı aktarımı açıklayıp oracıkta bunun üzerine çalışmaya koyulurdu."

"Bu da Jung akidesine dahil miymiş?"

"Bir bakıma, evet. Duyduğuma göre Jung, Otto Gros diye acayip bir herifle birlikte bu konuda bazı deneylere girişmiş."

"Bunun üzerine yazılı bir şey var mı?"

"Emin değilim. Ferenczi ile Jung'un koltuk değiştirme üzerine konuştuklarını ve bu konuda deneyler yaptıklarını biliyorum. Aslında bunu kimin kimden kaptığı konusunda da o kadar emin değilim."

"Peki senin analistin ne gibi ifşaatlarda bulundu sana? Bir örnek versene."

"En iyi hatırladığım, benim Yahudi olmamla ilgiliydi. Kişisel olarak Yahudi düşmanlığı yoktu, ama babası İsviçreli bir Nazi sempatizanıymış ve bu yüzden büyük bir utanç duyuyordu. Bana söylediğine göre Yahudi bir kadınla evlenmesinin temel nedeni buymuş."

"Peki bu senin analizini nasıl etkiledi?"

"E, bana bir baksana! Bütünlüğünü daha iyi koruyan birini gördün mü hiç?"

"Hakkın var. Onun yanında bir-iki yıl daha geçirseymişsin şimdi mağaranın girişine çoktan tuğla bir duvar örmüş olurdun! Ciddi söylüyorum Paul, ne gibi bir sonuç verdi?"

"Neden-sonuç ilişkileri kurmanın ne kadar zor olduğunu bilirsin, ama bana sorarsan adamın ifşaatta bulunması bu sürece hiç zarar vermedi. Genel olarak yardımı dokundu. Beni rahatlattı, ona güvenmemi sağladı. Hatırlarsan Baltimore'da üç ya da dört tane soğuk nevale analistle görüşmüştüm de, hiçbirinin ikinci seansına gitmemiştim."

"Ben senden çok daha yumuşak başlıydım. Görüştüğüm ilk analist Olivia Smithers'dı, yaklaşık altı yüz saat boyunca gittim ona. Eğitim analistiydi, ben de yaptığı işi biliyordur diye düşündüm, yani eğer bir şey anlamıyorsam bu benim hatamdı. Ne büyük yanılgı. O altı yüz saatimi geri alabilmeyi çok isterdim doğrusu. Kendisiyle ilgili hiçbir şeyi paylaşmazdı benimle. Aramızda içtenlik dolu tek bir an olmadı."

"Bak, Feifer'la ilişkim hakkında yanlış düşüncelere kapılmana sebep olmak istemem. İsviçre usûlü ifşaat da her zaman sahici olacak diye bir şey yok. Aslında çoğunlukla *benimle* ilişki kurmuyordu adam. Kendine ilişkin ifşaatı sağlıksızdı. Suratıma bakmazdı, üç metre ötemde otururdu, sonra kutudan fırlayan boks eldivenleri gibi birden açılır ve babasının kellesini kesmeyi ya da kız kardeşini düzmeyi ne kadar çok istediğini söyleyiverirdi. İki dakika sonra da yine o kaskatı, küstah personasına dönerdi."

"Ben daha çok ilişkide sürüp giden sahicilikle ilgileniyorum," dedi Ernest. "Sana Justin'le yaptığım seansı anlatmıştım ya, onu düşün. Ona gücendiğimi, alınganlık ettiğimi anlamış *olmalı*. Onu içine düşürdüğüm paradoksa baksana: İlk olarak ona, yaptığım terapide amacın, onun başkalarıyla ilişki kurma tarzını iyiye doğru geliştirmek olduğunu söylüyorum. İkinci olarak da onunla sahici bir ilişki kurmaya çalışıyorum. Üçüncüde ise o, son derece doğru bir biçimde, bizim ilişkimizde bir sorun olduğunu algılıyor. Şimdi soruyorum sana, algılaması doğru olduğu halde bunu inkâr edersem, buna anti-terapi denmez de ne denir?"

"Aman Yarabbi, Ernest, insanlık tarihinde minimininnacık tek bir olaya saplanıp kalmış olabileceğin gelmiyor mu hiç aklına? Bugün kaç tane hasta gördüğümü biliyor musun? Yirmi iki! Hem de buraya gelmek için erkenden çıktığım halde. O herife biraz Prozac ver ve bundan sonra iki haftada bir on beş dakika al onu. Gerçekten daha kötü olacağını mı sanıyorsun yani?"

"Allah kahretsin, bırak şunu Paul, daha önce de yaptık aynı tartışmayı. Bir kerecik olsun beni anlamaya çalış."

"İyi, bildiğin gibi yap öyleyse. Şu deneyi yap: Seans sırasında koltukları değiştir ve doğruyu, sadece ve sadece doğruyu söyle. Yarından başla. Haftada üç gün görüşeceğinizi söyle ona. Onun senden kopmasını mı istiyorsun, seni idealize etmekten vazgeçmesini mi istiyorsun, iyi o zaman, kendi yetersizliklerini göster ona. Ne riski var ki bunun?"

"Justin'le fazla bir riski olmaz herhalde, ama bunca yıldan sonra, teknikte radikal bir değişim yaparsak neye uğradığını şaşırır. Birini idealize etmekten kolay kolay vazgeçilmez. Hatta geri de tepebilir – Justin'i tanıyorum, bu kadar dürüst davrandığım için büyük ihtimalle beni daha da fazla idealize edecektir."

"O halde? Sen de *buna* dikkatini çekersin onun."

"Haklısın, Paul. İşin doğrusu, hasta için bir risk yok, aslında *benim* için risk söz konusu. Marshal'ın gözetim seanslarına devam edip de onun bu kadar karşı çıktığı bir şeyi nasıl yaparım? Bir gözetmene yalan söyleyemeyeceğim de ortada. Düşünsene, yalan söylemek için saatine yüz altmış dolar ödüyorsun."

"Belki de profesyonel anlamda büyüyüp yetişkin oldun sen. Belki de artık Marshal'a gitmeyi bırakmanın zamanı geldi. Belki o bile kabul eder bunu. Çıraklık süreni doldurdun."

"Hah! Analiz dünyasından bakarsan daha çıraklığa başlamadım bile. Eksiksiz bir eğitim analizine ihtiyacım var, belki de dört-beş yıl, derslerle geçecek yıllar, eğitim vakalarım üzerine yoğun gözetim analiziyle geçecek yıllar."

"İyi ya işte, bu da senin bundan sonraki hayatını gayet güzel idare eder," diye cevapladı Paul. "Ortodoksların çalışma tarzıdır bu. Yeni filizlenen tehlikeli körpe beyinleri birkaç yıl süreyle doktrin gübresine batırır, sonunda tohuma kaçmasını sağlarlar. Nihayet, son yabani kır çiçeği de solup gittiğinde yaratıcılık ölmüş olur, tarikata yeni giren genci mezun eder ve kutsal kitaba bönce bir bağlılık göstereceği konusunda sonuna dek güvenirler ona. Böyledir bu işler, değil mi? Eğitim görmekte olan kişiden gelecek her sorgulama, bir tür direnç olarak yorumlanır, değil mi?"

"Onun gibi bir şey. Kesin konuşmak gerekirse Marshal, her türlü deneysel çabayı bir nevi gösteriş olarak, yahut kendi sözleriyle belirtecek olursak, benim terapide kendimi tutamamam şeklinde yorumlayacaktır."

Paul garsona işaret edip bir espresso ısmarladı. "Kendini açma konusunda deneyler yapan terapistlerin köklü bir tarihi var. Ferenczi'nin yeni yayımlanan klinik günlüklerini okumaya başladım. Büyüleyici. Freud'un yakın çevresinden bir tek Ferenczi cesaret etmiş daha etkili tedaviler geliştirmeye. İhtiyarın kendisi teoriyle fazla meşgul tabii, ayrıca başlattığı akımın gözetilip korunmasıyla da çok meşgul olduğu için neticeye pek dikkat göstermiyor. Hem ben onun çok sinik olduğunu düşünüyorum, insanın ümitsizliğine çare bulunamayacağına fazlasıyla inanmış, öyle ki hiçbir psikolojik tedavinin hiçbir gerçek değişim sağlayabilmesini beklemiyor. Her neyse, Freud, Ferenczi'ye müsamaha etmiş, bir şekilde severmiş onu, birisini ne kadar sevebilirse o kadar işte – onu yanında tatile götürür, birlikte yürüyüş yaparlarken analiz edermiş. Ama ne zaman ki Ferenczi, deneysel çalışmalarında fazla ileri gitmiş, ne zamanki uygulamaları psikanalizin itibarını tehdit eder olmuş, işte o zaman ona hiç aman tanımamış Freud, hem de hiç. Freud'un yazdığı bir mektup var, üçüncü ergenlik çağına girdiğini söyleyerek kötek atıyor Ferenczi'ye."

"Peki ama Ferenczi de hak etmemiş mi bunu? Hastalarıyla yatmıyor muydu herif?"

"O kadar emin değilim. Yatıyor olabilir, ama sanırım o da seninle aynı hedefin peşindeydi: Terapötik prosedürü insani kılmanın bir yolunu bulmak. Kitabı oku. Adamın 'çifte' ya da 'karşılıklı' analiz dediği şeyle ilgili çok ilginç bölümler var: Bir saat süreyle hastayı analiz ediyor, sonraki bir saatte de hasta onu. Sana ödünç vereceğim kitabı – tabii daha önceki on dört kitabı iade edip tahakkuk eden gecikme cezasını da ödediğin zaman."

"Sağol, Paul. Ama bende var zaten. Baş ucumdaki etajerin üstünde sırasını bekliyor. Ama kitabını ödünç verme teklifin büyük incelik... duygulandım doğrusu, hatta sersemledim."

Paul ile Ernest, yirmi yıldır birbirlerine kitap tavsiye ediyorlardı, esas olarak romandı bunlar ama edebiyat dışı kitaplar da vardı. Paul'un uzmanlık alanı çağdaş romandı, özellikle de New York entelektüel monopolünün görmezden geldiği ya da tu kaka ettiği romanlar; Ernest ise ölmüş ve çoğu kimse tarafından unutulmuş yazarlarla, mesela bir Joseph Roth, Stefan Zweig ya da Bruno Shulz'la Paul'u şaşırtabildiğinde pek sevinirdi. Kitap ödünç verme ise söz konusu değildi. Paul paylaşmaktan hoşlanmazdı – yiyeceğini bile; Ernest'ın antreleri paylaşma önerisini hep geri çevirirdi. Paul'un evinin duvarları kitaplarla kaplıydı ve sık sık onları gözden geçirir, büyük bir keyif içinde her biriyle dostluk tazelerdi. Ernest da hoşlanmazdı kitaplarını ödünç vermekten. En önemsiz bölümlerini bile elinde kalemle okur, kendisini etkileyen ya da düşünmeye sevk eden yerlerin altını çizerdi, belki de kendi yazılarında kullanmak için. Paul, ilginç şiirsel sözlerin ve imgelerin peşine düşerdi hırsla, Ernest ise fikirlerin.

Ernest o gece eve gidince bir saat boyunca Ferenczi'nin günlüğünü karıştırdı. Seymour Trotter'ın terapide doğruyu söyleme konusundaki görüşleri üzerine de yeniden düşünmeye başlamıştı. Seymour, ne pişirirsek onu yediğimizi hastalara göstermemiz gerektiğini söylemişti, *biz* ne kadar açık, ne kadar sahici olursak onların da aynı yolu izleyeceğini söylemişti. Trotter sonunda tüm itibarını kaybetmiş olsa da, Ernest onun büyüsünü koruduğunu hissediyordu.

Peki ya Trotter'ın önerisine uyarsa? Bir hastaya sonuna dek açarsa kendini? Gece sona ermeden cüretkâr bir karar verdi Ernest: Radikal biçimde eşitlikçi bir terapi uygulayarak deney yapacaktı. Kendini sonuna kadar açacaktı ve tek bir amacı vardı bunda: O hastayla gerçek bir ilişki kurmak ve o ilişkinin, *kendi içinde ve kendi başına* iyileştirici olacağını varsaymak. Hastanın geçmişini yeniden kurmak yok, geçmişe ilişkin yorumlar yok, psikoseksüel gelişime ilişkin araştırmalar yok. Sadece ve sadece kendisi ile hasta arasında olup bitenlere verecekti dikkatini. Ve derhal başlayacaktı bu deneye.

Peki ama deneyde kullanacağı hasta kim olacaktı? Şu anda ona devam eden hastalardan biri olmazdı; eski yöntemden yenisine geçiş tersliklere sebep olabilirdi. En iyisi yeni bir hastayla yeni bir başlangıç yapmaktı, çok daha iyi olurdu böylesi.

Randevu defterini alıp ertesi günün programına baktı. Sabah onda gelecek olan yeni bir hasta vardı – Carolyn Leftman diye biri. Ernest'ın bu hasta hakkında bildiği tek şey, kadının herhangi bir yerden tavsiye almadan, kendi başına ona geliyor oluşuydu; Palo Alto'daki Printer's Inc. kitabevinde söyleşisini dinlemişti de. "Peki Carolyn Leftman, her kimsen, eşi görülmedik bir terapi deneyimi yaşayacaksın," dedi kendi kendine, sonra ışığı söndürdü.

VI

CAROL, sabah 9:45'te Ernest'ın muayenehanesine vardı ve randevu için telefon ettiğinde kendisine verilen bilgiler doğrultusunda bekleme salonunda oturdu. Çoğu psikiyatrist gibi Ernest'ın da hastaları kabul eden bir sekreteri yoktu. Carol özellikle biraz erken gelmişti, böylece sakinleşmek, uydurduğu klinik öykünün provasını yapmak ve rolüne ısınmak için zamanı olacaktı. Justin'in de oturmayı âdet edindiği yeşil deri kanapeye oturdu. Justin merdiveni şen şakrak tırmanıp da şimdi Carol'ın oturmakta olduğu minderi buruşturalı iki saat olmuştu daha.

Carol kendine kahve koydu, ağır ağır yudumladı ve Ernest'ın bekleme salonunun kokusunu içine çekmek için birkaç kez derin derin nefes aldı. *Demek burasıymış,* diye düşündü gözleri salonda gezinirken; *bu batasıca herif ile kocamın bunca zamandır bana komplo kurdukları karargâh burası demek.*

Mobilyaları taradı gözleriyle. Tiksinti verici! Altmışların Haight Sokağı panayırlarından kalma, her tarafı dökülen duvar halısı, modası geçmiş koltuklar, amatörce çekilmiş San Francisco fotoğrafları – ki görülmesi zorunlu bir manzara olarak Alamo Meydanı'nın Viktoryen evleri de var aralarında. Amatör psikiyatristlerin çektiği fotoğrafları düşmanıma göstermesin ulu Rabbim, diye düşündü Carol. Dr. Cooke'un Providence'taki muayenehanesini hatırlayınca ürperdi, o Acem halısının üstünde yatmış, duvarlara, Truro'nun solgun şafaklarını gösteren fotoğraflara bakarken doktorun soğuk elleriyle kalçalarını avuçlamasını ve coşkusuz, bastırılmış hırıltılar eşliğinde Carol'ın ihtiyacı olduğunu ısrarla belirttiği cinsel doğrulanmayı içine sokup sokup çıkarmasını.

Bir saatten fazla sürmüştü Carol'ın giyinmesi. Heyecan verici görünmek istiyordu, ama aynı zamanda da aciz ve savunmasız; dolayısıyla dökümlü ipek pantalondan desenli eteğe, pırıl pırıl saten bir bluzdan koyu pembe kaşmir kazağa kadar ne bulduysa denemişti. En sonunda kısa bir siyah etek, yine siyah renkte çubuk örgülü dar bir kazak ve sade bir burma altın zincirde karar kıldı. İçine ise o gün için özel olarak aldığı dantelli sutyeni giydi – kalın süngerli ve memeleri yukarı kaldıran, işini bilir bir sutyen. Kitabevinde Ernest'ın Nan ile etkileşimini boş yere incelemiş değildi. Adamın memelere olan çocukça ilgisini ancak kör bir ahmak gözden kaçırırdı. Yağ gibi kayarak kadına sokulması... ve salyalarını damlata damlata titreşen o dudaklar. Bir ağzını dayayıp emmediği kalmıştı. Daha da kötüsü öyle kendini beğenmiş, öyle kendi kendisiyle meşgul bir adamdı ki, bakışlarını kadınların pekâlâ fark ettiği aklına bile gelmiyordu herhalde. Ernest pek uzun boylu olmadığı için –aşağı yukarı Justin'in boyundaydı– topuklu ayakkabı giymekten kaçınmıştı. Siyah, desenli naylon çorap giymeyi de düşünmüş ama sonra vazgeçmişti. Daha zamanı değildi.

Ernest bekleme salonuna girerek elini uzattı ona. "Carolyn Leftman mı? Ben, Ernest Lash."

Carol onun elini sıkarken, "Memnun oldum, Doktor," dedi.

"Lütfen içeri gel, Carolyn," dedi Ernest; bu arada tam karşısındaki koltuğa oturması için eliyle işaret etmişti. "Madem California'dayız, ben şahsen hastalarımla senli benli konuşmaktan yanayım. 'Ernest' ile 'Carolyn'in senin açından sakıncası var mı?"

"Alışmaya çalışacağım, Doktor. Benim için biraz zaman alabilir." Ernest'ın arkasından muayenehaneye girerek hemen bir göz attı çevresine. Hem doktor hem de hastanın birbirlerini görebilmek için hafifçe dönmesini gerektirecek şekilde doksan derece açıyla yerleştirilmiş iki tane ucuz deri koltuk. Yerde, yıpranmış bir taklit Acem halısı. Ve de olmazsa olmaz mobilya: Bir duvara dayalı duran divan –güzel!– tam üstünde de çerçevelenmiş birkaç diploma. Çöp sepeti, yağ lekeleriyle kaplı, buruşuk buruşuk kâğıtlarla –dosdoğru Burger King'den gelmişler anlaşılan– ağzına kadar doluydu. Ernest'ın masası üst üste yığılmış kitaplar ve kâğıtlarla kaplıydı; bu yığını ise devasa bir bilgisayar monitörü taçlandırıyordu. Karman çorman masanın önünde kontrplak ve eprimiş urgandan yapılma, şekilsiz, sidik rengi bir Meksika paravanası vardı. Estetik duyarlılığa dair hiçbir bulgu yok. Ne de teğet geçmecesine bile olsa bir kadın elinin değmişliği var buraya. Güzel!

Kaskatıydı Carol'ın oturduğu sandalye; hiç de davetkâr değil. İlk anda Carol, bütün ağırlığını sandalyeye vermekten kaçınarak kollarıyla vücudunu destekledi. Justin'in sandalyesi. Kim bilir kaç saat boyunca –parasını onun ödediği kaç saat boyunca– Justin buraya oturup karısına kara çalmıştı? Justin ile bu dallamanın burada baş başa verip kendisine karşı komplo kurduğunu gözünün önüne getirince bir ürperti aldı Carol'ı.

En hoş ve kadir bilir sesiyle dedi ki, "Beni bu kadar çabuk kabul ettiğiniz için teşekkür ederim. Artık dibe vurmaya başladığımı hissediyordum."

"Telefonda çok acil bir hava vardı sesinde. En baştan başlayalım," dedi Ernest ve not defterini çıkardı. "Bilmem gereken her şeyi anlat. Kısacık konuşmamızdan bildiğim kadarıyla kocan kanser ve sen de bir kitabevindeki söyleşime katıldıktan sonra bana gelmeye karar vermişsin."

"Evet. Sonra kitabınızı okudum. Çok etkilendim. Birçok bakımdan: Şefkatiniz, duyarlılığınız, zekânız. Daha önce terapiye olsun, daha önce karşılaştığım terapistlere olsun pek itibar ettiğimi söyleyemeyeceğim. Bir istisna dışında. Konuşmanızı dinleyince çok kuvvetli bir şekilde hissettim ki, bana siz, bir tek siz yardımcı olabilirsiniz."

Aman Allahım, diye düşündü Ernest, işte doğruyu söylemeye dayalı terapiyi uygulayacağım, dürüstlükten asla taviz vermeden ilişki kuracağım hasta karşıma geliyor ve daha ilk anda, olabilecek en sahte girizgâhı yapıyoruz. O akşam kitabeviyle ilgili olarak en iyi hatırladığı şey, kendi gölgesiyle yaptığı mücadeleydi. Peki Carolyn'e ne söyleyecekti? Doğruyu değil elbette! Çükü ile beyni arasında, Nan'e duyduğu arzu ile konuşması ve dinleyicileri arasında gidip geldiğini mi? Hayır! Disiplin! Disiplin! Daha oracıkta Ernest, doğruyu söylemeye dayalı terapisi için bir dizi yol gösterici ilke geliştirmeye başladı. Birinci ilke: *Ancak hastaya yararlı olacak ölçüde kendini açık et.*

Buna uygun olarak Ernest, dürüst ama ölçülü bir cevap verdi: "Bu sözlere birbirinden farklı iki cevap vereceğim, Carolyn. Doğal olarak iltifatların gönlümü okşuyor. Ama bir yandan da *bir tek* benim sana yardımcı olacağıma inanman beni huzursuz ediyor. Zira ben aynı zamanda bir yazarım ve kamuoyu nezdinde, insanlar bana sahip olduğumdan daha fazla hikmet ve terapötik uzmanlık atfetme eğilimi gösteriyorlar.

"Carolyn," diye devam etti, "bunları sana anlatıyorum, çünkü olur da herhangi bir nedenle, birlikte iyi bir çalışma yapamazsak, bu çevrede en az benim kadar ehliyetli çok sayıda terapist bulunduğunu bilmeni isterim. Gerçi şunu da eklemek isterim, senin beklentilerine uygun davranmak için elimden geleni yapacağım."

Yüzünün alev alev yandığını hissetti Ernest. Kendinden memnundu. Fena değil. Hiç fena değil.

Carol da takdir dolu bir tebessümle parlıyordu. Bundan daha berbat bir şey olamaz diye düşündü, sahte iltifatlar karşısında minnet duymaktan daha berbat bir şey olamaz. Götü kalkmış ibne! Ve her cümlenin başında "Carolyn" demeye devam ederse, öğürmeye başlayacağım.

"O halde Carolyn, en baştan başlayalım. İlk olarak seninle ilgili bazı temel bilgileri alalım: Yaşın, ailen, yaşamın, çalışma durumun."

Carol, aldatma ile hakikat arasında bir orta yol tutturmaya karar vermişti. Kendi yalanlarının tuzağına düşmemek için hayatı konusunda gerçeğe mümkün olduğunca yakın şeyler anlatacak ve ancak

Justin'in karısı olduğu meydana çıkmasın diye gerektiğinde olguları değiştirecekti. İlk başta Caroline adını kullanmayı düşünmüştü, ama kendisine fazla uzak bir addı bu ve sonunda Carolyn'de karar kıldı, bu adın da Carol'dan yeterince uzak olduğunu umuyordu. Böyle bir kandırmaca kolayına gelmişti. Bir kez daha göz attı divana. Fazla sürmez bu, diye düşündü – belki iki-üç saat.

Hiçbir şeyden kuşkulanmayan Ernest'a, defalarca provasını yaptığı hikâyeyi anlattı. Dikkatle hazırlanmıştı. Olur da Ernest, telefon numarasının Justin'inkiyle aynı olduğunu fark ediverir diye, eve yeni bir telefon almıştı. Evlenmeden önceki soyadı olan Leftman'la bir hesap açtırma zahmetine girmemek için de ödemesini nakit olarak yapmıştı. Ve de Ernest'ta şüphe uyandırmaksızın mümkün olduğunca gerçeğe yakın bir hikâye anlatmaya hazırlanıyordu hayatı hakkında. Otuz beş yaşında olduğunu söyledi Ernest'a, avukattı, sekiz yaşında bir kızı vardı, dokuz yıldır mutsuz bir evliliği sürdürüyordu ve kocası birkaç ay önce prostat kanseri yüzünden radikal bir ameliyat geçirmişti. Ne var ki kanser nüksetmişti ve adamcağız orkiektomi, hormon tedavisi, ayrıca kemoterapi görmekteydi. Hormon tedavisi ve testislerinin alınması yüzünden kocasının iktidarsız, kendisinin ise doyumsuz kaldığını söylemeyi de planlıyordu. Ama şu anda bir seferde hepsini birden söylemek fazla görünüyordu ona. Aceleye gerek yok. Her şey zamanı gelince.

Onun yerine Carol, ilk ziyaretinde yaşadığı çaresizlik üzerinde yoğunlaşmaya karar verdi; çaresizce kapana kısılmış hissediyordu kendini. Evliliği, diyordu Ernest'a, asla doyurucu bir evlilik olmamıştı ve kocasına kanser teşhisi konduğu sıralarda bir müddettir ciddi ciddi ayrılığı düşünmekteydi. Ama bu teşhis koyulunca kocası derin bir ümitsizliğin pençesine düşmüştü. Yapayalnız ölme düşüncesi dehşete düşürüyordu onu ve Carol da bir türlü cesaretini toplayıp evliliği sona erdirmekten söz edememişti. Sonra, daha birkaç ay geçmişti ki, nüksedivermişti kanser. Hastalığın seyrine ilişkin tahminler karamsardı. Kocası, ölürken kendisini yalnız bırakmaması için yalvarmıştı ona. O da kabul etmişti ve işte şimdi, kocası yaşadığı sürece kurtulamayacağı bir kapana sıkışmış hissediyordu kendini. Kocası Ortabatı'dan San Francisco'ya taşınmaları için ısrar etmişti; böylece California Üniversitesi'ndeki kanser tedavi merkezine yakın olacaklardı. O da birkaç ay önce Chicago'daki bütün arkadaşlarını ve avukatlık kariyerini bırakıp San Francisco'ya taşınmıştı.

Ernest dikkatle dinliyordu. Carol'ın hikâyesiyle birkaç yıl önce tedavi ettiği bir dulun anlattıkları arasındaki benzerliği çok çarpıcı bulmuştu. Öğretmen olan o hastası da tam boşanma isteğini ifade etmeye hazırlanırken kocasının prostat kanseri olduğu ortaya çıkmıştı. Kadın, ölürken onu yalnız bırakmayacağına dair söz vermişti kocasına! İşin korkunç yanı, adamın ölmesi dokuz yılı bulmuştu ve karısı, kanser yavaş yavaş tüm vücuda yayılırken dokuz yıl boyunca ona hastabakıcılık etmişti. Feci bir şey! Kocası öldükten sonra da öfke ve pişmanlık içinde mahvolmuştu kadın. Sevmediği bir adam uğruna hayatının en güzel yıllarını heba ettiğine inanıyordu. Carolyn'i bekleyen de bu muydu? Ernest'ın kanı ısınıverdi bu kadına.

Empati geliştirmeye çalıştı, kendini onun yerine koymaya çalıştı. Buna ne kadar gönülsüz olduğunu fark etti sonra. Soğuk suya dalmak gibi bir şeydi. Ne korkunç bir tuzak!

"Şimdi bunun seni her yönden nasıl etkilediğini anlat bana."

Carol arazlarını sıralamaya başladı: Uykusuzluk, endişe, yalnızlık duygusu, ağlama krizleri, hayatının bomboş olduğu duygusu. Konuşacak kimsesi yoktu. Kocasıyla konuşamazdı elbette – eskiden de hiç konuşmazlardı zaten ve şimdi, her zamankinden de büyük bir uçurum vardı aralarında. Bir tek şey işe yarıyordu: Marihuana; ve San Francisco'ya geleli beri günde iki-üç tane içiyordu Carolyn. Sonra derinden iç geçirdi ve sustu.

Ernest, Carolyn'i yakından inceledi. Çekici, kederli bir kadın, uçlarından aşağı bükülen ince dudakları acı bir hüzün ifadesi vermiş yüzüne; koyu kahverengi, iri gözleri nemli nemli; kısa kesilmiş, kıvırcık ve siyah saçları var; uzun ve zarif boynu çubuk örgülü daracık kazağından yükseliyor ve yine aynı kazak, koruma altına aldığı dolgun, muntazam memelerin pervasız uçlarında iyice gerilmiş; dar bir etek; ince uzun bacaklarını hafiçe birbiri üstüne attığında simsiyah iç çamaşırı görünüyor bir an. Sosyal bir ortamda bu kadını alıcı gözüyle incelerdi Ernest, ama bugün onun cinsel cazibesinden asla etkilenmiyordu. Gerektiğinde bir düğmeye basıp cinsel heyecanını, hatta cinsel ilgisini karanlığa gömme becerisini tıp fakültesinde hastalarla çalışırken geliştirmişti. Bütün bir öğleden sonrayı jinekoloji kliniğinde pelvis muayeneleriyle geçirir de cinsellikle ilgili tek bir fikir düşmezdi aklına, sonra da aynı günün akşamı, falanca hemşireyi yatağa atmaya uğraşırken tam bir ahmak yerine düşürürdü kendini.

Carolyn için ne yapabileceğini düşündü. Hatta, psikiyatrik bir sorun sayılır mıydı acaba bu? Belki de hasbelkader yanlış zamanda yanlış yerde bulunan günahsız bir kurbandı bu kadın. Daha genç olsa avuntu bulmak için bir papaza danışacağına şüphe yoktu.

Belki Ernest'ın yapması gereken de bir papaz gibi avutmaktı onu. Kilisenin iki bin yıllık terapi uğraşından öğrenilecek şeyler vardı elbette. Ernest, papazların nasıl bir eğitim aldığını hep merak etmişti. İnsanları avutma konusunda gerçekten ne kadar yetkindiler acaba? Tekniklerini nereden öğreniyorlardı? Avutma dersleri mi alıyorlardı? Günah çıkarma bölmesinde akıl hocalığı etme dersleri mi? Bu merakından ötürü Ernest, bir ara Katolikler'deki günah çıkarma uygulaması konusunda kütüphanede literatür taraması yapmıştı. Ama hiçbir şey geçmemişti eline. Bir keresinde de bulunduğu bölgedeki bir papaz okuluna gidip araştırma yapmış, ama ders programında psikoloji eğitimine dair pek bir şey bulamamıştı. Bir başka sefer, Şanghay'daki metruk bir katedrali gezerken, günah çıkarma bölmesine süzülüp otuz dakika boyunca papaz taburesinde oturmuş, Katolik havasını teneffüs ederek arka arkaya "Artık bağışlandın. Evladım, artık bağışlandın!" diye mırıldanmıştı kendi kendine. Ama bölmeden çıkarken içi haset doluydu. Ümitsizliğe karşı ne kadar güçlü ilahi silahları vardı papazların; oysa yorumlamadan ve fiziksel rahatlatma yöntemlerinden oluşan kendi dünyevi cephaneliği etkisiz kalıyordu işte.

Kocasının ölümünü izleyen dönemde psikolojik danışmanlık ettiği ve şimdi de arada bir kendisini görmeye gelen bir dul, bir keresinde Ernest'ın üstlendiği rolü sevecen tanıklık diye nitelemişti. Belki de, diye düşündü Ernest, Carolyn Leftman'a sağlayabileceklerim de sevecen tanıklıktan ibaret.

Ama belki de öyle değil! Belki gerçekten iyi bir iş çıkarma fırsatı yatıyordur burada.

Ernest, keşfedeceği alanların bir listesini çıkardı sessizce. Hepsinden önce, kocası kansere yakalanmadan önceki ilişkileri niye bu kadar zayıf? Sevmediğin birinin yanında ne diye on yıl durursun?

Ernest, kendi aşksız evliliğini düşünmeye daldı. Ruth o kazada arabası içinde can vermiş olmasaydı, Ernest ondan ayrılmayı başarabilecek miydi? Belki başaramayacaktı. Yine de, madem Carolyn'in evliliği bu kadar kötüydü, niye hiç evlilik terapisini denememişlerdi? Ve evliliği konusunda kendi yaptığı değerlendirmeyi sorgusuz sualsiz kabul edecek miydi Ernest? Belki hâlâ ilişkiyi kurtarma şansı vardı. Kanser tedavisi için niye San Francisco'ya taşınmışlardı ki? Birçok hasta kısa süreli tedaviler için buradaki kanser merkezine gelir, sonra da evlerine dönerler. Kadın, işinden ve arkadaşlarından niye bu kadar kolay vazgeçmişti?

"Uzun zamandır kendini kapana kısılmış hissediyorsun, Carolyn, ilk olarak evlilik hayatında, şimdi ise *hem* evlilik bakımından *hem de* ahlaki bakımdan," diye bir deneme yaptı Ernest. "Veya evlilik ile ahlak *çatışma* halindedir."

Carol hayranlık dolu bir onaylamayla başını sallamaya çalıştı. *Amann, ne muhteşem,* diye geçirdi içinden. *Secde de etsem mi acaba?*

"Malum, bana bilgi vermen gerekiyor, kendinle ilgili her şeyi, hayatındaki bu olumsuz durumu anlamlandırmamıza yardımcı olacağına inandığın her şeyi bana anlatmalısın."

Biz ha, diye düşündü Carol, *hmm, ilginç. Pek kurnaz oluyor bunlar ya. Pek maharetli atıyorlar oltalarını. Daha seansa başlayalı on beş dakika oldu ve şimdiden "biz"e geçtik, "bana her şeyi anlat"a geçtik; hayatımdaki "olumsuz durum"u anlamlandırmanın beni düze çıkaracağı konusunda ise şimdiden anlaşmış "bulunuyoruz." Ve her şeyi bilmesi lazım, her şeyi. Acele yok. Saatte yüz elli dolar alırken niye acelemiz olsunmuş ki? Hem de yüz elli doları doğru cebine indiriyor – yüzde ellisi genel masraflara, duruşma kâtibine, toplantı salonuna, bürodaki kütüphaneye, yardımcı elemanlara falan gitmiyor ki, bir sekreteri bile yok.*

Carol dikkatini tekrar Ernest'a vererek hayat hikâyesini anlatmaya başladı. Doğruyu söylemek her zaman güvenliydi. Bir yere kadar tabii. Hiç kuşkusuz, diye düşündü, Justin, karısının hayatı hakkında pek fazla ayrıntı anlatmayacak ölçüde kendi kendisiyle meşguldü. Carol ne kadar az yalan söylerse o kadar inandırıcı olacaktı. Dolayısıyla, bir tek Brown ve Stanford Hukuk Fakültesi yerine Radcliffe ile Chicago Hukuk'ta öğrenim gördüğünü söylemenin dışında, hayatının ilk dönemiyle ilgili olarak sadece gerçekleri anlattı Ernest'a. İlkokul öğretmeni olan annesinin doyumsuz ve katı bir kadın olduğunu, kocası tarafından terk edilmiş olmayı asla hazmedemediğini anlattı.

Babasına dair anıları? O evi terk ettiğinde daha sekiz yaşındaydı. Annesine kalırsa adam otuz beşine gelince kudurmuş, sidikli bir çiçek çocuğuna abayı yakıp her şeyi bir yana bırakmıştı, birkaç yıl Grateful Dead'in peşinde orayı burayı dolaştıktan sonra on beş yıl boyunca San Francisco'daki bir komüne kazık çakmıştı. Birkaç yıl doğum gününde kart göndermişti Carol'a (kartlarda kendi adresi yoktu) ve sonra... hiç sesi soluğu çıkmamıştı. Ta ki annesinin cenazesine kadar. Cenazede birdenbire ortaya çıkmıştı adam, sanki zaman tünelinden geçmiş gibi üstünde eski püskü Haight-Ashbury üniforması, çürümüş sandaletler, rengi atmış ve çekmiş bir blucin, iple bağlanarak boyanmış gömlek vardı ve onca yıl doğal babalık görevini yerine getirmesini engelleyen şeyin karısının varlığı olduğunu iddia ediyordu. Carol korkunç bir baba özlemi ve ihtiyacı içindeydi, ama mezarlıktaki merasim sırasında adam kulağına eğilip de annesine duyduğu olanca öfkeyi dışa vurmaktan geri durmaması gerektiğini söyleyince, onun muhakemesinden şüpheye düşmüştü doğrusu.

Ertesi gün adam bit dolu kafasını kaşıyarak salona girip de, içeriyi elde sarılmış sigaralarının berbat kokusuyla doldurduktan sonra kekeleye kekeleye ona bir iş teklifi yaptığında, babasının dönüşüyle ilgili son hayalleri de buharlaşıvermişti Carol'ın. Annesinden kalan ufacık mirası istiyordu, Haight Sokağı'nda dükkân açıp esrar çubuğu, cıgaralık için zıvana kâğıdı ve bilumum kafa kırma aksesuarı satmak üzere. Carol reddedince de annesinin evinin "hakkaniyet" gereği –yani "kanunlar" nezdinde değilse de "insani hukuk" uyarınca– kendisine ait olduğunu iddia ederek karşı koydu ona, ne de olsa yirmi beş yıl önce evin peşinatını ödeyen kendisiydi. Tabiatıyla Carol, adamdan evi terk etmesini istedi (Ernest'a söylemedi ama, tam olarak şöyle demişti ona: "Uzun etme de ikile, teres"). Neyse ki şansı vardı, bir daha hiç haber almadı babasından.

"Demek anneni ve babanı aynı anda kaybettin."

Cesurca başını sallayarak onayladı Carol.

"Kardeşin var mı?"

"Bir abim var, benden üç yaş büyük."
"Adı ne?"
"Jeb."
"O nerede?"
"New York ya da New Jersey'de olacak. Tam bilmiyorum. Doğu Kıyısı'nda bir yerlerde işte."
"Seni aramaz mı hiç?"
"Aramasın daha iyi!"
Carol'ın cevabı öyle sert ve kesin oldu ki, farkında olmadan kasıldı Ernest.
"Niye 'daha iyi'?" diye sordu.
"Jeb on dokuzunda evlenip yirmi bir yaşında donanmaya girdi. Otuz bir yaşındayken iki küçük kızını cinsel olarak taciz etmiş. Duruşmaya gittim: Ala ala üç yıl hapis cezası aldı, bir de yüz kızartıcı suçtan ordudan uzaklaştırıldı. Kızlarının bulunduğu yer olan Chicago'ya dört bin beş yüz kilometreden daha yakın bir yerde oturamayacağına dair mahkeme kararı var."
"Bir bakalım." Ernest notlarını gözden geçirerek bir hesap yaptı. "Senden üç yaş büyük... demek o zaman yirmi sekiz yaşındaydın... yani bütün bunlar on yıl önce olmuş. Hapse mahkûm olduğundan beri görmedin mi onu?"
"Üç yıl kısa süreli bir hapis cezası. Benden daha uzun bir ceza aldı."
"Ne kadar?"
"Ömür boyu!"
Dondu kaldı Ernest. "Ömür boyu, çok uzun bir ceza."
"İdamı hak eden bir suç için mi?"
"Peki ya o suçun işlenmesinden *önce?* O zaman da abine büyük bir öfke duyar mıydın?"
"Kızları onun tacizine uğradıklarında sekiz ve on yaşındaydılar."
"Hayır, hayır, benim dediğim, o suçtan *önce* sende ona karşı bir öfke var mıydı?"
Carol sıkılı dişlerinin arasından tekrarladı: "Kızları onun tacizine uğradıklarında *sekiz* ve *on* yaşındaydılar."
Vay canına! Mayına basmıştı Ernest. Standartlara uygun davranmadığının farkındaydı – Marshal'a asla bahsetmeyeceği cinsten bir seanstı bu. Ondan gelecek eleştiriyi biliyordu: "Daha geçmişinin

doğru dürüst, sistemli bir hikâyesini bile almadan ne demeye abisi hakkında sıkıştırıp duruyorsun kadını? Sana gelmesinin nedeni olarak gösterdiği evliliğini bile araştırmadın daha." Evet, evet, işitebiliyordu Marshal'ın sözlerini: "Tamam, anladık, oradan bir şeyler çıkacak. Ama, yani biraz bekleyemez misin Allaşkına? Bunu koy bir kenara; yeri geldiğinde ortaya çıkarırsın. Bak yine tutamıyorsun kendini."

Ama biliyordu ki Marshal'ı aklından çıkarmak zorundaydı Ernest. Carolyn'e karşı tümüyle açık ve dürüst olma konusundaki kararı doğaçtan davranmasını, hissettiği *şeyi* hissettiği *anda* onunla paylaşmasını gerektiriyordu. Bu hastada taktik falan yok, görüşlerini bir kenara koymak yok! Bugünkü dersimiz, "Kendin ol. Kendini ver."

Üstelik Carolyn'in birdenbire öfkelenmesi –bu kadar ani, bu kadar gerçek bir öfke göstermesi– çok etkilemişti Ernest'ı. O ana dek kadına ulaşmakta zorlanmıştı: Çok donuk ve makul görünüyordu Carolyn. Oysa şimdi yavanlıktan kurtulmuştu: Canlanmıştı; yüzüyle sözleri ahenk içindeydi. Bu kadına ulaşmak için onu gerçek halinde tutması gerekiyordu Ernest'ın. Sezgilerine güvenmeye ve bir duygu bulduğu yeri kurcalamaya karar verdi.

"Kızgınsın Carolyn, hem yalnızca Jeb'e değil, bana da."

Nihayet bir şeyi doğru anladın, hıyar herif, diye düşündü Carol. *Yarabbim, düşündüğümden de betermişsin sen. Justin'le bana neler yaptığınızı hiç düşünmemiş olmana şaşmamak gerek. Baksana, sekiz yaşında bir kızın kendi babasının tacizine uğraması bile dokunmuyor sana!*

"Böyle hassas bir konuya bu kadar hızlı daldığım için özür dilerim, Carolyn. Galiba zamansız davrandım. Ama seninle açık konuşacağım. Şuraya varmaya çalışıyordum: Jeb, kendi küçük kızlarına bunu yapacak kadar barbarsa, kendi küçük kız kardeşine neler yapmış olabilir?"

"Ne demek istiyorsun...?" Başı öne düştü Carol'ın; ansızın bayılacak gibi olmuştu.

"İyi misin... su ister misin?"

Carol başını iki yana sallayarak hızla kendini topladı. "Affedersin, birden fenalaştım. Ne olduğunu bilmiyorum."

"Ne olabilir sence?"

"Bilmiyorum."

"Bu duygudan uzaklaşma, Carolyn. Bir-iki dakika daha böyle kal. Jeb ve seninle ilgili soruyu sorduğumda oldu bu. Seni on yaşında bir kız olarak hayal ettim ve öyle bir abiyle birlikte nasıl bir hayat geçirdiğini düşünüyordum."

"Çocuklara yönelik cinsel tacizle ilgili birkaç davaya girdim. Bugüne dek tanık olduğum en vahşi yargı sürecidir bu. Mesele sadece korkunç anıların ortalığa dökülmesi değil, bir de ailedeki şiddetli infial var, sonra kendi anısı olarak aktardığı şeylerin çocuğa başkalarınca aşılanmış olup olmadığı tartışması var – herkes açısından vahşi bir süreç. Galiba bütün bunların benim başıma gelmiş olması düşüncesi yüzünden betim benzim attı demin. Gerçi beni oraya mı yöneltmeye çalışıyordun, emin değilim ama. Eğer öyleyse söyleyeyim, şu anda Jeb'le ilgili olarak hatırladığım hiçbir özel travma yok: Abi-kız kardeş arasında tipik düzeyde bir eziyet ilişkisi hatırlıyorum yalnızca. Ama çocukluğumun ilk dönemlerine ait çok az şeyi hatırlamakta olduğum da bir gerçek."

"Yo, yo – affedersin, Carolyn, ben anlatamadım galiba. Benim düşündüğüm şey, önemli bir çocukluk travması ve onu izleyen travma sonrası stres değildi. Gerçi şu sıralar böyle bir düşünce tarzının pek revaçta olduğu konusunda sana katılıyorum ama, hiçbir şekilde bunu kastetmemiştim ben. Benim düşündüğüm, o kadar sarsıcı olmayan, daha sinsi gelişen, daha süreğen bir şeydi. Yani şöyle bir şey: Sevecenlikten uzak, hatta belki hoyratça davranabilen bir abiyle büyümek, günlük hayatının önemli bir kısmını böyle biriyle birlikte geçirmek ne tür bir şey olmuş olabilir?"

"Evet, evet, aradaki farkı anlıyorum."

Ernest göz ucuyla saatine baktı. Hay Allah, diye geçirdi içinden, yalnızca yedi dakika kalmıştı. Daha çok iş var! Daha evliliğini incelemeye başlamak *zorundayım.*

Gerçi Ernest göz ucuyla bakmıştı ama, Carol'dan kaçmadı bu. Duyduğu ilk tepkiye anlam veremedi. İncinmişti. Ama hemen geçti bu duygu ve şöyle düşündü Carol: *Şuna da bak – sinsi, paragöz pezevenk seni – beni dehlemesine kaç dakika kaldığını hesaplıyor, böylece bir sonraki yüz elli dolar için psikometresini yeni baştan açacak.*

Ernest'ın saati bir kütüphane rafının içerilerinde, hastaların göremeyeceği bir yerdeydi. Oysa Marshal, hasta ile kendi arasındaki masanın üstüne, rahatça görülecek bir yere küçük bir saat koyardı. "Sırf dürüst olmak adına," demişti Marshal. "Hastanın elli dakika için bana ücret ödediği sır değil ki, niye saati saklayayım? Saati saklamak demek, hasta ile profesyonel değil de kişisel bir ilişkin varmış gibi sahte bir hava yaratmaktan başka şey değildir." Tam Marshal'lık tavır: Gayet tutarlı, aksini savunmak mümkün değil. Olsun, Ernest saatini saklıyordu yine de.

Ernest, kalan birkaç dakikayı Carolyn'in kocasından söz ederek geçirmeye çalıştı: "Sözünü ettiğin bütün erkekler, hayatının eksenini oluşturmuş erkekler hep ağır bir hayal kırıklığı yaratmış sende – dikkate değer bir durum bu. Ve aslında 'hayal kırıklığı'nın çok mülayim bir kelime olduğunu biliyorum: Baban, abin ve tabii kocan, hep hayal kırıklığı yaratmışlar. Ama kocan hakkında henüz pek bir şey bilmiyorum."

Carol, Ernest'ın davetine icabet etmedi. Kendi gündemi vardı onun.

"Hazır hayatımda beni hayal kırıklığına uğratmış olan erkeklerden bahsederken, bir istisnayı anlatmam gerekiyor. Radcliffe'te öğrenciyken tehlikeli bir psikolojik duruma düşmüştüm. Hayatımın en kötü dönemiydi: Umudumu yitirmiştim, çöküntü içindeydim, kendimi yetersiz, çirkin hissediyordum. Sonra hepsinin üstüne tüy diken bir şey oldu: Ortaokuldan beri çıktığım Rusty terk etti beni. Tam anlamıyla dibe vurdum, içkiye, uyuşturucuya başladım, okulu bırakmayı, hatta intiharı düşündüm. Sonra bir terapist çıktı karşıma, Dr. Ralph Cooke, ve hayatımı kurtardı. Olağanüstü sevecen ve nazikti, insana güç veren bir adamdı."

"Ne kadar görüştün onunla?"

"Bir buçuk yıl kadar, terapistim olarak yani."

"Bundan ötesi de mi var, Carolyn?"

"Bu konuya girmekte biraz tereddüt ediyorum. O adama gerçekten değer veririm ve yanlış anlamanı istemiyorum." Carol bir kâğıt mendil alıp kendini zorlayarak bir damla gözyaşı akıttı.

"Devam edebilecek misin?"

"Aslında... benim için hiç kolay değil bunu anlatmak... Onu yargılamandan çekiniyorum. İsmini hiç söylememeliydim. Terapinin gizli tutulduğunu biliyorum. Ama... ama... "

"Bu konuda bana sormak istediğin bir şey var mı, Carolyn?" Ona kendisinin bir terapist olduğunu, kendisine soru sorulabileceğini ve onun da bütün soruları cevaplayacağını anlatmakla vakit kaybetmek istemiyordu Ernest.

Allah kahretsin, diye düşündü Carol; bir yandan da huzursuz biçimde kıpırdanıyordu sandalyesinde. *"Carolyn, Carolyn, Carolyn." Her cümlede "Carolyn" demesi şart mübareğin!*

Sonra devam etti: "Soru mu?... evet, var aslında. Hem bir tane de değil. İlk olarak bu, tamamen aramızda kalacak mı? Başka kimseye söylemeyeceksin, değil mi? İkincisi de, kalıplaşmış düşüncelere göre onu yargılayacak mısın?"

"Aramızda kalacak mı? Kesinlikle. Bana güvenebilirsin."

Sana güvenmek ha? diye geçti Carol'ın aklından. *Eh tabii, Ralph Cooke'a ne kadar güvenebilirsem.*

Doğruyu söyleme konusundaki kararını bu ilk seansa iyice yedirerek dedi ki Ernest, "Yargılamaya gelince, benim buradaki görevim anlamaktır, yargılamak değil. Bunun için elimden geleni yapacağım ve bu konuda sana karşı açık olacağıma da söz veriyorum. Başka sorun varsa onları da cevaplayayım."

"Pekâlâ, söyleyeyim gitsin. Dr. Cooke ve ben sevgili olmuştuk. Birkaç seansa devam ettikten sonra, beni yatıştırmak için zaman zaman sarılmaya başladı ve işte bunlardan birinde ansızın olan oldu – muayenehanesindeki o şahane Acem halısının üstünde. Hayatta karşıma çıkan en güzel şeydi bu. Hayatımı kurtardı işte, başka nasıl anlatmalı bilemiyorum. Her hafta ona gidiyordum ve her hafta sevişiyorduk, yaşadığım bütün o azap, bütün sefillik yok oluvermişti. Sonunda Dr. Cooke artık terapiye ihtiyacım olmadığına karar verdi, ama ilişkimiz bir sene daha sürdü. Onun sayesinde yüksekokulu bitirip hukuk fakültesine girdim. Hem de en iyisine: Chicago Üniversitesi Hukuk Fakültesi."

"Sen hukuk fakültesine gidince ilişkiniz bitti mi?"

"Büyük ölçüde. Ama bir-iki kez ona ihtiyaç duyduğumda uçağa atlayıp Cambridge'e gittim ve her seferinde beni bekler buldum onu, her seferinde ihtiyaç duyduğum desteği sağladı."

"Hâlâ hayatında mı?"

"Öldü. Genç yaşta öldü, ben hukuk fakültesini bitirdikten üç yıl kadar sonra. Galiba onu aramaktan hiç vazgeçmedim. Kısa bir süre sonra Wayne'le, yani kocamla tanıştım ve evlenmeye karar verdim. Acele verilmiş bir karardı. Ve yanlış bir karar. Belki de Ralph'ı o kadar çok istiyordum ki, kocamda onu bulduğumu hayal ettim." Carol biraz daha kâğıt mendil alarak Ernest'ın kutusunu boşalttı sonunda. Artık kendini sıkması gerekmiyordu göz yaşlarını akıtmak için; kendi bildikleri gibi akıyordu yaşlar. Ernest masasının çekmecesinden bir kutu daha kâğıt mendil çıkardı, kutunun plastik kılıfını yırttı ve açılışı yapmak üzere ilk kâğıdı çekip Carol'a uzattı. Döktüğü göz yaşlarına kendi de şaşırmıştı: Uydurduğu hikâye gerçeğe dönüşürken, kendi hayatına dair trajik ve romantik bir bakış hâkim oluyordu benliğine. Kendinden bu kadar çok veren, böylesine muhteşem bir adam tarafından sevilmek ne yüce bir şeydi; ve onu sonsuza dek kaybetmiş olmak ne kadar korkunç, ne kadar dayanılmaz bir şey – tam burada daha da feci ağlamaya başlamıştı Carol! Sonunda iç çekişlerinin arkası kesildiğine kâğıt mendilleri bir yana bırakıp beklenti içinde Ernest'a çevirdi bakışlarını.

"İşte anlattım. Yargılamıyor musun? Bana doğruyu söyleyeceğine söz vermiştin."

Ernest köşeye sıkışmıştı. İşin doğrusu, bu merhum Dr. Cooke'a karşı pek merhamet duyamıyordu. Önündeki seçenekleri hemen gözden geçirdi. Unutma, diyerek hatırlattı kendine: Her şeyi açıkça söyleyeceksin. Ama beceremiyordu. Bu durumda her şeyi açıkça söylemek, hastasının çıkarları açısından uygun değildi.

Seymour Trotter'la yaptığı görüşme, terapistlerin hastalarını cinsel olarak suiistimal etmesiyle ilgili ilk deneyimiydi onun. Bunu izleyen sekiz yılda, daha önceki terapistleriyle cinsel ilişkiler yaşamış olan birkaç hasta görmüştü ve hepsinde de sonuç, hasta açısından facia oluyordu. Ve Seymour'ın gönderdiği fotoğrafa rağmen, bir zafer edasıyla havaya kaldırdığı eline rağmen, Belle için aynı sonucun geçerli olmadığı ne malumdu? Mahkeme sonucunda büyük bir para almıştı elbette Belle, ee n'olacak? Seymour'daki beyin hastalığı hızla ilerleyen cinstendi. Herhalde bir-iki yıl içinde Belle, ömrünü tam gün hastabakıcılık ederek geçirmeye mahkûm olmuştu. Yo, Belle açısından sonucun uzun vadede olumlu olduğunu hiç kimse söyleyemezdi. Hiçbir hasta için de böyle olduğu duyulmuş değildi. Ama işte bugün, burada, Carolyn diyordu ki, o ve terapisti, sürekliliği olan bir cinsel ilişki yaşamışlar ve bu ilişki kadının hayatını kurtarmış. Şaşakalmıştı Ernest.

İlk tepkisi Carolyn'in anlattıklarının doğru olmadığını düşünmek oldu: Belki de bu Dr. Cooke'a duyduğu aktarım öylesine güçlüydü ki, hakikati kendinden bile saklamıştı Carolyn. Ne de olsa Carolyn'in sıkıntılarından tamamen kurtulmuş olmadığı ortadaydı. Üstünden on beş yıl geçtiği halde hâlâ göz yaşı döküyordu onun için. Üstelik Dr. Cooke'la ilişkisinin bir sonucu olarak kötü bir evlilik yapmış ve o zamandan beri de gün yüzü görmemişti.

Dikkatli ol, diye kendi kendini uyardı Ernest, önyargılı bakma buna. Ahlakçı, doğrucu bir tavır alacak olursan hastanı kaybedersin. Açık ol, Carolyn'in dünyasına girip o dünyayı yaşamaya çalış. Ve hepsinden önemlisi, şimdilik Dr. Cooke'u kötüleme. Marshal öğretmişti bunu. Hastaların çoğu, kendilerini zedelemiş olan terapistlere karşı güçlü bir bağ geliştiriyor ve duydukları aşkın kalıntılarını temizlemek için zamana ihtiyaçları oluyordu. Cinsel suiistimale uğramış hastaların, birlikte çalışabilecekleri birini bulana kadar birkaç terapist değiştirmesi alışılmışın dışında bir durum değildi.

"Yani baban da, abin de, kocan da, sonunda ya seni terk ettiler, ya sana ihanet ettiler ya da seni kapana kıstırdılar. Gerçekten sevdiğin yegâne erkek ise öldü. Bazen ölüm de terk edilme gibi gelir insana." Kendinden iğreniyordu Ernest, kullandığı terapi klişelerinden iğreniyordu, ama bu şartlar altında daha iyisi gelmiyordu elinden.

"Dr. Cooke da güle oynaya gidip ölmedi herhalde."

Carol, daha ağzından çıktığı anda pişman oldu böyle dediğine. *Salaklık etme!* diye kendi kendini azarladı. *Sen bu herifi baştan çıkarmaya çalışıyorsun, onu kafaya almaya çalışıyorsun, ne bok yemeye hırçınlık edip şu harikulade Dr. Cooke'u savunuyorsun ki, senin hayal gücünün ürününden başka bir şey mi o herif?*

"Özür dilerim, Dr. Lash... yani, Ernest. Senin de öyle demek istemediğini biliyorum tabii. Galiba şu anda Ralph'ı çok özledim. Kendimi çok yalnız hissediyorum."

"Biliyorum, Carolyn. İşte bu yüzden yakın olmamız önemli zaten."

Ernest, Carolyn'in gözlerinin irileştiğini fark etti. *Dikkatli ol,* diye ikaz etti kendini, *onu baştan çıkarmaya çalıştığını düşünecek şimdi.* Daha resmi bir ses tonuyla sözüne devam etti: "İşte tam da bu yüzden terapist ile hasta, aralarındaki ilişkiye dahil olan her şeyi incelemek zorundalar – mesela, birkaç dakika önce senin benden rahatsız olman gibi." *İyi,* diye düşündü, *bu çok daha iyi oldu.*

"Düşüncelerini benimle paylaşacağını söylemiştin. Onu ya da beni yargıladın mı *diye* merak ediyorum galiba."

"Bu bir soru mu, Carolyn?" Ernest zaman kazanmaya çalışıyordu.

Hey Yarabbim! Bas bas bağırarak mı sormam gerekiyor yani? diye düşündü Carol. "Peki, *yargıladın* mı, ne *hissettin?*"

"Ralph için mi söylüyorsun?" Biraz daha zaman kazanalım.

Başıyla doğruladı Carol, içten içe feryat etmeye başlamıştı.

Ernest yangına körükle gitmemeye çalışarak doğruyu söyledi. Yani çoğunlukla doğruyu. "İtiraf etmeliyim ki, anlattıkların dengemi bozdu. Ve sanırım onu *yargılıyorum.* Ama hâlâ düşünmekteyim – dosyayı kapatmış değilim; senin yaşadıklarını anlamak istiyorum.

"Dengemin niye bozulduğunu da anlatayım," diye devam etti Ernest. "Onun sana olağanüstü büyük yardımı dokunduğunu söylüyorsun ve ben de sana inanıyorum. Buraya gelmişsin, bana bu kadar para ödüyorsun, niye doğruyu söylemeyesin ki? Yani söylediklerinden şüpheye düşmüyorum. Yine de, haydi muazzam miktarda mesleki literatürü ve klinikteki çok geniş bir mutabakatı bir yana bırakalım, sırf kendi deneyimlerim bile tamamen farklı bir sonuca götürüyor beni. O da şöyle: Hasta ile terapist arasındaki cinsel ilişki, kesinlikle hastaya zarar verir – ve sonunda terapiste de zarar verir gayet tabii."

Carol bu teze karşı iyi hazırlık yapmıştı. "Bakın Dr. Lash... pardon, Ernest – yakında alışırım; ruh doktorlarının gerçek birer insan olduğuna, yani ilk adları falan olabileceğine alışkın değilim de. Genellikle unvanlarının arkasına saklanırlar. Senin gibi insani yanlarıyla çıkmazlar hastanın karşısına. Ne diyordum?... ha, evet, sana gelip gelmemeye karar verme sürecinde, kütüphanedeki bibliyografyanı inceleme cüreti gösterdim – eski bir mesleki alışkanlık bu: Mahkemede bilirkişi olarak tanıklık eden hekimlerin ne derece ehliyetli olduğunu anlamaya çalışırdım."

"Ve?"

"Ve doğa bilimleri konusunda iyi bir eğitim aldığını, yaptığın psikofarmakolojik araştırmalar üzerine pek çok rapor yayımladığını keşfettim."

"Ve?"

"Peki, acaba burada kendi bilimsel standartlarını gözardı ediyor olabilir misin? Ralph hakkında bir sonuca ulaşmak için ne gibi verilerden yararlanmakta olduğunu bir düşün. Elindeki bulgulara bak – tamamen denetim dışı bir örneklem. Dürüst ol: Hangi bilimsel standarda uygun düşer bu? *Tabii,* terapistleriyle cinsel ilişki yaşamış hastalardan oluşan örnekleminde hep örselenmiş ya da mutsuz olmuş hastalar var – ama bunun nedeni, *sadece onların yardım için sana başvurmuş olması.* Benim gibi mutlu olan hastalar ise sana başvurmuyorlar, dolayısıyla bunların ne ölçüde kalabalık olduğu konusunda hiçbir fikrin yok. Başka türlü ifade edersek, sen sadece payı biliyorsun, yani terapiye gelenleri. Payda hakkında ise hiçbir bilgin yok – yani cinsel ilişki kurmuş hastalarla terapistlerin sayısını, bunun yararını görmüş hastaların sayısını, yahut böyle bir deneyimden olumlu ya da olumsuz anlamda etkilenmemiş hastaların sayısını bilmiyorsun."

Çok etkileyici, diye düşündü Ernest. *Bu kadını profesyonel personasıyla görmek ilginç; duruşma salonunda iddia makamı olarak onunla karşı karşıya kalmak istemezdim doğrusu.*

"Ne demek istediğimi anlıyor musun, Ernest? Haklı olamaz mıyım? Bana karşı dürüst ol. Benden önce, böyle bir ilişki yaşayıp da zarara uğramamış kimseyle karşılaşmış mıydın?"

Ernest'ın aklı yine Belle'e gitti, Seymour Trotter'ın hastasına. *Belle, bu sayede kurtulmuş hastalar sınıfına girer mi acaba?* Seymour ile Belle'in sararmış fotoğrafı bir kez daha süzülerek geçti gözünün önünden. *O kederli gözler. Ama belki de eskiye göre çok daha iyiydi. Kim bilir, belki ikisi de eskiye göre çok daha iyiydi. Veya geçici bir süre daha iyi oldular. Hayır, bu şartlarda hiç kimse hiçbir şeyden emin olamaz, hele sonlarının ne olduğundan asla!* İkisinin bir adada inzivaya çekilme kararını ne zaman aldığını yıllarca merak edip durmuştu Ernest. Seymour sonunda onu kurtarmaya mı karar vermişti? Yoksa ikisinin çok daha önceden beri tezgâhlamakta olduğu bir şey miydi bu? Belki en başından beri?

Yo hayır, bu düşüncelerini ona açamazdı. Ernest, Seymour ile Belle'i aklından çıkarıp başını usulca iki yana sallayarak Carolyn'in sorusuna cevap verdi. "Hayır Carolyn, karşılaşmadım. Bundan zarar görmemiş tek bir hastayla karşılaşmadım. Yine de senin nesnellik konusundaki görüşlerini dikkate alacağım. Önyargılı davranmamama yardımcı olacaktır bunlar." Ernest kolundaki saate uzun uzun baktı. "Zamanımız dolalı epey oldu ama, ben yine de bir-iki şey sormak istiyorum."

"Tabii." Carol'ın yüzü aydınlanmıştı. İşte ümit verici bir işaret daha. *Önce ona soru sormamı istedi. Bu muhterem zevatın hiçbiri yapmaz bunu. Hatta kendi hayatıyla ilgili kişisel sorulara cevap verebileceğine dair bir ima bile var burada – bir dahaki sefere denerim bunu. Şimdi de elli dakikayı epeyce aşarak kuralları çiğniyor.*

Amerikan Psikiyatri Birliği'nin, psikiyatristlerin cinsel taciz suçlamalarından sakınmak için uymaları gereken kurallarla ilgili kılavuzunu okumuştu: Bütün kurallara sıkı bir şekilde uyun, kaygan zeminlerde dolaşmayın ve başka tarafa çekilebilecek kaçamak sözlerden kaçının, hastalarınızla senli benli konuşmayın, seansa tam zamanında başlayıp tam zamanında son verin. Avukat olarak girdiği her bir cinsel taciz davasında, sanık sandalyesinde oturan terapistin işe elli dakikalık süreyi aşmakla başladığını görmüştü. *Hah işte*, diye düşündü, *burada bir kaçamak, şurada bir kaygan zemin, iki seans sonra nerelerde olacağız, kim bilir?*

"İlk olarak bugünkü seansın ardından evine dönerken herhangi bir rahatsızlık duyup duymadığını öğrenmek istiyorum. Daha önce Jed'den söz ederken yaşadığın kuvvetli duygular hakkında ne düşünüyorsun?"

"Jed değil – *Jeb*."

"Affedersin. Jeb. Ondan bahsederken bir ara az kalsın bayılıyordun."

"Hâlâ biraz elim ayağım titriyor. Ama kendimi kötü hissediyor değilim. Bence önemli bir noktaya temas etmiştin."

"Peki. İkincisi, aramızdaki mesafeyi öğrenmek istiyorum. Bugün çok gayret gösterdin, önemli şeyleri göze aldın, kendinle ilgili gerçekten önemli ifşaatlarda bulundun. Bana büyük bir güven gösterdin ve güvenini takdir ediyorum. Sence birlikte çalışabilir miyiz? Benimle ilgili olarak neler hissediyorsun? Bana bu kadar çok şeyi ifşa etmiş olmak nasıl duygular yaratıyor sende?"

"Seninle çalışmak güzeldi. Gerçekten güzel, Ernest. Cana yakın ve esnek bir insansın; seninle rahat konuşuluyor ve yaralı bölgeler üzerinde odaklanma yeteneğin müthiş, kendi içimde, benim de önceden bilmediğim bölgeler. Kendimi emin kollarda hissediyorum. Ve işte ücretin." Üç tane elli dolarlık banknot uzattı. "Hesabımı Chicago'dan San Francisco'ya aldırıyorum da. Şu anda nakit ödeme yapmak kolayıma geldi."

Onu geçirirken, *Emin kollarda,* diye içinden tekrarladı Ernest. *"Emin ellerde" değil midir o laf?*

Tam kapıda ona döndü Carol. Ve buğulu gözlerle şöyle dedi: "Teşekkür ederim. Seni bana Allah gönderdi!"

Sonra uzandı ve hayretler içindeki Ernest'ı iki-üç saniyeliğine hafifçe kucaklayıp gitti.

Carol merdivenden inerken bir hüzün dalgası sarmıştı benliğini. Çok eskilerden kalma istenmeyen görüntüler gözünün önünden geçiyordu: Jeb'le yaptıkları yastık kavgaları; ana-babalarının yatağı üstünde çığlık çığlığa zıplayışları; okula giderken kitaplarını taşıyan babası; annesinin ağır ağır mezara indirilen tabutu; lisedeki dolabından onun kitaplarını almış getirirken Rusty'nin yüzündeki çocuksu sırıtma; bir bela olarak geri dönen babası; sonra Dr. Cooke'un muayenehanesindeki o kederli, eprimiş Acem halısı. Bütün görüntüler çekip gitsin diye gözlerini kırpıştırdı Carol. Sonra Justin'i düşündü, tam şu anda belki de kentin bir başka yerinde yeni kadınıyla el ele yürüyordu. Belki de yakındaydılar. Carol, Viktoryen binanın ön kapısına ulaştığında Sacramento Sokağı'nda bir aşağı baktı, bir yukarı. Justin'den eser yoktu. Ama uzun sarı saçlı, genç, çekici bir adam geliyordu koşarak; eşofman altı, pembe gömlek ve fildişi rengi kazak giymiş, jogging yapıyordu. Carol'ın yanından geçip basamakları ikişer ikişer çıktı. *Lash'in benden sonraki kerizidir herhalde,* diye düşündü Carol. Dönüp giderken başını çevirip Ernest'ın muayenehanesinin penceresine baktı. *Allah belasını versin,* diye düşündü, *o orospu çocuğu bana yardım etmeye çalışıyor!*

Üst katta Ernest, masasında oturmuş seansta aldığı notları kaydediyordu. Carol'ın parfümünden kalan keskin turunç kokusu hâlâ havada asılıydı.

VII

ERNEST'la birlikte geçirdiği gözetim saatinden sonra Marshal Streider, sandalyesinde geriye yaslanıp zafer purolarını düşünmeye koyuldu. Yirmi yıl önce, Chicago'nun önde gelen psikanalistlerinden Dr. Roy Grinker'dan, Freud'un divanında geçirdiği bir yılın hikâyesini dinlemişti. Yirmili yıllardaydı bu, o zamanlar muteber bir psikanalist olabilmek için üstadın divanını tavaf etmek lazım geliyordu – kimi zaman birkaç haftalığına, kimi zaman da, eğer insan psikanaliz dünyasında fırtınalar koparmayı kafaya koymuşsa, bir yıl kadar. Grinker'ın anlattığına göre Freud, isabetli bir yorumda bulunduğunda neşesini hiç saklamazdı. Hele can alıcı bir yorum yaptığına inanıyorsa, ucuz purolarla dolu kutusunu çıkarır, hastasına da bir tane ikram edip birer "zafer" purosu tüttürmeyi önerirdi.

Marshal, Freud'un aktarımı böyle şirin, naif bir şekilde ele almış olmasını tebessümle andı. Tütünü bırakmamış olsa, şimdi Ernest'ın arkasından bir kutlama purosu yakardı.

Gözetmenlik ettiği genç psikanalist birkaç aydır geliyordu ziyaretine, ama bugünkü seans bir dönüm noktası olmuştu. Ernest'ı tıbbi etik kuruluna sokmak dâhiyane bir fikirdi doğrusu. Marshal, çoğu zaman Ernest'ın egosunda koca koca boşluklar olduğunu düşünürdü: Abartılı ve fevri bir adamdı bu. Cinsel idinin kural tanımaz parçacıkları tuhaf açılardan dışarı fırlayı fırlayıveriyordu. Ama hepsinden beteri, tam bir yeniyetme edasıyla putları yıkma işine soyunuyordu Ernest: Disipline, meşru otoriteye, ondan çok daha fazla vukuf sahibi sebatkâr analistlerin onlarca yıl çalışıp didinerek ortaya koyduğu bilgiye saygısı pek kıttı.

Ve bu put yıkma hevesinin dağılıp gitmesi için, diye düşündü Marshal, *Ernest'ı yargıçlık görevine getirmekten daha iyi bir yol olabilir mi? Müthiş bir fikir!* İşte böyle anlarda Marshal, ah keşke birileri seyrediyor olsa diye düşünürdü, ortaya koyduğu sanat eserini takdir edecek bir seyircisi olsa. Psikanalistlerin eksiksiz bir analizden geçirilmesinin ardındaki geleneksel nedenleri herkes kabul ediyordu. Ama Marshal'ın niyeti, olgunluğun hakkı yenmiş bir boyutu üzerine, yani yıllar, onyıllar geçtikçe, dışarıdan seyreden birileri yokken yaratıcı olabilme yeteneği hakkında er geç bir makale kaleme almaktı (kaleme alınacak makaleler listesi de uzadıkça uzuyordu bu arada). Hem başka hangi sanat dalında –Freud'un, psikanalizin bir bilim olduğu iddiasını bu saatten sonra kim ciddiye alacaktı canım?– kimsenin görmeyeceği eserler vermek için ömür boyu uğraşırdı ki insanlar? Bir Cellini'yi düşünün ki, olağanüstü güzellikte bir gümüş kadeh yapıp sonra da kasaya kilitliyor. Yahut bir Musler'i düşünün, camı bir zarafet abidesi halinde şekillendirdikten sonra atölyesinde, bütün gözlerden uzakta parçalayıveriyor. Ne korkunç! *"Seyirci" dediğin,* diye geçirdi aklından Marshal, *gözetmenlik hizmetinin, henüz olgunlaşmamış terapistlere sağladığı, kadri bilinmemiş ama önemli bir gıdadan başka nedir ki? Seyirci olmadan bir şeyler yaratmak için onlarca yıl süreyle pişmek gerekir.*

İnsan hayatı için de geçerli bu, diye düşündü Marshal. *Kimsenin seyretmediği bir hayat yaşamaktan kötüsü olamaz.* Analiz çalışmalarında hastalarının ilgi ve dikkat toplamaya yönelik muazzam açlığını fark etmişti hep – uzun süredir devam eden bitmek bilmez terapide seyirci ihtiyacı, dillendirilmemiş bir faktördü gerçekten de. Yakınını kaybetmiş hastalarıyla yaptığı çalışmalarda çoğu zaman hastaların, seyircilerini kaybetmiş oldukları için ümitsizliğe kapıldıklarını görüyordu (ve bu konuda Ernest'ın kitabında yaptığı yorumlara katılmaktaydı); bu hastaların hayatlarını gözlemleyen hiç kimse yoktu artık (tabii her attıkları adımı dikkatle incelemeye vakti olan bir tanrıya inanacak kadar bahtiyar insanlar değillerse).

Dur biraz! dedi Marshal kendi kendine. *Analiz sanatçılarının tek başlarına çalıştıkları doğru mu gerçekten? Hastalar da birer seyirci değil mi? Yo, bu açıdan seyirci sayılmazlar. Hastalar hiçbir zaman yeterince tarafsız olmazlar. En şık, en yaratıcı analitik sözler bile etki etmez onlara! Hem bir de açgözlüdürler! Kemiğin güzelliğine bir kez bile dönüp bakmadan içindeki iliği emercesine her yorumu nasıl emdiklerine baksana bir. Peki ya öğrenciler ile gözetim seansına gelen terapistler? Onlar da mı seyirci değil? Öğrenciler ender olarak analistin sanatını kavrayacak idrak gücünü haizdir. Yorum çoğu zaman onları aşar; sonraları klinikte çalışırken, belki aylar, belki de yıllar sonra bir şey belleklerini dürtüverir ve ansızın bir ışık çakar, hocalarının sanatındaki inceliği ve haşmeti aniden yakalayıverirler.*

Kuşkusuz Ernest için de geçerli bunlar. Onun da kavrayışa ve kadir bilirliğe eriştiği bir gün gelecek. Şu anda onu saldırganla özdeşleşmeye zorlayarak eğitim analizinden en az bir yıl tasarruf etmesini sağladım.

Ernest'la işini bir an önce bitirmek için acelesi falan yoktu Marshal'ın. Ernest'ı daha uzun süre yanı başında istiyordu.

O akşam, analiz ettiği beş hastasını da gördükten sonra Marshal alelacele eve gittiğinde kimseleri bulamadı; karısı Shirley, bir not bırakarak yemeğin buzdolabında olduğunu, kendisinin ise çiçek düzenleme kursunun sergisinden saat yedi gibi döneceğini bildirmişti. Her zamanki gibi bir ikebana aranjmanı bırakmıştı ona: Boru gibi, uzun bir seramik kap ve içinde, kuş yuvasını andırır biçimde düzenlenmiş, uçları aşağı kıvrık, boz renkli, sivri sivri ve çıplak iğ ağacı dalları. Yuvanın bir ucunda da birbirinin aksi yönlere bakan iki tane uzun Paskalya zambağı.

Marshal, ikebanayı neredeyse masanın öbür ucuna kadar hızla sürerken, *Aman be,* diye geçirdi içinden. *Bugün sekiz hasta gördüm, bir saat de gözetmenlik –yani bin dört yüz dolar– ve karım bana bir sofra bile kuramıyor çünkü bu siktirici çiçek düzenlemeleriyle meşgul!* Marshal'ın öfkesi, daha buzdolabındaki plastik kapları açtığı anda geçmişti ama: Karşı koyulması imkânsız kokular yayan sebze çorbası *gazpacho*, taze biberle kavrulmuş ton balığıyla yapılan ve renkleriyle göz dolduran salad nisuaz, bir de mango, yeşil üzüm ve papayayla hazırlanıp ahududu sosuna bulanmış meyve salatası. Shirley, *gazpacho*'nun bulunduğu kâseye seloteyple bir not iliştirmişti: "Evreka! Nihayet negatif kalori diyetini buldum: Ne kadar yersen o kadar zayıflıyorsun. Sadece iki kâse yaptım, yok olup gitmeni istemiyorum." Marshal gülümsedi. Ama sadece bir an. Shirley'nin daha birkaç gün önce yaptığı bir başka "yok olup gitme" esprisini hatırladı belli belirsiz.

Yemeğini yerken *Examiner*'ın akşam baskısında ekonomi sayfasını açtı Marshal. Dow yirmi puan yükselmişti. Tabii *Examiner*'da öğlen birdeki değerler vardı sadece, oysa günün sonuna doğru piyasalar jet hızıyla yukarı fırlıyordu. Olsun: Günde iki kez borsa endekslerine bakmaktan hoşlanırdı Marshal ve nasıl olsa kapanışları ertesi gün *Chronicler*'ın sabah baskısında okurdu. Elindeki hisselerin her birinin ne kadar artış yaptığını hesap makinesiyle bulup o günkü kârını hesaplarken nefesini tuttu. Bin yüz dolar – hem borsanın kapanış saatine kadar daha da yükselmiş olabilirdi. Sıcacık bir sevinç dalgası kapladı içini; yeşilli beyazlı pırıltılar saçan mini mini soğan, hıyar ve kabak küplerinin yüzdüğü kıpkırmızı, kıvamlı *gazpacho*'ya daldırdı kaşığını. Kısa günün kârı, muayenehanede bin dört yüz, borsada bin yüz dolardı.

Spor sayfasını okuyup dünya haberlerine kısaca göz attıktan sonra, Marshal alelacele gömleğini değiştirdi ve dışarı çıkarak gecenin karanlığına karıştı. Egzersiz tutkusu da hemen hemen para aşkı kadar güçlüydü. Pazartesi, Çarşamba ve Cuma günleri öğle tatillerinde YMCA'ya gidip basketbol oynardı. Hafta sonları bisikletle gezer ve tenise giderdi. Salı ve Perşembe günleri ne yapar eder aerobik için zaman bulurdu – saat sekizde Golden Gate Psikanaliz Enstitüsü'nde toplantı vardı ve enstitüye kadar otuz dakikalık bir yürüyüş yapmak için erkenden çıkıyordu Marshal.

Yere sıkı sıkı basarak attığı her adımda bir yandan da akşamki toplantıyı düşünüyor ve beklentileri güçleniyordu. Alışılmışın dışında bir toplantı olacaktı. Buna hiç kuşku yoktu: Birinci sınıf bir tiyatro gösterisi olacaktı. Kan dökülecekti. Ah, kan ya – evet, işte heyecan verici kısmı buydu. Daha önce hiç böyle açıktan açığa dehşetin büyüsüne kapılmamıştı. Eski zamanlarda halka açık idamları çevreleyen o karnaval havası, seyyar satıcıların tezgâhlarındaki oyuncak darağaçları, davullar çalınır ve kader kurbanı darağacının kurulduğu iskeleye ağır ağır çıkarken havayı saran heyecan dolu uğultular. Adam asmalar, kelle kesmeler, yakmalar, karın deşip bağırsak dökmeler – kolları ve bacaklarından birer ata bağlanmış bir adamı getirin gözünüzün önüne, atlar kamçılanarak, mahmuzlanarak, kalabalığın haykırışlarıyla yerlerinden fırlayınca dört parçaya ayrılıveriyor adam, bütün büyük atardamarları aynı anda patlıyor. Dehşet, ya. Ama bir başkasının dehşeti – o anda, tam o anda, varlık ile hiçlik arasındaki o kesin ayrılığın görüntüsünü sunan, beden ile ruhun birbirinden nasıl koparılıverdiğini size gösteren birinin yarattığı dehşet.

Ortadan kaldırılacak olan hayat ne kadar görkem doluysa, bu olayın cazibesi o kadar fazladır. Terör Dönemi'nde, asilzade kelleleri yere yuvarlanıp saraylı bedenlerden kıpkırmızı kan fışkırırken muazzam bir heyecan yaşanmış olmalı. Ve tabii o mukaddes son sözler de büyük heyecan yaratmıştır herhalde. Var olmak ile olmamak arasındaki ayrılış anı yaklaşırken, pek dindar olmayan kimseler bile seslerini kısmış, ölenin ağzından dökülecek son heceleri işitebilmek için kulaklarını dört açmıştır – sanki tam o anda, can bedenden ayrılır ve bedeni bir et yığınına dönüştürecek olan süreç başlarken bir tür vahiy inecek, büyük esrara dair birtakım ipuçları verilecektir. Ölümden geri dönüş deneyimlerinin yarattığı çılgınca heyecan gelmişti Marshal'ın aklına. Bunun şarlatanlıktan başka bir şey olmadığını herkes biliyordu, ama bu çılgınlık yirmi yıl sürmüş ve milyonlarca kitap satılmasını sağlamıştı. Allah! dedi Marshal, ne para kırılmıştır o furyada!

Enstitünün o akşamki gündeminde hükümdarın katli falan yoktu aslında. Ama ondan bir sonraki en güzel şey vardı: Aforoz ve sürgün. Enstitünün kurucu üyelerinden ve eğitim analistlerinin duayenlerinden olan Seth Pande, psikanalize aykırı düşen çeşitli faaliyetlerinden ötürü yargılanacak ve kuşkusuz ihraç edilecekti. Yıllar önce bir hastasını becerdiği için ihraç edilen Seymour Trotter'dan bu yana hiç böyle bir şey olmamıştı.

Marshal, hassas bir politik konumda bulunduğunu ve bu akşam çok ihtiyatlı davranması gerektiğini biliyordu. Seth Pande'nin bundan on beş yıl önce onun eğitim analisti olduğu ve Marshal'a gerek kişisel gerek mesleki olarak büyük yardımı dokunduğu, herkesin malumuydu.

Gelgelelim, Seth'in yıldızı sönmekteydi artık; yaşı yetmişin üstündeydi ve üç yıl önce akciğer kanseri nedeniyle ağır bir ameliyat geçirmişti. Daima gösterişe meraklı bir adam olan Seth, teknik ya da ahlak konusunda olsun her türlü kuralı çiğnemeyi kendi ayrıcalığı addediyordu. Şimdi hastalığı ve ölümle yüz yüze olması nedeniyle hiçbir şeyi takmamaya başlamıştı. Psikanaliz işindeki meslektaşları, adamın psikoterapideki analiz karşıtı aşırı tutumlarından ve çıkardığı rezaletlerden ötürü utandıkça utanıyor, müthiş bir tedirginlik duyuyorlardı. Ama önemli bir ismi vardı işte adamın: Karizması öyle büyüktü ki, ne zaman önemli bir olay patlasa gazetecisi de, televizyoncusu da hemen onu arıyordu – televizyonda şiddetin çocuklar üzerindeki etkisi, belediyelerin evsizlere karşı ilgisizliği, halkın dilencilere karşı tutumu, silahların denetlenmesi, politikacıların seks skandalları. Seth bunların her biri hakkında mutlaka haber değeri taşıyan, çoğu zaman da rezalet yaratacak kadar küstahça bir laf ederdi. Son aylarda bu iş iyice çığırından çıkmıştı artık ve enstitünün şimdiki başkanı John Weldon ile Pande aleyhtarı eski psikanalist hizbi, sonunda ona meydan okuyacak cesareti toplamışlardı.

Marshal izleyeceği stratejiyi gözden geçirdi: Son zamanlarda Seth işin o kadar tadını kaçırmış, hastalarını mali bakımdan olsun cinsel bakımdan olsun öyle alenen suiistimal etmeye başlamıştı ki, bu aşamada onu desteklemek politik bir intihar olurdu. Marshal çıkıp konuşmak zorunda olduğunu biliyordu. John Weldon onun desteğine bel bağlamıştı. Kolay olmayacaktı. Gerçi Seth ölmek üzere olan bir adamdı ama hâlâ müttefikleri vardı. Psikanaliz uygulamış ve uygulamakta olduğu kimselerin birçoğu orada hazır bulunacaktı. Kırk yıl boyunca enstitü faaliyetlerinde öncü bir entelektüel rol üstlenmişti adam. Seymour Trotter'la birlikte Seth, bugün hâlâ hayatta olan enstitü kurucularından biriydi – tabii Seymour'ın hâlâ hayatta olduğunu varsayarsak. Yıllardır hiç gören olmamıştı Seymour'ı – Allah'a şükürler olsun. Bu mesleğin itibarını nasıl zedelemişti o adam! Seth ise yaşayan bir belaydı ve üçer yıl süreyle birçok kez enstitü başkanlığında bulunduğu için iktidardan uzaklaştırılması hiç kolay olmayacaktı.

Marshal, enstitü olmasa Seth olur muydu, diye merak ediyordu: Onun kimliğiyle tamamen iç içe geçmişti kurum. Seth'in ihracı bir nevi idam fermanı olacaktı. Korkunç! Ama Seth'in de psikanalizin adını lekelemeden önce düşünmesi gerekirdi bunları. Başka yolu yoktu: Marshal, Seth aleyhine oy kullanmak durumundaydı. Yine de Seth onun eski analistiydi. Ne etmeli de zalim biri ya da bir tür baba katili gibi görünmeden bu işin altından kalkmalı? İnce iş. Çok ince iş.

Marshal'ın enstitüdeki geleceğine ilişkin pırıl pırıl umutları vardı. Sonunda liderliği ele geçireceğinden öyle emindi ki, yegâne kaygısı bunu mümkün olduğu kadar kısa sürede nasıl halledebileceğiydi. Yetmişlerde enstitüye girmiş olan birkaç kilit üyeden biriydi; o sıralar psikanalizin yıldızı sönmeye başlamıştı ve enstitüye üye olmak için başvuranların sayısında önemli bir düşüş vardı. Seksenlerle doksanlarda ise ibre tersine dönmüş, birçokları yedi-sekiz yıllık programlara katılmak üzere aday olarak başvurmuştu. Dolayısıyla enstitüde iki ayrı yaş grubu oluşmuştu: Bir yanda John Weldon önderliğindeki eskiler, yaşlanmakta olan üstatlar vardı ve bunlar Seth'i devirmek için güç birliği etmişlerdi; diğer yanda ise aralarında Marshal'a analize gelenlerin de bulunduğu bir grup çömez, bunlar ancak son iki-üç yılda tam üyeliğe hak kazanmışlardı.

Kendi yaş grubunda pek rakibi yoktu Marshal'ın: Grubun en çok gelecek vaat eden iki üyesi, koroner arter hastalığından vakitsiz göçmüştü. Zaten Marshal'ın, psikanalistlik gibi bir masa başı iş yüzünden damarlarında toplanan birikintiyi temizleme amacıyla çılgınlar gibi aerobik yapmaya başlamasının sebebi de bu ölümlerdi. Marshal'ın gerçek rakipleri sadece Bert Kantrell, Ted Rollins ve bir de Dalton Salz'dı.

Bert tatlı çocuktu ama politika mefhumundan tamamen yoksundu; başta AIDS hastalarına terapi olmak üzere analiz dışı projelere fazlasıyla gömülerek heba ediyordu kendini. Ted'in hiç etkisi yoktu: Eğitim analizi on bir yıl sürmüştü ve sonunda sırf analisti yorulduğu, bir de ona acıdığı için bu sürecin tamamlandığını herkes biliyordu. Dalton ise son zamanlarda çevre sorunlarına fazlaca sardırdığından artık hiçbir analist tarafından ciddiye alınmıyordu. Dalton, arkaik çevre kirletme fantezilerinin analizine –Toprak Ana'nın ırzına geçilmesi ve yuvamız olan gezegenin duvarlarına işenmesi– dair eblehçe tezini okuduğunda, John Weldon'ın ilk sözleri şöyle olmuştu: "Sen ciddi misin, yoksa bizimle kafa mı buluyorsun?" Ama Dalton yılmadı ve –psikanaliz alanındaki bütün yayımlar tarafından reddedildikten sonra– tezini Jung'cu bir dergide yayımlatmayı başardı. Marshal biliyordu ki tek yapması gereken beklemek ve bu arada hata yapmamaktı. Bu soytarıların üçü de onun yardımına hiç gerek kalmadan kendi şanslarını tepiyorlardı.

Ama Marshal'ın, Golden Gate Psikanaliz Enstitüsü'nün başkanı olmaktan öte hırsları vardı. Bu makam, ülke çapında geçerliliği olacak bir başka makam için, mesela bir Uluslararası Psikanaliz Birliği başkanlığı için sıçrama tahtası olurdu ancak. Zamanı gelmişti artık: Daha önce, ABD'nin batısındaki bir enstitüde yetişmiş bir UPB başkanı olmamıştı hiç.

Yalnız bir pürüz vardı: Bir şeyler yayımlaması gerekiyordu Marshal'ın. Fikir sıkıntısı çekiyor değildi. Şu anda baktığı hastalardan biri –bir sınır kişilik vakasıydı bu; tek yumurta ikizi de şizoiddi ve hiçbir sınır özellik göstermiyordu– ayna kuramı için muazzam zenginlikte bir kaynak oluşturuyordu, dört dörtlük bir makale çıkardı bundan. Çocukluğun ilk evrelerinde ana-babanın cinsel ilişkisine tanık olma ve idamı seyreden kalabalıklar üzerine Marshal'ın geliştirdiği fikirler, temel kuramlarda esaslı değişiklikler yapılmasını sağlayabilirdi. Fikirlerindeki zenginliğin farkındaydı Marshal. Mesele bunları kâğıda dökmekti: Kaleminden çıkan hantal mı hantal kelimeler ve cümleler, bu fikirlerin hakkını vermenin çok uzağındaydı.

O noktada Ernest giriyordu devreye. Son zamanlarda iyice sinir bozucu olmaya başlamıştı Ernest – toyluğuyla, düşünmeden davranmasıyla, terapistin sahici davranması ve hastasına kendini açması gerektiği konusundaki çocukça ısrarıyla her danışmanın sabrını taşırırdı doğrusu. Ama Marshal'ın sabretmek için haklı nedenleri vardı: Ernest olağanüstü bir tahrir yeteneği gösteriyordu. Klavyesinden zarafet dolu cümleler akıyordu hep. Marshal'ın fikirleriyle Ernest'ın cümleleri bir araya geldi mi kimse önlerinde duramazdı artık. Marshal'ın tek yapması gereken, enstitüye kabul edilene kadar Ernest'ı zaptetmekti. Onu süreli yayımlarda çıkacak makalelerde, hatta kitap projelerinde kendisiyle işbirliğine razı etmek kolay olurdu. Zaten Marshal, Ernest'ın enstitüye kabul edilmesinin ne kadar zor olacağını ve bu konuda Marshal'ın desteğinin ne kadar da önemli olduğunu sistemli biçimde abartarak tohumları ekmişti. Ernest yıllarca minnettar kalacaktı ona. Üstelik onu çok hırslı buluyordu Marshal; kendisiyle ortak çalışmalara imzasını koyma fırsatını asla kaçırmazdı.

Marshal binaya yaklaşırken, zihnini toparlamak için birkaç kez derin nefes alarak soğuk havayı içine çekti. Zihin açıklığına ihtiyacı olacaktı; bu akşam bir iktidar savaşı kopacağı kesindi.

John Weldon, altmışlı yaşlarının ortalarında, uzun boylu, heybetli bir adamdı; sağlıkla parlayan pembe bir cildi, gitgide seyrelen kır saçları, ürkütücü büyüklükte bir Adem elmasının fırladığı kırış kırış bir boynu vardı. Duvarları kitap raflarıyla kaplı ve hem kütüphane hem toplantı salonu olarak ikili bir işlev üstlenen salonda, kürsüdeki yerini almıştı bile. Kalabalığa bir göz atan Marshal, o gün orada bulunmayacak bir enstitü üyesi düşünemiyordu zaten. Seth Pande hariç tabii; bir alt komite kendisiyle uzun uzadıya görüşmüş ve bu toplantıya katılmamasını özel olarak rica etmişti.

Üyelerin yanında üç de üye adayı öğrenci vardı; Seth tarafından analiz edilmekte olan bu kişiler toplantıya katılabilmek için dilekçe vermişlerdi. Emsali görülmemiş bir durumdu bu. Ama kendi çıkarları gereği katılmak istemişlerdi tabii: Seth enstitüden ihraç edilecek olsa ya da sırf eğitim analisti statüsünü kaybetse bile, yıllardır onunla yaptıkları analiz çalışması boşa gidecek, bir başkasıyla en baştan başlamaları gerekecekti. Her üçü de analist değiştirmeyi reddedebileceklerini açıkça belirtmişti; bu, adaylıktan çekilmeleri anlamına gelse bile. Hatta bir hizbin ayrılarak başka enstitü kurması söz konusu olabilirdi. Bütün bunları göz önünde bulunduran yönetim komitesi, üç adayın Seth'e bağlılıklarında yanılmış olduklarını anlayacakları umuduyla, oy haklarının olmaması kaydıyla toplan-tıya katılmalarına izin vermek gibi olağandışı ve son derece tartışmalı bir karar almıştı.

Marshal ikinci sırada bir sandalye seçerek oturduğu anda John Weldon, sanki Marshal'ın gelişini bekliyormuşçasına küçük lake çekicini kürsüye vurarak toplantıyı başlattı.

"Her biriniz," diye girdi söze, "bu olağanüstü toplantıyla neyin amaçlandığını bilmektesiniz. Bu akşam karşı karşıya bulunduğumuz zorlu görev, en saygıdeğer üyelerimizden biri olan Seth Pande hakkında ortaya atılmış ciddi, son derece ciddi suçlamaları değerlendirerek enstitünün ne gibi bir önlem alacağını belirlemektir; tabii şayet bir önlem alması gerekli görülecek olursa. Sizlere mektupla da bildirilmiş olduğu gibi, bu amaçla oluşturulan komite, söz konusu suçlamaların her birini büyük bir dikkatle incelemiştir ve zannımca doğrudan komitenin bulgularına geçmek yerinde olacaktır."

"Dr. Weldon, usûle ilişkin bir şey sormak istiyorum!" Terry Fuller'dı bu, daha bir yıl önce enstitüye kabul edilmiş, atılgan bir genç psikanalist. O da Seth tarafından analiz edilmişti.

"Oturum başkanı Dr. Fuller'a söz hakkı tanımaktadır." Weldon'ın seslendiği kişi, yetmiş yaşındaki analist Perry Wheeler'dı; kısmen sağır olan Wheeler enstitü sekreteriydi ve büyük bir hiddet içinde toplantı tutanaklarını tutmaktaydı.

"Bu 'suçlamalar'ı Seth Pande aramızda yokken ele almamız doğru mu? Gıyabi yargılama ahlaken sakıncalı olmakla kalmayıp enstitü tüzüğüne de aykırıdır."

"Ben Dr. Pande'yle görüştüm ve bu akşamki toplantıya katılmamasının bütün taraflar açısından en iyisi olacağı konusunda görüş birliğine vardık."

"Düzeltiyorum! En iyisinin bu olacağı bizim değil *senin* görüşündü, John." Seth Pande'nin davudi sesiydi salonda patlayan. Eşikte durmuş izleyicileri inceliyordu; sonra arka sıradan bir sandalye alıp en öne taşıdı. Ön sıraya ilerlerken Terry Fuller'ın omzuna sevecenlikle vurup devam etti sözüne: "Bu konuyu düşünüp kararımı sana bildireceğimi söylemiştim. Ve gördüğün gibi kararım, burada, sevgili kardeşlerimin ve saygıdeğer meslektaşlarımın arasında olmaktır."

Seth'in bir seksenlik kalın gövdesi kanser yüzünden bükülmüştü ama ışıltılar saçan ak saçları, yanık teni, kemerli burnu, heybetli çenesiyle etkileyici bir adamdı hâlâ. Bir hükümdar soyundan gelmeydi ve Hindistan'ın Kuzeydoğu'sundaki Kipoche eyaletinde bir sarayda büyümüştü. Babası Hindistan'ın BM temsilciliğine getirildiğinde Seth de ABD'ye yerleşerek Exeter ve Harvard'da öğrenim görmüştü.

Allahın belası, diye geçirdi içinden Marshal. *Çekil yolumuzdan işte, bırak işimize bakalım.* Başını çekebildiği kadar yakasının içine çekti.

John Weldon'ın suratı mosmor olmuştu, ama sesi sakindi yine de. "Kararın üzdü beni, Seth, ve senin de sonradan buna üzüleceğine samimi olarak inanıyorum. Ben yalnızca seni kendine karşı koruyordum. Profesyonel yaşamındaki –ve bu yaşamın dışındaki– davranışlarının tüm ayrıntısıyla alenen tartışıldığı bir toplantıyı dinlemek ağırına gidebilir."

"Benim saklayacak hiçbir şeyim yok. Ben daima profesyonel çalışmalarımla gurur duymuşumdur." Seth dinleyicilere bir bakıp devam etti sözlerine: "Kanıt istiyorsan, sana etrafına bakmanı öneririm, John. Daha önce analiz ettiğim kişilerden en az yarım düzinesinin ve halen analiz etmekte olduğum üç kişinin – ki hepsi de yaratıcı, dürüst, bu meslek açısından değer taşıyan adamlardır, veya kadınlar," –tam bu noktada kadın analistlerden Karen Jaye'e dönüp abartılı ama çok zarif bir selam verdi– "burada hazır bulunması, benim çalışmalarımın sağlamlığına kanıttır."

Marshal suratını ekşitti. *Seth zorluk çıkarmak için elinden geleni ardına koymayacak. Ahh, Tanrım!* Gözleriyle salonu taramakta olan Seth, bir an onun bakışlarını yakaladı. Gözlerini kaçıran Marshal bu kez de Weldon'ın bakışlarıyla karşı karşıya kaldı. Gözlerini yumdu, kalçalarını iyice büzerek oturdu ve yerinde büzülüp daha da küçülttü gövdesini.

Seth sözüne devam etti. "Benim asıl ağırıma giden, John, haksız yere suçlanmak, muhtemelen iftiraya uğramak ve kendimi savunmak için hiçbir şey yapamamaktır – ama tabii bu konuda seninle farklı görüşlerde olabiliriz. Neyse, biz işimize dönelim. Neymiş bu suçlamalar? Kimmiş beni suçlayanlar? Birer birer dinleyelim bakalım."

"Sen de dahil olmak üzere Seth, eğitim komitesi tarafından her birinize gönderilen mektupta," diye cevap verdi John Weldon, "suçlamalar çeşitli başlıklar altında toplanmıştı. Hepsini okuyacağım. İşe takasla başlayalım: Kişisel hizmet karşılığı analiz yapmak."

"Benim," diye söze başladı Seth, talepkâr bir sesle, "hangi suçlamanın kim tarafından ortaya atıldığını bilmeye hakkım var."

Marshal bir daha ekşitti suratını. *Suyum ısındı,* diye düşündü. Seth'in takas huyuna Weldon'ın dikkatini çekmiş olan kendisiydi. Ayağa kalkıp olabilecek en açık ve kendine güvenli biçimde konuşmaktan başka şansı yoktu.

"Takas konusundaki şikâyetin sorumluluğunu ben üstleniyorum. Bundan birkaç ay önce yeni bir hastam olmuştu, profesyonel bir mali müşavir ve kendisiyle ücret konusunu görüşürken, hizmetlerimizi takas etmemizi önerdi. Madem saatlik olarak aldığımız ücretler birbirine yakındı, dedi ki 'Niye vergiye tabi olan nakit el değiştirsin, bunun yerine hizmet değiştokuşu yapamaz mıyız?' Haliyle reddettim bu teklifi ve böyle bir düzenlemenin, birden çok düzeyde terapiyi nasıl sabote edeceğini açıkladım. Beni darkafalı ve katı birisi olmakla suçlayarak psikanaliz enstitüsünün eski başkanı Seth Pande ile takas anlaşması yapmış olan iki kişinin adını verdi; biri çalışma arkadaşı, diğeri de genç bir mimar olan müşterisiydi."

"Bu şikâyete derhal gerektiği şekilde cevap vereceğim, Marshal, ancak meslektaşım ve arkadaşım olan, dahası bir zamanlar tarafımdan analiz edilmiş olan birinin niye gelip dosdoğru benimle konuşmayı, bana bu konuda soru sormayı tercih etmiş olmadığını doğal olarak merak ediyorum!"

"Gereğince analiz edilmiş bir kişinin," diye cevap vermeye koyuldu Marshal, "analistiyle sonsuza dek bir baba-oğul ilişkisini sürdürmek ve ona karşı tarafgirlik içinde hareket etmek zorunda olduğu nerede yazıyor? Tedavide ve aktarım üzerine çalışmada hedeflenenin, kişinin ana-babasından ayrılmasına, özerklik ve kişilik bütünlüğü geliştirmesine yardım etmek olduğunu senden öğrendim ben."

Seth'in yüzü koca bir tebessümle aydınlandı; tıpkı çocuğu kendisini satrançta ilk kez mat ettiğinde gururlanan bir baba gibiydi hali. "Bravo, Marshal. Pes doğrusu. Dersini iyi bellemişsin, senin başarından gurur duyuyorum. Ama yine de merak ediyorum, beş yıllık psikanaliz boyunca o kadar fırçayla kazıdık, telle ovduk, cilaladık, acaba hâlâ bazı safsatacılık lekeleri kalmış mıdır sende?"

"Safsatacılık mı?" Marshal inatla üstüne gitti bu sözün. Üniversitenin futbol takımında geri sahada oynadığı günlerde, yerinde duramayan güçlü bacaklarıyla kendisinin iki misli adamları amansızca püskürtürdü. Bir muarızla bir kez karşı karşıya kalmaya görsün, asla pes etmezdi o.

"Ben burada safsatacılık falan göremiyorum. Sırf analitik babamın hatırı için, kişisel hizmet karşılığı analiz yapmanın yanlış bir şey olduğuna dair kanaatimi parantez içine mi almalıydım yani? Üstelik bu salondaki herkesin benimle aynı kanaatte olduğundan da eminim. Takasla analiz her bakımdan yanlıştır. Kanunen ve ahlaken yanlıştır: Bu ülkenin vergi yasalarında açık biçimde yasaklanmıştır. Teknik olarak yanlıştır: Aktarım ve karşı aktarım süreçlerinin yıkımla sonuçlanmasına sebep olur. Hele bir de analistin karşılık olarak yararlandığı hizmetler kişisel hizmetlerse, iki misli yanlıştır: Kişisel hizmetler derken, mesela mali hizmetleri kastediyorum; bu durumda hasta, senin mali durumunu en ince ayrıntısına kadar bilmek zorunda. Yahut da, mimar olan hastayı örnek alırsak, sana yeni bir ev için proje çizerken ev içindeki alışkanlıklarını ve tercihlerini en küçük ayrıntısına kadar öğrenmesi gerekecek. Benim karakterime dair ne idüğü belirsiz suçlamalarda bulunarak kendi kabahatini örtmeye çalışma."

Bu sözlerin ardından yerine oturdu Marshal, kendi kendinden memnun kalmıştı. Etrafına bakmaktan kaçındı. Gereği yoktu. Herkesin hayranlıkla nefesini tuttuğunu hissedebiliyordu. Artık yabana atılmayacak bir adam olarak kendini kabul ettirdiğini biliyordu. Seth'in nasıl biri olduğunu da yeterince biliyordu; öyle ki şimdi neler olacağını tahmin edebilirdi. Seth saldırıya uğradığı zaman öyle bir karşı saldırıyla cevap verirdi ki buna, kendi durumunu daha da zorlaştırırdı. Seth'in davranışının ne kadar zararlı olduğuna dair daha ayrıntılı açıklamalara girmenin manası yoktu; kendi kuyusunu kendi kazacaktı nasıl olsa.

"Yeter," diyerek çekicini kürsüye indirdi John Weldon. "Bizler için bu konu, kişisel çekişmelere indirgenemeyecek kadar önemlidir. Biz gündeme dönelim: Suçlamaların sistemli olarak gözden geçirilip her birinin etraflı biçimde tartışılması."

Weldon'ın sözlerini hiçbir şekilde takmayan Seth, "Takas," diye devam etti, "çirkin bir tabirdir ve analitik agape edimininin başka türlü bir şey olduğunu, infial uyandırıcı bir şey olduğunu ima etmektedir."

Olive Smith, "Takası nasıl savunabilirsin, Seth?" diye sordu. Yaşlı bir psikanalist olan bu kadının şöhreti, esasen psikanalitik hanedan soyundan gelme iddiasına dayanıyordu: Bundan kırk beş yıl önce, kendisi de bizzat Freud tarafından analiz edilmiş olan Frieda Fromm-Reichman'ın analizinden geçmişti. Üstelik bir zamanlar Anna Freud'la kısa süreli ahbaplığı olmuş, onunla yazışmıştı ve Freud'un torunlarından bazılarını tanıyordu. "Analiz sürecinde, özellikle ücretlerle ilgili konularda her türlü töhmetten uzak bir çerçevenin yürürlükte olması gerektiği açıktır."

"Analitik agapeden takası haklı gösterecek bir şeymiş gibi söz ediyorsun. Ciddi değilsindir herhalde," dedi Harvey Green. Tostoparlak, her daim şık bir analistti Green ve ne yapar eder, mutlaka herkesin tüylerini diken diken edecek bir söz etmeyi başarırdı. "Diyelim ki hastan fahişelik yaparak geçimini sağlıyor. Takas sistemin nasıl işleyecekti acaba?"

"Zehir gibi ve özgün bir yorum, Harvey," diye karşı saldırıya geçti Seth. "Zehirli kısmı tam da senden beklenecek şey aslında. Ama bu kadar özgün ve zekice bir soru ortaya atmış olmak, bak işte bu senden hiç beklenmezdi. Neyse, yine de bu, sorunu dikkate alınmaya değer kılmaz. Bakıyorum da safsatacılık, Golden Gate Enstitüsü'nde epey tutulmuş." Marshal'dan tarafa bir bakıp sonra yine Harvey'ye çevirdi gözlerini. "Söyle Harvey, son zamanlarda kaç fahişeyi analiz ettin? İçinizde fahişe hastası olan var mı?" Seth'in kara gözleri tüm salonu tarıyordu. "Kendi içine derin bir analitik bakış atıp da fahişelik yapmaya devam edebilecek kaç fahişe vardır?

"Büyü artık, Harvey!" diye devam etti Seth. Bu meydan okumadan pek keyiflendiği belliydi. "*Uluslararası Bülten*'de çıkan bir yazımı doğruluyorsun sen, yazımda diyordum ki, analiz dünyasının bizim gibi yaşlı vatandaşları –siz ne diyordunuz buna Yidiş dilinde? *Alte koker!*– düzenli olarak bakım analizinden geçmeli, mesela her on yılda bir. Haddizatında bizler, psikanalist adayları için kontrol örneklemi olarak işlev görebiliriz. Bu sayede kemikleşmenin önü alınmış olur. Bu örgütte böyle bir şeye ihtiyaç duyulduğu çok açık."

"Susun," diyerek çekicini indirdi Weldon. "Artık işimize dönelim. Oturum başkanı olarak ısrarla belirtiyorum ki... "

"Takas!" diye devam etti Seth. Şimdi kürsüye sırtını vermiş, üyelere dönmüştü yüzünü. "Takas! Büyük bir günah! Ağır cezalık bir suç! Çok büyük sıkıntıları olan genç bir mimar, anoreksiden muzdarip bir erkek, üç yıl süreyle kendisine analiz uygulayıp karakterinde önemli değişiklikler gerçekleştirebileceği bir aşamaya gelmesini sağlamıştım ki, çalıştığı şirket bir başka kuruluş tarafından satın alınınca aniden işinden oldu. Bağımsız bir iş kurduktan sonra kendini kabul ettirebilmesi de bir-iki yılını alacak. Bu süre boyunca fiilen hiçbir geliri yok. Analistin yapması gereken nedir? Hastayı bırakmak mı? Onun için kabul edilmesi imkânsız bir alternatif önerip binlerce dolar borçlanmasına sebep olmak mı? Bu arada ben de, kişisel sağlık nedenleriyle evime bir ek bina yaptırmayı planlıyordum; burada bir muayenehane, bir de bekleme salonu olacaktı. Bana bir mimar lazımdı. Ona da müşteri lazımdı.

"Çözüm çok açık – benim muhakememe göre doğru ve ahlaklı olan bir çözümdür bu, ayrıca muhakememi de ne burada ne başka herhangi bir dinleyici kitlesi önünde haklı göstermeye çalışmak durumundayım. Hasta, evime eklenecek yapının çizimini yaptı. Ücret sorunu halledildiği gibi, benim kendisine gösterdiğim güven de terapötik açıdan olumlu etkiledi onu. Bu vakayı kaleme almayı planlıyorum: Benim evimin –babanın ininin en derinlerdeki bölümünün– tasarımını yapma işi, onu kendi babasıyla ilgili en eski anıların ve fantezilerin en derin katmanlarına taşıdı, muhafazakâr tekniklerle erişilmesi imkânsız olan katmanlara. Mesleğimde yaratıcı yöntemler denemek için sizden izin mi alacaktım yani, hiç aldım mı ki?"

Bu noktada Seth, dramatik bir tavırla dinleyicileri inceledi yine, bu kez bakışlarını bir süre Marshal'da sabitledi.

Bir tek John Weldon cesaret etmişti cevap vermeye: "Sınırlar! Sınırlar! Seth, bütün yerleşik tekniklerin üstünde misin sen? Hastanın senin evini incelemesine ve tasarımını yapmasına izin vermek? Sen buna yaratıcılık diyebilirsin. Ama bak ben sana söylüyorum ve buradaki herkesin de bana katılacağından eminim, *analiz değil bu.*"

" 'Yerleşik teknik.' 'Analiz değil bu.' " John Weldon'ın sözlerini yüksek perdeden, ruhsuz bir tonda tekrarlayarak onun taklidini yapıyordu Seth. "Ufacık beyinleriyle sızlanıp duruyorlar. Teknikler Musa'nın tabletleriyle mi indi sanıyorsunuz siz? Teknik, ufku geniş, hayali geniş analistler tarafından biçimlendirilmiştir: Ferenczi, Rank, Reich, Sullivan, Searles. Ve evet, Seth Pande!"

Morris Fender, "Kendi kendini peygamber ilan etmek," diye söze girişti -kel kafalı, patlak gözlü, yer cücesi gibi bir adamdı; çok ama çok kalın camlı bir gözlüğü vardı, boynu ise yoktu- "çok sayıda günahı gizlemeye ve mazur göstermeye yarayan zekice, şeytanca bir araçtır. Davranışın konusunda çok vahim endişelerim var, Seth. Kamuoyu nezdinde psikanalizin adını kirletiyor böyle şeyler ve dürüst konuşmak gerekirse, senin gencecik analistleri yetiştirmekte olduğunu düşününce tüylerim diken diken oluyor. Senin kendi yazılarını ele alalım - mesela *Londra Kitap Bülteni*'nde çıkan ifadelerini."

Morris cebinden bazı gazete sayfaları çıkarıp iyice yaydı. Elindeki sayfayı Seth'e doğru sallayarak "Bu," dedi, "Freud-Ferenczi yazışmaları üstüne yazdığın kendi incelemenden. Hastalarına, onlara olan sevgini ifade ettiğini, onlara dokunduğunu ve özel hayatına dair ayrıntıları, mesela sürüncemede kalan boşanma işini ve kanser hastalığını, onlarla konuştuğunu burada kendin açıklıyorsun. Hastalara, onların en iyi arkadaşların olduğunu söylüyormuşsun. Onları evine çaya davet edip cinsel tercihlerin hakkında konuşuyormuşsun. Bak, cinsel tercihin senin kendi meselendir -burada bunun niteliğini tartışacak da değiliz- ama analiz ettiğin kişilerin yanında bir de bütün bir okur kitlesinin, senin biseksüel olduğunu bilmesi neden gerekiyor? Bunları inkâr edemezsin." Morris, elindeki gazeteyi bir kez daha Seth'e doğru salladı. "Senin kendi sözlerin bunlar."

"Elbette benim kendi sözlerim. Yoksa listenizde intihal suçlaması da mı var?" Seth, bu konuyu görüşmek üzere oluşturulmuş komiteden gelen mektubu çıkarıp büyük bir dikkatle inceliyormuş gibi yaparak dalgasını geçiyordu. "İntihal, intihal - ay bir sürü ağır suç var burada, yığınla kötülük var, ama intihali bulamıyorum. Neyse, hiç değilse bundan yırtmışız. Evet efendim, benim kendi sözlerim. Ve o sözlerin arkasında da dururum. Analiz eden ile edilen arasındaki bağdan daha mahrem bir bağ var mıdır hayatta?"

Marshal umutla dinliyordu. *Çok iyi gidiyorsun, Morris,* diye düşündü. *Çok güzel gaza getirdin herifi. İlk defa zekice bir iş yaptığını görüyorum!* Seth'in roketleri tütmeye başlamıştı; az sonra patlayıp kendi kendini imha etmek üzere yörüngeye girecekti.

"Evet," diye devam etti Seth; tek ciğeriyle çırpınıp duruyor, gitgide boğuklaşıyordu sesi. "Hastalarımın benim en iyi arkadaşlarım olduğu şeklindeki sözlerimin arkasında dururum. Ve aynısı hepiniz için geçerlidir. Senin için de Morris. Hastalarımla, haftanın dört saatini, olabilecek en mahrem konuşmaları yaparak geçiriyoruz. Hadi söyleyin bakalım, hanginiz bir arkadaşınızla bu kadar mahrem bir ilişki yaşıyorsunuz? Sizin yerinize ben cevaplayayım: *Hiçbiriniz* – hele sen hiç değil, Morris. Amerikan erkekleri arasındaki arkadaşlık tarzını hepimiz biliriz. Belki bazılarınız, pek azınız, haftada bir bir arkadaşınızla öğle yemeğine çıkıyor ve iki siparişle üç atıştırma arasında mahrem görüşmeler yapıyorsunuzdur.

"İnkâr mı edeceksiniz yani?" –salonu Seth'in sesi doldurmuştu– "Terapi saatinin bir dürüstlük tapınağı olacak şekilde tasarlandığını inkâr mı edeceksiniz? Madem en mahrem ilişkinizi hastalarınızla yaşıyorsunuz, *sıkıyorsa bırakın şu ikiyüzlülüğü de anlatın onlara!* Hem ne olurmuş kişisel hayatınızın ayrıntılarını bilirlerse? Benim kendimi hastalarıma açmam bir kez bile analitik prosedürü bozmamıştır. Tam tersine, süreci hızlandırır. Belki de kanser olduğum için hız çok önem kazandı hayatımda. Tek üzüntüm, bunu bu kadar geç keşfetmiş olmamdır. Bu salonda oturan ve bir süredir tarafımdan analiz edilmekte olan kişiler, ne kadar hızlı iş çıkardığımıza tanıklık edebilirler. Sorun onlara! Hiçbir eğitim analizinin üç yıldan fazla sürmeyeceğine kesin olarak kanaat getirdim artık. Haydi, bırakın da onlar konuşsun!"

Marshal ayağa kalktı. "İtiraz ediyorum! Her ne şekilde olursa olsun, analiz etmekte olduğun kişileri bu müessif tartışmaya dahil etmeye çalışman uygunsuz ve yersiz bir şeydir, kendini tutmayı bilmeyen insanların isteyeceği bir şeydir" –işte yine o söz, Marshal'ın favori sözü!– "Bu öneriyi söz konusu etmek bile yetersiz muhakemenin işaretidir. Analiz edilen kimselerin bakış açısı iki yanlı bir etki altındadır: Hem aktarımın hem kendi çıkarlarının yükü. Onlara hız hakkında ne düşündüklerini sorarsanız, çabuk ve yalapşap bir analize ne dediklerini sorarsanız, onaylayacaklardır *elbette*. Kısa süreli, üç yıllık bir eğitim analizi düşüncesi elbette onlara çekici gelecektir. Hangi adaya çekici gelmez ki? Ama böylelikle asıl meseleden uzaklaşmış olmuyor muyuz? Yani senin hastalığını ve bunun görüşlerin ile işin üzerindeki etkisini gözden kaçırmış olmuyor muyuz? Sen kendin de söylüyorsun Seth, hastalığın, seni hastalarınla işini çarçabuk halletmeye sevk eden bir aciliyet duygusu yaratmış. İçimizde tek kişi yoktur ki bunu anlayamasın, bu noktada sana duygudaşlıkla yaklaşmasın. Hastalığın, birçok açıdan senin perspektifini değiştiriyor ve şartlar göz önüne alındığında gayet anlaşılır bir şeydir bu.

"Ancak bu demek değildir ki," diye sözüne devam etti Marshal; kendine güveni gitgide artıyordu, "kişisel aciliyet duygusundan kaynaklanan bu yeni perspektif, öğrencilere psikanalitik bir doktrin olarak sunulmalıdır. Çok üzgünüm Seth, ama Eğitim Komitesi'nin, senin eğitici statünün ve bu statüyü daha fazla koruyabilme yeteneğinin artık tartışmaya açılması yönündeki görüşüne katılmak zorundayım. Bir psikanaliz örgütü, görev devir teslimi konusunu ihmal etmenin bedelini çok ağır öder. Bunu psikanalistler beceremezse, yetkilerle sorumlulukların yaşlı ve güçlü olanlardan alınıp yeni kuşaklara devredilmesi konusunda bizden yardım isteyen başka örgütlenmelerin –şirketlerin, hükümetlerin– bu süreci gerçekleştirmesini nasıl bekleyebiliriz?"

"Ancak," diye gürledi Seth, "iktidarı hak etmeyecek kadar sıradan kimselerdeki bayağı iktidar hırsını görmezden gelmenin bedelini de çok ağır öderiz!"

"Susunuz!" diye çekicini indirdi John Weldon. "Sadede gelelim. Bu konuyu incelemek üzere oluşturulan komite, psikanaliz teorisinin bazı temel direklerine saldırı niteliği taşıyan ve bunlarla alay ederek itibardan düşmelerini amaçlayan sözlerini, kamuoyu nezdinde beyan edilmiş ve yayımlanmış sözlerini dikkatimize sunmuştur. Mesela *Vanity Fair*'de geçenlerde yayımlanan bir röportajında Oidipus kompleksiyle dalga geçiyor ve bunu bir 'Yahudi hatası' olarak reddediyorsun. Sonra da psikanalizin temel ilkelerindeki birçok... "

Seth, "Elbette," diye karşı saldırıya geçti – espriler yapmaya çalışmaktan da, her türlü mizah çabasından da vazgeçmişti artık. "*El-*

bette bir Yahudi hatasıdır. Viyana'daki küçücük Yahudi ailesini evrensel aile modeli haline getirmekte ve sonra da, suçluluk duygusundan boğulan Yahudiler'in kendi başlarına çözemedikleri şeyi bütün bir dünya adına çözmeye çalışmaktadır hata!"

Uğultular tüm salonu doldurmuştu şimdi ve bir-iki analist aynı anda konuşmaya başladı. "Yahudi düşmanı," dedi biri. Başka birçok söz daha duyuluyordu: "Hastalarına masaj yapıyormuş," "hastalarıyla seks yapıyormuş," "kendini Allah sanıyor," "analiz değil ki bu – bırakın ne halt ederse etsin, ama adına analiz demesin."

Seth onlara dönüp konuşmaya başladı. "Elbette John, hepsini ben söyledim ve yazdım. Ve bu sözlerimin arkasında da dururum. Kalbinin derinliklerinde herkes biliyor ki, haklıyım. Freud'un gettoda yaşayan ufak Yahudi ailesi insanlığın küçücük bir bölümünü temsil eder. Benim kültürümü alalım mesela. Yeryüzündeki her Yahudi aileye karşılık binlerce Müslüman aile var. Psikanaliz bu aileler ve bu hastalar hakkında hiçbir şey bilmez. Buradaki farklı ve had safhada abartılı baba rolü hakkında bir şey bilmez, bilinçdışında babaya duyulan derin arzuyu, babanın sağladığı huzura ve güvenliğe dönmek, babayla bütünleşmek için duyulan o arzuyu bilmez."

"Evet," diyerek bir dergi açtı Morris, "bakın burada, *Çağdaş Psikanaliz*'in editörüne gönderilmiş bir mektup var. Biseksüel bir gencin şiddetli arzu ve özlemleri hakkındaki yorumunu tartışıyorsun; size bir alıntı: 'Dünyadaki nihai huzura, yani babanın rahim-rektumuna dönme yönünde evrensel bir arzuydu bu.' Her zamanki alçakgönüllülüğünle bundan da şöyle bahsetmişsin:" –okumaya devam etti Morris– " 'Aslında temel bir dönüştürücü yorumdur bu, ancak psikanalizin ırkçı taraflılığıyla tamamen gölgede bırakılmıştır.' "

"Kesinlikle! Ama daha ancak iki yıl önce yayımlayabildiğim o makaleyi yazalı altı yıl oluyor. Az bile söylemişim. Evrensel bir yorumdur bu; artık *bütün* hastalarımla yaptığım çalışmanın merkezini oluşturuyor. Psikanaliz Yahudiler'in tekelinde değildir. Batı'nın olduğu kadar Doğu'nun da gerçeklerini kabul etmek ve kucaklamak zorundadır. Hepinizin öğrenmesi gereken çok şey var, ama benim de yeni fikirleri özümseme isteğiniz ve yeteneğiniz hakkında ciddi kuşkularım var."

Seth'e kararlılıkla meydan okuyan ilk kişi, tutarlı kişiliğiyle tanınan, gümüş rengi saçlı, kibar analist Louise Saint Clare oldu. Doğrudan kürsüye hitap etmişti: "Sayın Başkan, şu ana kadar işittiklerimin, Dr. Pande'nin genç analistlerin eğitiminden sorumlu olamayacak ölçüde psikanalitik öğretilerden uzaklaştığına kani olmam için yeterli olduğu inancındayım. Eğitim analisti statüsünün elinden alınması gerektiği yönünde fikir beyan etmek istiyorum!"

Marshal elini kaldırdı: "Ben de aynı yönde oy kullanıyorum."

Seth tehditkâr bir edayla dikilmiş, ters ters bakıyordu dinleyicilere. "*Siz, beni* ihraç ediyorsunuz, ha? Yahudi psikanaliz Mafyası'ndan da bu beklenirdi zaten."

"Yahudi Mafyası mı?" diye sordu Louise Saint Clare. "Devam ettiğim kilisenin papazı bunu duyunca çok şaşıracak."

"Yahudi, Hıristiyan, fark etmez – Yahudi-Hıristiyan Mafyası öyleyse. Ve *beni* ihraç edebileceğinizi sanıyorsunuz. İyi, ben de *sizi* ihraç ediyorum. Bu enstitüyü ben kurdum. Enstitü demek, *ben* demektir. Ve ben nereye gidersem –şuna inanın ki, gidiyorum gerçekten– enstitü de *oraya* gidecektir." Bu sözlerden sonra sandalyesini bir kenara savuran Seth, şapkasıyla paltosunu aldı ve paldır küldür çıktı salondan.

Seth Pande gittikten sonra sessizliği bozan Rick Chapton oldu. Seth tarafından analiz edilmiş olan Rick, onun ihracının etkisini özellikle derinden hissedecekti haliyle. Gerçi eğitim analizi tamamen bitmiş ve tam üyeliğe çoktan hak kazanmıştı ama, çoğu kimse gibi o da, eğitim analistinin statüsüyle gururlanıyordu hâlâ.

"Seth'i savunmak üzere söz almak istiyorum," dedi Rick. "Bu akşam salona hâkim olan ruha ve usûle ilişkin çok ciddi çekincelerim var. Ayrıca Seth'in son söylediklerinin gündem açısından belirleyici olmadığı fikrindeyim. Bunlar hiçbir şeyi kanıtlamaz. Hasta ve gururuna düşkün bir adam o ve hepimizin iyi bildiği gibi, üstüne gidilince savunmaya geçip küstah bir tarzda karşılık vermesiyle tanınıyor. Nitekim bu akşam kasıtlı olarak üstüne gidildiğine dair kuşkulara kapılmak mümkün."

Rick bir müddet susup yedi buçuğa beş santim ebadında bir karta baktıktan sonra devam etti: "Bu akşamki görüşme süreci üzerine bir yorumda bulunmak istiyorum. Görüyorum ki birçoklarınız, Seth'in teorik tutumu karşısında haklı olduğunuza inanmak için çırpınıp duruyorsunuz. Ancak mesele gerçekten Dr. Pande'nin yorumlarının *içeriği* miydi, yoksa onun üslubu ve göz önünde biri olması mıydı, merak etmiyor değilim! Birçoğunuz onun pırıltısı, bu alana yaptığı katkılar ve edebi yeteneği karşısında, hepsinden önemlisi de hırsı karşısında kendinizi tehdit altında hissediyor olmayasınız? Seth'in dergilerde, gazetelerde, televizyonda bu kadar sık boy göstermesini kıskanmıyor mu üyeler? Kendi başına buyruk davrananlara tahammül edebiliyor muyuz? Tıpkı yetmiş beş yıl önce Sandor Ferenczi'nin analitik doktrini sorguladığı gibi ortodoksluğu sorgulayan birine tahammül edebiliyor muyuz? Benim görüşüme göre, bu akşamki tartışmanın hedefi Seth Pande'nin yaptığı analitik yorumların *içeriği* değildi. Onun babayı odak alan teorisine ilişkin tartışma tam bir hedef saptırma durumudur, yer değiştirme dediğimiz savunma mekanizmasının klasik bir örneğidir. Yo, bir kan davası bu, kişisel bir saldırı – ve bu haliyle de hiç değerli görünmüyor. Burada etkili olan asıl saiklerin kıskançlık, ortodoksluğu savunma isteği, baba korkusu, değişim korkusu olduğunu öne sürüyorum."

Marshal cevaplamak üzere kalktı. Rick'i iyi tanırdı, onun analiz vakalarından birine üç yıl boyunca gözetmenlik etmişti. "Rick, gösterdiğin cesarete, sadakate ve düşüncelerini açıkça söyleyebilmene saygı duyuyorum, ama ne yazık ki sana katılmıyorum. Seth Pande'nin yorumlarının içeriği burada kesinlikle *benim* kaygım olmuştur. Psikanaliz teorisinden o kadar uzaklaştı ki, kendimizi ondan ayrı tutmak bize düşen bir sorumluluk halini aldı. Yaptığı yorumların içeriğini inceleyelim: Babayla bütünleşme, babanın rahim-rektumuna dönme dürtüsü. Hakikaten etkileyici!"

"Marshal," diye karşı koydu Rick, "bir yorumu bütün bağlamından kopartarak ele alıyorsun. Kim bilir kaçınız böyle yorumlar yapmışsınızdır? Öyle duruma özgü yorumlardır ki bunlar, bağlamından kopartıldığında saçmasapan ya da savunulması imkânsız bir şey olarak görünürler."

"Olabilir. Ama Seth'in durumu bu değil. Meslekten kimseler önünde olsun, kamuoyu karşısında olsun sık sık ortaya koyduğu üzere, bu motifi, her erkeğin analizinde kilit dinamik kabul ediyor. Bu akşam da açıkça belirttiği gibi münferit bir analizde ortaya çıkmış bir yorum değil bu. 'Evrensel bir yorum' dedi ya kendisi.

Bütün erkek hastalarına bu tehlikeli yorumu getirdiğini söyleyerek böbürlendi ya!"

Kalabalık koro halinde destekliyordu Marshal'ı.

" 'Tehlikeli' mi dedin, Marshal?" diye çıkıştı Rick. "Abartılı bir tepki değil mi?"

"İlle de bir şey söylemek gerekirse, yetersiz bir tepki." Marshal sesini yükseltmeye başlamıştı. Artık enstitünün güçlü bir sözcüsü olarak ortaya koymuş bulunuyordu kendini. "Yorumun ağırlıklı rolünü ya da gücünü sorguluyor musun hiç? Böyle bir yorumun ne kadar büyük zararlara yol açmış olabileceğine dair bir fikrin var mı? Geçici bir psikolojik gerileme gösteren, bir süre için şefkat dolu, sıcak bir yerde istirahate çekilip huzur bulmak isteyen her yetişkin erkek, asıl arzusunun babasının anüsü aracılığıyla rahim-rektuma geri dönmek olduğu şeklinde bir yorumla karşılaşıyor. Bunun yaratacağı iatrojenik suçluluğu ve eşcinselliğe doğru gerileme anksiyetesini bir düşünsene."

John Weldon, "Tamamen katılıyorum," diyerek Marshal'ın sözlerini tamamladı: "Eğitim Komitesi, Seth Pande'nin eğitim analisti statüsünün elinden alınması yolundaki tavsiye kararını görüş birliğiyle almıştır. Seth Pande'yi üyelikten tamamen ihraç etmekten komiteyi alıkoyan ise geçirdiği ağır hastalık ve zamanında komiteye yaptığı katkılar olmuştur. Şimdi bütün üyelerin, Eğitim Komitesi'nin tavsiye kararını kabul edip etmedikleri konusunda oy kullanması gerekiyor."

"Ben tavsiye kararını onaylıyorum," dedi Olive Smith.

Marshal da onu izledi ve Rick Chapton'ın red oyu dışında oy birliğiyle karar kabul edildi. Pek çok kez Seth Pande'yle birlikte çalışmış olan Pakistanlı analist Mian Khan ile Seth'in analiz ettiği kişilerden dördü çekimser kaldılar.

Halen Seth tarafından analiz edilmekte olan ve oy hakkı bulunmayan üç kişinin oluşturduğu grup bir köşede fısıltıyla konuşuyordu. İçlerinden biri, gelecekte izleyecekleri yolu belirlemek için zamana ihtiyaçları olduğunu, ancak toplantıya hâkim olan havadan, bir grup olarak üzüntü duyduklarını söyledi. Daha sonra salondan ayrıldılar.

"Ben üzüntüden de fazlasını duyuyorum," dedi Rick, ve büyük bir gürültüyle eşyasını toplayıp salondan ayrılmak üzere kalktı.

"Bu bir skandaldır – ikiyüzlülükten başka şey değildir." Kapıya vardığında dönerek "Nietzsche'ye katılıyorum, yegâne gerçek hakikat, yaşanan hakikattir!" diye tamamladı sözlerini.

Salonu susturmak için çekicini kürsüye indiren John Weldon, "Bu bağlamda anlamı nedir o sözün?" diye sordu.

"Seth Pande'nin, babayla bütünleşmeye dair yorumlarıyla erkek hastalarına ciddi olarak zarar verdiği konusunda bu örgüt gerçekten Marshal Streider'la hemfikir mi?"

"Sanıyorum bu enstitü adına konuşabilirim ben," diye karşılık verdi John Weldon, "ve sorumluluk sahibi hiçbir analistin, Seth'in bazı hastalarına ağır zararlar vermiş olduğu görüşüne karşı çıkamayacağını söyleyeceğim."

Eşikte dikilmekte olan Rick, "O halde Nietzsche'nin ne demek istediğini hemen anlaman lazım," dedi. "Eğer bu örgüt, Seth'in hastalarının ağır bir şekilde zarar görmüş olduğuna cidden ve samimiyetle inanıyorsa ve eğer bu örgütte birazcık olsun dürüstlük kaldıysa, o zaman izleyebileceğiniz tek bir yol var demektir – yani eğer ahlaken ve hukuken sorumlu bir şekilde davranmaya gönüllüyseniz, demek istiyorum."

"Nedir bu yol?" diye sordu Weldon.

"Telafi!"

"Telafi mi? Nasıl yani?"

"Eğer," diye cevaplamaya koyuldu Rick, "General Motors ile Toyota, kötü imal edilmiş araçları, yani kusurlu olan ve eninde sonunda kullanıcısına zarar verecek olan araçları piyasadan çekecek kadar dürüst ve taşaklı olabiliyorsa –af buyrunuz hanımlar, ama bu sözün politik olarak doğru bir muadili bulunmuyor– *sizin* nasıl bir yol tutmanız gerektiği de açık demektir."

"Yani demek istiyorsun ki… "

"Ne demek istediğimi çok iyi biliyorsun." Rick çıktı ve kapıyı çarparak kapatmakta da hiç tereddüt etmedi.

Daha önce Seth'ten analiz görmüş olan üç kişi ile Mian Khan, Rick'in hemen ardından salonu terk ettiler. Terry Fuller kapıdan çıkarken gerekli ikazı yaptı: "Bunu çok ciddiye almanız gerekiyor, beyler. Geri dönüşü olmayacak bir bölünme tehdidi söz konusudur."

John Weldon'ın salonda yaşanan göçü ciddiye almak için ikaza ihtiyacı yoktu. *Kendi* görev süresi boyunca olmasını isteyeceği en son şey bölünme ve bir hizbin ayrılarak başka enstitü kurmasıydı. Başka kentlerde birçok kez yaşanmıştı böyle şeyler: Karen Horney'ın yandaşları, arkasından da Sullivan'cı kişiler arası terapi yanlıları ayrılınca New York'ta tam üç tane enstitü olmuştu. Chicago'da, Los Angeles'ta, Washington-Baltimore okulunda da yaşanmıştı aynısı. Herhalde Londra'da da olmuştu böyle bir şey: Oradaki üç çete, yani Melanie Klein yandaşları, Anna Freud yandaşları ve –Fairbairn ile Winnicott'ın nesne ilişkileri teorisine bağlı müritlerinin meydana getirdiği– "orta okul" arasında onlarca yıl kanlı bir savaş yaşanmıştı.

Golden Gate Psikanaliz Enstitüsü ise elli yıldır barış içinde geçinip gidiyordu. Belki de bunun nedeni, enstitüdeki saldırgan enerjilerin daha gözle görülür düşmanlar karşısında etkili bir şekilde boşaltılmasıydı: Sağlam bir Jungcu enstitünün yanı sıra, Marin Country'nin kaplıcaları ile sıcak banyolarından inanılmaz bir hızla birbiri ardına alternatif terapi okulları –kişiler ötesi, Reich'çı, geçmiş yaşamlar, holotrofik solunum, homeopatik, Rolfing– türeyip duruyordu. Üstelik John adı gibi biliyordu ki, psikanaliz enstitüsündeki bölünmeden bir hikâye çıkarmanın cazibesine karşı koyamayacak olan, mürekkep yalamış bir gazeteci çıkacaktı elbet. Hepsi de sıkı bir analizden geçmiş analistlerin bir arada durmayı becerememeleri, birbirlerine poz yapıp aralarında iktidar mücadelesine girmeleri, ufak tefek şeyler uğruna itişip kakışmaları, en sonunda da birbirlerine küsüp ayrılmalarından iyi bir akademik maskaralık çıkardı herhalde. John, enstitünün parçalandığı dönemdeki başkan olarak anılmak istemiyordu.

"Telafi mi?" diye haykırdı Morris. "Hiç olmamıştı böyle bir şey."

Olive Smith, "Acılı zamanlarda acı reçeteler yazılır," diye mırıldandı.

Marshal dikkatle inceledi John Weldon'ın yüzünü. Olive'e cevaben hafifçe başını öne eğdiğini yakalayınca tüyoyu almış oldu.

"Rick'in restini görmezsek –ki eminim çok geçmeden kamuoyuna mal olacaktır bu hadise– bu çatlağı onarma şansımızın çok azalacağına eminim."

Morris Fender söze girdi: "Ama yanlış bir yorumlama yüzünden *telafi* olacak şey mi yani?"

"Vahim bir konuyu hafife alma, Morris," dedi Marshal. "Yorumlamadan daha güçlü bir analiz aracı var mı? Üstelik Seth'in formülasyonunun hem yanlış hem tehlikeli olduğu konusunda görüş birliği içinde değil miyiz?"

"Tehlikeli, *çünkü* yanlış," diye atıldı Morris.

"Hayır," dedi Marshal, "bir şey yanlış ama pasif olabilir – yanlıştır ama hastayı herhangi bir şekilde yönlendirmiyordur. Oysa bu yanlış *ve* aktif biçimde tehlikeli. Bir düşünsene! Hayatında biraz huzur isteyen, biraz insani ilişki arayan her erkek hasta, aslında yaşadığı şeyin, babasının anüsü aracılığıyla onun bağırsak-rahmine geri dönme yönünde ilkel bir arzu olduğuna inandırılıyor. Daha önce bir örneği yok bunun, ama ben, Seth'in hastalarını korumak için önlem almamız gerektiğine inanıyorum." John'a çarçabuk bir bakış atan Marshal, onun bu tavrı desteklemekle kalmayıp takdir de ettiğinden emin olmuştu.

"Rahim-rektum! Nereden çıkmış bu bok, bu sapkınlık, bu... bu... bu kepazelik?" dedi Jacob; sarkık gıdısı, olağanüstü kalınlıkta kır favorileri ve kaşlarıyla vahşi görünümlü bir analistti kendisi.

"Bana söylediğine göre," dedi Morris, "Allen Janeway'den kendisi analiz görürken geliştirmiş bunu."

"Allen öleli üç yıl oluyor. Bilirsiniz, asla güvenmemişimdir Allen'a. Elimde kanıt yok, ama ondaki kadın düşmanlığı, o züppelik, taktığı papyonlar, eşcinsel ahbapları, Castro'da kat alması, bütün hayatını opera etrafında kurması... "

"Konuyu dağıtmayalım, Jacob," diye araya girdi John Weldon. "Burada Allen Janeway'in cinsel tercihini görüşmüyoruz. Ne de Seth'inkini. Bu konuda çok dikkatli olmak zorundayız. Bugünün dünyasında, bir üyemizi sırf adam eşcinseldi diye ihraç ettiğimizin ya da görevinden aldığımızın düşünülmesi tam bir politik facia olur."

"Adam ya da *kadın* eşcinseldi diye," dedi Olive.

John sabırsızlıkla başını sallayarak onayladı ve sözüne devam etti. "Hatta aslında mesele, Seth'in iddia olunduğu gibi hastalarıyla uygunsuz cinsel davranışlara girmiş olması da değil – daha konuşmadık bu mevzuyu. Eskiden Seth'in hastası olan iki kişiye bakmış terapistler, onun hastalarına karşı uygunsuz cinsel davranışlarda bulunduğunu bildiriyor, ama şimdilik her iki hasta da şikâyetçi olmayı kabul etmiş değil. Kadınlardan biri, bunun ona kalıcı olarak zarar verdiğine inanmıyor; diğeri ise bu olayın evliliğine sinsi ve yıkıcı bir ikiyüzlülük soktuğu kanısında ama ya aktarım sürecinde Seth'e sapkınca bir bağlılık geliştirmiş ya da adının çıkmasından çekiniyor ki o da şikâyetçi olmayı reddetti. Ben Marshal'a katılıyorum: Yapmamız gereken, tek bir konu üzerinde yoğunlaşmaktır ve o da Seth'in, psikanaliz kisvesi altında yanlış, analizle bağdaşmaz ve tehlikeli yorumlarda bulunmuş olduğudur."

Marshal'ın analiz derslerindeki çalışma arkadaşlarından Bert Kantrell, "İyi de şu sorunlara bir bakın," dedi, "gizlilik meselesini bir düşünün. Seth, iftira ettiğimizi ileri sürerek dava açabilir hakkımızda. Peki ya görevi kötüye kullanma ne olacak? Eski hastalarından biri görevini kötüye kullandığı gerekçesiyle Seth'i dava ederse, diğer hastaların enstitümüzden, hatta ulusal enstitüden büyük paralar koparmaya kalkışmayacağını kim garanti edebilir? Ne de olsa Seth'i destekleyenin, onu önemli bir eğitim görevine getirenin bizler olduğunu rahatlıkla söyleyebileceklerdir. Tehlikeli bir durum bu; hiç bulaşmamamız en iyisi olur."

Marshal, rakiplerinin zayıf ve kararsız bir durum arz etmesine bayılmıştı. Karşıtlığı iyice vurgulamak için daha bir özgüvenle konuşmaya başladı. "Tam tersine Bert. Harekete *geçmezsek* çok *daha* kötü duruma düşeriz. Senin hiçbir şey *yapmama* konusundaki savın, tam da harekete geçmek *zorunda* olduğumuzu gösteriyor; hem de derhal harekete geçmeli ve bu hasarı onarmak için elimizden geleni yapmalıyız ki, kendimizi Seth'ten ayrı bir yere koymuş olalım. Seth'i atıp sonra da hastalarını korumak için hiçbir şey yapmazsak, bu Allahın cezası Rick Chapton'ın bize karşı dava açmak ya da en azından bir *Times* muhabirini üstümüze salmak için hiç vakit kaybetmeyeceğinden eminim."

"Marshal haklı," dedi Olive; kendisi çoğu zaman enstitünün vicdanı vazifesini görürdü. "Şayet uyguladığımız tedavi yöntemlerinin önemli bir etki gücü olduğuna ve psikanalizde yanlış bir uygulamanın –çılgınca analizlerin– büyük zarara yol açabileceğine inanıyorsak, ki inanıyoruz, söylediğimize göre davranmaktan başka seçeneğimiz olamaz. Seth'in eski hastalarına bir dizi telafi edici psikoterapi uygulamak durumundayız."

"Söylemesi kolay," dedi Jacob. "Yeryüzünde hiçbir güç, Seth'i eski hastalarının isimlerini vermeye ikna edemez."

"Buna gerek yok," dedi Marshal. "Bence uygulamamız gereken yöntem şu: Gazetelere ilan vererek son birkaç yıldır onun hastası olmuş kişilere, en azından erkek hastalarına çağrıda bulunuruz." Sonra bir tebessümle ekledi: "Tabii kadınlara farklı bir muamele uyguladığını varsayıyoruz."

Marshal'ın kinayeli sözleri üzerine bütün dinleyenlerin suratına bir tebessüm yayıldı. Gerçi Seth'in kadın hastalarıyla cinsel ilişkiye girdiğini yıllardır hepsi bilirdi ama, sonunda bunun alenen telaffuz edilmesi çok rahatlatıcı olmuştu doğrusu.

Çekicini kürsüye indiren John Weldon, "O halde mutabık mıyız?" diye sordu. "Seth'in hastalarına telafi edici tedavi uygulamaya çalışmamız gerektiğini herkes onaylıyor mu?"

"Ben onaylıyorum," dedi Harvey.

Oy birliğiyle karar alınmasının ardından Weldon, Marshal'a döndü. "Bu girişimin sorumluluğunu üstlenmek ister misin? Bir plan yapıp yönetici komiteyle görüşeceksin o kadar."

"Gayet tabii, John," dedi Marshal. Bir gecede yıldızının bu kadar yükseklerde parlamaya başlaması karşısında duyduğu sevinci ve hayreti güçlükle zaptediyordu. "Ayrıca attığımız her adımı Uluslararası Psikanaliz Birliği'yle görüşerek onların da onayını alırım – zaten bu hafta başka bir konu için birliğin sekreteri Ray Wellington'la görüşecektim."

VIII

SAAT sabahın dört buçuğu. San Francisco Körfezi'ne bakan burnun yüksek bir yerine kurulu ev dışında bütün Tiburon karanlığa gömülmüş. Abidevi Golden Gate'in ışıkları süt beyazı sisin içinde kaybolmuş, ama şehrin silueti uzaktan bütün zarafetiyle ışıldıyor. Bir masanın etrafına toplanmış sekiz yorgun adamın ne köprü umurunda, ne sis, ne siluet; hepsi de gözünü ellerindeki iskambil kâğıtlarına dikmiş.

Zar ve iskambil kâğıdı desenleriyle süslü kalın kalın pantalon askıları takmış olan, kırmızı suratlı, iri kıyım Len bildirdi: "Son el." Seçme sırası dağıtandaydı ve Len de majör-minör yedi kâğıt istedi: İlk iki kâğıt kapalı, dördü açık, sonuncu yine kapalı. Potu iki kişi paylaşacaktı: Eli en yüksek ve en düşük olanlar.

Carol'ın hukuk bürosundaki çalışma arkadaşlarından Norma'yla evli olan Shelly o gece (aslında son beş aydır her gece) en çok kaybeden kişiydi, ama yine de büyük bir hevesle aldı kâğıtlarını. Yakışıklı, güçlü kuvvetli bir adamdı, mahzun gözleri, iflah olmaz bir iyimserliği vardı ve sırt ağrılarından muzdaripti. Elindeki ilk iki kâğıda bakmadan önce kalkıp beline sardığı buz torbasını düzeltti. Gençliğinde profesyonel tenis oyuncusu olarak turnuvalara katılırdı, şişmiş omur disklerinden yükselen şiddetli itirazlara rağmen şimdi bile hemen her gün tenis oynuyordu.

Birbiri üstüne binmiş iki kâğıdı aldı. Karo as! Fena değil. İkinci kâğıdı usulca açtı. Karo ikilisi. Karo ası ve ikilisi! Tam da onu kurtaracak kâğıtlardı bunlar. Bu kadar berbat kâğıt geldikten sonra olabilir miydi böyle bir şey? Shelly kâğıtları önüne koydu, ama birkaç saniye geçmişti ki açıp tekrar bakma isteğine karşı duramadı. Öteki oyuncuların kendisini seyretmekte olduğunun farkında değildi – kâğıtlara ikinci kez böyle aşkla bakması, Shelly'nin farkında olmadan yaptığı çeşitli "renk verme" hareketlerinden biriydi – böyle ufak düşüncesizlikleriyle hemen belli ederdi elini.

Arkasından gelen iki açık kâğıt da onlar kadar iyiydi: Önce karo beşlisi, arkasından karo dörtlüsü. Ey güzel Allahım! Bir milyon dolarlık bir el. Shelly az kalsın kalkıp "Dibi-diii-biii-dabadaaa-baa – yaşasınnn, hayat ne güzel" diye haykırmaya başlayacaktı. Karo birlisi, ikilisi, dörtlüsü ve de beşlisi – ölürüm ben bu ele be! Şeytanın bacağını kırmıştı işte. Biliyordu, pes etmez de sebat gösterirse bunun olacağını biliyordu. Ve Allah da biliyordu ki, pes etmemişti.

Üç kâğıt daha geliyordu şimdi ve aslı floş yapmak için sadece bir karo lazımdı Shelly'ye, yahut karo üçlüsü gelirse düz floş yapabilirdi – masadaki potun yüksek yarısını götürürdü işte o zaman. Hem hangi minör kâğıt gelse –bir üçlü, altılı, hatta yedili– potun düşük yarısını alıyordu. Ama olur da bir karo *ve* bir de minör kâğıt bulursa, potun *hem* yüksek *hem* düşük yarısı –yani paranın tümü– onundu. Bu el çok iyi gelecekti ona, ama tam anlamıyla da kurtarmıyordu; on iki bin dolar içerideydi Shelly.

Shelly'ye doğru dürüst el geldiği ender zamanlarda çocuklar çoğunlukla birbiri peşi sıra oyundan çıkıyordu. Talihsizlik işte! Acaba? Belki de "renk vermek" göçertiyordu onu – oyuncular, onun heyecanını fark ettiler mi, sessizce masadaki parayı saymakta, kâğıtlarını daha bir sıkı tutmakta olduğunu, her zamankinden daha çabuk el artırdığını, serin serin el artırsın diye, konuşan oyuncunun yüzüne bakmaktan kaçındığını, aslında düşükten giderken yüksek elleri inceliyormuş ayaklarındaki acınası kamuflaj çabalarını gördüler mi, hepsi birden oyundan çekilirdi.

Ama bu kez oyundan çıkan olmadı. Herkes büyülenmiş gibi bakıyordu kendi elindeki kâğıtlara (gerçi son el için alışılmışın dışında bir durum değildi bu – çocuklar o kadar çok seviyorlardı ki oyunu, son elin son damlasına kadar oynama âdetindeydiler). Ortada muazzam bir para olacaktı öyleyse.

Shelly parayı mümkün olduğunca artırmak için üçüncü kâğıt üzerine konuşmaya başladı. Dördüncü kâğıtta yüz dolar dedi (ilk turda limit yirmi beş dolardı, bir sonrakinde yüz, son iki turda ise iki yüz) ve Len yükseltince birden yerinden sıçradı. Len'in önünde pek bir şey görünmüyordu: İki maça, bir ikili ve bir papaz. Len'in elinden en çok bir papazlı maça floş çıkardı (maça ası Harry'nin önündeydi).

Artırmaya devam et, Len, diye dua etti Shelly. *N' olur artırmaya devam et. Allah o papazlı floşu sana bağışlasın! Avcuma düş de aslı karo floşum canına okusun onun.* Shelly de yükseltince yedi oyuncunun yedisi birden oyuna girdi. Yedisi birden – olacak şey değil! Shelly'nin kalbi daha hızlı çarpmaya başlamıştı. Ulan ne servet kazanacaktı şimdi be. Ey Allahım, ne güzel şeydi yaşamak! Ey Allahım, ne güzel oyundu bu poker!

Shelly'nin beşinci kâğıdı düş kırıklığı yarattı, işe yaramaz bir kupa valesi. Ama iki kâğıt daha alacaktı. Eli için karar verme zamanı. Telaşla masaya bakınıp kâğıtları saymaya çalıştı. Kendi elinde dört karo vardı, üç tane de masada. Demek on üç karodan yedisi dışarıdaydı. O halde altı karo kalıyordu. Floşu alma şansı büyük. Sonra bir de minör kâğıtlar vardı. Çok azdı masadaki minör kâğıtlar – destede bol bol minör olması gerekiyordu ve Shelly daha iki kâğıt alacaktı.

Shelly'nin başı dönüyordu – doğru dürüst hesap yapamayacak kadar karışıktı durum ama şansı muhteşem görünmekteydi. Her şey onun lehine. Başlarım kâğıt sayma işine – bu elde ne olursa olsun hepsini açacaktı işte. Oyuna yedi oyuncu da katıldığına göre, ortaya para koyan herkesten üç buçuk dolar alacaktı demek ki. Hem ortadaki paranın tamamını alma şansı da büyüktü – bire yedi ediyordu bu.

Şimdi gelen kâğıt kupa asıydı. Shelly'nin vücudu seğirdi. Bir çift as pek işe yaramazdı. Endişelenmeye başlamıştı. Her şey son kâğıda bağlıydı. Yine de son turda sadece bir karo ve sadece iki minör kâğıt dönmüştü; şansı hâlâ çok yüksekti Shelly'nin. En büyüğe oynadı: İki yüz dolar. Hem Len hem de Bill yükselttiler. Oyunda en çok üç kere el yükseltilebiliyordu, Shelly üçüncü kez yükseltti. Altı oyuncu katıldı. Shelly diğerlerinin eline baktı. Kimsede kayda değer bir şey görünmüyordu. Koca masada sadece iki küçük per vardı. Ne demeye hepsi de giriyordu peki oyuna? Yoksa bazı küçük boktan sürprizler mi olacaktı? Shelly çaktırmadan ortadaki parayı saymaya çalıştı yine. Muazzam! Muhtemelen yedi binden fazla, üstelik bir tur daha vardı el söylemek için.

Yedinci ve son kâğıt kapalı dağıtıldı. Shelly üç kapalı kâğıdını aldı, iyice karıştırdı ve sonra usulca açıverdi. Babasının böyle yaptığını binlerce kez görmüştü. Sinek ası! Ha siktir! Gelebilecek en kötü kâğıt. Sen dört küçük karoyla işe başla, sonra üç asla bitir. Hiçbir işe yaramazdı bunlar – ondan da beter, çünkü Shelly büyük ihtimalle kazanamıyordu ama eli de oyundan çıkılmayacak kadar iyiydi. Amma boktan el gelmiş be! Kapana kısılmıştı Shelly; oyunda kalmak zorundaydı! Sağına soluna bakındı. Len, Arnie ve Willy giriyor, artırıyor, tekrar artırıyor, sonra bir daha artırıyorlardı. Ted ile Harry oyundan çıktılar. Sekiz yüz doları vardı. Girse miydi oyuna? Beş oyuncu giriyordu. Kazanma şansı sıfırdı. İçlerinden birinde üç asın üstüne çıkacak bir el olmaması imkânsız gibi bir şeydi.

Ama daha… daha… hiç yüksek el gözükmüyordu. Belki, canım belki, diye düşündü Shelly, belki diğer dört oyuncunun dördü de düşükten gidiyordu! Len bir üçlü per açmıştı; belki döpere veya üçlüye gitmeye çalışıyordu. Hep böyle yaptığı bilinirdi. Yo! Uyan, uyan, hayalci! Şu sekiz yüz doları kurtar bari. Üç asla kazanma şansı yok – anlaşılan saklı kalmış floşlar ya da beşli seriler var. Olması *lazım.* Ne demeye oyuna girip duruyor bunlar? Ne kadardı ortadaki para? En az on iki bin dolar, belki daha fazla. Eve, Norma'ya bir kahraman olarak dönebilirdi oysa.

Peki ya şimdi oyundan çıksa – o zaman da bir bakmış üç ası kazanıyor – Allahım, böyle bir ödleklik ettiği için asla bağışlayamaz kendini. Bir daha kendine gelemez. Allah kahretsin! Allah kahretsin! Yok işte başka şansı. Geri dönemeyecek kadar battı artık. Shelly, sekiz yüz dolarıyla oyuna girdi.

Akıbet çabuk ve merhametli bir şekilde geldi. Len papazlı floş çıkardı ve Shelly'nin üç ası elinde patladı. Aslında Len'in floşu bile kazanamamıştı: Arnie'de tamamen saklı kalmış bir ful vardı – demek son kâğıtla tamamlamıştı bunu. Siktir yaa! Shelly gördü ki, karo floşu tamamlasa bile kaybediyormuş. Hatta üçlü ya da dörtlüyü bulsa bile düşük eli kazanamıyormuş – Bill "manyak" bir düşük el açmıştı: Beş, dört, üç, iki, as. Shelly bir an ağlayacak gibi oldu, ama hemen kocaman tebessümüyle ışıldayarak dedi ki, "Söyleyin şimdi, iki bin dolara değmez miydi be bu eğlence!"

Herkes fişlerini sayıp Len'le hesaplaştı. İki haftada bir poker oynar, sırayla içlerinden birinin evinde toplanırlardı. Kasa vazifesi gören ev sahibi gecenin sonunda bütün hesapları kapatırdı. Shelly on dört bin üç yüz dolar içerideydi. Ancak birkaç günlük çek yazabileceğini özür dilercesine açıkladı. Yüz dolarlık banknotlardan meydana gelmiş inanılmaz bir yığını toparlamakta olan Len, "Boşver, Shelly," dedi, "hallederiz. Sen çeki bir dahaki oyuna getir." Böyleydi bu oyun. Aralarında öyle güçlü bir güven duygusu gelişmişti ki, bir sel felaketi ya da deprem olsa pokere telefonla devam edebileceklerini söylerlerdi.

"Yo yoo, sorun yok," diye kayıtsız bir sesle cevapladı Shelly. "Yanlış defteri almışım yanıma, bu hesaba para aktarmam gerekiyor da şimdi."

Ama bir sorunu vardı Shelly'nin. Hem de büyük bir sorunu. Banka hesabında dört bin dolar kalmıştı, oysa onun on dört bin dolar borcu vardı. Ve olur da Norma ne kadar kaybettiğini öğrenirse, evliliği sona ererdi. Hayatının son poker oyunu olabilirdi bu. Gitmeden Len'in evinde nostaljik bir havayla turladı. Belki de Len'in evinde, yahut çocuklardan herhangi birinin evinde attığı son tur olacaktı bu. Antika bir atlıkarıncadan sökülüp merdiven boşluğuna konmuş atlara bakarken yaşlar doldu gözlerine, ya o koa kerestesinden yapılma, cilalı devasa yemek masası, tarihöncesi zamanlardan sonsuzluğa dek dondurulmuş balıkların izlerini taşıyan bir seksen metre karelik o kumtaşı bloku.

Yedi saat önce aynı masada, sıcak füme etli, dilli ve pastırmalı sandviçlerden oluşan bir ziyafetle başlamıştı gece. Len sandviçleri üst üste yerleştirmiş, etrafını da turşu, lahana ve ekşi kremalı patates salatasıyla bezemişti – hepsi de o akşam için New York'taki Carnegie Şarküterisi'nden özel olarak uçakla getirilmişti. Sıkı yer, sıkı ağırlardı Len. Sonra tam donanımlı özel jimnastik salonundaki koşu bantı ve egzersiz bisikletinde kilolarının hepsini, daha doğrusu çoğunu atardı.

Shelly salona dönüp diğer çocukların yanına gitti; hepsi toplaşmış, Len'in Londra'daki bir müzayedede aldığı eski bir tabloyu hayran hayran seyrediyordu. Tablonun ressamını bilemeyen ve cehaletini göstermekten çekinen Shelly, hiç sesini çıkarmadı. Sanat, Shelly'nin kendini dışlanmış hissettiği çok sayıda konudan bir tanesiydi sadece; daha başkaları da vardı: Şarap (poker arkadaşlarından bazılarının evinde bir lokantaninki kadar büyük mahzenler bulunuyordu ve sık sık hep birlikte şarap müzayedelerine giderlerdi), opera, bale, gezi tekneleri, üç yıldızlı Paris lokantaları, kumarhanelerdeki bahis limitleri. Bunların hepsi de Shelly'nin boyundan büyük mevzulardı.

Oyuncuların her birini iyice inceledi, sanki hepsini de silinmeyecek şekilde hafızasına nakşetmek ister gibiydi. Biliyordu ki hayatının güzel günleriydi bunlar ve ileride bir gün gelecek, her gülümseyen yüzü tek tek zihninde canlandırmak isteyecekti – kim bilir belki bir tarafına inme indikten sonra, bir sonbahar günü huzurevinin bahçesinde, dizlerinde rengi solmuş bir battaniyeyle çimenlerin üzerine oturmuş, etrafında kuru yapraklar uçuşurken...

İçlerinden biri Jim'di, arkadaşlarının taktığı adla Demir Dük, ya da bazen Cebelitarık Kayası. Kocaman elleri ve güçlü bir çenesi vardı Jim'in. Öf be, ne sıkı adamdı. Kimse oyunda Jim'e blöf yapmaya cesaret edemezdi, kimse.

Sonra Vince: Dev bir adam. Veya *bazen* dev. Bazen de değil. Sağlık ve kilo verme merkezleriyle ilişkisi yoyo topu gibiydi: Her zaman ya bunlardan birine gidiyordu (birkaç keresinde sabah randevusunu kaçırmamak niyetiyle oyun masasında sabahlamış, her seferinde de randevuyu kırmıştı) ya da incecik, pırıl pırıl olmuş, bunlardan birinden geliyordu – böyle zamanlarda yanında diyet şeftali suyu, elma ve yağsız kurabiyeler getirirdi. Oyun için onun evinde toplandıklarında çoğunlukla enfes büfeler hazırlanırdı –karısı İtalyan mutfağında çok ustaydı– ama bir zayıflama merkezinden çıktıktan sonraki ilk iki ayda ikram ettiği yiyecekler berbat olurdu: *Fırında pişmiş* mısır cipsi, çiğ havuç ve mantar, susam yağı koyulmadan yapılmış Çin usûlü tavuk salatası. Çoğu, yemeğini yiyip öyle giderdi. Ağır yiyecekleri seviyordu onlar – sofra ne kadar zengin olursa o kadar iyiydi.

Sonra Dave'i düşündü Shelly. Saçları döküldükçe dökülen, sakallı bir psikiyatristti o da ve gözleri ileri derecede bozuktu; toplandıkları evde koca koca rakamları ve resimleri olan iskambil kâğıtlarından yoksa çıldırırdı. Hemen dışarı fırlar, sağı solu göçük dolu parlak kırmızı Honda Civic'ini cayır cayır bağırtarak iskambil kâğıdı bulabileceği en yakın dükkânda alırdı soluğu – kolay iş değildi bu, ne de olsa bazıları uzak, en uzak uydukentlerde oturuyorlardı. Dave'in kendine uygun kâğıt bulundurulması konusundaki ısrarı çocukları en çok eğlendiren konulardan biriydi. O kadar kötü bir oyuncuydu, elini o kadar bariz bir şekilde belli ederdi ki, çocukların çoğu, elini hiç görmese daha iyi diye düşünürdü. İşin en komik tarafı da Dave'in, iyi bir poker oyuncusu olduğuna ciddi olarak inanmasıydı! Öte yandan Dave, her nasılsa, çoğunlukla iyi durumda bitirirdi oyunu. İşte Salı gecesi oyunlarının esrarı da buradaydı: *Nasıl oluyor da Dave, bu oyunda donuna kadar kaybetmiyordu?*

Bir psikiyatristin kendi benliğine masadaki herkesten daha yabancı olması, sonu gelmez bir eğlence kaynağıydı. Ya da en azından *bir zamanlar böyleydi.* Yavaş yavaş toparlanıyordu artık Dave. Öyle kendini beğenmiş, kıçımın kenarı entelektüel ayaklarını bırakmıştı. Uzadıkça uzayan anlaşılmaz laflar etmeyi bırakmıştı. Neydi yahu onlar öyle? "Paradoksal bir el" yahut "ambivalan strateji." Bir de "beş benzemez" yerine "serebovasküler kolaps" diyordu. Hele o ikram ettiği yiyecekler – suşi, kavun kebabı, soğuk meyve çorbası, *kabak* turşusu. Vince'inkilerden de beterdi. Kimse bir lokma koyamıyordu ağzına, yine de Dave ancak bir sene sonra meseleyi çakmıştı – üstelik pastırmalı börek, çikolatalı pasta ve *cheesecake* tarifleri içeren imzasız fakslar almaya başladıktan sonra.

Epey ilerleme kaydetti ama, diye düşündü Shelly, gerçek bir

insan gibi davranıyor artık. Kendisine verdiğimiz hizmetlere karşılık vizite ücreti almalıydık ondan. Ama çocuklar elinden tutmuştu adamın. Arnie, yarış atlarından birinin yüzde beş hissesini Dave'e satmıştı, idmanlara ve yarışlara götürmüştü onu, altılı ganyan oynamasını, idmanları izleyerek atlar hakkında fikir sahibi olmasını öğretmişti. Harry ise profesyonel basketbol âlemiyle tanıştırmıştı Dave'i. İlk tanıştıklarında Dave, pivotu liberodan ya da sağ bekten ayırt edemiyordu. Kırk yaşına kadar hangi dünyada yaşamıştı bu adam? Oysa şimdi Dave'in şarap kırmızısı bir Alfa'sı vardı, sezon maçlarında basketbol biletlerini Ted'le, hokey biletlerini ise Len'le paylaşıyor, diğer çocuklarla birlikte Arnie'nin Vegas'taki müşterek bahisçisinde oynuyordu, üstelik Vince ve Harry'yle birlikte Streisand'ın Vegas konserine gitmek için neredeyse bin dolar ödemişti.

Shelly, kafasında o şapşal Sherlock Holmes şapkasıyla kapıya doğru ilerleyen Arnie'yi izledi. Oyun oynarken mutlaka şapka takardı Arnie ve olur da kazanırsa, bir daha kaybedene kadar çıkarmazdı o şapkayı. Kaybedince hemen gidip başka bir şapka alırdı. Şu boktan Sherlock Holmes şapkası neredeyse kırk bin dolar kazandırmıştı herife. Arnie ısmarlama yaptırdığı Porsche'sine atlayıp tam iki buçuk saatlik yolu kat ederek geliyordu oyuna. Birkaç yıl önce, Los Angeles'taki cep telefonu şirketini bir yıl süreyle bizzat yönetmek üzere oraya taşınmış ve bir dişçisiyle randevuları, bir de oyun için düzenli olarak gelip gitmişti. Çocuklar jest olsun diye kasadan ödemişlerdi uçak biletini. Arnie'nin dişçisi Jack de birkaç oyuna katılmıştı – çok fazla kaybedene kadar. Jack berbat bir oyuncuydu ama müthiş şık giyinirdi. Bir keresinde Len, Jack'in metalik iplikle dikilmiş kovboy gömleğine tutulmuş ve bir elde gömleğe karşılık iki yüz dolar koymuştu. Jack kaybetti: Len'in beşli seri floşu karşısında "*ful dam*" vardı elinde. Len eve gömleğiyle gitmesine izin verdi ama ertesi sabah gidip aldı gömleği. Jack'in son oyunu olmuştu bu. Ondan sonra Len, bir yıl boyunca her oyuna sırtında Jack'in gömleğiyle geldi.

En iyi zamanlarında bile Shelly, grubun en parasızıydı. Diğerlerinin onda biri kadar filan parası oluyordu ancak. Belki daha da az. Hele şimdi, Silikon Vadisi'nde durgunluk başgösterdiğine göre pek iyi bir dönem geçirdiği söylenemezdi; beş ay önce Dijilog Mikrosistem AŞ battığından beri işsizdi. Başlarda beyin avcılarına başvurmuş ve her gün iş ilanlarına bakmıştı. Norma, avukatlık ücreti olarak saatte iki yüz elli dolar alıyordu. Evi rahatlıkla geçindiriyorlardı, çok iyi paraydı bu, ama Norma bu kadar çok kazanınca da Shelly, saati yirmi-yirmi beş dolara bir işi kabul etmeye utanıyordu. Beklentileri çok yüksek olduğu için sonunda kimse onu görüşmeye bile çağırmaz oldu ve Shelly, evi karısının geçindirmesi düşüncesine yavaş yavaş ısındı.

Yok, para kazanma konusunda yetenekli biri değildi Shelly. Aileden geliyordu bu. O daha delikanlıyken babası, üç kuruş biriktirerek sermaye yapabilmek için iki sefer senelerce uğraşıp didinmişti. Sonra ikisinde de batırdı sermayeyi. İlkini Washington, D. C.'de, Pearl Harbor'dan iki hafta önce Japon lokantası açarak batırdı. Ondan on yıl sonra da ikincisiyle Edsel bayiliği aldı.

Shelly de aile geleneğini sürdürüyordu. Amerikan yüksekokul liginde tenis oyuncusuydu, ama üç yıl boyunca gezici profesyonel turnuvalarda ancak üç maç kazanabilmişti. Yakışıklıydı, iyi oynuyordu, seyirciler bayılıyordu ona, ilk servis kıran hep o olurdu – ama rakibini yenemiyordu işte. Belki de fazla nazik bir oğlandı. Belki damarına basacak bir rakibe ihtiyacı vardı. Profesyonel turnuvaları bıraktıktan sonra, kendisine kalan mütevazı mirası Santa Cruz yakınlarında bir tenis kulübüne yatırdı – bütün o vadiyi yutuveren '89 depreminden bir ay önce. Sigortadan gelen az bir parayla Pan Am Airlines'ın hisselerinden aldı, tam da şirket batmadan kısa bir süre önce; bir kısmı Michael Milken'ın aracı kurumu üzerinden aldığı değersiz tahvillere gitti, kalanını da Amerikan Voleybol Ligi'nde oynayan San Jose Nets'e yatırdı.

Belki Shelly'nin kumardan vazgeçememesinin nedenlerinden biri de buydu. Allah için bu çocuklar, ne yaptıklarını biliyorlardı. Para kazanmasını biliyorlardı. Belki Shelly'ye de biraz bulaşırdı.

İçlerinde en zengini Willy'ydi. Sıfırdan başlayarak kurduğu finans yazılımı şirketini Microsoft'a sattığında kırk milyona yakın para girmişti cebine. Shelly gazetede okumuştu; çocukların hiçbiri açıkça sözünü etmemişti bunun. Willy'nin en sevdiği yönü, paranın tadını çıkarmasını bilmesiydi. Harbiden söylüyordu işte: Bu dünyadaki görevi, iyi vakit geçirmekti. Suçluluk duygusu yok. Utanç yok. Willy Yunanca bilirdi – Yunanistan'dan göç etmişti ailesi. En çok Yunanlı yazar Kazancakis'i sever ve kendine Zorba'yı örnek alırdı. Kazancakis'in yarattığı karakterlerden biri olan Zorba'nın hayattaki amacı, ölümü "yanıp kül olmuş bir şato gibi" arkada bırakmaktı.

Willy hareket severdi. Ne zaman oyundan çıksa hemen öbür odaya koşar, televizyondaki maça –basketbol, futbol, beyzbol– bir göz atardı, tabii bahiste tomarla para yatırmış olduğu bir maç olurdu bu. Santa Cruz'da savaş oyunları oynanan bir eğlence merkezi vardı; bir çiftlikti burası ve insanlar gruplar halinde Bayrak Kapmaca gibi oyunlar oynuyor, kurşun yerine boya püskürten silahlar kullanıyorlardı. İşte Willy bir keresinde o çiftliği bir günlüğüne kiralamıştı. Arabayla çiftliğe gidişini, orada çocukları toplanmış düello seyrederken buluşunu hatırlayınca gülümsedi Shelly. I. Dünya Savaşı'ndan kalma savaş pilotu şapkasıyla gözlüğü takmış olan Willy, bir de Vince, ellerine silahları almış ona kadar sayarak adım adım uzaklaşıyorlardı birbirlerinden. Hakem olan Len'in sırtında Jack'in gömleği vardı ve eli bahisçilerin verdiği yüz dolarlık banknotlarla doluydu. Kaçıktı bu herifler – gördükleri her şey üzerine bahis tutuşuyorlardı.

Willy'nin peşinden dışarı çıktı Shelly; Porsche'ler, Bentley'ler, Jaguar'lar dizilmiş, Len'in devasa demir kapıyı açmasını bekliyorlardı. Willy dönüp elini Shelly'nin omzuna attı; ne de olsa samimi dosttu onlar. "Nasıl gidiyor, Shelly? İş konusunda bir gelişme var mı?"

"Eh işte."

"Sık dişini biraz," dedi Willy. "İşler yine açılmaya başlayacak gibi. İçimde bir his var, sizin Vadi yakında faaliyete koyulacak. Bir öğlen yemek yiyelim." İkisi yıllardır iyi arkadaştı. Willy tenis oynamayı sever, Shelly de sık sık işin inceliklerini öğretirdi ona. Willy'nin çocuklarına yıllardır gayri resmi olarak tenis hocalığı yapıyordu, biri şimdi Stanford'un takımındaydı.

"Harika olur! Haftaya mı?"

"Yok, ondan sonraki hafta. Önümüzdeki iki hafta boyunca burada olmayacağım, ama ay sonunda bol bol boş vaktim var. Büroda ajandama bir bakayım. Yarın ararım seni. Seninle bir şey konuşmak istiyorum. Bir dahaki oyunda görüşürüz."

Shelly bir şey söylemedi.

"Tamam mı?"

Başını salladı Shelly. "Tamam, Willy."

"Hoşçakal Shelly, hoşçakal Shelly." "Hoşçakal Shelly." "Hoşçakal Shelly." Koca koca otomobiller çekip giderken bu sözler çınlıyordu Shelly'nin kulaklarında. Hepsinin arabalarıyla gecenin karanlığında kayboluşunu içinde bir sızıyla izledi. Ah nasıl özleyecekti onları. Seviyordu bu çocukları be!

Shelly, arabasına binip büyük bir kederle gitti evine. *On dört bin dolar kaybettik ha. Vay anasını be – ulan on dört bin dolar kaybetmek de yetenek ister ha!* Ama mesele para değildi. On dört bin dolar umurunda değildi Shelly'nin. Umurunda olan o çocuklar ve oyundu. Oysa artık oynamaya devam edemezdi. Kesinlikle edemezdi! Aritmetik ortadaydı: Para kalmamıştı. *İş bulmam lazım. Yazılım işinde olmazsa bile başka bir alanda iş bulmalıyım – belki Monterey'de yat satarım yine. Hadi be. Yapabilir miyim o işi? Ayda bir, olmadı iki tane satış yapayım da tekrar at yarışlarına takılabileyim diye haftalarca otur bekle.* Oysa Shelly'nin harekete ihtiyacı vardı.

Son altı ayda kumarda çok para kaybetmişti. Belki kırk, elli bin dolar – kesin bir hesap yapmaya korkuyordu. Artık para bulmanın hiç yolu yoktu. Norma maaşının yatırılması için ayrı bir hesap açtırmıştı. Her şeyi rehin vererek borç almıştı Shelly. Hem de herkesten. Oyun arkadaşları hariç tabii. Onlardan borç istemesi yakışık almazdı. Elinin altında tek bir şey kalmıştı şimdi: Imperial Valley Bankası'nın bin hissesi, yaklaşık on beş bin dolar ederdi. Ama mesele Norma anlamadan nakde çevirmekti onları. Eninde sonunda anlardı kadın. Shelly de bütün mazeretleri tüketmişti artık. Ve Norma'nın sabrı taşmaktaydı. An meselesiydi yani.

On dört bin dolar? Ah o son el, ah. O eli kafasında tekrar tekrar yaşıyordu Shelly. Doğru oynadığından emindi: Elin iyiyse bastırırsın... yoksa tırstın mı iş biter. Kâğıtlardaydı mesele. Ama çok geçmeden dönecekti şansı, biliyordu Shelly. Böyleydi bu iş. Shelly ileri görüşlüydü. Ne yaptığını biliyordu o. Delikanlılığından beri durmadan kumar oynardı, hatta lisedeyken beyzbolda bahis oynatıyordu. Hem de ne bahis, amma para yapmıştı o işten.

On dört yaşındayken bir yerde okumuştu –nerede olduğunu hatırlamıyordu– herhangi bir maçta, herhangi üç beyzbol oyuncusunun toplam olarak altı vuruş yapma şansı yaklaşık yirmide birmiş.

Shelly de bire dokuz ya da on verip çok sayıda insana bahis oynatıyordu. Mantle, Musial, Berra, Pesky, Bench, Carew, Banks, McQuinn, Rose ve Kaline gibiler arasından seçilen üç oyuncunun toplam olarak altı vuruş yapması *gerektiğine* inanmayı ısrarla sürdürmüştü salaklar. Salaklar! Asla öğrenememişlerdi.

Belki şimdi *oydu* öğrenemeyen. Belki salak olan *oydu* ve artık bu oyunda yeri yoktu. Yeterince paralı değildi, yeterince gözükara değildi, yeterince iyi bir oyuncu değildi. Ama o kadar kötü bir oyuncu olduğuna inanamıyordu Shelly. Bu oyunda on beş yıl boyunca yerini koruduktan sonra ansızın kötü oyuncu mu oluvermişti yani? Olacak şey değildi bu. Ama belki bazı ufak tefek şeyleri değişik bir biçimde yapıyordu. Belki kâğıtların kötü gelmesiydi oyununu etkileyen.

Biliyordu ki en büyük günahı, bütün o berbat kâğıtlar gelip dururken sabırsızlık etmesi ve öyle pek aman aman bir eli yokken bastırmaya çalışmasıydı. Evet, evet, kuşku yoktu buna. Kâğıtlar yüzünden olmuştu. Ve elbette değişecekti kâğıtlar. An meselesiydi bu. Herhangi bir oyunda –belki bir dahakinde– ona da iyi kâğıt gelebilir, o da muazzam paralar kazanabilirdi. On beş yıldır bu oyundaydı o, bilirdi ki er geç denge sağlanırdı. An meselesiydi. Ama artık Shelly'nin elinde an kalmamıştı.

Hafiften bir yağmur başladı. Ön camı buğulanmıştı. Silecekleri ve rezistansı çalıştırdı, Golden Gate gişelerinde durup üç dolar geçiş ücretini ödedi ve Lombard Sokağı'na doğru yoluna devam etti. İlerisini planlamakta başarılı değildi, ama şimdi, üstünde düşündükçe daha iyi anlıyordu ki, hayatında çok fazla şey tehlikeye girmişti: Oyunlara devam edebilme imkânı, onuru, oyuncu olarak kendine duyduğu saygı. Evliliğinin ise sözünü etmeye bile gerek yoktu – o da tehlikedeydi tabii.

Norma biliyordu kumar oynadığını. Sekiz sene önce evlenecekerken, Norma onun ilk karısıyla oturup uzun uzun konuşmuştu. İlk karısı da ondan altı yıl önce, bir Bahamalar seyahatindeki oyun maratonu sırasında dört tane valenin çıkıp bütün servetlerini silip süpürmesi üzerine terk etmişti Shelly'yi.

Shelly, Norma'yı gerçekten seviyordu ve ona verdiği sözleri o anda gerçekten samimi olarak veriyordu: Kumarı bırakacağına, Adsız Kumarbazlar'ın toplantılarına katılacağına, maaşını

Norma'ya teslim edeceğine, bütçeyi tamamen Norma'nın idare etmesine izin vereceğine. Hatta bir keresinde Shelly, iyi niyet göstesisi olarak Norma'ya gidip onun seçeceği bir terapistle bu sorunu görüşmeyi bile önermişti. Bunun üzerine Norma, iki yıl önce kendisinin gittiği bir psikiyatrist seçti. Birkaç ay o adama gitti Shelly – dangalağın tekiydi herif. Zaman kaybından başka şey değildi bu; adamla konuştuklarının tek kelimesini bile hatırlamıyordu şimdi. Ama iyi yatırım olmuştu doğrusu – Norma'nın, onun boş yere söz vermediğini anlamasını sağlayarak anlaşmalarını perçinlemişti.

Aslında verdiği sözleri çoğunlukla tutuyordu Shelly. Kumarı gerçekten bırakmıştı, artık sadece poker oynuyordu. Futbol ve basketbol üzerine bahis oynamayı bırakmış, emektar bahisçileri Sonny'yle Lenny'ye elveda demişti; Vegas'a veya Reno'ya da gitmiyordu. *Spor Yaşamı* ve *İskambil Oyunları* dergilerine aboneliklerini iptal ettirmişti. Bahis oynamaya devam ettiği yegâne spor müsabakası ABD Açık Tenis Turnuvası'ydı; tenisten iyi anlardı. (yine de Sampras'a karşı McEnroe'ya oynayarak tomarla para kaybetmişti).

Hem altı ay önce Dijilog batana kadar maaş çeklerini gerçekten Norma'ya teslim etmişti. Poker oynadığını biliyordu elbette Norma, bunun için özel olarak bir miktar para veriyordu Shelly'ye. Ama beş-on dolarlık oynadıklarını sanıyordu ve arada bir iki yüz doları çıkartıp seve seve verirdi kocasına. Aslında Norma, kocasının Kuzey California'nın en zengin ve nüfuzlu iş adamlarından birkaçıyla sosyal ilişki içinde bulunmasından da hoşlanıyordu. Hem kendisi de bunların birkaçının hukuk müşavirliğini üstlenmişti.

Yalnız Norma'nın bilmediği iki şey vardı. İlk olarak oyunlarda ne kadar para döndüğünü bilmiyordu. Bu konuda çok tedbirliydi oğlanlar – asla masaya nakit konmazdı, "çeyrek" (yirmi beş dolar), "yarım" (elli dolar) ve "teklik" (yüz dolar) adını verdikleri fişlerle oynarlardı. Zaman zaman birinin çocuğu gelip birkaç el seyrederdi oyunu, ama ortada gerçekten ne kadar para döndüğüne dair hiçbir şey anlayamazdı. Bazen Norma oyunculardan ya da onların karılarından biriyle karşılaşınca –mesela düğünlerde, kilisede, sünnet törenlerinde falan– aslında kumarda ne kadar büyük riske girmekte olduğunu öğrenecek diye ödü kopuyordu Shelly'nin. Ama oğlanlar ser verip sır vermezlerdi, hiçbiri ağzından bir şey kaçırmamıştı o zamana kadar – Allah onlardan razı olsun. Kimsenin sözünü etmediği ama herkesin bildiği kurallardan biriydi bu.

Norma'nın bilmediği öteki şey ise Shelly'nin poker hesabıydı. İki evliliği arasında Shelly, altmış bin dolarlık sermaye yapmıştı. Bilgisayar yazılımı satışında süperdi o aralar... yani canı çalışmak istediği aralar. Evlenirken yirmi bin dolar getirmişti ortaya, ama bir de kırk bin dolarlık poker hesabı vardı ve Wells Fargo'daki hesabında Norma'dan saklı tutuyordu bunu. O kırk bin doların sonsuza dek elinde kalacağını, kaybettikçe açığı oradan kapatabileceğini sanmıştı. Öyle de olmuştu. On beş yıl boyunca. Bu oyuna kadar – bu sefer çok ağırdı Shelly'nin kaybı!

Kumarda para yavaş yavaş yükselmişti. Shelly hafiften itiraz etmişti bu artışlara, ama fazla bir şey söylemeye de utanıyordu. Herkes artırmak istiyordu, yoksa tadı çıkmıyordu oyunun. Arada bir kaybetmek bu işin tuzu biberiydi. Ama gel gör ki öbür çocuklarda çok para vardı: Shelly'ye çok yüksek görünen meblağlar onların gözünde para bile değildi. Ne yapabilirdi Shelly? Gururunu ezip şöyle mi deseydi yani? "Kusura bakmayın, çocuklar, benim sizinle oynayacak param yok. Ben çok yoksulum, çok ödleğim, size ayak uyduramayacak kadar başarısız bir herifim işte!" Ölürdü de demezdi bunları Shelly.

Ama işte erimişti poker fonu, kala kala bir dört bin dolar kalmıştı. Neyse ki Norma hiçbir zaman öğrenmemişti o kırk bin doları. Yoksa çoktan çekip gitmiş olurdu. Norma kumardan nefret ediyordu, çünkü kendi babası ailenin oturduğu evi borsada kaybetmişti: Adam poker oynamıyordu (kilisede papaz yardımcısıydı zaten, baston yutmuş gibi duran, tatsız tuzsuz bir herifti), ama borsada oynuyordu... ha borsa, ha poker, ne fark eder? Borsanın, poker oynamayı götü yemeyen ödlekler için olduğunu düşünürdü hep Shelly!

Kafasını toplamaya çalıştı; acele on bin dolar lazımdı ona: Yalnız dört günlüktü verdiği çek. Ne yapıp edecek, bir şekilde bulacaktı parayı; Norma iki hafta süreyle uyanmasa yeterdi ona. *Biliyordu* Shelly, kesinlikle *biliyordu,* hem de hayatında çok az şeyi böyle bir kesinlikle bilmişti: Bir oyunluk daha para bulabilse, bir dahaki sefere şansı dönecekti, büyük bir voli vurabilir, her şey yine yerli yerine otururdu.

Shelly, sabah beş buçukta eve vardığında ne yapacağına çoktan karar vermişti. En iyi çare, *tek* çare, Imperial Bankası hisselerinden bir kısmını satmaktı. Üç yıl kadar önce Willy almıştı Imperial Bankası'nı ve Shelly'ye içeriden tüyo vererek bankanın kesinlikle başarılı olacağını belirtmişti. İki yıl sonra, bankanın hisseleri halka açıldığında yatırımını en az iki katına çıkaracağını söylüyordu Willy. Shelly de evliliğine kattığı yirmi bin dolar ihtiyat akçesiyle tuttu bin hisse aldı. Şirket içinden aldığı tüyoyu ve Willy ile birlikte kazanacakları parayı da horoz gibi kabara kabara anlattı Norma'ya.

Lakin Shelly, yanlış zamanda yanlış yerde bulunma rekorunu kimselere kaptırmamaya kararlıydı: Bu sefer de yatırım ve kredi skandalı patlak verdi. Willy'nin bankası çok zor duruma düşmüştü: Borsada hisseler yirmi dolardan alıcı bulurken on bire iniverdi. Bu aralar da on beşten satılıyorlardı. Shelly bu zararı sineye çekti, biliyordu ki Willy de epey kaybetmişti. Yine de zaman zaman, bu oğlanlara takıldığında bir kere olsun, bir tek kerecik olsun niye kâra geçemediğini merak ediyordu. Neye elini atsa boka batıyordu.

Borsacısı Earl'ü arayabilmek için altıya kadar uyumadı; hisselerini piyasa fiyatından satmasını söyleyecekti ona. İlk başta yalnızca altı yüz elli hisse satmayı planlamıştı – ona gereken on bin doları çıkarırdı bunlar. Ama telefonda konuşurken bin hissenin binini de satmaya karar verdi; böylece on bin dolarla borcunu ödeyeceği gibi, son bir kez oynayabilmek için de beş bin doları olacaktı cebinde.

O gıcırtılı sesiyle sordu Earl: "Seni arayıp satışı teyit ettirmemi istiyor musun, Shelly?"

"Evet, evet. Bütün gün evde olacağım. Kesin meblağı bileyim. Ha bir de, acele tarafından olsun ve sakın çeki bizim hesaba postalama. Bak bu çok önemli – çeki postalama. Sende kalsın, ben bir ara uğrar alırım."

Her şey yoluna girecek, diye düşündü Shelly. İki haftaya kadar, bir dahaki oyundan sonra, kazandığı parayla hisselerini geri alırdı, Norma'nın da ruhu duymazdı. Keyfi yerine gelmişti. "Dibi-diiibiii-daba-daaa-baaa" diye usulca ıslık çalarak yatağa girdi. Uykusu hafif olan Norma, poker gecelerinde hep yaptığı gibi misafir odasında uyuyordu. Shelly rahatlamak için *Profesyonel Tenis Dünyası* dergisini karıştırdı biraz, sonra telefonun sesini kapattı, Norma kalkıp hazırlanırken sesini duymamak için kulaklıklarını taktı ve ışığı söndürdü. Şansı yaver giderse öğleye kadar uyurdu artık.

* * *

Sendeleyerek mutfağa gidip kendisine kahve koyarken saat birdi. Telefonun sesini açtığı anda çalmaya başladı. Carol'dı arayan, Norma'nın arkadaşı, o da aynı büroda avukattı.

"Selam Carol, Norma'yı mı arıyorsun? Gideli çok oldu. Büroda değil mi? Bak Carol, iyi ki aradın. Justin'in evden ayrıldığını duydum. Norma senin çok sarsıldığını söyledi. Senin gibi bir kadını terk etmek için salak olmak lazım. Ama asla senin klasında değildi o. Arayamadığım için kusura bakma. Ama şimdi fırsat bulduk işte. Bir yemeğe ne dersin? Bir içkiye? Başını koyacak bir omza?" Carol'ın acil intikam operasyonu için onu götürdüğü günden beri ateşli bis fantezileri kuruyordu Shelly.

Carol, "Sağol, Shelly," dedi buz gibi bir sesle, "ama sosyal ilişkiyi ertelemek zorundayım. Profesyonel nedenlerle aramıştım."

"Nasıl yani? Dedim ya, Norma yok."

"Shelly, ben zaten seni aramıştım, Norma'yı değil. Norma, yasal vekili olarak kendisini temsil etmemi istedi. Tabii aramızdaki küçük kaçamağı düşününce biraz biçimsiz bir durum ama, Norma böyle istedi ve onu kırmam mümkün değildi.

"Şu safhada," diye hızlı hızlı, profesyonel bir tonda konuşuyordu Carol, "müvekkilem, ayrılmanız için gerekli evrakı tanzim etmemi istemiş bulunuyor. Ben de ondan aldığım vekâletle bu akşam saat yediye kadar evden gitmeniz, yani temelli gitmeniz gerektiğini bildiriyorum. Norma bir daha şahsınızla doğrudan irtibat istemiyor. Onunla konuşmaya çalışmayacaksınız, Bay Merriman. Kendisine verdiğim tavsiye doğrultusunda, aranızda gerekli olan her türlü muamele tarafımdan, yani karınızın avukatı tarafından yerine getirilecektir."

"Kes şu hukuk zımbırtısını, Carol. Altıma yatmış yosmanın fan-fin-fonundan mı korkacağım ulan ben?! Adam gibi konuş. Ne bok dönüyor böyle?"

"Bay Merriman, müvekkilemin verdiği talimat uyarınca, faks

aygıtınıza bakmanızı tavsiye edeceğim. Sorduğunuz bütün soruların cevaplarını oradan anlamak mümkün. Sizin için bile. Unutmayın, elimizde mahkeme emri var, bu akşam yediye kadar size mühlet.

"Ha, bir şey daha, Bay Merriman. Müsaadenizle şahsi bir mülahazamı nakledeceğim: Dallamanın tekisiniz. Büyüyünüz artık!" Bu sözle birlikte telefonu çarparak kapattı Carol.

Bir dakika kadar kulakları çınladı Shelly'nin. Faks aygıtına koştu. Ve dehşet içinde gördü ki, o sabah adına yapılan borsa işlemlerinin bir kopyası sarkıyordu fakstan, hem de Shelly'nin ertesi gün gelip çeki alabileceğini bildiren bir notla birlikte. Onun da altında daha beteri vardı: Shelly'nin Wells Fargo'daki gizli poker hesabını gösteren bir belgenin fotokopisi. Norma, buna iliştirdiği not kâğıdına özlü bir ifadeyle şöyle yazmıştı: "Demek görmemi istemiyorsun, ha? Şimdi otur pisliğini nasıl temizleyeceğini düşün. Her şey bitti artık."

Shelly derhal borsacısını aradı. "Earl, ne bok yedin lan sen? Teyit için *beni* aramanı söylemiştim. Yaktın ulan beni!"

"Ağır ol, oğlum," dedi Earl. "Teyit için evden aramamı söyleyen sendin. Yedi on beşte sattık. Sekreterim yedi otuzda aradı. Telefona karın çıkmış, sekreterim de mesajı ona iletmiş. Karın bürosuna fakslamasını istemiş. Sekreterim nereden bilsin karına söylenmeyeceğini? Unutma, hisse senetleri ortak hesaptaydı. Karından gizleyecek miydik? Senin on beş bin dolarlık kıçı kırık hesabın için ruhsatımdan mı olayım yani?"

Shelly kapattı telefonu. Başı dönüyordu. Olup bitenlere bir anlam vermeye çalıştı. Telefonla teyit etmelerini hiç istemeyecekti. Ah o batasıca kulaklıklar. Norma hisseleri sattığını öğrenince bütün kâğıtları karıştırmıştı anlaşılan ve tabii Wells Fargo hesabını bulmuştu. Artık her şeyi biliyordu. Artık her şey bitmişti.

Shelly, Norma'nın faksını bir daha okuyup avaz avaz bağırmaya başladı: "Sikeyim lan böyle işi!"; sonra paramparça etti faksı. Tekrar mutfağa giderek kahvesini ısıttı ve *Chronicle*'ın sabah baskısını açtı. Eleman ilanlarına bakma zamanı gelmişti. Yalnız artık sadece iş değil, dayalı döşeli bir daire de bulması gerekiyordu. Ama Kent Yaşamı bölümünün ilk sayfasında tuhaf bir manşet çarptı gözüne.

SAVULUN FORD, TOYOTA, CHEVROLET!
KUSURLU ÜRÜNÜ TELAFİ SIRASI
PSİKİYATRİSTLERDE!

Shelly okumaya başladı.

> Otomotiv sanayiinin devlerini örnek alan Golden Gate Psikanaliz Enstitüsü, telafi amacına yönelik bir bülten yayımladı (bkz. s. D2). 24 Ekim'de olağanüstü bir toplantı düzenleyen enstitü, seçkin üyelerinden Dr. Seth Pande'yi "psikanalize zarar verici nitelikteki davranışları" nedeniyle faaliyetten men ederek üyeliğini askıya aldı.

Seth Pande! Seth Pande! Hey, dedi Shelly kendi kendine, evlenmeden önce Norma'nın beni gönderdiği doktor değil mi bu? Seth Pande ya, tabii, eminim: Şunun şurasında kaç tane *Pande* vardır ki? Okumaya devam etti:

> Ayrıntılı açıklama yapmaktan kaçınan enstitü sözcüsü Dr. Marshal Streider, Dr. Pande'nin hastalarının, bir psikanalistten beklenecek en iyi tedaviyi görmüş olmayabilecekleri inancının üyeler arasında ağır bastığını söylemekle yetindi; ayrıca hastaların, Dr. Pande'nin analiz çalışmasından zarar görmüş olabileceğini düşündüklerini de sözlerine ekledi. Dr. Pande'nin hastalarına ücretsiz "Psikanalitik ayar (!)" uygulanacakmış. Yakıt pompası mı bu? diye sordu muhabirimiz. Rot mu? Balans mı? Egzoz mu? Dr. Streider yorum yapmaktan kaçındı.
>
> Dr. Streider'a göre bu girişim, Psikanaliz Enstitüsü'nün hastaya yönelik muamele, mesleki sorumluluk ve dürüstlük açısından olabilecek en yüksek standartlara bağlılığının kanıtıymış.
>
> Belki de haklıdır. Ama bu gelişme, psikiyatristlerin malum kibri konusunda, bütün bir camiayı bağlayacak soruları gündeme getirmez mi? Bundan birkaç yıl önceki Seymour Trotter skandalının ardından, psikiyatri camiasının kendi kendini idareden aciz olduğuna dair somut bir kanıt daha işte. Kişi, grup ve kuruluşlara yol gösterebile-

cekleri iddiasını psikiyatristler daha ne kadar sürdürebilir ki?

Muhabirimizin temas kurduğu Dr. Pande bir tek şey söyledi (ve doğrusu bizi çok şaşırttı!):

"Avukatımla konuşun."

Shelly, resmi ilana bakmak için sayfa D2'yi açtı.

PSİKİYATRİK HASTALARA ÇAĞRI

Golden Gate Psikanaliz Enstitüsü, 1984'ten sonra, tedavi amacıyla Dr. Seth Pande ile görüşmüş olan bütün erkek hastaların, psikolojik değerlendirme ve gerekirse telafi edici psikiyatrik terapi için şu numarayı aramasını önemle duyurur: 415-555-2441. Dr. Pande'nin uyguladığı terapinin psikanaliz ilkelerinden önemli sapmalar göstermiş ve zararlı etkilere yol açmış olması mümkündür. Her türlü hizmet tarafımızdan ücretsiz sağlanacaktır.

Birkaç saniye geçmişti ki Shelly, telefonda Psikanaliz Enstitüsü sekreteriyle görüşmekteydi.

"Evet, Bay Merriman, üyelerimizden birinden ücretsiz terapi görmeye elbette hakkınız var, biz zaten bunu teşvik ediyoruz. Terapistlerimiz dönüşümlü olarak hizmet veriyorlar. Arayan ilk kişi sizsiniz. Size Dr. Marshal Streider'la görüşmeniz için bir randevu verebilir miyim? Kendisi en tecrübeli analistlerimizdendir. Cuma sabahı dokuzda, California Sokağı, numara 2313."

"Meselenin tam olarak ne olduğunu söyleyebilir misiniz bana? Sinirlerimi çok bozdu da bu. Beklerken panik atak geçirmek istemiyorum."

"Size fazla bilgi veremeyeceğim. Dr. Streider gerekeni anlatacaktır, ancak şunu söyleyebilirim ki enstitü, Dr. Pande'nin bazı yorumlarının bazı hastalara yarar sağlamamış olabileceği kanaatindedir."

"Yani diyorsunuz ki, bende bir semptom varsa –diyelim bir bağımlılık– adam benim canıma okumuş olabilir, öyle mi?"

"Eh... onun gibi bir şey. Dr. Pande'nin *kasıtlı olarak* size zarar verdiğini söylemiyoruz. Yalnızca enstitü, onun uyguladığı bazı yöntemlere şiddetle itiraz etmektedir."

"Tamam, Cuma sabah dokuz uygun. Şey, yalnız ben, panik ataklara çok yatkınım. Bu durum sinirlerimi çok geriyor, yani sonunda kendimi acil serviste bulmak istemiyorum; bana söylediklerinizi yazılı olarak gönderebilirseniz çok faydası dokunur – hatta bu, hayatımı kurtarır. Randevu saatini ve yerini de lütfen. Adı neydi? Anlıyorsunuz değil mi? Şimdiden kafam karıştı. Galiba derhal elime geçse iyi olacak. Bana hemen fakslayabilir misiniz?"

"Hay hay, Bay Merriman."

Shelly faksın başına gidip beklemeye başladı. Sonunda *bir şey* olsun yolunda gitmişti. Hemen bir not karaladı:

Norma,

Bunu oku! Bir sır çözüldü! Terapistini hatırlıyor musun, Dr. Pande'yi? Ve onu nasıl bulduğumu? Ve terapiye nasıl karşı çıktığımı? Ve sırf senin hatırın için kendimi nasıl o adamın ellerine bıraktığımı? Bana ve sana ve bize ne acılara mal oldu bak bu. Ben doğru olanı yapmaya çalıştım. Terapinin işe yaramamasına şaşmamalı! Artık nedenini biliyoruz işte. Bir kez daha doğru olanı yapmaya çalışıyorum – tam anlamıyla telafi edeceğim bunu. Gerçekten yapacağım! Neye mal olursa olsun. Ne kadar sürerse sürsün. Bekle beni. Lütfen!

Seni canından çok seven, kocan

Sonra Shelly, gazetedeki yazı ve Psikanaliz Enstitüsü sekreterinden gelen mektupla birlikte bu notu Norma'ya faksladı. Yarım saat sonra faks aygıtında bir cızırtı daha duyuldu ve Norma'nın mesajı süzülüverdi dışarı.

Shelly,

Seninle konuşmak istiyorum. Altıda buluşalım.

Norma

Shelly tekrar kahvesini aldı ve eleman ilanlarının bulunduğu sayfayı kapatarak spor sayfasına geçti.

"Dibi-diii-biii-daba-daaa-baaa."

IX

MARSHAL randevu defterine baktı. Sıradaki hastası Peter Macondo adında, İsviçre'de yaşayan bir Meksikalı iş adamıydı ve de sekizinci ve sonuncu seansa geliyordu. Bir aydır San Francisco'da bulunan Bay Macondo, ailevi bir kriz sebebiyle kısa süreli terapi istemişti. İki-üç yıl öncesine kadar Marshal, ancak uzun süreli analiz gerektiren vakaları kabul ediyordu, ama devir değişmişti. Şimdi, kentteki diğer bütün terapistler gibi onun da boş saatleri ve Bay Macondo'yu bir ay süreyle haftada iki kez görmeye gönlü vardı.

Bay Macondo'yla çalışmak zevkliydi; terapiden çok yararlanmıştı adam. Hem de olağanüstü ölçüde yararlanmıştı. Dahası anında nakit ödeme yapıyordu. İlk seansın sonunda Marshal'a iki tane yüzlük banknot uzatıp demişti ki, "Hayatı basitleştirmek için nakit kullanmayı tercih ediyorum. Belki bilmek istersiniz, ABD'de gelir vergisi mükellefi değilim, İsviçre'de ise sağlık harcamalarımı vergiden düşmüyorum."

Sonra kapıya yürümüştü.

Marshal ne yapması gerektiğini çok iyi biliyordu. Nakit geliri gizli tutmak çok yaygın bir usûlsüzlük de olsa, ne türden olursa olsun usûlsüz bir projede suç ortaklığının gölgesi altında terapiye başlamak korkunç bir hata olurdu. Marshal katı olabilmek isterdi, ama yine de nazik bir tonda konuştu: Peter Macondo nazik adamdı, lekelenmemiş bir asalet havası taşıyordu.

"Bay Macondo, size söylemem gereken iki şey var. Birincisi, ben daima gelirlerimi beyan ederim. Doğru olan da budur. Her ayın sonunda size makbuz vereceğim. İkincisi, bana fazla para verdiniz. Ücretim yüz yetmiş beş dolardır. Bakayım, bozuğum var mı... " Masasına uzandı.

Bir eli kapı tokmağında kalan Bay Macondo, dönüp öteki elini kaldırdı, "dur" işareti yapan trafik polisleri gibi. "Lütfen, Dr. Streider, Zürih'te ücret iki yüz dolardır. Hem İsviçreli terapistler sizin kadar yetkin de değiller. Hiç değiller. İstirham ediyorum, lütfen oradaki ücretin aynısını ödememe izin veriniz. Bu beni rahatlatacak, dolayısıyla sizinle çalışmamızı kolaylaştıracaktır. Perşembe günü görüşmek üzere."

Eli cebinde kalakalan Marshal, adam kapıdan çıkarken aval aval bakmıştı. Ücretini yüksek bulan birçok hasta olmuştu, düşük olduğu konusunda diretenini ise ilk kez görüyordu. *Eh, ne de olsa,* dedi kendi kendine, *adam Avrupalı. Uzun vadeli aktarım gibi bir sorun da yok; kısa süreli terapi bu.*

Marshal kısa süreli terapiyi sadece umursamıyor değildi. Küçümsüyordu da. Semptom gidermeye yönelik odaklanmış terapi... müşteriyi memnun etme amacına yönelik... haydi oradan! Marshal için önemli olan değişimin *derinliği* idi – analistlerin çoğu için de böyleydi. Derinlik, her şey demekti. Hasta ne kadar derinlemesine incelenirse, terapinin o kadar etkili olacağını her psikanalist bilirdi. "Derinlere in" –kendi gözetim psikanalisti Bob McCallum'ın sesini duyar gibiydi Marshal– "derinlere in, en eski bilinç âlemlerine dal, ilkel duygulara, arkaik fantezilere ulaş; ilk bellek katmanlarına dön, işte o zaman, ancak ve ancak o zaman nevrozu tamamen kökünden söküp atabilir, analitik tedaviyi gerçekleştirebilirsin."

Ama derinlemesine terapi, savaşı kaybetmek üzereydi: Amaca ulaşmak için her yolu mubah gören barbar sürüleri her yanı sarmıştı. İşletme ilkeleriyle hasta bakımının yeni sancağı altında toplanan kısa süreli terapi taburları, psikoterapide bilgeliğin, hakikatin ve aklın son kaleleri olan analiz enstitülerinin kapılarına kadar dayanmış, ufku çepeçevre sarmıştı. Düşman artık o kadar yakındaydı ki, onun çok sayıda yüzünü görebiliyordu Marshal: Anksiyete bozukluklarına biyolojik geri besleme ve kas gevşetme egzersizleri; fobilere şok ya da duyarsızlaştırma; distemi ve obsesif-kompülsif bozukluklara ilaç tedavisi; yeme bozukluklarına bilişsel grup terapisi; çekingenlere kendini ifade etme ve kararlılık eğitimi; panik hastalarına diyaframdan nefes almayı öğreten grup terapileri; toplumsal ilişkilerde ürkek olanlara toplumsal beceri eğitimi; sigara tiryakilerine tek seanslık hipnozla müdahale; ve işte aklınıza ne gelirse, hepsi için on iki adımlık bir grup!

Ülkenin birçok yerinde tıbbi savunma hatları, işletme ilkeleriyle hasta bakımının aman vermez top ateşine uzun süre dayanamamıştı. İstilaya uğrayan eyaletlerdeki terapistler, meslekte kalabilmek için istilacıya boyun eğmekteydi; ne de olsa istilacı kuvvet de onlara, alışılmış ücret üzerinden belli bir pay ödüyor ve aslında altmış-yetmiş seans terapiye ihtiyacı olan hastaları beş, bilemedin altı seansta halletsinler diye gönderiyordu.

Terapistlerin mütevazı hasta istihkakı tükenince tam bir tiyatro başlıyordu artık; terapiye devam etmek için ek seans hakkı verilsin diye vaka sorumlularına yalvar yakar oluyorlardı. Ve tabii bu isteklerini sorumlunun önünc dağ gibi belge yığarak bildirmek zorundaydılar; zaman kaybından başka bir şey olmayan bunca kırtasiye işi içinde bir de yalan söylemek zorunda kalıyor, hastanın durumunu abartarak intihar riski, madde bağımlılığı ya da şiddet eğilimi bulunduğunu iddia ediyorlardı. Sağlık planları içinde dikkat çeken yegâne tılsımlı sözlerdi bunlar – hasta umurunda değildi yöneticilerin, ileride dava falan açılır diye korkuyorlardı.

İşte böylece terapistler, tedaviye imkân olmayacak kadar kısa sürelerle hasta kabul etmeye zorlandıkları gibi, bir de vaka sorumlularını ikna etme ve hoş tutma gibi küçültücü bir işle uğraşmak durumundaydılar. Vaka sorumlusu dediğin de bu alana dair bilgisi ancak asgari düzeyde olan küstah bir genç yöneticiydi çoğunlukla. Marshal'ın saygıdeğer bir meslektaşı olan Victor Young, önceki gün vaka sorumlusundan bir ihtar almıştı; yirmi yedi yaşındaki sorumlu, ağır bir şizoid vakası olan hastasının tedavisini tamamlamak için dört seans daha veriyordu ona. Kâğıdın kenarına ise okunaksız el yazısıyla aptalca bir not çiziktirmişti sorumlu: "Hastanın inkâr mekanizmasını kır!"

Psikiyatristlerin sadece onuruna saldırılmıyor, ekmekleriyle de oynanıyordu. Marshal'ın çalışma arkadaşlarından biri psikiyatristliği bırakıp kırk üç yaşından sonra radyoloji ihtisasına başlamıştı. Bu alana epey emeği geçmiş olan birçok kişi de erkenden emekli olmayı düşünüyordu. Marshal'ın da sıra bekleyen hastası yoktu artık ve geçmişte başkasına göndereceği türde hastaları seve seve kabul ediyordu. Sık sık gelecekten endişelenmekteydi – kendi geleceğinden ve bu alanın geleceğinden.

Normal olarak Marshal, kısa süreli terapide yapabileceği en fazla şeyin, şansı da biraz yaver giderse, semptomlarda hafif bir gerileme sağlayarak bir dahaki mali yıla kadar hastayı elinde tutmak olduğuna inanıyordu; o zaman vaka sorumluları, birkaç seansa daha izin verebilirlerdi. Ama Peter Macondo çarpıcı bir istisna olmuştu. Daha dört hafta önce yoğun semptomlar gösteriyordu: Derin bir suçluluk duygusu, şiddetli endişe, uykusuzluk ve mide bozuklukları. Oysa şimdi hiçbirinden eser kalmamıştı. Marshal, bu kadar kısa sürede bu kadar yardımcı olabildiği hastalara ender rastlardı.

Kısa süreli terapi hakkında Marshal'ın fikrini değiştirmiş miydi bu durum? Asla! Peter Macondo'da sağlanan olağanüstü başarının basit ve net bir açıklaması vardı: Bay Macondo'nun kayda değer bir nevrotik ya da karakterolojik sorunu yoktu. Ender rastlanacak ölçüde becerikli, kişiliği bütünleşmiş bir bireydi o ve semptomları da büyük ölçüde koşullara bağlı stresten kaynaklanıyordu.

Bay Macondo son derece başarılı bir iş adamıydı ve Marshal'ın kanaatine göre, mega-servet sahibi olanlara özgü sorunlarla karşı karşıyaydı. Birkaç yıl önce boşanmıştı, şimdi de kendinden genç bir kadın olan güzel Adriana'yla evliliği düşünüyordu. Adriana'yı çok sevdiği halde tereddütler içinde kendini yiyip bitiriyordu –

zengin iş adamları ile afet kadınlar arasında kâbusa dönüşen öyle çok evlilik görmüştü ki. Tek alternatif olarak evlilik öncesinde bir anlaşma yapma konusunda ısrar etmeyi görüyordu, ama bu da yakışıksız ve pis bir durumdu. Aşklarını ticarileştirerek kirletmeden nasıl önerebilirdi böyle bir şeyi? Düşünüyor, taşınıyor, saplantılara kapılıp kararı erteledikçe erteliyordu adam. Sonunda terapiye gelmesine sebep olan temel problem buydu işte.

Peter'ın iki çocuğu da bir başka problem çıkarmaktaydı. Öfke dolu eski karısı Evelyn'in fena halde etkisi altında kalmış olan çocuklar, bu evliliğe kesinlikle karşı çıkıyor, Adriana'yla tanışmayı bile reddediyorlardı. Peter ile Evelyn üniversitede birbirlerinden ayrılmazlardı; mezuniyetin ertesi günü de evlenmişlerdi. Ama çok geçmeden çivisi çıkmıştı evliliğin ve bir-iki yıl içinde Evelyn, derin bir alkolizm batağına saplanmıştı. Peter ailesini kahramanlar gibi korumuş, çocuklarının iyi birer Katolik olarak yetişmesini sağlamış, sonra da, çocuklar liseyi bitirir bitirmez boşanma davası açmıştı. Ama yıllar yılı sert çatışmaların göbeğinde yaşamanın acısı çocuklardan çıkıyordu. Geriye baktığında görüyordu ki Peter, daha önce boşanıp çocukların velayetini almak için savaşmamakla hata etmişti.

Yirmili yaşlarının başında bulunan çocuklar, Adriana'yı aile servetine konma planları yapmakla açıkça suçluyorlardı. Babalarına duydukları öfkeyi dile getirmekten de geri durmuyorlardı hiç. Gerçi Peter onlar için neredeyse üçer milyon dolar ayırmıştı ama, çocuklar kendi haklarının yendiği konusunda ısrarlıydılar. Bu iddiayı desteklemek için de bir süre önce *Financial Times*'ın Londra baskısında çıkan bir haberi dillerine dolamışlardı; haberde Bay Macondo'nun, iki milyar dolar tutarında, çok yüksek kâr getirecek bir girişimde bulunduğu anlatılıyordu.

Çatışma halindeki duygular elini ayağını kesmişti adamın. Tabiat olarak eli açık biriydi, mal varlığını çocuklarıyla paylaşmaktan başka bir şey istemiyordu – onlar için didinip yapmıştı bunca serveti. Ama para bir lanete dönüşmüştü şimdi. İki çocuğu da yüksek-öğrenimi bırakmış, kiliseden ayağını kesmiş, aylaklığa sardırmıştı – hiçbir mesleki planları, hiçbir hırsları, geleceğe dair hayalleri, kendilerine yol gösterecek ahlaki değerleri yoktu. Bir de oğlunun ciddi biçimde uyuşturucu batağına düşmesi hepsinin üstüne tüy dikmişti.

Peter Macondo nihilizme gömülüyordu. Son yirmi yıldır ne için çalışmıştı ki sanki? Kendi dini inancı da zayıflamıştı, çocukları artık gelecek için anlamlı bir projeyi temsil etmiyorlardı, yaptığı hayır işleri de anlamsız gelmeye başlamıştı ona. Anavatanı olan Meksika'da birkaç üniversiteye bağışta bulunmuştu daha önce, ama ülkesindeki yoksulluk, siyasi yolsuzluklar, başkent Meksiko'ya yönelen inanılmaz nüfus göçü, çevre faciaları karşısında kendini çaresiz hissediyordu. Meksiko'ya son gittiğinde hava kirliliği yüzünden maskeyle dolaşmak zorunda kalmıştı. Onun vereceği birkaç milyonla ne olurdu ki?

Marshal, kendisinin tam Peter Macondo'nun aradığı terapist olduğundan hiç kuşku duymuyordu. Olağanüstü zengin hastalar ve çocuklarıyla çalışmaya alışıktı, onların sorunlarını anlıyordu. Bu konuda bazı sermaye girişim ve hayır kuruluşlarında konferanslar vermişti, hatta bir gün kitap yazmayı düşünüyordu. Ama adını *–Refah Hastalığı: Tok Sınıfın Laneti–* bile şimdiden düşündüğü bu kitap da, Marshal'ın diğer parlak kitap projeleri gibi hayal olarak kalmıştı. Böyle yoğun bir işteyken kitap yazacak zaman bulmak imkânsız gibi görünüyordu. O büyük teorisyenler –Freud, Jung, Rank, Fromm, May, Horney– nasıl yapmıştı acaba?

Peter Macondo'ya bir dizi kısa, odaklanmış terapi tekniği uyguladı Marshal ve büyük bir memnuniyetle gördü ki, denediklerinin hepsi de mükemmel sonuç veriyordu. Bu sorunların varlıklı kişiler arasında evrensel düzeyde görüldüğü konusunda onu bilgilendirerek hastasının yaşadığı ikilemi anormal bir durum olmaktan çıkardı ve suçluluk duygusunu hafifletti. Çocukların deneyim dünyasının, özellikle de anneleriyle babaları arasında sürüp giden bir mücadelede kapana kısılmış olduklarının farkına varmasını sağlayarak Peter'ın çocuklarıyla ilişkilerindeki baskıyı giderdi. Çocuklarıyla ilişkisini düzeltmesi için en iyi yolun, eski karısıyla ilişkisini düzeltmek olduğunu söyledi ona. Yavaş yavaş aralarında daha saygıya dayalı bir ilişki gelişmesini sağladı; dördüncü seanstan sonra Bay Macondo, eski karısını öğle yemeğine davet etti ve yıllar sonra ikisi ilk kez oturup güzel güzel konuştular.

Yine Marshal'ın önerisiyle Peter, her ne kadar artık bir arada yaşamaları mümkün olmasa da, yıllar boyunca birbirlerini sevmiş oldukları ve geçmişteki bu sevginin gerçekliğini hâlâ sürdürdüğü konusunda ikna etti eski karısını: Bu gerçekliği heba etmemek gerekiyordu, onu bir hazine gibi korumak çok önemliydi. Marshal'ın önerisi üzerine Peter, kadına bir ay süreyle Betty Ford Alkolizm Tedavi Merkezi'ne yatmasını önerdi; bunun bedeli olan yirmi bin doları o ödeyecekti. Gerçi kadına çok bonkörce bir nafaka verilmişti ve masrafları kendi de rahatlıkla karşılardı ama, her zaman tedaviye direniyordu. Oysa eski kocasının onun için kaygılandığını gösteren bu jest karşısında çok duygulandı ve Peter'ın hayret dolu bakışları altında kabul etti teklifi.

Peter eski karısıyla daha iyi bir iletişim kurunca, çocuklarla ilişkisi de düzelmeye başladı. Marshal'ın da yardımıyla Peter, çocuklarına fazladan beşer milyon dolar daha ayırdı; bu para, belli hedeflere ulaşıldıkça sonraki on yıl içinde parça parça verilecekti: Bu hedefler de yüksekokulu bitirme, evlenme, saygıdeğer ve oturmuş bir sahada iki yıl mesleki çaba gösterme ve topluma dönük projelerin yönetimine katılma idi. Bu cömert ama kesin bir şekilde yapılandırılmış fon, çocuklar üzerinde mucizeler yarattı ve babalarına karşı tutumlarının kısa zamanda değişmesini sağladı.

Marshal, birkaç seansı da Bay Macondo'nun suçluluk duygusu üzerine çalışmaya ayırmıştı. Bay Macondo insanları hayal kırıklığına uğratmaktan nefret ediyordu ve –kendisine sadık bir grup İsviçreli ve İskoç bankerden oluşan– yatırımcıları adına aldığı binlerce parlak yatırım kararını küçümseme eğilimi gösterirken, aldığı her kötü kararı Marshal'ın yanında tek tek bütün ayrıntılarıyla hatırlıyor, hayal kırıklığına uğrattığı bir avuç yatırımcının yüzlerini gözünün önüne getirip üzülüyordu.

Marshal ile Bay Macondo, beşinci seansın büyük bölümünü tek bir yatırım vakası üzerine konuşarak geçirdiler. Meksiko Üniversitesi'nin seçkin iktisat profesörlerinden olan babası, üç taraflı koroner baypas ameliyatı olmak için uçakla Meksiko'dan Boston'a gelmişti.

Bay Macondo'nun büyük bir minnet duyduğu cerrah Dr. Black, ameliyattan sonra, ondan Harvard'daki kardiyovasküler araştırma merkezine bağışta bulunmasını rica etmişti. Bay Macondo bunu seve seve kabul ettiği gibi, bir de Dr. Black'e kişisel bir armağan sunmak istediğini belirtmişti. Dr. Black ise ameliyat ücreti olan on bin doların kendi emeğini karşılamak için yeterli olduğunu söyleyerek bu teklifi geri çevirmişti. Ancak sohbet sırasında Bay Macondo, önceki gün Meksika pezosuna büyük miktarda yatırım yaptığını ve bundan hatırı sayılır bir kâr beklediğini öylesine anlatıvermişti. Dr. Black de hemen gidip aynı yere para yatırmış ve ertesi hafta, başkan adayı Luis Colosio'ya suikast düzenlenince parasının yüzde yetmişini kaybetmişti.

Bay Macondo, Dr. Black'in başına gelenler yüzünden suçluluktan kahroluyordu. Marshal, adamın gerçekle yüz yüze gelmesi için yoğun çabalar gösterdi, hastasına iyi niyetle hareket etmiş olduğunu hatırlatarak kendisinin de büyük bir para kaybettiğini, Dr. Black'in yatırım kararını bağımsız biçimde verdiğini anlattı. Ama Bay Macondo ne yapsam da şu işi düzeltsem diyor, başka şey demiyordu. Seansın ardından, Marshal'ın itirazlarına rağmen, hiç düşünmeden otuz bin dolarlık bir çek gönderdi Dr. Black'e – doktorun kaybettiği miktar buydu.

Fakat Dr. Black dürüst adamdı, çeki geri gönderdi ve teşekkür notuna biraz ters bir tavırla şunları eklemeyi de unutmadı: Kendisi yetişkin bir insandı ve talihsizliklerle başa çıkmasını bilirdi. Üstelik, diyordu Dr. Black, şeker hisselerine yaptığı yatırımdan kazançlı çıkmıştı ve kaybını böylece dengeleyebilirdi. Sonunda Bay Macondo, Harvard'daki kardiyovasküler araştırma programına otuz bin dolar daha bağış yaptı da vicdanını rahatlattı.

Bay Macondo'yla çalışmak Marshal'ın hoşuna gidiyordu. Finans dünyasının bu kadar göbeğinde bulunan bir hastası olmamıştı hiç. Büyük servet sahibi kimselere bu kadar yakından, içeriden bakabilmek ve bir milyon şuraya, bir milyon buraya diye kararlara katılmak heyecan vericiydi. Peter'ın, babasının doktoruna gösterdiği âlicenaplık karşısında da Marshal'ın ağzının suyu akmıştı doğrusu. Kendisine minnettar kalan hastasının onun taraflara doğru da para akıttığına dair hayaller kurmaktan kendini alamıyordu. Ama her seferinde hemen bu hayali uzaklaştırıyordu kafasından; Seth Pande'nin mesleki açıdan uygun olmayan davranışlarından ötürü aforoz edilmesinin anısı çok tazeydi daha. *Hangi* terapi hastasından olursa olsun, büyük bir armağan almak mesleki istismara girerdi, ama hastanın cömertliği ve vicdani muhasebe huyu patolojik düzeylerdeyse daha da kabul edilmez bir şey olurdu bu. Böyle bir durumda hangi etik komite olsa, *kendisinin* de üye olduğu hangi etik komite olsa, hastasını sömürmekle suçlardı terapisti.

Bay Macondo'nun terapisinde en zorlu iş, nişanlısıyla evlilik öncesinde anlaşma konusunu görüşme karşısında duyduğu akıldışı korkuydu. Marshal sistemli ve disiplinli bir yaklaşım benimsedi. İlk olarak evlilik öncesi yapılacak anlaşmanın koşulları üzerinde durdu: Evlilik süresinin uzunluğuna göre önemli miktarlarda artış gösterecek olan bir milyon dolarlık bir meblağ; on yıl sonra bunun yerini, Bay Macondo'nun bütün mal varlığının üçte biri alacaktı. Sonra Marshal ve hastası, nişanlı ile yapılacak görüşmeyi birçok kez aralarında canlandırdılar. Ama yine de Bay Macondo, Adriana ile yüzleşme konusunda kuşkular taşıyordu. En sonunda Marshal, görüşmeyi kolaylaştırmak için Adriana'yı da getirmesini ve üçlü seans düzenlemelerini önerdi Bay Macondo'ya.

Birkaç gün sonra ikisi birlikte geldiklerinde Marshal, acaba hata mı ettim diye korkuya kapıldı: Bay Macondo'yu hiç bu kadar huzursuz görmemişti – oturduğu yerde oturamıyordu adam. Oysa Adriana bir zarafet ve sükûnet abidesiydi. Bay Macondo, kendisinin evlenmek için duyduğu arzu ile ailesinin mal varlığı üzerindeki hakları üzerine içler acısı denecek kadar beceriksizce bir cümleyle konuyu açınca, Adriana derhal sözünü kesmiş, kendisinin de zaten evlilik öncesi anlaşmayı düşündüğünü belirtmişti; onun açısından böylesi daha uygun olmakla da kalmayıp daha arzu edilir bir şeydi.

Kadın, Peter'ın kaygılarını gayet iyi anladığını söylüyordu. Aslında kendisi de paylaşıyordu pek çoğunu. Daha önceki gün, ağır hasta olan babası, kızının kendi mal varlığını müstakbel kocasıyla ortak mülklerinin dışında tutmasının akıllıca olacağını söylemişti. Gerçi onun mal varlığı Peter'ınkinin yanında çok küçük bir şeydi ama, sonunda çok daha fazlası olacaktı – babası California'daki bir sinema salonları zincirinin en büyük ortaklarından biriydi.

Mesele hemen oracıkta halledildi. Peter çok endişeli bir şekilde koşullarını söyledi, Adriana da çok hevesli bir şekilde kabul etti. Ancak kişisel mallarının yine kendi adına olacağına dair koşulu ekledi anlaşmaya. Ama bir şey keyfini kaçırmıştı Marshal'ın: Hastası, daha önce kararlaştırdıkları miktarları iki katına çıkarmıştı, işleri bu kadar kolaylaştırdığı için Adriana'ya minnet duyduğundan olsa gerek. *Tedavisi imkânsız cömertlik,* diye düşündü Marshal. *Ama herhalde daha beter hastalıklar da vardır hayatta.* Çift muayenehaneden ayrılırken Peter bir ara Marshal'a dönerek elini sıktı ve dedi ki, "Bugün benim için yaptıklarınızı asla unutmayacağım."

* * *

Marshal kapıyı açarak içeri davet etti Bay Macondo'yu. Peter, ipeksi kahverengi saçlarına çok yakışan, olağanüstü yumuşaklıkta kahverengi bir kaşmir ceket giymişti; saçları durmadan gözlerine düşer, tekrar tekrar arkaya itilmeleri gerekirdi.

Marshal, son seansı kazanımlarını gözden geçirip pekiştirmeye ayırmıştı. Bay Macondo çalışmaları sona ereceği için üzülüyordu ve Marshal'ın hakkını hiçbir şekilde ödeyemeyeceğini düşünerek strese girmişti.

"Dr. Streider, pek az bir değeri olan, hatta bazen hiç değer taşımayan hizmetleri için hayatım boyunca danışmanlara büyük paralar ödedim. Oysa sizinle deneyimim bunun tam tersi oldu: Siz bana paha biçilmez bir şey verdiniz, ben ise karşılığında size hiçbir şey veremiyorum. Bu birkaç seansta hayatımı değiştirdiniz. Ya ben karşılığında ne verebiliyorum? Bin altı yüz dolar? Şimdi üşenmesem on beş dakikada borsadan çıkartırım o parayı."

Telaşla, gittikçe daha hızlı konuşuyordu: "Beni iyi tanıyorsunuz, Dr. Streider, bu eşitsizliği kendime yediremeyeceğimi anlayacak kadar iyi hem de. Çok rahatsız edici bir durum bu: Boğazımda düğümleniyor sanki. Kim bilir, sizinle yaptığımız çalışma sayesinde elde ettiğim kazançları kısmen ortadan kaldırması bile söz konusu olabilir, dolayısıyla gözardı edemeyiz bunu.

"Bakın, biliyorsunuz," diye devam etti sözüne, "insanlarla doğrudan iletişim kurma konusunda pek becerikli değilim. Çok iyi bir baba olduğum da söylenemez. Kadınlarla yüz yüze gelme konusunda da öyle. Ama çok becerikli olduğum tek bir şey var, o da para kazanmak. Yeni yatırımlarımdan birinden kazandığım meblağın bir kısmını kişisel bir armağan olarak takdim etmeme izin verirseniz büyük onur duyacağım."

Marshal'ı ter basmıştı. Bayılacak gibiydi, tamahkârlığına ve mal-mülk sevdasına teslim oluyor gibiydi. Ama dişini sıktı, doğru olanı yaptı, yani hayatında bir daha asla ayağına gelmeyecek bir fırsatı tepti: "Bay Macondo, teklifiniz beni çok duygulandırdı, ancak böyle bir şey söz konusu bile olamaz. Ne yazık ki çalışmakta olduğum alanda hastalardan armağan olarak para kabul etmek, daha doğrusu ne türden olursa olsun armağan kabul etmek etik kurallara aykırıdır. Terapide hiç tartışmadığımız bir konu kaldı, o da sizin başkalarından yardım kabul etme konusunda duyduğunuz rahatsızlık. Belki gelecekte yine birlikte çalışırsak bunu alırız gündemimize. Şimdi vaktimiz de çok azaldı, ben sadece şunu söylemek istiyorum ki hizmetlerimin karşılığı olarak ben makul bir ücret belirledim, siz de bunu ödediniz. Babanızı ameliyat eden cerrahla aynı tavrı göstereceğim, sizi temin ederim ki bana olan borcunuz kapanmıştır."

"Dr. Black'le mi? Kendinizi onunla kıyaslayamazsınız ki. Dr. Black birkaç saatlik çalışma karşılığında on bin dolar ücret almıştı. Hem daha ameliyatın üstünden yarım saat geçmişti ki Harvard'ın kardiyovasküler cerrahi kürsüsüne bir milyon dolar bağışlamam için olta attı bana."

Marshal anlayışlı bir tavırla iki yana salladı başını. "Bay Macondo, cömertliğiniz karşısında hayranlık duyuyorum; çok güzel bir şey bu. Ve kabul etmeyi ben de isterdim. Ben de herkes kadar parasal güvence isterim – hatta çoğu insandan daha fazla isterim, çünkü kitap yazmaya ayıracak boş zamana hasretim; analiz teorisi alanında doğma mücadelesi veren birkaç projem var da. Ancak kabul edemem. Mesleğimin etik kurallarını ihlal etmek olur bu."

"Size başka bir teklifim var," diye derhal kontrunu çekti Bay Macondo. "Parasal armağan değil. İzin verin, sizin için bir yatırım hesabı açıp bir ay süreyle adınıza işleteyim. Her gün görüşürüz, günlük döviz alım-satımıyla para yapma sanatını öğretirim size. Sonra ilk başta yatırdığım parayı geri alır ve kârı size devrederim."

İşte bu öneri, para ticaretinin tekniğini öğrenme imkânı, olağanüstü çekici gelmişti Marshal'a. Bunu reddetmek öyle zordu ki, gözleri dolu dolu oldu. Ama kararlılığını korudu ve daha da büyük bir kesinlikle iki yana salladı başını. "Bay Macondo, eğer başka türlü... ııh... yani başka şartlar altında olsaydı... seve seve kabul ederdim. Teklifiniz beni çok etkiledi, hem sizden finans tekniklerini öğrenmeyi de isterdim. Ama, hayır. Bu mümkün değil. Bir de, size daha önce söylemeyi unuttuğum bir şey var. Ücretimi fazlasıyla aldım sizden. Ama bir şey daha var ki, o da sizdeki gelişmeyi izlemenin hazzıdır. Bu benim için çok memnuniyet verici."

Bay Macondo çaresizlik içinde arkaya yaslandı sandalyede, Marshal'ın profesyonelliğine ve dürüstlüğüne hayran kalmıştı. Avuçları yukarı gelecek şekilde ellerini iki yana açtı, sanki "Pes ediyorum; her yolu denedim artık," der gibi bir hali vardı. Seans bitmişti. İki adam son kez el sıkıştılar. Bay Macondo kapıdan çıkarken düşünceli görünüyordu. Sonra birden durup döndü.

"Son bir rica. Bunu reddedemeyeceksiniz. Lütfen yarın öğle yemeğinde konuğum olun. Veya Cuma. Pazar günü Zürih'e hareket ediyorum."

Marshal tereddüt ediyordu.

Hemen ekledi Bay Macondo: "Kurallara göre hastalarla sosyal ilişkinin yasak olduğunu biliyorum, ama bir dakika önce son kez el sıkıştığımıza göre artık doktor ile hastası değiliz. Faydalı hizmetleriniz için teşekkür ederim, ben hastalığımı yendim ve artık ikimiz de eşit birer yurttaşız."

Marshal bu davet üzerinde düşündü. Bay Macondo'yu sevmişti, servet yapma konusunda anlattığı hikâyeleri de. Ne zararı olacaktı canım? Etiğe aykırı bir şey yoktu ki burada.

Marshal'ın tereddüt ettiğini gören Bay Macondo, son bir şey söyledi: "Gerçi zaman zaman iş için kısa sürelerle yine San Francisco'ya geleceğim –hiç kuşkusuz yılda iki kez yönetim kurulu toplantıları için, sonra çocuklarımı görmeye, Adriana'nın babasıyla kardeşini görmeye– ama yine de ayrı kıtalarda yaşıyor olacağız. Herhalde terapi bittikten sonra birlikte yemek yemeyi yasak eden bir kural yoktur."

Marshal ajandasına uzandı. "Cuma günü bir nasıl?"

"Gayet iyi. Pacific Union Kulübü'nde. Biliyor musunuz orayı?"

"*Adını* biliyorum. Ama hiç gitmedim."

"California'da, Nob Tepesi'nde. Fairmont'un bitişiği. Arkada park yeri var. Adımı söyleyin yeter. O halde görüşürüz."

* * *

Cuma sabahı Marshal'a bir faks geldi: Bay Macondo'nun Meksiko Üniversitesi'nden aldığı bir faksın kopyasıydı bu.

Sayın Bay Macondo,

Cömert bağışınızdan duyduğumuz memnuniyeti ifade ederek bu bağış sayesinde, Marshal Streider Adına Konferans Dizisi: Üçüncü Binyılda Zihin Sağlığı toplantılarını başlatmış bulunduğumuzu bildiririz. Öneriniz üzerine, yıllık konferanslardaki konuşmacıları belirlemesi için üç kişilik komitemize elbette Dr. Streider'ı da davet edeceğiz. Rektörümüz Raoul Menendez yakında kendisiyle temas kuracaktır. Rektör Menendez size selamlarını göndermektedir; bu arada kendisi, hafta başında babanızla birlikte öğle yemeği yemiştir.

Gerek bu bağışınız gerek Meksika'da kültür ve eğitimi destekleme amacına yönelik başka pek çok armağanınız için size minnettarız. Şahsınızın ve sizin gibi düşünen, ileri görüşlü küçük bir grup bağışçının sağladığı destek olmasa üniversitenin düşeceği feci durumu düşünmek bile insana acı veriyor.

En iyi dileklerimle,
Raoul Gomez
Rektör Yardımcısı
Meksiko Üniversitesi

Peter Macondo'nun notu ilişikteydi:

Ben asla hayır demem. İşte sizin bile reddedemeyeceğiniz bir armağan! Yarın görüşmek üzere.

Marshal iki kez okudu faksı; ağır ağır, duygularını yerli yerine oturtarak. Marshal Streider adına konferans dizisi – sonsuzluğa uzanacak bir anıt. Kim sevinmezdi buna? İnsanın kendine saygısı için mükemmel bir sigorta poliçesi. Bundan yıllar sonra, ne zaman kendini ufalıp gitmiş hissetse, adına düzenlenen konferans dizisini düşünecekti hemen. Yahut konferans vermek için Meksiko'ya uçacak, eli havada, istemeye istemeye ayağa kalkıp usulca ve tevazuyla seyirciye dönerek şükran dolu alkışları kabul edecekti.

Ama bir yandan da içini burkuyordu bu armağan, bir daha

ömür boyu eline geçmeyecek bir para kazanma fırsatının parmaklarıarasından kayıp gitmesine izin verdikten sonra, züğürt tesellisiydi bu. Bir daha ne zaman süper zengin bir hastası olacaktı ki, hem de tek isteği psikiyatristini zengin etmek olan bir hasta? Bay Macondo'nun teklif ettiği armağanı –"yatırımlarının küçük bir kısmı"– düşündü Marshal, ne kadar olacaktı acaba? Elli bin? Yüz bin? Yarabbim, nasıl da değiştirirdi bütün hayatını! Üstelik hemen başka bir yere yatırıp işletebilirdi o parayı. İki yıldır kendi yatırım stratejisiyle bile –Fidelity yatırım fonlarını bir bilgisayar programıyla belirlediği zamanlamaya göre alıp satıyordu– her yıl için yüzde on altı kâr elde etmişti. Bay Macondo'nun döviz piyasasına para yatırma teklifini kabul edebilse herhalde iki-üç kat fazlasını kazanırdı. Kendisinin hariçten borsa oynayan çelimsiz bir yatırımcı olduğunu biliyordu Marshal – ona ulaşan her bilgi kırıntısı mutlaka çok gelmiş olurdu. Oysa şimdi, hayatında ilk defa, piyasanın içinden oynama şansı verilmişti ona.

Evet ya, içeriden oynayabilse hayatı kurtulurdu. Fazla bir şey istemiyordu. Gerçekten istediği tek şey, haftada üç ya da dört kez öğleden sonralarını araştırma ve yazmaya ayırabilecek kadar boş zamandı. Bir de para!

Ama işte bütün bunları geri çevirmek zorunda kalmıştı. Allah kahretsin! Kahretsin! Ama başka seçeneği var mıydı ki? Seth Pande'nin akıbetine uğramak ister miydi? Ya Seymour Trotter'ın? Doğru olanı yapmıştı, hiç kuşkusu yoktu bundan.

* * *

Cuma günü, Pacific Union Kulübü'nün devasa mermer kapısına doğru ilerlerken kalbi hızla çarpıyordu Marshal'ın, neredeyse bir dehşet duygusu vardı içinde. Yıllardır, P. U. Kulübü, Burlingame Kulübü, Bohemian Grove gibi masal diyarlarının kendisine tamamen kapalı olduğuna inanmıştı. Oysa şimdi kapılar önünde açılıyordu. Eşikte durup bir nefes aldı ve "içeridekiler"in gizli inine adım attı.

Bir yolculuğun sonuydu bu, böyle düşünüyordu Marshal, 1924'te daha birer çocuk olan anasıyla babasını, bir transatlantik mavnanın tıklım tıkış, tavuk kokan kasara altında Southampton'dan Ellis Adası'na getiren yolculuğun sonu. Yo, hayır, ondan da önce başlamıştı yolculuk, Polonya-Rusya sınırı yakınında, zemini topraktan ibaret derme çatma ahşap evlerden oluşmuş bir *ştetl,* yani bir tür mezra olan Prussina'da. Babası çocukken o evlerden birinde uyuyordu işte, tek göz evin büyük bölümünü kaplayan tuğla şöminenin üstündeki sıcak bir kuytuda.

Nasıl gitmişlerdi Prussina'dan Southampton'a? Merak ediyordu Marshal. Karadan mı? Tekneyle mi? Hiç sormamıştı bunu. Şimdi de çok geçti artık. Annesiyle babası, Washington, D. C.'nin dışında, Anacostia mezarlığının yüksek çimenleri arasındaki yan yana mezarlarında yıllardır toza toprağa karışmışlardı. O uzun yolculuğa katılanlar arasında hâlâ sağ olan biri vardı, o bilebilirdi – Miami Beach'in pembe badanalı ve sidik kokulu huzurevlerinden birinin uzun, ahşap verandasında oturmuş, sallanan koltuğunda gün dolduran dayısı Label.

Sekizgen biçiminde zarif bir hol olan ortadaki kubbeli bölüme çepeçevre deri kaplı maun kanapeler yerleştirilmişti; yerden yüksekliği üç metreye yaklaşan tavan ise narin çiçek motifleriyle bezenmiş yarı saydam camla kaplıydı. Smokin ve rugan ayakkabı giymiş olan şef garson büyük bir saygıyla Marshal'ı selamladı ve adını işitince hemen başını eğip oturma salonuna götürdü onu. Peter Macondo içeride, salonun öbür ucundaki dev bir şöminenin başında oturuyordu.

Çok geniş bir salondu burası – üstüne Fransız kraliyet armasındaki zambaklardan işlenmiş kızıl saten panoların asılı olduğu, pırıl pırıl meşe lambri kaplı duvarların tepesine oturan bu kubbenin altına bütün bir Prussina sığardı herhalde. Her yer deri kaplıydı – Marshal çarçabuk saydı: On iki tane uzun kanape ve otuz tane de masif sandalye. Sandalyelerden bazılarında incecik çizgili takım elbiseler giymiş, kır saçlı, kupkuru adamlar, oturmuş gazete okuyorlardı. Nefes alıp almadıklarını anlamak için iyice yakından bakması gerekti Marshal'ın. Bir duvarda on iki tane aplik saydı – demek ki bütün salonda kırk bir aplik vardı; her birinde iç içe geçmiş üçer sıra halinde duylar, en içtekinde beş, bir sonrakinde yedi, en dıştakinde dokuz olmak üzere yirmi birer ampul, o halde bütün salonda toplam... şöminelerden birinin üstünde yüksekliği doksan santimetre kadar olan bir çift kitap desteğini görünce çarpma işlemini kesti Marshal, Michelangelo'nun zincire vurulu esirlerinin kopyasıydı bunlar. Oturma salonunun ortasında üstüne gazete yığılı kocaman bir masa vardı, tüm dünyada yayımlanan gazeteler, çoğu ekonomi gazetesi; bir duvara dayalı vitrinde ise on sekizinci yüzyıl sonlarına ait devasa bir porselen çanak, üstüne çakılmış plakada bir Jingdezhen seramiği olduğu ve üyelerden biri tarafından kulübe bağışlandığı belirtiliyordu. Üstündeki resimli tasvirler, *Kırmızı Odanın Düşü* adlı romandan sahneleri göstermekteydi.

Hayat, bu. Evet, hayat bu işte, diye düşündü Marshal; bir yandan da kanapeye oturmuş üyelerden biriyle dostça sohbet etmekte olan Peter'a doğru yürüyordu. Uzun boylu, heybetli bir adamdı Peter'ın yanındaki; pembe gömleğin üzerine damalı kırmızı ceket giyip parlak renkli çiçeklerle bezeli fular takmıştı. Marshal böyle giyinmiş birini görmemişti daha önce – bu kadar şoke edici giysiler *giyebilen,* ama yine de zarafetini ve vakarını koruyabilen birini görmemişti.

"Aa, Marshal," dedi Peter, "gelmene çok sevindim. Seni Roscoe Richardson'la tanıştırayım. Roscoe'nun babası, San Francisco'nun gördüğü en iyi belediye başkanıydı. Roscoe, bu Dr. Marshal Streider, kendisi San Fransisco'nun bir numaralı psikanalistidir. Söylentilere göre Roscoe, bu yakınlarda bir üniversite, Dr. Streider'ın adına yıllık konferans dizileri başlatıyormuş."

Karşılıklı olarak kısaca memnuniyetlerini ifade etmelerinden sonra Peter, Marshal'ı yemek salonuna götürürken, dönüp bir çift söz daha etti.

"Roscoe, pazarda bir ana bilgisayar sistemine daha yer olduğunu *sanmıyorum,* ama yine de buna bir açık kapı bırakırım; Cisco gerçekten yatırım yapmaya karar verirse ilgilenebilirim. Sen beni ikna edersen, ben de kendi yatırımcılarımı ikna ederim. İş planını Zürih'e gönderir misin? Pazartesi büroma döndüğümde bakarım."

Roscoe'nun yanından uzaklaşırlarken, "Çok iyi adamdır," dedi Peter. "Babalarımız ahbaptı. Çok iyi golf oynar. Evi tam Söğüt Burnu'na giderken. İlgi çekici bir yatırım olanağı var, ama sana tavsiye etmem: Bu gibi yeni girişimlerde kâr beklentisi uzun vadelidir. Hem çok pahalı bir oyun bu – yirmi tane alacaksın da ancak birini tutturacaksın. Tabii *tutturdun mu da,* bire yirmiden daha fazla, çok daha fazla kazanıyorsun. Sahi, umarım sana Marshal demekle haddimi aşmış olmuyorum."

"Estağfurullah. Artık sizli bizli konuşmayalım zaten. Profesyonel ilişkimiz bitti."

"Demek daha önce hiç gelmedin Kulübe?"

"Hayır," dedi Marshal. "Önünden geçtim. Hayran kaldım. Tıp camiasının takıldığı mekânlardan biri değil tabii. Kulüp hakkında hemen hemen hiçbir şey bilmiyorum. Üyelerinin profili nedir? Çoğu iş adamı mı?"

"Çoğu San Francisco'nun köklü zenginlerinden. Muhafazakârdırlar. Çoğunluğu rantiyedir, servetleri aile mirasıdır. Roscoe bir istisna – bu yüzden seviyorum onu. Yetmiş bir yaşında ama hâlâ riske girer. Eveet... başka? Hepsi erkek, çoğu WASP, siyaseten yanlış fikirlere sahip – ilk kez on yıl önce itirazda bulunmuştum, ama burada işler çok yavaş ilerler, hele öğle yemeğinden sonra. Anlıyorsun, değil mi?" Peter başıyla hafifçe ilerideki sandalyeleri işaret etti; tüvit ceketli iki tane seksenlik ihtiyar, Londra baskısı *Financial Times*'larına hâlâ sımsıkı sarılmış horulduyorlardı.

Yemek salonuna vardıklarında Peter şef garsona seslendi: "Emil, biz tamamız. Bugün *salmon en croute* yeme şansımız var mı? *Il est toujours délicieux.*"

"Sanırım şefi sizin için özel olarak birer porsiyon hazırlamaya razı edebilirim, Bay Macondo."

"Emil, Paris'teki Cercle Union Interalliée'de yediğimi hatırlıyorum da, muhteşem yapıyorlar orada." Peter sonra fısıltıyla devam etti sözüne: "Bu sırrı hiçbir Fransız'a söyleme Emil, ama ben buradakini tercih ederim."

Peter büyük bir neşeyle Emil'e takılmayı sürdürüyordu. Yemek salonunun ihtişamı karşısında soluğu kesilmiş olan Marshal ise neler konuştuklarını duymadı. Salonda dev boyutlarda bir porselen çanak vardı ki, bütün Japon çiçek düzenleme eserlerinin anası onun içindeydi işte: Harikulade güzellikte orkideler, dev bir çağlayan gibi, kızıl yapraklı bir akçaağaç dalından aşağı dökülüyorlardı. Karım bunu bir görse, diye düşündü Marshal. Bu düzenleme için birilerine yüklü bir para ödemişlerdi herhalde – bak işte karısı da bu küçük hobisini faydalı bir uğraş haline getirebilirdi.

Emil'in yardımıyla masalarına geçtikten sonra, "Peter," dedi Marshal, "sen San Francisco'ya nadiren geliyorsun. Hem bu kulüpte hem de Zürih'le Paris'te daima aktif üyeliğin mi var?"

"Yo, yo, hayır," dedi Peter, Marshal'ın saflığı karşısında gülümseyerek. "Öyle olsa burada bir sandviçe beş bin dolar veririm. Bu kulüplerin hepsi –Milano'da Circolo dell'Unione, Londra'da Atheneum, Washington'da Cosmos Club, Paris'te Cercle Union Interalliée, San Francisco'da Pacific Union, Zürih'te Baur au Lac– hepsi bir ağ oluşturur: Birine üye oldun mu hepsine olmuş sayılırsın. Zaten Emil'i de oradan tanıyorum; Paris'teki Cercle Union Interalliée'de çalışırdı." Peter mönüyü açtı. "Evet, birer içkiyle başlayalım mı, Marshal?"

"Ben sadece soda içeceğim. Öğleden sonra dört hastam var."

Peter Dubonnet ile soda ısmarladı ve içecekleri gelince kadehini kaldırdı. "Sana ve Marshal Streider Adına Konferans Dizisi'ne."

Marshal kıpkırmızı oldu. Kulübün ihtişamı aklını başından almış, Peter'a teşekkür etmeyi unutmuştu.

"Peter, adıma düzenlenen konferans dizisi... büyük bir şeref. İlk iş olarak sana teşekkür edecektim, ama son hastamla ilgili bir şeye kafam takıldı."

"Son hastan? Çok şaşırdım. Nedense hep sanırdım ki, hasta muayenehaneden çıktıktan sonra bir dahaki seansa kadar terapistin zihnini hiçbir şekilde meşgul etmez."

"Keşke öyle olsaydı. Ama –bak bu bir meslek sırrıdır– en disiplinli analistler bile hastalarını daima yanlarında taşır ve bazılarıyla seanslar arasında sessiz konuşmalar yaparlar."

"Hem de ekstra ücret almadan!"

"Ah, ne yazık ki hayır. Düşünerek geçirdikleri zamana karşılık fatura kesen tek meslek grubu, avukatlardır."

"İlginç, çok ilginç! Belki de bütün terapistler adına konuşuyorsundur, Marshal, ama bana öyle geliyor ki kendi adına konuşmaktasın. Diğer terapistlerin bana niye bu kadar az yararı dokunduğunu sık sık merak etmişimdir. Belki de sebebi senin hastaya kendini çok daha fazla vermendir, belki hastaların senin için daha fazla anlam taşıyordur."

Salmon en croute'lar gelmişti, ama Peter aldırış etmedi ve Adriana'nın da önceki terapistlerinden hiç memnun kalmadığını anlatmaya başladı.

"Aslında, Marshal," diye devam etti konuşmaya, "bugün seninle konuşmak istediğim iki şeyden biri de bu. Adriana sana birkaç seans gelmeyi çok istiyor: Babasıyla ilişkisinde gidermesi gereken bazı pürüzler var, bir de adamcağızın fazla ömrü kalmadığını düşünürsen."

Sınıf farklılıkları konusunda keskin bir gözlemci olan Marshal, üst sınıf mensuplarının yemekten ilk lokmayı almayı mahsus geciktirdiğini uzun zamandır biliyordu; hatta bunların serveti ne kadar köklüyse, çatallarını o kadar geç batırırlardı yemeğe. Marshal da Peter'la birlikte beklemek için elinden geleni yaptı. O da somona aldırış etmeden sodasını yudumladı, dikkatle dinledi, kafa salladı ve Adriana'yı kısa süreli terapiye memnuniyetle kabul edeceği konusunda güvence verdi Peter'a.

Ama sonunda artık dayanamaz oldu Marshal. Tabağına yumuldu. İyi ki Peter'ın tavsiyesine uyup o da somon ısmarlamıştı. *Çok lezizdi.* Üstüne tereyağı sürülmüş incecik kabuğu çıtır çıtır ufalanıp ağzında eriyiveriyordu; çiğnemeye bile gerek yoktu somonu – dil ile damağa uygulanan en hafif baskıda oya gibi pembe etler ayrılıyor; ılık ılık, kaymak gibi tereyağından kızaklarıyla boğazından aşağı yumuşacık kayıveriyorlardı. Başlarım kolesterolüne, diye düşündü Marshal, kötü şeyler yapmanın kıvancıyla dolmuştu içi.

Peter ise ilk kez baktı yemeğine ve onu önünde görünce neredeyse şaşırdı. Dolu dolu bir lokma aldıktan sonra çatalını masaya bıraktı ve konuşmaya kaldığı yerden devam etti.

"Güzel. Adriana'nın sana ihtiyacı vardı. Doğrusu çok rahatladım. Bugün öğleden sonra arar. Sana kartını vereyim. İkiniz telefonla irtibat kuramazsanız ona telefon edip önümüzdeki hafta için randevu vermeni rica etmişti. Ne zaman boş olursan: O kendi programını seninkine uydurur. Bir de Marshal, Adriana'nın terapi ücretini ben ödeyeceğim – bunu kendisiyle konuştum. Burada beş seansın ücreti var." Marshal'a, içinde yüz dolarlık on tane banknot bulunan bir zarf uzattı. "Adriana'yla görüşmeyi kabul ettiğin için sana ne kadar minnettarım, anlatamam. Ve tabii bu durumda, sana olan borcumu ödeme arzum daha da şiddetleniyor."

Marshal birdenbire ilgilenmeye başladı. Oysa o sanmıştı ki, adına düzenlenecek konferans dizisiyle birlikte önündeki fırsat kapısı sonsuza dek kapanıyor. Anlaşılan felek, onu baştan çıkarmak için bir hamle daha yapmaya kararlıydı. Ama o biliyordu, profesyonelliği yine ağır basacaktı: "Demin iki konuyu görüşmek istediğini söylemiştin. Biri Adriana'yı terapiye almamdı. İkincisi yine şu minnettarlık duygusu mu?"

Peter başıyla onayladı.

"Peter, bunu bırakmalısın artık. Yoksa sana seyahatini üç-dört yıl kadar ertelemeni önereceğim, bir analiz yapalım da şunu çözelim diye – bak bu ciddi bir tehdittir, ona göre. Bir kez daha söylüyorum: *Bana borcun yok.* Hizmetlerimin karşılığını ödedin. Sana makul bir ücret fatura ettim. Sen de o ücreti ödedin. Hatta fazla fazla ödedin. Hatırlamıyor musun? Sonra da benim adıma üniversitede bir konferans dizisi başlatmak gibi bir nezaket ve cömertlik gösterdin. Zaten hiçbir şekilde bana borcun kalmamış *idi.* Kalmış olsa bile, verdiğin armağanla kesinlikle bu borç kapanmış oldu. Kapanmanın da ötesinde: Artık *ben* kendimi *sana* borçlu hissediyorum!"

"Marshal, kendime karşı dürüst olmayı ve duygularımı açıkça ifade etmeyi bana sen öğrettin. Ben de öğrettiğin gibi yapacağım. Birkaç dakika sabır göster. Sadece dinle. Beş dakika. Tamam mı?"

"Beş dakika. Sonra, bir daha asla açmamak üzere bu konuyu kapatıyoruz. Kabul mü?"

Peter başıyla onayladı. Marshal gülümseyerek saatini çıkarıp ikisi arasına koydu.

Peter Marshal'ın saatini alıp bir dakika kadar dikkatle inceledikten sonra masaya bıraktı ve söze başladı.

"Bir: Önce bir konuya açıklık getirmek istiyorum. Üniversiteye yaptığım bağışın gerçekten sana bir armağan olduğunu sanıyorsun ve sana işin doğrusunu anlatmazsam kendimi bir sahtekâr gibi hissedeceğim. İşin doğrusu şu, üniversiteye hemen her sene mütevazı denebilecek bir bağışta bulunurum. Başında babamın bulunduğu iktisat kürsüsü de dört yıl önce benim bağışlarımla kurulmuştu. Yani her halükârda bu bağışı yapacaktım. Bu yılki bağışımı senin adına bir konferans dizisi düzenlensin diye yaptım, hepsi bu.

"İki: Senin armağan konusundaki duygularını kesinlikle anlıyorum ve bunlara saygı duyuyorum. Ancak sana kabul edilir görünebilecek bir önerim var. Ne kadar zaman kaldı?"

"Üç dakika ve bu ara da dahil." Marshal sırıttı.

"Sana iş hayatımdan pek bahsetmemiştim, yani esas olarak şirket alım-satımıyla ilgilendiğimi anlatmıştım o kadar. Ben aslında şirket fiyatlandırma konusunda uzmanım – kendi başıma çalışmaya başlamadan önce yıllarca Citicorp'ta yaptım bu işi. Bütün bu süre içinde herhalde bir iki yüz kadar şirketin satışını gerçekleştirmişimdir.

"Bu yakınlarda bir Hollanda şirketi buldum, inanılmayacak kadar düşük fiyat verilmişti, üstelik güçlü bir kâr potansiyeli vardı ve ben de kendim satın aldım – belki biraz bencilce davranıyorum, ama yeni ortaklığım tamamlanmadı henüz. İki yüz elli milyon koyuyoruz ortaya. Bu şirketi satın almak için kısa sürelik bir fırsat olacak ve bak dürüstçe söylüyorum, kimseyle paylaşmak istemeyeceğim kadar iyi bir iş bu."

Marshal elinde olmadan heyecanlanmıştı. "Ve?"

"Dur, lafımı bitireyim. Bu şirket, Rucksen, bisiklet kaskı üretiminde dünya ikincisi, pazarın yüzde on dördünü elinde tutuyor. Geçen yıl iyi satış yapmışlar –yirmi üç milyon– ama iki yıl içinde bunu dört katına çıkarabileceğimden eminim. Nedeni şu: En büyük pazar payı –yüzde yirmi altı– Finlandiyalı Solvag şirketine ait ve şansa bak ki benim konsorsiyumum Solvag'da çoğunluk hissesine sahip! Benim de konsorsiyum içinde çoğunluk hissem var. Bak, Solvag'ın asıl ürünü motosiklet kaskı, üstelik o bölümü bisiklet kaskı üretenden çok daha fazla kâr ediyor. Benim planım, Solvag'ı, şu anda almaya çalıştığım Avusturyalı bir motosiklet kaskı şirketiyle birleştirerek yeniden düzenlemek. O şirketi alınca Solvag'da bisiklet kaskı üretimini bırakıp o fabrikada da sadece motosiklet kaskı üreteceğim. Bu arada Rucksen'in üretim kapasitesini artırmış ve şirketi Solvag'ın boşluğunu dolduracak şekilde konumlamış olacağım. Görüyorsun değil mi Marshal, harika bir plan!"

Marshal başıyla doğruladı. Gerçekten de harikaydı. Ah işte, buydu işin içinde olmanın güzelliği. Bir yandan da kendi içler acısı halini düşündü: Borsada doğru zamanlamayı tutturacağım ya da bu piyasanın dışındakilere ulaşabilen bilgi kırıntılarından toplayacağım diye uğraşıp duruyordu.

"Teklifim ise şu," Peter masada duran saate baktı. "İki dakika daha var. Lütfen dinle." Oysa Marshal beş dakika limitini unutmuştu bile.

"Rucksen'in satın alınması için gereken hazırlıkları yaptım, hem de sadece dokuz milyon nakitle. Yaklaşık yirmi iki ay içinde Rucksen hisselerini halka açmayı planlıyorum ve yüzde beş yüzün üstünde girdi beklemek için gayet sağlam nedenlerim var. Solvag bu piyasadan çekilince tek bir güçlü rakipleri kalmamış olacak – tabii bunu da benden başka bilen yok, yani senin de kimseye söylememen gerekiyor. Ayrıca çok yakında üç ayrı Avrupa ülkesinde, çocukların bisiklete binerken kask takmasını zorunlu kılan yasalar çıkacağına dair duyumlar aldım – bunun kaynağını sana bile açıklayamam.

"Sana bu yatırımdan hisse almanı öneriyorum, mesela yüzde bir – dur, hayır demeden önce bir dakika bekle, Marshal: Bu, bir armağan *değil*, zaten ben de artık hastan değilim. Bu, hilesiz bir yatırım. Bana çek vererek hissedar olacaksın. Ancak bir şartım var ve bak işte burada beni kırmamanı rica ediyorum: Dr. Black'le yaşadığım durumu bir daha yaşamak istemem. Beni ne kadar üzmüştü o olay, hatırlıyor musun?"

Marshal'ın giderek daha ilgili dinlediğini gören Peter'ın kendine güveni artmıştı. "Dolayısıyla," diye devam etti sözüne, "şöyle bir çözüm önereceğim: *Kendi* zihinsel sağlığımı düşünerek bu işin *senin* açından tamamen risksiz olmasını istiyorum. Olur da bu yatırımdan ötürü pişmanlık duyarsan, derhal hisselerini maliyetine satın alacağım. Ben diyorum ki sana bir taahhütname vereyim – yatırımının tamamen garanti altında olduğunu ve senden talep gelmesi halinde, yüzde bir hissenin parasal karşılığı artı yıllık yüzde on faiz olarak geri ödenebileceğini taahhüt edeyim. Ama *sen de* bana, herhangi bir beklenmedik durum olduğunda, ne bileyim... devlet başkanına suikast, benim kaza geçirip ölmem, yahut da seni riske sokan herhangi bir şey olduğunda, bu taahhütnameyle sana tanınan haklardan yararlanacağına dair söz vereceksin. Sözün kısası bu taahhütnameden yararlanmak zorunludur."

Peter arkasına yaslandı ve masadan saati alıp Marshal'a uzattı. "Yedi buçuk dakika olmuş. Sözümü bitirdim."

Marshal'ın bütün çarkları aynı anda dönmeye başlamıştı. Üstelik artık hiç gıcırdamadan, tutulmadan, teklemeden dönüyorlardı. *Doksan bin dolar,* diye geçirdi içinden. *Diyelim yüzde yedi yüz oldu – o zaman kârım altı yüz bin doları geçer. Yirmi iki ay. Böyle bir şeyi nasıl geri çeviririm, kim geri çevirebilir ki? Yüzde on iki den yatırsam, hayatımın bundan sonrası boyunca her yıl yetmiş iki bin dolar gelirim oluyor. Peter'ın hakkı var. Artık hastam değil o. Bu armağanın aktarımla ilgisi yok – ben de para koyuyorum; bu bir yatırım. Ne olmuş yani risksiz olmuşsa?!! Özel bir koşul bu. Profesyonel ahlaka aykırı hiçbir durum yok burada. Tamamen temiz bir iş. Tertemiz.*

Marshal düşünmeyi bıraktı. Artık harekete geçme zamanıydı. "Peter, muayenehanemde senin ancak bir yanını tanımışım. Şimdi daha iyi tanıyorum seni. Nasıl bu kadar başarılı olduğunu şimdi anlıyorum. Kendine bir hedef belirliyor, sonra da peşini bırakmıyorsun – çok az insanda gördüğüm bir inat ve zekâyla gidiyorsun hem de peşinden... ve zarafetle de." Marshal elini uzattı. "Teklifini kabul ediyorum. Hem de memnuniyetle."

Kalan işlemler çarçabuk tamamlandı. Peter, hisselerinin yüzde birini geçmemek koşuluyla istediği meblağ üzerinden Marshal'ı şirketine ortak almayı kabul etti. Marshal ise buraya kadar gelmişken yatırabileceğinin en fazlasını yatırmaya karar verdi: Doksan bin dolar. Wells Fargo ve Fidelity elektronik eşya hisselerini satarak bu meblağı toplayacak, beş gün içinde Peter'ın Zürih'teki banka hesabına havale çıkartacaktı. Peter da Rucksen'i satın alma işlemlerini sekiz gün içinde tamamlıyordu ve Hollanda yasalarına göre bütün ortakların listesini açıklamakla mükellefti. Bu arada Peter bir taahhütname de hazırlayacak ve Zürih'e hareket etmeden önce Marshal'ın muayenehanesine bırakacaktı.

Akşama doğru, Marshal o günkü son hastasıyla da görüştükten sonra, muayenehanesinin kapısı çalındı. Suratı sivilce dolu, yeniyetme bir bisikletli kuryeydi gelen – kollarında Çingene pembesi flüoresan bantlar olan bir kot ceket giymişti, başında da olmazsa olmaz San Francisco Giant beyzbol kasketi vardı, tabii ters takılmış olarak. Marshal'a uzattığı sarı zarfın içinden, işlemleri bütün ayrıntılarıyla belirten, noter tasdikli bir belge çıktı. Marshal'ın imzalaması gereken ikinci bir belgede, Rucksen hisselerinin değerinin herhangi bir nedenle satış fiyatının altına düşmesi durumunda, yatırımının tamamının ödenmesini talep etmeye zorunlu olduğu belirtiliyordu. Peter bir de not koymuştu zarfa: "İçinin tamamen rahat olması için avukatım taahhütnameyi Çarşamba günü sana iletecek. İlişikteki çam sakızı çoban armağanını ortaklık anlaşmamızın şerefine kabul et."

Marshal elini zarfa sokup üstünde Shreve Mücevheratçısı yazan bir kutu çıkardı. Kapağını açınca nefesini tuttu ve mücevher bezeli ilk Rolex'ini büyük bir coşkuyla koluna geçirdi.

X

SALI akşamı saat altıya doğru Ernest'a, hastalarından Eva Galsworth'ün kız kardeşinden telefon geldi.

"Eva sizi arayıp sadece 'Vakit geldi' dememi istedi."

Ernest, 6:10'da gelecek olan hastasına bir not yazarak özür diledi, notu muayenehanesinin kapısına bantla yapıştırdı ve Eva'nın evine koştu. İlerlemiş yumurtalık kanseri olan elli bir yaşında bir kadındı Eva. Yaratıcı yazarlık dersleri veriyordu, son derece zarif ve asil bir kadındı. Ernest sık sık bütün hayatını onunla birlikte geçirdiğini hayal ederdi, ne kadar keyifli olurdu bu – tabii Eva daha genç olsa ve ikisi tamamen farklı koşullarda karşılaşmış olsalar. Onu çok güzel buluyordu Ernest, hayrandı ona ve hayata bağlılığını çok takdir ediyordu. Son bir buçuk yıldır kendini, ölüme giden bu hastasının acısını hafifletmeye adamıştı, hem de kayıtsız şartsız bir biçimde.

Ernest, birçok hastasının terapisinde pişmanlık kavramını ortaya atmıştı. Hastalarından, geçmişte yaptıklarından ötürü duydukları pişmanlıkları incelemelerini istiyor, böylece gelecekte duyabilecekleri pişmanlıkların önünü almayı umuyordu. "Amacınız," diyordu, "öyle bir hayat sürmek olmalı ki, bundan beş yıl sonra dönüp geriye baktığınızda pişmanlık duymamalısınız."

Ernest'ın "önceden denetlenen pişmanlık" stratejisi ara sıra yüz üstü kapaklanıyordu. Genellikle sonuç verirdi. Ama hiçbir hastası Eva kadar ciddiye almamıştı bunu, kendi deyişiyle Eva, "hayatın kemiklerini emip iliğini yutmaya" adamıştı kendini. Eva, kanser teşhisini izleyen iki yıla çok şey sığdırmıştı: Mutsuz evliliğine son vermiş, uzun zamandır arzuladığı iki erkekle fırtınalı ilişkiler yaşamış, Kenya'da safariye gitmiş, iki kısa öykü yazmış ve ülkenin birçok yerini gezip üç çocuğunu, ayrıca çok sayıda eski öğrencisini ziyaret etmişti.

Bütün bu değişimler olurken Ernest ile çok yakın ve olumlu bir çalışma yapmışlardı. Eva'nın gözünde emin bir sığınaktı Ernest'ın muayenehanesi, ölümle ilgili her türlü korkusunu, arkadaşlarına ifade etmekten çekindiği her türlü dehşet duygusunu taşıyabileceği bir yer. Ernest her şeyi onunla açık açık konuşacağına, hiçbir şeyi saklamayacağına, onu bir hasta olarak değil acı çeken bir yoldaş olarak göreceğine söz vermişti.

Ve sözünü tuttu. Eva'nın seanslarını hep günün sonuna koyardı, çünkü seansın sonunda Eva'nın ölümüne dair endişelerle boğulacak gibi oluyordu, kendi ölümüne dair endişelerle de. Ölüm yolculuğunda tamamen yalnız olmadığını tekrar tekrar hatırlattı Eva'ya, kendisi de onun gibi yok olma korkusuyla karşı karşıyaydı ve bir ölümlü olarak elinden geleni yapacak, bu yolu gidebildiği kadar Eva'yla birlikte gidecekti. Eva ondan ölürken yanında olacağına dair söz almak istediğinde söz verdi Ernest. İki aydır muayenehaneye gelemeyecek kadar hastaydı, ama Ernest sık sık ona telefon ediyor, arada bir de evine gidiyordu. Bunlar için fatura yazmadı.

Kapıda Eva'nın kardeşi karşıladı Ernest'ı ve ona yatak odasının yolunu gösterdi. Tümör karaciğerine yayıldığı için ağır bir sarılığa yakalanmış olan Eva, güçlükle nefes alıyor ve o kadar çok terliyordu ki, sırılsıklam saçları takke gibi oturmuştu başına. Başıyla Ernest'ı selamladı ve güçlükle nefes aldıktan sonra kardeşine fısıldayarak odadan çıkmasını söyledi. "Doktorumla son bir özel seans istiyorum."

Ernest yanına oturdu. "Konuşabilir misin?"

"Çok geç. Söz bitti. Sarıl bana."

Ernest, Eva'nın elini tuttu, ama başını iki yana salladı kadın. "Yo, yo, lütfen, sarıl bana," diye fısıldadı.

Ernest yatağa eğilerek kadına sarılmaya çalıştı, ama bir türlü rahat bir pozisyon bulamadı. Yatağa çıkıp Eva'nın yanına yatmaktan ve kollarını onun vücuduna dolamaktan başka çaresi yoktu. Ceketini ve ayakkabılarını çıkarmadan, tedirginlikle kapıya bir göz attı, biri girer de durumu yanlış anlar diye çekiniyordu. Bu durum önce çok biçimsiz geldi ona, ama neyse ki aralarında kat kat çarşaf, yorgan, yatak örtüsü, ceket falan vardı. Eva kendine çekti onu. Yavaş yavaş Ernest'ın gerginliği dağıldı. Gevşedi, ceketini çıkardı, yorganı attı ve sımsıkı kavradı Eva'yı. Eva da onu. Bir an, içinde hiç olmadık bir kıpırtı duydu, bir ereksiyon habercisi, ama öyle kızdı ki kendine, bunu gidermeyi başardı ve kendini tamamen Eva'ya sevgiyle sarılmaya verdi. Birkaç dakika sonra sordu: "Böyle iyi mi, Eva?"

Cevap yok. Eva çok zor nefes alıyordu.

Ernest yataktan fırladı, Eva'nın üstüne eğildi ve adıyla seslendi ona.

Yine cevap yok. Eva'nın kardeşi sesi duyup odaya dalmıştı. Ernest, Eva'nın nabzını tuttu, ama duyamadı. Elini göğsüne koydu, iri memesinin üstünden hafifçe bastırdığında bir damarın attığını hissetti. Kalp atışlarının çok seyrek ve ürkütücü ölçüde düzensiz olduğunu görünce, "Vantriküler fibrilasyon," dedi. "Çok kötü bu."

İkisi birkaç saat boyunca kulakları tetikte oturdular, Eva'nın bin bir zahmetle, düzensiz bir şekilde nefes alışını dinlediler. "Cheyne-Stokes" soluması diye aklından geçirdi Ernest, tıp fakültesinin üçüncü sınıfında öğrendiği bu terimin bilinçdışının derinliklerindeki enkazdan yüzeye süzülüvermesine çok şaşırdı. Eva'nın gözleri arada bir kıpırdadıysa da bir daha hiç açılmadılar. Tükürüğü kuruyup köpük köpük dudaklarında birikiyor, Ernest iki-üç dakikada bir kâğıt mendille siliyordu onları.

"Pulmoner ödem işareti," dedi Ernest. "Kalbi işlevini yerine getiremediği için akciğerleri su topluyor."

Eva'nın kardeşi başını salladı, rahatlamış görünüyordu. Çok ilginç, diye düşündü Ernest, bilimsel ritüel –bir olgunun adlandırılarak açıklanması– dehşet duygusunu nasıl da hafifletiyor. O halde bu soluma biçiminin de adını söylesem mi? Sol karıncık zayıf düştüğü için sıvının sol kulakçığa dönüp oradan da akciğerlere aktığını, bunun da ağızdan köpük gelmesine sebep olduğunu anlatsam mı? Ee, sonra? Hiçbir işe yaramadı ki! Tek yaptığım canavarın adını koymak. Ama yine de rahatladım işte, kardeşi de rahatladı, Evacığım'ın bilinci yerinde olsaydı herhalde o da rahatlardı.

Eva'nın elini tuttu Ernest. Kadının nefes alış verişleri giderek cılızlaşıp düzensizleşti ve bir saat kadar sonra, tamamen kesildi. Ernest nabzını duyamıyordu artık. "Öldü."

Eva'nın kardeşiyle birlikte birkaç dakika sessizce oturdular, sonra planlar yapmaya koyuldular. Telefonla aranacakların listesini çıkardılar – çocuklar, arkadaşlar, gazete, cenaze levazımatçısı. Bir müddet sonra, Eva'nın kardeşi cesedi yıkamaya hazırlanırken, Ernest gitmek üzere kalktı. Ona ne giydirileceğini kısaca konuştular. Cenaze yakılacaktı, öyle diyordu kız kardeşi, ve herhalde levazımatçı üstüne bir şey örter, diye düşünüyordu. Ernest da aynı fikirdeydi, zaten bu konulardan hiç anlamazdı.

Eve dönerken, bu işleri hiç bilmediğini düşündü Ernest. Uzun süreli tıbbi deneyimine ve okulda birçok kez kadavra kesmiş olmasına rağmen, hekimlerin birçoğu gibi o da daha önce hiç gerçek bir ölüm anına tanık olmamıştı. Soğukkanlılığını ve klinik tavrını korudu; gerçi Eva'yı özleyecekti, ama ölümü Tanrı'nın lütfu sayılacak kadar kolay olmuştu. Biliyordu ki yapabileceği her şeyi yapmıştı Ernest, ama yine de çok zor bir gece geçirdi ve sabaha kadar göğsünde Eva'nın bedeninin baskısını hissetti.

Sabah saat tam beş olurken uyandı ve çok etkileyici bir rüyanın kırıntılarını toplamaya çalıştı. Hastalarına, huzursuz edici rüyalardan sonra yapmalarını salık verdiği şeyi yaptı kendi de: Yatakta kıpırdamadan yatıp daha gözlerini bile açmadan rüyayı hatırlamaya çalıştı. Sonra baş ucunda duran kalemle not defterini alıp rüyasını yazdı.

Annem, babam ve erkek kardeşimle birlikte büyük bir kapalı alışveriş merkezinde dolaşıyorduk, derken üst kata çıkmaya karar verdik. Kendimi bir asansörde yalnız buldum. Uzun, çok uzun sürdü asansör yolculuğu. Asansörden çıktığımda bir kumsaldaydım. Ama ailemi bulamıyordum. Onları aradım durdum. Çok güzel bir yerdi... cennet gibi bir kumsal... ama müthiş bir korkuya kapılmıştım. Sonra pijamamı giymeye başladım, üstünde çizgi bant kahramanı şipşirin bir ateşböceği vardı, gülümsüyordu. Ateşböceği parlamaya, sonra ışıldamaya başladı... biraz sonra bütün rüyanın odak noktası haline geldi – sanki rüyanın bütün enerjisi, şirin şirin sırıtan o minik ateşböceğinde toplanmıştı.

Ernest üzerinde düşündükçe rüya daha da önemli göründü ona. Tekrar uyuyamayınca kalkıp giyindi, saat altıda muayenehanesine giderek yazdıklarını bilgisayara aktardı. Yazmakta olduğu yeni kitabın rüyalarla ilgili bölümü için mükemmel bir örnekti bu. Kitabın adı *Ölüm Endişesi ve Psikoterapi* olacaktı. Veya belki de *Psikoterapi, Ölüm ve Endişe*. Karar veremiyordu Ernest.

Rüyanın esrarengiz bir yanı yoktu. Önceki gece olanlar rüyanın anlamını kristal berraklığında çıkarıyordu ortaya. Eva'nın ölümü, kendi ölümüyle yüz yüze getirmişti onu (rüyada kapıldığı müthiş korku, ailesinden ayrı düşmesi ve asansörle uzun uzun aşağı inip cennet gibi bir kumsala varması, kendi ölümünü temsil ediyordu). Ne kadar rahatsız edici, diye düşündü Ernest, kendi rüyalarının yaratıcısı, cennete iniş masalına itibar etmekteydi. Ama ne gelirdi ki elinden? Rüyalarının yaratıcısı başına buyruk biriydi, bilincin şafağında oluşmuş ve açıktır ki iradi seçimden çok popüler kültürle şekillenmişti.

Rüyanın gücü, üstünde pırıl pırıl bir ateşböceği olan pijamadaydı. Bu simgeyi harekete geçirenin, Eva'ya cenazenin yakılmasından önce ne giydirileceği konusunda yaptıkları konuşma olduğunu biliyordu Ernest – ateşböceği, cesedin yakılmasını temsil ediyordu! Ürkütücü, ama öğretici de.

Ernest üzerinde düşündükçe, psikoterapistlerin eğitimi açısından bu rüya gittikçe daha yararlı göründü gözüne. Her şeyden önce Freud'un bir görüşüne somut örnek oluşturuyordu: Rüyaların birincil işlevi, uykunun bozulmasını önlemektir. İşte, ürkütücü bir düşünce –bir cesedin yakılması– daha sevimli ve hoş bir şeye dönüşmüştü: Tatlı mı tatlı, cin fikirli ateşböceği. Ama görevini ancak kısmen başarabilmişti rüya: Uykusunun bozulmasını önlese de, bütün rüyayı dehşet duygusuna boğmaya yetecek kadar ölüm korkusu kaçmıştı dışarı.

Ernest, ta Justin'in randevusuna kadar iki saat boyunca yazdı. Sabah erken saatlerde yazı yazmayı seviyordu, akşam erkenden uykusu gelecek olsa da.

Ernest'la göz göze gelmekten kaçınarak dosdoğru sandalyesine geçen Justin, "Pazartesi günü için özür dilerim," dedi. "Böyle bir şey yaptığıma inanamıyorum. Saat on falandı, ıslık çala çala işe gidiyordum, harika hissediyordum kendimi, sonra birden başımdan aşağı kaynar sular döküldü: *Seninle randevumu unutmuştum.* Ne diyebilirim ki? Hiçbir mazeretim yok. Hiç yok. Unutmuşum işte. Daha önce hiç olmamıştı. Yine de parasını ödeyecek miyim?"

"Eee... " Ernest tereddüt ediyordu. Hastadan gelmediği seansın parasını almaktan nefret ederdi, bunun gibi, tamamen terapiye dirençten kaynaklandığı aşikâr olan durumlarda bile. "Bak Justin, bunca yıl birlikte çalıştıktan sonra, ilk defa bir randevuyu atlıyorsun... ıh, Justin, en iyisi bugünden itibaren böyle bir kural koyalım, yirmi dört saat öncesine kadar haber vermeden gelmezlik ettiğin seansların parasını alayım."

Ernest kulaklarına inanamıyordu. Gerçekten onun ağzından mı çıkmıştı bu sözler? Nasıl olur da Justin'den o seansın parasını *almazdı?* Bir dahaki gözetim seansını düşününce korkudan ürperdi. Marshal onu tefe koyacaktı şimdi! Marshal hiçbir mazereti dinlemezdi – trafik kazası, hastalık, kasırga, sel felaketi, bacak kırılması. Anasının cenazesine gittiği için gelemeyen hastaya bile keserdi faturayı.

Marshal'ı duyar gibiydi: "Yani böylece iyi adam oldun, öyle mi Ernest? Mesele bu mu? Hastaların bir gün birilerine diyecekler ki, 'Ernest Lash, iyi adamdır.' Yoksa Justin'in sana haber vermeden karısını terk etmesinden hoşlanmadığın için suçluluk mu duyuyorsun hâlâ? Kaprislere bağlı, tutarsız bir terapi çerçevesi kurmakta olduğunun farkında mısın?"

Neyse, bu konuda yapılabilecek bir şey yoktu artık.

"Bunu daha etraflı inceleyelim, Justin. Burada mesele Pazartesi günkü seansı kaçırman değil sadece. Geçen seansa da birkaç dakika geç gelmiştin, ayrıca son iki seansta zaman zaman sessizlikler oldu, hem de uzun sessizlikler. Sence nedeni ne olabilir bunların?"

"Tamam," diye söze girdi Justin; kendinden hiç beklenmeyecek bir dobralıkla konuşuyordu. "Bugün sessizlik olmayacak. Üzerinde konuşmak istediğim önemli bir şey var: Evi basmaya karar verdim."

Justin'in konuşmasında bir değişiklik seziyordu Ernest; daha dolaysız konuşuyordu ve sesindeki o hürmet dolu hava azalmıştı. Ama doktoruyla arasındaki ilişkiyi tartışmaktan hâlâ kaçınıyordu. Ernest daha sonra dönecekti o konuya, şimdi Justin'in sözleri karşısında meraktan yerinde duramıyordu. "*Basmak* ile neyi kastediyorsun?"

"Ee, Laura diyor ki kendime ait olan şeyleri almalıymışım – ne bir fazla ne bir eksik. Şu anda bir tek o gece ayrılırken bavula sığdırabildiklerim var yanımda. Oysa kocaman bir gardrobum var. Giyim konusunda kendimi hiç kısıtlamamışımdır – ah ne güzel kravatlarım vardı evde; düşündükçe yüreğim yanıyor. Laura diyor ki bu kadar çok eşyam varken çıkıp yenilerini almak aptallık olurmuş – üstelik başta yiyecek ve barınacak yer olmak üzere daha on beş-yirmi ayrı şey için para lazım bize. Laura diyor ki dosdoğru eve gidip kendime ait olan şeyleri almalıymışım."

"Büyük bir aşama. Sen ne diyorsun bu konuda?"

"Eh, Laura'nın haklı olduğunu düşünüyorum. O kadar genç ve lekelenmemiş bir insan ki –analiz de edilmemiş tabii– bir sürü döküntüyü kenara itip dosdoğru olayların göbeğine bakıyor."

"Ya Carol? Onun tepkisi ne olur?"

"Ee, onu iki kere aradım – birinde çocukları görmek, öbüründe de bazı eşyamı almak için. Önümüzdeki ayın bordrolarıyla ilgili bilgiler bilgisayarımda kayıtlı – babam beni öldürür. Bilgisayar verilerinden bahsetmedim tabii ona – hepsini çöpe atardı o zaman." Sonra sustu Justin.

"Ee?" Ernest'ın önceki hafta Justin karşısında hissettiği rahatsızlık yüzeye çıkmaya başlamıştı yine. Beş yıldır Justin'e terapi yapıyordu ve artık bu adamın ağzından gıdım gıdım laf alacağım diye bu kadar yırtınmaması gerekirdi.

"Eh, Carol'ı biliyorsun işte, huylu huyundan vazgeçer mi? Ben daha bir şey söyleyemeden eve ne zaman döneceğimi sordu. Dönmeyeceğimi söyleyince de, öyleyse siktir git, orospu çocuğu diyerek telefonu kapattı."

"Huylu huyundan vazgeçmez, ha?"

"Aslında çok komik, her zamanki şirretliğini sürdürerek bana yardımcı oluyor. Cıyak cıyak bağırıp telefonu suratıma kapatınca kendimi daha iyi hissettim. Ne zaman telefonda onun haykırışını duysam, evi terk etmekle ne kadar iyi yaptığımı daha iyi anlıyorum. Ne kadar salak olduğumu, o evlilikle hayatımın dokuz yılını heba ettiğimi her seferinde daha iyi anlıyorum."

"Evet, Justin, pişmanlığını görüyorum ama önemli olan, bundan on yıl sonra geriye baktığında benzer pişmanlıklar yaşamamak. Bak ne kadar güzel bir başlangıç yaptın işte! O kadını terk etmen harika bir şey. Böyle bir adım atacak cesareti göstermen harika bir şey."

"Evet, doktor, başından beri diyorsun ki, 'ileride de pişman olmayasın,' 'ileride de pişman olmayasın.' Uykumda bile bu lafı sayıklar olmuştum. Ama daha önce hiç gerçekten hissedememiştim."

"Bak, Justin, şöyle düşün: Hissetmeye hazır değildin. Şimdi ise hissetmeye *ve* buna göre davranmaya hazırsın."

"Ne kadar güzel," dedi Justin, "hayatımın böyle bir döneminde karşıma Laura'nın çıkmış olması ne kadar güzel. Beni gerçekten *seven*, hatta bana hayranlık duyan bir kadınla, benim tarafımda yer alan bir kadınla olmanın farkını anlatamam sana."

Ernest, Justin'in hiç durmadan Laura'dan bahsetmesine sinir oluyordu, ama kendini kontrol etmeyi başardı – Marshal'la gözetim seanslarının faydası olmuştu gerçekten. Ernest anlıyordu ki, Laura'yla saf tutmaktan başka çaresi yok. Yine de Justin'in dizginleri tamamen Laura'nın eline bırakmasını istemiyordu. Daha yuları yeni kurtarmıştı Carol'dan, bir süre kendi kendinin efendisi olsa fena olmayacaktı.

"Laura'nın hayatına girmiş olması *gerçekten* harika bir şey, Justin, ancak bu ilişkide kendini silmeni istmiyorum – adımı atan *sendin, kendi* ayaklarınla çıkıp yürüyüp gittin Carol'ın yaşamından. Neyse, demin bir 'baskın'dan söz ediyordun?"

"İşte, Laura'nın sözünü dinleyip dün eşyamı almak üzere eve gittim."

Ernest'ın şaşkınlığını fark eden Justin, bir açıklama yaptı: "Merak etme – aklımı kaybetmiş değilim. Carol işe gitmiş mi diye önce bir telefon ettim. İnanabiliyor musun? Carol, beni kendi evime sokmuyor. Cadaloz, kilidi değiştirmiş. Laura'yla bütün gece ne yapacağımızı konuştuk. Laura diyor ki, babamın dükkânından bir kol demiri alıp yine gitmeliymişim oraya, kilidi kırarak kapıyı açıp kendi eşyamı almalıymışım. Bu konuyu düşündükçe ona hak veriyorum."

Justin'in böylesine kuvvet toplamış olmasına çok şaşıran Ernest, "Kadın kilidi değiştirince," dedi, "birçok erkek aynı şeyi yapar." Bir an için Justin'i siyah deri ceket giyip haydut maskesi takmış, elinde kol demiri Carol'ın kilidini zorlarken gözünün önüne getirdi. Muhteşem! Laura'ya gittikçe daha çok ısınıyordu Ernest. Yine de mantığı baskın geldi: Duygularını gizlese iyi olurdu, ne de olsa ileride, Justin'le yaptığı bu görüşme hakkında birilerine ifade vermek zorunda kalabilirdi. "Peki bunun yasal sonuçları ne olacak? Bir avukatla görüşmeyi düşündün mü hiç?"

"Laura vakit kaybedilmesini istemiyor. Avukatla uğraşırsak Carol'a benim eşyamı talan etmesi için zaman kazandırmış oluruz. Hem onun mahkemede nasıl çakal olduğunu herkes bilir – bu şehirde onun karşısına çıkma cesareti gösterecek avukatı biraz zor bulurum. Görüyorsun işte, eşyamı geri alabilmemin başka yolu yok: Laura'yla paramız bitiyor. Hiçbir şeye param yetmez oldu – korkarım buna senin faturalar da dahil!"

"İyi ya işte, profesyonel bir hukukçuya başvurmak için geçerli sebeplerin var. Carol'ın senden çok daha fazla kazandığını söylemiştin – California yasalarına göre eşinden maddi destek alma hakkın var öyleyse."

"Dalga mı geçiyorsun?! Carol'ın bana maddi destek sağlayacağını aklın kesiyor mu hiç?"

"O da herkes gibi yasalara uymak zorunda."

"Carol hayatta nafaka ödemez bana. Meseleyi Yüksek Mahkeme'ye götürür, bütün parasını kubura atar, hapse girer, yine de bana para vermez."

"İyi, o halde hapse girsin, Justin, sen de gidip eşyanı, çocuklarını ve evini geri alırsın. Onu gerçeklerden ne kadar uzak bir şekilde kafanda canlandırdığını göremiyor musun? Şu söylediklerine bir bak! Kendi kendine söylediklerine bir kulak ver: Carol'ın doğaüstü güçleri var! Carol öyle bir korku salıyor ki, California'da hiçbir avukat onun karşısına çıkmaya cesaret edemez! Carol'a yasa masa işlemez! Justin, karından bahsediyoruz burada, Allah'tan değil! Al Capone'dan değil!"

"Sen onu benim kadar tanımıyorsun – bunca yıllık terapiden sonra bile, onu hâlâ gerçek anlamda tanımıyorsun. Ailem de ondan daha iyi değil. Bana doğru dürüst bir maaş verselerdi şimdi bu durumda olmazdım. Biliyorum, biliyorum, yıllardır gerçekçi bir maaş isteyeyim diye zorlayıp duruyorsun beni. Uzun zaman önce yapmalıydım bunu. Oysa şimdi hiç zamanı değil – bütün bunlar için bana feci öfkeliler şu anda."

"Sana mı öfkeliler? Nasıl yani?" diye sordu Ernest. "Yanılmıyorsam Carol'dan nefret ettiklerini söylemiştin."

"Hiçbir şey, bir daha onun suratını görmeyecek olmak kadar çok sevindiremez onları. Ama onların da elini ayağını bağlamış durumda: Çocukları rehine olarak tutuyor elinde. Ben evden ayrıldıktan sonra, annemle babamın torunlarını görmesine izin vermemiş – telefonda bile konuşturmuyor. Şu dönemde bana arka çıkar ve yardım ederlerse, torunlarını bir daha asla göremeyeceklerini söylemiş onlara. İkisinin de ödü kopuyor şimdi, bana yardımcı olmaktan korkuyorlar."

Seansın kalan bölümünde Justin ile Ernest, terapinin geleceği üzerine konuştular. Ernest'a göre, Justin'in bir seansı kaçırması ve geç gelmesi, terapiye olan inancının azaldığını açıkça göstermekteydi. Justin de bunu doğruladı ve artık terapi masraflarını karşılayamayacağını açıkça belirtti. Ernest ise hayatı böyle allak bullak olmuşken terapiyi kesmesinin sakıncalarından bahsederek Justin mali açıdan düze çıkana kadar ödemeleri erteleyebileceklerini söyledi. Ama yeni topladığı özgüveniyle caka satan Justin ona katılmıyordu, çünkü mali açıdan daha senelerce düze çıkamayabilirdi – ta ki anasıyla babası ölene kadar. Hem Laura diyordu ki (ve Justin de katılıyordu ki), yeni hayatlarına ağır bir borçla başlamak hiç iyi bir fikir değildi.

Ama sadece para değildi mesele. Justin, artık terapiye ihtiyaç duymadığını söyledi Ernest'a. Laura'yla konuşmak ihtiyaç duyduğu yardımı sağlıyordu. Ernest bundan hiç hoşlanmadı, ama Marshal'ın söylediklerini, Justin'in başkaldırısının gerçek bir ilerleme işareti olduğu yolundaki sözlerini hatırlayınca öfkesi diner gibi oldu. Justin'in terapiye son verme kararını kabul etti, ama böyle birdenbire terapiyi bırakmaması gerektiği konusunda nazik biçimde uyardı ona. Justin ise Nuh diyor peygamber demiyordu, yine de sonunda, iki seans daha gelmeyi kabul etti.

* * *

Terapistlerin çoğu, iki hasta arasında on dakikalık bir süre bırakır. Ernest ise öyle yapmazdı – bunu yapamayacak kadar disiplinsizdi, zaten çoğu zaman seansa geç başlar ya da elli dakikalık süreyi aşardı. Bu işe başladı başlayalı seanslar arasında on beş-yirmi dakikalık zaman bırakıyor ve hastalarına 9:10, 11:20, 2:50 gibi acayip saatlerde randevu veriyordu. Bu aykırı uygulamayı Marshal'dan saklıyordu haliyle, Marshal duysa hemen sınırları koruma konusundaki yeteneksizliğini eleştirmeye başlardı.

Ernest, iki hasta arasındaki zamanı genellikle hasta defterine not düşmek veya son kitap projesi için faydalı olabilecek fikirleri bir yerlere yazmakla geçirirdi. Ama Justin gittikten sonra not falan düşmedi. Sessizce oturup Justin'in terapiye son verme kararı üzerinde düşündü. Tamamlanmış bir bitiş değildi ki bu. Gerçi Justin'e yardımı dokunduğunu biliyordu Ernest, ama yeterince ileri gitmesini sağlayamamıştı. Üstelik Justin'in, sağladığı bu ilerlemeyi tümüyle Laura'ya bağlaması çok sinir bozucuydu tabii. Ama bir şekilde bu artık pek de umurunda değildi Ernest'ın. Gözetim terapisti böyle duyguları hafifletmesini öğretmişti ona. Marshal'a bunu kesinlikle söylemeliydi. Marshal gibi kendine güveni eksiksiz olan insanlar gönül okşayıcı laflar duymazdı pek – çoğu kimse onların hiçbir şeye ihtiyacı olmadığını zannederdi. Ama Ernest, onun da birilerinden karşılık görmeye ihtiyacı olduğunu seziyordu.

Justin'i daha ileri götüremediği için hayıflansa da, terapi bitti diye üzülmüyordu Ernest. Beş yıl yeterliydi işte. Kronik hastalarla çalışmak ona göre değildi. Bir serüvenciydi o, hastalar artık yeni, ayak basılmamış topraklara açılma hevesini kaybettiler mi, Ernest da onlara olan ilgisini kaybediyordu. Justin'deyse kâşif ruhundan eser yoktu. Evet, nihayet zincirlerini kırmış ve o cehennem gibi evlilikten kurtulmuştu. Ama Ernest'a kalırsa Justin'in pek bir katkısı yoktu bu atılımda – bu atılımı gerçekleştiren Justin değildi, yepyeni bir varlıktı: Justin-Laura. Laura ortadan kalktığında, ki hiç kuşkusuz kalkacaktı, Justin'in yine o eski Justin olarak kalacağını düşünüyordu Ernest.

XI

AYNI gün öğleden sonra Ernest, Carolyn Leftman ikinci seansa gelmeden önce hızlı hızlı bazı klinik notlar karalıyordu. Uzun bir gün olmuştu ama yorgun değildi: İyi terapi daima canlandırırdı onu, hem şu ana kadar da doyurucu bir gün geçirmiş olduğunu düşünüyordu.

Hiç değilse beş hastasından dördüyle yaptığı seanslar doyurucu olmuştu. Beşinci hasta Brad, her zamanki gibi zamanını, bütün bir hafta boyunca yaptıklarını ayrıntılarıyla anlatarak geçirmişti. Yapı olarak terapiden yararlanmayı beceremeyen böyle birçok hasta vardı. Brad'e daha derinlere inebilmesi için yol gösterme konusunda bütün çabaları boşa çıkan Ernest, başka bir yaklaşımın, mesela davranış terapisinin, kronik anksiyete ve hayatını altüst eden ertelemecilik huyuyla başa çıkabilmede Brad'e daha çok yardım sağlayacağını öne sürer olmuştu artık. Ama ne zaman bu konuya girse, Brad, bu terapiden ne kadar çok fayda sağladığını, panik ataklarının nasıl yatıştığını, Ernest'la yaptıkları çalışmaya ne kadar çok değer verdiğini anlata anlata bitiremiyordu.

Ernest ise Brad'in anksiyetesini baskı altında tutmakla yetinemiyordu artık. Justin'le olduğu gibi Brad'le de giderek sabırsızlaşmıştı. Ernest'ın iyi terapi çalışmasına ilişkin kriterleri değişmişti: Artık ancak hasta kendini açığa vurursa, riske girerse, aşama kaydederse ve hepsinden önemlisi, "ilişki ortamı," yani hasta ile terapist arasındaki mesafe üzerinde odaklanıp bu alanı keşfe çıkarsa memnun kalıyordu terapiden.

Son gözetim seanslarında Marshal, ilişki ortamı üzerinde odaklanmayı yeni bir şey zannetme gibi bir haddini bilmezlik sergilediği için çıkışmıştı Ernest'a; seksen yıldır analistler, aktarım üzerinde, hastanın terapistine yönelik akıldışı duyguları üzerinde odaklanıp neredeyse mikroskopla inceliyorlardı bu süreci.

Ama Ernest yılmadı, terapide hasta-doktor ilişkisini konu alan *İlişki Ortamı – Terapide Sahiciliğin Savunusu* adlı bir makale hazırlamak üzere notlar almayı sürdürdü. Marshal ne derse desin, aktarım –yani gerçekdışı, çarpıtılmış ilişki– üzerinde değil kendisi ile hasta arasındaki *sahici, gerçek* ilişki üzerinde odaklanarak terapiye yeni bir şeyler getirdiğine inanıyordu o.

Ernest'ın giderek gelişen yaklaşımı, hastaları karşısında kendini daha fazla açığa vurmasını gerektirmekteydi; hasta ile birlikte aralarındaki gerçek ilişki üzerinde odaklanmalıydılar, yani muayenehanedeki *biz* üzerinde. Terapi çalışmasının birbirini anlamaya, ilişkiyi kısıtlayan bütün engelleri ortadan kaldırmaya dayandığını düşünüyordu uzun zamandır. Ernest'ın Carolyn Leftman karşısında radikal bir şekilde giriştiği kendini açma çabası, bu yeni terapi yaklaşımının evriminde mantıksal olarak artık gelinmesi gereken aşamaydı yalnızca.

Bugünkü çalışmalarının Ernest'a kazandırdıkları, manevi tatminin de ötesindeydi. Özel bir armağan almıştı: Hastaları tüyler ürpertici iki rüya anlatmışlardı ona ve ölüm korkusuyla ilgili yeni kitabında kullanmasına da izin vermişlerdi. Carolyn gelene kadar daha beş dakikası vardı, rüyaları kaydetmek için bilgisayarını açtı Ernest.

İlki çok kısaydı:

Muayenehanendeki randevuma geldim. Sen yokmuşsun. Etrafa bakınınca senin hasır şapkanın şapkalıkta durduğunu gördüm – içi örümcek ağlarıyla doluydu. Korkunç bir hüzün dalgası çöktü üstüme.

Rüyayı gören hastası Madeline göğüs kanseriydi ve kanserin omurgasına yayıldığını yeni öğrenmişti. Madeline'in rüyasında ölüm hedef şaşırmıştır: Ölüm ve yokoluşla karşı karşıya bulunan *hasta* değil, terapisttir; terapist, geride bir tek örümcek ağı kaplı şapkasını bırakarak yok olmuştur. Yahut, diye düşündü Ernest, belki de rüya, Madeline'in dünyayı kaybetme duygusunu yansıtıyordur: Her türlü "nesnel" gerçekliğin suretinden, şeklinden, anlamından sorumlu olan onun kendi bilinciyse, yani kişisel olarak anlamlandırdığı kendi dünyasıysa, bilinci yok olunca her şey yok olacaktır.

Ernest, ölmek üzere olan hastalarla çalışmaya alışıktı. Ama bu özel durum –sevgili Panama şapkasını örümcek ağı bürümesi– tüylerini diken diken etmişti.

Öteki rüyayı gören ise altmış dört yaşında, Matt adlı bir hekimdi:

Big Sur kıyısında yüksek kayalıkların dibinde yürüyüşe çıkmıştım ve Pasifik'e dökülen küçük bir akarsuyun başına geldim. Yaklaştıkça hayretle gördüm ki, ırmak okyanustan geriye doğru akıyordu, akışı tersti yani. Sonra babama benzeyen beli bükük bir ihtiyar gördüm, bir akarsu mağarasının önünde tek başına duruyordu, üzüntülü bir hali vardı. Aşağı inen yol olmadığı için yanına varamadım, ırmağın akışı boyunca yukarıdan yürümeye devam ettim. Az sonra başka bir adama rastladım, onun beli daha fazla bükülmüştü, belki de dedemdi. Ama onun da yanına gidemedim, sonra bir huzursuzluk ve tatminsizlik duygusuyla uyandım.

Matt'in en büyük korkusu ölümün kendisi değil, bir başına ölmekti. Kronik bir alkolik olan babası birkaç ay önce ölmüştü ve her ne kadar uzun zamandır çatışmalı bir ilişkileri olmuşsa da, babasını ölürken yalnız bıraktığı için kendini affedemiyordu Matt. Kendi yazgısının da, ailedeki diğer bütün erkekler gibi yapayalnız, evsiz barksız ölmek olduğunu düşünerek korkuya kapılıyordu. Çoğu zaman, gecenin bir yarısı bu endişeye yenik düştüğünde, sekiz yaşındaki oğlunun yatağının yanına oturup onun nefes alışlarını dinleyerek huzur bulurdu. İki çocuğuyla birlikte yüzerek okyanusa açılma, kıyıdan uzaklaşma hayalleri kurardı; hayalinde çocukları, dalgaların altında sonsuza dek kaybolmasına sevgiyle yardımcı oluyorlardı. Ama kendisi babasının da dedesinin de ölümünde yanlarında olmadığı için, böyle çocukları hak edip etmediğini düşünürdü hep.

Akışı ters bir ırmak! Beraberinde kozalakları ve kurumuş, kahverengi meşe yapraklarını sürükleyerek bir *tepeden yukarı* doğru akan, okyanustan uzaklaşan bir ırmak. Ters yönde akarak çocukluğun altın çağına, ilk aile hayatına yeniden kavuşmaya giden ırmak. Zamanı tersine çevirmeyi, yaşlılık ve yokoluş yazgısından kaçış özlemini simgeleyen olağanüstü bir görsel imge! Ernest, bütün hastalarının içinde uyuyan sanatçıya hayranlık duyardı hep; bilinçdışında geceler ve yıllar boyu ilüzyon şaheserleri ortaya koyan rüya yaratıcısının önünde hürmetle şapkasını çıkarmak isterdi.

Duvarın öbür tarafındaki bekleme salonunda Carol da bir şeyler yazmaktaydı: Ernest'la ilk terapi seansına dair notlar. Durup yazdıklarını yeniden okudu:

İLK SEANS

12 Şubat 1995

Dr. Lash – laubalilik derecesinde samimi. Münasebetsiz. İtirazlarıma rağmen ona Ernest demem için ısrar etti... ilk otuz saniyede, daha odaya yeni giriyordum ki, bana dokundu –dirseğime... çok hafifçe– bana kâğıt mendil verirken yine dokundu, bu sefer elime... önemli sorunlarımı içeren geçmiş hikâyemi ve aile geçmişimi sordu... daha ilk seansta, cinsel suiistimale dair bastırılmış anılarım olup olmadığını öğrenmek için beni zorladı! Kendi kişisel duygularını açtı... yakınlaşmamızın önemli olduğunu söyledi... ona kendisi hakkında sorular sormamı istedi... kendisi hakkında her şeyi açıkça ortaya koyacağına söz verdi... Dr. Cooke'la ilişkimi onayladığını belirtti... seansı on dakika geç bitirdi... vedalaşırken bana sarılmakta ısrarlı davrandı...

Durumdan gayet memnundu. *Bu notlar çok işe yarayacak,* diye düşündü. *Nasıl, bilmiyorum. Ama bir gün, birisi –Justin, mesleki suiistimal gerekçesiyle açtığım davada beni temsil eden avukat, eyalet etik komitesi– çok ilgilenecek bu notlarla.* Carol defterini kapattı. Şimdi artık Ernest'la yapacakları seansa vermesi gerekiyordu dikkatini. Son yirmi dört saatte olanlardan sonra aklını toplayamıyordu.

Dün eve geldiğinde Justin'in kapıya bir not iliştirmiş olduğunu görmüştü: "*Eşyamı almaya geldim.*" Arka kapı zorlanarak açılmış ve Justin, Carol'ın henüz yakıp yıkmaya fırsat bulamadığı her şeyi almıştı: Tenis raketleri, giysiler, tuvalet malzemesi, ayakkabılar, kitaplar, üstelik ortak mülkiyetlerinde olan bazı şeyler de – kitaplar, fotoğraf makinesi, dürbün, portatif CD çalar, CD koleksiyonlarının büyük bölümü ve birkaç çanak-çömlek, tabak, bardak. Hatta Carol'ın sandığının da kilidini kırıp bilgisayarını almıştı.

Cinnet geçiren Carol, Justin'in ana-babasını arayarak oğullarını hapse attıracağını ve o kanunsuz herife en ufak bir yardımda bulunurlarsa, yerlerinin hemen onun yanındaki hücre olacağını söyledi. Norma'yla Heather'ı araması işe yaramadı – hatta işleri daha da bozdu. Norma'nın aklı kendi evliliğindeki krizdeydi; Heather ise o sinir bozucu nazik üslubuyla Justin'in kendi eşyasını almaya hakkı olduğunu hatırlattı ona. Haneye tecavüz davası açılamazdı, orası onun kendi eviydi ve Carol'ın da yasal olarak kilit değiştirmeye veya elinde mahkeme emri olmaksızın onu eve sokmamaya hakkı yoktu.

Carol da biliyordu Heather'ın haklı olduğunu. Justin'i eve girmekten men edecek bir mahkeme emri çıkarttırmamıştı, çünkü asla, en uçuk rüyalarında bile asla, onun böyle bir şey yapabileceği gelmemişti aklına.

Evden eşya alınması yetmiyormuş gibi bir de sabah giyinirken gördü ki, o aşağılık dürzü Carol'ın bütün donlarını bir güzel kesmiş. Donları onun kestiği konusunda en ufak bir şüphe olamazdı, çünkü Justin, her donun üstüne, Carol'ın orta yerinden biçip tekrar gardroba tıktığı kravatlardan bir parça bırakmıştı.

Afallamıştı Carol. Bu, Justin değildi. Onun tanıdığı Justin değildi. Hayır, Justin hayatta yapamazdı böyle bir şey. Bunu yapacak yürek yoktu onda. Hayal gücü de yoktu. Ancak bir şekilde yapmış olabilirdi... ancak bir kişi bu işi tezgâhlamış olabilirdi: Ernest Lash! Başını kaldırdığında etiyle kemiğiyle gördü onu – işte orada, koca kafasını sallayarak Carol'ı selamlıyor, odasına davet ediyordu! Büyük bir kararlılıkla, *her ne pahasına olursa olsun*, diye düşündü Carol, *ne kadar uzun sürerse sürsün, ne yapmam gerekirse gereksin, seni bu meslekten ihraç ettireceğim, orospu çocuğu.*

"Evet," dedi Ernest, ikisi de yerlerine oturduktan sonra, "bugünkü önemli konular neler?"

"Birçok şey. Kafamı toplamak için bir dakikaya ihtiyacım var. Niye bu kadar sinirli olduğumu ben de tam bilmiyorum."

"Evet, bugün içinde çok fazla şeyin olup bittiğini ben de yüzünden görebiliyorum."

Aman ne zekisin, ne zekisin, deyyus, dedi Carol içinden.

"Ama seni okumak çok zor, Carolyn," diye devam etti Ernest. "Belki bir parça kafası karışık. Bir parça üzgün."

"Ralph, ölen terapistim, dört temel duygu olduğunu söylerdi... "

"Evet," diye hemen atıldı Ernest. "4K, yani kötü, kızgın, keyifli ve kederli. İyi bir hatırlatıcı ipucudur."

İyi bir hatırlatıcı ipucu ha? Bunlar tam çete yahu – al birini vur öbürüne, diye düşündü Carol. *Lanet herifler sizi, hepiniz aynı bokun soyusunuz!* "Galiba hepsinden biraz hissediyorum, Ernest."

"Nasıl yani, Carolyn?"

"Ee, hayatımdaki kötü tecrübeleri düşündükçe 'kızgınlık' duyuyorum – daha önce konuştuğumuz şeyler işte: Özellikle abim ve babamla ilgili olanlar. Kısılıp kaldığım şu tuzağı, kocamın ölümünü beklemekte olduğumu düşündükçe 'kötü' hissediyorum – kaygı duyuyorum. 'Keder' ise... evet, kötü bir evlilikle ziyan olan yıllarım için de kederleniyorum galiba."

"Peki keyif?"

"O kolay – seni ve seni bulduğum için ne kadar şanslı olduğumu düşününce 'keyifleniyorum.' Bu haftayı çıkarabilmemi sağlayan başlıca şey seni düşünmekti, ve bugün seninle görüşeceğimi düşünmek."

"Bunu daha ayrıntılı anlatabilir misin?"

Carol, kucağında duran çantasını alıp yere koydu ve uzun bacaklarını zarif bir hareketle birbirinin üstüne attı. "Korkarım yüzüm kızaracak şimdi." Sustu ve ağırbaşlı bir edayla bir süre düşündü: *Mükemmel! Ama ağır ol, Carol, ağır ağır ilerle.* "Dürüst olmak gerekirse, bütün hafta seni hayal ettim durdum. Yani cinsel fanteziler kurdum demek istiyorum. Gerçi kadın hastalarının seni çekici bulmasına herhalde alışıksındır."

Carolyn'in kendisiyle ilgili hayaller, muhtemelen mastürbasyon fantezileri kurduğunu düşünmek Ernest'ı allak bullak etmişti. Ne cevap vereceğini –nasıl edip de *dürüst* bir cevap bulacağını– düşündü.

"Buna alışık *değil* misin, Ernest? Sana sorular sormamı istemiştin."

"Carolyn, sorduğun soruda beni rahatsız eden bir şey var, bunun nedenini bulmaya çalışıyorum. Galiba nedeni, burada, aramızda olan bitenin standart bir şey, öngörülebilir bir şey olduğu varsayımına dayanması."

"Pek anlayamadım."

"Bak, ben seni kimseyle kıyaslamıyorum. Senin yaşantını da. Seninle aramızdaki ilişkiyi de. Bu yüzden bir şeyin *hep aynı* olduğu varsayımına dayanan bir soru yersiz görünüyor bana."

Carol hülyalı hülyalı bakıyordu.

Ernest ise kendi sözlerini pek beğenmişti. *Müthiş bir cevap! Bunu aklımda tutmaya çalışayım – 'ilişki ortamı' ile ilgili makaleme cuk oturacak bu.* Ancak Ernest, seansı şahsi olmayan, soyut bir ortama sürüklediğinin de farkındaydı ve hemen bu duruma müdahale etti: "Yalnız Carolyn, asıl sorudan uzaklaşmış oldum... şeyi soruyordun...?"

"Seni çekici bulmam karşısında neler hissettiğini soruyordum," diye cevapladı Carol. "Geçtiğimiz hafta o kadar düşündüm ki seni... terapist ve hasta olarak değil de, ne bileyim, bir şekilde –belki kitabevlerindeki söyleşilerden birinde– bir kadın ve bir erkek olarak karşılaşmış olsaydık ne olurdu diye düşündüm. Biliyorum, bunu anlatmam gerekiyor, ama çok zor... çok utanıyorum... belki bunu itici bulacaksın – daha doğrusu *beni.* Şahsen ben kendimi itici *buluyorum.*"

Çok çok iyi, dedi Carol kendi kendine. *Vay be, bu işi biliyorum ben!*

"Pekâlâ Carolyn, sorularını dürüstçe cevaplayacağıma söz vermiştim. Açıkçası bir kadının –ve şunu eklemeliyim ki son derece güzel bir kadının– beni çekici bulması çok hoş bir şey. Çoğu insan gibi benim de fiziksel görünümümle ilgili kuşkularım var."

Ernest sustu. *Kalbim duracak sanki. İlk defa bir hastaya bu kadar kişisel bir şey söylüyorum. Onu güzel bulduğumu söylemek hoşuma gitti – heyecanlandırdı beni. Hataydı belki de. Fazla ayartıcı oldu. Bir de kendini hâlâ itici buluyor. Güzel bir kadın olduğunun farkında değil. Görünümü hakkında olumlayıcı bir şeyler söylesem ya, gerçeği görmesini sağlayacak bir şeyler?*

Carol'ın ise içi içine sığmıyordu – haftalardır ilk kez bu kadar sevinmişti. "*Son derece güzel bir kadın." Bitti bu iş! Ralph Cooke da tam böyle demişti. İlk hamlesi buydu. Ve o iğrenç Dr. Zweizung da kelimesi kelimesine aynı şeyi söylemişti. Şükür ki o zaman artık aklım başıma gelmişti de, herife bok torbası deyip yürüdüm gittim muayenehanesinden. Ama herhalde ikisi de hâlâ kurbanlarını aynı yolla ağa düşürüyordur. Ah bugünkü aklım olsaydı da, delil toplayıp canlarına okusaydım o puştların. Ama artık bunun acısını çıkartabilirim. Keşke çantama bir teyp koysaymışım. Neyse, bir dahaki sefere! Herifin bu kadar çabuk yavşamaya başlayacağı aklıma gelmezdi ki.*

"Ancak," diye sözüne devam etti Ernest, "tam anlamıyla dürüst olmak gerekirse, sözlerinin benim şahsımla çok da ilgisi olduğunu düşünmüyorum. Sözlerin benimle de biraz ilgili olabilir, ama bu tepkinin büyük bölümü bana yönelik değil; üstlenmiş olduğum role yönelik."

Carol afallamıştı. "Ne demek istiyorsun?"

"Birkaç adım geri gidelim. Olaylara soğukkanlılıkla bakalım bir. Çok kötü şeyler yaşamışsın; her şeyi içine atıp kimseyle tek bir şey paylaşmamışsın. Hayatındaki erkeklerin hepsiyle ilişkin arka arkaya felaketle sonuçlanmış – babanla, abinle, kocanla ve... Rusty'ydi, değil mi? Lisedeki erkek arkadaşın. Sana mutluluk vermiş yegâne erkek olan eski terapistin de ölerek yalnız bırakmış seni.

"Sonra bana geldin ve hayatında ilk kez riske girerek benimle her şeyini paylaştın. Bütün bunları göz önünde bulundurunca, Carolyn, bana karşı kuvvetli duygular geliştirmende şaşılacak bir şey var mı ki? Bence hiç yok. Mesele ben değilim, üstlendiğim rol derken bunu kastediyorum işte. Dr. Cooke'a karşı beslediğin kuvvetli duygular için de aynısı geçerli. Bu duyguların bir kısmının bana miras kalması şaşırtıcı değil – yani, o duyguları bana aktardığını anlatmaya çalışıyorum."

"Bu son söylediğine katılıyorum, Ernest. *Ben...* sana da Dr. Cooke'a karşı hissettiklerimin aynısını hissetmeye başlıyorum."

Kısa bir sessizlik. Carol gözlerini Ernest'a dikmişti. Marshal olsa sabredip Carol'ın gözlerini üzerinden çekmesini beklerdi. Ama Ernest değil.

" 'Keyifli' üzerine konuştuk," dedi Ernest, "ve burada sergilediğin dürüstlüğü takdirle karşılıyorum. Diğer üç duyguya da bir göz atabilir miyiz? Evet, geçmişte, özellikle hayatına giren erkeklerle yaşamış oldukların için 'kızgın' kelimesini kullanmıştın; kocanla ilişkinde kendini kapana kısılmış hissettiğin için 'kötü'ydün; seni 'kederli' yapan ise şeydi... neydi... hatırlatsana, Carolyn."

Carol kıpkırmızı oldu. Kendi hikâyesini unutmuştu. "Ne söylediğimi unuttum, sinirlerim o kadar gergin ki dikkatimi toplayamıyorum." *Bu böyle olmayacak,* diye düşündü. *Rolümü sürdürmem lazım. Bu aksamaların önüne geçmenin tek yolu var –kendimle ilgili konularda dürüst olmak– Justin'le bağlantısı olanlar dışında tabii.*

"Hah, hatırladım," dedi Ernest. "Hayatında birikmiş olan pişmanlıklardan ötürü 'kederli' idin – galiba şöyle demiştin: 'Boşa harcanmış yıllar.' Bak Carolyn, '4K' dediğimiz bu hatırlatıcı fazlasıyla basitleştirilmiş bir şeydir – senin zeki bir kadın olduğun açık ve zekâna haksızlık etmekten çekiniyorum. Yine de bugün işe *yaradı* bu. Bu dört duygunun her biriyle ilişkili olan konuların birer çekirdek oluşturduğu ortada – şimdi bunların izini sürelim."

Carol başıyla onayladı. Ernest'ın onun çekiciliği hakkında ettiği sözlerden bu kadar çabuk uzaklaşmış oldukları için hüsrana uğramıştı. *Sabırlı ol,* diye hatırlattı kendi kendine. *Ralph Cooke'u hatırla. Bunların iş görme tarzı böyle. Önce güvenini kazanıyorlar; sonra seni tamamen kendilerine bağımlı, kendilerini de tamamen vazgeçilmez hale getiriyorlar. İşte ancak ondan sonra harekete geçerler. Bu mizansenin dışına çıkmanın hiç yolu yok. Birkaç hafta zaman tanı ona. Onun temposunda ilerlemek zorundayız.*

"Nereden başlayalım?" diye sordu Ernest.

"Kederli," dedi Carolyn, "tahammül edemediğim bir adamla

onca yıl geçirmiş olduğumu düşününce kederli hissediyorum kendimi."

"Dokuz yıl," dedi Ernest. "İnsan hayatında uzun bir süre."

"Çok uzun bir süre. Keşke geri alabilseydim."

"Carolyn, bu dokuz yılı niye verdiğini bulmaya çalışalım."

"Geçmişte başka terapistlerle birlikte o kadar çok eşeledim ki bunu. Hiçbir yararı olmadı. Geçmişe bakmakla benim bugünkü durumumdan, şu yaşadığım ikilemden uzaklaşmış olmaz mıyız?"

"Güzel bir soru, Carolyn. Bana güven, benim derdim eşelemek değil. Yine de geçmiş, bugünkü bilincinin bir parçasıdır – şimdiki zamanı hangi gözlükle görüyorsan, işte o gözlüğü şekillendirmiş olan, geçmişindir. Seni tam anlamıyla tanımak için senin gördüklerini benim de görebilmem lazım. Ayrıca geçmişte kararlarını nasıl verdiğini öğrenmek istiyorum, böylece gelecekte daha iyi kararlar vermene yardımcı olabiliriz."

Carol kafasını salladı. "Anlıyorum."

"Güzel, şimdi bana evliliğini anlat. Nasıl oldu da hiç hazzetmediğin bir adamla evlendin ve dokuz yıl boyunca onunla evli kaldın?"

Mümkün olduğu kadar gerçeğe yakın şeyler söyleme planından şaşmayan Carol, evliliğini dürüstçe anlattı Ernest'a; bir tek coğrafyayı ve Ernest'ta şüphe uyandırabilecek ayrıntıları değiştirdi.

"Wayne'le tanıştığımda hukuk fakültesinden mezun olmamıştım daha. Evanston'daki bir hukuk bürosunda avukat yardımcısı olarak çalışıyordum. Bir davada Wayne'in babasının sahibi olduğu işletmenin, büyük bir ayakkabı mağazaları zincirinin vekilliğini üstlenmiştim. Wayne'le birçok kez uzun uzun görüştük – yakışıklıydı, nazikti, bana bağlıydı, düşünceliydi ve bir-iki yıl içinde babasının beş milyon dolarlık işinin başına geçecekti. Benimse hiç param yoktu ve öğrenci kredisi borcum biriktikçe birikmişti. Hemen karar verdim evlenmeye. Çok aptalca bir karardı."

"Niye?"

"Evleneli birkaç ay olmuştu ki Wayne'in niteliklerini daha gerçekçi bir gözle görmeye başladım. 'Nezaket' sandığım şeyin aslında ödleklik olduğunu çok geçmeden anladım. 'Düşüncelilik' sandığım şey akıl almaz bir kararsızlıktı. 'Bağlılık' yapış yapış bir bağımlılığa dönüştü. Üç yıl sonra babasının ayakkabı fabrikası iflas edince 'zenginlik' de toza dumana karıştı."

"Peki yakışıklılık?"

"Yakışıklı ve yoksul bir ahmak, cebinde bir buçuk dolarla sana ancak bir fincan kapuçino alır. Her bakımdan kötü bir karardı benimkisi – hayatımı mahveden bir karar."

"Bu kararı hangi şartlarda aldığını düşünüyorsun peki?"

"Neyin arkasından böyle bir karar aldığımı biliyorum. Liseden beri çıktığım Rusty'nin üniversitedeki ikinci senemde hiçbir açıklama yapmadan beni bıraktığını anlatmıştım. Sonra, hukuk fakültesindeyken Michael'la birbirimizden hiç ayrılmadık. Rüya gibi bir ekiptik; Michael sınıf ikincisiydi... "

"Nasıl rüya gibi ekiptiniz?" diye araya girdi Ernest. "Sen de iyi bir öğrenci miydin?"

"İşte, parlak bir geleceğimiz vardı. O sınıf ikincisiydi, ben birinciydim. Ama Michael beni yüz üstü bırakıp New York'taki en büyük hukuk kuruluşunun ortaklarından birinin kaz kafalı kızıyla evlendi. Sonra, yazın il mahkemesinde staj yaparken, Ed girdi hayatıma, il mahkemesi hâkiminin en iyi yardımcılarındandı. Her gün öğleden sonra bürosundaki divanın üstünde çırılçıplak ders veriyordu bana. Ama benimle insan içine çıkmıyordu ve o yaz bittikten sonra ne mektuplarıma cevap verdi, ne de telefonlarıma. Wayne'le karşılaştığımda, bir buçuk senedir hiçbir erkekle yakınlaşmamıştım. Galiba onunla evlenme kararım terk edilmiş olmamın yarattığı ruh haliyle ilgiliydi."

"Görebildiğim kadarıyla seni hüsrana uğratan erkekler uzun bir zincir oluşturuyor. Onlarla ilişkin hep bozgunla sonuçlanmış, arka arkaya sana ihanet etmişler ya da seni terk etmişler: Baban, Jed... "

"Jeb. *B* ile." *B, b, b, salak herif,* dedi Carol içinden. Kendini zorlayarak dostça gülümsemeye çalıştı. "Sana üç hecelik bir hatırlatıcı ipucu: Birader'in *B*'si. Veya bozgunun, veya bokun, veya barbarın."

"Affedersin, Carolyn. *Jeb,* Dr. Cooke ve Rusty, sonra da bugün Michael ile Ed'i anlatıyorsun. Uzun bir liste! Anlaşılan Wayne'le karşılaştığında güvenli ve güvenilir birini bulmak rahatlatmış seni."

"Wayne'in beni terk etmesi gibi bir tehlike yoktu – öyle yapışıyordu ki bana, bensiz tuvalete bile gidemezdi."

"Belki o zamanlar 'yapışma'nın kendine göre bir büyüsü vardı senin için. Peki bu kaybetmeye mahkûm erkekler zinciri? Kırılması imkânsız bir zincir mi bu? Hiç istisna yok, senin gözünde iyi olan hiçbir erkek yok. Ve sana karşı iyi olan."

"Bir tek Ralph Cooke vardı." Carol, aldatmanın güvenli bölgesine ayak basmakta acele ediyordu. Birkaç dakika önce Ernest ona ihanet etmiş olan erkekleri sıralarken, tıpkı önceki seansta olduğu gibi, içinde acı verici duygular harekete geçmeye başlamıştı. Anladı ki, tetikte olmalıydı. Terapinin ne kadar baştan çıkarıcı olabileceğini hiç düşünmemişti. Ve ne kadar kalleş.

"O da ölerek seni terk etti," dedi Ernest.

"Ama artık sen varsın. Sen de iyi davranacak mısın bana?"

Ernest cevap veremeden, gülümseyerek bir soru daha sordu Carol: "Bir de, *senin* sağlığın ne durumda?"

Ernest gülümsedi. "Sağlık durumum mükemmel, Carolyn. Daha uzun süre buralarda olmayı planlıyorum."

"Öteki soruma gelirsek?"

Ernest anlamaz anlamaz baktı Carol'a.

"Bana iyi davranacak mısın?"

Ernest tereddüt etti, sonra kelimeleri dikkatle seçerek konuştu: "Evet, elimden geldiğince yardım etmeye çalışacağım. Buna güvenebilirsin. Baksana, hukuk fakültesinde birinciymişsin. Ama bu bilgiyi ağzından zorla aldım. Chicago Üniversitesi Hukuk Fakültesi'nde sınıf birincisi – bu öyle böyle bir başarı değil, Carolyn. Bundan gurur duymuyor musun?"

Carol omuz silkti.

"Carolyn, sorumu cevaplar mısın? Lütfen bir daha söyle şunu: Chicago Üniversitesi'nin Hukuk Fakültesi'nde okurken akademik başarı durumun neydi?"

"Gayet iyiydi."

"Ne kadar iyi?"

Sessizlik ve sonra, kısık bir sesle, "Sınıf birincisiydim," dedi Carol.

"Bir daha söyle. Ne kadar iyi?" Ernest, iyi duyamadığını belirtmek istercesine bir elini açarak kulağına dayamıştı.

Yüksek sesle, "Sınıf birincisiydim," dedi Carol. Ve devam etti, "Ayrıca hukuk dergisinin editörüydüm. Michael dahil hiç kimse benim başarıma yaklaşamıyordu bile." Sonra hıçkırıklara boğuldu.

Ernest bir kâğıt mendil verdi ona, omuzlarının sarsılması geçene kadar bekledi ve yumuşak bir tonda sordu: "Şu göz yaşlarının bir kısmını söze dönüştürebilir misin?"

"O dönemde ne fırsatlar çıkmıştı karşıma biliyor musun, *hiç* fikrin var mı? İstediğim her şeyi yapabilirdim –bir düzine iyi teklif almıştım– istediğim kuruluşu seçebilirdim. Hatta uluslararası hukuk alanına yönelebilirdim, çünkü ABD Uluslararası Kalkınma Kuruluşu'nda genel müdürlükte çalışmak üzere bir teklif de almıştım. Hükümet politikasında çok etkili işler yapıyor olabilirdim. Veya Wall Street'te prestijli bir şirkete girsem yılda beş bin dolar kazanıyordum şimdi. Oysa şu halime bak: Aile hukukuyla, vasiyetname hazırlamakla, üç kuruşluk vergi işleriyle uğraşıyorum – elime de üç otuz para geçiyor. Her şeyi mahvettim."

"Wayne için mi?"

"Wayne için ve Mary için de. Düğünümüzden on ay sonra doğdu. Onu canımdan çok seviyorum, ama o da kısıldığım kapanın bir parçasıydı."

"Şu kapandan biraz daha bahsetsene bana."

"Asıl istediğim uluslararası hukuktu, ama küçük bir çocuğun ve bir evin erkeği olmayı başaracak olgunluğa erişememiş bir kocan varsa, nasıl uluslararası alanda çalışabilirsin ki? Bir koca düşün, tek bir gece evde yalnız kalsa korkulara kapılıyor, sabah bana danışmadan ne giyeceğine karar veremiyor. Ben de azla yetindim işte, önüme çıkan fırsatları teptim ve Evanston'da kalalım da Wayne babasının işyerine yakın olsun diye küçük bir kuruluşun yaptığı teklifi kabul ettim."

"Hata etmiş olduğunu ne zaman anladın peki, nasıl bir duruma düştüğünü anlamış mıydın, gerçek anlamda görebilmiş miydin bunu?"

"Pek değil. İlk iki yılda kafamda kuşkular oluşmaya başlamıştı, ama sonra öyle bir olay oldu ki –büyük bir kamp faciası– kuşku, yerini mutlak bir kesinliğe bıraktı. Beş yıl kadar önce."

"Anlatsana."

"Wayne, ailecek Amerika'nın en gözde tatil tarzını denememize karar verdi: Çadır kurup kamp yapmak. Bir keresinde, yeniyetmelik çağındayken az kalsın arı sokmasından ölüyordum – anafilaktik şok geçirdim; bir de bazı bitkilere karşı vücudum şiddetli reaksiyon gösteriyor. Yani kamp yapmam mümkün değildi. Sürüyle başka tatil önerdim: Kanoyla gezmek, dalmak, Alaska'ya kadar nehir yolculuğu, San Juan Adaları, Karayipler ya da Maine'de yelken – iyi yelkenciyimdir ben. Ama Wayne, erkekliğinin tamamen tehlikede olduğuna karar vererek ille de kamp yapacağız diye tutturdu."

"İyi de arı sokmasına aşırı duyarlılığın varsa kamp yapmanı nasıl isteyebilir? Hayatını tehlikeye atmanı mı bekliyordu senden?"

"Tek düşündüğü benim onu hükmüm altına almaya çalıştığımdı. Evde meydan muharebesi çıktı. Asla gitmeyeceğimi söyledim, sonra beni bırakıp Mary'yi de yanına almakta ısrar etti. Onun sırt çantasını alıp kamp yapmasına itiraz ediyor değildim; erkek arkadaşlarıyla gitmesini söyledim, ama hiç arkadaşı yoktu ki. Mary'yi götürmesini istemiyordum, çocuk açısından güvenli bir ortam değildi – o zaman dört yaşındaydı daha. Wayne öyle beceriksiz, öyle ödlektir ki, çocuğun güvenliği açısından endişeleniyordum. Mary'yi korumak şöyle dursun, bence Mary onu korur diye yanında götürmek istiyordu çocuğu. Buna izin veremezdim. Ama Wayne direttikçe diretti. Sonunda lanet olsun deyip razı oldum.

"Asıl komedi bundan sonra başladı," diye devam etti Carol. "Önce beş kilo zayıflayıp forma girmesi gerektiğine karar verdi – aslında on beş kilo vermeye kalksa daha iyi olacaktı. Bu arada senin yakışıklılıkla ilgili soruna da cevap vermiş olayım: Düğünümüzün üzerinden fazla zaman geçmeden balon gibi şişmişti. Neyse, her gün jimnastik salonuna gitmeye başladı, orada ağırlık kaldırarak hafifleyecekmiş; öyle de oldu, ama belini incitince tekrar kilo aldı. O kadar telaşlanmaktaydı ki sık sık nefes darlığı çeker olmuştu. Bir keresinde, şirkete ortak edilmemin şerefine verilen yemekteydik, masadan kalkıp onu acil servise götürmek zorunda kaldım. Maço kamp tatili hikâyesi de böylece sona erdi. Onunla evlenmekle ne büyük bir hata yaptığım o zaman kafama dank etti."

"Öff, ne biçim bir hikâye Carolyn." Dinledikleri ile Justin'in karısı ve ikizleriyle yaşadığı kamp tatili fiyaskosu arasındaki benzerlik çok çarpıcı gelmişti Ernest'a. Birbirine bu kadar benzeyen iki hikâye dinlemek, ama tamamen farklı bakış açılarından dinlemek, son derece etkileyiciydi.

"Evet ama şunu söyle bana, yaptığın hatayı tam olarak ne zaman anladın? Yani, ne kadar zaman geçti bu kamp hikâyesinin üzerinden? Kızın o zaman dört yaşında mıydı demiştin?"

"Yaklaşık beş yıl oldu." Her dakika biraz daha tedirgin olmaya başlamıştı Carol; Ernest'ı ne kadar hakir görse de, kendisini sorguya çekmesine karşı koyamıyordu. *Çok şaşırtıcı,* diye düşündü, *bu terapi sürecine nasıl da kaptırabiliyor insan. Bir-iki saat içinde oltaya takılıveriyorsun, zokayı bir kez yutturdular mı da, istedikleri her şeyi yapabiliyorlar sana – her gün gelmeni sağlayabiliyor, istedikleri faturayı kesebiliyor, halının üstüne yatırıp becerebiliyor, hatta üstüne para alabiliyorlar. Galiba bu kadar dürüstçe kendimi oynamakla büyük bir tehlikeye atılmış oluyorum. Ama başka seçeneğim yok ki – kendime bir persona uydurdum, şimdi kendi kazdığım kuyuya düşebilirim. Bu herif dalyarak malyarak ama keriz değil. Yok, kendimi oynamak zorundayım yine. Ama çok dikkatli olmalıyım. Çok dikkatli.*

"Demek, Carolyn, bundan beş yıl önce hatanı anladın – ama yine de evliliğini sürdürdün! Belki de bu evliliğin, henüz anlatmadığın daha olumlu yanları vardı."

"Hayır, berbat bir evlilikti. Wayne'i asla sevmedim. Saygı da duyamadım. O da bana duymadı. Hiçbir şey vermedi bana." Carol hafifçe gözlerini sildi. "Neydi bu evliliği sürdürmemi sağlayan? Allahım, bilmiyorum! Alışkanlık, korku, kızım –gerçi Wayne'in hiçbir zaman çocuğuna bir bağlılığı olmadı– ne olduğundan emin değilim... kanser ve Wayne'e söz vermiş olmam... gidecek başka yerim olmaması – hiçbir teklif almamış olmam."

"Teklif mi? Erkeklerden mi yani?"

"Eh, hiçbir erkek de teklifte bulunmadı bana ve Ernest, lütfen bugün bunu konuşalım – cinsel duygularımla ilgili olarak bir şeyler yapmak zorundayım; fena halde cinsel açlık çekiyorum, bu açıdan çok çaresizim. Ama demin onu kastetmemiştim. İlgi çekici hiçbir iş teklifi almadığımı söylemek istedim. Gençliğimde aldığım o muhteşem teklifler gibi bir şey gelmedi."

"Evet, o muhteşem teklifler. Biliyor musun, hâlâ birkaç dakika önce döktüğün göz yaşlarını düşünüyorum? Hani sınıf birincisi olmandan ve önündeki sınırsız kariyer olanaklarından bahsediyorduk..."

Carol metanetini toplamıştı. *Lafı yine oraya getirmeye çalışıyor,* diye düşündü. *Zayıf noktanı buldular mı, oraya vurup dururlar.*

"Bu konuda çok acı çekiyorsun," diye devam etti Ernest. "O koşullarda nasıl bir hayat yaşayacağını düşünmek çok acı veriyor sana. Whittier'ın o nefis dizeleri geldi de aklıma: '*Kâh dilden dökülür, kâh kalem yazar/En hazin sözler "Keşke" diye başlar.*'"

İçinden, *Eyvah, eyvah,* dedi Carol. *Allah muhafaza. Şimdi de şiir okuyor. Bütün marifetlerini ortaya döküyor adam. Birazdan gitarını çıkarıp akorda başlayacak.*

"Ve," diye devam etti Ernest, "hayatını Wayne'le birleştirmek için bütün bu olanakları tepmişsin. Kötü bir alışveriş – bunu düşünmek istememen çok normal... sebebiyle doğrudan yüz yüze geldiğimizde acı ne kadar dayanılmaz olur, görüyorsun değil mi? Bence Wayne'i de bu yüzden terk etmemişsin – yoksa gerçekle tam anlamıyla yüzleşmek zorunda kalacaktın. O zaman bu kadar küçük bir şey karşılığında ne kadar büyük şeylerden, bütün istikbalinden vazgeçmiş olduğunu inkâr etmenin hiç yolu kalmayacaktı."

Bütün kararlılığına rağmen ürperdi Carol. Ernest'ın yorumu doğruydu. *Allah belanı versin, siktir git, tamam mı? Hayatım üzerine ahkâm kesmeni isteyen olmadı senden.* "Belki de haklısındır. Ama iş işten geçti artık; şimdi bunun ne faydası olur ki? Geçmişi eşelemek derken bunu kastediyordum işte. Geçmişe mazi derler."

"Öyle mi derler, Carolyn? Sanmıyorum. Meselenin geçmişte yanlış bir karar vermenden ibaret olduğunu sanmıyorum: Bence hâlâ yanlış seçimler yapıyorsun. Bugünkü hayatında da."

"Nasıl bir seçim yapacağım ki? Ölmekte olan kocamı mı terk edeceğim?"

"Bu şekilde koyunca çok acımasız görünüyor tabii, anlıyorum. Ama yanlış seçimler hep böyle yapılır zaten – başka seçimin olmadığına kendini inandırarak. Belki bunu da bir hedef olarak koymalıyız."

"Neyi?"

"Senin, başka olası seçenekler de olabileceğini anlamana yardımcı olmayı."

"Hayır Ernest, yine aynı kapıya çıkıyor. Yalnızca iki seçenek var: Wayne'i ya terk ederim ya da onunla kalırım. Öyle değil mi?"

Carol rahatlamıştı: Bu uyduruk Wayne, Justin'in çok uzağında biriydi. Yine de Ernest'ın, kocasını terk etmesi için ona nasıl yardımcı olacağını izlemek, adamın Justin'in beynini nasıl yıkadığını anlamasını sağlayacaktı.

"Hayır, hiç de değil. Sen birçok varsayımda bulunuyorsun, bunların mutlaka doğru olması gerekmez ki. Mesela, Wayne ile birbirinize hiçbir zaman değer vermeyeceğinizi varsayıyorsun. İnsanların değişebileceği gibi bir olasılılığı dışta bırakıyorsun. Ölümle yüz yüze gelmek müthiş bir değişim katalizörüdür – onun için olduğu kadar, senin için de belki. Belki çift halinde terapiye gelmeniz faydalı olabilir – bunu hiç denemediğinizi söylemiştin. Belki senin ya da onun yeniden keşfedebileceği, gömülü kalmış bir sevgi vardır aranızda. Ne de olsa dokuz yıl birlikte yaşamışsınız, bir çocuk büyütmüşsünüz. Wayne seni terk etse ya da ölüp gitse ve sonradan, evlliğinizi daha iyi hale getirmek için yapabileceğin şeyler olduğu halde bunları yapmadığını düşünsen, nasıl hissederdin kendini? Yapılabilecek her şeyi yapmış olduğunu düşündüğünde kendini çok daha iyi hissedeceğinden eminim.

"Buna başka türlü de bakılabilir," diye sözüne devam etti Ernest. "Hayatının son dakikasına kadar onun yanında kalmanın iyi bir şey olduğu varsayımını gözden geçirirsin. Bu varsayım doğru mu gerçekten? Ben o kadar emin değilim."

"Tek başına ölmesinden daha iyi."

"Öyle mi?" diye sordu Ernest. "Ona değer vermeyen birinin yanında ölmek daha mı iyi Wayne için? Ayrıca şunu da akılda tutmak gerekir ki ondan boşanman ille de onu terk etmen demek değildir. Şöyle bir senaryo düşünülemez mi? Sen kendine başka bir hayat kurarsın, hatta başka bir erkekle birlikte, ama yine de Wayne'i terk etmezsin? Hatta onu, kısılıp kaldığın kapanın bir parçası olarak düşünmezsen, onun yanında daha da fazla zaman geçirmeyi başarabilirsin. Görüyorsun işte, başka bir sürü olasılık var."

Carol başıyla doğruladı, artık susmasını istiyordu adamın. Ernest sanki sonsuza dek konuşacakmış gibi görünüyordu. Carol saatine baktı.

"Saate bakıyorsun, Carolyn. Bunu kelimelere dökebilir misin?" Aynı sözleri Marshal'dan duyduğu gözetim seansını hatırlayınca hafifçe gülümsedi Ernest.

"Ee, zamanımız doluyor," dedi Carol gözlerini silerek, "ve bugün seninle konuşmak istediğim başka şeyler vardı."

Ernest'ın canı sıkıldı; fazla yönlendirici olmuş, hastasının kendi gündemini dile getirmesine izin vermemişti. Hemen harekete geçti. "Birkaç dakika önce, Carolyn, duyduğun cinsel baskıdan söz ediyordun. O şeylerden biri de bu mu?"

"En önemlisi. Doyumsuzluktan aklımı kaybetmek üzereyim – bütün endişelerimin kökeninde de bunun bulunduğuna eminim. Daha önce de pek canlı bir seks hayatımız yoktu, ama Wayne prostat ameliyatı geçireli beri tamamen iktidarsız. Galiba ameliyattan sonra çok rastlanan bir durummuş bu." Carol dersini iyi bellemişti.

Ernest başını sallayarak doğruladı. Ve beklemeye başladı.

"İşte, Ernest... sana Ernest dememde sakınca olmadığına emin misin?"

"Ben sana Carolyn dediğime göre, sen de bana Ernest diyeceksin."

"Peki, öyleyse *Ernest*. Yani Ernest, ne yapayım ben? Muazzam bir cinsel enerji ve yöneleceği hiçbir hedef yok."

"Wayne'le ilişkinizden bahsetsene bana. İktidarsız da olsa, birlikte olmanızın çeşitli yolları var."

"Eğer 'birlikte olmak" derken onun bir şekilde beni rahatlatmasını kastediyorsan hiç zahmet etme. Sorunumu bu yoldan çözmem mümkün değil. Seks hayatımız ameliyattan çok önce sona ermişti. Onu terk etmek istememin nedenlerinden biri buydu. Şimdi ise onunla her türlü fiziksel temas fena halde itiyor beni. Zaten o da son derece ilgisiz. Beni hiçbir zaman çekici bulmamıştır – benim çok sıska, çok kemikli olduğumu falan söylerdi. Şimdi de gidip istediğimle yatmamı söylüyor."

"Ve?" diye sordu Ernest.

"Ee, ne yapacağımı ve nasıl yapacağımı bilmiyorum. Nereye gideceğimi de. Şehrin yabancısıyım. Kimseyi tanımıyorum. Barlardan adam kaldıracak halim yok. Oralar balta girmemiş ormanlardır. Tehlikeli yerlerdir. Herhalde sen de kabul edersin ki hayatta isteyeceğim en son şey, yine bir erkek tarafından kullanılıp atılmak olur."

"Kesinlikle öyle, Carolyn."

"Sen bekâr mısın, Ernest? Boşandın mı? Kitabının kapağında karından falan bahsedilmemiş."

Ernest derin bir nefes aldı. Karısının ölümünden hastalarına hiç bahsetmemişti. Kendini açığa vurma konusundaki kararlılığını sınamanın tam sırasıydı işte. "Karım altı yıl önce trafik kazasında öldü."

"Ay çok özür dilerim. Senin için çok zor olmuştur herhalde."

Başıyla doğruladı Ernest. "Zordu... evet."

Sahtekâr. Sahtekâr, diye geçirdi içinden. *Evet, Ruth'un altı yıl önce öldüğü doğru, ama doğru olan bir şey daha var ki, evliliğim hiçbir durumda daha uzun sürmeyecekti zaten. İyi ama onun bunları bilmesi gerekiyor mu? Sen hastaya yardımcı olacak konulardan bahset en iyisi.*

"Demek sen de şimdi bekârlar dünyasında mücadele vermektesin, öyle mi?" diye sordu Carol.

Ernest köşeye sıkışmıştı. Bu kadının sağı solu hiç belli olmuyordu. Kendini açığa vurma yolculuğunda böyle fırtınalı sulara yelken açacağı aklına bile gelmemişti doğrusu, şimdi analitik tarafsızlığın sakin sularına sığınmayı nasıl da istiyordu. Oysa ezberden biliyordu bu dersi: "Bu soruları niye soruyorsun merak ediyorum," ya da "Benim bekârlar dünyasında bulunmamla ilgili ne gibi fantezilerin var acaba?" demek yeterli olurdu. Ama böylesine çapraşık bir tarafsızlık, böylesine sahicilikten uzak bir tavır, tam da Ernest'ın uzak durmaya ant içtiği şeydi işte.

Ne yapmalı? Az sonra kadınlarla çıkmak için ne gibi stratejiler benimsediğini sorsa hiç şaşırmazdı doğrusu. Bir an için Carolyn'i, bundan birkaç ay ya da yıl sonra bir başka terapiste Dr. Ernest Lash'in terapi yaklaşımını anlatırken getirdi gözünün önüne: "Aa, evet, Dr. Lash sık sık kendi kişisel sorunlarını ve bekâr kadınlarla tanışmak için uyguladığı teknikleri anlatırdı."

Evet, Ernest üzerinde düşündükçe daha iyi görüyordu ki, terapistin kendini açığa vurması başlı başına sorunlu bir şeydi. *Hastanın gizlilik hakkı var, ama terapistin hiç yok!* Üstelik terapist böyle bir şey bekleyemezdi de: Hasta ileride bir başkasından terapi görecek olursa, eski terapistinin cinslikleri de dahil olmak üzere her konuda konuşma hakkına sahip olmalıydı. Ayrıca terapistler, hastanın gizlilik hakkına saygı konusunda güvenilir olmalarına rağmen, meslektaşlarının zaafları üzerine sık sık dedikodu yaparlardı.

Mesela daha birkaç hafta önce Ernest, hastalarından birinin karısını bir başka terapiste, Dave adında bir arkadaşına göndermişti. Geçenlerde aynı hasta, karısı için başka bir terapistin adını vermesini istedi; kadın Dave'le terapiye son vermişti ve bunun sebebi de, adamın, hastasının halet-i ruhiyesini anlamak amacıyla *onu koklama* huyuydu! Normal olarak Ernest'ın bu duydukları karşısında dehşete kapılması ve bir daha asla Dave'e hasta göndermemesi gerekirdi. Ama Dave yakın arkadaşı olduğu için meseleyi sordu ona. Dave, Valium reçete etmeyi geri çevirdiği için hastanın kendisine kızdığını ve bu yüzden terapiyi bıraktığını söyledi, meğer kadın yıllardır gizli gizli Valium kullanıyormuş. "Peki bu koklama meselesi nedir?" diye sorunca önce şaşkın şaşkın baktı Dave, ama biraz sonra olayı hatırladı. Bir keresinde, terapiye daha yeni yeni başlarlarken, hastanın sürdüğü yeni ve son derece ağır kokulu bir parfüm hakkında öylesine iltifat etmişti ona.

Ernest, kendini açığa vurmasıyla ilgili kurallara bir tane daha ekledi: *Kendini, hasta açısından yararlı olacak konularda açığa vur; işinden olmak istemiyorsan, kendin hakkında açıkça anlattıklarının diğer terapistler tarafından nasıl değerlendirileceği konusunda dikkatli ol.*

"Demek sen de bekârlar dünyasında mücadele veriyorsun?" diye tekrarladı Carol.

Ernest, "Bekârım ama mücadele vermiyorum," dedi cevap olarak. "En azından şimdilik." Soğukkanlılığını kaybetmeden ama soğuk da olmadan gülümsemeye çalıştı.

"San Francisco'da bekâr hayatıyla nasıl başa çıktığını daha etraflı anlatmanı isterdim."

Ernest duraklıyordu. Hesapsız davranmak başkadır, düşüncesiz davranmak başka, diye uyardı kendi kendini. Sorulan her soruya cevap vermek zorunda değildi. "Carolyn, bu soruyu niye sorduğunu daha etraflı açıklamanı isterdim. Sana iki konuda söz verdim: Biri –ve birincil olanı– elimden geldiğince sana yardımcı olmak ve bu doğrultuda da elimden geldiğince dürüst olmaktır. Şimdi, benim birincil hedefim, yani sana yardımcı olmak açısından bakarak, sorduğun soruyu anlamaya çalışalım: Gerçekten neyi öğrenmeye çalışıyorsun, söyler misin? Ve niçin?"

Fena değil, diye düşündü Ernest, *hiç fena değil.* Saydam olmak, hastanın her türlü kapris ve tecessümüne kul köle olmak demek değildi. Ernest, Carolyn'e verdiği cevabı önündeki kâğıda çiziktirdi; unutmayı göze alamayacağı kadar iyi bir cevaptı – dergiye hazırladığı makalesinde de kullanabilirdi bunu.

Carol ise bu soruya hazırlanmış ve sessizce bu konuşmanın provasını yapmıştı bile. "Senin de benzer sorunlarla uğraştığını bilirsem, beni daha eksiksiz biçimde anladığını düşüneceğim. Özellikle de sen bu sorunları aşmayı başarmışsan. O zaman bana daha çok benzeyen biri olarak algılayabilirim seni."

"Bunu anlıyorum, Carolyn. Ama sorduğun soru daha başka anlamlar da içeriyor olmalı, çünkü ben bekârlıkla başa çıkmayı başardığımı zaten söylemiştim."

"Bana yol gösterebileceğini... beni doğru yere yönlendirebileceğini ummuştum. Kendimi gerçekten felce uğramış hissediyorum – açıkçası, duvarlara tırmanmaktayım ve aynı zamanda da çok korkuyorum."

Ernest saatine baktı. "Bak Carolyn, zamanımız doldu. Bir dahaki seansa kadar, erkeklerle nasıl tanışabileceğin konusunda çeşitli seçenekler üzerinde düşünmeni istiyorum, sonra birlikte her birinin avantajlarını ve dezavantajlarını değerlendiririz. Sana somut öneriler getirme veya senin deyişinle 'seni doğru yere yönlendirme' konusunda kendimi hiç de rahat hissetmiyorum. Bu konuda bana güvenebilirsin, defalarca yaşadığım bir şeydir: Hastayı böyle doğrudan yönlendirmek ender olarak ona yarar sağlar. Benim ya da bir başkası için iyi olan, senin için iyi olmayabilir."

Carol şapa oturmuştu ve öfke duyuyordu. *Kıçımın kenarı, kendini beğenmiş herif,* diye düşündü. *Bu seansı kesin bir ilerleme sağlamadan sona erdirmeye hiç niyetim yok.* "Ernest, bir hafta daha beklemek çok zor geliyor bana. Daha erkene alamaz mıyız? Seni daha sık görme ihtiyacı duyuyorum aslında. Unutma, ben iyi müşteriyim, nakit ödüyorum." Cüzdanını açıp yüz elli dolar saydı.

Carol'ın parayla ilgili sözlerine sinirlenmişti Ernest. Özellikle *müşteri* sözünü çok çirkin buldu: Psikoterapinin ticari yönüyle karşı karşıya kalmaktan nefret ederdi. "Aa... ee... Carolyn, buna hiç gerek yok... ilk seansta nakit ödediğini hatırlıyorum, ama bundan sonra her ayın sonunda sana fatura göndermeyi tercih ederim. Ayrıca çekle ödemeni de tercih ederim – benim iptidai muhasebe yöntemlerim açısından daha kolay oluyor. Çekin işine gelmediğini anlayabiliyorum, ne de olsa Wayne'in benimle görüştüğünü öğrenmesini istemiyorsun. Ama diyorum ki, vezne çeki kullansan?"

Ernest randevu defterini açtı. Bir tek boş saati vardı, o da Justin'in iptal ettiği 8:00 randevusuydu ve o zamanı yazı yazmaya ayırmak istiyordu. "Bunu şimdiden kararlaştırmayalım, Carolyn. Şu aralar hiç zamanım yok. Bir-iki gün bekle, eğer hâlâ beni önümüzdeki haftadan önce mutlaka görmek istiyor olursan telefon et, bir zaman ayarlayayım. Kartımı al; telesekreterime mesaj bırakırsan seni arayıp randevu zamanını söylerim."

"Senin araman iyi olmaz. Daha bir işe girmedim ve kocam da her zaman evde... "

"Sahi. Öyleyse karta ev telefonumu yazıyorum. Genellikle akşam dokuz ile on bir arasında buradan arayabilirsin beni." Birçok meslektaşının aksine Ernest, hastalarına ev telefonunu vermekte sakınca görmezdi. Çok uzun zaman önce öğrenmişti ki, anksiyete hastaları için ona ulaşmak ne kadar kolay olursa, genellikle o kadar az arıyorlardı.

Carol muayenehaneden çıkarken son kozunu oynadı. Ernest'a dönüp sarıldı, öncekinden biraz daha uzun, biraz daha sıkı. Adamın bedeninin gerildiğini hissedince "Teşekkür ederim, Ernest," dedi. "Bir hafta daha beklemem gerekecekse, böyle bir sarılmaya ihtiyacım olacak demektir. Bana dokunulmasına öyle ihtiyaç duyuyorum ki çok zor dayanabiliyorum buna."

Merdivenden inerken düşünüyordu Carol, *hayal mi kuruyorum yoksa balık zokayı yuttu mu? O sarılmadan biraz olsun etkilendi mi acaba?* Merdiveni yarısına kadar inmişti ki, fildişi rengi süveter giymiş olan joggingci uçarak çıkmaya başladı basamakları, geçerken az kalsın Carol'ı yere yıkıyordu. Son anda kolundan yakalayarak tuttu kadını, sonra beyaz denizci kasketini ucundan tutup hafifçe yukarı kaldırarak gülümsedi. "Hey, yine karşılaştık. Özür dilerim, az daha sizi düşürüyordum. Ben, Jess. Galiba doktorumuz aynı. Vaktinizi aşıp onu oyaladığınız için teşekkürler, yoksa seansın yarısını neden geciktiğime dair yorumlarla geçirirdi. Nasıl, bugün formunda mı bari?"

Carol adamın ağzına bakakalmıştı. Hiç böyle bembeyaz dişler görmemişti daha önce. "Form mu? Ha, evet formunda, formunda. Siz de göreceksiniz. Aa, ben Carol." Jess basamakları ikişer ikişer çıkarken adamın arkasından baktı. *Kıçı da pek güzelmiş!*

XII

PERŞEMBE sabahı saat dokuza birkaç dakika kala Shelly, altılı ganyan formunu doldurup zarfı kapatmış, sabırsızlıkla ayağını sallayarak Marshal Streider'ın bekleme salonunda oturuyordu. Şu Dr. Streider'ı atlattıktan sonra güzel bir gün vardı önünde. Önce Willy ve Paskalya tatili için eve gelmiş olan çocuklarıyla biraz tenis oynardı. Willy'nin çocukları artık o kadar iyi oynuyorlardı ki, öğrencisi değil rakibi haline gelmişlerdi. Sonra Willy'nin kulüpte öğle yemeği: Biraz o tereyağlı ve anasonlu ıstakozdan veya belki pavurya suşisinden. Sonra da Willy'yle birlikte altıncı yarışı seyretmek için ver elini Bay Meadows. Willy ile Arnie'nin atı Ting-a-ling, Santa Clara yarışlarında koşuyordu. (Ting-a-ling, Shelly'nin pokerde en sevdiği oyunun adıydı: Majör-minör beş kâğıtla oynanıyor ve oyunun sonunda iki yüz elli dolara altıncı bir kâğıt alınabiliyordu.)

Shelly ruh doktorlarından pek hoşlanmazdı. Ama bu Streider'a itirazı yoktu. Gerçi daha görmemişti adamı ama, şimdiden ona büyük faydası dokunmuştu Streider'ın. Her şeye rağmen kendisini gerçekten seven Norma, faksları aldıktan sonra akşam eve döndüğünde, evliliğini bitirmek zorunda kalmayacağı için öyle sevinçliydi ki, dosdoğru Shelly'nin kollarına atılıp yatak odasına sürüklemişti onu. Bir kez daha sözler verildi: Shelly, terapiden yararlanıp kumar alışkanlığından kurtulmak için elinden geleni yapacaktı, cinsel isteklerinin ardı arkası gelmeyen Norma da Shelly'nin haftada bir gün tatil yapmasına izin verecekti.

Şimdi, diye düşünüyordu Shelly, *tek yapmam gereken bu Dr. Streider'ın seanslarına girmek, ondan sonra özgürüm. Ama belki başka bir açıdan da bakılabilir. Başka bir şey daha olmalı. Norma'yı kandırmak –tabii bu arada doktoru da kandırmak– için belli bir zaman, muhtemelen birkaç saat harcarken, belki bir yandan da şu heriften gerçekten faydalanabilirim.*

Kapı açıldı. Marshal kendini tanıttı, Shelly'nin elini sıktı ve onu içeri davet etti. Shelly yarış formunu gazetenin arasına saklayarak odaya girdi ve girer girmez de içerideki her şeye övgüler düzmeye başladı.

"Bayağı zengin bir cam koleksiyonunuz varmış, Doktor!" Eliyle Musler parçalarını işaret ediyordu Shelly. "Şu kocaman turuncu şeye bayıldım. Bir dokunabilir miyim acaba?"

Shelly zaten hamle etmişti bile ve Marshal'ın eliyle buyur etmesi üzerine Zamanın Altın Kıyısı'nı okşadı. "Çok hoş. Ne kadar yatıştırıcı. Bahse girerim hastalarınız arasında bunu alıp evine götürmek isteyenler çıkıyordur. Hele şu tırtıklı kenarı var ya, aynı Manhattan'ın siluetine benziyor! Ya şu kadehler? Epey yıllanmışlar galiba, ha?"

"Hem de çok, Bay Merriman. Yaklaşık iki yüz elli yıllık. Hoşunuza gitti mi?"

"Eh, ben yıllanmış şarap severim. Yıllanmış kadehten anlamam. Değerli mi?"

"Söylemesi güç. Antika şarap kadehinin piyasası yok pek. Neyse, Bay Merriman... " Marshal seansları açarken takındığı

resmi tonda konuşmaya başladı, "lütfen oturun ve başlayalım."
Shelly portakal rengi küreyi son bir kez okşayıp oturdu.

"Bir zamanlar Dr. Pande'nin hastası olduğunuz dışında hakkınızda pek bir şey bilmiyorum. Bir de enstitü sekreterine derhal biriyle görüşmeniz gerektiğini söylemişsiniz."

"E tabii, her gün gazetede terapistinizin işi boka sardırdığını okumuyorsunuz ki. Neyle suçlanıyor herif? Bana ne yapmış şimdi?"

Marshal seans üzerinde daha sıkı bir denetim kurmaya çalıştı. "Başlangıç olarak neden bana biraz kendinizden ve Dr. Pande'yle terapiye niye başladığınızdan bahsetmiyorsunuz?"

"Biraz yavaş, Doktor. Daha fazla odaklanmam lazım. General Motors gazeteye ilan verip elinizdeki arabada ciddi bir kusur bulunduğunu belirttikten sonra, kusurun ne olduğunu da tüketici bilsin bakalım dememişti, öyle değil mi? Söylediklerine göre sizin ateşleme sisteminizde veya yakıt pompanızda veya otomatik viteste bir kusur varmış. Başlangıç olarak neden siz bana biraz Dr. Pande'nin terapisindeki kusurun ne olduğundan bahsetmiyorsunuz?"

Bir an afallayan Marshal, hemen kendini topladı. Sıradan bir hasta değil bu, dedi kendi kendine: Bu vaka bir tür sınav – psikiyatri tarihinde telafi edici terapi görecek ilk hasta bu. Esneklik gerekiyorsa esnek olurdu Marshal. Geri sahada oynadığı günlerden beri, rakibi anlama yeteneğiyle gurur duyardı. Bay Merriman'ın bilme hakkına saygı göstermeli, diye karar verdi. Bilme hakkının gerektirdiklerini ver... bir dirhem fazlasını değil.

"Haklısınız, Bay Merriman. Psikanaliz Enstitüsü, Dr. Pande'nin sık sık, tamamen kendine özgü ve tamamen temelsiz olan yorumlarda bulunduğunu saptadı."

"Nasıl oluyor yani bu?"

"Pardon, yani demek istiyorum ki, hastalarının davranışlarına mübalağalı ve çoğunlukla da kafa karıştıran açıklamalar getiriyormuş."

"Hâlâ çakmadım. Nasıl davranış yani? Bana bir örnek verseniz diyorum."

"Peki, örneğin, bütün erkeklerin, babalarına karşı bir tür eşcinsel arzu duyabileceğini söylüyormuş."

"*Ne?*"

"Babalarının bedenine girerek onunla bütünleşmek isteyebileceklerini iddia ediyormuş."

"Vayy? Babalarının *bedenine* ha? Başka?"

"Tabii bu arzunun, başka erkeklerle yaşadıkları dostluk ve dayanışmada bir faktör olabileceğini de. Dr. Pande'yle çalışmanıza dair bir şey hatırlattı mı bunlar size?"

"Tabii. Tabii. Hatırlattı ya. Hepsi kafamda yeniden canlanmaya başladı. Çok yıl geçmişti de üstünden, unutmuşum hepsini. Ama aslında hiçbir şeyi unutmadığımız doğru mu? Yani her şey, başımıza gelmiş olan her şey tavanarasında bekliyor, öyle değil mi?"

Marshal başını sallayarak "Tamamen öyle," dedi. "Her şeyin zihnin *bilinçdışı* kesiminde tutulduğunu söyleriz biz. Şimdi bana o terapiden neler hatırladığınızı anlatır mısınız?"

"Sadece şeyi – yani babamla yapma meselesini."

"Peki ya başka erkeklerle ilişkileriniz? Bu konuda bir sorununuz var mı?"

"Büyük sorunlarım var." Shelly hâlâ körlemesine gidiyordu ama yine de, bir açının ana hatları yavaş yavaş belirmeye başlamıştı. "Hem de çok büyük sorunlar! Mesela, birkaç ay önce bizim şirket battığından beri iş arayıp duruyorum. Ve ne zaman iş görüşmesine gitsem boka batıyorum – karşımdaki hemen her zaman bir erkek oluyor tabii."

"Neler oluyor görüşmelerde?"

"Fena halde çuvallıyorum işte. Perişan oluyorum. Galiba babamla şu bilinçdışı şeyden oldu bu."

"Nasıl perişan oluyorsunuz?"

"Sahiden perişan oluyorum. Siz ne diyordunuz ona? Hah – panik. Hızlı hızlı soluyorum falan işte."

Shelly, Marshal'ın not almakta olduğunu gördü ve ücreti hesapladığını düşündü. "Evet, evet, panik – en iyi ifade eden laf bu. Soluk soluğa kalıyorum. Su gibi terliyorum. Görüştüğüm adam da sanki kafayı yemişmişim gibi bakıyor bana, herhalde içinden diyordur ki 'Bu oğlan nasıl satacak bizim ürünlerimizi?' "

Marshal bunu da yazdı defterine.

"Sonra da bana kapıyı gösteriveriyor. Ben diken üstünde oturuyorum, onlar diken üstünde. Yani kaç zamandır işsiz kaldım. Hem bir şey daha var, Doktor, bir de şu poker meselesi var – on beş yıldır aynı çocuklarla oynuyorum. Arkadaşça oynuyoruz, ama adamın ayağından donunu alacak kadar da büyük paralar dönüyor... bu aramızda kalacak, değil mi? Yani olur da bir gün karımla karşılaşırsanız, söylemezsiniz, değil mi? Sizin bir yemininiz oluyor, değil mi?"

"Elbette. Bu odada anlattığınız her şey bu odada kalır. Bu notları kendim yararlanmak için alıyorum."

"Ha bu iyi. Karımın ne kadar kaybettiğimi bilmesini istemiyorum – evliliğim sallantıda zaten. İşte *sonunda* ayağımdaki donumdan oldum. Şimdi düşünüyorum da, Dr. Pande'ye gittiğim sıralarda kaybetmeye başladım. Onun yaptığı terapiden beri yeteneğimi kaybettim – çocuklarla ilişkilerimde güçlük çekmeye başladım, hani demin konuşuyorduk ya, öyle işte. Yani terapiden önce iyi oyuncuydum ben, ortalamanın üstünde – terapiden sonra bana bir haller oldu, oyunda gergin oluyorum, elimi belli ediyorum... her oyunu kaybeder oldum. Sen poker oynar mısın, Doktor?"

Marshal başını hayır anlamında salladı. "Konuşmamız gereken çok şey var. Sanırım önce Dr. Pande'ye gitmeye neden başladığınızı anlatsanız daha iyi olacak."

"Bi dakka ya. Önce bi bitireyim, Doktor. Şey diyecektim, pokerin şansla ilgisi yok: Pokerde sinirine hâkim olacan. Poker oyununun yüzde yetmiş beşi psikolojidir – duygularına hâkim olman, nasıl blöf yaptığın, blöfe nasıl karşılık verdiğin, iyi el gelince veya kötü el gelince gönderdiğin sinyaller – farkında olmadan tabii."

"Evet, meseleyi anlıyorum, Bay Merriman. Rakipleriniz karşısında rahat değilseniz, oyunda başarılı olamıyorsunuz."

"Oyunda 'başarılı olamamak' demek, donuma kadar vermek demek. Çok büyük para söz konusu."

"Tamam, şimdi ilk olarak Dr. Pande'ye ne için gitmiştiniz, o soruya dönelim. Evet, ilk olarak... tarih nedir?"

"Yani benim hesabımla, poker ile işsiz kaldığım zaman arasında bu Dr. Pande ve de onun yanlış yorumları bana büyük paralar kaybettirdi... çok, çok büyük paralar!"

"Evet, anlıyorum. Ama şimdi lütfen Dr. Pande'ye ilk gidişinizin sebebini anlatın bana."

Marshal artık seansın aldığı doğrultu karşısında paniğe kapılıyordu ki, Shelly birdenbire uyumlu davranmaya başladı. Öğrenmek istediğini öğrenmişti artık. Ee, birinci sınıf bir avukatla dokuz yıl boşuna evli kalmamıştı o. Bu noktadan hareketle yaptığı hesaba göre, doktorla işbirliği etmekle kaybedeceği hiçbir şey yoktu, kazanacağı ise çok şey vardı. Klasik psikoterapi tekniklerine gayet iyi cevap verdiğini gösterebilirse, mahkemede daha inandırıcı olacaktı. Böylelikle, Marshal'ın sorduğu bütün sorulara açık yüreklilikle, dosdoğru cevap vermeye başladı – Dr. Pande'yle yaptıkları terapiyi konu alan sorular haricinde tabii; o terapiden kesinlikle hiçbir şey kalmamıştı ki aklında.

Marshal ailesiyle ilgili sorular sorunca derinlemesine geçmişe daldı Shelly: Annesinin onun yeteneklerini ve güzelliğini öve öve bitiremediğini, hiç durmadan projeler üretip hiç durmadan şapa oturan babasından ötürü sürekli hayal kırıklığı yaşayan kadıncağızın bir tek oğlundan medet umduğunu anlattı. Kendini tamamen oğluna adamış olan anasının hakkını yemek istemiyordu ama, hayatındaki en önemli etkenin de babası olduğu kanaatindeydi.

Evet, evet, diyordu Marshal'a, Dr. Pande'nin babasıyla ilgili yorumlarını düşündükçe daha da allak bullak oluyordu. Tamam, babası sorumsuz bir adamdı, ama Shelly onunla arasında çok derin bir bağ olduğunu hissediyordu. Gençliğinde tapardı babasına. Ona ve arkadaşlarına, poker oynarken, at yarışlarına giderken yanlarında olmaya bayılırdı – New Jersey'de otururlarken Monmouth'a, Miami Beach'te tatil yaparlarken de Hialeah ile Pimlico'ya gidilirdi. Babası her türlü müsabakada bahis oynardı: Tazı yarışları, *jai alai*, futbol, basketbol; ve elinden her oyun gelirdi: Poker, pinokl, king, tavla. Shelly'nin çocukluğuna dair en güzel anıları arasında, pinoklda babasının kucağına oturup onun yerine kâğıt çekmek ve bunları düzenlemek vardı. Babası onlarla oyun oynamasına izin verdiği gün ise erkekliğe adımını atmıştı. On altı yaşındayken, boyuna posuna bakmadan pinoklda dönen para yükseltilsin diye tutturmuştu, bunu hatırlayınca içi ürperdi.

Evet, Marshal'ın yorumuna katılıyordu Shelly, babasıyla kurduğu özdeşleşme çok köklüydü, çok kapsamlıydı. Sesi de tıpkı babasına benzerdi, babasının söylediği bütün Johnnie Ray şarkılarını o da söylerdi. Babasının kullandığı tıraş köpüğünü ve losyonunu kullanıyordu. O da tıpkı babası gibi dişlerini karbonatla fırçalıyordu ve o da, yıkandıktan sonra birkaç dakika soğuk duşla kendine masaj yapmayı tek bir sabah aksatmamıştı. O da patates kızartmasının çıtır çıtır olanını severdi ve tıpkı babası gibi lokantada çoğu zaman garsona patatesleri geri götürmesini, *yaktıktan* sonra getirmesini söylerdi!

Marshal babasının ölümüyle ilgili bir soru sorunca gözünden yaşlar boşanıverdi Shelly'nin; babasının elli sekiz yaşında, oyun arkadaşlarıyla Key West açıklarında balık tutarken koroner kalp yetmezliğinden öldüğünü söyledi – tam oltaya takılan balığı çekerken gidivermişti adam. Hatta Shelly, cenazede, kafasında hep babasının yakaladığı o son balık olduğu için nasıl utanç duyduğunu bile anlattı Marshal'a. Balığı sudan çıkarmayı başarmış mıydı acaba? Balık büyük müydü? Arkadaşlarıyla hep tutulacak en iri balık üzerine büyük bir bahse tutuşurlardı, belki babasına bir para kalmıştı oradan – daha doğrusu babasının mirasçısına. Babasının birlikte balığa çıktığı ahbaplarını bir daha hiç göremeyecek olabilirdi ve bu sorular dilinin ucuna gelip gelip durmuştu cenaze boyunca. Bunları sormaktan bir tek utanma duygusu alıkoymuştu onu.

Babası öleli beri Shelly, şu veya bu vesileyle her gün düşünüyordu onu. Sabahları giyinip aynada kendisine bakarken, baldır kaslarının sarkmaya başladığını, kalçalarının giderek pörsüdüğünü fark ediyordu. Otuz dokuz yaşındaydı ve babasına her geçen gün daha çok benzemeye başlamıştı.

Seans sona erince Marshal ile Shelly, hızlı bir ilerleme süreci içinde bulunduklarına, dolayısıyla en kısa zamanda tekrar görüşmelerinin uygun olacağına karar verdiler. Marshal'ın birkaç saati boştu –Peter Macondo'nun yerine kimseyi almamıştı– ve ertesi hafta için üç randevu verdi Shelly'ye.

XIII

"YANİ bu analistin iki hastası yakın arkadaş... dinliyor musun?" diye sordu Paul. Ernest, tatlı-ekşi morina buğulamanın kılçıklarını yemek çubuklarıyla ayıklamaya dalmıştı. Sacramento'da söyleşi günü vardı, Paul da onu görmek için gelmişti. Çin Tavernası'nda dipteki masalardan birine oturmuşlardı; büyük bir lokantaydı burası ve salonun göbeğindeki bir krom ve cam adacığında nar gibi kızarmış ördeklerle tavuklar sergileniyordu. Ernest, söyleşi günü üniformasına bürünmüştü: Beyaz kaşmirden boğazlı kazağın üstüne mavi kruvaze ceket.

"Tabii dinliyorum. Hem yiyip hem dinleyemem mi sanıyorsun? İki yakın arkadaş aynı psikanalistten analiz görüyor ve... "

"Ve bir gün tenis oynadıktan sonra," diye devam etti Paul,

"analistleri hakkında tuttukları notları karşılaştırıyorlar. İkisi de adamın âlim-i mutlak pozlarında dolaşmasına sinir oluyor ve biraz eğlenmeye karar veriyorlar: Ona aynı rüyayı anlatmak üzere anlaşıyorlar. Neyse, ertesi gün, biri sabah saat sekizde anlatıyor rüyasını ve aynı gün saat on birde adam öbüründen de tamı tamına aynı rüyayı dinliyor. Her zamanki gibi hiç istifini bozmayan analist, 'Ne kadar ilginç!' diye haykırıyor, 'Bugün aynı rüyayı *üçüncü* kez dinliyorum!' "

"Güzel fıkra," dedi Ernest; keyifle tadını çıkarmakta olduğu lokması ağzında güleyim derken az kalsın boğuluyordu. "Peki bunun ne alakası var şimdi?"

"Bir kere şununla alakası var: Kendilerini gizleyenler yalnızca terapistler değil. Birçok hasta divanda yalan söylerken yakayı ele verir. Bir-iki yıl önce bir hastam vardı, anlatmış mıydım sana? Birbirinden habersiz iki terapiste aynı anda gidiyormuş meğer."

"Niye peki?"

"Bir nevi intikam hırsı işte. Terapistlerine karşı zafer kazanacak herif. İkisinin yaptığı yorumları karşılaştırıp eğleniyormuş; ikisi de kendinden gayet emin bir şekilde, birbirine taban tabana zıt, ama ikisi de eşit ölçüde akıllara seza yorumlar yapıyorlar tabii."

"Aman ne büyük zafer?!" dedi Ernest. "İhtiyar Profesör Whitehorn ne derdi buna hatırlıyor musun?"

"Pyrrhus zaferi!"

"*Pyrrhus*," dedi Ernest, "adamın en sevdiği laftı. Psikoterapiye direnç gösteren hastalardan ne zaman bahsetse kullanırdı bunu!

"Ama bak," diye devam etti Ernest, "senin şu iki terapiste birden giden hastan var ya... Hopkins'deyken n'apardık hani hatırlasana – iki ayrı gözetim terapistine aynı hastayı anlatır, ikisinin hiçbir konuda mutabık kalamadığını gördükçe gülerdik kendi kendimize. Bu da aynı işte. İki terapistle ilgili hikâyen çok ilginç geldi bana." Ernest elindeki çubukları masaya bıraktı. "Acaba diyorum... benim de başıma gelir mi? Sanmam. Hastanın ne zaman doğru söylediğini anlarım ben, bundan kesinlikle eminim. Bazen başlangıçta şüpheler olabilir, ama bir an gelir, artık ondan sonra hakikatte ortak olduğumuza dair en ufak şüphe kalmaz."

"*Hakikatte ortak olmak* – güzel söz, Ernest, ama ne demek? Hastayla bir ya da iki yıl boyunca aralıksız çalışırsın, sonra öyle bir şey olur veya bir yerden öyle bir şey duyarsın ki, hasta hakkında bildiğin bütün her şeyi yeni baştan değerlendirmen gerekir; bunun başıma ne kadar çok geldiğini anlatamam sana. Bazen bir hastaya yıllarca bireysel terapi uygularım, sonra grup terapisine alırım onu ve gördüklerim karşısında nutkum tutulur. Aynı insan mıdır ikisi? Bana göstermediği ne kadar çok yönü varmış meğer!

"Üç yıldır," diye devam etti Paul, "gördüğüm bir hasta var, çok zeki bir kadın, otuz yaşlarında, kendiliğinden –benden kesinlikle hiçbir zorlama gelmeden– babasıyla ilgili ensest anıları hatırlamaya başlamıştı. İşte, bir yıl kadar bunun üzerinde çalıştık ve senin tabirini kullanacak olursak, hakikatte ortak olduğumuzdan şüphem kalmadı. Anıların geri geldiği o dehşet dolu aylar boyunca onun elinden tuttum, babasıyla bu konuda yüzleşmeyi denedikten sonra yaşanan aile facaları boyunca ona destek oldum. Oysa şimdi –belki medyadaki fırtına harekâtı doğrultusunda– bu ilk anılarından şüpheye düşmeye başladı.

"Vallahi doğrusunu istersen, ben serseme döndüm artık. Hayal nedir, hakikat nedir, hiç fikrim yok. Üstelik bir de bu kadar kolay gaza geldiğim için beni eleştirmeye başladı kadın. Geçen hafta rüyasında ana-babasının evinde görmüş kendini, Goodwill marka bir kamyon gelip evi temellerinden yıkmaya başlıyormuş. Ne diye gülüyorsun?"

"Goodwill'in 'iyi niyet' anlamına geldiğini düşündüm de. Bil bakalım kim bu kamyon? Üç hakkın var?"

"Tamam. Bunun esrarengiz bir yanı yok. Kamyonla ilgili çağrışım yapmasını söylediğimde, dalga geçer gibi rüyanın adını söyledi bana: Yardım Eli Bir Daha Kalktı. Senin anlayacağın, rüyanın mesajı şu: Yardım ediyormuş gibi yaparak ya da yardım ettiğime inanarak ben, onun evini ve ailesini ta temelinden sarsıyorum."

"Besle kargayı... "

"Aynen. Ve kendimi savunmaya çalışmak gibi de bir aptallık ettim. Burada senin *kendi* anılarını analiz ettik, deyince de, her anlattığına inanacak kadar saf olduğumu söyledi bana.

"Hem," diye devam etti Paul, "belki de haklıdır. Belki çok safız biz. Hastaların kendi hayatlarındaki hakikati dinleyelim diye bize para verdikleri düşüncesine öyle alışmışız ki, yalan söyleyebilecekleri hiç aklımıza gelmiyor. Geçenlerde bir araştırma yapıldığını duydum, psikiyatristler, bir de FBI ajanları, yalanı doğrudan ayırma konusunda çok beceriksizmiş. Şu ensest tartışması da iyice tuhaflaşıyor... beni dinliyor musun, Ernest?"

"Devam et. Ensest tartışmasının iyice tuhaflaştığını söylüyordun."

"Evet. Bir de Şeytan'a tapma ayinlerinin dünyasına girdin mi, iş iyice acayipleşiyor. Bu ay ilçe hastanesindeki yataklı hasta ünitesinde ben nöbetçiyim. Ünitede kalan yirmi hastadan altısı, bu gibi ayinlere katıldıklarını iddia ediyorlar. Terapi gruplarında olanları duysan aklın durur: Bu altı hasta Şeytan'a tapma ayinlerini öyle bir canlılık ve inandırıcılıkla anlatıyor ki kimse herhangi bir şüphe dile getirme cesareti gösteremiyor – anlattıkları arasında neler yok neler, insan kurban etme, yamyamlık! Üstelik hastane personeli de ağzını açıp itiraz etmeye çekiniyor. Grup terapistleri bu anlatılanlara ses çıkaracak olsa grup tarafından topa tutulurlar – tam anlamıyla elleri kolları bağlanmış durumda. Aslında personel arasında bunlara gerçekten inananlar da var. Tam bir tımarhane yani."

Ernest, balığını ustalıkla çevirip öbür tarafını yemeye başlarken, başını sallayarak onu doğruladı.

"Çoğul kişilik bozukluğunda da var aynı sorun," diye devam ediyordu Paul. "İki yüz tane çoğul kişilik vakası bildiren terapistler tanıyorum, hem de iyi doktorlar bunlar. Başka iyi terapistler de tanıyorum, adamlar otuz yıldır bu işte ve daha hâlâ tek bir vakayla karşılaşmadıklarını söylüyorlar."

"Hegel'in sözünü bilirsin," diye karşılık verdi Ernest, " 'Minerva'nın baykuşu alacakaranlıkta uçar.' Belki de bu konudaki hakikati ancak salgın geçip de daha nesnel bir gözle bakabildiğimiz zaman anlayacağız. Ensest kurbanları ve çoğul kişilik vakalarıyla ilgili sözlerine katılıyorum. Ama bir an için bunları bir kenara bırakıp terapi gören günlük vakalara bak. Bence iyi bir terapist, hastalarıyla ilgili hakikati anlar."

"Sosyopatlarda da mı?"

"Yo, yoo, hayır, sen ne demek istediğimi anlıyorsun – her günkü terapi hastalarından bahsediyorum. Ne zaman bir sosyopata terapi uyguladın? Yani adam mahkeme emriyle sevk edilmiş olmayacak, kendi ayağıyla gelip ücret ödeyerek terapi görecek. Sana yeni hastamdan bahsetmiştim değil mi – kendimi tam anlamıyla açığa vurma konusundaki büyük deneyimde kullandığım hastadan? Neyse, geçen hafta ikinci seansa geldi ve bir ara onu okuyamadım... birbirimize çok uzaktık... sanki aynı odada değilmişiz gibi. Sonra hukuk fakültesindeyken sınıf birincisi olduğunu anlattı ve birdenbire göz yaşlarına boğulup mutlak bir dürüstlük sergilemeye başladı. Geçmişe ilişkin büyük pişmanlıklarından bahsetti... ayağına gelen bütün büyük kariyer fırsatlarını teptiğini, bunun yerine evlenmeyi tercih ettiğini, ama evliliğinin de çok geçmeden karabasana dönüştüğünü anlattı. Sana söylemiştim, ilk seansta da abisinden ve küçüklüğünde ondan gördüğü cinsel suiistimalden –yani olası suiistimal– bahsederken tam olarak aynı şey olmuştu, o zaman da yine birdenbire dürüst davranmaya başlamıştı.

"Her seferinde yüreğimde duydum söylediklerini... yani, gerçekten birbirimize değiyorduk, anlıyor musun? Öyle bir şekilde değiyorduk ki birbirimize, dürüst olmamanın hiçbir yolu yoktu artık. Aslında tam da son seanstaki o andan sonra hakikate inanılmaz bir şekilde bağlı kaldı... dikkat çekecek kadar içten bir tarzda konuşmaya başladı... cinsel tatminsizliğinden... birileriyle yatamazsa çıldıracağından falan bahsetti."

"Bakıyorum birçok ortak yönünüz var."

"Yaa, yaa. Ben de oradan gidiyorum zaten. Paul, bırak şu fasulye filizlerini. Anoreksi Olimpiyatları'na katılacaksın galiba. Al bak bu taraklardan ye, çıtır çıtır – buranın spesiyalitesi. Niye sofrada hep iki kişilik iş görmem gerekiyor benim? Şu kalkana bak – enfes."

"Hayır, sağol. Ben termometre çiğneyerek yeterince cıva alıyorum."

"Çok komik. Yarabbi, ne hafta be! İki gün önce hastam Eva öldü –sana ondan bahsetmiştim– tıpkı onun gibi bir karım olmasını isterdim, ya da annem. Yumurtalık kanseriydi, hatırladın mı? Yaratıcı yazarlık dersleri veriyordu. Harikulade bir kadındı."

"Hani rüyasında babasını görmüş de, adam ona 'Benim gibi evde oturup tavuk çorbası içme – Afrika'ya git, Afrika'ya' diyormuş, o kadın mı?"

"Evet. Bak onu unutmuştum. Evet, ya, Eva o işte. Onu özleyeceğim. Bu ölüm çok acı veriyor bana."

"Bu tip kanser vakalarıyla nasıl çalışıyorsun bilmiyorum. Nasıl dayanıyorsun, Ernest? Cenazesine gittin mi?"

"Hayır. Çizgiyi orada çekiyorum işte. Kendimi korumam, bir tampon bölge oluşturmam lazım. Kabul ettiğim ölümcül hasta sayısına da bir sınır koyuyorum. Bir hastam var; psikiyatrik sosyal hizmet görevlisi, onkoloji kliniğinde çalışıyor ve *yalnızca* kanser hastalarıyla ilgileniyor – her gün sabahtan akşama kadar. Çok acı çekiyor kadın."

"Yüksek riskli bir iş bu, Ernest. Onkoloji uzmanları arasındaki intihar oranını görüyor musun? Psikiyatristlerinki kadar yüksek! Bu işe devam etmek için mazohist olması lazım insanın."

"O kadar da karanlık bir tablo değil, canım," diye cevapladı Ernest. "İnsana kazandırdığı şeyler de var. Ölmek üzere olan hastalarla çalışıyor ve terapi yapıyorsan, kendi kendinin değişik parçalarıyla ilişki kurabiliyorsun, önceliklerini yeniden sıralıyor, ufak tefek şeyleri dert etmemeyi öğreniyorsun – terapi saatlerinden sonra genellikle kendim ve hayatımla ilgili olarak daha olumlu bir hissiyat içinde olduğumu biliyorum ben. Demin bahsettiğim sosyal hizmet görevlisi beş yıl süreyle çok başarılı bir analizden geçmiş, ama ölmekte olan hastalarla çalışmaya başlayınca bir sürü yeni araz çıkmış ortaya. Mesela rüyalarında hep ölüm korkusu var.

"Geçen hafta en sevdiği hastalardan biri ölünce olağanüstü bir şey oldu. Rüyasında, benim yönettiğim bir komite toplantısına katıldığını görmüş. Bana birtakım dosyalar getirmesi gerekiyormuş ve bu sırada da yere kadar inen, kocaman ve açık bir pencerenin önünden geçecekmiş. O bu kadar büyük bir tehlikeye girmekteyken benim kayıtsız davranmama çok sinirlenmiş. Sonra birden fırtına çıkmış; ben grubun başına geçip herkesi metal bir merdivenin dibinde toplamışım, yangın merdiveni gibi bir şey. Hepsi çıkmaya başlamış ama son basamağa gelince bir de bakmışlar, merdiven tavanda son buluyor, gidecek yer yok. Gerisin geri aşağı inmişler."

"Başka türlü söyleyecek olursak," dedi Paul, "ne sen ne de bir başkası onu koruyabilecek, ya da ölüme giden bu hastalıktan kurtarabilecek."

"Tam olarak öyle. Ama benim asıl anlatmak istediğim, bu kadın beş yıl analiz gördüğü halde ölüm teması hiç yüzeye çıkmamış daha önce."

"Bana terapiye gelen hastalarda da hemen hemen hiç çıkmıyor."

"Oysa bunun peşine düşmek lazım. Daima yüzeyin altında gezinen bir şeydir bu."

"Peki kanser konusuyla bu kadar uğraştıktan sonra sen ne âlemdesin, Ernest? Yeni arazlar çıkıp duruyor diyorsun – ufukta yeni bir terapi dönemi olabilir mi?"

"Ölüm korkusuyla ilgili kitabı bu yüzden yazıyorum ya. Hemingway ne dermiş bilir misin? 'Benim terapistim, Corona'm.'"

"Corona purosu mu?"

"Daktilosu. Sen o zamanlar dünyada değildin. Hem yazmanın yanında, *sen de* iyi terapi yapıyorsun bana."

"Güzel, işte bu akşamın faturası." Paul hesabı isteyerek Ernest'a verilmesini işaret etti. Sonra saatine baktı. "Yirmi dakikaya kadar kitabevinde olman lazım. Şu yeni hastayla kendini açığa vurmak için yaptığın deneyi hemen özetle bana. Nasıl biri bu kadın?"

"Tuhaf biri. Son derece zeki, becerikli, ama anlaşılmaz derecede naif. Kötü bir evliliği var – bu evlilikten kurtulabileceği bir noktaya getirmek isterdim onu. Birkaç yıl önce boşanmak istemiş, ama bu arada kocası prostat kanserine yakalanmış, şimdi adam ölene kadar ondan ayrılamayacağına inanıyor. Daha önceki terapileri içinde bir tek Doğu Kıyısı'nda bir psikiyatristten gördüğü etkili olmuş. Ve –bak bunu iyi dinle, Paul– adamla cinselliğe dayanan, uzun süreli bir ilişki yaşamışlar! Birkaç yıl önce ölmüş adam. Çok boktan iş, kadın, bu terapinin kendisini iyileştirdiği konusunda ısrarlı – adamın iyi niyetli olduğuna yeminler ediyor. İlk defa böyle bir şeyle karşılaşıyorum. Terapistiyle cinsel ilişkiden yarar gördüğünü iddia eden bir hasta tanımamıştım hiç. Sen tanıdın mı?"

"Yarar mı görmüş? Eh, terapistin abazanlıktan kurtulmasına yararı olur tabii de – hasta açısından daima kara haberdir bu!"

"Nasıl dersin 'daima' diye? Daha bir dakika önce bir vakada yararlı olduğunu söyledim sana. Olguların bilimsel gerçeğin önünü kesmesine izin vermeyelim lütfen!"

"Haklısın, Ernest. Düzeltiyorum. Nesnel olmaya çalışmam lazım. Bir bakalım, bir düşünelim. Geçen yıllarda bilirkişi olarak katıldığın dava geldi de aklıma – Seymour Trotter'dı, değil mi? O da hastasının yarar gördüğünü iddia ediyordu, kadını tedavi etmeyi başarmasının tek yolu buymuş. Ama tam bir narsistti o herif, belanın tekiydi, kim inanır ona? Yıllar önce bir hastam vardı, yaşlı bir terapiste gidiyormuş ve adamın karısı ölünce birkaç kez yatmış onunla. 'Merhametten düzüştüm' diyordu. Bunun özel olarak ne acı verdiğini ne de fayda sağladığını iddia etmişti – ama ille de birinden birini seçmek gerekiyorsa, olumsuzdan ziyade olumlu etkisi olmuş.

"Tabii," diye sözüne devam etti Paul, "hastalarıyla böyle ilişki kurduktan sonra onlarla evlenen birçok terapist de var. Onları da hesaba katmak lazım. Bu konuda hiçbir veri yok elimizde. O evliliklerin akıbetini kim biliyor ki? Belki bizim sandığımızdan çok daha başarılı oluyorlardır! Gerçek şu, elimizde hiç veri yok. Sadece olumsuz örnekleri biliyoruz. Bir başka deyişle sadece payı biliyoruz, paydayı değil."

"Çok garip," dedi Ernest, "hastam da tam olarak böyle söylemişti – kelimesi kelimesine."

"Ee tabii, çok açık: Sadece olumsuz örnekleri biliyoruz, ama bu örneklerin ait olduğu toplam vaka sayısını bilmiyoruz. Belki böyle bir ilişkiden gerçekten yarar sağlamış olan bir sürü hasta vardır, ama biz duymuyoruz! Niye sessiz kaldıklarını tahmin etmek de zor değil. Bir kere, bu herkesin içinde konuşulacak türden bir şey değil. İkincisi, belki yarar gördükleri için artık terapiye gelmiyorlar, biz de onlardan haberdar olamıyoruz. Üçüncüsü, eğer bu olumlu bir deneyim olmuşsa, hasta, terapist âşığını korumak için sessiz kalacaktır.

"İşte Ernest, bilimsel gerçekle ilgili sorunun cevabı. Böylece bilime olan vefa borcumu ödemiş oluyorum. Fakat bana kalırsa, terapist ile hasta arasında seks, ahlaki bir sorundur; bilimin, ahlaksızlığın ahlaki olduğunu kanıtlaması da hiçbir şekilde mümkün değil. Ben, hastayla seks yapmanın ne terapiyle ne aşkla ilgisi olduğuna inanıyorum – bu sadece suiistimaldir, emanete hıyanettir. Yine de tam tersini iddia eden hastan için ne diyeceğimi bilemiyorum – bu hastanın sana yalan söylemesi için bir neden yok ki!"

Ernest hesabı ödedi. Lokantadan çıkıp az ilerideki kitabevine yürürlerken, "Ee... şu deneyden biraz daha bahsetsene," dedi Paul. "Ne kadar açığa vuruyorsun kendini?"

"Daha saydam olmayı öğrenmeye başladım, ama yine de istediğim gibi gitmiyor. Yani benim düşündüğüm gibi değil."

"Niye değil?"

"Vallahi ben daha insani, daha varoluşsal bir ifşaat peşindeydim – 'bak işte birlikte varoluşun gerçekleriyle yüz yüze geliyoruz' diyebileceğimiz bir şey düşünmüştüm. Onunla, aramızdaki ilişkiyle, benim kendi endişelerimle, onunla paylaştığımız temel kaygılarla ilgili anlık duygularım üzerine konuşabileceğimi sanmıştım. Ama o derin ya da anlamlı denebilecek hiçbir şeyden bahsetmiyor; bunların yerine fuzuli şeyler dayatıp duruyor bana: Benim evliliğim, kadınlarla çıkmam falan."

"Sen nasıl cevap veriyorsun peki?"

"Yolumu bulmaya çalışıyorum. Doğru cevaplar vermek ile onun taşkın merakını tatmin etmek arasında ayrım yapmaya çalışıyorum."

"Ne istiyor ki kadın?"

"Rahatlamak istiyor. İnsan hayatındaki berbat durumlardan biri içinde sıkışıp kalmış, ama genellikle meseleyi çok dar bir açıdan ele alarak cinsel doyumsuzluğunu takıntı haline getiriyor. Ciddi bir cinsel açlık içinde. Her seans sonunda bana sarılma âdeti çıkardı."

"Sarılma mı? Sen de karşılık veriyor musun?"

"Niye vermeyeyim? Ben, bütünlüklü bir ilişki geliştirme deneyi yapıyorum. Sen münzevi hayatı sürdüğün için gerçek dünyada insanların sık sık birbirlerine dokunduklarını unutmuş olabilirsin. Cinsel nitelikli bir sarılma değil ki. Cinsel olanını bilirim."

"Ben de seni bilirim. Dikkatli ol, Ernest."

"İçin rahat etsin, Paul. *Anılar, Rüyalar ve Düşünceler*'de Jung'un, 'terapist her hasta için yeni bir terapi dili icat etmelidir' dediği bölümü hatırlar mısın? Üzerinde düşündükçe bu sözler daha da güçlü geliyor bana. Bence Jung'un psikoterapi konusunda ettiği en ilgi çekici laf, yalnız onun da bunu yeterince ileri götürdüğünü sanmıyorum, meselenin her hasta için yeni bir dil ya da hatta yeni bir terapi icat etmek olmadığını, asıl önem taşıyanın *icat* olduğunu görememiş bence! Yani burada asıl önemli olan, terapist ile hastanın birlikte çalıştıkları, içtenlikle icatlar yaptıkları süreçtir. Koca Seymour Trotter'dan öğrenmiştim bunu."

"Büyük öğretmen canım," diye cevapladı Paul. "Baksana sonunda nerelere geldi."

Karayipler'de cennet gibi bir kumsala, deyiverecekti Ernest, ama onun yerine şöyle dedi: "Onu toptan mahkûm etme. Yabana atılmayacak bir tecrübesi vardı adamın. Ben bu hastayla –ona bir isim versem daha kolay olacak; Mary olsun– Mary'yle yapmaya çalıştığım şeyi çok ciddiye alıyorum. Onun karşısında tamamen dürüst olmaya kararlıyım, şimdiye dek de gayet sahici sonuçlar aldık. Hem sarılma bunun bir parçası sadece – öyle önemli bir şey değil ki. Dokunmadan yoksun kalmış bir kadın bu; birine dokunmak da ona önem verdiğini gösteren bir simgedir sadece. Güven bana, dokunmanın temsil ettiği şey agape, şehvet değil."

"Bak Ernest, ben sana inanıyorum. Sarılmanın *senin için* bunu temsil ettiğine inanıyorum. Peki ya *onun için*? Onun için anlamı ne?"

"Geçen hafta terapötik bağın doğası üzerine dinlediğim bir konuşmadan söz edeyim sana. Konuşmacı, terapinin sonuna doğru hastalarından birinin anlattığı müthiş bir rüyayı aktardı. Hasta, rüyasında terapistiyle birlikte bir otelde konferansa katıldığını görmüş. Bir ara terapist, kadının onunkine bitişik bir oda tutmasını önermiş, böylece birlikte uyuyabileceklermiş. Kadın resepsiyona gidip tutmuş odayı. Ama biraz sonra terapist vazgeçmiş, bunun iyi bir fikir olmadığını söylemiş. Kadın da iptal ettirmek için tekrar resepsiyona gitmiş. Ama çok geçmiş artık. Bütün eşyası yeni odaya taşınmış bile. Hem bu yeni oda çok daha güzelmiş – daha geniş, daha ferah, daha güzel manzaralı. Üstelik sayı, yani oda numarası da –929– daha uygun görünüyormuş."

"Güzel. Güzel. Anladım," dedi Paul: "Hasta, cinsel birleşme umuduyla bazı önemli ve olumlu değişikliklere yöneliyor – daha iyi oda gibi. Seks umudunun yanılsamadan başka bir şey olmadığı ortaya çıkana kadar bu değişiklikler geri dönüşü imkânsız bir hale gelmiş oluyor – tekrar eskiye dönemiyor kadın, oteldeki eski odasına bir daha gidemiyor."

"Kesinlikle. İşte sana cevabım. Mary'de izlediğim stratejinin kilit noktası da bu."

Birkaç dakika sessizce yürüdüler, sonra Paul yine konuştu: "Harvard'da tıp okurken bir Elvin Semrad vardı, olağanüstü bir hocaydı ve o da buna çok benzeyen şeyler söylüyordu... yani bazı hastaların, ilişkide belli bir cinsel gerilim hissetmesinin avantajlarından, hatta gerekliliğinden bahsediyordu. Yine de senin için riskli bir strateji bu, Ernest. Umarım yeterince geniş bir emniyet payı bırakmışsındır. Çekici bir kadın mı?"

"Çok! Tam benim tipim değil aslında, ama hiç kuşkusuz hoş bir kadın."

"Onu yanlış okuyor olabilir misin? Sana kancayı takmış olabilir mi? Belki eskisi gibi bir terapist âşığı olsun istiyordur."

"Bunu istiyor zaten. Ama ben bunu terapinin itici gücü olarak kullanacağım. Güven bana. Hem benim açımdan, ona sarılmanın hiçbir cinsel niteliği yok. Seymour Trotter'ın tabiriyle, merdümperest bir tarzda sarılıyorum ben ona."

Tower Kitabevi'nin önünde durdular. "İşte geldik," dedi Ernest.

"Erken daha. Ernest, içeri girmeden önce son bir şey soracağım sana. Bana doğruyu söyle: Bu merdümperest sarılmalar hoşuna gidiyor mu?"

Ernest durakladı.

"Doğruyu söyle, Ernest."

"Evet, ona sarılmak hoşuma gidiyor. Bu kadından çok hoşlanıyorum. Öyle bir parfüm sürüyor ki, olacak gibi değil. Yani ondan hoşlanmasaydım, hayatta sarılmazdım!"

"Yaa? Çok ilginç bir yorum bu. Ben de sanıyordum ki sen, hastanın hatırı için gibi sarılmaktasın ona."

"Öyle tabii. Ama benim hoşuma gitmeseydi o bunu sezerdi ve bu hareket bütün sahiciliğini yitirirdi."

"Laf bunlar, laf."

"Paul, çok kısa süreli, dostane bir sarılmadan bahsediyoruz. Ben bunun üstesinden gelebilirim."

"İyi, iyi, sen yine de uçkuruna mukayyet ol. Yoksa Eyalet Tıbbi Etik Komitesi'ndeki görevin yüzünü kızartacak kadar çabuk sona erer. Ne zaman toplanıyor komite? Yine yemeğe çıkalım."

"İki hafta var daha. Güzel bir Kamboçya lokantası duydum."

"Seçme sırası bende. Bana güven, senin için müthiş bir şey hazırlıyorum – kocaman, makrobiyotik bir sürpriz!"

XIV

ERTESİ akşam Carol, Ernest'ı evinden arayarak bir panik yaşamakta olduğunu, acil bir seansa ihtiyaç duyduğunu söyledi. Onunla uzun uzun konuşan Ernest, ertesi sabaha randevu verdi ve nöbetçi eczane bulup anksiyete hafifletici bir ilaç almasını önerdi.

Carol bekleme salonunda otururken önceki seansa ilişkin notlarını gözden geçiriyordu.

Benim çekici, çok çekici bir kadın olduğumu söyledi... bana ev telefonunu verdi, kendisini oradan aramamı istiyor... seks hayatım hakkında ayrıntılı sorular sordu... kendi kişisel hayatını anlatıyor, karısının ölümü, çıktığı kadınlar, bekârlar dünyası falan... seans sonunda bana sarıldı – geçen seferkinden daha uzun süre... kendi-

siyle ilgili cinsel fantezilerim olması hoşuna gitmiş, seans süresini on dakika aşıyor... benden para alırken tuhaf bir şekilde huzursuz görünüyor.

Her şey yolunda, diye düşündü Carol. Minyatür teybine mikrokasetini taktı ve teybi, bu iş için özel olarak aldığı delikli bir hasır çantaya yerleştirdi. Tuzağını kurmuş olduğunu bilmenin heyecanıyla girdi Ernest'ın odasına – her söz, her gayri nizami durum, yakalanabilecekti artık.

Önceki akşamın telaşından eser olmadığını gören Ernest, bu panik atağı anlama çabasına ağırlık verdi. Çok geçmeden anlaşıldı ki, o ve hastası bu konuda tamamen farklı görüşlere sahipti. Ernest, Carol'da anksiyeteyi başlatanın, bir önceki seans olduğunu sanıyordu. Yaşadığı cinsel gerilim ile doyumsuzluğun patlama noktasına geldiğini öne süren Carol ise gözünü kulağını açmış çözüm önerileri beklemekteydi.

Ernest, Carol'ın cinsel hayatını daha sistemli biçimde incelemeye koyulunca umduğundan fazlasını buldu. Carol, ayrıntılarıyla tasvire koyulduğu çok sayıda mastürbasyon fantezisinde başrolü Ernest'a vermişti. Hayalinde onun gömleğinin düğmelerini çözüşünü, Ernest muayenehanede sandalyesinde otururken önünde yere diz çöküşünü, pantalonunun fermuarını açıp onu ağzına alışını en ufak bir tedirginlik duymadan anlatıverdi. Ernest'ı tekrar tekrar tam orgazm noktasına kadar getirip sonra ağırdan almaya başlama, yumuşayana kadar bekleyip en baştan işe girişme düşüncesi çok hoşuna gidiyordu. Söylediğine göre mastürbasyon sırasında orgazm olması için yeterliydi bu düşünce. Hâlâ orgazm olamamışsa, Ernest'ı yere sürükleyerek fantezisine devam ediyordu: Ernest onun eteğini sıyırıyor, donunu ise çıkarmaya bile gerek görmeden alelacele kenara iterek içine giriyordu. Bütün bunları dikkatle dinleyen Ernest oturduğu yerde kıpırdanmaktan kaçınmaya çalıştı.

"Ancak mastürbasyon," diye devam etti Carol, "asla tam anlamıyla doyurucu olmuyor benim için. Sanıyorum bunun bir nedeni de onu utanç duygusuyla yaşamam. Ralph'la yaptığımız bir-iki konuşma dışında, kadın ya da erkek olsun ilk kez birine böyle şeyler anlatıyorum. Mesele şu ki mastürbasyon çoğu zaman tam bir orgazmla sonuçlanmıyor, onun yerine küçük küçük kasılmalar yaşıyorum ve bu da yine büyük bir gerilim içinde bırakıyor beni. Acaba mastürbasyon tekniğim mi yanlış diye merak etmeye başladım. Bu konuda bana söyleyebileceğin bir şey var mı?"

Carol'ın bu sorusu üzerine Ernest pancar gibi kızardı. Kadının seks hakkında böyle rahat konuşmasına alışıyordu gerçi. Hatta kendi cinsel pratiğinden bahsedebilme yeteneğini de takdir ediyordu – mesela geçmişte, seyahatler sırasında olsun kocasına kızdığı zamanlar olsun, barlardan adam kaldırma huyunu rahatça anlatmıştı. Anlaşılan çok rahattı bu konuda, çok doğal görüyordu meseleyi. Bekâr barlarında ve partilerde ızdırap içinde –nafile yere– kıvranarak geçirdiği saatleri düşündü de Ernest. İnternken Chicago'da bir yıl kalmıştı. *Neden, Allahım neden,* diye düşündü, *bu Carolyn Chicago barlarında aranırken neden bana rastlamadı?*

Mastürbasyon tekniğiyle ilgili sorusuna gelince, sanki o ne biliyordu ki bu konuda? Klitoral uyarımın haliyle gerekli olduğu dışında hiçbir şey. İnsanlar da hep psikiyatristler her şeyi bilir sanıyorlardı.

"Ben bu konuda uzman değilim, Carolyn." Ne sanıyordu bu kadın, Ernest kadınların nasıl mastürbasyon yapması gerektiğini nereden öğrenmiş olabilirdi yani? Tıp fakültesinde mi? Belki bir dahaki sefere şöyle bir kitap yazmalıydı: *Tıp Fakültesinde Öğretilmeyenler!*

"Şu anda aklıma gelen tek şey var, Carolyn, onu da geçenlerde bir seks terapistinin konuşmasından öğrendim: Çevre dokuların klitorise yapışık olması bu açıdan sorun yaratıyormuş."

"Aa, beni muayene ederek anlayabilir misin bunu, Dr. Lash? Benim açımdan sorun yok."

Ernest yine kıpkırmızı oldu. "Olmaz, ben stetoskopumu dolaba kaldıralı çok oldu, en son yedi yıl önce birini muayene etmiştim. Bu konuyu jinekoloğunla konuşmanı tavsiye edeceğim. Bazı kadınlar böyle şeyleri kadın bir jinekologla konuşmayı tercih ederler."

"Erkekler açısından durum farklı mıdır, Dr. Lash, yani demek istiyorum ki siz... erkeklerin mastürbasyonda kısmi orgazm gibi bir sorunu var mıdır?"

"Bu konuda da uzman değilim tabii, ama sanırım genellikle erkeklerde durum ya hep ya hiç şeklindedir. Bunu Wayne'le konuştun mu?"

"Wayne'le mi? Yok canım, biz onunla hiçbir şey konuşmayız ki. O yüzden bu soruları sana soruyorum ya. Bir tek sen varsın. Şu anda hayatımdaki esas erkek, tek erkek sensin!"

Ernest'ın sıdkı sıyrılmıştı artık. Dürüst olma kararı hiçbir doğrultu sağlamıyordu ona. Carolyn'in saldırganlığı karşısında serseme dönüyordu; dayanaklarını yitiriyordu. Mihenktaşını, gözetmenini getirdi aklına ve Carolyn'in sorusuna Marshal'ın nasıl cevap vereceğini düşünmeye çalıştı.

Burada doğru teknik, derdi Marshal, daha fazla veri toplamak: Carolyn'in mastürbasyon pratiğinin ve ona eşlik eden fantezilerin ayrıntılarını da içeren sistemli bir cinsel özgeçmişi –daha doğrusu hem geçmişi hem bugünü– bilimsel mesafeyi koruyarak oluşturmak.

Evet, doğru yaklaşım buydu işte. Ama Ernest'ın bir sorunu vardı: Carolyn onu tahrik etmeye başlıyordu. Yetişkinlik yaşamı boyunca kadınlar nezdinde çekici olmadığını düşünmüştü Ernest. Yaşamı boyunca, silik görünümünü telafi edebilmek için zekâsını, duyarlılığını, etkileyiciliğini sonuna kadar kullanmak zorunda olduğuna inanmıştı. Şimdi, bu kadar hoş bir kadının onu soyduğunu ve yere sürüklediğini düşünerek mastürbasyon yaptığını duymak müthiş heyecan vericiydi.

Ernest'ın cinsel yönden tahrik olması, bir terapist olarak özgürlüğünü kısıtlıyordu. Carolyn'e cinsel fantezilerinin daha da mahrem ayrıntılarını sormaya kalksa, bunu tam olarak ne amaçla yaptığından kendisi de emin olmayacaktı. Carolyn'in iyiliği için mi, yoksa kendi içi gıcıklansın diye mi? Röntgencilik gibi bir şeydi bu, sözlü olarak seks yapıp boşalmak gibi bir şey. Öte yandan, Carolyn'in fantezilerini dinlemekten kaçsa, hastasının, zihnini en çok meşgul eden şeyler hakkında konuşmasını engelleyerek onu aldatmış olmayacak mıydı? Hem bundan kaçmak, ona fantezilerini konuşmanın çok ayıp bir şey olduğunu söylemekle aynı şey değil miydi?

Kendini açığa vurma sözleşmesi ne olacaktı peki? Düşündüklerini Carolyn'e tam olarak söylememeli miydi? Ama hayır, bunun hata olacağından emindi! Terapistin saydamlığıyla ilgili başka bir ilke olabilir miydi acaba? Belki de terapistler, kendilerinin yoğun çatışmalar yaşadıkları konuları hastayla hiç paylaşmamalıydılar.

En iyisi terapistin önce kendisinin terapi görerek bu konuları çözümlemesiydi. Yoksa hasta, terapistin sorunlarıyla uğraşmak gibi bir yükün altına girmiş olurdu. Bu ilkeyi not defterine yazdı Ernest – hatırlamaya değer bir şeydi.

Ernest, eline geçen ilk fırsatta konunun odağını değiştirdi. Carolyn'in önceki gece yaşadığı anksiyete nöbetine dönerek bunun bir nedeninin de, bir seans önce sormuş olduğu bazı zorlu sorular olup olmadığını öğrenmek istedi. Mesela böyle kötü, sevgisiz bir evliliği niye bu kadar uzun sürdürdüğünü sormuştu. Bir de niye evliliğini düzeltmek için çift halinde terapiye gitmeyi denemediğini.

"Evliliğim hakkında veya genel olarak evlilik hakkında nasıl koyu, kopkoyu bir umutsuzluk içinde olduğumu anlatmam çok zor. Evliliğimizde yıllardır tek bir mutluluk ya da saygı kıvılcımı olmadı. Üstelik Wayne de benim kadar nihilist bir şekilde bakıyor olaya: Yıllar boyu çok sayıda masraflı ve sonuçsuz terapi gördü."

O kadar kolay pes etmeyecekti Ernest.

"Carolyn, senin evliliğinle ilgili umutsuzluğunu düşündüğümde, ana-babanın başarısız evliliğinin seninkini nasıl etkilemiş olabileceğini düşünmemek elimde değil. Geçen hafta sana annenle babanı sorduğumda, annenden baban hakkında, nefret ya da hakaret dolu olmayan tek söz duymadığını söylemiştin. Annen seni bu kadar istikrarlı bir şekilde nefretle besleyerek sana hiç de iyilik etmemiş galiba. Sana yıllar yılı her gün, hiçbir erkeğe güvenilemeyeceği, erkeklerin kendi çıkarlarından başka bir şeyi umursamayacağı düşüncesini aşılaması, senin yararına olmamış herhalde, değil mi?"

Carol kendi cinsel gündemine dönmek istiyordu ama annesini savunmaya koşmaktan geri duramadı: "Kimseden yardım görmeden tek başına iki çocuk büyütmek onun için de pek eğlenceli olmamıştır herhalde."

"Niye tek başına olsun, Carolyn? Ailesi yok muydu?"

"Ne ailesi ya? Annem yapayalnızdı. Annemin babası da o küçükken çekip gitmiş – avantacı babaların öncüsü o. Üstelik annem, sirke tadında, paranoid bir kadın olan kendi annesinden de yardım görmedi. Hatta pek konuşmazlardı bile."

"Peki annenin sosyal çevresi? Arkadaşları?"

"Kimsesi yoktu!"

"Annenin üvey babası var mıydı? Anneannen tekrar evlenmiş mi?"

"Hayır – söz konusu bile değil. Sen anneannemi görecektin. Ebediyen siyah giydi. Mendilleri bile siyahtı. Hiç gülümsediğini görmedim."

"Ya annen? Hayatında başka erkekler oldu mu?"

"Sen dalga mı geçiyorsun? Evimizde tek bir gün erkek görmedim ben. Erkeklerden nefret ediyordu! Ama daha önceki terapilerde bütün bunları hallettim ben. Bu artık tarih öncesi oldu. Senin de çöpleri karıştıracağın aklıma gelmemişti doğrusu."

Carol'ın itirazlarına kulak asmadan "İlginç," dedi Ernest, "annenin hayat senaryosu *kendi* annesininkini nasıl da yakından takip etmiş. Sanki bu ızdırap, kızgın bir patates gibi, her kadın kuşağının elini yakan bir nevi aile mirası."

Carol'ı sabırsız sabırsız saatine bakarken yakaladı Ernest. "Zamanımızın dolduğunu biliyorum, ama bir dakika daha bu konuyu konuş benimle Carolyn. Bak bu gerçekten çok önemli. Niye olduğunu söyleyeyim... çünkü senin de kendi kızına nasıl bir miras bırakmakta olduğun gibi çok acil bir soruyu getiriyor gündeme! Belki de terapide yapabileceğimiz en iyi şey, senin bu döngüyü kırmana yardımcı olmaktır, anlıyor musun? Ben sana yardım etmek istiyorum, Carolyn, ve bunda çok kararlıyım. Ama belki de birlikte yapacağımız çalışmadan gerçek anlamda en çok yarar sağlayacak kişi, senin kızın olacaktır."

Böyle bir yoruma asla hazırlıklı olmayan Carol afallamıştı. Elinde olmadan göz yaşları birikti birikti ve taşmaya başladı. Tek kelime etmeden ve hâlâ ağlayarak bürodan dışarı fırladı; *Allah kahretsin bu herifi, yine yaptı işte,* diye düşünüyordu. *Niye izin veriyorum bu pezevengin beni etkilemesine?*

Merdiveni inerken Carol, Ernest'ın hangi sözlerinin, kendi yarattığı hayali persona için, hangilerinin gerçekten kendisi için geçerli olduğunu anlamaya çalışıyordu. Öyle sarsılmış ve öyle dalıp gitmişti ki, en alt basamağa oturmuş olan Jess'i çiğneyecekti az kalsın.

"Selam Carol. Jess. Hatırladın mı?"

"Aa, selam Jess. Seni tanıyamadım da." Gözündeki yaşı sildi. "Seni böyle hareketsiz otururken görmeye alışık değilim."

"Jogging yapmaya bayılıyorum, ama her yere koşarak gidiyor değilim canım. Buraya gelirken koşmamın nedeni kronik olarak geç kalmam – terapide bu sorunu tartışmak da kolay olmuyor çünkü her seferinde geciktiğim için asla buna gelmiyor sıra."

"Bugün gecikmedin mi?"

"Ee, saatimi değiştirdim, sabah sekizde geliyorum artık."

Justin'in saati, diye düşündü Carol. "Öyleyse şimdi Ernest'la seansın yok ha?"

"Yok. Ben seninle konuşmak için bekliyordum. Belki diyorum bir ara sohbet edebiliriz – veya belki birlikte jogging yaparız. Veya yemek yeriz? Veya ikisini birden yaparız, ha?"

"Ben jogging hakkında hiçbir şey bilmem. Hiç yapmadım." Carol göz yaşlarını sildi.

"Ben iyi öğretmenimdir. Şu mendili alsana. Bugün sıkı bir seans yaşamışsınız demek. Ernest bana da yapar böyle – can alıcı noktamı nasıl bulduğunu hiç anlayamıyorum. Yapabileceğim bir şey var mı? Biraz yürüyelim mi?"

Carol tam Jess'in mendilini geri veriyordu ki yine iç çekmeye başladı.

"Yo, mendil sende kalsın. Bak, ben de böyle çok seans yaşadım ve her seferinde de, yaşananların yerli yerine oturması için biraz zamana ihtiyaç duyarım. Neyse, ben gidiyorum. Yalnız, seni arayabilir miyim? Sana kartımı vereyim."

"Ben de sana vereyim." Carol elini çantasına daldırıp bir kart çıkardı. "Ama joggingle ilgili çekincelerimin zapta geçmesini istiyorum."

Jess karta baktı. "Savunma makamının isteği yerinde bulunarak zapta geçirilmiştir." Sonra denizci kasketinin ucunu hafifçe kaldırarak jogging temposunda Sacramento Sokağı'ndan aşağı yoluna devam etti. Carol uzun uzun baktı arkasından, rüzgârda dalgalanan uzun sarı saçlarını ve omzuna attığı beyaz süveterin, güçlü omuz kaslarının kıvrımlarıyla birlikte hareketlenmesini seyretti.

Yukarıda ise Ernest, Carol'ın çizelgesine notlarını giriyordu:

İyi gidiyor. Sıkı bir seans oldu. Seks ve mastürbasyon fantezileri konusunda iyice açıldı. Erotik aktarımı artıyor. Bunu halletmenin bir yolunu bulmalı. Annesiyle ilişkisini, ailede rol modeli oluşumu-

nu inceledik. Annesine yönelik eleştiri olarak algıladığı her şeye karşı hemen savunmaya geçiyor. Seansın sonunda, onun da kızına aktaracağı rol modeline ilişkin yorumda bulundum. Ağlayarak odadan dışarı fırladı. Yine acil telefon gelir mi acaba? Seansı böyle kuvvetli bir mesajla sonuçlandırmak hata mıydı?

Dosyayı kapatırken, *üstelik,* diye düşündü Ernest, *odadan böyle çıkmasına izin vermemeliydim – bugün sarılamadık da!*

XV

MARSHAL, önceki hafta Peter Macondo'yla yediği öğle yemeğinden sonra, ona en kısa zamanda nakit gönderme amacıyla doksan bin dolarlık hisse senedini hemen satışa çıkardı. Oysa karısı, bu yatırım konusunda önce kuzeni Melvin'e bir danışması için ısrar etmişti; vergi uzmanı olan Melvin, Adalet Bakanlığı'nda hukuk müşaviriydi.

Shirley, Streider ailesinin mali işlerine karışmazdı genellikle. Meditasyona ve ikebanaya sardırmış olduğundan, maddiyatla ilgisini kesmiş olmak bir yana, kocasının bu konudaki ihtirasını da gitgide daha çok hor görmeye başlamıştı. Marshal ne zaman bir tablonun ya da cam heykelin güzelliğine meftun olup da elli bin dolarlık fiyat etiketi konusunda sızlansa, ona aynı cevabı verirdi: "Güzellik mi? Niye burada görmüyorsun güzelliği?" Bunları söylerken gösterdiği de, kendi ikebana düzenlemelerinden biri oluyordu –döne döne menüet yapan zarif bir meşe dalı ya da Seher Vakti denen cinsten altı tane kamelya– bazen de beş iğneli çamdan yapılma boğum boğum, mağrur bir bonsainin yumuşacık kavisleri.

Paraya ne kadar kayıtsız da olsa Shirley, paranın sağlayabileceği bir şeye delicesine ilgi duymaktaydı: Çocukları için mümkün olabilecek en iyi eğitim. Marshal, ileride Peter'ın bisiklet kaskı fabrikasından sağlayacakları kazancı öyle bir ballandıra ballandıra anlatmıştı ki, evhamlanmaya başlayan Shirley, yatırım kararını vermeden önce (bütün hisse senetleri ikisinin adınaydı) Marshal'ın Melvin'i araması için ısrar etmişti.

Marshal ile Melvin, ikisi açısından da kârlı olan gayri resmi bir alışverişi yıllar boyu sürdürmüşlerdi: Marshal, Melvin'e tıbbi ve psikolojik tavsiyelerde bulunur, Melvin de ona yatırım ve vergi danışmanlığı yaparak buna karşılık verirdi. Peter Macondo'nun planıyla ilgili olarak kuzenini aradı Marshal.

"Bu iş benim midemi bulandırdı," dedi Melvin. "Bu oranda kâr vaat eden *her türlü* yatırım kuşku vericidir. Yüzde beş yüz, yedi yüz kâr – gözünü seveyim Marshal! Yüzde yedi yüz! Gerçekçi ol biraz. Sonra bana faksladığın o taahhütname ne öyle? Onun kıymeti ne kadar biliyor musun? Sıfır, Marshal! Koca bir hiç yani!"

"Niye hiç olsun, Melvin? Herkesin gözünün önünde olan bir iş adamı tarafından imzalanmış bir taahhütname. Bu adamı her yerde tanıyorlar."

Pürüzlü sesiyle, "Madem o kadar büyük bir iş adamıymış," dedi Marshal, "söylesene niye hiçbir güvencesi olmayan bir kâğıt parçası veriyor sana? Boş bir vaat bu. Maddi teminatı yok, bir şeyi yok. Sana ödeme yapmamaya karar verirse n'olacak? Her zaman kendini savunmanın bir yolunu bulabilir, para ödememek için bahaneler yaratabilir. Onu mahkemeye vermek zorunda kalırsın. Bu da yine binlerce dolara patlar – sonra da ne geçer eline? Yine bir kâğıt parçası, bir mahkeme kararı. Ondan sonra adamın malını mülkünü bulacaksın da, icraya gideceksin. Bunun için yine tonla para dökeceksin. Taahhütname bu riski ortadan *kaldırmıyor*, Marshal. Ben ne dediğimi biliyorum. Durmadan böyle şeyler çıkıyor karşıma."

Marshal, Melvin'in sözlerini umursamadı bile. Her şeyden önce Melvin'e kuşkucu olması için para ödeniyordu. İkincisi Melvin, her zaman küçük düşünürdü. Tıpkı babası gibiydi o da, Marshal'ın Max Amcası gibi. Rusya'dan gelen bütün göçmenler içinde bu yeni ülkede zengin olmayı beceremeyen, bir tek bu Max Amca olmuştu. Marshal'ın babası, birlikte bakkal dükkânı açmaları için yalvarmıştı da ona, Max sabahın dördünde kalkıp dükkânı açma, günde on altı saat çalışma, günün sonunda bir de çürük çarık elmalarla küflenmiş greyfurtları atmakla uğraşma düşüncesine dudak bükmüştü. Max da küçük düşünüyordu; o, devlet memurluğunun güvenliğini ve güvencesini seçmiş, kolları yere kadar uzanan, goril kulaklı hantal ve beceriksiz –zaten ailede *şlemiyel* derlerdi ona– oğlu da babasının izinden gitmişti.

Ama konuşmaya kulak misafiri olan Shirley, Melvin'in uyarılarını hafife almakta aceleci davranmadı. Hatta giderek paniğe kapıldı. Doksan bin dolarla çocukların bütün üniversite masraflarını karşılarlardı. Marshal, Shirley'nin işe karışmasından duyduğu rahatsızlığı göstermemeye çalıştı. On dokuz yıllık evlilikleri boyunca karısı, yatırımlarının hiçbirine en ufak bir ilgi göstermemişti. Oysa *şimdi,* tam Marshal hayatının ekonomik fırsatını yakalamış görünürken, bilip bilmeden işe burnunu sokuyordu. Gerçi Marshal kendi kendini yatıştırmayı başardı – Shirley'nin telaşının, mali işlerden anlamamasından kaynaklandığını biliyordu. Peter'ı tanımış olsa böyle düşünmezdi. Ne var ki Shirley'nin onayı şarttı. Bu onayı sağlamak için de Marshal'ın Melvin'i yatıştırması gerekiyordu.

"Tamam, Melvin, söyle o zaman ne yapayım? Senin tavsiyene uyacağım."

"Çok basit. İstediğimiz şey, bir bankanın ödemeyi garanti etmesi. Yani muteber bir banka tarafından, *paranı ne zaman istersen* alabileceğin konusunda, gayri kabili rücu ve kayıtsız şartsız bir taahhütname verilecek. Bu adamın mal varlığı senin söylediğin kadar büyükse, bu garantiyi sağlamakta hiçbir güçlük çekmemesi lazım. İstersen ben sana, Houdini'nin bile kaçamayacağı, demir parmaklıklı bir taahhütname taslağı hazırlarım."

Paralel telefondan görüşmeye katılmış olan Shirley, "İyi olur, Melvin. Sen hazırla," dedi.

"Hoop, dur bakalım Shirley." Marshal, bu dar görüşlü insanların karşısına diktiği engellere sinirlenmeye başlamıştı artık. "Peter, Çarşamba'ya kadar tasdikli bir taahhütname göndereceğine söz verdi bana. Niye bekleyip görmüyoruz ne göndereceğini? Gelince sana fakslarım ben, Melvin."

"Tamam. Bütün hafta buradayım. Ama benden haber alana kadar para gönderme. Ha, bir şey daha var: O Rolex'in Shreve Mücevheratçısı'ndan geldiğini söylemiştin, değil mi? Shreve çok tanınmış bir mücevheratçıdır. Benim hatırım için, Marshal. Yirmi dakika vakit ayır, o saati Shreve'a götürüp teyit ettir! Sahte Rolex'ler her yanı sardı – Manhattan'da her köşe başında satılıyor."

"Gidecek, Melvin," dedi Shirley, "ben de onunla birlikte giderim."

Shreve'a gidince içi rahatladı Shirley'nin. Saat, gerçekten de Rolex'ti – üç bin beş yüz dolarlık bir Rolex! Üstelik oradan satın alınmış olduğu gibi, tezgâhtar da Peter'ı iyi hatırlıyordu.

"İyi görünümlü bir beyefendiydi. Hayatımda gördüğüm en güzel paltoydu üstündeki: Kruvaze bir gri kaşmir, neredeyse yere kadar iniyordu. Adam az kalsın bir saat daha alacaktı, bunun aynısından, babası için, ama sonra fikrini değiştirdi – hafta sonu nasıl olsa Zürih'e uçuyormuş, oradan alacakmış."

Marshal o kadar sevinmişti ki Shirley'ye bir hediye almak istedi. Shirley de ikebanaları için son derece zarif, çift ağızlı, yeşil bir seramik vazo seçti.

Peter'ın söz verdiği gibi Çarşamba günü taahhütname geldi ve Melvin'in belirttiği şartlara tamı tamına uyması karşısında mest oldu Marshal: Crédit Suisse tarafından garanti edilmiş doksan bin dolarlık bir taahhütnameydi bu, anaparaya ilaveten faiz ödemeleri de garanti ediliyor, ayrıca Crédit Suisse'in tüm dünyadaki yüzlerce şubesinden istek üzerine anında paraya çevrilebileceği belirtiliyordu. Melvin bile hiçbir kusur bulamamış, bu taahhütnamenin kendiliğinden demir parmaklıklı olduğunu biraz da hasetle teslim etmişti. Ama yine de Melvin, bu kadar yüksek oranda kâr getireceği iddia edilen her türlü yatırım karşısında huzursuzluk duyduğunu tekrarlamadan edememişti.

"Yani bu," dedi Marshal, "böyle bir yatırıma ortak olmak istemeyeceğin anlamına mı geliyor?"

"Bana pay vermeyi mi teklif ediyorsun?" diye sordu Melvin. "Bir düşüneyim! Ben seni ararım." Telefonu kapatırken, *Yağma yok,* diye düşündü Marshal, *bundan pay almak için çok bekler Melvin.*

Ertesi gün, Marshal'ın hisse senetlerinin satışından elde edilen para hesabına yattı ve o da teleksle Zürih'e, Peter'ın hesabına doksan bin dolar gönderdi. Öğlen basketbol maçında müthiş bir oyun çıkardı, sonra oyunculardan Vince'le acele bir öğle yemeği yedi – psikolog olan Vince'in bürosu onunkine bitişikti. Her ne kadar ikisi sırdaş olsalar da, Marshal ona yatırımından bahsetmedi hiç. Mesleki çevresinden kimseye bahsetmedi. Bir tek Melvin biliyordu. Yine de, bu anlaşmada hiçbir sakatlık olmadığını söyleyip durdu kendine. Peter hastası değildi; eski hastasıydı, hem de kısa süreli terapi görmüş bir eski hasta. Aktarım söz konusu değildi. Marshal, hiçbir mesleki çıkar çatışması olmadığını bilse de, Melvin'e ağzını kesinlikle kapalı tutması gerektiğini tembih etmeyi hatırlattı kendine.

O gün akşam üzeri, Peter'ın nişanlısı Adriana geldiğinde de, Peter'la girdiği yatırımdan bahsetmekten kaçınarak aralarındaki profesyonel ilişkinin sınırlarını korumaya özen gösterdi. Kadının, kendisi adına başlatılan konferans dizisine ilişkin tebriklerini nezaketle kabul etti, ama Adriana, hem İsveç hem de İsviçre'de, çocukların bisiklete binerken kask takmalarını mecburi kılan yasa önerilerinin verilmiş olduğuna dair Peter'dan haber geldiğini söyleyince, çarçabuk başını sallayıp kendi konularına döndü: Adriana'nın babasıyla ilişkisini araştırmaya koyuldu; aslında iyi bir adamdı babası, ama öyle ürkütücüydü ki kimse karşısına çıkma cesareti gösteremiyordu. Adam Peter'a karşı son derece olumlu hisler beslemekteydi –zaten Peter'ın yatırımcılar grubuna dahildi– ama yine de, sadece tek kızının değil, müstakbel torunlarıyla vârislerinin de başka bir ülkede yaşamasına sebep olacak bir evliliğe şiddetle karşı çıkıyordu.

Marshal'ın, babasıyla ilişkisi hakkında Adriana'ya söyledikleri işe yaradı – iyi ana-baba olmanın, çocukları özerk birer birey olarak yaşamaya hazırlamak, onlara ana-babalarını terk edecek olgunluğu kazandırmak demek olduğunu söylemişti. Adriana, hayatında ilk kez, babasının kendisine dayattığı suçluluk duygusunu benimsemek zorunda olmadığını anlamaya başlıyordu. Annesinin ölmesi onun suçu değildi. Babasının ihtiyarlaması veya etrafında kimselerin kalmamış olması onun suçu değildi. Seans sona ererken Adriana, Peter'ın önerdiği gibi beş saat yerine, daha uzun süre terapiye gelmesinin iyi olup olmayacağını sordu.

Yerinden kalkarken, "Bay Streider," dedi, "buraya babamla birlikte gelmem de mümkün olabilir mi acaba?"

Marshal Streider'ın bir seansın süresini aşmasına sebep olacak hasta anasından doğmamıştı daha. Bir-iki dakika da olsa. Marshal bu konuda gurur duyardı kendiyle. Fakat Peter'ın armağanına değinmeden edemedi ve bileğini işaret ederek "Yeni saatim," dedi, "zamanı milisaniyesine kadar doğru gösteriyor ve şu anda da tamı tamına iki elli diyor. Bir dahaki seansımıza bu sorularınızı değerlendirerek başlayalım mı, Bayan Roberts?"

XVI

MARSHAL, Shelly'yle randevularını beklerken müthiş bir özgüven patlaması yaşamaktaydı. Ne gün be, diye düşündü. Bundan iyisi can sağlığı: Sonunda Peter'a parayı göndermiş, Adriana'yla gayet güzel bir seans yapmış ve de canavar gibi bir basket maçı çıkarmıştı – finalde ne biçim sürmüştü öyle topu, rakibine nasıl da çalım atmıştı öyle, kimseler cesaret edememişti yoluna çıkmaya.

Şimdi de Shelly'nin gelişini iple çekiyordu. Dördüncü seansları olacaktı bu. Hafta başında yaptıkları iki seans olağanüstü geçmişti. Başka terapist olsa bu kadar başarılı bir iş çıkartabilir miydi acaba? Marshal, Shelly'nin babasıyla ilişkisine neşter vurarak gayet mahirane ve verimli bir analiz uygulamaya başlamış, Seth Pande'nin kokuşmuş yorumlarını bir cerrah kesinliğiyle koparıp atarak yöntemli bir şekilde doğrularını koymuştu yerine.

İçeri giren Shelly, yerine oturmadan önce her zamanki gibi, cam heykelin turuncu kâsesini okşadı. Sonra, Marshal'ın girizgâhına gerek bırakmadan konuşmaya başladı hemen.

"Willy'yi hatırlıyor musun, poker ve tenis oynadığım arkadaş? Geçen hafta bahsetmiştim ondan. Hani şu kırk, elli milyon dolarlık adam. İşte o beni bir haftalığına La Costa'ya çağırıyor, yıllık Pancho Segura çağrılı çiftler turnuvası için. Giderim diye düşünüyordum ama... ya işte, bir şey yerine oturmuyor sanki. Ne olduğundan emin değilim."

"Ne olabileceği üzerine düşündünüz mü?"

"Willy'yi severim. İyi bir dost olmaya gayret ediyor. La Costa'da benim için harcayacağı iki bin dolar ona dokunmaz, biliyorum. Onda para gani, parasının faizini bile harcayacak yer bulamıyor. Üstelik bunun karşılığını almayacağı da söylenemez. Otuz beş yaş üstü çiftlerde ülke çapında dereceye girmeyi kafaya koymuş ve inan bana, benden daha iyi bir eş bulması mümkün değil. Ama bilmiyorum işte. Yine de kendimi acayip hissediyorum ve bunun bir açıklaması yok."

"Bulmaya çalışın, Bay Merriman. Bugün sizden değişik bir şey yapmanızı isteyeceğim. Bu olumsuz duyguyu odak alın ve tabii Willy'yi de, sonra düşüncelerinizi serbestçe akmaya bırakın. Aklınıza gelen her şeyi söyleyin. Söyleyeceklerinizi önceden değerlendirmeye ya da içlerinden anlamlı olanları seçmeye çalışmayın. Hiçbir şeyi anlamlı kılmaya çalışmayın. Yüksek sesle düşünün, o kadar."

"*Jigolo* – aklıma gelen ilk laf bu. Kapatma olarak tutulan bir jigoloyum ben, Willy'yi eğlendirmek için tutulan bir fahişe. Yine de seviyorum Willy'yi – bu kadar zengin olmasaydı onunla yakın arkadaş olabilirdik... eh, belki de olamazdık... bu konuda kendime güvenmiyorum. Belki de zengin olmasaydı onunla hiç ilgilenmezdim."

"Devam edin Bay Merriman, gayet iyi gidiyorsunuz. Ayıklama yapmayın, sansür uygulamayın. Aklınıza ne gelirse koyverin ve bunun hakkında konuşun. Ne düşünüyorsanız veya ne görüyorsanız anlatın bana."

"Dağ gibi para... madeni paralar, kâğıt paralar... para her yeri kaplıyor... ne zaman Willy'yle olsam kafamda tezgâhlar kuruyorum... hep tezgâhlar kuruyorum... onu nasıl kullanabilirim diye. Nasıl ondan bir şey koparabilirim? Sen söyle işte... ille bir şeyler istiyorum: Para, çeşitli kıyaklar, gurme yemekleri, yeni tenis raketleri, iş dünyasıyla ilgili öneriler. Ondan çok etkileniyorum... başarısından... onun yanında durursam daha büyük görünürüm gibi geliyor. Ama aynı zamanda da daha küçük... sanki babamın kocaman elini tutmuşum... "

"Şu siz ve babanız imgesini koruyun. O imgeyi odağa yerleştirin. Bakalım ne çıkacak."

"Şöyle bir manzara geliyor gözümün önüne: On yaşında yoktum herhalde çünkü şehre –Washington, D. C.'ye– taşınmıştık, babamın dükkânının üst katında oturmak üzere. Pazar günü babam beni elimden tutup Lincoln Parkı'na götürdü. Sokaklar grileşmiş kar ve çamurla doluydu. Yürürken koyu gri fitilli kadife pantalonumun sürtünmesini ve çıkardığı gıcır gıcır sesi hatırlıyorum. Galiba elimde bir kesekâğıdı dolusu tuzlu fıstık vardı ve sincapları besliyordum, fıstık atıyordum onlara. Bir tanesi parmağımı ısırmıştı. Hem de fena ısırdı."

"Sonra ne oldu?"

"Çok canım yandı. Ama başka bir şey hatırlamıyorum. Hiçbir şey."

"Fıstığı atıyorduysanız nasıl ısırdı sizi?"

"Doğru! İyi bir soru. Çok saçma. Belki elimi yere uzatmıştım ve elimden yiyorlardı, ama tahmin yürütüyorum tabii – hiç hatırlamıyorum bunu."

"Korkmuş olmalısınız."

"Herhalde. Hatırlamıyorum."

"Peki doktora gittiğinizi hatırlıyor musunuz? Sincap ısırığı tehlikeli olabilir – kuduz falan."

"Çok doğru. Doğu Kıyısı'nda sincaplar arasında kuduz salgını büyük gürültü koparmıştı. Ama aklıma hiçbir şey gelmiyor. Belki acıyla elimi geri çektiğimi hatırlıyorum. Ama belki de uyduruyorumdur."

"Bilinç akışınızı söze dökmeyi sürdürün siz."

"Willy. Nasıl da kendimi küçük hissetmeme neden oluyor. Onun başarısı yanında benim kendi başarısızlıklarım daha çok göze batıyor. Ve bakın, onun yanında kendimi daha küçük hissetmiyorum sadece, *performansım* da daha küçük... hissedarı olduğu gayri menkul projesini anlatıyor ve satışların ne kadar yavaş gittiğini söylüyor... Benim tanıtım konusunda bazı iyi fikirlerim vardır, bu konuda harikalar yaratırım – ama ona bu fikirlerimi anlatırken kalbim çarpmaya başlıyor ve yarısını unutuyorum... teniste bile başıma geliyor bu... çiftlerde onun eşi olunca... onun standardında oynuyorum... oysa daha iyisini yapabilirim... kendimi gösteremiyorum, birinci serviste hep hata yapıyorum... başkasıyla oynadığımda ters köşeye yatırırım rakibi – on atıştan dokuzunda çizgiyi vururum... niye, bilmiyorum... onun yanında kendimi göstermek istemiyorum işte... çiftler turnuvasında oynarsak bu durumu değiştirmeliyim. Çok komik, onun başarılı olmasını istiyorum... ama onun başarısız olmasını da istiyorum... geçen hafta bir arbitraj yatırımının kötüye gittiğini anlattı bana... Allah kahretsin, ne hissettim biliyor musun? Sevindim! İnanabiliyor musun buna? Sevindim. Sonra bok gibi hissettim kendimi... nasıl bir arkadaşım ben böyle... bu adam bana iyilikten başka hiçbir şey yapmadı ki..."

Marshal, bir yorumda bulunmadan önce seansın yarısına kadar Shelly'nin çağrışımlarını dinledi.

"Bence burada en çarpıcı şey, Bay Merriman, hem Willy'ye hem babanıza yönelik duygularınızın çok keskin bir şekilde iki uç arasında gidip gelmesi. Babanızla olan ilişkinizin, Willy'yle ilişkinizi anlamamıza yarayacak bir şablon olabileceğine inanıyorum."

"*Şablon mu?*"

"Babanızla aranızdaki ilişkinin, başka 'büyük' ya da başarılı adamlarla ilişkinizin anahtarı, temeli olduğunu anlatmaya çalışıyorum. Son iki seansta babanızın sizi nasıl ihmal ettiği ya da sizi küçük düşürecek biçimde davrandığı konusunda epey şey anlattınız bana. Bugün ise ilk kez babanızla ilgili sıcak, pozitif bir anınızı naklediyorsunuz ve bakın nasıl sona eriyor bu da: Üzücü biçimde yaralanmanızla. Üstelik nasıl yaralandığınıza bakın: Parmağınızın ısırılmasıyla!"

"Ne demek istediğini anlamadım."

"Bunun sahici bir anı olması mümkün görünmüyor! Zaten sizin de belirttiğiniz gibi, fıstıkları uzaktan fırlatırken sincap nasıl ısırabilir parmağınızı? Hem bir baba, oğlunun kuduz taşıyabilecek bir kemirgeni eliyle beslemesine izin verir mi hiç? Olacak şey değil! O halde, belki de bu yaralanma olayı –yani parmağınızın ısırılması– başınıza gelmesinden korktuğunuz başka türlü bir yaralanmayı simgelemektedir."

"Bırak Allahaşkına. Lafı nereye getirmeye çalışıyorsun, Doktor?"

"Geçen seansta anlattığınız o küçüklük anınızı hatırlıyor musunuz? Bütün hayatınızda hatırlayabildiğiniz ilk anınızı? Anlattığınıza göre annenizle babanızın yatağındaymışsınız, metalden yapılmış oyuncak kamyonunuzu şifonyerin arkasındaki prize dayamışsınız da korkunç bir şekilde elektrik çarpmış sizi ve kamyonun yarısı eriyip gitmiş."

"Evet, tabii hatırlıyorum. Bugün olmuş gibi hem de."

"Bakın şimdi bu anıları yan yana koyalım – kamyonunuzu Annenizin prizine sokunca yanıyorsunuz. Orası tehlikeli. Annenize o kadar yaklaşmanız tehlikeli – orası Babanızın bölgesi. Babanızdan gelen tehlikeyle nasıl başa çıkıyorsunuz peki? Belki ona yaklaşmaya çalışarak ama o zaman da parmağınız kötü bir şekilde yara alıyor. Ee –biri küçük kamyonunuzun, öbürü parmağınızın başına gelen– bu yaralanmaların simgesel olduğu açık değil mi? Bunlar penisinizdeki bir yaralanmayı temsil etmiyorlarsa, neyi temsil ediyorlar?"

Shelly'nin dikkat kesildiğini fark eden Marshal, "Annenizin size çok düşkün olduğunu söylemiştiniz," diye devam etti sözüne. "Size büyük bir şefkat gösterir, bir yandan da babanızı kötülermiş. Küçük bir çocuk için tehlikeli bir durum bu – yani babaya karşı kışkırtılmak. O zaman ne yaparsınız? Nasıl başa çıkarsınız bu durumla? Bunun bir yolu, babayla özdeşleşmektir. Siz de öyle yapmışsınız zaten, anlattıklarınızın hepsi bunu gösteriyor: Yanmış patates gibi zevkleri konusunda onu taklit etmek, kumar oynamak, paraya aldırış etmemek, vücudunuzun onunkine benzediğini hissetmeniz. Bunun bir başka yolu da onunla rekabet etmek. Bunu da yapmışsınız: Pinokl, boks, tenis; aslında o kadar başarısızmış ki, onu yenmek, ondan daha iyi oynamak kolaymış hep. Yine de onu geçerken çok rahatsız hissetmişsiniz kendinizi – sanki bunda bir tehlike varmış gibi, başarılı olmanın bir tehlikesi varmış gibi."

"Tam olarak nedir bu tehlike? İhtiyarın başarılı olmamı istediğinden eminim ben."

"Tehlike bizatihi başarıda değil, onu *geçerek* başarmakta, onu yenmekte, onun yerine geçmekte. Belki çocuk aklınızla onun gitmesini istemişsinizdir –ki çok doğaldır bu– onun ortadan kaybolmasını istemişsinizdir, böylece Annenizin tek sahibi siz olacaktınız. Ama çocuk gözüyle 'ortadan kaybolmak' demek ölüm demektir. *Yani onun ölmesini istemişsiniz.* Bu da sizin suçunuz değil – her ailede olan bir şeydir, hepimizin yapısı budur. Oğul, babanın önüne diktiği engele tepki duyar. Baba da oğulun kendi yerini almaya çalışmasına tepki duyar. Ailelerde böyledir bu, hayatta böyledir.

"Bir düşünün – birinin ölmesini istemek rahatsız edicidir. Tehlikelidir. Nedir bunun tehlikesi? Kamyonunuzun başına gelene baksanıza! Parmağınıza baksanıza! *Tehlike, babanın misilleme yapmasıdır.* Artık geçmişte kalmış olaylar bunlar, geçmişte kalmış duygular – bunların üstünden onlarca yıl geçmiş. Ama daha çözülmemiş bu duygular. İçinizde gömülü kalmışlar, ama hâlâ kanlı canlı duruyorlar, hâlâ hayatınızı etkiliyorlar. Çocuğun yaşadığı tehlike duygusu hâlâ içinizde – nedenini çoktan unuttunuz, ama bakın bugün ne söylüyorsunuz bana: *Sanki başarı çok tehlikeli bir şeymiş gibi davrandığınızı.* İşte bu yüzden, kendinize Willy'nin yanında başarılı ya da becerikli olma izni vermiyorsunuz. Tenisi iyi oynama izni bile vermiyorsunuz. Bütün becerileriniz, yetenekleriniz, içinizde kullanılmadan, kilit altında tutuluyor."

Shelly bir cevap vermedi. Bunların pek azı anlamlıydı onun için. Gözlerini yumup Marshal'ın sözlerini düşündü, işine yarayacak bir kırıntı arayıp duruyordu içlerinde.

"Biraz yüksek sesle lütfen," dedi Marshal gülümseyerek. "Sizi işitemiyorum."

"Ne düşüneceğimi bilemiyorum. Öyle çok şey söyledin ki. Dr. Pande bunları bana niye anlatmadı diye düşünüyordum galiba. Açıklamaların gayet doğru gözüküyor – babamla ilgili şu eşcinsel zırvalarından çok daha isabetli gözüküyor. Dört seansta sen, Dr. Pande'nin kırk seansta yapamadığını yaptın."

Marshal kabardıkça kabarıyordu. Bir yorum dehası gibi hissediyordu kendini. Her yıl veya iki yılda bir basketbolda bir "aşama"ya gelirdi: Tepesindeki pota koca bir fıçı gibi görünürdü gözüne – hangi eliyle olursa olsun üç sayı atabilir, turnikeye girebilir, şut çekebilirdi. Asla hedefi şaşırmazdı. Şimdi de işinde böyle bir aşamadaydı işte: Peter'la, Adriana'yla, Shelly'yle. Asla hedefi şaşırmıyordu. Yaptığı her yorum cuk oturuyor, zzzzuuppp diye kalbinden vuruyordu adamı.

Gönül isterdi ki Ernest Lash de görüp dinlesin şu seansı. Dünkü gözetim seanslarında bir açığını daha yakalamıştı Ernest'ın. Artık gittikçe sıklaşıyorlardı zaten – hemen her seferinde bir şey çıkıyordu. Hey yarabbim, nelerle uğraşıyordu yaa. Ernest tipindeki terapistler, şu amatörler, anlamıyorlardı işte, terapistin işinin yorum yapmak, sadece yorum yapmak olduğunu anlamıyorlardı – kafaları basmıyordu buna. Ernest, yorumun, önündeki çok sayıda seçenekten biri olmadığını idrak edemiyordu, terapistin yapabileceği şeylerden biri olmadığını anlayamıyordu – terapistin yapabileceği *yegâne* şeydi yorum. Bu gelişim aşamasına gelmiş birinin, yorumun etki gücüyle ilgili çocukça sorgulamalarını, Ernest'ın sahicilik ve açıklıkla ilgili sayıklamalarını ve ruhların buluşmasıyla ilgili bütün o kişilik ötesi zırvaları ciddiye alması, bilgeliğe ve doğal düzene hürmetsizlikten başka şey değildi.

Aniden bulutlar dağılmış, her şeyi görüp anlamıştı Marshal. Tabii ya, Ernest olsun, analize eleştiri yönelten bütün herkes olsun, yorumun sonuç vermediği konusunda haklıydılar – ama *kendi yorumlarının!* Yorum onların elinde sonuç vermiyor, çünkü içeriği yanlış oluyordu. Ve tabii ki, diye düşündü Marshal, kendisinin diğerleri arasında sivrilmesini sağlayan sadece içerik de değildi; yorumu hastaya aktarma tarzıydı, şaşmaz biçimde doğru dili kullanarak ve her hasta için kusursuz mecazı bulup çıkararak yorumunu ifade etme yeteneğiydi. Bir de, hayatın her alanında her hastaya ulaşabilme konusunda sergilediği deha vardı tabii işin içinde: En sofistike akademisyenine de, Nobel ödüllü fizikçisine de, daha alt seviyelerden insanlara da –kumarbazından tenis delisine kadar– ulaşabiliyordu o; alın işte Bay Merriman'ı, Marshal'ın elinden yemeye başlamıştı artık adam. Marshal, kendisinin ne kadar kusursuz bir yorum makinesi olduğunu her zamankinden daha net görmekteydi.

Ücretini düşündü sonra. Karşılarında bu kadar bariz bir üstünlük sergilediği diğer terapistlerle aynı saat ücretini almasının hakkaniyete sığmadığı açıktı. Gerçekten de, diye düşündü Marshal, onun dengi olacak *kim* vardı? Ölümsüz analizciler –Freud, Ferenczi, Fenichel, Fairbairn, Sullivan, Winnicott– cennet-i âlâda bir mahkeme kurmuş da şimdi bu seansı izliyor olsalardı şaşar kalırlardı vallahi: "Wunderbar, olağanüstü, aşk olsun. Streider denen bu çocukta iş var. Verin topu eline ve çekilin yolundan. Hiç kuşku yok, yaşayan en büyük terapist o!"

Uzun zamandır –belki geri sahada oynadığı anlı şanlı üniversite yıllarından beri– ilk defa kendini bu kadar iyi hissediyordu Marshal. Belki, diye düşündü, bütün bu yıllar boyunca, klinik belirti vermeyen bir depresyondaydı. Belki de Seth Pande, ondaki depresyonu ve büyüklük fantezilerinin silikleşmesini gerçek anlamda, derinlemesine analiz etmemişti. Allah bilir büyüklenme söz konusu olunca kimi kör noktaları vardı Seth'in. Oysa bugün Marshal, daha önce hiç olmadığı kadar net görüyordu ki, *büyüklenmeden vazgeçmek gerekmez;* egonun, günlük yaşamın sınırlamalarından, kasvetinden ve umutsuzluğundan kurtulmak için doğal olarak başvurduğu yoldur büyüklenme. Önemli olan bunu, ortama uyuma dönük, doyurucu, yetişkin bir şekle kanalize etmenin yolunu bulmaktır. Bisiklet kaskı satışlarından gelen altı yüz bin dolarlık bir çeki bozdurmak ya da Uluslararası Psikanaliz Birliği Başkanı olarak yemin etmek gibi. Hepsi olacaktı, hepsi. Yakında!

Şimdi hiç olmayacak çatlak bir sesle düşlerinden uyandı Marshal.

"Baksana Doktor," diyordu Shelly, "senin beni böyle hadisenin kökenine götürmeni, bana bu kadar çabuk yardımcı olmanı gördükçe, başıma sardığı belalar yüzünden şu Seth Pande ahmağına daha çok bozuluyorum! Dün akşam bir bilanço yaptım, onlan gördüğüm terapinin bana kaça mal olduğunu hesapladım – siz ne diyordunuz... 'isabetsiz yöntemler' mi? Bak bu aramızda kalacak – herkes duysun istemiyorum– ama pokerde toplam kırk bin dolar kaybetmişim. Erkeklerin yanında yaşadığım gerilimin, Pande'nin abuk sabuk açıklamalarıyla sebep olduğu gerilimin, pokerde nasıl canıma okuduğunu anlatmıştım. Sahi, kırk bin dolar konusunda bana inanmazsan, banka kayıtlarını ve poker hesabımdan yazdığım çekleri göstererek toplam miktarın bu olduğunu anında ispatlayabilirim, hem de her türlü sorgulamada, her türlü mahkemede ispatlarım bunu. Sonra bir de şu iş meselesi var, kötü psikiyatrik tedavi yüzünden doğru dürüst bir iş görüşmesi yapmayı beceremez olmam falan. Bu da maaş artı sosyal haklar olmadan en az altı ay geçirmişim demektir, yani bir kırk bin dolar da o eder. Demek ki neden bahsediyoruz? Aşağı yukarı, seksen bin dolardan bahsediyoruz."

"Evet, Dr. Pande'ye karşı ne kadar olumsuz duygular beslediğinizi anlayabiliyorum."

"Bak, bu işin duygusu falan kalmamış artık, Doktor. Olumlusu olumsuzu da kalmamış. Yani hukuki manada, zarar tazmin talebinin ötesinde bir şey bu. Ben diyorum ki ve karımla avukat arkadaşları da aynı fikirde, dava açmak için gayet iyi nedenlerim var. Kimi dava etmek lazım bilmiyorum – Dr. Pande'yi tabii de, şimdi artık avukatlar daha 'şişkin cep' peşindeler. Belki Psikanaliz Enstitüsü'nü mahkemeye veririm."

Eli iyi oldu mu sıkı blöf yapardı Shelly. Şimdi de elinde çok güzel kâğıtlar vardı.

Bütün bu telafi projesi Marshal'ın ürünüydü. Kendisini dosdoğru enstitü başkanlığına götüreceği umuduyla bu fikrin üstüne atlamıştı. Oysa şimdi, telafi projesine katılan ilk hasta, karşısına geçmiş, enstitüyü mahkemeye verme tehdidi savuruyordu; bunun, tamamen kamuoyunun gözü önünde ve çok utanç verici bir dava olacağına da şüphe yoktu. Marshal soğukkanlılığını korumaya çalıştı.

"Evet, Bay Merriman, duyduğunuz sıkıntıyı anlıyorum. Peki ya yargıç veya jüri de anlar mı bunu?"

"Vallahi bence tek celsede hallolur bu dava. Hatta mahkemeye çıkmaya bile gerek kalmaz. Bir anlaşma teklifini düşünmeye hazırım, ciddi olarak hazırım. Belki Dr. Pande ile enstitü yarı yarıya paylaşırlar."

"Ben ancak terapist sıfatıyla size yardımcı olabilirim ve ne enstitü ne de bir başkası adına söz söyleme yetkisine sahibim, ama bana öyle görünüyor ki, mahkemeye çıkmaya gerek *kalacaktır*. İlk olarak ben Dr. Pande'yi tanırım – zor adamdır. Ve inatçıdır da. Gerçek bir savaşçıdır. İnanın bana, görevini kötüye kullanmış olduğunu peşin peşin kabul etmesini sağlamanın hiçbir yolu yok –

sonuna kadar savaşacaktır, ülkenin en iyi savunma avukatlarını tutacaktır, cebindekini son kuruşuna kadar bu mücadele için harcayacaktır. Enstitü de öyle. Onlar da mücadele ederler. Asla kendi rızalarıyla böyle bir anlaşma yapmazlar, çünkü sonu gelmez davaların yolunu açmış olur bu; kendi ölüm fermanlarını imzalamış olurlar."

Marshal'ın restini gören Shelly, fütursuzca koz yükseltti. "İyi o zaman mahkemeye gideriz. Nasıl olsa cebimden para çıkmayacak. Aile içinde hallederiz bu işi. Karım canavar gibi bir avukattır."

Marshal gözünü kırpmadan yükseltmeye devam etti. "Terapist hatasının konu edildiği çok davalar gördüm. Bakın size söyleyeyim, duygusal olarak hastanın ödediği bedel çok ağır oluyor. Kişiliğinizin bütün mahremiyeti ortaya dökülüyor – sadece sizinki değil, başkalarınınki de. Karınız da buna dahil, ayrıca kendisi sizin avukatlığınızı üstlenemeyebilir, çünkü ne ölçüde duygusal sıkıntı yaşadığınız konusunda tanıklık etmek zorunda. Hem sonra kumarda kaybettiğiniz miktarı düşünün. Bu açıkça ortaya dökülürse, karınızın hukuki kariyeri açısından pek hoş bir reklam olmayacaktır. Ve tabii pokerdeki bütün arkadaşlarınız da tanık olarak mahkemeye çağrılacaklar."

Shelly büyük bir özgüvenle kontrunu çekti: "Onlar sadece poker arkadaşlarım değil ki, hepsi de benim samimi dostlarım. Hiç biri reddetmez tanıklık yapmayı, bir tanesi bile reddetmez."

"Peki madem onlar dostlarınız, siz onlardan tanıklık etmelerini isteyebilecek misiniz? Yani bu kadar büyük miktarlara kumar oynadıklarını herkesin önünde açıklamalarını isteyebilecek misiniz? Kendi kişisel ya da mesleki yaşantıları açısından pek hayırlı olmayabilir bu. Üstelik California'da kumarhaneler dışında kumar oynanması yasaktır, öyle değil mi? Hepsinden teker teker gelip kendi ayağıyla darağacına çıkmasını istemiş olacaksınız. İçlerinde avukatlar da bulunduğunu söylememiş miydiniz?"

"Dostlar birbirleri için böyle şeyler yaparlar."

"Yaptıktan sonra da artık dost olamazlar."

Shelly bir daha baktı Marshal'a. *Bu herif tuğladan yapılmış hela duvarı gibi,* diye geçirdi içinden, *bana mısın demiyor, tank gelse delemez.* Sonra bir daha durup elindeki kâğıtlara baktı. *Hassiktir,* dedi, *bu herif oynamasını biliyor. Benim floşuma karşı ful ası varmış gibi oynadı. En iyisi bir dahaki eli bekleyeyim.*

Kâğıtlarını topladı. "Peki, bunu düşüneceğim, Doktor. Hukuk danışmanlarımla bir görüşeyim."

Sonra sessizliğe gömüldü Shelly. Marshal da gömüldüğü yerden çıkmasını bekledi tabii.

"Doktor, bir şey sorayım mı sana?"

"İstediğiniz her şeyi sorun. Ama cevap vermeyi taahhüt etmiyorum."

"Beş dakika öncesine dönelim... şu bizim davaya... orada bayağı sıkı tavır koydun. Nedeni ne bunun? Ne oldu orada?"

"Bay Merriman, bence sorunuzun ardındaki motivasyonu keşfetmeye çalışmak daha önemli. Siz gerçekten neyi soruyorsunuz bana? Ve bu, daha önce siz ve babanızla ilgili olarak yaptığım yorumla nasıl bütünleşebilir?"

"Hayır Doktor, oradan yola çıkmadım ben. O konuyu kapattık. Ben onu anladım. Doğru söylüyorum. Annemin prizi ve babam ve de rekabet, sonra ölüm arzusu falan, bunların hepsini kavradım. Şimdi, daha demin oynadığımız şu eli konuşmak istiyorum. Geri dönüp kâğıtlarımızı açarak bir daha oynayalım. İşte bu yolla gerçekten yardımcı olabilirsin bana."

"Ama hâlâ *nedenini* söylemediniz."

"Tamam. *Nedeni* kolay. Benim davranış nedenlerimi konuştuyduk. Ne demiştin? *Şarbon mu*?"

"*Şablon*."

"Ha, tamam. Anlaşılan, işin bu kısmını hallettik. Ama bende hâlâ bozuk davranış kalıpları var, gerilimimi gösterme gibi kötü huylarım var. Ben buraya sadece anlamak için gelmedim ki; kötü kalıplarımı değiştirmek için yardıma ihtiyacım var. Bak, ben zarar gördüm – yoksa şimdi beni karşına alıp yüz yetmiş beş dolarlık seansları bedava yapmazdın. Haksız mıyım?"

"Pekâlâ, nereye varmak istediğinizi anlamaya başlıyorum. Şimdi, bana sorduğunuz nedir, bir daha söyleyin."

"İyi o zaman, yine oraya dönelim, beş-on dakka önce, şu mahkeme, jüri ve pokerde para kaybetme mevzuunu konuşuyorduk ya. Oyundan çekilebilirdin. Ama gayet rahat, restimi gördün. Elimi nasıl açık ettim, onu öğrenmek istiyorum!"

"Emin değilim. Ama galiba ayağınızdı."

"Ayağım mı?"

"Evet, en kararlı görünmeye çalıştığınız anda, Bay Merriman, ayağınızı çok fazla kasmıştınız. Endişenin en kesin işaretlerinden biridir bu. Ha bir de sesiniz – biraz daha yüksek çıkıyordu, yarım oktav kadar daha yüksek."

"Ciddi misin?! Hey, harika bu yav. Öyle yardımcı oldu ki bana. *İşte* ben yardım diye buna derim *gerçekten*. Kafamda bir fikir oluşmaya başladı – uğradığım zararı gerçekten nasıl gidereceğin konusunda bir ilham geldi."

"Korkarım, Bay Merriman, yapabileceklerimin hepsini gördünüz bile. Gözlem dağarcığımı tükettim. Son dört seansta yapmakta olduğumuzu sürdürürsek size çok daha yararlı olacağım kanaatindeyim."

"Doktor, bütün o, işte, çocuklukta babayla olanlar falan, bütün onlarda yardımcı oldun bana. Yeni bir bakış kazandım. İyi bir bakış! Ama sakatlanmışım bir kere: Şöyle arkadaşlarımla birlikte, arkadaşça bir poker çeviremiyorum. Gerçekten etkili terapi bu sakatlığı giderebilmeli, öyle değil mi? İyi terapi beni yeterince özgür kılmalı ki, boş vaktimi nasıl geçireceğimi özgürce seçebileyim."

"Anlayamadım. Ben, terapistim. Poker oynamanıza yardımcı olamam ki."

"Doktor, 'renk verme' nedir bilir misin?"

"Renk mi?"

"Bak sana göstereyim." Shelly cüzdanını açıp bir deste kâğıt para çıkardı. "Bu on doları alıp katlıyorum, sonra ellerimi arkama koyuyorum, para da iki elimden birinde." Shelly söylediği gibi yaptı, sonra yumrukları sıkılı bir şekilde ellerini öne uzattı. "Şimdi senin yapacağın, paranın hangi elimde olduğunu bilmek. Bilirsen, on dolar senin; bilemezsen, sen bana on dolar veriyorsun. Bunu altı kez tekrarlayacağım."

"Kabul ediyorum, Bay Merriman, ama gerçek bir kumar olmayacak."

"Yoo! Bana güven, hiç risksiz olmaz ki ama. Ortaya bir şey koymak lazım, yoksa gerçekten olmaz. Bana yardım etmek istiyor musun, istemiyor musun?"

Marshal kabul etti. Shelly'nin dava açma fikrinden caymış görünmesi öyle rahatlatmıştı ki onu, Shelly istese yere oturup pişpirik bile oynardı.

Shelly altı kez ellerini uzattı, Marshal altı kez tahminde bulundu. Üçünde bildi, üçünde bilemedi.

"Tamamdır, Doktor. Otuz kâğıt kazandın, otuz da kaybettin. Kafa kafayayız. Doğanın düzeni bu. Böyle de olması lazım. Şimdi, şu onluğu *sen* al. Avcuna koy. Hangisinde olduğunu bilme sırası *bende*."

Marshal, on doları altı kez bir ya da öbür elinde sakladı. Shelly birinciyi bilemedi, ama ondan sonra beşini de bildi.

"On kâğıt kazandın, Doktor, ben de elli kâğıt. Bana kırk dolar borcun var. Sende yoksa bozayım."

Marshal elini cebine sokup ağır bir gümüş kıskacın tuttuğu –babasının para kıskacıydı bu– bir tomar para çıkardı. Yirmi yıl önce babası ağır bir inme geçirmişti. Telefonla çağırdıkları acil sağlık ekibinin gelmesini beklerken, annesi babasının cebinden paraları çıkarıp kendi cüzdanına koymuş, kıskacı da oğluna vermişti. "Bunu al Marshal, bu senin," demişti. "Bunu sen kullan ve her seferinde de babanı hatırla." Sessizce derin bir nefes alan Marshal, tomardan iki tane yirmilik çekip Shelly'ye verdi – hayatında ilk defa bir bahiste bu kadar büyük para kaybediyordu.

"Nasıl yaptınız bunu, Bay Merriman?"

"Boş olan eldeki parmak boğumları biraz daha beyaz görünüyordu – onu fazla sıkmıştın. Ve burnun çok, çok hafif bir şekilde, on doların bulunduğu eline döndü. *İşte buna,* renk verme denir, Doktor. Rövanş istiyor musun?"

"Güzel bir gösteriydi, Bay Merriman. Rövanşa gerek yok: Meseleyi kavradım. Yine de bundan ne çıkıyor, emin değilim; ne var ki, korkarım süremiz doldu. Çarşamba günü görüşürüz." Ayağa kalktı Marshal.

"Bundan ne çıkacağı konusunda benim aklıma bir şey geldi, hem de harikulade bir şey. Duymak ister misin?"

"Samimi olarak isterim, Bay Merriman." Marshal tekrar saatine bakıp kalktı. "Çarşamba günü saat tam dörtte."

XVII

SEANSA on dakika kala Carol, zihinsel olarak kendini hazırlamaya çalışıyordu. Bugün teyp yoktu yanında. Geçen seansta çantasına sakladığı teypteki kayıttan bir şey anlaşılmıyordu. Doğru dürüst kayıt yapabilmek için profesyonel bir dinleme aygıtına yatırım yapması gerektiğini anlamıştı Carol – belki de Union Meydanı'nda yeni açılan casus mağazasından bir şey alırdı.

Kaydetmeye değecek bir şey de olmamıştı zaten. Ernest, umduğundan daha uyanık çıkmıştı. Ve daha kurnaz. Hem de daha sabırlı. Güvenini kazanarak Carol'ı kendine bağımlı hale getirmek için şaşırtıcı miktarda zaman harcıyordu. Hiç acelesi yoktu anlaşılan – belki bu aralar başka bir hastasını düdüklemekle yetiniyordu. Carol'ın da sabırlı olması gerekiyordu tabii: Biliyordu ki gerçek

Ernest er geç kendini gösterecek, yani kitabevinde gördüğü o sinsi, şehvetperest, yırtıcı Ernest.

Carol daha güçlü olmaya kararlıydı. Geçen hafta Ernest, annesinden devraldığı öfkeyi çocuklarına geçirdiği şeklinde yorumda bulununca yaptığı gibi dağılıp gitmemeliydi bir daha. Son birkaç gündür o yorum kulaklarında yankılanıyordu ve çocuklarıyla ilişkisini hiç beklenmedik biçimlerde etkilemişti. Hatta oğlu, annesini artık üzüntülü görmeyeceği için çok sevindiğini bile söylemiş; kızı ise yastığının üstüne kocaman, gülen bir yüz resmi bırakmıştı.

Sonra önceki gece, olağandışı bir şey oldu. Haftalardır ilk kez kendini çok iyi hissediyordu Carol. Çocuklarına sarılmış, her gece olduğu gibi *Nils'in Harikulade Serüvenleri*'nden bir bölüm okuyordu onlara – onlarca yıl önce, kendi annesinin de ona her gece okuduğu, kenarları kıvrılmış kitaptan hem de. Kendi çocukluğuna ve Jeb'e dair anılar üşüşüverdi birden – ikisi annelerine yapışır, kitaptaki resimleri görebilmek için itişir dururlardı. Ne tuhaf, geçen hafta zaman zaman düşünmüştü onu, affedilmeyen sürgün Jeb'i. Görme isteğiyle değil elbette –müebbet demişse müebbetti– ama merak etmişti işte: Neredeydi acaba, ne yapıyordu?

Peki ama, diye düşündü Carol, *Ernest'ın karşısında kendi duygularıma direnmem şart mı? Belki de ağlamam o kadar kötü bir şey değildir – bir amaca hizmet ediyor bu: Burada gerçeğe uygunluk dozunu artırıyor. Gerçi çok da gerek yok ya buna – Ernest, zavallı bön herif, hiçbir şeyin farkında değil ki. Ama yine de riskli bir iş bu; niye beni etkilemesine izin vereyim? Öte yandan, niye ondan pozitif bir şeyler kazanmayayım? Çuvalla para ödüyorum. Onun bile arada bir yararlı bir şeyler söylemesi mümkün. Kör bir fare bile kırk yılın başı bir parça peynir bulur!*

Carol bacaklarını ovuşturdu. Gerçi Jess sözüne sadık kalarak sabırlı ve şefkatli bir jogging hocası olmuştu ama, yine de bacakları ağrıyordu. Önceki gece aramıştı Jess ve sabah erkenden De Young Müzesi önünde buluşup gölün ve Golden Gate Park'ta biniciler için yapılmış parkurların üstünde yükselen sislerin arasında jogging yapmışlardı. Jess'in sözünü dinleyip en fazla hızlı bir yürüyüş temposuyla ilerlemişti Carol, koşmak yerine ayaklarını sürüyerek, kayarak yürümüş, çiy düşmüş otların üstünden pek kaldırmamıştı ayaklarını. On beş dakika sonra soluk soluğa kalmış ve yanında zarafetle süzülmekte olan Jess'e bakmıştı merhamet dilenircesine.

"Birkaç dakikacık daha," diye söz verdi Jess. "Hızlı yürüyüş temposunda devam et; en rahat nefes alabildiğin tempoyu tuttur. Japon Çayhanesi'nin orada bitiriyoruz."

Sonra, yirmi dakikalık joggingde harika bir şey oldu. Yorgunluğu geçiverdi ve enerjisinin sınırsız olduğu hissiyle doldu Carol. Jess'e baktığında kafasını sallayıp tatlı tatlı gülümsemekte olduğunu gördü; sanki Carol'ın yepyeni bir zindelik kazanarak yaşayacağı aydınlanmayı bekler gibi bir hali vardı Jess'in. Carol daha hızlı hareket etmeye başladı. Ağırlığı yokmuşçasına uçmaya başladı otların üstünde. Ayaklarını daha fazla, giderek daha fazla kaldırıyordu. Sonsuza dek böyle koşabilirdi. Sonra, gitgide yavaşlayıp çayhanenin önünde durduklarında, külçe gibi yığılıverdi Carol ve güçlü kollarıyla onu tutan Jess'e minnet duydu.

Bu arada duvarın öbür tarafında oturmakta olan Ernest, başkanlık ettiği yeni bir terapi grubunun toplantısında meydana gelen bir olayı bilgisayarına kaydediyordu. Terapist-hasta arasındaki ilişki ortamı üzerine yazacağı makale için değerli bir katkı olacaktı bu. Grup üyelerinden biri çok ilgi çekici bir rüya anlatmıştı:

Bütün grup üyeleri uzun bir masanın etrafında oturuyorduk; terapistimiz masanın bir ucunda, elinde de bir kâğıt vardı. Hepimiz öne doğru eğiliyor, başımızı uzatıyor, kâğıttaki notu görebilmek için şekilden şekile giriyorduk, ama terapist bizden saklıyordu kâğıdı. Ama bir şekilde hepimiz de biliyorduk ki, kâğıdın bir köşesinde şu sorunun cevabı yazılıydı: En çok hangimizi seviyorsun?

Bu soru –En çok hangimizi seviyorsun?– diye yazdı Ernest, grup terapistinin kâbusudur aslında. Her terapist, gün gelip grubun, içlerinden en çok kime önem verildiğini öğrenmek isteyeceğinden korkar. İşte tam da bu nedenle birçok grup terapisti (tabii bireysel terapi yapmakta olanlar da), hastalara duygularını göstermeme eğilimindedir.

Bu seansın özelliği ise Ernest'ın, saydamlık kararına sadık kalması ve böyle yapmakla duruma ustaca hâkim olduğuna kanaat getirmiş olmasıydı. İlk olarak grubu, içlerinden hangisinin terapistin gözde evladı olduğu konusunda verimli bir tartışmaya yöneltmişti.

Gerçi bu geleneksel bir hile idi elbette, birçok terapist yapardı böyle. Ama sonra Ernest, çok az terapistin yapacağı bir şey yaptı: Gruptaki her kişiye yönelik duygularını açıkça anlattı. Tabii tek tek her birini sevip sevmediği değildi anlattıkları –böyle yüzeysel cevaplar asla işe yaramazdı– her birinde hangi özelliklerin onu çektiğini, hangilerininse ittiğini açıkladı. Bu taktik son derece başarılı oldu: Gruptakiler kendileri de aynı şeyi yapmaya karar verdiler ve her birine çok değerli bir geri besleme sağlanmış oldu. Ne güzel, diye düşünüyordu Ernest, birlikleri arkadan kumanda etmek yerine cepheye gidip ön saflara geçmek, ne güzel.

Bilgisayarını kapattı ve Carolyn'le önceki seanslarına dair notlarına çarçabuk bir göz attı. Gidip onu içeri buyur etmeden önce, terapistin kendini açığa vurması konusunda formüle ettiği ilkeleri bir kez daha gözden geçirdi.

1. Ancak hastaya yardımcı olacak ölçüde kendini açığa vur.
2. Hiç düşünmeden ve ihtiyatı tamamen elden bırakarak kendini açığa vurma. Unutma ki bunu hasta için yapıyorsun, kendin için değil.
3. Bu meslekte kalmak istiyorsan, kendini açığa vururken anlattıklarının diğer terapistler tarafından nasıl algılanacağına dikkat et.
4. Terapist kendini açığa vururken adım adım ilerlemeli, her yeni adımı atarken bir önceki adımı iyice değerlendirmelidir. Zamanlamaya dikkat et: Terapinin ileri aşamalarında yararlı olabilecek bazı açıklamalar, erken bir aşamada yapıldığında olumsuz sonuç verebilir.
5. Terapistler, kendi içlerinde derin çatışmalara sebep olan konuları hastalarıyla paylaşmamalıdır; önce bunları gözetmenleriyle ya da kişisel terapi görerek çözmeleri gerekir.

Carol, o gün Ernest'ın odasına girerken artık kesin bir sonuç almaya kararlıydı. Eşiği geçip birkaç adım ilerledi, ama oturmadı. Sandalyenin yanında ayakta dikildi. Ernest ise kendi sandalyesine oturmak üzereydi, Carolyn'in öyle durmakta olduğunu görünce yarı yola gelmişken tekrar kalktı ve o da ayakta dikilerek şaşkın şaşkın Carolyn'e bakmaya başladı.

"Ernest, Çarşamda günü söylediklerin beni öyle sarsmıştı ki, hemen fırlayıp gittim buradan, ama o arada bir şey unutmuşum: Sana sarılmayı. Ve bunun ne kadar önemli olduğunu anlatamam sana. Son iki gündür bunu ne kadar özlediğimi anlatamam. Sanki seni sonsuza dek kaybetmiş gibi oldum, sanki artık sen yokmuşsun gibi. Sana telefon etmeyi düşündüm, ama bedenden ayrı bir ses ne işe yarardı ki? Benim ihtiyacım olan fiziksel temastı. Bu ricamı yerine getirebilecek misin?"

Ernest, bu telafi fırsatı karşısında duyduğu sevinci belli etmemeye çalışarak bir an durakladı ve "Bunun üzerinde konuşmaya söz verirsek," deyip vücutlarının sadece belden yukarısının değmesine izin vererek kısa bir süre sarıldı ona.

Ernest yerine oturduğunda nabzı hızlanmıştı. Carolyn'den hoşlanıyor, ona dokunmayı seviyordu: Carolyn'in kuzu postu yumuşaklığındaki kaşmir kazağı, sıcacık omuzları, incecik, yumuşak bir şerit halinde sırtından geçen sutyen askısı, kendi göğsüne dayanan sıkı memeleri. Ne kadar masum da olsa bu sarılma, sandalyesine geçerken kendini günaha girmiş gibi hissetti Ernest.

"Sana sarılmadan gittiğimin farkında mıydın?" diye sordu Carol.

"Evet, farkındaydım."

"Özledin mi?"

"Şimdi, kızınla ilgili sözlerimin senin içinde bir yerlere dokunduğunun farkındaydım. Bir yerlere dokundu ve seni huzursuz etti."

"Benimle açık konuşacağına söz vermiştin, Ernest. Lütfen, kaçamak psikiyatrist taktiklerini bırak. Söyler misin, bana sarılmayı özlemiş miydin? Bana sarılmak hoşuna gitmiyor mu? Yoksa gidiyor mu?"

Ernest, Carolyn'in sesindeki aciliyet tonunun farkındaydı. Bu sarılmanın onun için olağanüstü büyük bir anlam taşıdığı ortadaydı – hem kendi çekiciliğini hem Ernest'ın ona yakın olmadaki kararlılığını doğrulayan bir şeydi bu. Kendini köşeye sıkışmış hissetti, doğru cevabı bulmaya uğraştı, sonra, şirin şirin gülümsemeye çalışarak cevap verdi: "Senin gibi çekici –kelimenin her anlamıyla çekici– bir kadına sarılmaktan hoşlanmayacağım gün geldiğinde, cenaze levazımatçısına haber vermenin vakti de gelmiş demektir."

Carol'a müthiş cesaret vermişti bu sözler. *"Çok çekici bir kadın*

– kelimenin her anlamıyla çekici!" Dr. Cooke ile Dr. Zweizung'dan nağmeler. Avcı harekete geçmeye başladı demek. Avın da kapana yem koyması gerekiyor artık.

Sözüne devam etti Ernest: "Dokunmadan ve senin için ne önem taşıdığından biraz daha bahset bana."

"Başka ne söyleyebilirim, bilmiyorum," dedi Carolyn. "Ama saatlerce sana dokunma hayalleri kurduğumu biliyorum. Bazen çok cinsel bir niteliğe bürünüyor bu – seni içime almayı, bir gayzer gibi fışkırmanı ve içimi ısınla, ıslaklığınla doldurmanı nasıl istiyorum. Bazen de cinsel bir nitelik taşımıyor, sadece sıcak, sevecen, yumuşak. Bu hafta çoğu gece sırf seninle olduğumu düşleyebilmek için erkenden yattım."

Yo, bu pek iyi olmadı, diye düşündü Carol. *Daha net konuşmalıyım, bu işi kızıştırmam lazım artık. Ama bu teneşir suratlı herifin yanında cinsel şeyler düşünmek de kolay iş değil yani. Kendi şişko, derisi de yağlı – her Allahın günü aynı lekeli kravat, yamru yumru, uyduruk Rockport pabuçlar.*

Devam etti Carol: "En sevdiğim sahne şöyle: İkimizi bu sandalyelerde otururken hayal ediyorum; sonra ben sana yanaşıp hemen yanı başında yere oturuyorum; sen de saçlarımı okşuyorsun ve sonra sandalyenden aşağı kayıp yere, yanıma oturuyor, her yanımı okşamaya başlıyorsun."

Ernest başka hastalarda da karşılaşmıştı erotik aktarımla, ama hiçbiri bunu bu kadar açık ifade etmemiş, üstelik hiçbiri, onu böyle allak bullak etmemişti. Oturduğu yerde sessizce oturup terlemeye başladı; önündeki seçenekleri tartıyor, bir yandan da alet kalkmasın diye bütün gücüyle iradesini toplamaya çalışıyordu.

"Benden dürüstçe konuşmamı istemiştin," diye devam etti Carol, "ne düşünüyorsam söylememi istemiştin."

"Evet öyle dedim Carolyn. Zaten sen de tam olarak yapman gerekeni yapıyorsun. Terapi ortamında en önemli erdem dürüstlüktür. Her şeyi konuşabiliriz, konuşmak zorundayız, ifade etmek zorundayız, ama *her şeyi*... her ikimiz de kendi fiziksel bölgemizde kaldığımız müddetçe tabii."

"Ernest, bana hiç faydası dokunmuyor bunun. Konuşmak, kelimeler, bunlar yeterli değil. Erkeklerle olan geçmişimi biliyorsun. Bu güvensizlik öyle derinlere işlemiş ki. Kelimelere güvenemiyorum. Ralph'a gitmeye başlamadan önce bir sürü terapiste gitmiştim, hepsi de bir-iki seans sürdü. Hepsi prosedürü izliyor, formüllere harfiyen uyuyor, meslek ilkelerine bağlı kalıyor ve gereken mesafeyi koruyorlardı. Ve benim terapimde hiçbiri başarılı olamadı. Ralph'a kadar. Karşıma gerçek bir terapist çıkana kadar – esnek olmaya istek gösteren, benim bulunduğum noktadan, benim ihtiyaçlarımdan yola çıkarak çalışabilen birine kadar. O benim hayatımı kurtardı."

"Ralph dışında hiçbiri yararlı bir şey vermedi mi sana?"

"Kelimelerden başka hiçbir şey. Muayenehanelerinden çıkarken hiçbir şey götürmüyordum yanımda. Şimdi de aynı. Sana dokunmadan buradan çıkarsam, kelimeler yok olup gidiyor, sen yok olup gidiyorsun, tabii eğer tenimde senin damganı taşımıyorsam."

Carol, *Bugün bu işi bağlamalıyım,* diye geçirdi içinden. *Bu işi rayına sokmalıyım. Ve halletmeliyim.*

"Aslında Ernest," diye devam etti, "bugün asıl istediğim seninle konuşmak değil, divanda seninle yan yana oturup varlığını hissetmek, sadece bu işte."

"Ben böyle bir durumda kendimi rahat hissedemem – sana en iyi şekilde yardımcı olmamın yolu bu değil. Yapacak çok işimiz var, konuşacağımız çok şey var."

Carolyn'deki fiziksel temas ihtiyacının derinliği ve şiddeti Ernest'ı gittikçe daha çok etkiliyordu. Kendi kendine düşündü de, dehşete kapılarak uzak durması gereken bir ihtiyaç değildi bu. Hastasının, ciddiye almak zorunda olduğu bir parçasıydı; diğer bütün ihtiyaçlar gibi bu ihtiyacı da anlamak ve buna da bir çözüm bulmak gerekiyordu.

Önceki hafta boyunca Ernest, erotik aktarım üzerine literatürü incelemişti kütüphanede. Freud'un "fıtraten ihtiraslı kadınlar"ın tedavisinde ihtiyatlı olunması gerektiğini salık veren sözlerinden çok etkilendi. Freud, tensel olanın yerine manevi olanı kabullenmeyi reddeden bu hastalardan "doğa çocukları" diye bahsediyordu. Bu gibi hastalara mantık izan işlemezdi, ancak sertlikten anlardı bunlar.

Bu tür hastaların tedavisi konusunda kötümser olan Freud, terapistin elinde, ikisi de kabul edilir gibi olmayan iki seçenek bulunduğunu öne sürmüştü: Hastanın aşkına karşılık vermek ya da gururu kırılmış kadının hiddetinin hedefi olmak. Her iki durumda da, diyordu Freud, yenilgiyi kabul edip hastayı bırakmak gerekir.

Carol da bu "doğa çocukları"ndan biriydi, peki. Buna hiç şüphe yoktu. İyi de, Freud haklı mıydı acaba? Terapistin önünde, her ikisi de aynı ölçüde kabul edilmez olan iki olası seçim mi vardı sadece? Freud bundan neredeyse yüz yıl önce, Viyana'nın otoriter *Zeitgeist*'ına gömülmüş biri olarak varmıştı bu sonuçlara. Şimdi işler başka türlü olabilirdi belki. Freud, yirminci yüzyıl sonlarını tahayyül edememiş olabilirdi – terapistin daha saydam olduğu, hasta ile terapistin birbirleri karşısında *sahici* olabileceği zamanlardaydık artık.

Ernest, Carol'ın sözleriyle hayallerinden sıyrıldı. "Şu divana geçip orada konuşsak olmaz mı? Seninle bu mesafeden konuşmak çok soğuk, çok bunaltıcı. Birkaç dakikalığına dene bunu. Yanıma otur yeter. Senden daha fazlasını istemeyeceğime söz veriyorum. Ve sana garanti ediyorum, konuşmama, daha derinlerdeki akıntılara ulaşmama yardımı dokunacak bunun. Ay lütfen başını sallama; APB'nin bütün davranış kurallarını biliyorum, standart taktikleri ve davranışları da. Peki Ernest, yaratıcılığa hiç mi yer yok? Gerçek terapist, her hastaya yardım etmenin bir yolunu bulmaz mı?"

Carol, keman gibi çalıyordu Ernest'ı: Bütün doğru notaları seslendirmişti: "Amerikan Psikiyatri Birliği," "standart," "tedavi elkitapları," "mesleki davranış ilkeleri," "kurallar," "yaratıcılık," "esneklik." Putları yıkmaya hazırlanan bir boğanın önünde kırmızı kelimeler sallıyordu kadın.

Ernest bunları dinlerken, Seymour Trotter'ın bazı sözleri geldi aklına: *Resmi onaylı teknik mi? Her türlü tekniği bir yana bırak. Terapist olarak olgunlaşınca, sahiciliğe adım atmayı isteyeceksin ve terapide APB'nin mesleki standartları değil hastanın ihtiyaçları yol gösterecek sana.* Ne garip, son zamanlarda ne çok düşünür olmuştu Seymour'ı. Belki de daha önce bu yoldan geçmiş bir terapisti tanıyor olmak rahatlatıcıydı. Ancak Seymour'ın o yoldan bir daha asla dönemediğini şimdilik unutmuştu Ernest.

Carolyn'in yaşadığı aktarım kontrolden çıkmak üzere miydi yoksa? Seymour, aktarımın şiddetinden asla korkmamak gerektiğini söylemişti. *Aktarım ne kadar güçlü olursa,* demişti, *hastanın kendi kendini mahvetme eğilimiyle savaşmak için o kadar etkili bir silah olur elinde.* Allah biliyordu ki, Carolyn'de kendi kendini mahvetme eğilimi bayağı güçlüydü! Yoksa insan ne diye sürdürürdü öyle bir evliliği?

"Ernest," diye tekrarladı Carol, "lütfen divanda yanıma otur. Buna ihtiyacım var."

Jung'un öğüdünü düşündü Ernest: Mümkün olduğu kadar her hastanın bireysel ihtiyaçlarına göre davranmalıydı, *her hasta için yeni bir terapi dili yaratmalıydı.* Seymour'ın bunu daha da ileri götürdüğü, terapistin her hasta için yeni bir terapi icat etmek zorunda olduğunu savunduğu geldi aklına. Bu sözlerden güç kazandı Ernest. Kararlılık da. Ayağa kalktı, divana doğru yürüyüp bir köşesine bıraktı kendini, ve dedi ki: "Bir deneyelim, bakalım."

Carol kalkıp onun yanına oturdu, olabildiğince yakınına, ama vücudu vücuduna değmeden ve konuşmaya başladı: "Bugün benim doğum günüm. Otuz altı. Annemle aynı günde doğmuş olduğumuzu söylemiş miydim sana?"

"Nice yaşlara, Carolyn. Önündeki otuz altı doğum gününün her seferinde daha da güzel geçmesini dilerim."

"Sağol, Ernest. Gerçekten çok tatlısın." Bu sözler üzerine Ernest'a doğru uzanıp yanağından gagalayıverdi. *Böğğk,* dedi içinden, *limon kokulu boktan bir tıraş losyonu. İğrenç.*

Fiziksel yakınlık ihtiyacı, divanda oturma ve şimdi de yanağa kondurulan bir öpücük – hiç de tekin olmayan bir şekilde Seymour Trotter'ın hastasını çağrıştırıyordu bunlar. Ama tabii Carolyn, anlık dürtülerinin esiri olan Belle'e kıyasla kendine çok daha hâkimdi. Ernest içindeki sıcak kıpırtıların farkındaydı. Bıraktı kendini, bir dakikalığına bunun tadını çıkardı, sonra giderek yükselen heyecanını zihninin ücra bir köşesine sürüp işine gücüne döndü, profesyonel ses tonunu takınarak "Annen kaç doğumluydu, Carolyn?" diye sordu.

"1937'de doğmuş ve bundan on yıl önce, kırk sekiz yaşında öldü. Benim yaşım da, onun ömrünün dörtte üçü ediyor – bu hafta hep bunu düşündüm."

"Bu ne gibi duygular uyandırıyor sende?"

"Onun için üzülüyorum. Ne kadar tatminsiz bir hayat yaşadı. Otuz yaşında kocası tarafından terk ediliyor. Bütün ömrü iki çocuğunu yetiştirmeye uğraşmakla geçiyor. Hiçbir şeyi yoktu – öyle az güldü ki yüzü. Hukuk fakültesinden mezun olduğumu görebildi diye çok seviniyorum. Jeb'in mahkûm olup hapse girmesinden önce öldüğüne de memnunum. Benim hayatım paramparça olmadan önce öldüğüne de."

"Geçen seans tam burada kalmıştık, Carolyn. Annenin kaderinin otuz yaşındayken belirlendiğine olan inancın bir kez daha ilgimi çekti, mutsuz olmak ve kederle, hayıflanmayla dolu olarak ölmekten başka hiçbir seçeneği yok muydu yani? Sanki kocasını kaybeden bütün kadınlar aynı yazgıya mahkûmmuş gibi. Böyle mi gerçekten? Onun önünde başka hiçbir yol açılamaz mıydı? Hayatını daha olumlayarak yaşayabileceği bir yol?"

Tipik erkek geyikleri, diye düşündü Carol. *Paçasına yapışmış iki çocukla, eşini okutmakla uğraştığı için kendisi hiçbir eğitim alamadan, sonra da avantacı eşinden hiçbir yardım göremeden ve bu memlekette namusuyla para kazanabileceği her türlü işyerinin kapısında "Girilmez!" tabelasıyla karşılaşarak hayatını olumlasın da göreyim onu.*

"Bilemiyorum, Ernest. Belki haklısındır. Bunlar yeni düşünceler benim için." Ama eklemeden de edemedi: "Yalnız, kadınların içine kısıldığı kapanın erkekler tarafından böyle hafife alınması rahatsız ediyor beni."

"*Bu* erkeği mi kastediyorsun? Burasını? Bu anı?"

"Hayır, onu kastetmedim – benimki refleks feminizm. Senin benim tarafımda olduğunu biliyorum, Ernest."

"Benim de kendi kör noktalarım var, Carolyn ve senin bunları bulup çıkarmana açığım – açık olmanın da ötesinde, bunu *arzu ediyorum.* Ama bunun onlardan biri olduğuna inanmıyorum. Bana öyle geliyor ki sen, annenin kendi hayat projesinden kendisinin sorumlu olabileceğini hiç hesaba katmıyorsun."

Carol dilini ısırdı ve bir şey demedi.

"Neyse, senin doğum gününden bahsedelim, Carolyn. Malum, doğum günleri hep bir sevinç vesilesi olarak kutlanır, ama ben daima tersinin geçerli olduğuna inanmışımdır – doğum günleri, hayatımızın geçip gitmekte olduğunu hatırlatan hazin işaretlerdir ve doğum günlerini kutlamaktan amaç da bu hüznü inkâr etmektir. Bunlar ne ölçüde geçerli senin için? Otuz altı yaşına basmanla ilgili olarak neler düşünüyorsun, anlatabilir misin? Yaşının, annenin ömrünün dörtte üçüne eşit olduğunu söylüyordun demin. Sen de onun gibi, şu anda sürmekte olduğun hayatın içinde mutlak bir şekilde kısılıp kalmış durumda mısın? Tatsız bir evliliği sonsuza dek sürdürmeye mi hükümlüsün?"

"*Kesinlikle evet,* kapana kısılmış durumdayım, Ernest. Ne yapmalıyım sence?"

Ernest, Carolyn'i daha iyi görebilmek için kolunu divanın arkasına dayamıştı. El çabukluğuyla bluzunun ikinci düğmesini açan Carol, gitgide sokulmuştu Ernest'a ve şimdi de başını onun koluyla omzuna yaslıyordu. Bir an, ama sadece bir an Ernest, elini Carolyn'in başına değdirip saçını okşayıverdi.

Vay, yavşağımız yavşamaya başlıyor, dedi Carol içinden. *Bakalım bugün nereye kadar yavşayacak. İnşallah midem kaldırır.* Başını daha çok yasladı. Ernest, omzunda Carolyn'in başının ağırlığını hissediyordu. Ondan yayılan mis gibi turunç kokusunu içine çekti. Gözlerini aşağı devirip memeleri arasındaki yarığa baktı. Ama sonra birdenbire yerinden kalktı.

"Bak Carolyn, bana kalırsa eski oturma düzenimize dönsek daha iyi olacak." Sandalyesine geri döndü Ernest.

Carol ise olduğu yerde kaldı. Gözyaşları aktı akacak görünüyordu. "Neden divanda kalmıyorsun?" diye sordu. "Sırf başımı omzuna koydum diye mi?"

"Ben, sana vereceklerimin en fazlasını bu şekilde verebileceğime inanmıyorum. Seninle çalışabilmek için aramızda belli bir mesafe ve belli bir boşluk olmasına ihtiyaç duyduğum kanısındayım."

Carol da istemeye istemeye sandalyesine geri döndü, ayakkabılarını çıkarıp ayaklarını altında topladı. "Belki böyle bir soru sormamalıyım – belki sana haksızlık oluyor bu. Ama merak ediyorum, acaba gerçekten çekici bir kadın olsaydım farklı düşünür müydün, diye."

"Bunun konuyla kesinlikle bir ilgisi yok." Ernest kendini toplamaya çalışıyordu. "Aslında tam tersi geçerli; seninle yakın fiziksel temas halinde *duramamamın* asıl sebebi, seni çekici ve baştan çıkarıcı *bulmam.* Ve aynı zamanda hem sana erotik bir çekim duyup hem de terapistin olarak kalamam."

"Bak Ernest, ben düşündüm. Sana söylemiştim bunu, değil mi? Bir ay kadar önce, Printer's Inc. kitabevindeki söyleşine gitmiştim."

"Evet, bana gelmeye de o zaman karar verdiğini söylemiştin."

"İşte, söyleşi başlamadan önce, orada seni izledim ve yanında oturan alımlı bir kadına büyük ilgi gösterdiğini ister istemez fark ettim."

Ernest'ı bir ürperti aldı. *Hassiktir! Nan Carlin'le görmüş beni. Al işte, boğazıma kadar boka battım. Nasıl düştüm ben bu batağa?*

Ernest, terapist saydamlığını bir daha asla böyle hafife almayacaktı. Marshal'ın ya da diğer üstatların, Carolyn'in söylediklerine nasıl cevap vereceğini düşünmenin hiçbir yararı yoktu artık. Açıldıkça açılmış, geleneksel tekniğin buyruklarından uzaklaştıkça uzaklaşmış, kabul edilir klinik uygulamanın öyle uzağına düşmüştü ki, bir başına kalakalmış olduğunu biliyordu artık – hiçbir tekniğe bağlı olmayan terapinin ormanında kaybolmuştu o. Önündeki tek seçenek, dürüst olmaya devam etmek ve içgüdülerini dinlemekti.

"Peki... bu konudaki hislerin nedir, Carolyn?"

"*Senin* hislerin nedir, Ernest?"

"Utanç. Dürüst olmak gerekirse, Carolyn, bir terapistin en korkunç kâbusudur bu. Seninle, daha doğrusu herhangi bir hastayla, benim kadınlarla olan özel ilişkilerimi konuşmak son derece rahatsız edici – ama seninle çalışmamda *hakikate* bağlı kalmayı taahhüt ettim ve bu bağlılığı korumaya çalışacağım, Carolyn. Şimdi, *senin* hislerine gelelim."

"Ee, her türden his. Kıskançlık. Öfke. Haksızlığa uğramışlık. Talihsizlik."

"Bunları açabilir misin? Mesela öfke ya da haksızlığa uğramış olma hissini?"

"Hepsi tamamen şansa bağlı. Ben onun yaptığını yapsaydım – yerimden kalkıp senin yanına otursaydım. Seninle konuşacak yürekliliği, cesareti gösterseydim."

"Ee... sonra?"

"Her şey başka türlü olabilirdi. Bana doğruyu söyle, Ernest, eğer sana yaklaşsaydım, eğer seni tavlamaya çalışsaydım ne olurdu? Benimle ilgilenir miydin?"

"Hepsi de şarta bağlı bunların –'eğer'ler, 'yapsaydım'lar– sen tam olarak neyi soruyorsun, Carolyn? Seni bir kadın olarak çekici bulduğumu bir kereden çok söyledim. Şunu merak etmemek elde değil: Bunu tekrar mı duymak istiyorsun benden?"

"Ben de şunu merak ediyorum Ernest: Benim sorumu atlatmak için mi soruyorsun bu soruyu?"

"Senin yakınlaşma çabalarına karşılık verir miydim, vermez miydim? Cevabım, büyük olasılıkla verebilirdim, olacak. Yani, evet, muhtemelen karşılık verirdim."

Sessizlik. Ernest kendini çırılçıplak hissediyordu. Daha önce hastalar karşısında tutturduğu her türlü söylemden öylesine farklıydı ki bu, Carolyn'in terapisine devam edip etmeme konusunda ciddi ciddi düşünmeye başlıyordu artık. Hiç kuşkusuz bir tek Freud değil, hafta boyu okuyup durduğu psikanaliz kuramcıları da ağız birliği halinde diyeceklerdi ki, Carolyn'inki gibi erotikleşmiş bir aktarım geliştiren hasta, tedavi edilemez – onun tarafından tabii.

"Peki şimdi ne hissediyorsun?" diye sordu.

"İşte şansa bağlı derken ben de tam bunu kastediyorum, Ernest. Zarlar birazcık farklı atılmış olsaydı, şimdi seninle terapist ve hasta değil iki sevgili olabilirdik. Hem bütün kalbimle inanıyorum ki, terapistim değil de sevgilim olsan çok daha fazla yardımın dokunurdu bana. Senden fazla bir şey istemezdim, Ernest, haftada bir-iki kez buluşalım isterdim sadece – bana sarılmanı ve beni öldürmekte olan şu cinsel doyumsuzluktan kurtarmanı isterdim."

"Söylediklerini anlıyorum, Carolyn, ancak ben senin sevgilin *değil,* terapistinim."

"Ama bu tamamen şansa bağlı bir durum. Bir gereklilik değil ki. Tersi de geçerli olabilir. Ernest, gel saati geriye alalım – kitabevine geri gidip zarları yeniden atalım. Benim sevgilim ol; tatminsizlikten ölüyorum."

Carol konuşurken yavaş yavaş sandalyeden aşağı kaydı, Ernest'a yanaştı, onun sandalyesinin yanı başında yere oturdu ve elini dizine koydu.

Ernest da bir kez daha Carolyn'in başına koydu elini. *Tanrım, bu kadına dokunmayı nasıl istiyorum. Hele benimle sevişmek için duyduğu o yakıcı arzu – Allah biliyor ki onun duygularını paylaşmaktayım. Hayatımda kaç kez yenik düştüm arzuya? Onun için üzülüyorum. Karşılaşmamızın tamamen şansa bağlı olduğunu söylerken ne demek istediğini de anlıyorum. Benim açımdan da çok kötü böyle olması. Onun terapisti olacağıma sevgilisi olmayı ister-*

dim. Şu sandalyeden aşağı süzülüp giysilerini çıkarmak isterdim. Tüm bedenini okşamak isterdim. Hem kim bilebilir ki? Ya kitabevinde karşılaşsaydım *onunla? Belki de haklıdır – belki o zaman, bir terapist olarak verebileceklerimden çok daha fazlasını verirdim ona! Ama asla bilemeyiz – böyle bir deney yapılamaz.*

"Carolyn, şu istediğini – yani saati geriye almamız, senin sevgilin olmam... sana karşı dürüst olacağım... burada aklı başından giden sadece sen değilsin – benim için de harika bir şey olurdu bu. Birlikte olmaktan çok zevk alır, mutluluk duyardık, buna eminim. Ama ne yazık ki *bu* saat," kitaplığında gizli saklı duran saati işaret etti Ernest, "geriye alınamıyor."

Ernest konuşurken yine Carolyn'in saçlarını okşamaya başlamıştı. Carol da ağırlığını daha çok verdi onun bacağına. Ansızın elini çeken Ernest, "Lütfen Carolyn," dedi, "şimdi sandalyene dön ve beni dinle, önemli bir şey söyleyeceğim."

Carol çarçabuk dizine bir öpücük kondurup yerine geçene kadar bekledi Ernest. *Malum itiraz konuşmasını yapsın bakalım, bırak oyununu oynasın. Kendi kendine "E ben karşı koydum ama" demesi lazım tabii.*

"Şimdi birkaç adım geriye gidelim," dedi Ernest, "ve neler olmuş bakalım. Ben, kendi gördüğüm şekliyle olayı toparlayayım. Senin sıkıntıların vardı. Zihin sağlığı alanında çalışan bir profesyonel olarak benden yardım istedin. Bir araya geldik ve seninle bir sözleşme yaptım – bu sözleşmeye göre ben, girdiğin mücadelelerde sana yardımcı olmayı taahhüt ediyordum. Buluşmalarımızın tabiatı gereği mahrem bir nitelik taşımasının bir sonucu olarak sende bana karşı sevecen hisler gelişmeye başladı. Ve ne yazık ki burada ben de tamamen masum değilim: Bazı davranışlarımın –mesela seni kucaklamak, saçına dokunmak gibi– yangına körükle gitmek olduğuna inanıyorum. Ve bu bende kaygı yaratıyor. Her ne olursa olsun şimdi birdenbire fikir değiştirmem, sendeki bu sevecen hislerden yararlanarak senden zevk alma yönünde bir karara varmam mümkün değil."

"Ama Ernest, sen meselenin özünü kaçırıyorsun. Benim anlatmaya çalıştığım şu: Benim için bir terapist olarak yapabileceğin en iyi şey, sevgilim olmaktır. Beş yıl süreyle Ralph ve ben... "

"Ralph, Ralph'tır, ben de benim. Carolyn, süremiz doldu, bu

tartışmaya bir dahaki seansta devam etmek zorundayız." Ernest, seansın bittiğini belirtmek üzere ayağa kalkmıştı. "Ama son bir şey söylememe izin ver. Bir dahaki seansta, benim sınırlarımı zorlamaya devam etmek yerine, sana sağlamakla yükümlü *olduğum* şeylerden yararlanmak için yeni yollar aramaya başlayacağını umuyorum."

Sarılarak vedalaşırlarken Carol, "Ben de son bir şey söyleyeceğim, Ernest," dedi. "Annemin gittiği yoldan gitmemem, kendi hayatımın sorumluluğunu üstlenmekten kaçmamam gerektiğini –gayet etkileyici bir dille– ifade ettin. Bak bugün ben de senin öğüdünü hayata geçirmeye çalıştım, hayatımı daha güzel hale getirmeye çalıştım. Hayatta neye –ve kime– ihtiyacım olduğunu anlıyor, günü yakalamaya uğraşıyorum. Gelecekte pişmanlık duymayacak şekilde yaşamamı söylemiştin bana, ben de şu anda tam öyle yapmaya çalışıyorum işte."

Ernest'ın buna verecek cevabı yoktu.

XVIII

MARSHAL, hazır hastası yokken pencerenin kenarına oturmuş, bonsai akçaağaç korusunun keyfini çıkarıyordu: Mini mini, dokuz tane güzelim akçaağaç, kızıl yaprakları tomurcuk kılıflarından fışkırmaya başlamış artık. Geçen hafta saksılarını değiştirmişti. Bir yemek çubuğuyla hafif hafif vurarak her ağacın kökünü topraktan temizlemiş, sonra geniş bir mavi seramik kaba geleneksel düzende yerleştirmişti ağaççıkları: Farklı büyüklükte iki küme –biri altı, öbürü üç ağaçlık– ve aralarında, Japonya'dan getirilmiş grimsi pembe minik bir kaya parçası. Marshal, daha büyük olan kümedeki ağaçlardan birinin eğri büyümekte olduğunu fark etti, böyle giderse bir-iki aya kalmaz komşusunun arazisine dayanırdı. On-on iki santimlik bir bakır tel kesti, yoldan çıkmış akçaağacın dalına dikkatle sardı ve hafifçe çekerek daha dikey bir duruşa getirdi dalı. İki-üç günde bir biraz daha çekecek ve sonra, beş-altı ay geçince, kolayca örselenebilen akçaağacın gövdesine bir zarar gelmeden teli çıkaracaktı. Ah, dedi kendi kendine, psikoterapide de işler bu kadar basit olsaydı keşke.

Aslında başıbozuk akçaağacı yola getirmek için, eli bu işe çok yatkın olan karısından yardım isterdi ama, hafta sonu Shirley'yle kavga etmişlerdi ve üç gündür konuşmuyorlardı. Bu son hadise, yıllardır gittikçe büyüyen bir soğukluğun işaretlerinden biriydi yalnızca.

Marshal bunun hep birkaç yıl önce, Shirley'nin ilk ikebana kursuna yazılmasıyla birlikte başladığına inanıyordu. Bu sanata tutku derecesinde düşkündü kadın, hem de olağanüstü beceri göstermişti. Marshal kendi başına onun yeteneğini değerlendiremezdi –ikebanadan hiç anlamıyordu ve anlamaz kalma konusunda da kararlılık göstermişti– ama Shirley'nin çeşitli yarışmalarda kazandığı oda dolusu ödüllerle rozetler, kuşkuya yer bırakmayacak şekilde ortaya koyuyordu yeteneğini.

Shirley, kısa bir süre içinde ikebanayı hayatının merkezi haline getirmişti. Arkadaş çevresi tamamen ikebana tutkunlarından oluşuyordu, bu arada Marshal'la ikisi giderek daha az şey paylaşır olmuşlardı. Bunlar yetmiyormuş gibi, bir de seksenlik ikebana hocası –ki Shirley kölelik derecesinde bağlıydı adama– onu Budist Vispassnia meditasyonuna başlamaya teşvik etmişti; e bu da Shirley'nin daha çok zamanını alıyordu tabii.

Üç yıl önce Marshal, ikebana ile (yine tamamen anlamaz kalmayı yeğlediği) Vispassnia'nın evlilikleri üzerindeki etkisinden öyle kaygılanmaya başlamıştı ki, tekrar üniversiteye girip klinik psikoloji okuması için yalvar yakar oldu Shirley'ye. Aynı alanı paylaşırlarsa daha çok yakınlaşacaklarını ummuştu. Sonra Shirley'nin, bu alanda çalışınca, kocasının mesleki yetkinliğini takdir edeceğini de umuyordu. Hem çok geçmeden Shirley'ye hasta göndermeye başlardı ve ikinci bir gelir düşüncesi de pek tatlıydı doğrusu.

Ama işler umduğu gibi gitmedi. Shirley üniversiteye girdi girmesine de, diğer ilgi alanlarını bırakmadı. Artık üniversite öğrenimine artı çiçek toplama ve düzenlemeye ya da Zen Merkezi'nde meditasyona ayırdığı zaman Marshal'a hemen hiçbir şey bırakmıyordu. Bir de bunların üstüne, üç gün önce kadın, son aşamalarına gelmiş bulunduğu doktora tezinin konusunun, panik bozukluğun tedavisinde ikebana çalışmalarının etkisi olduğunu söyleyince yıkılmıştı Marshal.

"Harika," dedi karısına. "Psikanaliz Enstitüsü başkanlığına aday olmam için eşimden harika destek görüyorum doğrusu – kaçık işi çiçek düzenleme terapisiyle uğraşan kaçık bir kadın!"

Çok az konuşuyorlardı. Shirley, yatmadan yatmaya geliyordu eve – üstelik ayrı odalarda yatıyorlardı. Aylardır seks hayatları yoktu. Şimdi bir de mutfakta greve gitmekteydi Shirley; her akşam Marshal, mutfak masasında bula bula yeni bir çiçek düzenlemesi buluyordu.

Küçücük akçaağaç korusunun bakımı, şiddetle ihtiyaç duyduğu huzuru bir ölçüde sağlamaktaydı Marshal'a. O akçaağacı bakır telle sarmak, içini sonsuz bir sükûnla doldurmuştu. Çok hoş... evet, çok hoş bir uğraştı bonsai.

Ama bir hayat tarzı değildi. Oysa Shirley her şeyi abartmak, çiçekleri varoluş nedeni haline getirmek zorundaydı. Orantı duygusu yoktu kadında. Hatta tutup kocasına, uzun süreli terapilerde bonsai bakımını da gündeme getirmesini önermişti. Ne zırvalık! Aşağı doğru bükülmüş birkaç ardıç dalını budayan Marshal, sonra ağaçların hepsini suladı. İyi bir dönem geçirmiyordu doğrusu. Shirley'yle kapışmış olması bir yana, gözetim seanslarına alelacele son veren Ernest da hayal kırıklığına uğratmıştı onu. Ve bir de başka aksilikler vardı.

İlk olarak Adriana, randevusuna gelmemişti. Telefon da etmemişti. Çok acayip. Hiç ondan beklenecek şey değil. Marshal birkaç gün bekledi, sonra kendisi arayıp Adriana'nın telesekreterine, ertesi hafta ayni saate randevu verdiğine dair bir not bıraktı. Ayrıca o gün ve saatin uygun olup olmadığını haber vermesini rica etti.

Peki Adriana'nın gelmediği saatin ücreti ne olacaktı? Normal olarak Marshal, gelmediği saatin ücretini bir kez bile düşünmeden alırdı ondan. Ama şimdi normal bir durum söz konusu değildi tabii, Marshal günlerdir kukumav gibi düşünüp duruyordu bu konuyu. Peter ona bin dolar vermişti – Adriana'yla yapacağı beş seansın ücretiydi bu. Adriana'nın gelmediği iki saatin ücretini oradan alır, olur biterdi işte. Peter'ın haberi bile olmazdı ki! Peki olursa, gücenir miydi acaba? Marshal'ın vefasız ya da küçük hesaplar peşinde olduğunu düşünür müydü? Ya da Peter'ın hesapsızlığı –bisiklet kaskı yatırımı, adına düzenlenen konferans dizisi, Rolex– karşısında nankörlük ettiğini?

Diğer taraftan, başka bir hastadan gelmediği saatin ücretini nasıl alıyorsa ondan da alması gerekiyordu. Peter onun profesyonel tutarlılığına ve kendi standartlarından şaşmamasına saygı duyardı. Hem zaten Peter, sağladığı hizmetin karşılığını hakkıyla almıyor diye birkaç kez çıkışmamış mıydı ona?

Sonunda Marshal, Adriana'dan gelmediği saatin ücretini almaya karar verdi. Doğru olan buydu – hiç kuşkusu yoktu. İyi ama niye bu kadar gergindi öyleyse? Bu kararından ötürü pişmanlık duyacağına dair o ısrarcı karanlık duyguyu niye üstünden atamıyordu?

Seth Pande'nin enstitüden ihracında Marshal'ın oynadığı rol etrafında kopan kasırganın yanında, bu sinir bozucu kukumavit atağı küçük bir yağmur bulutu gibi kalıyordu. Gözde mizah köşelerinden birinin yazarı olan Art Bookert, telafi terapileri hakkında *San Francisco Chronicle*'da yayımlanan haberden (SAVULUN FORD, TOYOTA, CHEVROLET; KUSURLU ÜRÜNÜ TELAFİ SIRASI PSİKİYATRİSTLERDE) yola çıkarak bir taşlama yazmıştı. Yazısında, psikiyatristlerin yakında oto tamir atölyelerinde muayenehane açacaklarını, otomobil servisinde sıra bekleyen müşterilere maraton seanslar düzenleyeceklerini söylüyordu. Terapistler ile oto tamir atölyesi sahipleri, diyordu köşe yazısı, fren tertibatı ve irade hâkimiyeti, ateşleme sistemi ve bireysel inisiyatif, otomatik yağlama ve kendi kendini yatıştırma mekanizmaları, direksiyon ve ruh hali denetimi, susturucu/egzoz sistemleri ve mide-bağırsak sistemini etkileyen gerginliklerin giderilmesi, kamalı mil entegrasyonu ve iktidarsızlık tedavisi gibi konularda beş yıl garantili ortak hizmet sunacaklar.

Bookert'ın yazısı (HENRY FORD İLE SIGMUND FREUD GÜÇLERİNİ BİRLEŞTİRİYOR başlığıyla) hem *The New York Times* hem *International Herald Tribune*'da gayet dikkat çekici bir şekilde yayımlanmıştı. Enstitü başkanı John Weldon, herkes üstüne üstüne gelmeye başlayınca, telafi projesini uygulamaya koyan kişi olarak Marshal'ı adres gösterip paçasını kurtarmaya bakmıştı. Yazıyı pek de eğlendirici bulmayan psikanalist meslektaşlar, hafta boyunca ülkenin her yerinden Marshal'ı aramışlardı. Bir günde dört psikanaliz enstitüsünün –New York, Chicago, Philadelphia ve Boston– başkanları telefon edip dehşet içinde olduklarını belirtmişlerdi.

Onları yatıştırmak için elinden geleni yapan Marshal, ilana yalnızca bir hastanın cevap verdiğini, bu hastayı bizzat kendisinin tedavi etmekte olduğunu, bunu da kısa süreli ve son derece etkili bir terapi uygulayarak gerçekleştirdiğini ve telafi ilanının bir daha yayımlanmayacağını bildirmişti.

Fakat Uluslararası Psikanaliz Birliği başkanı Dr. Sunderland, fena halde gergin bir şekilde arayıp da, Shelly Merriman'ın arka arkaya birçok kez, saldırgan bir tonda kendisine telefon ettiğini ve faks gönderdiğini bildirdikten sonra kimseyi yatıştırmak mümkün olamazdı artık. Merriman, Dr. Pande'nin isabetsiz yöntemleri yüzünden zarara uğramış olduğunu, enstitünün kendiliğinden tazminat ödemeyi kabul etmemesi durumunda derhal hukuki muamelelere başlayacağını iddia etmekteydi.

"Ne bok yiyorsunuz siz orada?" diye soruyordu Dr. Sunderland. "Bir kez daha herkese maskara olduk! Hastalar analiz seansına ellerinde *Prozac'a Kulak Verin* kitabıyla geliyor; ilaç firmaları, nörokimyacılar, davranışçılar ve Jeffrey Masson gibi eleştirmenler temelimize dinamit koyuyor; ipini koparan, terapi sırasında bastırılmış anılarım canlandı diye ona buna tazminat davası açıyor, sonra gelsin karşı davalar, vay efendim terapist hastasının beynini yıkamış, anılarını çarpıtmış diye. Allah belasını versin, analiz müessesesinin ihtiyacı olan şey bu değil – bak tekrar ediyorum, DEĞİL! Siz kimden yetki aldınız o telafi ilanını vermek için?"

Marshal, enstitünün karşı karşıya bulunduğu durumun aciliyetini ve telafi projesinin gerekliliğini soğukkanlılıkla açıkladı.

"Gördüğüm kadarıyla, Dr. Sunderland," diye ekledi Marshal, "ne yazık ki bu olaylar konusunda bilgilendirilmiş değilsiniz. Her şeyi bütün ayrıntılarıyla öğrendiğiniz zaman, yaptığımız işin ardındaki mantığı takdir edeceğinizden eminim. Ayrıca biz protokole uygun davrandık. Enstitüdeki oylamayı izleyen gün, ben bütün bunları Ray Wellington'la görüştüm, kendisi Uluslararası Enstitü'nün sekreteridir."

"Wellington mı? Muayenehanesini ve bütün kliniğini California'ya taşıyacağını duydum! Ha, şimdi anlamaya başlıyorum sizin mantığı. Güney California'lı otyiyenlerin mantığı bu. Hollywood işi bir felaket filmindeyiz, desene."

"Dr. Sunderland, San Francisco, Kuzey California'dadır, Hollywood'un altı yüz elli kilometre kuzeyine düşüyor – neredeyse Boston'la Washington arasındaki mesafe kadar. Biz, Güney California'da değiliz. Yaptıklarımızın arkasında kuzeyli bir mantık olduğunu söylüyorum size, bana güvenin."

"Kuzeyli mantık mı? Hadi ordan! Peki o kuzeyli mantığınız, Dr. Pande'nin yetmiş dört yaşında, akciğer kanserinden ölümü bekleyen bir adam olduğunu niye söylemedi size? O adam herkesin kıçına batıyor, biliyorum, ama şurada kaç yıl ömrü kaldı ki? Bir yıl mı? İki yıl mı? Sizler, psikanaliz bahçesinin bekçilerisiniz: Birazcık daha sabır gösterseniz, birazcık daha kendinizi tutmayı bilseniz, tabiat zaten temizleyecek zararlı otları.

"Neyse, bırakalım artık bunu," diyerek sözüne devam etti Dr. Sunderland. "Olan olmuş. Şimdi önümüzde düşünülmesi gereken başka bir mesele var: Bu konuda acilen karar vermem gerekiyor ve sizden bilgi istiyorum. Bu Shelly Merriman denen herif dava açmakla tehdit ediyor bizi. Yetmiş bin dolara anlaşırmış. Avukatlarımız, bunun yarısına razı olur, diyorlar. Böyle bir şeyin ileride emsal teşkil etmesinden çekiniyoruz elbette. Siz ne diyorsunuz bu konuda? Tehdidinde ne kadar ciddi bu adam? Yetmiş veya hatta otuz beş bin dolara başımızdan gider mi bu Bay Merriman? Ve tabii gittiği yerde kalır mı? Bu parayı vererek onu susturabilir miyiz? Sizin şu Bay Merriman aklı başında bir adam mıdır?"

Marshal, en kendinden emin ses tonunu takınarak çabucak cevap verdi: "Şahsen ben, hiçbir şey yapmamanızı tavsiye ederim, Dr. Sunderland. Siz bu işi bana bırakın. Bu meseleyi etkili bir şekilde halledip sonuçlandıracağımdan şüpheniz olmasın. Sizi temin ederim, kuru sıkı bir tehdit bu. Adam blöf yapıyor. Parayla adamı susturmaya ve aklı başında davranmasını sağlamaya gelince? Bunun hiç yolu yok. Bunu unutun – adam ciddi bir sosyopat. Hiç yerimizden kıpırdamamamız lazım."

Ama o öğleden sonra, Shelly'yi muayenehanesine buyur ederken, vahim bir hata yapmış olduğunu anladı Marshal: Meslek hayatında ilk kez hasta-terapist mahremiyetine aykırı davranmıştı. Sunderland'la konuşurken paniğe kapılmıştı işte. Sosyopatlık konusunda nasıl böyle bir yorumda bulunurdu? Sunderland'a Bay Merriman hakkında hiçbir şey söylememeliydi.

Kendini kaybetmişti. Bay Merriman bunu fark edecek olursa, ya mesleğini kötüye kullandığı için onu mahkemeye verir, ya da Uluslararası Enstitü'nün yeterince kararlı davranmadığını görüp tazminat taleplerini daha da artırırdı. Hadise tam bir felakete doğru sürükleniyordu.

Tek bir makul yol bulunduğuna karar verdi Marshal: En kısa zamanda Dr. Sunderland'ı telefonla aramalı ve akılsızca boşboğazlık etmiş olduğunu kabullenmeliydi – bağlılıkları arasındaki çatışmadan kaynaklanan anlık, anlaşılabilir bir basiretsizlikti bu canım; o hem Uluslararası Enstitü'nün hem hastasının çıkarlarını gözetmeye çalışmıştı. Dr. Sunderland elbette anlar ve hastası hakkında sarf ettiği kelimeleri kimseye söylemeyeceğine söz verirdi. Bunların hiçbiri ulusal ve uluslararası psikanaliz çevrelerinde uğradığı itibar kaybını tamir etmeyecekti elbette, ama Marshal, artık imajını ya da politik geleceğini gözeterek davranamazdı: Artık onun hedefi, zararın denetim altına alınmasıydı.

Muayenehaneye giren Shelly, Musler imzalı heykelin yanında her zamankinden biraz fazla oyalandı.

"Bu portakal rengi küreye bayılıyorum, Doktor. Olur da satmaya karar verirsen haberim olsun. Her büyük oyundan önce bunu okşayıp sinirlerimi yatıştırırım." Shelly sandalyesine çöküverdi. "Evet, Doktor, kendimi daha iyi hissediyorum artık. Senin yorumlar işe yaradı. Tenise bile iyi geldi vallahi; servis atarken canavarlar gibi vurdum topa. Willy'yle günde üç-dört saat çalışıyoruz ve önümüzdeki hafta La Costa turnuvasında şansımızın yüksek olduğuna inanıyorum. Yani işin bu kısmı tamam. Ama öteki tarafta hâlâ bazı sorunlarım var. Bugün bunları konuşmak istiyorum."

"Öteki taraf?" diye sordu Marshal, gerçi öteki tarafın ne olduğunu bal gibi biliyordu.

"Ya işte geçen sefer üzerinde çalıştığımız şey. Renk verme olayı. Bir daha denemek ister misin? Hafızanı tazeleyeyim mi? On dolar... sen beş tahmin, ben beş tahmin."

"Hayır. Hayır. Gerek yok. Meseleyi anladım... gayet güzel anlattınız. Ama son seansın sonunda, çalışmamıza nasıl devam edeceğimiz konusunda bazı fikirleriniz olduğunu söylemiştiniz."

"Gayet kesin fikirlerim var. İşte planım. Geçen sefer oynadığımız ufak oyunda sen çeşitli şekillerde renk verdin ve kırk dolar kaybettin ya, işte ben de oyunda, yani poker olayında durmadan böyle renk veriyorum galiba. Peki neden? Stres yüzünden, hep şu Dr. Pande'nin 'isabetsiz terapisi' yüzünden – öyle diyordun değil mi?"

"Aşağı yukarı."

"Bunlar senin sözlerindi galiba."

"İsabetsiz yöntemler, demiş olduğuma inanıyorum."

"Tamam, 'isabetsiz yöntemler'. Aynı şey. Pande'nin isabetsiz yöntemleri yüzünden pokerde kötü kötü sinir huyları gelişti bende. Sen nasıl renk verdin geçen hafta, işte ben de pokerde bir sürü böyle hareket yaparak renk veriyorum. Eminim bundan – böyle dostça bir sosyal faaliyette ne diye kırk bin dolar kaybetmiş olayım yoksa?"

Huzursuzlanmaya başlayan Marshal, "Evet," dedi, "devam edin." Hastasını yatıştırmak için mümkün olan her yola başvurmaya, terapiyi en kısa zamanda doyurucu biçimde sonuçlandırmaya kesin biçimde kararlı da olsa, gerçek bir tehlike kokusu almaya başlıyordu artık.

"Terapinin konuyla ilgisi nedir?" diye sordu Shelly'ye. "Sizinle poker oynamamı beklemiyorsunuz herhalde. Ben kumarbaz değilim, poker oyuncusu hiç değilim. Benimle poker oynayarak nasıl bir bilgiye erişebileceğinizi düşünüyorsunuz?"

"Dur bi dakka, Doktor. Senle poker oynamaktan bahseden kim? Aslında aklımdan geçmedi de değil hani. Neyse, önemli olan olayın aslını yaşamak – yani gerçek bir oyun sırasında beni gözlemlemen lazım, yüksek kozlar dönerken, o sırada yaşanan gerilimi falan görmen lazım; tabii gözlem yeteneklerini kullanaraktan elimi nasıl belli ettiğimi, dolayısıyla paramı nasıl kaybettiğimi söyleyeceksin bana."

"Yani sizinle pokere gitmemi ve sizi oynarken izlememi mi istiyorsunuz?" Marshal rahatlamıştı. Bu istek ne kadar tuhaf olsa da, birkaç dakika önce korktuğu şey kadar kötü değildi. Şu anda, Dr. Sunderland'dan yakayı kurtarmasını ve Shelly'yi sonsuza dek bu muayenehanenin dışında tutmasını sağlayacak her türlü isteği kabule hazırdı.

"Kafa mı buluyorsun? Çocuklarla oynarken seni de götüreceğim ha? Ulan ne manzara olur ama ha – oyuna yanımda özel psikiyatristimle gidiyorum, düşünsene!" Shelly kah kah gülüyor, bir yandan da dizlerine vuruyordu. "Yav işe bak be... ne vaziyet ama... Doktor, biz efsane oluruz yav, senle ben – psikiyatristimi götürüyorum oyuna, hem divanı da yanımıza alıyoruz... çocuklar iki bin yılında hâlâ bunu konuşuyor olurlar artık."

"Bunu komik bulduğunuza çok sevindim, Bay Merriman. Ben ise konuyu anlayabildiğimden emin değilim. Belki siz anlatsanız daha iyi olacak: Nedir planınız?"

"Tek bir yolu var bu işin. Benle profesyonel bir kumar salonuna gelip ben oynarken gözlem yapacaksın. Kimse bizi tanımaz. Tebdil-i kıyafet gideriz."

"Yani sizinle Las Vegas'a gelmemi istiyorsunuz? Diğer hastalarımın randevularını iptal edeceğim, öyle mi?"

"Yapma şimdi, Doktor. Başladın yine. Bugün *hep* diken üstündesin. İlk defa böyle görüyorum seni. Las Vegas'tan bahseden kim ya, veya birilerinin bir şeylerini iptal etmekten? Basit bir yöntem kullanacağız biz. Havalimanına giderken otoyoldan saptın mıydı, buraya yirmi dakika uzaklıkta birinci sınıf bir kumarhane var – ismi Avokado Joe.

Benim senden istediğim –ve senden istediğim son şey de bu olacak– bir geceni bana ayırman. İki-üç saatlik bir şey. Pokerde benim yaptığım her şeyi izleyeceksin. Her elin sonunda sana kapalı kâğıtlarımı göstereceğim, yani ne oynadığımı bileceksin sen. Şimdi, beni izliyorsun: İyi el gelince, blöf yaparken, kare ya da floş yapmak üzere kâğıt çekerken, hangi kâğıt gelirse gelsin etkilenmeyecek şekilde elimi kurduğumda nasıl davranıyorum, bakacaksın. Her şeye bakacaksın: Ellerime, elimi kolumu oynatışıma, yüz ifademe, gözlerime bakacaksın, fişlerle nasıl oynuyorum, ne zaman kulağımı çekiştiriyorum, ne zaman taşaklarımı kaşıyorum, ne zaman burnumu karıştırıyorum, ne zaman öksürüyor veya yutkunuyorum, yaptığım her şeye dikkat edeceksin işte."

"Ve bu 'son istek' olacak, öyle mi?" diye sordu Marshal.

"Evvet! Sonra işin bitiyor. Gerisi bana kalmış – senin verdiklerini almak, incelemek, sonra da ileride kullanmak benim işim. Avokado Joe'dan sonra azatsın; bir psikiyatristin yapabileceği her şeyi yapmış olarak."

"Ve... ıııh... bunu bir şekilde resmileştirebiliz belki ha?" Marshal'da marş basmaya başlamıştı. Shelly'nin vereceği resmi bir teşekkür mektubu kendi kurtuluşu olabilirdi: Hemen Sunderland'a fakslardı mektubu.

"Tedavinin başarılı olduğunu belirten bir nevi imzalı mektup mu yani?"

"Onun gibi bir şey, tamamen gayri resmi bir şey, sadece ikimizin arasında, sadece benim sizi başarılı bir şekilde tedavi etmiş olduğumu, artık hiç semptom kalmadığını belirten bir şey," dedi Marshal.

Shelly'de de marş bastı ve Shelly durakladı. "Bunu kabul edebilirim, Doktor... tabii sen de bana, gösterdiğim ilerlemeden duyduğun memnuniyeti ifade eden bir mektup verirsen. Evliliğimdeki bazı yaraları sarmama yardımcı olabilir de."

"Pekâlâ," dedi Marshal, "bir daha üstünden geçelim şunun. Avokado Joe'ya gelip iki saat süreyle sizin oyununuzu seyrediyorum. Sonra karşılıklı mektuplar veriliyor ve aramızdaki iş ilişkisi sona eriyor. Anlaştık mı? Bu konuda el sıkışabilir miyiz?" Marshal elini uzattı.

"Şuna iki buçuk saat desek – oyundan önce seni hazırlamak için zamana ihtiyacım var, tabii bir de oyun sonrasında bana bilgi vermen için zaman lazım."

"Tamam. Öyleyse iki buçuk saat."

İki adam el sıkıştı.

"Şimdi," diye sordu Marshal, "Avokado Joe'da randevu ne zaman?"

"Bu akşam? Saat sekiz? Yarın Willy'yle birlikte bir haftalığına La Costa'ya gidiyorum."

"Bu akşam imkânsız. Dersim var."

"Çok kötü, kendimi gerçekten de çok hazırlamıştım buna. Şu dersi pas geçemez misin?"

"Mevzubahis değil. Söz verdim."

"Peki. O zaman bekleyelim, haftaya buradayım; bu değil, bir

dahaki Cuma desek – saat sekizde Avokado Joe'da? Oradaki lokantada buluşuruz, ha?"

Marshal başını olur anlamında salladı. Shelly gittikten sonra sandalyesine yığıldı ve tüm benliğini saran huzur dalgasına bıraktı kendini. Çok şaşırtıcı! Merak ediyordu: Nasıl olmuştu bu? O, dünyanın en büyük analistlerinden biri, bir hastasıyla Avokado Joe'da randevulaştı diye huzur duyacak, bu randevuyu iple çekecek, hem de minnet duygusu içinde?

Kapı vuruldu ve Shelly girip tekrar oturdu sandalyeye. "Sana bir şey söylemeyi unuttum, Doktor. Avokado Joe'da masanın başında dikilip poker oyununu seyretmek kurallara aykırıdır. Senin de oyuna katılman gerekiyor. Bak, sana bir kitap getirdim."

Shelly, *Teksas Pokeri – Kovboylar Nasıl Oynar?* adında bir kitap uzattı.

Marshal'ın suratındaki dehşet ifadesini görünce, "Hiç korkma, Doktor," dedi Shelly. "Kolay bir oyun. Masaya ikisi kapalı, beşi de açık yedi ortak kâğıt koyuluyor. Kitapta hepsini anlatıyor. Haftaya, oyuna başlamadan önce, bilmen gerekenleri ben anlatacağım sana. Her elde çıkarsın – sadece anteyi kaybedersin o zaman. Fazla bir şey etmez."

"Siz ciddi misiniz? Oynamam şart mı?"

"Bak ne diyeceğim, Doktor – kaybına ortak olurum. Ama eğer baba bir el gelirse, o zaman oyunda kalırsın, artırırsın ve kazandığın da senin olur. Şu kitabı bir oku, buluştuğumuzda ben sana daha ayrıntılı anlatırım. Senin için iyi bir anlaşma oldu bu."

Shelly kalkıp odadan çıkarken arkasından bakakaldı Marshal – geçerken portakal rengi küreyi okşamayı da unutmamıştı.

İyi anlaşma, diyor bir de. *Bay Merriman, senin ve iyi anlaşmaların sonunu bir göreyim hele, iyi anlaşma diye ben ona derim işte.*

XIX

ERNEST, haftalardır Carol'la yaptığı seanslardan her seferinde biraz daha terleyerek çıkıyordu. Seanslar erotizmle gerildikçe geriliyordu ve Ernest, sınırlarını korumak için aslanlar gibi dövüşse de, Carol'ın yarma harekâtı sonuç vermeye başlamıştı. Haftada iki kez buluşuyorlardı ama Carol, kendisi pek farkında olmamakla birlikte, hakkı olan elli dakikadan çok daha fazla zamanını almaktaydı Ernest'ın. Randevu günlerinde Ernest, sabahları müthiş bir beklenti içinde kalkıyordu yatağından. Yanaklarına her zamankinden daha hızlı, daha sert hareketlerle tıraş köpüğünü sürer ve her zamankinden daha itinalı tıraş olurken, üstüne de Royall Lyme losyonunu sürerken, aynada hep Carolyn'in yüzünü gördüğünü hayal ediyor, onun kendisini izlediğini düşünüyordu.

"Carolyn günleri" iki dirhem bir çekirdek giyiniliyordu. Ernest, en iyi ütülü pantalonunu, en temiz ve en renkli gömleklerini, en şık kravatlarını Carolyn'e saklıyordu. Birkaç hafta önce Carolyn, Wayne'in kravatlarından birini vermeye kalkmıştı ona – kocasının artık dışarı çıkamayacak kadar hasta olduğunu söyleyerek açıklamıştı durumu; San Francisco'daki dairelerinde fazla yer olmadığı için adamın dışarıya giydiği giysilerin çoğunu elden çıkarıyordu. Carolyn ne kadar bozulsa da, Ernest elbette geri çevirdi bu hediyeyi, Carolyn'in bütün bir seansı onu ikna etme çabalarıyla geçirmesi de fayda etmedi. Ama ertesi sabah giyinirken Ernest, büyük bir istek duydu o kravatı almak için. Çok şık ve sıradışı bir kravattı; bir Japon motifi vardı üstünde: Tam ortada yemyeşil, yanardöner bir çiçek ve etrafında koyu renkli, minik, parlak çiçekler. Ernest mağaza mağaza dolaşıp boş yere aradı aynısını – bir eşi daha yoktu besbelli ki. Bazen, bu kravatın nereden alındığını nasıl öğrenebilirim diye düşünüp duruyordu. Carolyn bir daha teklif edecek olursa, terapinin sonunda, bundan iki yıl sonra hastasından bir kravat kabul etmenin o kadar da uygunsuz olmayabileceğini söylerdi belki.

Carolyn günleri aynı zamanda yeni giysilerin günleriydi. Bugün Ernest, Wilkes Bashford'daki indirimli satışlardan aldığı yeni bir yelekle pantalonu giyiyordu. Çuvalbezini andıran bir kumaştan yapılma bejli, bordolu yelek, pembe gömleğiyle balıksırtı kahverengi pantalonunun üstünde harikulade durmuştu. Belki, diye geçirdi içinden, ceket giymese yeleğini daha iyi göstermiş olacaktı. Ceketi sandalyenin arkalığında bırakır, üstünde sadece gömlek, yelek ve kravat olduğu halde çıkardı Carolyn'in karşısına. Ernest aynada kendini inceledi. Evet, böyle daha iyiydi – biraz cüretkârca, ama taşıyabilirdi bu kadarını.

Ernest, Carolyn'i incelemekten hoşlanıyordu: Zarif bir yürüyüşle muayenehaneden içeri girişini, oturmadan önce sandalyesini Ernest'a yaklaştırmasını, çorabının sürtünmesinden çıkan seksi bir hışırtıyla bacak bacak üstüne atışını. Seansa başlamadan önce birbirlerinin gözlerinin içine baktıkları o ilk an hoşuna gidiyordu. Ve hepsinden önemlisi, Carolyn'in ona duyduğu hayranlıktan hoşlanıyordu, tabii bir de onunla ilgili mastürbasyon fantezilerini anlatışından – günden güne canlılık kazanan bu fanteziler her seferinde daha tahrik edici, daha heyecan verici olmaktaydı. Bir saat asla yetmiyordu ve seans bittikten sonra Ernest, pencereye koşup, binanın ön merdiveninden inen Carolyn'in arkasından bakıyordu. Yalnız, ikidir seans sonlarında gözüne çarpan bir şey vardı Ernest'ın: Carolyn, çıkarken bekleme odasında ayakkabı değiştiriyordu herhalde, çünkü iki seansın sonunda da merdiveni jogging yaparak inmiş ve Sacramento Sokağı'nda aynı tempoda gözden kaybolmuştu!

Ne kadın! Yarabbi ne talihsizlik, ne diye o kitabevinde, sosyal bir ortam içinde *tanışmamışlardı da,* terapist ve hasta olmuşlardı sanki! Carolyn'in her şeyini beğeniyordu Ernest: Kıvrak zekâsını ve keskinliğini, gözlerindeki ateşi, yaylanarak yürümesini ve vücudunun esnekliğini, parlak ve desenli naylon çoraplarını, seks hakkında konuşurken mutlak bir rahatlık ve açık yüreklilik sergilemesini – özlemlerini, mastürbasyonlarını, tek gecelik vur-kaçlarını.

Ve savunmasızlığını. Dıştan bakınca sert ve seri tavırları vardı (muhtemelen mahkeme ortamının gerekli kılıp pekiştirdiği bir personaydı bu); ama aynı zamanda da, ustaca davet edildiğinde, kendi içindeki acı dolu alanlara ayak basmaya istek gösteriyordu. Erkeklere duyduğu kini kızına da aşılama korkusu gibi mesela, veya küçük yaşta babası tarafından terk edilmesi, nefret ettiği bir adamla evliliğe mahkûm olması karşısında kapıldığı ümitsizlik.

Carolyn'e duyduğu cinsel çekime rağmen Ernest, terapötik perspektifine tüm gücüyle yapışmıştı ve aralıksız kişisel gözetim altında tutuyordu kendini. Terapiyi mükemmelen götürdüğüne dair inancı hâlâ tamdı. Carolyn'e yardım etme motivasyonu çok güçlüydü, odağını şaşırmamıştı ve tekrar tekrar önemli içgörüler kazandırmıştı kadına. En son, ömür boyu taşıdığı hıncın ve küskünlüğün her türlü sonucuyla yüz yüze gelmesini sağlamıştı – ve tabii, başkalarının, hayatı daha farklı yaşamakta olduğunu bir türlü göremiyor oluşuyla da.

Carolyn terapi çalışmasının kesilmesine ya da hedefinden sapmasına yol açan konulara girdiği zaman, ustalıkla ve azimle karşı koyuyordu Ernest – ki bu her seansta oluyordu; ya Ernest'ın kişisel hayatı konusunda alakasız sorular soruyordu Carolyn ya da daha fazla fiziksel temas için yalvarıyordu. Belki geçen sefer biraz fazla azimli davranmış, Carolyn'in birkaç dakikalık "divan sefası" isteğine bir doz varoluşsal şok terapisi uygulayarak karşılık vermişti. Kâğıda bir çizgi çekmiş, çizginin bir ucunun Carolyn'in doğum günü, diğer ucunun da ölüm günü olduğunu söylemişti. Kâğıdı ona vererek şu anda hayatının hangi noktasında bulunduğunu düşünüyorsa oraya X koymasını söylemişti. Sonra da cevabı üzerinde birkaç dakika düşünmesini istemişti ondan.

Ernest başka hastalara da uygulamıştı aynı şeyi ama hiç bu kadar kuvvetli bir cevapla karşılaşmamıştı. Carolyn, çizginin başından başlayıp dörtte üçünü kat ettikten sonra tam o noktaya bir çarpı koymuş, iki-üç dakika sessizce kâğıda bakmış ve "Ne kadar zavallı bir hayat," deyip göz yaşlarına boğulmuştu. Ernest daha fazla bir şeyler söylemesini istemiş, ama Carolyn'in bütün yapabildiği kafasını iki yana sallayarak "Bilmiyorum. Niye böyle ağladığımı ben de bilmiyorum," demek olmuştu.

"Galiba ben biliyorum, Carolyn. Galiba içindeki bütün o yaşanmamış hayata ağlıyorsun. Çalışmamız sonucunda o hayatın bir kısmını kurtaracağımızı umuyorum."

Bunun üzerine daha şiddetle iç çekmeye başlamıştı Carolyn ve bir kez daha alelacele terk etmişti muayenehaneyi. Hem de ona sarılmadan.

Seansın standart bir parçası haline gelen sarılarak vedalaşma her zaman hoşuna gidiyordu Ernest'ın. Ama Carolyn'den gelen diğer bütün dokunma isteklerini kararlılıkla reddediyordu, arada bir divanda kısa süre yan yana oturma isteği dışında tabii. Ernest onun yanına oturunca mutlaka birkaç dakika sonra kalkıyordu, eğer Carolyn fazla yanaşırsa ya da fazla tahrik olursa, birkaç dakikadan da önce.

Ancak Ernest, kendi içinden gelen rahatsız edici ikaz sinyallerine kör de değildi. Carolyn günlerinde kapıldığı heyecanın hayra alamet olmadığını biliyordu. Carolyn'in gizli gizli fırsat kollayarak yolunu buldukça Ernest'ın fantezi hayatına, özellikle de mastürbasyon fantezilerine dalmaya çalışmasını da hayra yormuyordu. Ve Ernest'ın kendi kendini gözlemleyen yanı, bu fantezilerin hep muayenehane ortamında geçmesini daha da uğursuz bir işaret addetmekteydi. Carolyn'i muayenehanede tam karşısında oturmuş sorunlarını tartışırken hayal etmek dayanılmaz derecede heyecan vericiydi; arkasından Ernest, tek parmağını oynatarak ona daha yakınına gelmesini işaret ediyor, kucağına oturması talimatını verip o konuşurken bir yandan bluzunun düğmelerini açıyor, sutyenini çıkarıyor, memelerini okşayıp öpüyor, usulca külodunu sıyırıp onunla birlikte yere doğru kayıyor, Carolyn hâlâ bir hasta olarak onunla konuşmaya devam ederken yumuşak hareketlerle içine giriyor, yavaş ve derin girişlerle sessiz bir orgazma doğru ilerliyordu.

Fantezileri hem tahrik ediyordu onu hem de midesini bulandırıyordu – kendini adamış olduğu vazifeyi temelinden sarsmaktaydı bunlar. Carolyn üzerinde mutlak bir güce sahip olmasının, hadisenin klinik ortamda, yani yasak bir ortamda geçmesinin, fantezideki cinsel heyecan dozunu önemli ölçüde artırdığının pekâlâ bilincindeydi. Cinsel tabuların çiğnenmesi de heyecan vericiydi tabii: Daha yüz yıl önce Freud, yasak davranış bu kadar akıl çelici olmasa, tabuya mabuya gerek kalmayacağını belirtmemiş miydi? Ama fantezilerindeki heyecanın kaynağını ne kadar net bir şekilde görebilse de, bu fantezilerin büyüleyici gücü eksilmiyordu işte.

Ernest, yardıma ihtiyacı olduğunu biliyordu. İlk olarak yine erotik aktarım üzerine profesyonel literatüre başvurdu ve umduğundan da fazlasını buldu orada. Başka hiçbir şey bulamasa bile, kuşaklar boyu başka terapistlerin de aynı ikilemle boğuşup durmuş olduğunu öğrenmek rahatlatmıştı onu. Birçokları, terapide erotik malzemeden sakınmamak ve buna onaylamaz veya mahkûm eder bir tavırla karşılık vermemek gerektiğini belirtiyordu, yoksa bu malzeme yeraltına geçer, hasta kendi arzularının tehlikeli ve zararlı olduğu hissine kapılırdı; Ernest da kendi kendine aynı sonuca varmıştı zaten. Freud ise hastanın erotik aktarımından öğrenilecek çok şey olduğunu belirtiyordu ısrarla. O güzelim mecazlarından birine başvurarak demişti ki, erotik aktarımı yeterince araştırmayı becerememek, ruhlar âleminden bir ruhu çağırıp sonra tek soru sormadan geri göndermeye benzer.

Hastalarıyla cinsel ilişki kurmuş terapistlerin büyük çoğunluğunun, aslında hastaya sunduklarının aşk olduğunu iddia ettiğini okuyunca aklı başına geldi Ernest'ın. "Ama bunu aşkla karıştırmayın," diye yazıyordu birçok terapist. "Bu, aşk değildir – cinsel suiistimalin başka bir şeklidir." Bu kabahati işleyen birçok terapistin de, yine kendisi gibi, cinsel aşka o kadar arzu ve ihtiyaç duyan bir hastadan bunu esirgemenin zalimce olacağı hissine kapılmış olduğunu okumak ise düşüncelerini daha da netleştirdi.

Bazıları da, terapist bilinçsizce suç ortaklığı etmedikçe yoğun erotik aktarımın fazla sürmeyeceğini iddia ediyordu. Tanınmış bir analist, terapistin kendi aşk hayatını incelemesini ve "libido ile narsisizm bilançosunun yeterince pozitif" olup olmadığını kontrol etmesini salık veriyordu. Ernest'a çok mantıklı geldi bu ve Marsha'yla ilişkisini yeniden başlatarak kendi libido bilançosunu denkleştirmeye karar verdi – eski bir ahbabı olan Marsha'yla ihtirassız, ama cinsel açıdan doyurucu bir ilişki yaşamışlardı.

Bilinçsiz suç ortaklığı görüşü canını sıkmıştı Ernest'ın. Kendi şehvet duygularını örtük bir şekilde Carolyn'e iletiyor olması mümkündü pekâlâ – sözlü iletişimde belli bir mesaj, sözsüz iletişim düzeyinde ise başka bir mesaj vererek onun kafasını karıştırıyor olabilirdi.

Ernest'ın özellikle saygı duyduğu bir başka psikiyatrist de, büyüklük kompleksi olan bazı terapistlerin, hastayı tedavi yetenekleri konusunda umutsuzluğa kapılıp da, kadir-i mutlak bir şifacı olarak kendi kendilerine duydukları inanç sarsıldığı zaman, hastayla cinsel ilişki kurma yoluna başvurduklarını yazıyordu. Ben bu gruba girmiyorum, diye düşündü Ernest – ama giren birini biliyordu: Seymour Trotter! Seymour'ı düşündükçe –onun o kibrini, "son çare olarak başvurulacak terapist" olarak görülüyorum diye kasım kasım kasılmasını, önüne bir hedef koydu muydu her hastayı tedavi edebileceğine olan inancını düşündükçe– Seymour ile Belle arasında olup bitenler daha çok netlik kazanıyordu kafasında.

Ernest yardım için dostlarına başvurdu, en başta Paul'a. Marshal'la konuşmak söz konusu bile edilemezdi. Marshal'ın tepkisini önceden kestirmek kesinlikle mümkündü: Geleneksel tekniklerden ayrıldı diye Ernest'ı önce kınayıp sonra şiddetle paylayacak ve nihayet hastayı bırakarak yeniden kişisel analize girmesi için ısrar edecekti.

Hem Marshal bu işin içinde değildi artık. Arka arkaya gelen bazı tuhaf olaylardan sonra Ernest, geçen hafta gözetim seanslarına son vermek durumunda kalmıştı. Altı ay önce Ernest'a gelmeye başlayan Jess adlı bir hasta, iki yıldır gittiği San Francisco'lu bir analisti ansızın bıraktığını söylüyordu. Ernest bunun nedenlerini araştırdıkça, Jess çok garip bir olay anlattı.

Yorulmak bilmez bir koşucu olan Jess, bir gün Golden Gate Parkı'nda jogging yaparken, kızıl yapraklı bir Japon akçaağacının yere kadar sarkan dalları arasında acayip bir hareketlenme çarpmıştı gözüne. Yakına gidince, analistinin karısı ile safran sarısı urba giymiş bir Budist keşişinin ihtirasla birbirlerine kenetlenmiş olduğunu görmüştü.

Ne yaman çelişki. Kadının, analistinin karısı olduğundan hiç kuşkusu yoktu: İkebana kurslarına gidiyordu Jess ve kadın da, en yenilikçi ikebana geleneklerinden birini temsil eden Sogetsu okulunun tanınmış hocalarındandı. Daha önce çiçek düzenleme yarışmalarında iki kez karşılaşmışlardı.

Jess ne yapmalıydı? Gerçi analisti, Jess'in şahsen hiçbir şekilde büyük bir sevecenlik duymadığı resmi, mesafeli bir adamdı ama, yine de işinin ehliydi, namusluydu ve ona çok yardımcı olmuştu; öyle ki Jess, karısıyla ilgili bu acı gerçeği söyleyerek üzmek istemiyordu adamı. Öte yandan, böyle müthiş bir sırrı taşıyarak nasıl devam edebilirdi onunla analize? Jess'in önünde tek bir seçenek vardı: Seansların, asla bozamayacağı başka bir programıyla çakıştığı bahanesiyle analize son vermek.

Jess hâlâ terapiye ihtiyacı olduğunun farkındaydı ve klinik psikolog olan kız kardeşinin tavsiyesi üzerine Ernest'a gitmeye başlamıştı. San Francisco'nun varlıklı ve köklü ailelerinden birinin evladıydı Jess. Babasının onu yönlendirme hırsından ve eninde sonunda aileye ait bankanın başına geçeceği yolundaki beklentisinden muzdaripti; bu nedenle her cephede isyan bayrağını açmıştı: Üniversitede arka arkaya çakmış, iki yıl orada burada sürtmüş, alkole ve kokaine batmıştı. Beş yıl süren evliliğinin sancılı bir şekilde sona ermesi üzerine hayatına bir çeki düzen verme kararı almıştı. Önce madde bağımlılığı nedeniyle uzun süre hastanede yatmıştı ve bir süre de hastanedeki bağımlılık tedavi programına dışarıdan katılmıştı; arkasından kendi seçtiği bir alanda, peyzaj mimarisi dalında iki yıl süreyle öğrenim görmüştü; arkasından analiz için iki yıl süreyle Marshal'a gitmiş ve aman tanımaz bir fiziksel kondisyon ve koşu rejimine girmişti.

Ernest'tan terapi gördüğü ilk altı ayda, önceki terapistini niçin bıraktığını anlatmış ama terapistinin adını vermeyi reddetmişti. Kız kardeşi, terapistlerin birbirini çekiştirmeye nasıl da meraklı olduğu konusunda yığınla hikâye anlatıyordu. Ama haftalar geçtikçe Jess'te Ernest'a karşı bir güven oluşmuş ve bir gün, ansızın eski terapistinin adını söyleyivermişti: Marshal Streider.

Ernest afallamıştı. Marshal Streider olamaz! Geçit vermez duvar gibi duran, Cebelitarık Kayası'nı andıran gözetmeni olamaz! Ernest da aynı Jess'in yaşadığı çelişkiye gömülüverdi. Ne Marshal'a gerçeği söyleyebilirdi –profesyonel mahremiyet ilkesi elini kolunu bağlıyordu– ne böyle yakıcı bir sırrı taşıyarak onunla gözetim seanslarını sürdürebilirdi. Ama o kadar da uygunsuz bir durum değildi bu, çünkü zaten Ernest gözetim seanslarına son verecek kararlılığı toplamaktaydı ve Jess'in açıklaması da ihtiyaç duyduğu itici gücü sağlamıştı işte.

Ve böylece Ernest, korka korka kararını bildirdi Marshal'a: "Marshal, bir süredir, artık göbeği kesmenin zamanı geldi diyordum. Bunca zaman beni yetiştirdin ve şimdi, otuz sekiz yaşında, evden ayrılıp kendi ayaklarım üstünde durma kararını veriyorum."

Ernest, Marshal'dan gelecek şiddetli bir itiraza hazırlamıştı kendini. Marshal'ın söyleyeceklerini kelimesi kelimesine biliyordu: Böyle apar topar işi bırakmasının ardındaki güdüleri analiz etmesi gerektiğinde diretecekti kuşkusuz. Ernest'ın kararının zamanlaması hakkında sorular soracağına da kuşku yoktu. Ernest'ın, kendi ayakları üstünde durma yönündeki dokunaklı kararına gelince, Marshal o ayakların altındaki zemini dakikasında oyup çökertecekti tabii. İşte bunun, tam da Ernest'taki ergenlik başkaldırısının kanıtı olduğunu öne sürecekti; hatta psikanaliz enstitüsü üyeliği için elzem olan olgunluk ve kendini tanıma kararlılığının Ernest'ta eksik olduğunun, başlı başına bu acelecilikten anlaşıldığını bile söyleyebilirdi.

Ne garip, bunların hiçbirini yapmadı Marshal. Yorgun görünüyordu, sanki aklı başka yerdeydi ve yasak savar gibi cevapladı Ernest'ı: "Evet, galiba vakti geldi artık. İleride her zaman bir araya gelebiliriz yine. Sana iyi şanslar, Ernest! En iyi dileklerimle."

Ama ne bu sözleri işitir ne de Marshal'la gözetim seanslarına son verirken içi rahattı Ernest'ın. Tersine, kafası karışmıştı. Ve, evet, hayal kırıklığına uğramıştı. Bu kadar kayıtsız davranmasındansa onu kınamasını kat kat tercih ederdi doğrusu.

Yarım saat boyunca, terapist ile hastasının cinsel davranışları konusunda Paul'un kendisine fakslådığı uzun bir makaleyi okuduktan sonra, Ernest telefona uzandı.

" 'Muayenehanedeki Romeolar ve Aşk Hastası Doktorlar' için teşekkürler! Eksik olma, Paul."

"Bakıyorum faksımı almışsın."

"Ne yazık ki evet."

"Niye 'ne yazık ki,' Ernest? Dur bir dakika, telsiz telefonumu alayım da şu rahat koltuğuma geçeyim. İçimde bir his var, dramatik bir konuşma olacak gibi bu... Tamam... bir daha soruyorum, niye 'ne yazık ki'?"

"Çünkü benim derdim 'Muayenehanedeki Romeo' olmak değil. Bu makale son derece değerli bir şeyi, hakkında hiçbir kavrayışa erişmemiş olduğu görülen bir şeyi değersizleştiriyor. Küçültücü bir dil kullanarak her türlü ince duyguyu bayağılaştırmak mümkündür."

"O sana öyle geliyor, çünkü olan biteni göremeyecek kadar yakından bakıyorsun. Oysa önemli olan, dışarıdan göründüğü gibi görebilmen. Ernest, son konuşmamızdan bu yana senin için endişeleniyorum. Şu söylediklerine bak: 'Derinlemesine hakikate dalmış olman, hastanı sevmen, kadının dokunmadan mahrum kalmış olması, terapiyi sürdürmek için ihtiyaç duyduğu fiziksel yakınlığı ona verebilecek kadar esnek olman.' Bence kafayı sıyırmak üzeresin oğlum sen! Bana öyle geliyor ki başına çok ciddi dertler açacaksın. Bak, sen beni bilirsin – bu alana girdik gireli ortodoks Freud'cularla dalgamı geçerim, öyle değil mi?"

Ernest homurdanarak doğruladı.

"Ama üstat 'bir sevgi nesnesi bulmak, daima birini *yeniden bulmaktır*' dediğinde doğru yere parmak basmış. Hastan, senin içinde, başka bir yerden –çok uzaklarda ve eskilerde kalmış bir yerden– gelen duyguları harekete geçiriyor."

Ernest'tan cevap gelmedi.

"Peki Ernest, sana bir bilmece sorayım: Vücudunun her molekülünü kayıtsız şartsız sevmiş olan kadın kimdir? Üç tahmin hakkın var."

"Amaan, Paul. Anne geyiğine başlamayacaksın yine, değil mi? Annemin bana iyi baktığını asla inkâr etmedim. Hayatımın ilk birkaç yılında güzel bir başlangıç yaşattı bana; bol bol temel güven geliştirdim – belki de kural tanımaz bir şekilde kendimi dışa vurmam buna dayanıyordur. Ama kendi ayaklarım üzerinde durmaya başladığım andan itibaren iyi bir anne olmadı; onu terk ettiğim için, ta öldüğü güne kadar asla bağışlamadı beni. Ee, ne demeye getiriyorsun sen şimdi lafı? Yani hayatımın şafağında, minik bir ördek yavrusu gibi bir ilk izlenim kaydı oluşturmuşum da, o gün bugün o kayda benzer bir ana ördek arıyorum, öyle mi?

"Diyelim ki öyle oluyor," diye devam etti Ernest –izleyeceği yolu iyi bilirdi o; Paul'la geçmişte böyle birçok konuşmaları olmuştu– "iyi, tamam, kabul ediyorum. Kısmen! Ama çok indirgemeci davranıyorsun – yani hâlâ kayıtsız şartsız benimseyen anneyi bulma peşinde bir yetişkinden *başka hiçbir şey* değilim ben, öyle mi? Palavra bu! Bundan çok daha fazlasıyım ben, hepimiz öyleyiz. Senin yanılgın ve bütün bir analiz projesinin de yanılgısı, şimdiki zamanda, ille de geçmiş zamanda belirlenmiş olmayan gerçek bir ilişkinin yaşanmakta olduğunu unutmaktır; bu anda var olan bir ilişkidir bu, iki gönlün birbirine değmesiyle oluşan, uzak geçmişten ziyade geleceğin etkisini taşıyan – henüz gerçekleşmemiş olanın, bizi bekleyen kısmetimizin etkisini taşıyan bir ilişki. Dostluk ve yoldaşlıklarımızın, hayatın katı varoluşsal gerçeklerini birlikte göğüslemek ve o gerçeklerin içinde birlikte var olmak için birbirimize kenetlenmemizin etkisini. Ve bu tür bir ilişki –saf, benimsemeye dayalı, karşılıklı, eşit bir ilişki– ruhu kurtaran bir şeydir ve de şifa bulmak için elimizde tuttuğumuz en büyük kudrettir."

"Saf mı? Saf mı dedin?" Paul, hitabet uçuşlarından yılmayacak veya bunlara kapılıp gitmeyecek kadar iyi tanıyordu Ernest'ı. "*Saf bir ilişki ha?* Saf olsaydı, bu kadar yaygara koparıyor olmazdım şimdi. Sen bu kadın için deli oluyorsun, Ernest. Allah aşkına kabul et bunu!"

"Seans sonlarında cinsel nitelik taşımayan bir sarılma – hepsi bu. Üstelik bu da benim denetimim altında. Evet, fantezilerim var. Bunu kabul ediyorum. Ama onları fanteziler diyarında tutuyorum."

"Ya, yaa, eminim senin fantezilerin ile onun fantezileri, fanteziler diyarında ıslak ıslak dans ediyordur. Peki ya işin aslı, Ernest, yemin et bakayım. Hiç başka dokunma yok mu? Divanda yan yana otururken? Zararsız bir öpücük falan?"

Bir an Ernest'ın aklına, Carolyn ona yaslanırken o yumuşacık saçlarını okşadığı geldi. Ama biliyordu ki yanlış anlaşılacaktı bu,

Paul bunu da bayağılaştıracaktı şimdi. "Hayır, hepsi bu kadar. Başka temas yok. Paul, inan bana, bu kadınla iyi bir terapi yapıyorum. Durum kontrolümde."

"Öyle olduğuna inansam, seni paylayıp durmayacağım artık. Bu kadında anlayamadığım bir şey var. Arka arkaya seanslarda böyle sana iş koymaya devam ediyor. Sen sınırları gayet net ve kesin bir şekilde koyduktan sonra da. Veya koyduğunu sanıyorsun. Bak, senin ne muhteşem bir erkek olduğundan şüphem yok hiç – o küçücük, dayanılmaz göte kim karşı koyabilir? Ama başka bir şeyler var bu işte: Senin, bilinçsizce onu teşvik etmekte olduğuna inanıyorum... benden tavsiye istiyor musun, Ernest? Tavsiyem, paraşütünü takıp atlamandır. Hemen! Bir kadın terapiste devret onu. Ayrıca şu kendini açığa vurma deneyini de bırak! Veya erkek hastalarınla sınırlı tut – hiç değilse şimdilik!"

Ernest telefonu kapadıktan sonra muayenehaneyi arşınlamaya başladı. Paul'a daima doğruyu söylerdi ve bu sefer doğruyu söylememiş olmak, kendini yapayalnız hissetmesine yol açmıştı. Oyalanmak için yazışmalarıyla ilgilenmeye başladı. Hekim hatası sigortasını yenilemek için, hastalarıyla ilişkisine dair sorularla dolu bir formu doldurması gerekiyordu. Çok açık sorular içeriyordu form. Hastalara hiç dokunuyor muydu? Dokunuyorsa, ne şekilde? Her iki cinsten hastalara da mı? Ne süreyle? Hastanın vücudunun hangi bölümlerine dokunuyordu? Hiçbir hastanın göğüslerine, kalçalarına veya vücudunun cinsel özellik taşıyan başka bölümlerine dokunmuş muydu? İçinden formu paramparça etmek geldi Ernest'ın. Ama cesaret edemedi. Davadan geçilmeyen bu günlerde, hekim hatası sigortası yaptırmadan terapi uygulamaya kimse cesaret edemezdi. Formu tekrar alıp "Hastalara hiç dokunuyor musunuz?" sorusunun karşısında "evet"i işaretledi. "Dokunuyorsanız, ne şekilde?" sorusunu "Yalnızca el sıkışma şeklinde," diye cevapladı. Diğer bütün soruların yanlarındaki "hayır"lara çarpı koydu.

Sonra Carolyn'in dosyasını açarak yaklaşan seansa hazırlık yaptı Ernest. Bir süre için yine Paul'la yaptıkları konuşmaya gitti aklı. *Carolyn'i bir kadın terapiste devretmek, ha? Gitmez ki. Deneyi bırakayım, öyle mi? Niye ki? İyi ilerliyor; rayına oturdu artık. Hastalara karşı dürüst olmaktan vazgeçecekmişim! Asla! Beni bu işe sokan hakikatti, bu işten çıkaran da hakikat olacak!*

XX

CUMA akşam üstü Marshal, muayenehanesini kilitlemeden önce dönüp sevdiği eşyaya göz attı. Her şey yerli yerindeydi: Sapları burgulu şarap kadehlerinin durduğu gülağacından büfe, cam heykeller, Zamanın Altın Kıyısı. Yine de kopkoyu ruh halini dağıtmaya ya da boğazındaki düğümü çözmeye hiçbiri yetmiyordu.

Kapıyı kapatırken durup huzursuzluğunu analiz etmeye çalıştı. Tek nedeni üç saat sonra Avokado Joe'da Shelly'yle buluşacak olması değildi – hoş, bu da yeterince kaygı verici bir durumdu ya. Ama hayır, huzursuzluğunun nedeni tamamen başka bir meseleydi: Adriana. Bu hafta da gelmemiş ve telefonla arayıp randevusunu iptal de etmemişti. Aklı karışıyordu Marshal'ın. Hiç hesaba uymuyordu işte bu durum: Böyle mükemmel bir terbiye almış, cemiyet içinde böyle önemli yeri bulunan bir kadın, bu şekilde davranmazdı. Marshal, Peter'ın bırakmış olduğu nakitten bir iki yüz dolar daha yazdı kendi hesabına; bu sefer öyle uzun uzadıya da düşünmedi. Adriana'ya derhal telefon etmiş ve telesekreterine mesaj bırakarak en kısa zamanda kendisiyle temasa geçmesini istemişti.

Belki de, kısa süreli bile olsa onun terapisini üstlenmeyi kabul etmekle taktik bir hata yapmıştı. Evlilik konusunda Peter'a gösterdiğinden başka çekinceleri de olabilirdi kadının, belki bunları anlatmak ona biçimsiz geliyordu. Ne de olsa Marshal, Peter'ın eski terapistiydi, hem şimdi bir de Peter'la birlikte yatırım işine girmişti. Evet, Marshal bu konu üzerinde kafa yordukça, bir muhakeme hatası yapmış olabileceği düşüncesi ağırlık kazanıyordu. Bunun kesinlikle sınır ihlalleriyle ilişkili bir problem olduğunu hatırlattı kendi kendine – kaygan zemin: Ayağın bir kere kaydı mı, arkası kesilmiyor.

Adriana'yı arayalı üç gün olmuştu ve hâlâ cevap yoktu. Bir hastaya bir kereden fazla telefon etmek onun tarzı değildi, yine de Marshal kapıyı tekrar açtı, muayenehaneye girdi ve Adriana'nın numarasını bir daha çevirdi. Bu kez de hattın kesilmiş olduğunu bildiren bant kaydı çıktı karşısına! Telefon şirketi başka bilgi veremiyordu.

Marshal arabasıyla eve giderken, birbirine taban tabana zıt iki açıklama düşündü buna. Ya Adriana ile Peter, muhtemelen kızın babasının tezgâhıyla kötü bir şekilde ayrılmışlardı ve Adriana artık Peter'la ilişkisi olan bir terapist istemiyordu. Ya da Adriana artık babasından illallah demiş ve uçağa atladığı gibi Zürih'e, Peter'ın yanına gitmişti – Peter'dan ayrı kalmanın ona ne kadar zor geldiğini geçen seansta belirtmişti zaten.

Fakat bu varsayımların ikisi de, Adriana'nın ona telefon etmemiş olmasını açıklamıyordu ki. Yo, Marshal bu konuyu düşündükçe, son derece uğursuz bir şeyler döndüğüne daha fazla kani oldu. Hastalık? Ölüm? İntihar? Ne yapacağını biliyordu artık: Zürih'ten Peter'ı arayacaktı! Zamanı milisaniyesine kadar doğru gösteren Rolex'ine göz attı. Altı. Demek Zürih'te saat sabahın üçüydü. Shelly'yle görüşmesi sona erene kadar bekleyip gece yarısı arayacaktı Peter'ı, yani İsviçre saatiyle sabah dokuzda.

Marshal garajının kapısını açıp arabasını park ederken Shirley'nin arabasının yerinde olmadığını fark etti. Bu akşam yok demek. Her zamanki gibi. Artık öyle sıklaşmıştı ki bu, Marshal karısının programını takip edemez olmuştu: Staj yaptığı klinikte geç saatlere kadar çalışıyor mu, kalan son birkaç klinik psikoloji dersinden birinde mi, ikebana kursu mu veriyor, bir ikebana sergisinde mi, yoksa Zen Merkezi'nde oturmuş meditasyon mu yapıyor, bilemiyordu.

Buzdolabını açtı Marshal. Bomboştu. Shirley hâlâ yemek yapmıyordu. Her zamanki gibi mutfak masasına bir çiçek düzenlemesi koymuştu kocası için. Saksının altında duran notta da saat on olmadan geleceği yazılıydı. Marshal hemen bir göz attı düzenlemeye: İkisi beyaz, biri safran sarısı iki kalla zambağından oluşmuş basit bir motif. Beyaz kalla zambaklarından biriyle safran renginde olanın uzun ince sapları birbirine dolanmıştı ve bunlar, minik kırmızı toplar halindeki yabani meyvelerin oluşturduğu sık bir örtüyle üçüncü zambaktan ayrılıyorlardı; diğer iki zambaktan olabildiğince uzağa doğru boynunu bükmüş olan üçüncüsü, çatlaklarla dolu lavanta rengi seramik saksının bir kenarından tehlikeli bir şekilde sarkıyordu.

Niye böyle çiçek düzenlemeleri bırakıp duruyordu bu kadın? Bir an, ama sadece bir an, Shirley'nin son zamanlarda safran ve beyaz renklerdeki kalla zambaklarını biraz fazla kullanmakta olduğunu düşündü Marshal. Sanki bir mesaj gönderiyor gibiydi ona. Ama bu düşünce çarçabuk uzaklaştı zihninden. Böyle üfürükten şeyler düşünmeye zaman harcanmasına sinir olurdu. İnsan çok daha anlamlı şeylere harcayabilirdi zamanını. Akşam yemeğini hazırlamak gibi mesela. Kocasının kopmuş gömlek düğmelerini dikmek gibi. Darmadağınık bir şekilde bekleyen ve hastalara fatura kesmeye başlayabilmek için bitirilmesi şart olan tezini yazmak gibi. Shirley eşit haklar talep etmeyi gayet iyi biliyordu, Marshal'ın düşüncesine göre, ama zamanını boşa harcamayı da – kocası yanında olup da faturaları ödediği müddetçe, adama faturayı çatır çatır kesen bu yetişkinler dünyasına adım atacağı anı sonsuza dek ertelemek niyetindeymiş gibi bir hali vardı.

Neyse, *o* biliyordu ya zamanını nasıl kullanacağını. Çiçek düzenlemesini bir kenara itip *Examiner*'ın akşam baskısını açtı ve o günkü borsa kazancını hesaplamaya başladı. Sonra –hâlâ gergin, hâlâ diken üstünde– gidip kürek aletinde biraz form tutmaya karar verdi; spor çantasını kaptığı gibi YMCA'nın yolunu tuttu. Daha sonra, Avokado Joe'nun lokantasında bir şeyler yerdi.

* * *

Shelly, Avokado Joe'ya varana kadar "Dibi-diii-biii-daba-daaa-baa" diye ıslık çaldı. Bomba gibi geçmişti bütün hafta. Hayatının tenisini oynayarak Willy'yi California kıdemli çiftler şampiyonluğuna taşımış, ulusal şampiyonaya katılma şansı kazanmışlardı. Ama dahası vardı, dahası.

Sevinçten ayakları yere değmeyen Willy, bir hamlede bütün sorunlarını çözen bir teklif yapmıştı Shelly'ye. Willy ile Shelly, Hollywood Parkı'ndaki yarışları izlemek için Güney California'da bir gün fazladan kalmaya karar vermişlerdi. Willy'nin iki yaşındaki tayı Omaha bu yarışlarda koşacaktı, Hollywood Tay Derbisi'nde yani. Willy, hem Omaha hem de ona binen jokeyin başarısı konusunda çok hırslıydı; bir tomar para yatırmış, Shelly'yi de zorlamıştı bahis oynasın diye. Önce Willy bahis oynadı; o sırada Shelly, kulüp binasında dolanarak ikinci bir bahis daha yatırmak üzere atları inceliyordu. Willy dönünce o gitti parasını yatırmaya. Fakat Willy, çimenlerde dolaşan atlara bakıp da Omaha'nın pırıl pırıl siyah tüylerle kaplı adaleli sağrısına bir kez daha hayran kaldıktan ve yarışın favorisi olan atın feci bir şekilde –"su gibi"– terlemekte olduğunu gördükten sonra, apar topar gişelere koştu yine. Shelly'nin yirmi dolarlık gişeye para yatırdığını gördüğünde, bir beş bin dolar daha yatırmıştı bile.

"Ne iş Shelly? On yıldır yarışlara geliriz seninle, ilk defa yüz dolardan az yatırdığını görüyorum. Ben burada anamın, kızımın, orospumun ölüsünü öpeyim diye yemin ediyorum bu at için, sen tutup yirmi dolarlık bahis gişesine gidiyorsun."

"Ee... şey... " Shelly kızarmıştı. "Biraz idareli davranıyorum da... yani işte... evlilikte huzurumuz kaçmasın diye... birazcık kemer sıkıyoruz... iş piyasası kesat... tabii bir yığın teklif geliyor, ama en uygun işin çıkmasını bekliyorum... anlarsın ya, tek ölçü para değil – yeteneklerimi doğru şekilde değerlendirdiğimden emin olmam lazım. Harbi olmak gerekirse, Willy, bu Norma... işi sıkı tutuyor, *çok sıkı,* benim kumar faaliyetlerimle ilgili olaraktan yani... eve ekmek getiren o olunca da... Geçen hafta fena kapıştık. Yani, işte, benim kazancım, daima evin parasıdır... ama Norma, o kadar yüksek kazancı var, hepsini *kendi* parası sayıyor. Bu karılar böyle işte, bize fırsat verilmiyor diye cıyak cıyak bağırıp o kadar zırlıyorlar, ama fırsat verilince de bunun getirdiği yükü kabul etmiyorlar."

Willy alnına vurdu. "*Bunun için* iki oyundur yoksun sen! Allah kahretsin, ulan Shelly, ben de amma eşekmişim ha, hiç anlayamamışım – aman, dur, dur, dur, bak çıktılar! Omaha'yı seyret! Hey yavrum, şunun uçuşuna bak, uçuşuna! Beş numara, McCarron'ın üstünde sarı ceket var, şapkası da sarı; yarışın dörtte üçü bitene kadar şu arkadaki gruptan kopmayacak, ama ondan sonra vites yükseltecek! Bak, bak, işte kopuyorlar, Omaha depar atıyor. Şu hıza bak be, nalı yere değmiyor namussuzun! Böyle giden bir at gördün mü *hiç*? Bak bak geçiyor, öbür at geri geri koşuyormuş gibi görünüyor. Canavar bu be – bak şuraya yazıyorum Shelly, bunun üstüne daha bir mil koşar bu at."

Yarıştan sonra –Omaha sekize seksen vermişti– Willy, diğer kazananlarla birlikte yaptığı kutlamadan dönünce, Shelly'yle kulüp binasındaki bara giderek birer Tsingtao ısmarladılar.

"Shelly, ne kadar zamandır işsizsin?"

"Altı aydır."

"Altı ay! Vay anasını, çok boktan be. Bak, yakında seninle oturup uzun uzun konuşacaktım zaten, aslında şimdi de konuşsak olur. Walnut Creek'te sahibi olduğum şu büyük projeyi biliyorsun, değil mi? İşte, neredeyse iki yıldır belediyeye gidip gelip dört yüz ünitenin tamamı için inşaat izni almaya uğraşıyoruz, iznin çıkmasına az kaldı. Belediyedeki adamlarımın hepsi de –ki inan bana kucak dolusu para saçıyorum heriflere– bir aya kalmaz izin çıkar diyorlar. Ondan sonra da bölge sakinlerinin onayını almamız lazım, tabii onlara son derece indirimli fiyatlarla ilk konutları seçme hakkını önereceğiz; sonra da inşaata başlıyoruz."

"Ee, sonra?"

"Sonrası... mesele şu: Bir satış müdürüne ihtiyacım var. Senin gayri menkul işinde hiç çalışmadığını biliyorum, ama muhteşem bir satıcı olduğunu da biliyorum. Birkaç yıl önce bana bir milyon dolarlık bir yat satmıştın hani, işini öyle iyi biliyordun ki, yanından ayrılırken sanki bir iyilik etmişsin gibi geliyordu bana. Çabuk öğrenen bir adamsın, hem öyle bir vasfın var ki, bu konuda kimse eline su dökemez: Güvenilirsin. Sonuna kadar güvenilir. Ben sana yüzde bin güvenirim. On beş yıldır poker oynuyoruz seninle – hani deprem olur da yollar kapanırsa pokere telefonda devam ederiz, demiştik ya."

Başıyla onayladı Shelly.

"Nedenini biliyor musun? Boru değil bu! Ben buna inanıyorum, belki de dünyada böyle bir şey yapabilecek tek poker grubu bizizdir. Ben, sana ve diğer bütün çocuklara güvenirim – hem de gözü kapalı güvenirim. Lafın kısası, benimle çalış Shelly. Yahu zaten ben seni saatlerce tenis kortunda alıkoyacağım ulusal müsabakalar için, başka hangi işe girsen üç günde kapıyı gösterirler."

Willy'yle çalışmayı kabul etti Shelly. Son işinden aldığı ücretin aynısına –senede altmış bin dolar– anlaştılar. Artı komisyon. Ama bununla da kalmıyordu. Willy oyunun da sürmesini istiyordu, Shelly yine onlarla oynasın istiyordu.

"O bir milyon dolarlık yatı hatırlıyor musun? Çok güzel vakit geçirdim o yatta, ama bir milyon dolara değecek kadar güzel değil, oyunda geçirdiğim kadar güzel değil. Kıyas kabul etmez. Aralarında tercih yapmam gerekse –ya oyun ya tekne deseler– bir dakika düşünmeden oyunu seçerim. Oyuna devam edelim istiyorum, her zaman, her zaman oynayalım, eskisi gibi. Ve bak bütün samimiyetimle konuşuyorum, son iki oyunda eskiden duyduğum zevki duymadım. Senin yerini Dillon aldı – beceriksiz bir herif, kâğıtları öyle sıkı tutuyordu ki damlar ağlamaya başladı. Flopa bile kalmadan yüzde doksan oyundan çıkıyor. Oyunun hiç tadı yoktu. Hayatiyetini kaybetmişti. Senin gibi aslardan biri eksik olunca her şey çöküveriyor işte. Şimdi söyle bakalım Shelly –ekmek çarpsın aramızda kalacak– ne kadar lazım oynaman için?"

Shelly, kırk bin dolarlık fonla on beş yıl oynadığını açıkladı – o sefer öyle berbat kâğıtlar gelmese daha da oynardı ya. Willy hemen kırk bin dolar teklif etti ona – on yıllık, yenilenebilir, faizsiz bir borç olacaktı bu ve Norma'nın ruhu bile duymayacaktı.

Shelly tereddüt ediyordu.

"Bak," dedi Willy, "iş anlaşmamızın şerefine bir ikramiye olarak düşünelim bunu."

"Ama... " diye bir şeyler geveledi Shelly.

Durumu anlayan Willy, ilişkilerini tehlikeye atmadan Shelly'ye para vermek için daha iyi bir yol düşünmeye başladı.

"Dur bir dakika, aklıma daha iyi bir şey geldi, Shelly. Senin alacağın ücretten on bin dolar keselim –Norma'ya da ücretini ona göre söylersin– ve ben sana kırk bin dolar peşin vereyim. Bahamalar'da gizli bir hesap açarız, dört yıl içinde de ödeşmiş oluruz. Zaten alacağın komisyonlar maaşını geçecektir."

İşte böylece Shelly'nin yeniden kumar oynayacak parası oldu. Bir de işi. Bir de süresiz kumar vizesi. Sosyal nitelikli o küçük poker oyununun sağladığı iş imkânlarını Norma bile inkâr edemezdi artık. Ne gün olmuştu be! Willy'yle konuştuktan sonra elinde yirmi dolarlık kuponuyla gişe önünde sıra beklerken, işte böyle düşünüyordu Shelly. Neredeyse mükemmel bir gün. Mükemmelliğine gölge düşüren küçücük bir şey vardı yalnızca: Ah keşke, keşke geçen hafta olsaydı bu konuşma! Veya dün! Hatta bu sabah! *Avuçlarım kupon dolu olarak yüz dolarlık gişenin önünde bekliyor olacaktım şimdi! Sekize seksen! Canına yandığımın, ne atmış be!*

* * *

Marshal erkenden gelmişti Avokado Joe'ya. Burası neon ışıklarına boğulmuş koca bir kumarhaneydi ve ön kapıdan hemen içeride alev rengi, üstü açık bir Mazda Miata sergileniyordu – önümüzdeki ay verilecek bir tanıtım ödülüydü bu, kapıcının açıkladığına göre. Marshal, sigara dumanının oluşturduğu kesif bulutların içinde onon beş adım ilerlemişti ki, çarçabuk etrafına bakınca hemen gerisin geri dönüp arabasına girdi. Aşırı ölçüde şık kalıyordu burada ve en son istediği şey de dikkat çekmekti. Avokado Joe'daki iyi giyimli oyuncuların sırtında bile en fazlasından eşofman üstü vardı.

Marshal, birkaç kez derin nefes alıp ciğerlerini temizledikten sonra, iyice aydınlatılmış park yerinin en loş köşesine çekti arabasını. Etrafta kimse var mı diye iyice bakındıktan sonra arka koltuğa geçti, kravatıyla gömleğini çıkardı, spor salonuna giderken yanına aldığı çantayı açtı ve eşofmanının üstünü giydi. Ama pırıl pırıl siyah pabuçları ve lacivert pantalonuyla hâlâ rahat değildi içi: Hepsini değiştirse daha az dikkat çekerdi. Böylece eşofmanının altını ve basket ayakkabılarını da giydi. O sırada yakınında bir yere arabalarını park etmiş iki kadın, onun arabasının yanından geçerken ıslık çaldılar; hemen onlardan saklandı Marshal.

Kadınlar gidene kadar bekledi, temiz havayı son kez içine çekti ve tekrar Avokado Joe'ya daldı. Burası, iki kumar salonuna bölünmüş muazzam bir ana galeri biçimindeydi; salonlardan birinde Batı usûlü poker, diğerinde Asya oyunları oynanıyordu. Batı salonunda yeşil çuha kaplı, atnalı biçimli on beş tane masa vardı; her birinin tepesinde taklit birer Tiffany lamba asılıydı, etraflarına oyuncular için onar sandalye dizilmiş, ortaya da bir krupiye sandalyesi konmuştu. Salonun üç köşesinde Coca-Cola makineleri vardı, dördüncü köşede ise ucuz oyuncak bebekler ve peluş hayvanlarla dolu büyük bir cam tezgâh. Bir dolar atarak oradaki dev kepçeyle manevralar yapıyor, oyuncaklardan hangisini yakalarsanız alabiliyordunuz. Marshal en son çocukluğunda, Atlantic City'nin sahil yoluda dolaşırken görmüştü böyle bir şey.

On beş masanın hepsinde de aynı oyun oynanıyordu: Teksas Pokeri. Masalar arasındaki tek fark, izin verilen bahis miktarıydı. Marshal birinde beş, diğerinde on dolarlık oyun dönen iki masanın yanında durdu, sırayla; birinde oyuncuların arkasında durarak bir el boyunca izledi. Oyunun temel kurallarını anlaması için Shelly'nin verdiği kitapçığı yeterince okumuştu. Her oyuncuya iki kapalı kâğıt dağıtılıyordu. Sonra, üçü aynı anda ("flop"), diğer ikisi teker teker ("dördüncü tekli" ve "beşinci tekli") olmak üzere masaya beş tane kâğıt açılıyordu.

Bu elde büyük paralar dönüyordu. Marshal tam daha rahat izleyebilmek için masaya iyice yanaşmıştı ki, salon sorumlusu Dusty, hızla yanına varıp tepeden tırnağa süzmeye başladı onu. Çok açık sarı saçları, ağzında sigarillosu ve âdeta Alan Ladd'le yakın akrabalığı vardı bu adamın; kendini ifade etme konusunda psikiyatrik desteğe ise hiç ihtiyacı yoktu ve özellikle Marshal'ın pompalı basket ayakkabılarına dikmişti gözünü.

"Ustaa," dedi Marshal'a, "n'apıyon sen burda? Haftayım mı oldu?"

"İzliyorum," diye cevapladı Marshal, "arkadaşımı bekliyorum da, o gelince oyuna gireceğiz."

"İzliyorsun? Dalga geçiyorsun galiba! Yani burada dikilip izleyebileceğini mi sanıyorsun? Oyuncuların hisleri ne olacak peki?

Bak, burada hissiyata çok önem veririz! Adın ne senin?"

"Marshal."

"Tamamdır, Marshal, oynamaya hazır olunca bana gel de bekleyenler listesine alayım seni. Şimdi bütün masalar dolu."

Dusty tam uzaklaşırken dönüp gülümsedi: "Bu arada, aramıza hoşgeldin Şerif. Dalga geçmiyorum. Avokado Joe'ya hoşgeldin. Yalnız, bu arada, oyuna girene kadar, başka bir şeyler yapmayı düşünüyorsan... *yapma.* Sen önce bana gel. İzleyeceksen," eliyle uzakta, cam bir bölmenin arkasından görünen başka bir salonu göstererek "oraya git," dedi. "Veya Asya salonuna git; orada hareket var, izlemesi heyecanlıdır."

Dusty uzaklaşırken, biraz mola vermek üzere masasından ayrılan bir krupiyeye şöyle dediğini duydu Marshal: "İzlemek istiyormuş! İnanabiliyor musun? Bir de kamera getirseydi bari!"

Ne yapacağını bilemeyen Marshal, hiç düşünmeden ana galeriye geri dönüp manzarayı seyre koyuldu. Onar oyuncu için düzenlenmiş her masanın ortasında, koyu renk pantalon ve çiçek desenli parlak yelekten oluşan kumarhane üniforması içindeki krupiyeler oturuyordu. Eli kazanan, krupiyeye bir fiş atıyor, o da fişi iki kez masada tıklattıktan sonra yeleğinin iç cebine koyuyordu – her masada iki-üç dakikada bir tekrarlanıyordu bu hareket. Âdet böyleydi demek ki; Marshal, bu hareketin salon sorumlusuna gönderilen bir mesaj olduğu sonucuna vardı, krupiyenin cebine indirdiği paranın kumarhanenin geliri değil onun şahsına verilen bahşiş olduğu anlamına geliyordu. Çok eski bir âdet olmalıydı tabii bu, ne de olsa her masada olup bitenler, sonradan incelenip herhangi bir yamuk varsa saptamak üzere kameralarla kaydedilmekteydi. Aslında duygusal bir adam olmayan Marshal, Avokado Joe gibi, sonuca giden her yolun mubah sayıldığı bir sürat ve maddiyat mabedinde böyle ufak tefek raconlara hürmet gösterilmesi karşısında duygulanmıştı.

Teksas Pokeri'nde, her elin başında sırayla on oyuncudan üçü konuşmak zorundaydı. Krupiye belirlenen potu üçe bölüyordu: Bir kısmı el dönerken masada kalıyor, ikincisi kumarhane kasasına yatırılıyor –oyuncuların ödediği kumarhane kirasıydı bu– üçüncü kısım da voliyi vurana verilmek üzere kasaya koyuluyordu; duvardaki bir postere göre voliyi vuracak kişinin, onlu ful ası yiyecek bir el açması gerekmekteydi. Kasada biriken pot on bin dolar civarındaydı ve bunun büyük bölümü birinci ile ikinci arasında paylaştırılıyor, ama masadaki diğer oyuncular da biraz pay alıyordu. Krupiyeler yaklaşık yirmi dakikada bir nöbet değiştiriyordu. Marshal, kazanan oyuncuların, hangi krupiye masadayken en çok kâr etmişlerse ona fazladan bahşiş verdiklerini fark etti.

Marshal, burnuna dolan sigara dumanını öksürerek biraz olsun çıkarmaya çalıştı. Avokado'ya eşofmanla gelmek amma da ironiydi ha; ne de olsa sağlığa aykırı her türlü şey için bir cennetti burası. Sağlıklı görünen bir Allah'ın kulu yoktu. Benzi atmış karanlık suratlarla doluydu ortalık. Oyuncuların birçoğu aralıksız on-on beş saattir buradaydı. Herkes sigara içiyordu. Aşırı şişman bazı tiplerin etleri, sandalyelerinin parmaklıkları arasından pörtlemişti. Bir deri bir kemik iki garson kız geçti Marshal'ın yanından; ikisi de ellerindeki boş tepsileri yelpaze niyetine sallıyordu. Bazı oyuncular da sigara dumanını dağıtsın diye masada önlerine mini vantilatörler koymuştu. Bazıları ise oynarken bir yandan da kendinden geçercesine yiyordu – akşamın spesiyalitesi, ıstakoz soslu karidesti. Hâkim kıyafet tarzı ise özensizlik ile cinsliğin bileşiminden oluşmaktaydı: Karman çorman beyaz sakallı bir adam, ayağına kıvrık burunlu çarıklar, başına da kırmızı bir fes geçirmişti; kimisi ağır kovboy çizmeleri giyip kallavi kovboy şapkaları takmıştı; adamın biri 1940 dolaylarından kalma Japon denizci giysileri içindeydi; birçoğu amelevari iş elbiseleriyle gelmişti; bir de üç-beş tane yaşlı kadın vardı ki, 1950'lerden kalma, boğazına kadar düğmeli, tertemiz çiçekli elbiseler giymişlerdi.

Her yerde kumar konuşuluyordu. Bundan kaçmanın yolu yoktu. Kimisi California eyalet lotosundan bahsediyordu; Marshal, etrafına küçük bir kalabalığı toplamış olan bir adamın, o gün El Camino yarışlarını üç ayak üzerinde tamamlayan doksana birlik sürpriz bir attan bahsettiğini duydu. Sonra yanı başındaki bir çift arasında geçen konuşmaya kulak misafiri oldu; erkek kadına bir tomar para uzatmış, şöyle diyordu: "Sakın unutma, ne yaparsam yapayım, ne diyersem diyeyim –yalvarsam da, tehdit veya küfür de etsem, ağlasam da– 'Siktir git!' diyeceksin bana, dizinle taşaklarıma bir tane oturtacaksın, gerekirse karate yapacaksın, *ama bu parayı bana vermeyeceksin!* Bu para bizim Karayip tatilimiz. Şimdi hemen fırla ve bir taksi tutup eve git." Bir başkası da Sharks takımının hokey maçını açsın diye avaz avaz salon sorumlusuna bağırıyordu. Onun üstünde televizyon vardı salonda, her birinde ayrı bir basketbol maçı, her birinin çevresinde o maça para yatırmış bir kalabalık. Herkes bir şeylere para koyuyordu burada.

Marshal'ın Rolex'ine göre saat sekize beş vardı. Bay Merriman her an gelebilirdi; onu lokantada beklemeye karar verdi Marshal – meşeağacından kocaman bir barın hâkim olduğu, dumanaltı, küçük bir salon. Her yer Tiffany taklidi cam eşyayla doluydu: Lambalar, kültablaları, cam dolaplar, panolar. Salonun bir köşesindeki bilardo masasını çevirmiş olan kalabalık, üzerine bahis tutuştukları bir sekiz top oyununu izliyordu.

Buranın yiyecekleri de havası kadar sağlıksızdı. Mönüde salata yoktu; Marshal tekrar tekrar listeye göz gezdirip en az toksik olan yiyeceği bulmaya çalıştı. Haşlanmış sebze yeme imkânı bulunup bulunmadığını sorduğunda, bir deri bir kemik garson kızın tepkisi "Haağ?" şeklinde oldu. Karideste ve ıstakoz sosunda ne cins yağ kullanıldığını öğrenmek istediğinde de aynı cevapla karşılaştı: "Haağ?" En sonunda sossuz rozbif ve yanında da söğüş domates ile marul ısmarladı Marshal. Yıllardır yediği ilk sığır eti olacaktı bu, ama hiç değilse midesine gireni bilecekti.

O sırada içeri dalan Shelly, "Hey Doktor, nassın yav? Vay, n'aber kız Sheila?" diyerek garson kıza bir öpücük gönderdi ve "Bana da Doktor'un yediğinden getir," dedi. "O her şeyin en iyisini bilir. Yalnız benimkisi soslu olsun." Bu arada yan masaya da uzanmayı ihmal etmeyerek, oturduğu yerde altılı ganyan formunu incelemekte olan adamla tokalaştı. "Jason, accayip bi tüyo vereceğim sana! Paranı iki hafta sonraki Del Mar derbisine sakla. Seni zengin edeceğim – hem de bütün torunlarınla birlikte. Sonra görüşürüz; şurda bi ahbapla iş konuşacam."

Tam anlamıyla havasını bulmuş adam, diye düşündü Marshal. "Bakıyorum da bu akşam keyfiniz yerinde, Bay Merriman. Tenis turnuvası iyi geçti mi?"

"Şahane geçti. California çiftler şampiyonu olan takımın yarısıyla aynı sofradasın şu anda! Yaa, keyfim gıcır be Doktor, tenis sayesinde, dostlar sayesinde ve tabii senin sayende."

"Şu halde, Bay Merriman... "

"Hişş, Doktor. Şu 'Bay Merriman'ı bırakalım artık. Bu âlemde sizi, bizi bırakacaksın. Racona uyacaksın. 'Shelly' ve 'Marshal' – anlaştık mı?"

"Anlaştık, Shelly. Bu akşamki gündemimize geçelim mi? Neler yapmam gerektiği hakkında kısaca bilgi verecektin. Yarın sabah erkenden hastam olduğunu söylemek zorundayım, yani saatlerce burada kalamam. Unutma: Limitimiz iki buçuk saat, yani yüz elli dakika sonra, ben gidiyorum."

"Tamamdır. Öyleyse işimize bakalım."

Rozbifindeki yağ kütleciklerini teker teker ayıklamakta olan Marshal, başını sallayarak onayladı; sonra rozbifi ekmeğin arasına koydu, üstüne bir dilim domatesle pörsük bir marulu yerleştirdi, ketçap döktü ve o akşam yapılacakları özetlemekte olan Shelly'yi dinlerken sandviçini yemeye koyuldu.

"Sana verdiğim Teksas Pokeri kitapçığını okudun mu?"

Marshal yine başını salladı.

"Güzel. O zaman başlayacak kadar bir şey öğrenmişindir. Zaten benim istediğim de şu: İnsanların dikkatini çekmeyecek kadar bir şeyler bil, yeter. Dikkatini kendi elindeki kâğıtlara vermeni istemiyorum senden, oynamanı da istemiyorum: İstediğim tek şey, beni seyretmen. Az sonra yirmi dört dolarlık bir masa açılacak. Bak şimdi, şöyle oluyor: Sırayla herkes konuşuyor, her elde üç kişinin para koyması lazım. Bir kişi beş dolar koyuyor – bu, 'mano'dur, yani kumarhanenin aldığı para: Masa kirası ve krupiye ücreti. Sonra başka biri, yani 'kör adam' yirmi dolar koyar. Ondan sonraki de on kâğıt koyar, bu da 'çifte kör'dür. Buraya kadar çakoz mu?"

"Yani şimdi," dedi Marshal, "yirmi doları koyan, başka para koymasına gerek kalmadan flopu görebiliyor mu?"

"Aynen. Tabii bahis yükseltilmezse. Yani flopu ödedin mi her turda bir kere bakabilirsin. Büyük ihtimalle dokuz oyuncu olacak – yani dokuz elde bir. Öteki sekizinde oyundan çıkacaksın – *ilk bahsi sen söyleme*. Tekrar ediyorum, Doktor, *bahis söyleme*. Demek ki her turda üç seferden toplam otuz beş kâğıt pot söylüyorsun. Dokuz elden bir turun tamamı yirmi beş dakka falan sürer. Yani bir saatte en fazlasından yetmiş kâğıt kaybedersin. Tabii aptallık edip oynamaya kalkmazsan."

Garson kız, bol keseden boca edilmiş sosun içinde yüzen rozbifini masaya bırakırken, "İki saatte burdan çıkmak mı istiyorsun?" diye devam etti Shelly. "Bak ben sana söyleyeyim. Bir buçuk saat veya bir saat kırk dakka falan oynayalım, sonra bir yarım saat konuşalım. Senin kaybını ben ödeyeceğim, öyle karar verdim –bugün bonkör günümdeyim– al bak burda yüz kâğıt var." Cüzdanından bir yüzlük banknot çıkardı.

Marshal parayı aldı. "Bakalım... yüz dolar... yetiyor mu?" Kalem çıkarıp peçetenin üstünde bir hesap yaptı. "Yirmi beş dakikada bir otuz beş dolar, bir saat kırk dakika oynamak istiyorsun – bu da yüz dakika demek. O zaman yüz kırk dolar ediyor, değil mi?"

"Tamam, tamam. Al bir kırk dolar daha. Hadi şu iki yüzlüğü de al – kredi olarak, bu akşam için. Başlangıç olarak üç tane yüz dolarlık fiş alalım en iyisi – yoksa dikkat çekeceksin, seni hanzo sanmasınlar. Giderken bozdurursun fişlerini."

Rozbifini ve sosa bulanmış ekmeğini mideye indirerek konuşmasına devam etti Shelly. "Şimdi iyi dinle, Doktor: Yüz kırk dolardan fazla kaybedersen, başının çaresine bakıyorsun; çünkü *ancak* oynarsan o kadar kaybedebilirsin. Ve oynamanı hiç tavsiye etmem – burda adamı yerler. Çoğu haftada üç, dört sefer oynar – birçoğu geçimini buradan sağlar. *Hem sonra,* kendin oynarsan benim oyunumu seyredemezsin. Halbuki buraya onun için geldik. Öyle değil mi?"

"Senin kitap," dedi Marshal, "her seferinde flopu görecek bazı ballı eller bulunduğunu söylüyor: Yüksek perler, aynı cinsten asla papaz gibi."

"Olmaz, asla. Bana ait zamanda olmaz, Doktor. Ben gidince istediğini yap. Ne istersen oyna."

"Niye *sana* aitmiş?" diye sordu Marshal.

"Çünkü o kâğıtları görebilmek için senin söylediğin potları ben ödeyeceğim. Üstelik bu, resmi olarak benim terapi seansım – son seans olsa da."

Başıyla doğruladı Marshal. "Pekâlâ, galiba haklısın."

"Dur bi dakka, Doktor. Ben senin derdini anladım. Elinde iyi kâğıt varken açamamanın sıkıntısını benden iyi kim bilebilir? Zalimce, hem de lüzumsuz bir ceza olur bu. Gel anlaşalım. İlk iki kâğıdın as, papaz ya da dam peri oldu muydu, bahis söyleyip flopu görüyorsun. Flop sana yaramıyorsa –yani flopla bir üçlü ya da döper yapamıyorsan– *oyundan çıkıyorsun.* Başka bahis söylemiyorsun. Sonra da, kazancı fifti-fifti kırışırız tabii."

"Fifti-fifti mi?" diye sordu Marshal. "Aynı masadaki oyuncuların kazancı paylaşması yasal mı? Ayrıca ben kaybedersem yine fifti-fifti paylaşıyor muyuz?"

"Peki. Öyle olsun. Bonkörlüğüm üstümde bugün – kazandığın sende kalsın, ama ancak as, papaz ya da dam peri varsa oynayacağına söz veriyorsun. Başka hiçbir kâğıtla oyuna girmiyorsun. Aynı cinsten as-papaz gelse bile! Yoksa kaybettiğine ortak olmam. Şimdi anlaştık mı?"

"Peki."

"Şimdi de asıl konuya gelelim – yani senin burada bulunma nedenine. Bahis söylerken beni izlemeni istiyorum. Bu gece çok blöf yapacağım, herhangi bir şekilde 'renk' veriyor muyum, bak – hani senin muayenede yakaladığın şeyler var ya: Ayağımı sallamam falan gibi."

Birkaç dakika sonra Marshal ile Shelly, yirmi dört dolarlık oyuna katılmaları için hoparlörden adlarının okunduğunu duydular. Herkes büyük bir nezaketle karşıladı onları. Shelly krupiyeyle selamlaştı, "N'aber be Al? Şurdan bi beş yüzlük ver bana, şu yuvarlaklardan, ha bir de arkadaşım sana emanet ona göre – kendisi bu âlemde yenidir, onu düşürmeye çalışıyorum, yardımına ihtiyacım var."

Marshal üç yüz dolarlık fiş aldı – beşer dolarlık kırmızı fişlerden bir küme ve bir küme de yirmişer dolarlık mavi-beyaz çizgili fişlerden. İkinci elde Marshal "kör adam"dı – iki kapalı kâğıda bahis söyleyip flopu gördü: Üç küçük maça. Marshal'da iki maça vardı –bir ikili, bir yedili– yani beş kâğıtla floş yapıyordu. Bir sonraki açık kâğıt, dördüncü tekli de yine bir küçük maçaydı. Floş yapınca aklı tavana vuran Marshal, Shelly'nin talimatlarını bir kenara bıraktı ve elin sonuna kadar oyunda kalarak iki kere kırk dolarlık bahis söyledi. El sonunda bütün oyuncular kâğıtlarını açtı. Marshal maça ikilisiyle yedilisini göstererek gururla konuştu: "Floş." Gelgelelim diğer oyuncularda daha yüksek floşlar vardı.

Shelly masanın üzerinden uzanarak mümkün olduğunca nazik bir dille, "Marshal," dedi, "flopta dört maça var – bu demektir ki, elinde tek maça bulunan *herkes* floş yapabilir. Sendeki altı maça, başkasının beş maçasından daha matah bir şey değil, hem elindeki maça yedilisinin üstüne çıkılacağı da belli bişey. Diğerleri niye bahse katıldı sanıyorsun sen? Her seferinde kendine bu soruyu sor. Ellerinde floş *vardır* da ondan! Benim hesabıma göre, dostum, böyle gidersen, *senin,*" –Shelly "senin" sözcüğünü özellikle vurgulamıştı– "şu tatlı paran saatte dokuz bin dolar hızla uçup gidecek."

Fişlerini sayarken bu sözlere kulak misafiri olan bir oyuncu –başında gri Borsalino şapkası, kolunda Rolex'i, uzun boylu bir siyah– "Yahu," dedi, "ben de fişleri bozdurup uzayayım diyordum... biraz uyumam lazım... ama... hmm, madem bu dingil yedi yedili floşla oynuyor... biraz daha takılalım bari."

Marshal bu kadar dikkat çektiği için kıpkırmızı kesilmişti, ama krupiye, avutucu bir tonda konuştu: "Sen onlara aldırma, Marshal. Benim içime doğuyor, ççokkk yakında bu işi kapacaksın – kaptın mı da boruyu koyacaksın bunlara." Gün gelip Marshal'ın da öğreneceği gibi, iyi krupiye demek, çekirdekten yetişme grup terapisti demekti bir nevi, yani avuntu ve destek için her daim güvenilebilecek biri: Masada huzur demek de, daha fazla bahşiş demekti elbette.

Bunun üzerine daha muhafazakâr bir oyun tutturdu Marshal ve hiçbir elde kâğıt açmadı. Bu sefer de kaçak oynuyor diye birkaç iyi niyetli şakaya maruz kaldı ama, Shelly ile krupiye imdadına koştular – Marshal'ın eli alışana kadar biraz sabır göstermek gerektiğini söylediler. Sonra, yarım saat geçmişti ki, Marshal'a bir as per geldi, flop ise as ve ikili perdi, yani ful as yapabilirdi. Oyuna giren pek çıkmadı, ama Marshal yine de iki yüz elli dolarlık potu topladı. Kalan süre boyunca Marshal, bir atmaca gibi Shelly'yi izledi, zaman zaman elindeki küçük deftere büyük bir ciddiyetle not aldı. Not almasını kimse umursamamış gibiydi – önünde kule gibi yükselen fişlerin arkasında neredeyse kaybolup gitmiş, ufak tefek bir Uzakdoğulu kadın hariç; ayağa kalkıp yirmişer dolarlık siyah-beyaz fişlerin üzerinden uzanan kadın, Marshal'ın elindeki not defterini işaret ederek "Bak şunu yazmayı unutma," dedi, "önemli olan elindekinin büyüklüğü değil işlevidir derlerse, sakın inanma! Hih-hih-hiii."

O ana dek masadaki en atak bahisçi Shelly'ydi ve işini bilir bir hali vardı. Yine de eli iyi oldu mu, çok az oyuncu onun söylediği bahiste kalıyordu. Blöf yaptığında, masadaki konumunun herkesten iyi olmasına rağmen, mutlaka elinde ucu ucuna kâğıtlarla bir ya da iki oyuncu çıkıp görüyor ve onu yeniyordu. Biri sağlam bir elle bahis yükselttiğinde ise şapşal şapşal oyuna giriyordu Shelly. Kâğıtları genellikle ortalamanın üstünde de olsa, önündeki fiş yığını gittikçe erimekteydi ve doksan dakika dolduğunda, beş yüz dolar içerideydi. Niye böyle olduğunu anlamakta gecikmedi Marshal.

Shelly masadan kalktı, kalan son birkaç fişini bahşiş olarak krupiyeye attı ve lokantanın yolunu tuttu. Bahşiş bırakmadan fişlerini bozduran Marshal da peşinden.

"Bir şey yakalayabildin mi, Doktor? Renk veriyor muyum?"

"Vallahi Shelly, biliyorsun ben amatörüm, ama bana öyle geliyor ki, elini bundan daha iyi belli etmek için uygulayabileceğin yegâne yöntem semafor olurdu."

"Ha? O ne yaa?"

"Hani şu bayrakla işaretleşme sistemi var ya, gemilerde uyguluyorlar."

"Yok ya? O kadar mı kötü yani?"

Başıyla doğruladı Marshal.

"Örnek var mı hiç, örnek? Belli bişey söylesene."

"Evet, ilk olarak – sana gelen çok büyük elleri hatırlıyor musun? Ben altı tane saymışım: Dört ful, bir yüksek kent ve bir yüksek floş, değil mi?"

Eski sevgililerini anarcasına manalı manalı gülümsedi Shelly. "Evet, her biri aklımda hâlâ. Ne güzeldiler, değil mi?"

"Ee," diye devam etti Marshal sözüne, "fark ettim de, masada büyük eli olan herkes, senden daha fazla para kazandı – seninkine yakın ellerle senden kat kat fazla kazandılar: En az iki ya da üç kat. Aslında senin ellerine 'büyük el' de dememeliyim belki, yüksek el demek daha doğru, çünkü onlarla hiç büyük bir para kazanamadın."

"Yani?"

"Yani, ne zaman elin yüksek olsa, bayrak sallar gibi bütün masaya haber veriyordun."

"Peki bayrağı nasıl sallıyorum?"

"Şey, gözlemlerimi tazelemem lazım. Şimdi bak, galiba eline iyi kâğıt geldi mi, çok sıkı tutuyorsun."

"Çok sıkı, ha?"

"Evet, Kızılderililer'e karşı Teksas'ın son kalesini koruyorsun sanki. O güçle sıksan, bisiklet tekerini yamultursun. Bir şey daha, eline kare gelince, bahis söylemeden önce hep fişlerine bakıyorsun. Bir de, dur bakayım neydi o... " Marshal notlarına baktı. "Hah, buldum. Elin yüksek olduğu zaman, masadan uzaklara bakıyorsun hep, sanki televizyondaki basket maçlarından birini seyreder gibi – herhalde diğer oyuncuların, elle çok da ilgilenmediğini düşünmelerini istiyorsun. Ama eğer blöf yapmaktaysan, o zaman dosdoğru herkesin yüzüne bakıyorsun işte, sanki senden gözlerini kaçırsınlar istiyorsun, sanki onları korkutmaya, bahis söylemelerini engellemeye çalışıyorsun."

"Sen ciddi misin ya, Doktor? İnanamıyorum. Bunların hepsini bilirim ben, Mike Caro'nun *Yüzüne Bak, Elini Gör* isimli kitabında hepsi var. Ama demek ben de yapıyormuşum, hiç farkında değildim." Shelly yerinden kalkıp coşkuyla kucakladı Marshal'ı. "Doktor, terapi diye işte buna derim ben! Hem de ne terapi! Bundan sonraki oyunu iple çekiyorum – bunların hepsine dikkat edeceğim artık. Öyle bir oyun çıkaracağım ki, o soytarıların hepsi feleğini şaşıracak."

"Dur! Dahası var. Duymak istiyor musun?"

"Elbette. Ama elimizi çabuk tutalım. Masada aynı yeri kapmak istiyorum. Ne olur ne olmaz, gidip söyleyeyim de orayı tutsunlar bari." Shelly, salon sorumlusu Dusty'nin yanına koştu, omzuna vurup kulağına bir şeyler fısıldadı ve yan cebine bir onluk koyuverdi. Sonra hemen Marshal'ın yanına dönerek kulaklarını dört açtı.

"Devam et – harika gidiyorsun."

"İki şey daha. Fişlerine bakarsan, çarçabuk saymak için herhalde, harika bir elin var demek – burası tamam galiba. Bunu zaten söylemiştim sanırım. Yalnız söylemediğim bir şey var: Blöf yaparken hiç bakmıyorsun fişlerine. Bir de, daha incelikli bir şey var – burada bir özgüven eksikliği söz konusu... "

"Durma, söyle. Söyleyeceğin her şeyi duymak istiyorum, Doktor! Bak ne diyorum sana, altın yumurtlayan tavuksun sen benim için!"

"Ee, bana öyle geliyor ki, elin iyi olduğunda, fişlerini çok nazik bir şekilde sürüyorsun masaya. Ve çok yakınına koyuyorsun – elini fazla uzatmadan. Blöf yaparken de tam tersi oluyor – daha atılgan davranıyorsun ve fişleri ta masanın ortasına koyuyorsun. Yine blöf yaparken, çoğu zaman –ama her zaman değil– dönüp dönüp elindeki kâğıtlara bakıyorsun, sanki değişmiş olmalarını diler gibi bir halin oluyor. Son bir şey: Masadaki herkes birinin elinde sağlam kâğıt bulunduğunu anlamış görünüyor, ama sen hâlâ bastırdıkça bastırıyorsun – bana kalırsa, kendi kâğıtlarınla çok fazla uğraşıyorsun, rakibini ise unutuyorsun. Evet, işte hepsi bu kadar." Marshal not defterinden o sayfayı koparıp yırtmaya başladı.

"Hayır, hayır, Doktor. Sakın yırtma. Bana ver. Çerçeveletip asacağım. Yo, PVC kaplatıp yanımda taşıyacağım – muska olarak, şans getirsin diye, Merriman servetinin mührü olarak. Bak, şimdi gitmem gerekiyor, bu fırsat kaçmaz… " Shelly, daha yeni kalktıkları poker masasına doğru atıldı. "Bir daha bu kadar sazanı bir arada bulamam. Aa, sahi ya, az kalsın unutuyordum. Sana söz verdiğim mektup yanımda."

Marshal, Shelly'nin uzattığı mektubu alıp okudu:

> Sayın İlgili,
>
> İşbu mektup, Dr. Marshal Streider'dan mükemmel bir terapi görmüş olduğumu belgelemektedir. Kendimi, Dr. Pande'nin tedavisi sonucu maruz kaldığım olumsuz etkilerden tamamen kurtulmuş kabul etmekteyim.
>
> Shelly Merriman

"Nasıl olmuş?" diye sordu Shelly.

"Mükemmel," dedi Marshal. "Bir de tarih atarsan."

Shelly mektuba tarih attıktan sonra, büyük bir coşkuyla bir satır daha ekledi:

> Golden Gate Psikanaliz Enstitüsü aleyhine her türlü hukuki işlemden vazgeçmiş olduğumu bu vesileyle beyan ederim.

"Şimdi nasıl?"

"Daha da iyi. Teşekkür ederim, Bay Merriman. Size söz vermiş olduğum mektubu yarın adresinize postalayacağım."

"Böylece ödeşmiş oluyoruz. Al gülüm, ver gülüm. Yav Doktor, ben bir şey düşündüm –öylesine bir düşünce işte, henüz tam anlamıyla geliştirmiş değilim– sen ikinci bir meslek olarak poker danışmanlığı yapabilirsin pekâlâ. Vallahi müthiş bir iş çıkardın. Veya bana öyle geliyor – bakalım masaya dönünce ne olacak. Ama bir gün senlen yemeğe çıkalım be. Bak istersen bu ikinci işte temsilciliğini üstlenebilirim. Sırf şu salona bir bak – durmadan hayal kuran, durmadan da kaybeden yüzlerce insan, oyunlarını geliştirmek için ölüyorlar. Bir de başka kumarhaneleri düşün... Garden City, Kulüp 101... istediğin parayı verirler. Anında sürüyle müşteri bulurum sana –istersen *workshop* düzenle, bütün salonu doldururum– iki yüz oyuncu olsa, kafa başı yüz kâğıt alsan, günde eder yirmi kâğıt – tabii temsilcin olarak komisyonumu alırım. Sen bir düşün. Neyse, benim gitmem lazım. Seni ararım. Şans beni bekliyor."

Bu sözlerle birlikte salona dönen Shelly, Teksas pokeri masasına oturdu tekrar, bir yandan da şarkı söylüyordu: "Dibi-diii-biii-daba-daaa-baa".

Marshal, Avokado Joe'dan çıkarak park yerine yürüdü. Saat on bir buçuk olmuştu. Yarım saat sonra Peter'ı arayacaktı.

XXI

CAROLYN'LE son seansından önceki gece Ernest çok canlı bir rüya gördü. Yatağında doğrulup oturarak yazdı rüyasını: *Havaalanında koşuşturuyorum. Yolcular arasında Carolyn'i görüyorum. Onu gördüğüme seviniyorum ve hemen yanına koşup sarılıyorum ona, ama koluna asılı çantayı kenara itmediği için vücutlarımızın arasında sıkışıyor ve hiç de hoş olmuyor sarılmamız.*

Sabah rüyası üzerine düşünürken, Paul'la yaptığı konuşma sırasındaki kararlılığını hatırladı: "Bu işe hakikat soktu beni, bu işten de hakikat çıkaracak." Ernest, daha önce hiç yapmadığı bir şey yapmaya karar verdi. Rüyasını hastasıyla paylaşacaktı.

Bir sonraki seansta Ernest'ın rüyasında onu sarıldığını anlatması Carol'da merak uyandırmıştı. Zaten son seanstan beri acaba Ernest'ı yanlış değerlendirmiş olabilir miyim diye düşünüp duruyordu; Ernest'ı baştan çıkararak kendini tehlikeye atmasını sağlayabileceği konusundaki umutları sarsılmaktaydı artık. Üstüne üstlük bugün de adam, rüyasında onu gördüğünü anlatıyordu. Belki bundan ilginç bir şeyler çıkar, diye düşündü Carol. Ama kendi de inanmadı: Artık duruma hâkim olamadığının o da farkındaydı. Ernest, bir psikiyatristten beklenmeyecek ölçüde öngörülmez biriydi, Carol'a göre; hemen her seansta onu şaşırtan bir şeyler söylemiş ya da yapmıştı. Ve hemen her seansta Carol'a, kendisinin de tanımadığı bir yanını göstermişti.

"Gerçekten çok tuhaf, Ernest, çünkü ben de dün gece seni gördüm rüyamda. Jung'un 'eşzamanlılık' dediği şey bu değil miydi?"

"Tam değil. 'Eşzamanlılık' ile Jung, birbiriyle ilişkili iki olayın, ama biri öznel, diğeri nesnel, yani fiziksel dünyada meydana gelen iki olayın denk düşmesini kastediyordu sanırım. Çalışmalarından birinde bir hastasının rüyasını anlatmıştır. Hasta, eski Mısırlıların kutsal saydığı bokböceğini görmüş rüyasında, uyandığında bir de bakmış camda bir böcek, sanki içeri girmek ister gibi uçup duruyor.

"Bu kavramı da hiç anlayamamışımdır," diye devam etti Ernest. "Bana kalırsa insanların çoğu, hayatın düpedüz rastlantılara bağlı olmasından o kadar rahatsızlık duyuyor ki, huzur bulmak için ille de bir kozmik bağlantıya inanma ihtiyacı gösteriyorlar. Oysa bana hiç öyle olmadı. Nedense rastgelelik ya da doğanın kayıtsızlığı düşüncesi hiç rahatsız etmiyor beni. Yani 'rastlantı' dedikleri niye ille de dehşete düşürür insanları sanki? Niye ille de rastlantının altında rastlantı olmayan bir şey arar dururlar?

"Rüyamızda birbirimizi görmüş olmamıza gelince, bunda şaşılacak bir şey mi var? Ne kadar çok görüştüğümüzü ve aramızdaki ilişkinin mahremiyet derecesini düşününce, asıl birbirimizin rüyasına *girmememiz* şaşırtıcı olurdu. Böyle konuşup durduğum için kusura bakma, Carolyn, ders veriyormuşum gibi oldu galiba. Ama 'eşzamanlılık' gibi düşünceler kafamı allak bullak ediyor: Freud'un dogmatizmi ile Jung'un mistisizmi arasındaki uçsuz bucaksız topraklarda tek başına dolaşıp duruyormuş gibi hissediyorum kendimi."

"Yo, böyle şeylerden konuştuğunda sıkılmıyorum, Ernest. Aslında düşüncelerini benimle paylaşman hoşuma gidiyor. Ama bir huyun var ki, hakikaten ders veriyormuş gibi görünüyorsun o zaman: Her dakika ismimi söylüyorsun konuşurken."

"Hiç farkında değilim."

"Bunu söylemem seni rahatsız etti mi?"

"Rahatsız etmek mi? Hoşuma gitti. Beni ciddiye almaya başladığını gösteriyor."

Carol uzanıp elini sıkı sıkı tuttu Ernest'ın.

Ernest da bir an onun elini sıkarak karşılık verdi ve sonra, "Ama artık işe koyulmamız lazım," dedi. "Şu rüyaya dönelim. Neler düşündüğünü anlatır mısın bana?"

"Hayır! *Senin* rüyana dönelim, Ernest. *Sen* neler düşünüyorsun?"

"Hadi öyle olsun bakalım. Peki, psikoterapi rüyalarda çoğunlukla bir tür yolculuk olarak simgeleştirilir. Dolayısıyla havaalanının terapiyi simgelediğini düşünüyorum. Sana yakın olmaya çalıştım, sarılmaya çalıştım. Ama sen aramıza bir engel koydun: Çantan."

"Ee, peki çanta neyi simgeliyor sence, Ernest? Ay çok tuhaf hissediyorum kendimi – sanki rolleri değiştik gibi."

"Buna hiç gerek yok, Carolyn, ben böyle olmasından yanayım; hiçbir şey, birbirimize karşı dürüst olmamızdan daha önemli değil. Onun için buna devam edelim. Şimdi, ister istemez Freud'un sık sık tekrarladığı bir şey geliyor akla: 'Çanta', kadın cinsel organını belirten yaygın bir semboldür. Daha önce de söylediğim gibi, Freud'un dogmasını kabul ediyor değilim – ama yine de, kurunun yanında yaşı yakmamaya özen gösteriyorum. Freud'un pek çok yerinde içgörüsü vardır ve onları bir tarafa atmak aptallık olur. Hem yıllar önce bir deneye katılmıştım, hipnoz altındaki kadınlara, arzuladıkları bir erkeğin rüyalarında kendi yataklarına girdiğini görmeleri telkin edilmişti. Ancak, verilen talimat uyarınca, deneklerin rüyalarında bu olaya bir kılıf uydurmaları gerekiyordu. Çanta sembolünü kullanan kadınların sayısı şaşılacak kadar çoktu – yani bir adam gelip çantalarına bir şey koyuyordu."

"Öyleyse Ernest, bu rüyaya göre. . . "

"Bence rüya diyor ki, sen ve ben terapi yapmaya çalışıyoruz, ama sen tutup kendi cinselliğini aramıza sokuyorsun ve bu da aramızdaki gerçek içtenliğin önünü kesiyor."

Birkaç dakika Carol'dan hiç ses çıkmadı; sonra konuşmaya başladı: "Bir ihtimal daha var. Daha basit, düz bir yorum da yapılabilir – sen, benliğinin derinliklerinde beni istiyorsun aslında, sarılma cinsel bir anlam taşıyor. Hem zaten rüyada sarılmayı başlatan sen değil miydin?"

"O zaman," diye sordu Ernest, "çanta niye engel oluyor buna?"

"Freud'un dediği gibi nasıl bir puro bazen gerçekten de puroysa, kadınlar için olanı da öyledir – çanta bazen gerçekten de çanta olabilir, içinde para bulunan bir çanta, ha?"

"Evet, ne demek istediğini anlıyorum... yani diyorsun ki ben, bir erkeğin bir kadını arzu edeceği şekilde seni arzu ediyorum, ama aramıza para –yani profesyonel sözleşmemiz– giriyor. Bu da bende engellenmişlik duygusu yaratıyor."

Başıyla doğruladı Carol. "Peki *bu* yoruma ne diyorsun?"

"Daha yalın bir yorum olduğu ortada ve bunda bir hakikat payı olduğundan kuşkum yok. Yani terapist ile hastası olarak bir araya gelmiş olmasaydık, seni profesyonel olmayan bir çerçevede, kişisel olarak tanımak zevk verirdi bana – geçen seansta da konuşmuştuk bunu. Senin güzel ve çekici bir kadın olduğunu, şaşırtıcı ölçüde kıvrak, derin biçimde düşündüğünü sır olarak kendime saklıyor değilim."

Carol'ın yüzü aydınlandı. "Bu rüya gittikçe daha çok hoşuma gitmeye başlıyor."

"Yine de," diye devam etti Ernest, "rüyalar genellikle tek bir anlam taşımazlar, tek bir şeyi simgelemezler. Gördüğüm rüyanın iki arzuyu birden ifade ediyor olmaması için hiçbir neden yok: Cinsellik araya girip de işleri bozmadan seninle terapist olarak birlikte çalışma arzum *ve* profesyonel sözleşmemiz araya girmeksizin seni bir kadın olarak tanıma arzum. İşte benim uğraşmak zorunda olduğum ikilem."

Ernest, doğruyu söyleme konusunda bu kadar ilerilere gidebildiğine hayretler ediyordu. Karşısındaki hastaya, birkaç hafta önce aklının köşesinden bile geçiremeyeceği şeyleri söylüyordu işte; hem de gayet sakin, hiç kendini ölçüp biçmeden söyleyiveriyordu. Üstelik anladığı kadarıyla kendine tamamen hâkimdi de. Ya Carolyn'e cesaret vermiş olursam, diye çekinmiyordu artık. Kendini açmıştı, ama aynı zamanda sorumluluğunun bilincindeydi ve terapi aracılığıyla yardım sağlıyordu hastasına."

"Para konusunda ne diyorsun, Ernest? Bazen seni saate göz atarken yakalıyorum ve senin için bir çekten daha fazlasını ifade etmediğim hissine kapılıyorum, saatin her tik-takı bir dolar sanki."

"Para benim için önemli bir konu değil, Carolyn. Harcayabileceğimden fazlasını kazanıyorum, doğrusu para ender olarak aklıma gelir. Yalnız zamana dikkat etmek zorundayım, Carolyn. Sen nasıl müvekkillerinle görüşürken belli bir programa uymak zorundaysan, bu da öyle. Ama zamanımızın bir an önce dolmasını asla istemedim. Bir kere bile aklımdan geçmedi bu. Seni göreceğim seansları iple çekiyorum, birlikte geçirdiğimiz zamana çok değer veriyorum, hatta çoğu zaman seans bitti diye üzülüyorum."

Carol yine sustu. Ernest'ın sözleri gururunu okşamıştı ve ne kadar sinir bozucu bir şeydi bu. Adamın doğruyu söyler görünmesi ne kadar sinir bozucuydu. Artık her zaman da öyle itici görünmüyor oluşu ne kadar sinir bozucuydu.

"Bir de, Carolyn, çantanın içindekileri düşündüm. Senin de söylediğin gibi ilk akla gelen para oluyor tabii. Ama çantada başka şeyler de yok mu acaba, aramızdaki yakınlığı engelleyen başka şeyler?"

"Ne demek istediğini tam anlayamadım, Ernest."

"Demek istiyorum ki, belki de beni gerçekte olduğum gibi görmüyorsun, belki kafanda önceden oluşmuş düşünceler ya da yargılar var. Belki yanında eski bir bavulu da sürüklüyorsun ve bu ilişkimizde engeller yaratıyor – geçmişte başka erkeklerle yaşadığın ilişkilerden kalma yaralar, ne bileyim babanla, abinle, kocanla. Veya belki başka bir döneminden kalma beklentiler var: Ralph Cooke'u düşün, şu sözleri ne kadar çok söyledin bana: 'Ralph Cooke gibi ol... benim terapist âşığım ol.' Bir bakıma bana şöyle diyorsun, Carolyn: '*Kendin* olma, Ernest, başka bir şey ol, başka birisi ol.' "

Ernest'ın nasıl da on ikiden vurmuş olduğunu düşünmeden edemedi Carolyn – ama başka bir tahtada on ikiyi tutturmuştu tabii. Hayret, son zamanlarda bir zekâ patlaması yaşıyordu adam.

"Gelelim senin rüyana, Carolyn. Galiba benimkini yeterince anlattım."

"Ee, işte ben de, rüyamda ikimizi yatakta gördüm. Giyiniktik ve galiba şey... "

"Carolyn, baştan başlayıp rüyanı şimdiki zamanda anlatır mısın – sanki tam şu anda oluyormuş gibi? Öyle yapınca rüyada yaşanan duygular yeniden canlanır genellikle."

"Tamam, hatırlayabildiklerim şunlar: Sen ve ben şeyde oturuyorduk... "

"Oturuyoruz – şimdiki zamanla anlat," diye araya girdi Ernest.

"Peki, sen ve ben, tamamen giyinik olarak yatakta oturuyoruz, yahut uzanıyoruz. Seanstayız. Senin daha sevecen davranmanı istiyorum, ama sen kaskatı duruyor ve aramızdaki mesafeyi koruyorsun. Sonra odaya başka bir adam giriyor –hantal gövdeli, çirkin, tıknaz, kapkara bir adam– ve anında onu baştan çıkarmak için uğraşmaya karar veriyorum. Çok kolay oluyor bu ve aynı yatakta, senin önünde seks yapıyoruz. Bütün bu süre boyunca aklım hep sende, senin onunla ne kadar iyi seviştiğimi görmeni istiyorum, böylece benimle daha fazla ilgileneceğini, yanıma geleceğini, senin de benimle seks yapacağını düşünüyorum."

"Rüyada neler hissettin?"

"Seninle ilgili olarak hüsran duygusu, isteklerimi doyuramamanın gerginliği. Adamın görüntüsü karşısında tiksinti – iğrenç biriydi, kötülük saçıyordu. Onu tanımıyorum – ama kim olduğunu biliyorum. Duvalier'ydi o."

"Kim?"

"Duvalier işte. Haiti diktatörü."

"Senin Duvalier ile ne alakan var? Sana bir şey ifade ediyor mu?"

"Tuhaf olan da bu. Kesinlikle hiçbir şey ifade etmiyor. Yıllardır bu ismi düşünmemiştim bile. Nereden aklıma geldi anlamıyorum."

"Bir süre Duvalier ile serbest çağrışım yap, Carolyn. Bakalım neler çıkacak."

"Hiçbir şey. Adamın resmini görmüş müydüm, ondan bile emin değilim. Tiran. Zalim. Karanlık. Vahşi. Ha, tabii, galiba geçenlerde onunla ilgili bir yazı okudum, Fransa'da bir yerde sefalet içinde yaşıyormuş."

"O ihtiyar öleli çok oldu ama."

"Yo, yo, ihtiyar olanı değil. Genç Duvalier. Şu 'Bébé Doc' dedikleri. Eminim Bébé Doc olduğundan. Nasıl tanıdım bilmiyorum, ama tanıdım adamı, oydu. Adam odaya girdiği anda o isim gelmişti aklıma. Sana söylemiştim bunu."

"Hayır, söylemedin Carolyn, ama galiba rüyanın anahtarı burada."

"Nasıl yani?"

"Sen önce şu rüya üzerine bir düşün bakalım. Önce senin çağrışımlarını dinleyelim, daha iyi. Benim rüyamda da öyle yapmıştık."

"Pekâlâ. Tatminsizlik hissettiğimi biliyorum. Sen ve ben yataktaydık, ama seninle hiçbir şey yapamıyordum. Sonra bu aşağılık herif geliyor ve onunla seks yaptım ben –ığğh; bunu yapmam çok tuhaf– ve de rüyanın o acayip mantığına göre, sen benim muamelemi görecektin ve bir şekilde seni kazanmış olacaktım. Çok saçma."

"Devam et, Carolyn."

"Gerçekten saçma. Yani senin önünde abuk sabuk biriyle seks yaparsam – evet bunu kabul etmek lazım, senin kalbini kazanamam tabii ki. Bu seni çekmek şöyle dursun, daha çok iter."

"Rüyayı olduğu gibi alırsak mantık sana bunu söyleyecektir elbette. Ama ben bu rüyanın nasıl anlam *kazanacağını* biliyorum. Diyelim ki Duvalier, aslında Duvalier değil de bir başkasını veya başka bir şeyi temsil ediyor."

"Ne gibi?"

"İsmini düşün: 'Bébé Doc'! Yani, 'Bebek Doktor.' Bu adam belki de benim başka bir yanımı temsil ediyor: Benim bebek yanım, daha ilkel ya da daha aşağı yanım. O halde rüyanda sen, benim bu parçamla birleşerek diğer parçalarımı, daha olgunlaşmış yanımı da ele geçirebileceğini umuyorsun.

"Bak gördün mü, böyle düşününce anlam kazanıyor rüya – benim bir parçamı, bir alter egomu baştan çıkarabilirsen, kalan parçalarım da kolayca onun peşine düşebilir!"

Carol sesini çıkarmadı.

"Sen ne diyorsun, Carolyn?"

"Zekice, Ernest, çok zekice bir yorum." Ve içinden şöyle devam etti Carol: *Senin bilemeyeceğin kadar zekice!*

"Öyleyse şunu bir toparlayalım, Carolyn: Her iki rüyaya –senin ve benim rüyalarıma– ilişkin okumalarım benzer sonuçları işaret ediyor. Gerçi bana geliyorsun ve benimle ilgili güçlü duygular taşıdığını belirtiyorsun, bana dokunmak ve sarılmak istiyorsun, ama yine de gerçek anlamda bana yakın olmak istemiyorsun.

"Üstelik rüyalardan çıkan bu mesajlar, benim genel olarak ilişkimizle ilgili duygularımı da yansıtıyor. Birkaç hafta önce açıkça belirtmiştim, sana karşı tamamen açık olacak ve benimle ilgili bütün sorularını dürüst bir şekilde düşünecektim. Oysa sen bu fırsatı hiçbir şekilde değerlendirmeye çalışmadın. Senin sevgilin olmamı istediğini söylüyorsun, yine de bekâr hayatım hakkında sorular sormak dışında beni tanımak için hiç çaba göstermedin. Bu konuda senin başını ağrıtmaya devam edeceğim, Carolyn, çünkü çok temel bir mesele bu, işin özüne çok yakın duran bir mesele. Seni benimle dürüstçe konuşmaya zorlamayı sürdüreceğim; bunun için de beni yeterince tanımalı ve bana güvenmelisin ki, karşımda tamamen açabilesin kendini. İşte bu deney, henüz karşılaşmadığın bir başka erkeğin yanında olduğun gibi olman, kelimenin en derin anlamıyla kendin olman için bir nevi ön hazırlık olacak."

Carol susup saatine baktı.

"Zamanımızın dolduğunu biliyorum, Carolyn, ama bir-iki dakika daha kal. Bu konuda daha fazla konuşabilecek misin?"

"Bugün değil, Ernest," dedi Carol ve yerinden kalkarak çarçabuk çıktı odadan.

XXII

GECE yarısı Peter Macondo'yu aramak da pek içini rahatlatmadı Marshal'ın – çıka çıka bir bant kaydı çıkmıştı karşısına, Macondo Finans Grubu'nun hafta sonu kapalı olduğu ve Pazartesi sabahı açılacağı üç ayrı dilde belirtiliyordu. Ne de Zürih'teki bilinmeyen numaralar servisinde Peter'ın ev telefonu vardı. Ama şaşılacak bir şey yoktu tabii bunda: Peter Mafya'dan sık sık söz etmiş, ultra zengin kimselerin özel hayatlarını korumaları gerektiğini anlatmıştı. Uzun bir hafta sonu olacaktı. Beklemek zorundaydı Marshal; Pazar gece yarısı tekrar arayacaktı.

Sabaha karşı saat ikide, hâlâ uyumayı başaramayan Marshal, bir sakinleştirici bulma umuduyla ilaç dolabındaki doktor numunelerini karıştırmaya başladı. Çok alışılmadık bir durumdu bu – ne de olsa Marshal, hastalarına ilaç yazan meslektaşlarına sık sık çatar, iyi bir analizden geçmiş kişinin içgözlem yapıp kendi kendini analiz ederek psikolojik huzursuzluklarla başa çıkabileceğini savunurdu ısrarla. Ama bu gece kendi kendini analiz etmesinin falan imkânı yoktu: Gerginliği inanılmaz boyutlardaydı ve sakinleşmek için bir şeyler alması şarttı. Sonunda bir miktar Chlor-Trimeton buldu, yatıştırıcı bir antihistamindi bu ve iki tableti birden yutup huzursuz biçimde de olsa birkaç saat uyumayı başardı.

Hafta sonu ilerledikçe Marshal'ın huzursuzluğu daha da artıyordu. Neredeydi bu Adriana? Peter neredeydi? Kafasını toplayamıyordu bir türlü. *Amerikan Psikanaliz Dergisi*'nin son sayısını odanın öbür tarafına savurdu, bonsailerini budamak hiç gelmedi içinden, haftalık borsa kârını hesaplamayı bile canı çekmiyordu. Bir saat boyunca jimnastik salonuna kapanarak ağırlık kaldırdı, YMCA'da basket oynadı, Golden Gate'te jogging yaptı. Ama benliğini saran vesveseler yakasını bırakmıyordu bir türlü.

Kendi kendisinin hastasıymış gibi yaptı. *Sakin ol! Nedir böyle bu kadar telaş? Şöyle bir otur bakalım, olup biteni değerlendirelim. Olan, yalnızca şu: Adriana, randevularına gelmedi. Ee? Yatırımın güvencede. Birkaç gün içinde... dur bakayım... evet, tam otuz üç saat sonra... Peter'la telefonda konuşuyor olacaksın. Crédit Suisse'in teminat mektubu var elinde. Wells Fargo hisseleri, sen sattığından beri neredeyse yüzde iki düşüş gösterdi: En kötü ihtimalle bankadan paranı ister ve daha düşük fiyattan geri alırsın hisselerini. Evet, Adriana'da senin farkına varmadığın bir şeyler dönüyor olabilir. Ama sen de müneccim değilsin a; bazen, bazı şeyleri gözden kaçırabilirsin.*

Somut terapötik müdahaleler, diye düşündü Marshal. Ama kendisinden yine kendisine yönelik olunca pek etkili olamamışlardı. Kendi kendini analiz etmenin de sınırları vardır; Freud nasıl kıvırdı bu işi onca yıl? Marshal biliyordu ki, evhamını birileriyle paylaşmak zorundaydı. İyi de kiminle? Shirley'yle olmaz: Bugünlerde hiçbir konuda hemen hemen hiçbir şey konuştukları yoktu; hem Peter'la yaptığı yatırım belalı bir konuydu. Daha başından beri buna karşı çıkmıştı Shirley. Marshal, yedi yüz bin dolarlık kârı nasıl harcayacaklarını sesli sesli hayal ederken, sabırsızlıkla cevap vermişti kadın: "Biz ayrı dünyaların insanlarıyız." *Açgözlülük* kelimesi bugünlerde çok sık dökülür olmuştu Shirley'nin dudaklarından. Hatta iki hafta önce Marshal'a, içini kemiren açgözlülük konusunda nasihat almak üzere Budist danışmanına başvurmasını önermişti.

Hem Shirley'nin Cumartesi günü Tamalpais Dağı'nda bisikletle gezerek ikebana malzemesi toplama gibi planları vardı. O gün öğleden sonra giderken, gece dönmeyebileceğini söylemişti: Biraz kafasını dinlemeye ihtiyacı vardı, bir mini ikebana/meditasyon sefası yapacaktı kendi kendine. Hafta sonu boyunca yalnız kalabileceği düşüncesiyle paniğe kapılan Marshal'ın aklından Shirley'ye, ona ihtiyacı olduğunu, gitmemesini söylemek geçmemiş değildi. Ama Marshal Streider kimseye yalvarmazdı; hiç tarzı değildi bu. Hem zaten öyle hissedilir ve bulaşıcı bir gerginlik yayıyordu ki, Shirley bir an önce kaçıp kurtulmak istemişti.

Marshal, Shirley'nin bıraktığı çiçek düzenlemesine sabırsızlıkla baktı: Liken kaplı çatallı bir kayısı dalı, bir kolu masaya paralel uzanırken, diğeri havaya dikilmiş. Yatay kolun ucunda beyaz, tek bir kayısı çiçeği. Yukarı doğru uzanan kol ise lavanta ve ıtırşahi kümeleriyle sarılmış, bu çiçek kümeleri de gayet zarif bir şekilde iki kalla zambağını kucaklıyor: Biri beyaz, öbürü safran sarısı. *Başlayacam ama,* dedi Marshal içinden, *bunlara gelince zamanı var hamfendinin!* Niye yapıyordu bunları? Üç çiçek... yine bir safran, bir beyaz zambak... tam bir dakika boyunca bu düzenlemeyi inceledi Marshal, sonra kafasını iki yana salladı ve ikebanayı masanın altına iterek göz önünden uzaklaştırdı.

Başka kimle konuşabilirim? Kuzenim Melvin'le? Asla olmaz! Melvin bazen iyi akıl verir, ama bu konuda işe yaramayacaktır. Sesindeki küçümsemeye katlanamam. Bir meslektaşla? İmkânsız! Profesyonel sınırları çiğnemiş değilim, ama başkalarının da aynı şekilde düşünüp düşünmeyeceğinden emin olamam – hele o başkaları beni kıskanıyorsa. Bir laf yayılacak olsa enstitü başkanlığına ebediyen veda etmek zorunda kalırım.

Birine ihtiyacım var – bir sırdaşa. Ah Seth Pande hâlâ burada olsaydı! Ama o ilişkinin canına okudum. Belki de bu kadar katı olmamalıydım Seth'e karşı... Yo, yo, hayır, Seth bunu hak etmişti; doğru olanı yaptım ben. Başına gelenlerin hepsini hak etmişti.

Marshal'ın hastalarından biri, bir klinik psikolog, on erkek terapistle oluşturdukları destek grubundan sık sık bahsederdi, iki haftada bir ikişer saat süreyle toplanıyordu grup. Hastasının anlattığına göre, bu toplantılar çok faydalı olduğu gibi, üyeler bir dertleri oldu mu birbirlerini arıyorlardı da. Marshal, hastasının böyle bir gruba katılmasını onaylamamıştı elbette. Daha muhafazakâr zamanlarında olsa yasaklardı bile bunu. Destek, olumlama, avutma – bütün bu patetik zımbırtılar patolojiyi pekiştirmekten başka işe yaramaz ve gerçek analiz sürecini yavaşlatır. Oysa şimdi, tam şu anda, böyle bir destek ağına nasıl ihtiyacı vardı Marshal'ın. Seth Pande'nin enstitüdeki toplantıda ettiği laf geldi aklına, çağdaş toplumda erkekler arası dostluğun eksikliğinden bahsetmişti. Evet ya, Marshal'ın buna ihtiyacı vardı işte – bir dosta.

Pazar gece yarısı –yani Zürih saatiyle Pazartesi sabahı dokuzda– Peter'ı aradığında sinir bozucu bir bant kaydı çıktı karşısına: "Burası Macondo Finans Grubu. Bay Macondo dokuz günlük bir geziye çıkmış bulunuyorlar. Bu süre zarfında büromuz kapalı olacaktır, ancak acil durumlar için mesaj bırakabilirsiniz. Mesajlarınız alınacak ve Bay Macondo'ya ulaşmak için her türlü çaba gösterilecektir."

Gezi ha? O çapta bir işyeri dokuz gün boyunca kapatılıyor? Marshal mesaj bırakarak Bay Macondo'nun gerçekten çok acil bir konu için kendisini derhal aramasını istedi. Sonra, yatağında uyuyamadan yatarken, gezi düşüncesi giderek anlam kazanmaya başladı kafasında. *Belli ki bir kopuş yaşandı,* diye düşündü, *ya Peter ile Adriana arasında ya da Adriana ile babası arasında ve Peter, durumu düzeltmek için hiç düşünmeden oradan uzaklaşmak istedi – Adriana'yla birlikte ya da Adriana'sız Akdeniz'e açıldı. Hepsi bu canım.*

Ama günler geçip de Peter'dan haber çıkmayınca, yatırımı hakkında daha da evhamlanmaya başladı Marshal. Bankadan parasını geri almak gibi bir seçeneği her zaman vardı, ama bu, Peter'ın âlicenaplığını kâra dönüştürme şansını tamamen ortadan kaldırıyordu. Paniğe kapılıp bir daha asla bulunmayacak bir fırsatı tepmek enayilik olurdu. Hem de ne uğruna? Adriana randevularına gelmedi diye mi yani? Saçmalık!

Çarşamba günü saat on birde boş zaman buldu Marshal. Ernest'ın gözetim seansları doldurulmamıştı daha. Marshal, California Sokağı'nda biraz yürüdü, Peter ile yemek yediği Pacific Union Kulübü'nün önünden geçti ve bir blok ilerledikten sonra, ansızın dönüp kulübün merdivenini çıktı, mermer kaplı girişi geçti, cilalı pirinçten dizi dizi posta kutularını geçti, cam kubbeli salonun yarı saydam ışığına daldı. İşte Emil, pırıl pırıl, smokinli şef garson, üç yanı deri kaplı maun kanapelerle çevrili olarak duruyordu karşısında.

Marshal'ın aklına Avokado Joe geldi hemen: Ceket niyetine giyilmiş eşofman üstleri, kesif sigara dumanı, gri Borsalino şapkasının altında takmış takıştırmış siyah zibidi ve "burada hissiyata önem veririz" diyerek, oyunu seyrettiği için onu azarlayan salon sorumlusu Dusty. Sonra o gürültü: Avokado Joe'da o hareketlilikten kaynaklanan uğultu, fişlerin şıkırtısı, bilardo toplarının takırtısı, insanların alayları, kumar oynayanların konuşmaları. Pacific Union Kulübü'nde ise sesler daha bir derinden geliyordu. Garsonlar sofra kurarken gümüş ve kristal kapların çınlaması, kibar kibar fısıldayarak borsadaki alım-satımları konuşan kulüp üyeleri, cilalı meşe zeminde tatlı tatlı tıkırdayan İtalyan kunduraları.

Hangisiydi onun yuvası? Daha doğrusu bir yuvası var mıydı? Daha önce de pek çok kez olduğu gibi, bunu merak ediyordu Marshal. Nereye aitti o – Avokado Joe'ya mı, yoksa Pacific Union Kulübü'ne mi? Sonsuza dek hiçbir yere demir atmadan bu ikisi arasında sürüklenip duracak mıydı, birinden ayrılıp diğerine ulaşmaya çalışarak mı geçecekti ömrü? Peki ya bir cin çıkıverse de deseydi ki ona, *Artık karar verme zamanı geldi; ikisinden birini seç – seçtiğin, ebediyen senin yuvan olacak,* ne yapardı acaba? Seth Pande'yle yaptıkları analiz geldi aklına. Bunu hiç incelememiştik, diye düşündü Marshal. "Yuva" meselesini incelememişlerdi, dostluk meselesini de ve Shirley'ye bakılırsa, para ya da açgözlülük meselesini de. Dokuz yüz saat boyunca hangi boku *inceledik* peki biz?

Şimdilik Kulübü yuvası bilirmiş gibi davrandı Marshal ve zarif bir şekilde şef garsona doğru ilerledi.

"Emil, nasılsın? Dr. Streider. Birkaç hafta önce burada birlikte yemek yediğim Bay Macondo senin müthiş bir hafızan olduğunu söylemişti bana, ama tabii tek bir kez gördüğün birini sen bile hatırlamayabilirsin."

"Ah, tabii, Doktor, sizi gayet iyi hatırlıyorum. Ve Bay Maconta'yı da... "

"Macondo."

"Evet, özür dilerim, *Macondo*. Benim müthiş hafızam böyledir işte. Ama sizin arkadaşınızı *gerçekten* iyi hatırlıyorum. Gerçi yalnızca bir kere karşılaştık ama, silinmez bir iz bıraktı. Çok nazik ve çok bonkör bir beyefendi!"

"*San Francisco'da* yalnızca bir kere karşılaştığınızı söylemek istiyorsun herhalde. Paris'te kendisinin işlettiği kulüpte şef garson olarak çalıştığını söylemişti bana."

"Hayır efendim, yanlış anlamış olmalısınız. Paris'teki Cercle Union Interalliée'de çalıştım, evet, ama Bay Macondo'yu orada hiç görmemiştim."

"Öyleyse Zürih'te."

"Hayır, hiçbir yerde. O beyefendiyi daha önce hiç görmediğimden kesinlikle eminim. İkinizin burada öğle yemeği yediğiniz gün, o beyefendiyi hayatımda ilk kez görmüştüm."

"Öyleyse, yani... sen ne demek istiyorsun?... Yani, ben demek istiyorum ki, peki seni nereden tanıyordu o zaman... yani... Paris'teki kulüpte çalıştığını nereden biliyordu? Burada nasıl yemek yiyebiliyordu? Hayır, yani, burada hesabı var mı ki? Ödemeyi nasıl yapıyor?"

"Bir sorun mu var, efendim?"

"Evet, üstelik bu sorun, senin onu o kadar iyi tanıyormuş gibi davranmanla, böyle iki eski dost gibi görünmenizle ilgili."

Emil'in canı sıkılmıştı. Saatine baktı, sonra etrafına bakındı. Kubbeli salon boştu, kulüp sessizdi. "Dr. Streider, öğle yemeğinden önce birkaç dakika boş vaktim var. Lütfen, şöyle oturup biraz konuşalım." Emil, yemek salonunun hemen dışında, dolap kadar bir bölmeyi işaret ediyordu. İçeriye girdiklerinde Marshal'a oturması için yer gösterdi ve izin isteyerek bir sigara yaktı. Derin bir nefes çektikten sonra, "Açık konuşabilir miyim, efendim? Ve tabii, tabir yerindeyse, söyleyeceklerim zapta geçmesin lütfen."

Başıyla olurladı Marshal. "Gayet tabii."

"Ben otuz yıldır seçkin kulüplerde çalışırım. Bunun on beş yılı şef garsonlukta geçti. Çok şeye tanık olmuşumdur. Benden hiçbir şey kaçmaz. Görebildiğim kadarıyla, Dr. Streider, siz böyle kulüplere aşina değilsiniz. Haddimi aşıyorsam, affedin."

"Yo, hiç değil," dedi Marshal.

"Bilmeniz gereken bir şey var, böyle özel kulüplerde kişi daima birinden bir şey elde etmeye çalışıyordur – bir çıkar, bir davet, biriyle tanışma imkânı, bir yatırım, bir şey işte. Ve... şöyle diyelim... bu süreci hızlandırmak için de, diğeri üzerinde belli bir izlenim bırakması gerekir. Ben de diğer bütün şef garsonlar gibi bu süreçte üzerime düşen rolü oynamak zorundayım; her şeyin ahenk içinde yürümesini sağlamak gibi bir yükümlülüğüm var. Dolayısıyla, o sabah Bay Macondo benimle sohbet ederken, Avrupa'daki kulüplerde çalışmışlığım olup olmadığını sorunca, doğal olarak samimiyetle kendisine cevap verdim ve Paris'te on yıl çalıştığımı söyledim. Sizin önünüzde beni fazlasıyla dostane bir havada selamladığında da ne yapmam beklenirdi? Size, yani o beyefendinin konuğuna dönüp 'Ben bu adamı daha önce hiç görmedim,' mi demeliydim?"

"Elbette hayır, Emil. Ne demek istediğini gayet iyi anlıyorum. Seni eleştirecek durumda değilim. Sadece senin onu tanımadığını duyunca çok şaşırdım."

"Fakat Dr. Streider, bir sorun olduğunu söylediniz. Umarım ciddi bir sorun değildir. Şayet öyleyse bilmek isterim. Kulübün bunu bilmesi gerekir."

"Yo, yo. Ufak bir mesele. Adresini kaybetmişim de, onunla temas kurmak istiyorum, hepsi bu."

Emil tereddüt ediyordu. Ufak bir mesele olduğuna inanmadığı ortadaydı, ama Marshal kendi isteğiyle daha fazla bilgi vermeyince, ayağa kalktı. "Lütfen kubbeli salonda bekleyin beni. Sizin için bilgi almaya çalışacağım."

Marshal oturakaldı, kendi beceriksizliğine canı sıkılmıştı. Pek şansı yoktu ama, Emil bir şeyler yapabilirdi belki.

Birkaç dakika sonra geri gelen şef garsonun uzattığı kâğıtta, Zürih'teki adres ve telefon numarası yazılıydı, Marshal'da olanların aynısı yani. "Resepsiyondan öğrendiğim kadarıyla Bay Macondo, Zürih'teki Baur au Lac Kulübü'ne üye olduğu için buraya gayri resmi olarak nezaketen kabul edilmiş. Arzu ederseniz Zürih'teki kulübe faks çekerek daha fazla bilgi isteyebiliriz."

"Lütfen. Ve zahmet olmazsa, gelen cevabı bana fakslar mısınız? Size kartımı vereyim."

Marshal kapıya yönelmişti ki Emil onu durdurup fısıltıyla devam etti sözüne: "Ödemeyi sormuştunuz. Bu aramızda kalsın, Doktor. Bay Macondo nakit ödemişti, hem de gayet cömert bir şekilde. Bana iki yüz dolar verdi, yemeğin parasını oradan ödememi, garsona yüklü bir bahşiş vermemi ve kalanını da kendime ayırmamı söyledi. Bu tip konularda benim müthiş hafızama kesinlikle güvenebilirsiniz."

"Teşekkür ederim, Emil, gerçekten çok yardımcı oldun." Marshal banknot kıskacından istemeye istemeye bir yirmi dolar çıkarıp Emil'in pudralı eline tutuşturdu. Tam gidiyordu ki, aniden bir şey daha geldi aklına.

"Emil, senden son bir iyilik isteyebilir miyim? Geçen sefer burada Bay Macondo'nun bir arkadaşıyla tanışmıştım, frapan denebilecek tarzda giyinmiş uzun boylu bir bey – galiba portakal rengi gömlekle kırmızı damalı ceket vardı üstünde. Adını unuttum, ama babası bir zamanlar San Francisco belediye başkanıymış."

"Olsa olsa Bay Roscoe Richardson'dır bu. Bugün erken saatlerde görmüştüm kendisini. Ya kütüphanededir ya da oyun salonunda. Size bir tavsiye, Doktor: Tavla oynarken konuşmayın onunla. O zaman aksi oluyor. Oyun çok geriyor onu. Size iyi şanslar ve faksınızla da bizzat ilgileneceğim. Bana güvenebilirsiniz." Emil başını eğerek selam verip geçirdi onu.

"Tekrar teşekkür ederim, Emil." Ve tekrar bir yirmi dolarlık çıkarmaktan başka şansı yoktu Marshal'ın.

Marshal meşe lambrili oyun salonuna girdiğinde, Roscoe Richardson tavlanın başından yeni kalkmış, öğle yemeğinden önce gazetesini okumak için kütüphaneye doğru yollanıyordu.

"Aa, Bay Richardson, beni hatırlarsınız belki: Dr. Streider. Birkaç hafta önce karşılaşmıştık, sizin bir ahbabınızla yemek yiyordum, Peter Macondo."

"A tabii, Dr. Streider. Hatırlıyorum. Adınıza konferans dizisi düzenlenmişti. Tebrik ediyorum sizi. Büyük bir şeref. Çok büyük. Bugün benimle yemek yer miydiniz?"

"Maalesef hayır. Öğleden sonram tamamen hastalara ayrılmış durumda. Ama sizden bir ricam olacak. Bay Macondo'ya ulaşmaya çalışıyorum da, acaba siz nerede olduğunuz biliyor musunuz?"

"Hiçbir fikrim yok. Onu daha önce hiç görmemiştim ki. Tatlı bir adamdı, ama tuhaftır, ona yeni yatırımımla ilgili bilgi yollamıştım, Federal Kargo adreste yok diye geri gönderdi. Size beni tanıdığını mı söylemişti?"

"Aklımda öyle kalmış, ama emin değilim. Sizin babanızla onun babası, kendisi iktisat profesörü, birlikte golf oynarlarmış, bunu anlattığını hatırlıyorum."

"E, kim bilir? Gayet mümkündür. Babam Batı dünyasında tanınmış ne kadar adam varsa hepsiyle golf oynamıştır. Ve... " –burada, derisi iyice sarkmış yüzünü bariz bir şekilde çarpıtarak göz kırptı– "tabii bazı kadınlarla da. Evet, saat tam on bir buçuk. *Financial Times* gelmiştir. Her zaman deli gibi saldırırlar o gazeteye, bir an önce kütüphaneye gitsem iyi olacak. Size iyi şanslar, Doktor."

Gerçi Roscoe Richardson'la konuşmak hiç de Marshal'ın yüreğine su serpmiş değildi ama, ne yapması gerektiği konusunda bazı fikirler veriyordu. Marshal, muayenehanesine varır varmaz Macondo dosyasını açtı ve Marshal Streider Adına Konferans Dizisi'ni bildiren faksı çıkardı. Meksiko Üniversitesi'ndeki o dekanın adı neydi? İşte – Raoul Gomez. Birkaç dakika içinde hattaydı Bay Gomez – günlerdir ilk defa bir şey yolunda gitmişti. Marshal'ın İspanyolcası kıt olsa da, Bay Gomez'in, Peter Macondo adını hayatında ilk defa duymakta olduğunu anlamaya yetiyordu. Streider adına bir konferans dizisi düzenlemek için ondan yüklü bir bağış almış olması ise asla söz konusu değildi. Peter Macondo'nun babasına gelince, İktisat Bölümü'ndeki öğretim üyeleri arasında Macondo diye biri yoktu, daha doğrusu üniversitenin hiçbir bölümünde bir Macondo yoktu.

Marshal sandalyesine yığılıverdi. Çok fazla darbe almıştı ve şimdi geriye yaslanıp kafasını toparlamaya çalışıyordu. Ancak birkaç dakika sonra işbilir mizacı ağır bastı: Kâğıdı kalemi alıp bir "yapılacak işler" listesi çıkardı. İlk iş, o gün öğleden sonraki hastaların randevularını iptal etmekti. Marshal dört hastasını arayarak randevularının iptal edildiğine dair mesaj bıraktı. Bir neden ise belirtmedi tabii ki. Onun kanaatine göre burada doğru teknik, sessiz kalıp, randevularının neden iptal edilmiş olduğu konusunda hastaların geliştirdiği fantezileri keşfetmekti. Bir de para vardı tabii!

Yüz yetmiş beş dolardan dört saat. Yedi yüz dolarlık ücretinden olmuştu – ve asla geri gelmeyecekti bu kaybı.

Marshal, bugünkü randevuların iptali hayatında bir dönüm noktasını temsil ediyor olabilir mi, diye düşünüyordu. Bu kararın bir kilometre taşı olacağı düşüncesi vardı kafasında. Meslek hayatı boyunca tek bir klinik saatini iptal etmiş değildi. O zaten hiçbir şeyi kaçırmış değildi – ne bir futbol idmanını, ne bir okul gününü. Ta kreş günlerine kadar devamlılık takdirnameleriyle doluydu sicili. Asla hastalanmadığı için değil. O da herkes kadar hastalanırdı. Ama buna dayanabilecek kadar sağlamdı. Gel gör ki insan, paniğe kapıldı mı bir seanslık analize dayanamıyordu işte.

Bir sonraki madde: Melvin'i ara. Melvin'in ne diyeceğini biliyordu Marshal ve Melvin, hiç düşünmeden beklenen talimatı verdi: "Bankaya gitmenin vakti geldi – o mektubu derhal Crédit Suisse'e götür. Senin banka hesabına doğrudan doksan bin dolar yatırmalarını iste. Ve teminat mektubu almanda direttiğim için de bana teşekkür et Marshal, hatta ayağımı öp. Bana borçlusun bunu. Ve sakın unutma –Allahım, bunu benden mi öğreneceksin, Marshal– sen delilerle uğraşıyorsun: Onlarla yatırım işine girme!"

Bir saat sonra Marshal, elinde bankanın teminat mektubuyla Sutter Sokağı'nda Crédit Suisse'e doğru yürümekteydi. Sönmüş hayallerine yandı durdu yol boyunca: Servet, sanat koleksiyonuna katacağı yeni parçalar, o velut zihnine kendini ifade imkânı sağlayacak boş zaman, ama en çok da yatırım dünyasına girmesini sağlayacak anahtardan olduğuna yanıyordu, özel kulüplerin, pirinç posta kutularının, ahenk dolu yaşamların dünyasına girecekti ne güzel.

Ya Peter? Peter da o dünyaya mı aitti? Bu işten parasal bir kâr sağlamayacaktı, elbette – yahut sağlayacaksa bile bu, onunla banka arasındaydı. Ama, diye düşündü Marshal, *Peter'ın bu işte parasal çıkarı yoksa, motivasyonu neydi? Psikanalizle dalgasını geçmek mi? Hatta Seth Pande'yle bir bağlantısı olabilir mi acaba? Ya Shelly Merriman'la? Hatta Psikanaliz Enstitüsü'ndeki ayrılıkçı hizbin tamamıyla? Bir eşek şakası olabilir mi bu? Sırf sosyopatça bir kötülük yapma isteği mi? Tamam da, oynanan oyun ne olursa olsun, motivasyon ne olursa olsun, nasıl oldu da daha önce anlayamadım? Ah eşek kafa, ah. Eşeğin tekiyim ben, açgözlü bir eşek!*

Crédit Suisse şubesi ticari olarak iş yapan bir banka değil idari temsilcilikti sadece. Sutter Sokağı'ndaki bir hanın beşinci katında yer alıyordu. Marshal'ı karşılayan banka görevlisi teminat mektubunu inceledi ve mektup üzerinde tam yetki sahibi oldukları konusunda güvence verdi. Şube müdürünün şu anda başka bir müşteriyle ilgilenmekte olduğunu, az sonra kendisiyle şahsen ilgileneceğini özür dileyerek açıkladı. Zaten mektubu Zürih'e faksladıkları için biraz beklemesi gerekecekti.

On dakika sonra, ince yapılı, uzun suratlı ve David Niven bıyıklı ciddi bir adam olan müdür, Marshal'ı ofisine davet etti. Marshal'ın hüviyetini inceleyip ehliyeti ve banka kartlarındaki numaraları kaydettikten sonra, bankanın teminat mektubuna baktı, ardından fotokopisini çekmek üzere kalktı. Döndüğünde sordu Marshal, "Ödemeyi nasıl alacağım? Avukatımın tavsiyesine göre... "

"Özür dilerim, Dr. Streider, avukatınızın adını ve adresini alabilir miyim acaba?"

Marshal, kuzeni Melvin'le ilgili gerekli bilgileri vererek devam etti sözüne. "Avukatım bana, paranın doğrudan Wells Fargo'daki hesabıma yatırılmasını istememi tavsiye etmişti."

Müdür birkaç dakika hiç konuşmadan oturup mektubu inceledi.

"Bir sorun mu var?" diye sordu Marshal. "Bu mektup, talep üzerine ödeme yapılmasını garanti etmiyor mu?"

"Bu gerçekten de Crédit Suisse'in, talep üzerine ödemeyi garanti eden mektubudur. Burada gördüğünüz gibi," –imza satırını işaret ediyordu– "mektup Zürih şubemiz tarafından hazırlanmış ve başkan yardımcılarımızdan Winfred Forster'ın imzasını taşıyor. Bakın, ben Winfred Forster'ı iyi tanırım, hem de çok iyi. İkimiz Toronto şubemizde üç yıl birlikte çalıştık... ve, evet Dr. Streider, bir sorun var: Bu imza Winfred Forster'ın değil! Üstelik Zürih faksla teyit etti: Onun imzasına benzemiyor bile. Ne yazık ki size karşı çok tatsız bir görev üstlenmiş bulunuyorum, ama bu mektubun sahte olduğunu söylemek zorundayım."

XXIII

ERNEST'ın muayenehanesinden çıktıktan sonra Carol, birinci kattaki vestiyerde jogging kıyafetini ve ayakkabılarını giyip arabasıyla marinanın yolunu tuttu. San Francisco Zen Merkezi'nin gayet güzel işlettiği gözde vejetaryen lokantası Yeşil'in yakınına park etti. Yat limanının yanında üç buçuk kilometre kadar körfezi takip ederek Golden Gate'in hemen altındaki Fort Point'ta sona eren bir koşu yolu vardı. Jess burada koşmayı seviyordu, son zamanlarda Carol da öyle.

Küçük galerilerin –kütüphaneden bozma bir kitabevi, bir sanat müzesi, bir tiyatro ve tiyatro atölyesi– bulunduğu eski Fort Mason binalarının oradan başladılar koşmaya. Gemi kızaklarının yanından ve gözünü karartmış martıların koşucuların ayağına dolanmaktan çekinmediği körfez kıyısından geçerek devam ettiler. Sonra üstünde uçurtmaların süzüldüğü çimenlik araziden geçtiler; Carol ile abisi Jeb'in bir zamanlar uçurduğu üçgen ya da kutu biçimli basit uçurtmalardan değildi bunlar – Süpermen ya da bir çift kadın bacağı biçiminde yapılmış avant-garde modellerdi, kimisi de pırıl pırıl parlayan, high-tech tarzı metalik üçgenlerden oluşmuştu ve uğuldayarak hızla göğe süzülüp yön değiştiriyor ya da dümdüz yere inerken birden fren yapıp kuyrukları üzerinde bir balerin edasıyla dönüveriyorlardı. Sonra ufacık bir kumsala geldiler – kumdan yapılma gerçeküstü bir denizkızı heykelinin etrafında birkaç kişi güneşleniyordu; sonra suyun karaya doğru iyice sokulduğu bir kumsala, ıslak mayolu rüzgâr sörfçüleri bu zevkli uğraş için hazırlanıyordu; sonra düzinelerce taş heykelin bulunduğu kayalıklara – meçhul bir sanatçı tarafından özene bezene seçilmiş koca koca taşlar, fantastik Birmanya pagodalarını andırırcasına her an bozulabilir gibi duran bir dengede düzenlenmişti; arkasından uzun bir iskele çıktı karşılarına, büyük bir ciddiyetle kendini işine vermiş olan Uzakdoğulu balıkçılarla doluydu üstü ve Carol'ın görebildiği kadarıyla bir teki bile tek bir şey tutabilmiş değildi. Sonra tam Golden Gate'in göbeğindeki uzun kumlukta sona erdi koşu, burada durup uzun saçlı, seksi sörfçülerin, apartman boyundaki karanlık dalgaların sırtına atlayacakları anı bekleyerek soğuk sularla oynaşmasını izlemek mümkündü.

Artık hemen hemen her gün Carol ile Jess birlikte koşuyorlardı; bazen Golden Gate Parkı'nın koşu yollarında, bazen kumsal boyunca Cliff House'un güneyinde, ama en çok marina yolunu izliyorlardı. Ayrıca birçok akşamı da Jess'le birlikte geçiriyordu Carol. İşten eve döndüğünde Jess genellikle orada oluyor, akşam yemeğini hazırlarken bir yandan ikizlerle laflıyordu. Çocuklar gittikçe daha çok sevmeye başlamışlardı onu. Carol, Jess'le birlikte olmak hoşuna gittiği halde endişelenmekteydi. Jess, gerçek olamayacak kadar iyi bir adama benziyordu. Ya Carol'a daha da yakınlaşırsa ne olacaktı, onun aslında nasıl bir kadın olduğunu görebilecek kadar yakınlaşırsa? İçi, içindeki düşünceler güzel değildi onun. O zaman gerisin geri gider miydi acaba Jess? Jess'in onun evini bu kadar çabuk benimsemiş olması güvensizlik yaratıyordu Carol'da – bir de çocukların gözünde bu kadar önemli biri haline gelmiş olması. Olur da Jess'in kendisine göre olmadığına karar verirse, özgürce seçim yapabilecek miydi Carol? Yoksa çocukların iyiliği için kapana mı kısılacaktı?

Jess'in işi çıkıp da onunla koşamadığı zamanlarda Carol bir saat boyunca kendi başına koşuyordu. Joggingden bu kadar çok hoşlanmasına kendi de şaşmaktaydı. Gün boyu kendini rahatlamış hissetmesini sağladığı için hoşuna gidiyordu belki, belki de bu sayede zinde kaldığı ve bütün benliğini coşkun bir hayatiyet duygusu kapladığı içindi. Veya belki de tek nedeni Jess'in onun için çok fazla önem kazanmış olmasıydı, onun sevdiği uğraşları Carol da sever olmuştu.

Tek başına joggingin, Jess'le birlikteyken olduğu gibi sihirli bir yanı yoktu, ama bir şey kazandırıyordu: Kendisi üzerine düşünmek için zaman. İlk başlarda tek başına jogging yaparken walkman ile müzik dinlerdi Carol – country, Vivaldi, Japon flüt müziği, Beatles. Ama son zamanlarda walkman arabada kalır olmuştu ve Carol da jogging sırasında tefekküre dalıyordu.

Hayatı üzerine düşünmeye zaman ayırma düşüncesi devrimci bir yenilikti Carol için. Hayatının büyük bölümünde hep bunun tersini yapmış, her boş anını zihnini meşgul edecek bir şeylerle doldurmuştu. Şimdi değişen neydi? Her adımında martı sürülerini dağıtarak koşu yolunda ilerlerken merak etti bunu. İlk değişiklik, duygusal hayatının yeni bir soluk kazanmış olmasıydı. Geçmişte iç manzarası tekdüze ve kasvetliydi, öfke, küskünlük, pişmanlık gibi negatif duygulardan oluşmuş daracık bir sıradağla kaplıydı. Bu duyguların çoğu Justin'e yönelmişti, diğerleri de günlük yaşamda yoluna çıkan insanların hemen hepsine. Çocuklarından başka neredeyse hiç kimse için iyi bir şey düşünmezdi. Bu açıdan aile geleneğini sürdürmüştü: Anasının kızı, anneannesinin torunuydu o! Bunu fark etmesini sağlayan Ernest olmuştu.

Hem madem o kadar nefret ediyordu Justin'den, Allah aşkına ne demeye kendini o evlilik zindanına hapsederek anahtarı fırlatıp atma *zorunluluğu* hissetmişti ki? Şimdi, tam balıkçı iskelesine yaklaşırken birkaç metre ötesinde oynaşan Pasifik dalgalarına o evliliği de atabilirdi pekâlâ.

Korkunç bir hata yaptığını biliyordu, üstelik evlendikten hemen sonra anlamıştı bunu. Ernest'ın –Allah belasını versin!– zoruyla kabullendiği gibi, onun da önünde herkesinki kadar seçenek vardı: Bu evliliği bitirebilir ya da değiştirmeye çalışabilirdi. İkisini de yapmamayı seçmişti, hem de –şimdi öyle görünüyordu ki– kasıtlı olarak seçmişti bunu. Bunların yerine, berbat bir hatanın içinde debelenip durmuştu.

Tam da Justin hayatından çıkıp gittiği günün akşamı Norma'yla Heather'ın, kocasının aslında ona iyilik etmiş olduğunu nasıl ısrarla belirttiğini hatırladı. Doğru söylüyorlardı. Peki ya bu işi kendisi değil de Justin yaptı diye kapıldığı o öfke neydi öyle? Aptallık! Ernest'ın o kendini beğenmiş ifadesiyle, olayları uzun bir zincir olarak ele alınca, kimin kimi terk etmiş olduğu ne fark ederdi ki? Bu evliliğin sona ermesi ikisi için de daha iyi olmuştu işte. Carol, son on yıldır hiç hissetmediği kadar iyi hissediyordu kendini. Justin de daha iyi görünüyor, doğru dürüst bir baba olabilmek için o çelimsiz, dokunaklı haliyle elinden geleni yapıyordu. Hatta önceki hafta, Jess ile birlikte Mendonico'da hafta sonu tatili yapacakları zaman ikizlere bakmayı bile kabul etmişti, hiçbir şey sormadan hem de.

Ne komik, diye düşündü, hiçbir şeyden kuşkulanmayan Ernest, şimdi Wayne'le hayali evliliği için bir şeyler yapma amacıyla canını dişine takmış çalışıyordu onunla birlikte. Kendi hayatındaki durumla yüzleşsin ve bu konuda bir şeyler yapsın, yani evliliğini ya değiştirsin ya da bitirsin diye nasıl da durup dinlenmeden uğraşıyordu adam. Amma matrak ha; ona da Justin'e yapmış olduğunun aynısını yaptığını bir bilse – ama tabii bu kez *onunla,* Carol'la saf tutmuştu, karargâhta *onunla* birlikte strateji hazırlıyordu, Justin'e vermiş olduğu akılları *ona* veriyordu şimdi!

Golden Gate'e vardığında nefes nefeseydi Carol. Yolun sonuna kadar jogging yapmış, köprünün altındaki parmaklıkların en uçtakine dokunmuştu ve hiç durmadan geri dönüp Fort Mason'a doğru koşmaya başladı. Rüzgâr her zamanki gibi Pasifik'ten esiyordu ve rüzgârı arkasına alan Carol, sörfçülerin, balıkçıların, Birmanya pagodalarının, Süpermen uçurtmasının, gözükara martıların yanından hiç çaba harcamaksızın geçip gitti.

Arabasında öğle yemeği niyetine kütür kütür bir elma yedikten sonra Jarndyce, Kaplan ve Tuttle hukuk bürosunun yolunu tuttu. Büroda duş yapıp ortaklardan Julius Jarndyce'ın gönderdiği yeni müvekkiliyle görüşmeye hazırlandı. Washington'daki lobicilik işlerinden başını alamayan Bay Jarndyce, eski bir dostu olan müvekkili Doktor Marshal Streider'la özel olarak ilgilenmesini rica etmişti ondan.

Carol, sinirlerinin çok bozuk olduğu her halinden anlaşılan müvekkili bekleme odasını arşınlarken gördü. Onu kendi odasına davet ettiğinde derhal girdi Marshal, bir sandalyenin kenarına ilişti ve söze başladı: "Beni bugün kabul ettiğiniz için teşekkür ederim, Bayan Astrid. Bay Jarndyce'ı yıllardır tanırım, bana önümüzdeki hafta için randevu vermek istemişti ama bu, ertelenemeyecek kadar acil bir mesele. Hemen konuya gireceğim: Dün, tam doksan bin dolar dolandırıldığımı öğrenmiş bulunuyorum. Bana yardım edebilir misiniz? Ne yapabilirim?"

"Dolandırılmış olmak korkunç bir şeydir ve taşıdığınız aciliyet duygusunu tamamen anlıyorum, Bay Streider. En baştan başlayalım. İlk önce bilmem gerektiğine inandığınız her şeyi anlatın bana ve sonra da olan biteni en ince ayrıntısına kadar gözden geçirelim."

"Seve seve, ama önce sözleşmemizin çerçevesini netleştirebilir miyiz?"

"Çerçeve mi, Bay Streider?"

"Özür dilerim –bir analiz terimiydi– yani başlamadan önce bazı şeyleri netleştirmek istediğimi söylemeye çalışıyordum. Siz bu işle ilgilenecek misiniz? Ücret nedir? Ve bir de gizlilik. Gizlilik, benim için son derece önemlidir."

Bir önceki gün, mektubun sahte olduğunu öğrendiği anda paniğe kapılan Marshal, hemen Melvin'i aramıştı. Daha telefon çalarken ani bir karar verdi: Melvin'i istemiyordu; kendisine daha anlayışla yaklaşacak, daha enerjik bir avukat istiyordu. Telefonu kapatıp hemen eski hastalarından Bay Jarndyce'ı aradı; San Francisco'nun önde gelen avukatlarındandı kendisi.

Daha sonra, sabaha karşı üç sularında Marshal, bu meseleyi mümkün olduğunca sessiz halletmenin şart olduğunu fark etti. Eski bir hastasıyla birlikte yatırım işine girmişti – birçok eleştiriye maruz kalabilirdi. Bu bile başlı başına kötü bir şeydi, ama bu şekilde tokatlanmış olduğu için de çok salak hissediyordu kendini. Bu işten ne kadar az insanın haberi olursa, o kadar iyi olurdu. Aslında Jarndyce'ı hiç aramasaydı keşke, onunla yaptığı terapi yıllar önce sona ermiş olsa bile, bu da bir muhakeme hatasıydı işte. Dolayısıyla, Bay Jarndyce'ın onunla ilgilenemeyeceğini öğrendiğinde hissettiği hayal kırıklığı, yerini gönül rahatlığına bırakmıştı.

"Siz bana ihtiyaç duyduğunuz müddetçe bu işle ilgileneceğim, Bay Streider. Kastettiğiniz buysa, herhangi bir seyahat planım yok. Ücretim saatte iki yüz elli dolardır. Gizliliğe gelince, tıpkı sizin mesleğinizde olduğu gibi, burada da tam gizlilik söz konusudur – hatta belki sizde olduğundan bile fazla."

"Ben Bay Jarndyce'ı da buna katmak istiyorum. Her şey sadece ikimizin arasında kalmalı."

"Kabul. Buna güvenebilirsiniz, Bay Streider. Şimdi başlayabiliriz."

Hâlâ sandalyenin kenarında öne eğilerek oturmakta olan Marshal, bütün hikâyeyi anlattı Carol'a. Tek bir ayrıntıyı bile atlamadı, meslek ahlakıyla ilgili kaygısı hariç tabii. Her şeyi Carol'la paylaşmanın ne kadar rahatlatıcı olduğunu ve daha şimdiden ona nasıl da güvendiğini belirtmeyi de unutmadı.

"Dr. Streider, bu kadar açık kalpli olmanız çok güzel. Böylesine acı verici ayrıntıları anlatmanın kolay olmadığını biliyorum. Devam etmeden önce bir şey soracağım size: Bunun bir armağan *değil* yatırım, Bay Macondo'nun da *eski hastanız* olduğunu bir kereden fazla, hem de üstüne basa basa belirtmeniz dikkatimi çekti. Bu davranışınızla ilgili bir soru işareti mi var kafanızda – burada meslek ahlakını kastediyorum tabii?"

"*Benim* kafamda soru işareti yok. Ben yüz kızartıcı bir şey yapmadım. Ama buna dikkat çekmekte haklısınız. Başkalarının diline dolanabilir bu konu. Çalıştığım sahada etik davranışa ilişkin profesyonel standartların savunulması konusunda sesini çok duyurmuş biriyim. Eyalet tıbbi etik kurulunda görevli olduğum gibi, profesyonel etik konusunda çalışan bir psikanalist ekibinin de başında bulunuyorum. Dolayısıyla bu gibi konularda hassas bir konumdayım; davranışlarımın yüz kızartıcı *olmaması* yeterli değil, yüz kızartıcı *görünmemeleri* de gerekiyor."

Yoğun bir şekilde terlemekte olan Marshal, mendilini çıkartıp alnını kuruladı. "Lütfen anlayın beni... ve bu gerçek, paranoya değil... rakiplerim ve düşmanlarım var, yaptığım ufacık bir şeyi yanlış yorumlamaya fazlasıyla teşne insanlar bunlar, mahvımı görmekten mutluluk duyacak insanlar."

"O halde," dedi Carol gözünü önündeki notlardan kaldırarak, "bir daha sorayım, terapist-hasta arasındaki para ilişkisinin sınırlarını aşmış olabileceğiniz konusunda kişisel olarak hiçbir kuşku taşımadığınızdan emin misiniz?"

Marshal alnını silmeyi bırakıp avukatına baktı, hem de hayretle. Kadın bu konuları iyi biliyordu besbelli.

"Eh, geriye baktığımda, başka türlü davranmış olmayı tercih edeceğimi söylememe gerek yok. Bu konularda, genellikle yaptığım gibi ince eleyip sık dokumuş olmayı tercih ederdim. Hastalarla *ya da* eski hastalarla birlikte *asla* kişisel olarak yatırım yapmayacağımı söylemiş olmayı tercih ederdim. Şimdi ilk kez farkına varıyorum ki, bu kurallar sadece hastayı değil terapisti de korumak içinmiş."

"Bu rakipler ya da düşmanlar çok önemli bir... yani çok mu önemliler sizin için?"

"Ne demek istediğinizi tam anlayamadım... ee, evet... gerçekten rakiplerim var. Ve demin de anlatmaya çalıştığım gibi... bu konunun gizli kalması açısından... mesleğim için, mesleki ilişkilerim için... büyük bir endişe... yo, endişe de değil... *çaresizlik* içindeyim. Yani cevabım, evet; bu pis işin tamamen gizli tutulmasını istiyorum. Siz bu konuyu niye böyle ısrarla sordunuz?"

"Çünkü," diye cevaplamaya girişti Carol, "gizlilik talebiniz, önümüzde açık olan yolları doğrudan etkiliyor – ne kadar çok gizlilik isterseniz, o kadar çekingen davranmak zorunda kalırız. Bunu biraz sonra daha iyi açıklayacağım. Yalnız, gizlilik konusunda sorular sormamın bir nedeni daha var – akademik bir neden, gerçi olan olmuş ama, yine de ilginizi çekebilir. *Sizin* karşınızda psikolojik konularda ahkâm kesiyor olmak istemem, Dr. Streider, ama profesyonel dolandırıcıların hep nasıl çalıştığına dair bir şey söylemek istiyorum. Profesyonel dolandırıcı, kurduğu tezgâha kurbanını da ortak eder, öyle ki kurban, pek de dürüstçe olmayan bir işe *kendisinin de* karışmış olduğu hissine kapılır. Böylelikle kurban –buna ne demeli?– neredeyse bir suç ortağı haline gelir ve farklı bir halet-i ruhiye içine girer, bu halet-i ruhiye ile her zamanki ihtiyatını ve ayrıntıları fark edebilme yeteneğini kaybeder. Üstelik kurban, çok az da olsa kendisinin bu işte payı bulunduğu hissine kapılmış olduğundan, normal olarak başvuracağı güvenilir mali danışmanlardan bilgi almaktan kaçınır. Ve yine aynı nedenle, dolandırıldıktan sonra da adli süreçte fazla gayretli davranmaz."

"Bu kurbanın o açıdan bir sorunu yok," dedi Marshal. "O deyyusu bulup duvara çivileyeceğim. Bedeli ne olursa olsun."

"Ama demin söylediklerinize bakılırsa iş öyle görünmüyor, Dr. Streider. Gizliliğin öncelik taşıdığını söylemiştiniz. Mesela şu soruyu sorun kendinize: Halka açık bir mahkemenin karşısına çıkmaya hazır mısınız?"

Marshal, başı önde, sessizce oturuyordu.

"Özür dilerim, Dr. Streider, ama bunu size söylemek zorundayım. Cesaretinizi kırmayı asla istemem. Şu anda ihtiyaç duyduğunuz şey bu değil, biliyorum. Ama buna devam edelim. Her ayrıntıyı iyice incelemek zorundayız. Anlattıklarınız Peter Macondo'nun tam bir profesyonel olduğunu gösteriyor – bunu mutlaka daha önce de yapmıştır ve iz bırakmış olma ihtimali pek yok. İlk olarak bana, siz, kendiniz ne gibi araştırmalar yaptınız, onu anlatın. Ondan bahsettiğiniz kişilerin listesini çıkartabilir misiniz?"

Marshal, Emil'le, Roscoe Richardson'la ve Meksiko Üniversitesi'ndeki dekanla yaptığı konuşmaları aktardı. Adriana ile Peter'a bir türlü ulaşamadığını da. O sabah Pacific Union Kulübü'nden aldığı faksı gösterdi – Zürih'teki Baur au Lac Kulübü'nden gelen faksın kopyasıydı bu ve kulüpte Peter Macondo diye birini tanımadıklarını bildiriyordu. Faksın kendi kâğıtlarıyla ve kendi kütüphanelerinden gönderilmiş olduğunu doğruluyorlardı, ama her üyenin, her konuğun, hatta eski bir konuğun, hatta hatta kulübe bitişik otelde kalmakta olan herkesin, istediği zaman kütüphaneye girebileceğini, kulübe ait kırtasiyeyi ve faks aygıtını kullanabileceğini vurgulamışlardı.

Carol faksı okurken, "Sizce," dedi Marshal, "bu faksta ya da Meksiko Üniversitesi'nden gelen faksta suç delili bulmak mümkün müdür?"

"Ya da Meksiko Üniversitesi'nden çekildiği *söylenen* faksta!" diye cevapladı Carol. "Herhalde kendi kendine çekmiş o faksı."

"O zaman belki faksın çekildiği makinenin yerini saptayabiliriz. Veya parmak izlerini? Yoksa şu mücevheratçı dükkânındaki tezgâhtarla bir daha mı görüşmeli – ona benim Rolex'i satan adamla? Veya Avrupa'ya kalkan uçaklarla ilgili havaalanı kayıtları? Veya pasaport kontrolüyle?"

"Tabii eğer Avrupa'ya gittiyse. Elinizdeki tek bilgi onun söyledikleri, Bay Streider – yani bilmenizi istedikleri. Şunu düşünün: *Tek bir bağımsız bilgi kaynağınız yok.* Üstelik her şeyi nakit ödemiş. Evet, buna hiç şüphe yok – bu adam gerçek bir profesyonel. Mutlaka FBI'ya haber vermeliyiz; banka zaten çoktan yapmıştır bunu, uluslararası dolandırıcılıkları bildirmek zorundalar. Bakın bu numarayı arayacaksınız; nöbetçi ajanı isteyin. Bu konuda ben size yardımcı olurdum, ama o zaman avukat masraflarınız artar.

"Sorduğunuz soruların çoğu," diye devam etti Carol, "işin hukuki boyutuyla ilgili değil, araştırmaya yönelik şeyler ve bunlara en iyi cevap verecek kişi bir özel dedektiftir. İsterseniz size iyi bir dedektifin adını verebilirim, ama benim tavsiyem, çok dikkatli olmanızdır; büyük ihtimalle sonuç vermeyecek bir kovalamacaya daha fazla para ve enerji harcamayın derim. Böyle vakaları çok gördüm. Bu tip suçlular ender olarak yakalanır. Yakalandıkları zaman da ender olarak ceplerinde para kalmış olur."

"Sonları ne olur peki?"

"Temelde kendi kendini mahvetme eğilimindedirler. Sizin Bay Macondo er geç kendi kuyusunu kazacaktır – çok fazla riske girecektir, belki bir gün yanlış birini dolandırmaya kalkacak ve bir arabanın bagajında cesedi bulunacak."

"Belki şimdiden kazmaya başlamıştır kendi kuyusunu. Şu girdiği riske baksanıza, seçtiği hedefe bakın: Bir psikanalist. Tamam, beni kandırdı, kabul ediyorum, ama yine de insan davranışını gözlemleme konusunda ileri düzeyde eğitim almış birini kazıklamaya çalışıyor, yani kendini kandırmaya çalışanı yakalama ihtimali çok kuvvetli olan birini."

"Hayır, Dr. Streider, size katılmıyorum. Tam tersini düşündüren çok fazla tecrübem var benim. Kaynaklarımı açıklamam söz konusu değil, ama psikiyatristlerin en kolay kandırılabilir kişiler arasında olduğuna dair kanıtlarım var. Yani, ne de olsa insanların kendilerine hep doğruyu söylemesine alışkınlar – insanlar, gerçek hikâyelerini dinlesinler diye *para ödüyor* onlara. Bence psikiyatristleri dolandırmak çok kolay – belki ilk kurbanı siz değilsinizdir.

Kim bilir? Belki de onun uzmanlık alanı terapistleri dolandırmaktır."

"Bu da onu tuzağa düşürmenin mümkün olduğunu gösterir. Evet, Bayan Astrid, şu sizin dedektifin ismini *istiyorum*. Ben Amerika liginde geri sahada oynamış adamım; kovalamayı ve yakalamayı bilirim. Şu anda o kadar gerginim, o kadar doluyum ki –dokunsanız ağlayacak durumdayım– ama koyvermiyorum kendimi. Başka hiçbir şey düşünemez oldum, hastalarımla görüşemiyorum, uyku uyuyamıyorum. Şu anda yalnızca iki şey düşünüyorum: Birincisi, o adamı lime lime doğramak; ikincisi de doksan bin dolarımı geri almak. O parayı kaybetmek hayatımı mahvetti benim."

"Pekâlâ, konumuza dönelim. Dr. Streider, mümkünse parasal durumunuzun bir tablosunu çıkarın bana: Geliriniz, borçlarınız, yatırımlarınız, tasarruflarınız – her şey."

Marshal mali durumunu anlatırken, Carol da defterinin sarı çizgili yapraklarını arka arkaya çevirerek notlar aldı.

Sözü bitince Marshal, Carol'ın notlarını işaret ederek, "İşte Bayan Astrid," dedi, "gördüğünüz gibi zengin bir adam değilim. Yani benim için doksan bin dolar kaybetmenin ne demek olduğunu anlayabiliyorsunuzdur. Korkunç bir şey bu – hayatımda başıma gelen en kötü şey. Bunun için kaç ay çalıştığımı hesap edince, fazladan bir hasta daha alayım diye sabahın altısında kalktığımı, gün be gün borsadaki hisselerimi takip ettiğimi, borsacım ve mali müşavirimle her gün yaptığım telefon konuşmalarını ve... ve... yani... bilemiyorum nasıl çıkacağım bu işin içinden. Bende ve ailemde onarılmaz bir yara açacaktır bu olay."

Carol notlarını inceledi, sonra masaya bıraktı ve yatıştırıcı bir tonda konuşmaya başladı: "Sizin için bunu bir perspektife oturtmaya çalışayım. Önce şunu açıklayacağım size: Doksan bin dolar kaybetmiş *değilsiniz*. Banka teminat mektubunun sahte olduğunu belgeleyebileceğinize göre, muhasebeciniz bunu sermaye kaybı olarak kayda geçecek ve geçen yıl elde ettiğiniz, ayrıca ileride elde etmeniz beklenen kazançla dengeleyecektir. Hem sonra önümüzdeki on yıllık dönemde elde edeceğiniz *düzenli* gelir, her yıl için üç bin dolar hesap edilerek dengelenebilir. Bakın gördünüz mü, bir kalemde zararınızı önemli ölçüde azaltabiliyoruz – elli bin doların altına indi bile.

"İkinci ve bugünlük söyleyebileceğim son şey ise –başka bir müvekkilim bekliyor da– şu: Bana sağladığınız bilgilere dayanarak mali durumunuza baktığımda, hiç de mahvolmuş gözükmüyorsunuz. Ailenize gayet iyi güvenceler sağlamışsınız, hatta mükemmel güvenceler, üstelik çok başarılı bir yatırımcısınız. Doğrusu bu kaybettiğiniz para, hayatınızda önemli bir değişiklik yaratmayacaktır!"

"Anlamıyorsunuz – oğlumun tahsili, benim sanat... "

"Bir dahaki sefere, Dr. Streider. Burada kesmek zorundayım."

"Bir dahaki sefer ne zaman? Yarın vaktiniz var mı? Önümüzdeki birkaç günü nasıl geçireceğim, bilemiyorum."

"Evet, yarın saat üç desek? Uygun mu?"

"Ben uydururum. Bütün randevularımı iptal ederim. Beni daha iyi tanıdığınız zaman, Dr. Astrid... "

"*Bayan* Astrid, yine de terfi ettirdiğiniz için teşekkürler."

"Bayan Astrid... ama diyecektim ki, eğer beni tanısaydınız, hastalarımla randevu iptal etmem için gerçekten çok vahim bir durum olması gerektiğini anlardınız. Yirmi yıldır ilk kez dün yaptım bunu."

"Size mümkün olduğu kadar çok zaman ayıracağım. Ancak biz maliyeti de düşük tutmak isteriz. Bir psikiyatriste bunu söylemek çok tuhafıma gidiyor ama, şu anda yapacağınız en iyi şey, güvenebileceğiniz birisiyle –bir dostunuzla, bir terapistle– açıkça konuşmanız. Öyle bir perspektifte takılıp kalmışsınız ki, paniğiniz daha da artıyor; başka bir bakış açısına ihtiyacınız var. Karınızla konuşsanız?"

"Karım başka bir dünyada yaşıyor, ikebana dünyasında."

"Nerede? İki... kaç? Affedersiniz, anlamadım."

"İkebana – hani şu Japon çiçek düzenleme sanatı. Bu işin müptelası oldu, bir de Budist meditasyon yaptığı kafadarlar var. Onu göremiyorum bile."

"Haa, yaa... anlıyorum... neydi? Ha, ikebana... evet, evet, duymuştum, Japon çiçek düzenleme sanatı. Anlıyorum. Ve burada değil ha – o dünyaya daldı diyorsunuz, öyle mi? Eve pek uğramıyor mu?... Hay Allah, sizin için çok kötü olmalı bu. Korkunç. Demek yalnızsınız... şimdi ona ihtiyacınız da vardır. Çok korkunç."

Carol'ın hiç de avukatça olmayan tepkisine şaşırmıştı Marshal, ama duygulanmıştı da. Carol'la birlikte birkaç dakika hiç ses çıkarmadan oturdular, sonunda sessizliği bozan Marshal oldu: "Bir müvekkilinizin beklediğini söylememiş miydiniz?"

Sessizlik.

"Bayan Astrid, demiştiniz ki... "

"Affedersiniz, Dr. Streider," dedi Carol kalkarken, "bir an dalmışım. Neyse, yarın görüşürüz. Canınızı sıkmayın. Ben sizin yanınızdayım."

XXIV

MARSHAL gittikten sonra Carol oturduğu yerde birkaç dakika öyle kalakaldı. İkebana! Japon çiçek düzenleme sanatı! Hiç kuşkusu yoktu bundan – müvekkili, Dr. Streider, Jess'in eski terapistiydi. Jess ara sıra eski terapistinden bahsediyordu; daima çok olumlu biçimde, daima onun dürüstlüğünü, kendini hastasına adamasını, yardımseverliğini vurgulayarak. Önceleri Carol'ın, niye Ernest'a gitmeye başladığı konusundaki sorularını geçiştirmişti Jess, ama ilişkileri derinleştikçe o Nisan gününden bahsetti Carol'a, kızıl yapraklı bir akçaağacın dalları arasında, terapistinin karısını, safran sarısı cüppe giymiş bir Budist keşişle aşna fişne vaziyette görüp şok geçirmişti.

Ama Jess, eski terapistinin mahremiyetine saygı gereği adını vermemişti adamın. Yine de burada hata olamaz, diye düşündü Carol: *Kesin* Marshal Streider'dır bu. Karısı ikebana uzmanı, hem de Budist olan kaç tane terapist vardır canım?

Carol, Jess'le buluşacağı akşam yemeğini zor etti; bir arkadaşına haber yetiştirmek için en son ne zaman bu kadar heyecanlanmış olduğunu hatırlamıyordu. Jess'in suratındaki hayret ifadesini, o yumuşak, yuvarlak ağzından dökülecek "Hayır! İnanmıyorum!"u getirdi gözünün önüne, "Doksan bin dolar ha – çok korkunç! Ve inan bu parayı kazanmak için gerçekten çok çalışıyor o adam. Dünyada bunca insan varken seni bulmuş ha!" Jess'in her kelimeyi dikkatle dinleyişini canlandırdı kafasında. Hikâyeyi mümkün olduğu kadar uzatıp ballandıra ballandıra anlatmak için ayrıntıları birazcık abartabilirdi.

Sonra birden durdu, Jess'e anlatamazdı ki bunu. *Marshal Streider hakkında hiçbir şey söyleyemem ona,* diye düşündü. *Onu gördüğümü bile söyleyemem. Gizliliği koruma konusunda meslek yemini ettim.*

Yine de ona anlatmaya can atıyordu. Belki bir gün bulurdu bir yolunu. Ama şimdilik, meslek ahlakı denen o tatsız tutsuz lapadan alabileceği besini almaya bakmalı ve bununla yetinmeliydi. Tabii Jess'in ondan bekleyeceği şekilde davranmış olmakla da – yani onun eski terapistine elinden gelen yardımı yapmalıydı. Kolay olmayacaktı bu. Carol'ın karşısına seveceği bir psikiyatrist çıkmış değildi o güne dek. Üstelik bu psikiyatrist, içlerinde en az seveceklerinden biriydi: Çok fazla sızlanıyor, kendini fazla ciddiye alıyor ve futbol gibi çocuksu maço imgelere sığınıyordu. Şimdi dolandırıldığı için süngüsü düşmüş olsa da, adamın ruhundaki küstahlığı hissedebiliyordu Carol. Niye düşmanı olduğunu anlamak zor değildi.

Yine de Dr. Streider'dan pek çok şey kazanmıştı Jess ve Carol da, Jess'e bir tür armağan olarak bu müvekkiline elinden gelen yardımı yapmaya karar verdi. Jess'e armağan vermek hoşuna gidiyordu, ama gizli bir armağan vermek zor olacaktı onun için, gölge bir iyilik perisi olarak kalmak, yaptığı iyilikleri Jess'in hiç öğrenmeyecek olması, zor geliyordu.

Gizlilik daima en önemli kozu olmuştu onun. Avukatlık işinde Carol tam bir dalavere ve entrika ustasıydı. Hiçbir dava vekili mahkemede onun karşısına çıkmak istemezdi; işi dolandırıp dolandırıp istediği mecraya sokma konusunda tehlikeli bir deha olarak nam salmıştı. İnsanları aldatmak hep çok kolaydı onun için; mesleki ve kişisel davranışlarında bu açıdan pek fark da gözetmezdi doğrusu. Ama son birkaç haftadır bu işten hazzetmez olmuştu. Jess'e karşı dürüst olmanın onu rahatlatan, ona sevinç veren bir yanı vardı. Jess'i her gördüğünde yeni bir riske girmeyi deniyordu. Daha birkaç hafta olduğu halde, o güne dek başka hiçbir erkeğe açılmadığı kadar açılmıştı Jess'e. Bir konu hariç tabii: Ernest!

İkisi de Ernest'tan pek bahsetmiyordu. Carol, birbirlerine terapilerinden bahsetmez ve Ernest hakkında konuşmazlarsa işlerin daha kolay olacağını öne sürmüştü. İlk başta Jess'i Ernest aleyhine çevirme fikri hoşuna gitmişti aslında, ama çarçabuk vazgeçti o planından – Jess'in terapiden büyük yarar sağladığına ve Ernest'ı çok sevdiğine kuşku yoktu. Carol ise ne çevirdiği entrikaları açık etmişti, ne de Ernest'a karşı hissetiklerini.

Bir gün, son derece iyi geçen bir seanstan sonra, "Ernest olağanüstü bir terapist," diye haykırmıştı Jess. "Öyle dürüst ve öyle insan ki." Sonra o günkü seansı anlatmaya girişti. "Ernest bugün gerçekten çok önemli bir şeye parmak bastı. Dedi ki bana, ne zaman birbirimize yakınlaşacak olsak, ne zaman aramızdaki mahremiyet artıyor gibi olsa, ben mutlaka kendimi geri çekiyormuşum; ya homofobik bir espri yapıyor, ya da konuşmayı entelektüel bir tartışmaya çeviriyormuşum.

"Ernest haklı, Carol, erkeklerin yanında her zaman yapıyorum bunu, özellikle babamlayken. Ama Ernest'ta şaşırtıcı olan ne biliyor musun? *Kendisinin de* erkeklerle fazla yakınlaşmaktan rahatsızlık duyduğunu itiraf edecek kadar ileriye götürdü işi, yaptığım esprilere kapılarak ya da entelektüel tartışmaya katılarak kendisinin de benimle suç ortaklığı yaptığını kabul etti.

"Bir terapistten beklenmeyecek kadar dürüst bir davranış değil mi bu?" diye devam etmişti Jess. "Hele bunca yıl o mesafeli, soğuk psikiyatristlere alıştıktan sonra. Asıl en çok şaşırdığım, onca saat aynı yoğunluk düzeyinde kalmayı nasıl başardığı."

Carol, Ernest'ın Jess'in karşısında bu kadar açık olmasına çok şaşırmıştı, hatta bu tavrının sadece kendisine yönelik olmadığını öğrenmek garip bir şekilde hayal kırıklığı yarattı onda, neredeyse haksızlığa uğradığını düşündü. Tuhaf bir duyguyla, aldatılmış hissetti kendini. Üstelik Ernest, ona diğer hastalarından farklı davrandığını düşündürecek hiçbir şey söylememişti. Ernest hakkında yanılmış olduğu duygusu gittikçe güç kazanıyordu, demek ki hastasına bu kadar yoğunlaşması, baştan çıkarmaya hazırlık değildi.

Zaten Ernest'la ilgili olarak çevirdiği bu Bizans entrikası gittikçe batağa saplanmaktaydı. Kendi terapisi sırasında Jess, er geç ondan bahsetmek *zorunda* kalacak, işte o zaman Ernest hakikati öğrenecekti. Üstelik Ernest'ın itibarını zedeleme, onu meslekten ihraç ettirme, Justin'le ilişkisini mahvetme projesi artık o kadar da anlamlı görünmüyordu gözüne. Justin'in bir önemi kalmamıştı ki, Ralph Cooke ile Zweizung da tekrar maziye gömülmüşlerdi. Ernest'a zarar vermekle Jess'e acı çektirmekten başka bir şey geçmeyecekti eline, bunun da ucu kendisine dokunacaktı. Hınç ve intikam duyguları o kadar uzun zamandır sürükleyip duruyordu ki Carol'ı, şimdi onlar olmadan kendini boşlukta hissediyordu. Bu işe girişmesine sebep olan faktörleri gözden geçirdikçe –ki gitgide daha çok gözden geçirir olmuştu bunları– Carol'ın kafası karışıyor, ne yaptığını ve bunu niye yaptığını kendi de bilemiyordu.

Yine de, sanki otomatiğe bağlanmış gibi devam ediyordu Ernest'ı ayartma çabasına. Birkaç seans önce, ayrılırken sarıldıklarında onu kendine çekip sımsıkı yapıştırmıştı gövdesine. Kaskatı kesilen Ernest, sert bir tonda demişti ki, "Carolyn, senin hâlâ âşığın olmamı istediğin çok açık, tıpkı Ralph gibi olmamı istiyorsun. Ama artık bundan vazgeçmenin zamanı geldi. Kıyamet kopsa seninle cinsel ilişkiye girmem ben. Ve hiçbir hastamla da girmem!"

Ama böyle sinirlendiği için hemen pişman olmuş, ertesi seansta konuyu açmıştı.

"Geçen seans öyle sert konuştuğum için özür dilerim, Carolyn. Genellikle kendime hâkim olurum, ama senin ısrarında çok tuhaf, çok zorlayıcı bir yan var. Üstelik çok da kendini mahvetmeye yönelik görünüyor bana. Ben, birlikte iyi bir çalışma yapabileceğimize inanıyorum, sana çok şey verebileceğimden eminim – ama sen niye hep bu çalışmayı sabote etmeye çalışıyorsun, anlayamıyorum."

Carol'ın verdiği cevap, ondan daha fazlasını istediğini söyleyerek yalvarıp yakarmaları, Ralph Cooke'tan dem vurmaları, kendi kulaklarına bile anlamsız geliyordu; nitekim Ernest da hemen kestirip attı: "Dönüp dolaşıp aynı şeyi söylemek istemiyorum, ama sen benim sınırlarımı zorlamaya devam ettiğin müddetçe, biz de tekrar tekrar bunun üstünden geçmek zorundayız. İlk olarak ben, seninle sevgili olmamızın sonunda sana zarar vereceği kanaatindeyim – senin tam tersi bir kanaatte olduğunu biliyorum ve seni ikna etmek için de bildiğim her yolu denedim. Benim için gerçekten önemli olduğuna bir türlü inanmıyorsun. Onun için bugün başka bir şey deneyeceğim. Benim kendi bencilce bakış açımdan, kendi çıkarlarım açısından, aramızdaki ilişkiyi anlatacağım sana.

"İşin temelinde, ileride bana sıkıntı verecek bir şekilde davranmaktan kaçınma isteği yatıyor. Benim için her türlü cinsel ilişkinin nihai sonucunun ne olacağını *biliyorum:* Önümüzdeki yıllarda, muhtemelen ölene dek, kendimi kötü hissedeceğim. Kendime bunu yapamam. Üstelik işin bir de yasal riskleri var. Mesleğimden olabilirim. Buralara gelmek için çok çalıştım, yaptığım işi seviyorum ve bütün meslek hayatımı tehlikeye atmak istemem. Hem senin de artık bunu niye istediğini oturup düşünmenin zamanı geldi."

"Yanılıyorsun, hiçbir yasal risk yok," diye karşı çıktı Carol, "çünkü yasal işlem yapılması için ortada şikâyet olması gerekir ve ben de asla, asla böyle bir şey yapmam. Benim sevgilim olmanı istiyorum. Sana asla zarar veremem ki."

"Böyle hissettiğini biliyorum. *Şimdi.* Ama her yıl açılan yüzlerce şikâyet dosyası var ve hiç istisnasız hepsinde de hasta, bir zamanlar tam da senin şu anda hissettiklerini hissetmiş oluyor. Yani istersen meseleyi son derece dürüst bir şekilde, tamamen kendimi düşünerek ifade edeyim: Ben, kendi çıkarlarımı gözeterek davranıyorum!"

Carol'dan cevap gelmedi.

"İşte böyle Carolyn, konuyu açıkça anlattım. Bundan daha net olunamaz herhalde. Şimdi vermen gereken bir karar var. Evine git. Söylediklerimi iyice düşün. Seninle asla fiziksel bir yakınlığa girmem diyorsam, girmeyeceğim demektir, buna inan – bu konuda kesinlikle ciddiyim. Sonra da benimle görüşmeye devam etmek isteyip istemediğine karar ver."

Ciddi bir şekilde ayrılmışlardı. Sarılma falan yoktu. Ve bu kez,

Ernest cephesinde pişmanlık da yoktu.

Carol, Ernest'ın bekleme salonunda oturup koşu ayakkabılarını giydi. Sonra çantasını açarak önceki seanslara dair notlarına göz attı:

Ona "Ernest" demem için ısrar ediyor, evinden aramamı istiyor, her bakımdan çekici bir kadın olduğumu söylüyor, divanda yanıma oturuyor, kişisel hayatıyla ilgili sorular sormaya teşvik ediyor beni, saçımı okşuyor, başka koşullarda tanışmış olsak sevgilim olmamı isteyeceğini söylüyor...

Yeşil Lokanta'nın önünde onu beklemekte olan Jess'i düşündü. *Aman bee.* Yırttığı gibi attı notlarını ve koşmaya başladı.

XXV

CAROL'IN tavsiye ettiği özel dedektif Yarasa Thomas'la ilk görüşme, ümit vaat ediciydi Marshal için. Tam mesleğinin adamıydı Yarasa: Sert ve sarp yüz hatları, buruşuk giysiler, çarpık dişler, lastik pabuçlar, hafif kilolu ve deforme olmuş bir gövde – fazla alkolden olsa gerek, bir de tabii otura otura hamlaşmıştı. Adamın tavırları kaba saba ve haşin, kafası sağlam ve disiplinliydi. Hemen Fillmore'dan sapınca bir manavla bir fırının arasına sıkışmış bakımsız bir binada yer alan ofisine dört kat merdiven çıkarak ulaşılıyordu ve her şey yerli yerindeydi: Torba gibi sarkıp her yanı eskimiş yeşil deri kanape, çıplak ahşap zemin, sallanmasın diye bir ayağının altına kibrit kutuları sıkıştırılmış, çizik içinde bir tahta masa.

Merdiven çıkmak hoşuna gitmişti Marshal'ın – son birkaç gündür öyle gergindi ki ne basket oynayacak hali vardı ne jogging yapacak, ama egzersizi de özlemişti. Üstelik bu dobra ve harbi dedektifle konuşmak ilk başta zevkli geldi ona.

Yarasa Thomas da tamamen Carol gibi düşünüyordu. Marshal'dan –böyle bir ahmaklık ettiği için duyduğu sıkıntı, uğradığı zararın büyüklüğü, herkese rezil olma korkusu dahil olmak üzere– bütün hikâyeyi dinledikten sonra şu yorumda bulundu: "Avukatınız haklı – zaten ender olarak haksızdır, yıllardır çalışırım onunla. Bu adam profesyonel. En çok şu numarayı sevdim: Boston'daki cerrahla ilgili kısım vardı ya, bu konuda kapıldığı suçluluk duygusu için yardım istemiş sizden... vay yavrum be, dinamit gibi bir teknik! Bir de sus payı olarak verdiği üç bin beş yüz dolarlık Rolex – müthiş bir numara, sahiden müthiş! Amatör biri olsa sahte saat verirdi. Hem sonra sizi Pacific Union Kulübü'ne götürmesi – muhteşem! Adam çok iyi yakalamış sizi. Kıskıvrak. Zayıf noktanızı açık etmişsiniz ona. Zehir gibiymiş herif ya. Daha fazlasını kaptırmadığınıza şükredin. Peki, şimdi bakalım ne yapabiliriz bu herife. Bahsettiği başka isim var mı aklınızda? Her şeyden önce, sizi nasıl bulmuştu?"

"Adriana'nın bir arkadaşının beni tavsiye ettiğini söyledi," diye cevapladı Marshal. "İsim vermemişti."

"Onun ve nişanlısının telefon numaraları var mı sizde? Oradan başlayalım. Bir de şu Zürih'teki numara. Telefon alabilmek için bir kimlik göstermiş olması lazım, bugün onun izini sürelim bakalım. Ama hemen ümide kapılmayın – büyük ihtimalle bu da düzmecedir. Nasıl gidip geliyordu adam? Arabasını gördünüz mü?"

"Muayenehaneme neyle geliyordu, bilmiyorum. Belki otomobil kiralıyordu. Belki taksiyle. Pacific Union Kulübü'nden çıktığımızda oteline yürümüştü – birkaç blok ötedeymiş. Meksiko Üniversitesi'nden gelen şu faksın mı izini sürmeli acaba?"

"Fakstan bir şey çıkmaz, siz yine de verin, ben bir bakayım – herhalde bilgisayarında bir logo yapmış, sonra da kendi kendine fakslamıştır bunu veya kız arkadaşına faks çektirmiştir. İsimlerini araştıracağım, bakalım UKEM'in bilgisayarından bir şey çıkacak mı? Ulusal Kriminal Enformasyon Merkezi'nden bahsediyorum. Tanıdığım biri var, ufak bir ücret karşılığı bilgisayara girip isimlerine bakar. Bir denemeye değer, ama hemen ümide kapılmayın – sizinki kesin takma ad kullanıyordur. Büyük ihtimalle yılda üç-dört kez yapıyordur bu işi – belki sadece psikiyatristlerle. Daha önce hiç bu tarz çalışan birini duymadım, ama bir araştırayım. Belki gittikçe daha büyük meblağların peşine düşecektir –mesela cerrahların– ama sizin gibi ufak tefek avlarla bile yılda dört yüz-beş yüz bin vurur. Vergi ödemediğini düşünürseniz hiç fena değil! Bu herifte iş var; daha da ileri gidecektir! İşe başlamak için bana bir beş yüzlük yeter."

Marshal çek yazdı ve karşılığında makbuz istedi.

"Tamamdır, Doktor, işe başladık. Derhal kolları sıvıyorum. Bu akşam beş-altı gibi tekrar gelin, bulduklarımı size söylerim."

O akşam Marshal tekrar gittiğinde Yarasa'nın hiçbir şey bulamadığını öğrenebildi ancak. Adriana, Arkansas'lı bir sürücünün çalıntı ehliyeti ve kredi kartıyla telefon almıştı. Peter, Fairmont Oteli'nde bütün ödemeleri nakit yapmış ve gerektiğinde de sahte bir American Express kartı kullanmıştı. Bütün fakslar yurtiçinden çekilmişti. Zürih'teki telefon ise aynı AMEX kartıyla alınmıştı.

"Elde var sıfır," dedi Yarasa. "Sıffır! Bu adam zehir gibi, hem de ne zehir – ona saygı duymak zorundasın."

"Anlıyorum. Bu adamın tarzı hoşuna gitti. İkinizin bu kadar iyi anlaştığına sevindim," dedi Marshal. "Yalnız unutma ki *ben,* senin müşterinim ve onu zımbalamak istiyorum."

"Onu istiyorsun, öyle mi? Bir tek şey yapılabilir – dolandırıcılık masasında ahbaplarım var benim. Onlara giderim, dostum Lou Lombardi'yle yemek yerim – bana borcu vardır. Buna benzeyen dolandırıcılık olaylarına bakarız, aynı şekilde tokatlanmış olan diğer psikiyatristlere veya doktorlara – zengin, kadir bilir, tedavi olduktan sonra, mucizeler yaratan cerrahı ödüllendireceğim diye ısrar eden hasta, Rolex, bağışla düzenlenen konferans dizisi, denizaşırı yatırım ve geçmişte doktoruna verdiği kötü tüyo yüzünden suçluluk duyan hasta numaralarını tararız. Gerçi bu o kadar mükemmel bir senaryo ki, daha önce sahnelenmiş olamaz."

"Ne yaparsan yap bul o pezevengi."

"Bir mâni var: Senin de benimle gelip şikâyetçi olman gerekiyor – San Francisco dolandırıcılık masasının bölgesine gireceğiz; olay bu kentte geçiyor. Ama ismini vermen lazım, bunu basından saklamanın hiç yolu yok –mümkün değil bu, hazırlıklı olacaksın– bu gazetelerin ne bok olduğunu bilirsin; şöyle bir manşet çıkabilir pekâlâ: *ESKİ HASTA, PSİKİYATRİSTİN CÜZDANINI ANALİZ ETTİ!*"

Marshal, başını elleri arasına almış inliyordu. "Bu, dolandırılmaktan da beter, benim sonum olur! Bir hastadan Rolex kabul ettiğim gazetelerde çıkacak, ha? Nasıl bu kadar ahmak olabilirim? Nasıl yaptım bunu?"

"Para senin, keyif senin. Ama elimi kolumu bağlarsan, sana yardımcı olamam."

"O sıçtığımın Rolex'i doksan bin dolara mal oldu bana! Ahmak, ahmak, ahmak!"

"Topla kendini, Doktor. Dolandırıcılık masasındakilerin adamı bulacağı da garanti değil... olur a, ülke dışına çıkmıştır. Bak, otur da bir hikâye anlatayım sana." Yarasa bir sigara yakıp kibriti yere savurdu.

"Birkaç yıl önce iş için New York'a gittim, bir de yeni doğum yapan kızımı görecektim, ilk torunumdu. Güzel bir sonbahar günü, hava tertemiz, Broadway'den aşağı doğru yürüyorum, Otuz Dokuzuncu ya da Kırkıncı caddenin oralarda, düşündüm de, bir hediye alayım dedim – çocuklar hep bana cimri demişlerdir. Sonra sokakta bir televizyon ekranında kendimi gördüm – garibanın teki yüz elli kâğıda son model bir Sony mini video kamera satıyor. Bunları işimde hep kullanırım – genellikle altı yüz dolara falan gidiyorlar. Çocuğu razı ediyorum yetmiş beşe, hemen ufak bir oğlanı gönderiyor, beş dakika içinde eski bir Buick yanaşıyor kaldırıma, arka koltuğunda bir düzine video kamera, hem de orijinal Sony ambalajında. Çocuklar durmadan sinsi sinsi etrafı kolluyor, o tipik palavraları atıyorlar bana, koliler kamyondan düşmüşmüş de. Çalıntı olduğu besbelli. Ama öyle bir gözü doymaz eşeğim ki ben, bile bile alıyorum. Çocuklara yetmiş beş doları veriyorum, alıp gözden kayboluyorlar, ben de koliyle otelin yolunu tutuyorum. Sonra bir paranoya başlıyor bende. O sırada megamilyonluk bir banka yolsuzluğunda bir numaralı dedektifim, yani lekesiz kalmam lazım. Sanki kaskasa alınmışım gibi bir duygu. Otele vardıktan sonra, tezgâha geldiğim duygusu daha da güçleniyor. Çalıntı video kamerayı odada bırakmaya korkuyorum. Bavula kilitleyip otelin emanetine veriyorum. Ertesi gün alıyorum bavulu, kızımın evine gidiyorum, son model yeni Sony video kamera kolisini bir açıyorum ve işte, karşımda kocaman bir tuğla!

"İşte böyle, Doktor, sen hiç canını sıkma. Profesyonellerin de başına geliyor – en iyilerimizin bile. Hep omzunun üstünden arkanı kollayarak yaşayamazsın ki, durmadan arkadaşlarım beni düdükleyecek diye düşünemezsin. Bazen şansın sana küser, içkili bir şoförün önüne çıkıverirsin. Kusura bakma, Doktor. Ama saat yedi oldu. Bu akşam işim var. Sana sonra fatura gönderirim, ama verdiğin beş yüzlük buna yeter zaten."

Marshal başını kaldırıp baktı. Doksan bin dolarını çaldırmış olduğunu ilk kez bu netlikte kavrıyordu şimdi. "Ee? Bu mu yani? Beş yüz dolar karşılığında alacağım bu mu? Tuğla ve video kamerayla ilgili şu antika hikâye mi?"

"Bak, maymun götü gibi ortada kalakalmışsın, elinde tek bir ipucu olmadan geliyorsun buraya, tek bir iz yok, hiçbir şey yok... benden yardım istiyorsun – ben de zamanımdan ve personelimin zamanından beş yüz dolarlık bir süre ayırıyorum sana. Seni uyarmamış değilim ki. Hem elimi kolumu bağlayacaksın, işimi yapmama engel olacaksın, hem de paramın karşılığını almadım diye sızlanacaksın. Burnundan soluyorsun, tamam. Kim olsa senin gibi hissederdi. Ama bırak da elimde ne varsa kullanarak peşine düşeyim adamın, ya da bu işten vazgeçeyim."

Marshal sesini çıkarmadı.

"Benden akıl mı istiyorsun? Peki saati kapattım – bu akıl için para yazmayacak: *Bir bardak soğuk su iç*. Hayatın çetin derslerinden biri say bunu."

Ofisten çıkarken omzunun üstünden bakarak "Pekâlâ, Yarasa," dedi Marshal. "Ben o kadar kolay pes etmem. O orospu çocuğu baltayı taşa vuracak."

Marshal merdiveni inerken, "Doktor," diye yukarıdan seslendi Yarasa, "niyetin Yalnız Kovboy'u oynamaksa eğer, vazgeç! O adam senden daha akıllı! Hem de çok daha akıllı!"

"Siktir lan," diye mırıldanan Marshal, kapıdan çıkıp Fillmore'da gözden kayboldu.

* * *

Eve kadar yürüyerek seçeneklerini gözden geçirdi Marshal. O gece kesin biçimde harekete geçti. Önce Pacific Bell şirketini arayarak evine yeni bir telefon hattı çekilmesini istedi; numara istihbaratta yer almayacak ve adına telesekreter hizmeti sağlanacaktı. Sonra Amerikan Psikiyatri Birliği'nin, ülkedeki bütün psikiyatristlere gönderilen haftalık yayımı *Psikiyatri Gündemi*'ne bir ilan metni faksladı:

> DİKKAT: Kısa süreli terapi gören bir hastanız var mı? Beyaz, erkek, zengin, cazibeli, kırk yaşlarında, ince yapılı biri mi? Çocukları ve nişanlısıyla sorunları mı var? Konu, mallarının bölüşümü ve evlilik öncesi sözleşme mi? Size büyük bir yatırım fırsatı öneriyor, armağan vermek istiyor, adınıza konferans dizisi düzenletiyor mu? Evet ise büyük tehlikedesiniz demektir. Şu numarayı arayın: 415-555-1751. Kesinlikle gizli tutulacaktır.

XXVI

EN çok geceler zor geçiyordu Marshal için. Artık yalnızca ağır yatıştırıcıların yardımıyla uyuyabiliyordu. Gün boyu, Peter Macondo'yla geçirdiği her anı yeniden yaşamaktan kurtulamıyordu bir türlü. Bazen yeni ipuçları bulmak için hafızasının tortularını eşeliyor, bazen intikam fantezileri kuruyordu: Ormanda Peter'ı kıskıvrak yakalayıp eşek sudan gelene kadar dövüyordu. Bazen de yattığı yerde ahmaklığı için kendi kendine lanetler yağdırırken, Peter'la Adriana, doksan bin dolarlık bir Porsche'ye binmiş el sallayarak geçiyorlardı gözünün önünden.

Gündüz saatleri de hiç kolay değildi doğrusu. Yatıştırıcıların verdiği uyuşukluk, duble espressolara rağmen öğleye kadar sürüyor, hastalarıyla olan seanslarında kendini toplamak için olanca gücüyle çabalıyordu Marshal. Psikiyatrist rolünü bir kenara bırakarak seansı kesmek geliyordu hep içinden. "Kes zırlamayı," diye bağırıyordu hayalinde hastaya. Yahut, "Bir saat boyunca uyuyamadın demek – *buna* uykusuzluk çekmek mi diyorsun sen? Ben gecenin yarısını uykusuz geçirdim." Ya da, "Ya, demek on yıl sonra manavda Mildred'la karşılaştın ve bir kez daha o büyülü duyguya kapıldın ha? İçini yakan o ızdırabı bir daha yaşadın, o ani korkuyla her yanın ürperdi, öyle mi? Vay anam vay! Dur ben sana ızdırap nasıl olurmuş gösterivereyim."

Yine de sıkı duruyordu Marshal, bu düzeyde bir sıkıntı yaşayan çoğu terapistin şimdiye havlu atmış, yatak döşek yatıyor olacağını düşünerek gurur duyuyordu kendisiyle. Ee, diyordu, yiğidin hası, havanın pusunda belli olur. İşte böylece saat be saat, gün be gün acısını içinde öğüttü ve sonunda dışarı attı.

Marshal'ı ayakta tutan iki şey vardı. İlki, kanını tutuşturan intikam hırsıydı; *Psikiyatri Gündemi*'ndeki ilanına cevap bulma umuduyla, onu Peter'a götürecek bir iz yakalama umuduyla günde birkaç kez telesekreterine bakıyordu. İkincisi, onu sakinleştiren avukat ziyaretleriydi. Ne zaman Carol'la randevusu olsa, bir-iki saat öncesinden itibaren başka hiçbir şey düşünemez oluyordu Marshal; ona söyleyeceklerini prova ediyor, yapacakları konuşmayı kafasında canlandırıyordu. Bazen Carol'ı düşündüğünde, gözlerinde minnet yaşları beliriveriyordu. Onun bürosundan çıkarken kendini hafiflemiş hissediyordu hep. Ona karşı böyle derin duygular beslemesinin anlamını analiz etmedi – umurunda da değildi. Çok geçmeden haftada bir görüşmek yetmez oldu, iki kere, üç kere görüşmek istemeye başladı, sonunda da her gün.

Carol ise Marshal'ın taleplerinden bitap düşmüştü. Bir avukat olarak sunabileceklerini kısa sürede tüketmiş ve Marshal'ın sıkıntısıyla başa çıkmanın hiçbir yolunu düşünemez olmuştu. Sonunda, iyilik meleği rolü oynama yeminini yerine getirmek için en iyi yolun, onu bir terapiste gitmeye razı etmek olduğuna karar verdi. Ama Marshal hiç yanaşmıyordu buna.

"Bu işin aleniyet kazanmasını istemememin sebepleri neyse, terapiste gitmeme de aynı sebepler engel. Çok fazla düşmanım var benim."

"Yani terapistin gizlilik ilkesine uymayabileceğini mi düşünüyorsunuz?"

"Hayır, mesele tam olarak gizlilik değil; daha ziyade göz önünde olmakla ilgili bir mesele bu," diye cevap verdi Marshal. "Bana faydası dokunacak kişinin, analiz tekniği üzerinde uzmanlaşmış biri olması gerekiyor, bunu biliyorsunuz."

"Yani," diye araya girdi Carol, "size başka herhangi bir terapist değil, ancak bir analist yardımcı olabilir, öyle mi?"

"Bayan... acaba birbirimize sen diye ve ilk adlarımızla hitap etsek, sakıncası var mı? Bu kadar mahrem konuları tartışmakta olduğumuzu göz önünde bulundurunca, Bayan Astrid ile Dr. Streider çok mesafeli ve resmi kaçıyor da."

Carol başını sallayarak kabul ettiğini belirtti, bu arada Jess'in, terapistinde sevmediği tek şeyin, adamın resmiliği olduğu şeklindeki sözlerini düşünmeden edememişti: Streider, Jess'in ilk ad kullanma önerisine burun kıvırarak kendisine "Doktor" denmesinde ısrar etmişti...

"Carol... evet, böyle daha iyi... samimi olarak söyle – uyduruk bir terapistten akıl alırken gözünün önüne getirebiliyor musun beni? Bir önceki yaşamlar uzmanıyla mesela, yahut portatif bir yazı tahtasına ana-baba, çocuk ve yetişkin diyagramları çizen biriyle, ya da ne bileyim, bilişsel terapi uygulayarak benim hatalı düşünme alışkanlıklarımı düzeltmeye çalışan genç bir zibidiyle?"

"Peki, ancak bir analistin sana yardımcı olabileceğini bir an için kabul edelim. Şimdi tezine devam et lütfen: Bu niye böyle büyük bir problem yaratıyor?"

"Ee, ben bu camiadaki her analisti tanırım ve içlerinde, bana karşı gerektiği gibi tarafsız bir tutum takınacak tek kişi olmadığını biliyorum. Ben çok başarılıyım, çok iddialıyım. Golden Gate Psikanaliz Enstitüsü başkanlığına oynadığımı herkes biliyor, gözümün ulusal enstitü liderliğinde olduğunu da."

"Öyleyse mesele, kıskançlık ve rekabet mi yani?"

"Elbette. Hangi analist terapötik tarafsızlık ilkesine bağlı kalabilir benim karşımda? Hangi analiste gitsem, başıma gelenleri öğrenince içten içe 'Oh olsun!' diyecektir. Herhalde onların yerinde olsam ben de öyle derdim. Meyve veren ağacı taşlarlar. Hem sonra benim terapi görmekte olduğuma dair laf yayılır etrafa – bir ay geçmeden bu şehirde bilmeyen kalmaz."

"Nasıl olacak bu?"

"Gizli tutmanın yolu yok ki. Analistler hep yan yana çalışırlar. Bekleme salonunda otururken birileri görür beni."

"Ee? Terapi görmek utanılacak bir şey mi yani? Ben hâlâ kendi kendisini inceleme isteğinde olan terapistlerden hayranlıkla bahsedildiğini duydum birçok kez."

"Benim meslektaşlarım arasında, benim yaş grubumda ve mevkimde bir tür zayıflık olarak algılanabilir bu – beni politik açıdan sakatlayabilir. Hem unutma ki ben, terapistler arasındaki yanlış ve uygunsuz davranışları şiddetle eleştiren biriyim. Kendi analistimin disiplin kovuşturmasına uğramasını ve enstitüden ihracını sağlamış adamım – şunu da eklemek isterim ki ihracı fazlasıyla hak etmiş bulunuyordu. Gazetelerde Seth Pande faciasını okumadın mı?"

"Psikiyatrik telafi? Evet, tabii!" dedi Carol. "Tantanasını duymayan mı kaldı? Sendin demek ha?"

"Bu olayda rol oynayan başlıca kişilerden biriydim. Belki de başlıca *kişiydim.* Ve, bak aramızda kalsın, enstitü benim sayemde kurtardı kıçını; uzun ve gizli bir hikâyedir, şimdi ayrıntılarına giremeyeceğim, ama mesele şu: Şimdi nasıl kalkıp da terapistlerin uygunsuz davranışları üzerine konuşabilirim ben, ya dinleyiciler içinde, benim bir hastamdan Rolex aldığımı bilen biri varsa? Sonsuza kadar sessiz kalmaya mahkûm edilebilirim – ve tabii politik bakımdan etkisiz kalmaya."

Marshal'ın argümanında ciddi bir hata olduğunun farkındaydı Carol, ama buna karşı çıkmanın yolunu bulamıyordu. Belki adamın terapistler karşısında duyduğu güvensizlik, onun kendi hissiyatına çok yakındı. Başka bir yoldan ilerlemeyi denedi Carol.

"Marshal, sana *ancak* analiz eğitimi almış bir terapistin yardımcı olabileceğini söylemiştin, oraya dönsek ya. Bu noktada senin ve benim konumlarımız nedir şimdi? Bana bir bak – bu konuda tamamen eğitimsiz biriyim! Peki nasıl oluyor da benden medet umuyorsun?"

"*Nasıl* olduğunu bilmiyorum. Bir tek, *senin* yardımcı olabildiğini biliyorum. Belki de yapman gereken tek şey burada benim yanımda bulunmak – hepsi bu. Sadece yanımda durup işi bana bırakman yeterli."

"Yine de," dedi Carol, kafasını sallayarak "bu anlaşma beni rahatsız ediyor. Profesyonelce değil; hatta etik olmadığı bile düşünülebilir. İhtiyaç duyduğun alanda hiçbir uzmanlığı olmayan birine para ödüyorsun. Hem de iyi para – baksana benim ücretim psikoterapistlerinkinden fazla."

"Hayır, ben bunların hepsini düşündüm. Nasıl etik olmazmış? Müvekkilin bunu talep ediyor, çünkü kendisine yardımcı olduğuna inanıyor. Bunun için yeminli ifade imzalayacağım. Hem vergiden düşebileceğimi hesaba katarsan o kadar pahalı değil. Benim bulunduğum vergi diliminde olağan sağlık harcamaları vergiden düşülemiyor, ama hukuki harcamalar düşülüyor. Carol, seni, hem de yüzde yüz oranında vergiden düşebilirim. Gerçekten de bir terapistten daha ucuzsun – ama sana gelmemin sebebi bu değil! Sebebi, bana yardım edebilecek yegâne insan olman."

Böylece Carol, Marshal'la görüşmeyi sürdürmeye ikna oldu. Marshal'ın sorunlarını anlamakta hiç zorlanmıyordu, adam teker teker sayıp döküyordu hepsini. Mükemmel avukatların çoğu gibi Carol da kaleminin kuvvetiyle övünürdü ve hukuk bürosunun kâğıtlarına titiz notlar alarak kısa zamanda inandırıcı bir sorunlar listesi oluşturdu. Marshal'ın yardım için birine başvurması niye bu kadar olmayacak bir şeydi? Niye bu kadar çok düşmanı vardı? Hem diğer terapistler ve diğer terapiler konusunda niye bu kadar kibirli, niye bu kadar yargılayıcıydı? Hiçbir şeyi beğenmiyordu ki; kimse kurtulamıyordu onun yargılarından, ne karısı, ne Yarasa Thomas, ne Emil, ne Seth Pande, ne meslektaşları, ne öğrencileri.

Carol, bir punduna getirip Ernest Lash'i sormaktan alamadı kendini. Bir arkadaşının ondan terapi görüp görmeme konusunda karar vermeye çalıştığını ileri sürerek Marshal'dan akıl istedi.

"Evet –ve unutma ki, bu da aramızda kalacak, Carol– doğrusu sana tavsiye edeceğim ilk kişi değildir. Ernest, ilaç araştırmalarında mükemmel bir birikimi olan zeki ve düşünceli bir gençtir. İlaç konusunda bir numaradır. Buna bir sözüm yok. Ama terapist olarak... ee... yani, daha henüz gelişme aşamasında diyelim, tam oturmuş değil. Asıl mesele ise benimle bir süre yaptığı gözetim seansları dışında, gerçek anlamda hiçbir analitik eğitim almadı. Hem ben henüz doğru dürüst bir analitik eğitim alabilecek olgunluğa eriştiğini de düşünmüyorum: Çok disiplinsizdir, çok hürmetsiz, ikonoklastik denebilecek bir tavrı vardır. Daha da kötüsü bu kural tanımazlığını marifet sanır, 'yenilik' veya 'deneysellik' gibi adlar altında itibar kazandırmaya çalışır buna."

Kural tanımaz! Hürmetsiz! İkonoklastik! Bu suçlamalar sonucunda Ernest, Carol'ın gözünde birkaç kredi daha kazanmıştı.

Carol'ın listesinde güvensizlik ve kibirden sonra Marshal'ın taşıdığı utanç duygusu geliyordu. Yoğun bir utanç duygusu. Belki kibirle utanç ele ele vermiştir, diye düşündü Carol. Belki başkalarını bu kadar çok yargılamasa, kendine karşı da bu kadar katı olmayacaktı Marshal. Yoksa tam tersine mi işliyordu hadise? Kendine karşı bu kadar katı olmasa, başkalarına da daha mı hoşgörülü olurdu acaba? Birden farkına vardı, ne tuhaf, Ernest'ın kendisi için söylediklerinin tıpatıp aynısıydı bunlar.

Aslında Carol, birçok bakımdan kendini buluyordu Marshal'da. Mesela adamdaki hınç –hıncın yaydığı o ısı, o direngenlik, Marshal'daki intikam saplantısı– Justin'in evi terk ettiği o korkunç günün akşamında Norma ve Heather'la konuşmalarını hatırlatıyordu Carol'a. Bir tetikçi tutmayı, adamı kar zinciriyle dövdürmeyi hakikaten düşünmüş müydü Carol? Justin'in bilgisayar dosyalarını, giysilerini, gençliğinden kalma yadigârları hakikaten kırıp dökmüş müydü? Şimdi hiçbiri gerçek değilmiş gibi geliyordu. Bin yıl önce olmuştu hepsi. Justin'in yüzü solup gitmekteydi hafızasından.

Nasıl olmuştu da bu kadar değişmişti Carol? Kendi de merak etti. Karşısına tesadüfen Jess'in çıkması, galiba. Belki de gırtlağını sıktıkça sıkan o evlilikten kurtulması? Sonra da Ernest girmişti hayatına... yoksa, her şeye rağmen Ernest, çaktırmadan bir miktar terapi sokmuş olabilir miydi ilişkilerine?

Marshal'a, duyduğu hıncın beyhudeliğini anlatmaya çalıştı, bunun nasıl insanı içten içe çürütüp mahveden bir şey olduğunu açıkladı. Ama faydası yoktu. Bazen bir yolunu bulup, kendinde yeni yeni gelişen itidalden biraz da Marshal'a aşılamak istiyordu. Bazen de sabrı taşıyor, adamı tutup aklı başına gelene kadar sarsmak geliyordu içinden. "Bırak artık şunu be adam!" diye haykırmak istiyordu. "Bu salakça hıncın ve kibrin sana nelere mal olduğunu göremiyor musun? Her şeyini mahvediyor bu! Ne huzurun kalmış ne uykun, işin mahvolmuş, evliliğin, arkadaşlıkların mahvolmuş! Bırak artık şunu." Ama hiçbiri işe yaramayacaktı bu yaklaşımların. Kendi duyduğu hıncın daha birkaç hafta öncesine kadar nasıl da sağlam, inatçı, direngen olduğunu bütün canlılığıyla hatırladı Carol. Marshal'ın öfkesini onun için bu kadar iyi anlayabiliyordu ya. Ama bu öfkeden kurtulması için ona nasıl yardım edebileceğini bilmiyordu.

Listesindeki diğer kalemlerden bazısı –mesela Marshal'daki para ve statü takıntısı– ona yabancıydı. O taraklarda hiç bezi yoktu Carol'ın. Yine de Marshal için bu kadar hayati önem taşımalarını anlayabiliyordu: Zaten onu bu batağa düşüren de adamın açgözlülüğü ve tamahkârlığı olmuştu.

Peki ya karısı? Carol, büyük bir sabır göstererek Marshal'ın kendiliğinden ondan bahsetmesini bekledi. Ama tek kelime alamadı; bir tek Shirley'nin, Vipassnia toplantısı için üç haftalığına Tassajara'ya gittiğini öğrenebildi. Marshal'ın evliliğiyle ilgili sorularına da cevap alamıyordu Carol; yalnızca çıkarlarının farklı yerlerde olduğunu ve artık yollarının ayrılmaya başladığını öğrenebildi.

Carol, jogging yaparken, başka müvekkillerinin davalarıyla ilgili araştırmaları sırasında, yatakta uzanırken, sık sık Marshal'ı düşünüyordu. Ne çok soru vardı. Ve ne kadar az cevap. Marshal ondaki huzursuzluğu hissetmiş ve sırf temel sorunlarını kelimelere dökmeye yardımcı olmasının ve bunları kendisiyle konuşmasının bile ızdırabını bir ölçüde dindirmeye yeterli olduğunu belirtmişti Carol'a. Ama Carol, yeterli olmadığını biliyordu. Yardıma ihtiyacı vardı; birisine akıl danışmalıydı. Peki kime? Sonra bir gün ansızın bir şey geldi aklına: Nereye başvurması gerektiğini biliyordu artık Carol.

XXVII

BEKLEME salonunda otururken Carol, bütün terapi seansını Marshal'a nasıl yardım edebileceği konusunda Ernest'la görüşmeye ayırma kararı vermişti. Müvekkilinin yardıma ihtiyaç duyduğu alanlara dair bir liste hazırladı ve bunları Ernest'a en iyi şekilde sunmak için bir plan yaptı. Çok dikkatli olması gerektiğini biliyordu: Marshal'ın sözlerinden açıkça anlaşıldığı üzere Ernest'la birbirlerini tanıyorlardı, dolayısıyla Carol, Marshal'ın kimliğini açık etmemek zorundaydı. Ama bu gözünü korkutuyor değildi; tam tersine, entrika koridorlarında büyük bir rahatlık ve sevinçle ilerlemekteydi.

Oysa Ernest'ın bambaşka bir gündemi vardı. Carol odasına girer girmez *Ernest* seansı başlattı.

"Doğruyu söylemek gerekirse Carolyn, geçen seansı bir tür yarım kalmışlık duygusuyla kapattım. Çok önemli bir şeyin tam ortasındayken seans bitti."

"Neyi kastediyorsun?"

"Galiba ilişkimize daha derinlemesine bakmaya başladığımız bir sürecin tam ortasında bulunuyorduk ve sen birden çok gerildin. Seansın sonunda, kelimenin tam anlamıyla kendini odadan dışarı attın. Seanstan sonra eve giderken yol boyu hissettiklerini anlatabilir misin bana?"

Çoğu terapist gibi Ernest da, hemen hemen her zaman seansı hastanın başlatmasını beklerdi. Olur da bu kuralı çiğneyip görüşülecek ilk konuyu kendi belirlerse, mutlaka önceki seanstan sarkan bir meselenin halli için olurdu bu. Uzun zaman önce Marshal'dan öğrendiği gibi, seanslar arasında ne kadar kesintisiz bir akış sağlanırsa, bir bütün olarak terapi o kadar etkili oluyordu.

"Gergin mi? Yoo." Carol başını iki yana salladı. "Hiç de değil. Geçen seansı pek hatırlamıyorum. Hem Ernest bugün artık bugündür ve ben başka bir şey konuşmak istiyorum seninle. Bir müvekkilimle ilgili olarak tavsiyene ihtiyacım var."

"Bir dakika, Carolyn, önce birkaç dakika izin ver de bunu halledelim. Söylemek istediğim bazı şeyler var, benim için önemli."

Yahu bu kimin terapisi Allah aşkına? diye kendi kendine mırıldandı Carolyn. Ama yine de dostane bir edayla başını sallayıp Ernest'ın lafını bitirmesini bekledi.

"Hatırlarsın Carolyn, daha ilk seansımızda, terapide hiçbir şeyin, aramızda dürüst bir ilişki gelişmesinden daha önemli olamayacağını söylemiştim sana. Kendi adıma ben, sana karşı dürüst olacağıma söz vermiştim. Fakat hakikat şu ki, bu sözümü tam anlamıyla yerine getirebilmiş değilim. Artık bulanık suları temizlemenin vakti geldi, önce erotik meselemizle ilgili duygularımı anlatmak istiyorum... ilişkimizde bunun çok fazla yeri var ve bu, beni rahatsız ediyor."

"Ne demek istiyorsun?" Carol kaygılanmaya başlamıştı; Ernest'ın ses tonu, bunun her zamanki gibi bir seans olmayacağını gösteriyordu.

"E, şu olanlara baksana. Daha ilk seanstan beri zamanımızın önemli bir bölümünü, senin bana duyduğun cinsel çekim hakkında konuşarak geçirdik. Senin cinsel fantezilerinin merkezi haline geldim. Ralph'ın yerini alarak senin terapist sevgilin olmamı tekrar tekrar talep ettin. Sonra seans sonundaki sarılmalar, beni öpmeye çalışman, benimle yan yana 'divan sefası' yapmak istemen."

"Evet, evet, hepsini biliyorum. Ama demin seni *rahatsız* ettiğini söyledin."

"Evet, kesinlikle rahatsız ediyor – hem de birçok bakımdan. Birincisi, cinsel tahrik meselesi var."

"Benim tahrik olmam rahatsız mı ediyor seni?"

"Hayır, *benim* tahrik olmam. Çok kışkırtıcı davrandın, Carolyn, ve mademki burada, özellikle de bugün dürüst olmaya söz verdik, rahatsız edici bir şekilde tahrik olduğumu sana dürüstçe söylemek istiyorum. Seni bir kadın olarak çok çekici bulduğumu daha önce söylemiştim; senin baştan çıkarıcılığına kapılmamak benim için, bir erkek olarak, son derece zor. Sen de *benim* fantezilerime girdin. Daha sen gelmeden saatler önce seni göreceğim anı düşünüyorum, hatta seninle görüşeceğimiz günlerde ne giyeceğimi düşünür oldum. Bunları itiraf etmek zorundayım.

"Şimdi, terapinin bu şekilde devam edemeyeceği açık. Gördüğün gibi, senin bunları, yani şeyi çözümlemene... –neyi? ne demek gerekir?– bana duyduğun bu güçlü ama gerçekdışı hisleri çözümlemene yardımcı olmak yerine, tutup ben de bu konuda seninle suç ortaklığı ettim, sana cesaret verdim, böyle olduğuna inanıyorum. Sana sarılmak, saçına dokunmak, divanda seninle yan yana oturmak benim de hoşuma gidiyordu. 'Hayır' anlamında başını sallıyorsun, Carolyn, ama bence senin bu hislerini alevlendiren ben oldum. Hep 'Hayır, hayır, hayır' dedim durdum, yine de, belki daha hafif ama işitilebilir bir sesle bir yandan da 'Evet, evet, evet' diyordum. Bu da senin için terapiye benzer bir şey olmadı tabii."

"Şu bahsettiğin 'Evet, evet, evet'leri ben duyamadım, Ernest."

"Belki bilincinle değil. Ama eğer ben bunları hissediyorsam, eminim sen de bir düzeyde bunları algılamış ve bunlardan cesaret almışsındır. Dışa kapalı, mahrem bir ilişki –ya da mahrem olmaya *çalışılan* bir ilişki– içinde bulunan insanlar, daima birbirlerine her türlü şeyi iletirler, açıktan açığa olmazsa, sözsüz ve bilinçsiz bir şekilde iletirler."

"Bu söylediklerine katıldığımı söyleyemeyeceğim, Ernest."

"Ben haklı olduğumu biliyorum. Sonra tekrar döneriz bu konuya. Ama şu söylediklerimin özünü kavramanı isterim: Bana karşı geliştirdiğin erotik duygular terapiye yarar sağlamıyor ve bütün bunlar gururumu okşadığına göre, ayrıca sana duyduğum cinsel çekimi de hesaba katarsak, ben de bu duyguları teşvik etmiş olma sorumluluğunu üstlenmek zorundayım. Sana karşı iyi bir terapist olamadım."

Kafasını hızla sallayarak "Hayır, hayır," dedi Carol. "Bunların hiçbiri senin kabahatin değil... "

"Yo, Carolyn, bırak da sözümü bitireyim... Sana söylemek istediğim bir şey daha var... Seninle karşılaşmadan önce kendi kendime bilinçli bir karara varmıştım – bundan sonraki ilk hastamın karşısında kendimi tamamen açığa vuracağım diye. Geleneksel terapi biçimlerinin çoğunda temel kusurun, hasta ile terapist arasında sahici bir ilişki bulunmaması olduğuna inanıyordum, hâlâ da inanırım. Bu konudaki duygularım öyle kuvvetli ki, büyük hayranlık duyduğum bir analiz gözetmeninden kopmak zorunda kaldım. Yine aynı nedenle bu yakınlarda resmi psikanalitik eğitim almamaya karar vermiştim."

"Bütün bunların bizim terapimizle ne ilgisi var anlamıyorum."

"Yani sana karşı deneysel bir tutum izlemiş olduğumu anlatmaya çalışıyorum. Belki, kendimi savunma adına, yine de bu tabirin biraz fazla sert kaçtığını söylemeliyim; son birkaç yıldır bütün hastalarım karşısında daha gayri resmi, daha insani bir tutum izlemeye çalışmaktayım zaten. Ama seninle tuhaf bir paradoks yaşadım: Tam anlamıyla dürüst olma konusunda bir deney yapmaya karar verdim, ama bu deneyden sana hiç bahsetmedim. Ve şimdi, şu gelmiş olduğumuz noktaya bakınca, bu yaklaşımın hiç de faydalı olmadığını görüyorum. Terapi aracılığıyla olgunlaşmak için elzem olduğuna inandığım açık ve samimi, sahici ilişki tipini yaratmayı başaramadım."

"Ben, bunda senin hiçbir kabahatin olmadığına inanıyorum – ayrıca yaklaşımında da herhangi bir kusur yok."

"Hata *neredeydi* bilemiyorum. Ama bir yerde *bir hata* vardı. Aramızda muazzam bir mesafe olduğunu hissediyorum. Sende büyük bir kuşku ve güvensizlik hissediyorum, ama zaman zaman da araya aniden sevgi ve şefkat ifadesi giriveriyor. Bu da iyice kafamı karıştırıyor, çünkü çoğu zaman sende bana karşı hiçbir sıcaklık ya da olumlu duygu algılayamıyorum. Bu söylediklerimi senin de bildiğinden eminim."

Carol başını önüne eğmiş, ses çıkarmadan oturuyordu.

"Sonuçta gittikçe daha çok endişeleniyorum: Sana karşı doğru davranmadım. Belki bu koşullarda en doğru tutum dürüstlük *değildir.* Daha geleneksel bir terapiste gitsen senin için daha iyi olabilir, daha resmi bir terapist-hasta ilişkisi geliştirecek, terapi ilişkisi ile kişisel ilişki arasına daha belirgin sınırlar koyacak birisine. İşte böyle, Carolyn, galiba sana asıl söylemek istediğim buydu. Bir şey demeyecek misin?"

Carol, konuşmak için iki kez girişimde bulunduysa da, ne diyeceğini bilemedi. En sonunda, "Kafam karışık," dedi. "Konuşamıyorum – ne diyeceğimi bilemiyorum."

"Ne düşünmekte olduğunu tahmin edebiliyorum. Bütün şu söylediklerimin ışığında, başka bir terapiste gitmenin senin için daha iyi olacağını düşünüyor olmanı beklerdim. Yani artık bu deneye son vermenin zamanı geldiğini düşünüyorsundur. Ve haklısındır da. Bu kararını desteklerim ve başka terapist bulman için seve seve yol gösteririm sana. Hatta bir deney uğruna senden haksız yere para aldığımı bile düşünüyor olabilirsin. Eğer öyleyse bunu konuşalım; belki yapılacak en doğru iş, senden aldığım ücreti iade etmektir."

Deneyin sonu ha – bundan iyi bir şarkı nakaratı olur, diye geçti Carol'ın aklından. *Ve bütün bu yapış yapış komediden kurtulmanın en iyi yolu. Evet, artık gitmeli, artık bu yalanları bırakmalı. Ernest'ı da Jess ile Justin'e bırakmalı. Galiba haklısın, Ernest. Galiba bu terapiyi bırakmamız lazım artık.*

İşte bunları söyleyecekti ki, nasıl olduysa oldu, şunları söylemeye başladı:

"Hayır. Her bakımdan yanılıyorsun. Hayır, Ernest, hata senin terapi yaklaşımında değil. Bunu benim yüzümden değiştirmeni istemem... buna üzülürüm... hem de çok üzülürüm. Böyle bir sonuca varman için tek bir hasta yeterli değil ki. Kim bilir? Belki de bir şey söylemek için çok erken. Belki bana karşı izlenecek en iyi yaklaşım budur. Bana zaman tanı. Dürüstlüğünü seviyorum. Senin dürüstlüğünden hiçbir zarar görmüş değilim. Belki de çok faydasını görmüşümdür. Ücretini iade etmeye gelince, bu asla söz konusu değil – ve bu arada, bir avukat olarak seni uyarmak isterim. Bu tür sözler sarf etmen ileride seni mahkeme tehditlerine karşı savunmasız bırakabilir.

"Hakikat ha?" diye devam etti Carol. "Hakikati mi öğrenmek istiyorsun? Hakikat şu: Bana yardımcı oldun. Hem de bilmediğin kadar. Hayır, bu konuda düşündükçe daha iyi anlıyorum, seninle görüşmeyi kesmek istemiyorum. Belki zor bir dönemden geçtik. Belki, farkında olmadan, seni sınıyordum ben. Evet galiba öyleydi. Seni ağır bir sınavdan geçirmekteydim."

"Sınavın sonucu ne peki?"

"Galiba geçtin. Hayır, çok daha fazlası... sınıf birincisisin."

"Ne sınavıydı bu?"

"Vallahi... ben de emin değilim... bunu bir düşüneyim. Aslında bir-iki şey biliyorum galiba ama, bunu daha sonraya bırakalım mı, Ernest? Seninle bugün *mutlaka* konuşmam gereken bir şey var."

"Tamam da... temiz miyiz, sen ve ben?"

"Gittikçe daha çok arınıyoruz."

Carol, Marshal'la durumunu anlattı, müvekkilinin terapist olduğunu açıkladı ama bunun dışında kimliğini büyük bir dikkatle sakladı ve kendi meslek ahlakı çerçevesinde gizlilik sözü vermiş olduğunu Ernest'a hatırlatarak müvekkilinin kimliğini ortaya çıkarmaya yönelik soruların önünü kesti.

Ernest ise yardımcı olmaya hiç yanaşmıyordu. Carolyn'in terapi seansını bir nevi müşavirliğe çevirmekten hoşlanmamıştı ve itirazlarını arka arkaya sıraladı. Carolyn, kendi terapisine direnç gösteriyordu; kendi zamanını ve parasını faydalı bir şekilde kullanmıyordu; hem müvekkilinin bir terapiste gitmesi gerekiyordu, avukata değil.

Carol bunların hepsine büyük bir maharetle karşı koydu. Para problem değildi – parasını boşa harcamıyordu ki. Onun müvekkiline kestiği fatura, Ernest'ınkinden daha yüksekti. Müvekkilinin terapiste gitmesine gelince – e, *gitmiyordu işte adam* ve de Carol bu konuda daha fazla açıklama yapamazdı, çünkü gizlilik ilkesine uymak zorundaydı. Ayrıca Carol kendi sorunlarından kaçıyor falan da değildi, bu seansı telafi etmek için Ernest'ı daha sık görmek istiyordu. Hem müvekkilinin sorunları, Carol'ın kendi sorunlarının aynadaki görüntüsü gibi olduğundan, onun sorunlarıyla uğraşmakla dolaylı olarak kendi sorunlarıyla uğraşmış oluyordu. En kuvvetli tezi ise müvekkili için tam bir diğerkâmlıkla davranarak Ernest'ın nasihatini tutmuş, bencillik çemberini ve annesiyle anneannesinden miras aldığı paranoyayı kırma yönünde çaba göstermiş olmasıydı.

"Beni ikna ettin, Carolyn. Senden korkulur vallahi. Bir gün bir davam falan olursa kesin seni tutacağım. Şimdi bana kendini ve müvekkilini anlat bakalım."

Ernest deneyimli bir danışmandı ve Carol, Marshal'da nelerle karşı karşıya bulunduğunu anlatırken dikkatle dinledi: Hınç, kibir, yalnızlık, para ve statü takıntısı, bir de evliliği dahil hayatta her şeye ilgisini yitirmiş oluşu.

"Bana çarpıcı gelen," dedi Ernest, "adamın tam bir perspektif kaybı yaşaması. Bu olaylar ve bu duygular öyle bir pençesine almış ki onu, tamamen bunlarla özdeşleşmiş. Bir yolunu bulup şöyle kendinden bir-iki adım geriye çekilmesini sağlamamız lazım. Kendini belli bir mesafeden görebilmesini, hatta evrensel bir perspektiften kendine bakabilmesini sağlamamız lazım. Yaşadığın her şeyi, hayatındaki olayların meydana getirdiği daha uzun bir dizi içerisine oturtarak değerlendirmeni söylerken, benim de seninle yapmaya çalıştığım tam buydu işte, Carolyn. Müvekkilin, doğrudan bu şeylerden *ibaret* bir varlık haline gelmiş; bütün bu olayları, kendi varlığı içinde küçük bir kesit olarak yaşamakta olan süreğen bir benliği olduğu duygusunu yitirmiş. Daha da kötüsü müvekkilin, şu an yaşamakta olduğu mutsuzluğun kendisi için kalıcı bir durum olduğuna, sonsuza dek değişmeden kalacağına inanıyor. Tabii depresyonun en belirgin işaretidir bu – hüzün artı karamsarlıktan meydana gelen bir bileşim."

"Peki nasıl kırarız bunu?"

"E, birçok olanak var tabii. Mesela, senin söylediklerinden açıkça görüyoruz ki, başarılı ve etkili olmak bu adamın kimliği açısından temel bir önemi haiz. Şimdi son derece aciz hissediyor kendini ve bu aczden ötürü yılgınlığa kapılmış durumda. Mesele şu: Önünde seçenekler olduğunu ve bu seçeneklerin de kendisine olayları değiştirme gücü verdiğini göremiyor artık. Yaşadığı olumsuzlukların, önceden belirlenmiş bir yazgının değil kendi seçimlerinin –mesela paraya tapmayı seçmesinin– sonucu olduğunu anlamasına yardım etmek lazım. Kendi durumunu kendisinin yarattığını kabul ettikten sonra, kendini bu durumdan kurtarma gücünü elinde tuttuğunu da görebilecektir: Yaptığı seçimler yüzünden bu duruma düştü; yapacağı seçimler sayesinde bu durumdan çıkacak.

"Yahut da," diye devam etti Ernest, "şu anda yaşadığı sıkıntının doğal evrimini gözden kaçırmış galiba – bu sıkıntının şu anda olan bir şey olduğunu, bir başı olduğunu ve bir de sonu olacağını unutmuş. Geçmişte de böyle büyük hınç ve sıkıntı duyduğu zamanlar olmuştur, onları gözden geçirip o zamanki acının nasıl dindiğini hatırlamasına yardım edebilirsin – şimdi duyduğu acı da zamanla, bir noktada dinecek, solmuş bir anıya dönüşecektir."

"Güzel, Ernest, güzel. Harika." Telaşla not alıyordu Carol. "Başka?"

"E diyorsun ki, adam terapistmiş. Bu bizim için bir avantaj. Terapistlere terapi yaparken, onların profesyonel becerilerinden yararlanmanın iyi sonuç verdiğini çoğu kez görmüşümdür. Birkaç adım geriye çekilip kendilerine dışarıdan, daha uzak bir perspektiften bakmalarına yardımı dokunuyor bunun."

"Nasıl yapıyorsun peki bunu?"

"Basit bir yolu var: Bir hastanın aynı sorunlarla ona geldiğini hayal etmesini istiyorum. O hastaya nasıl yaklaşacak? 'Bu hasta hakkında neler hissederdin? Ona nasıl yardımcı olabilirdin?' diye sor ona."

Carol sayfayı çevirip notlarını bitirene kadar bekledi Ernest.

"Ama bundan hoşlanmayacaktır – buna hazırlıklı ol. Terapistler de acı çekerken herkes gibidirler: Birisinin kendileriyle ilgilenmesini isterler, kendi kendilerinin terapisti olmayı değil. Ama hemen vazgeçme... etkili bir yaklaşımdır bu, iyi bir tekniktir. Meslekte 'zorlu yol' deriz buna.

"Kendi adıma, zorlu yolu tutmakta çok başarılı olduğumu söyleyemem," diye devam etti Ernest. "Eski gözetmenimin söylediğine göre genellikle hastaların daha iyiye gitmesini izlemek gibi büyük bir tatmine yönelmektense, kendimi onlara sevdirmenin anlık tatminini tercih etme eğilimindeymişim. Haklı olduğunu zannediyorum – yo, *biliyorum*. Bunun için çok şey borçluyum kendisine."

Notlarından başını kaldırarak "Peki ya kibir?" diye sordu Carol. "Müvekkilim o kadar kibirli ve kendini beğenmiş ve rekabetçi ki, tek bir arkadaşı yok."

"Çoğunlukla en iyi yaklaşım 'tam tersi'nden bakmaktır: Kendini beğenmişliği muhtemelen kendisine kuşkuyla ve utançla yaklaşmasını, kendini değersiz görmesini örtmeye yöneliktir. Çok kibirli, çok katı insanlar çoğunlukla sırf başkalarıyla aynı seviyede kalabilmek için olağanüstü başarı göstermeleri gerektiğine inanırlar. Yani ben olsam kendini beğenmişliğiyle ya da kendine yönelik sevgisiyle uğraşmazdım. Onun yerine kendini hakir görmesi üzerinde yoğunlaş... "

"Hışş." Carol yazarken bir elini kaldırarak yavaş gitmesini istedi Ernest'tan. Bitirince Ernest sordu: "Başka?"

"Para," dedi Carol, "bir de statü, sınıf atlama takıntısı. Sonra yalnızlığı ve darkafalılığı. Sanki karısıyla ailesinin, o adamın hayatında hiç yeri yok gibi."

"Bak, dolandırılmak kimsenin hoşuna gitmez elbette, ama senin müvekkilinin böyle facia kabilinden tepkiler vermesi çok çarpıcı geldi bana: Bu kadar panik, bu kadar feryat figân... sanki hayatı tehlikedeymiş gibi, sanki parasız o bir hiçmiş gibi. Bu kişisel mitin kökenini merak ederdim ben – ha bu arada, bilerek ve tekrar tekrar 'mit' diye bahsedeceğim bundan. Bu miti ne zaman yaratmış? Kimin sesi yol göstermiş ona? Ana-babasının parayla ilgili tutumları hakkında daha çok şey öğrenmeye çalışmalı. Bu çok önemli, çünkü bana anlattıklarına bakılırsa, adamın başına bu dertleri açan, statüye tapıyor olması. Kafası çalışan bir dolandırıcı, bu zaafını yakalayarak onu tuzağa düşürmüş gibi geliyor bana.

"Burada şöyle bir paradoks var," diye devam etti Ernest. "Müvekkilin –az daha *hastan* diyecektim– uğradığı zararla hayatının mahvolduğunu düşünüyor, oysa ona doğru bir şekilde yol gösterirsen, dolandırılmış olmak hayatını kurtaracak. Belki de şimdiye dek başına gelmiş en iyi şey olacak!"

"Bunu nasıl yapabilirim?"

"Ben olsam kendi benliğinin en gizli derinliklerine bakmasını isterdim ve benliğinin merkezinde, özünde, varoluş nedeninin para biriktirmek olduğuna gerçekten inanıp inanmadığını incelemesini. Bazen böyle hastalara, geleceğe kendi izdüşümlerini çıkarmalarını söylerim; ta ölüm anına, cenaze törenlerinin yapıldığı ana kadar bir izdüşüm, hatta kendilerini mezarda hayal edip mezartaşları için bir yazı hazırlamalarını isterim. Müvekkilin, mezartaşına parayla ilgili takıntısının kazılı olduğunu görse ne hissederdi acaba? Hayatının bu şekilde özetlenmiş olmasını ister miydi?"

"Ürkütücü bir alıştırma," dedi Carol. "Benden istediğin hayat çizgisi alıştırmasını hatırlıyor musun? Belki bunu da yapsam iyi olacak... bugün değil, tabii... müvekkilimle ilgili sorularım bitmedi daha. Peki söyler misin Ernest, karısına karşı kayıtsızlığını nasıl yorumluyorsun? Tesadüfen öğrendiğime göre kadının bir başkasıyla ilişkisi varmış galiba."

"Aynı strateji. Bu dünyada en yakını olan kişiye karşı bu kadar kayıtsız bir hastasına *kendisi* ne derdi, onu sorardım. Onsuz bir hayat düşünmesini isterdim adamdan. Bir de adamın cinsel benliğine ne olmuş acaba? O nereye gitmiş? Ne zaman ortadan kaybolmuş? Hem sonra, hastalarını anlamak için o kadar uğraşırken, karısını anlama konusunda böyle gayretsiz olması tuhaf değil mi? Kadının da terapist olduğunu, ama müvekkilinin onun eğitimi ve yaklaşımıyla alay ettiğini söylüyorsun. Ben olsam dosdoğru yüzleşirdim bununla, hem de olabildiğince acımasız bir şekilde. Onunla alay etmesinin temelinde yatan nedir? Sağlam bir gerekçeye dayanmadığından eminim.

"Bakalım, başka ne var? İş göremez halde olmasına gelince – bu böyle sürecek olursa, bir-iki ay tatil yapması hem kendisi hem de hastaları için daha iyi olacaktır. Belki en iyi tatil, karısıyla birlikte günlük hayattan uzaklaşması olur. Mesela çiftlere terapi uygulayan birine gidebilir ve birbirini dinleme alıştırmaları yapabilirler. Bence en hayırlı sonuç verecek şeylerden biri, karısının, onun hakir gördüğü yöntemleri kullanarak bile olsa ona yardımcı olmayı denemesine müsaade etmesi olurdu."

"Son bir soru... "

"Bugün olmaz, Carolyn, zamanımız kalmadı... bende de fikir kalmadı. Ama bir dakika daha durup bugünkü seansımıza bir bakalım. Söylesene, bugün birbirimize söylediğimiz bütün bu sözlerin altında, neler hissetmekteydin? Bir de ilişkimiz hakkında? Hem bugün hakikati sonuna kadar öğrenmek istiyorum. Ben sana açıldım. Sen de bana açıl."

"Açıldığını biliyorum. Ben de açılmak istiyorum... ama nasıl söyleyeceğimi bilmiyorum ki... kendimi daha ölçülü ve makul, daha kibirden arınmış hissediyorum... belki de 'ayrıcalıklı' hissediyorum demek daha doğru olacak. Bir de birisi için önemli olduğumu hissediyorum. Ve bana güvenen birisinin bulunduğunu. Senin dürüstlüğün karşısında benim için de gizlemek güçleşiyor."

"Neyi gizlemek?"

"Saate baksana. Zamanı aştık. Bir dahaki sefere!" Carol gitmek üzere ayağa kalktı.

Kapıda bir an ne yapacaklarını bilemeden kalakaldılar. Yeni bir vedalaşma biçimi icat etmek zorundaydılar.

"Perşembe'ye görüşürüz," diyerek resmi bir biçimde elini uzattı Ernest.

"El sıkışmaya hazır değilim," dedi Carol. "Kötü alışkanlıklardan vazgeçmek zor oluyor. Hele şok tedavisiyle hiç olmaz. Gel yavaş yavaş vazgeçelim. Baba-kız gibi sarılmaya ne dersin?"

"Merdümpereste fit misin?"

"O da ne demek?"

XXVIII

MUAYENEHANEDE uzun bir gün olmuştu. Düşünceler arasında kaybolmuş durumdaki Marshal, ayaklarını sürüye sürüye evinin yolunu tuttu. Dokuz hasta görmüştü o gün. Dokuz çarpı yüz yetmiş beş dolar. Bin beş yüz yetmiş beş. Doksan bin doları tamamlamaya ne kadar var daha? Beş yüz saatlik seans. Muayenehanede altmış tam gün mesai. On ikiden fazla iş haftası. On iki hafta boyunca üvendireyi boynuna geçir, Peter Macondo denen o dürzü için çift sür! Bütün bu süre içindeki genel masraflar da cabası: Bunun muayenehane kirası var, mesleki harcamaları var, hekim hatası sigortası var, hekimlik ruhsatı var. Dolandırıldıktan sonraki ilk iki hafta boyunca hastalarla randevuları iptal etmekle uğranan zararın hiç sözünü etmiyoruz. Dedektifin tokatladığı beş yüz doların da. Wells

Fargo'nun geçen hafta şaha kalktığının ve şu anda, hisselerin satıldığı güne göre yüzde dört fazla prim yaptığının da! Ya avukatlık ücretleri! *Carol buna değer,* diye düşündü Marshal, *bir erkeğin öyle kolay kolay vazgeçemeyeceğini anlamasa da. Hayatımın sonuna kadar sürse bile, o orospu çocuğunu ipe çekeceğim!*

Eve giren Marshal, her zaman olduğu gibi çantasını girişte bırakarak mesajlarına bakmak için yeni telefonuna koştu. İşte! Sabırla koruk helva olur! Telesekreterde mesaj vardı.

"İyi günler, APB yayımında ilanınızı gördüm, daha doğrusu uyarınızı. Ben New York kentinde psikiyatristim ve bahsettiğiniz hasta hakkında daha fazla bilgi almak istiyorum. Bana gelenlerden birine benziyor. Lütfen bu akşam beni evden arayın. 212-555-7082. Çok geç saatte de arayabilirsiniz."

Numarayı tuşlayan Marshal, bir "Alo" duydu telefonda, Allah'ın da izniyle, onu dosdoğru Peter Macondo'ya götürecekti bu "Alo". "Evet," diye cevapladı Marshal, "mesajınızı aldım. İlanda bahsettiğime benzeyen bir hastanız olduğunu söylemişsiniz. Nasıl biri olduğunu anlatabilir misiniz bana?"

"Bir dakika lütfen," dedi ses. "En baştan başlayalım. Siz kimsiniz? Size bir şey anlatmadan önce kim olduğunuzu bilmem gerekiyor."

"San Francisco'da çalışan bir psikiyatrist ve analistim. Ya siz?"

"Manhattan'da bir psikiyatrist. İlanınız hakkında daha fazla bilgi istiyorum. *Tehlike* kelimesini kullanmışsınız."

"Ve bu konuda *ciddiyim.* Bu adam bir dolandırıcı, ve eğer hastanızsa, siz de tehlikedesiniz demektir. Benim tarifim hastanıza benziyor mu?"

"Bir yabancıyla hastamı konuşma hakkına sahip değilim – profesyonel gizlilik ilkesi."

"Bana güvenin, kuralları boşverin şimdi – acil bir durum bu," dedi Marshal.

"Önce sizin bu hasta hakkında her şeyi anlatmanızı tercih ederim."

"Bunun bir sakıncası yok," dedi Marshal. "Kırk yaşlarında, iyi görünümlü, bıyığı var, bana verdiği isim Peter Macondo… "

"*Peter Macondo!*" diye araya girdi telefondaki ses. "*Benim* hastanın ismi bu!"

"İnanılmaz bir şey!" Marshal sandalyeye çöküverdi, afallamıştı. "Aynı adı kullanıyor! *Bunu* hiç beklemezdim. Aynı ad? Neyse, bu adamı, Macondo'yu, toplam sekiz saatlik bir kısa süreli bireysel terapi süresince gördüm. Mega-zenginlere özgü tipik sorunları vardı: İki çocuğu ve eski karısıyla mal paylaşımı, herkes bir parça koparmaya çalışıyordu adamdan, hastalık derecesinde bonkör, karısı alkolik. Sizinkinin senaryosu da aynı mı?" diye sordu.

"Evet, bana da karısını Betty Ford Merkezi'ne gönderdiğini anlattı," diye cevapladı Marshal. "Sonra nişanlısıyla birlikte geldiler... Evet, uzun boylu, zarif bir kadın. İsmi Adriana... O da mı aynı adı kullanıyor?... Evet, doğru, evlilik öncesinde bir sözleşme yapmak için... araya karbon kâğıdı koymuş mübarek. Gerisini biliyorsunuz... terapi başarılı oldu, beni ödüllendirmek istedi, ücretimin düşük olduğundan yakındı, Meksiko Üniversitesi'nde adıma konferans dizisi...

"Aa, Buenos Aires mi? Neyse, yaratıcılığını kaybetmemiş olması güzel. Yeni yatırımından söz etti mi? Bisiklet kaskı fabrikası ha?

"Tamamen öyle –hayatta ele geçmeyecek bir fırsat– zarara karşı kesin garanti. Sizin de büyük bir ahlaki ikilem yaşadığınıza şüphe yok, değil mi? Babasının hayatını kurtaran cerraha finans dünyasından bir bahşiş vereyim derken nasıl çuvalladığını da anlattı mı? Bu yüzden kendini nasıl affedemediğini? Ona iyiliği dokunmuş birine zarar vermek büyük suçluluk duygusuna sebep olmuş, baş edememiş bir türlü. Bunun bir daha olmasına asla izin vermeyecek, değil mi?

"Evet, evet... kalp cerrahı... benimle de tam bir seans ayırdı bunu incelemeye. Bir dedektifle görüştüm... yine bana girdi sonunda... adam beni başından savdı – çok yaratıcı bir tezgâhmış.

"Peki siz nereye kadar geldiniz şimdi? Yatırım için çeki verdiniz mi adama?

"Önümüzdeki hafta Jokey Kulübü'nde yemek, ha – Zürih'e gitmeden hemen önce? Çok tanıdık geliyor. Bakın, tam zamanında görmüşsünüz ilanımı. Hikâyenin gerisi çok kısa ve acı olacak. Bana bir Rolex saat göndermişti, geri çevirdim elbette, size de aynısını yapacaktır herhalde. Sonra da Adriana'ya terapi uygulamanızı isteyecek ve terapi ücretini gayet bonkör bir şekilde peşin ödeyecektir. Kadın bir-iki seans gelebilir. Sonra –vınnn– arazi. İkisi de yer yarılmış içine girmiş olacaklar.

"Doksan bin. Ve inanın belimi doğrultamam artık. Ya siz? Siz ne kadar yatırım yapmayı planlıyordunuz?

"Yaa, sadece kırk bin demek? Karınızla ilgili sıkıntınızı anlıyorum – ben de benimkiyle aynı sorunu yaşadım. Ona kalsa altınlarını yastığın altında saklar. Bu olayda ise haklıydı – ilk defa. Ama adamın sizi daha fazlasına razı etmeye çalışmamış olmasına şaşırdım."

"Uyarınız için size ne kadar teşekkür etsem azdır," dedi ses. "Tam zamanında. Size minnettarım."

"Evet – tam zamanında oldu, doğru. Bir şey değil. Bir meslektaşıma yardım edebildiysem ne mutlu bana. Keşke zamanında bana da böyle yardım edecek biri olsaydı.

"Bi dakka, bi dakkaa, durun, kapatmayın. Sizi bir dolandırıcının elinden kurtarabildiğim için ne kadar mutlu olduğumu anlatamam. Ama o ilanı bunun için... yani sadece bunun için vermedim. Bu herif büyük bir bela. Durdurulması lazım. Başka psikiyatristlerle işe devam edecektir. Bu adama engel olmalıyız.

"APB mi? Evet, kabul ediyorum: APB avukatlarını işe karıştırmak, bu da bir yol olabilir. Ama vakit yok. Bu adam kısa bir süre için su yüzüne çıkıp sonra hemen kayboluyor. Özel dedektif tutmuştum ben, bakın size söyleyeyim, Peter Macondo sırra kadem bastı. İzini bulmak mümkün değil. Gerçek kimliğini bulmamızı sağlayacak bir bilgi var mı elinizde, herhangi bir ipucu? Daimi bir adres? Pasaportunu gördünüz mü hiç? Kredi kartını? Çek hesabını?

"Ya, yaa, her şeyi nakit ödüyor, değil mi? Bana da öyle yapmıştı. Peki ya otomobil plakası?

"Harika – otomobilinin plakasını alabilirseniz harika olur. Ya, demek öyle tanıştınız? Long Island'da sizin yazlığın bulunduğu sokakta ev kiralamıştı ve siz de onun yeni Jaguar'ına bindiniz ha? O Jaguar'ın parası kimden çıktı, biliyorum ben. Neyse, evet, evet, ne yapıp edip plaka numarasını alın. Veya hâlâ arabanın üstünde duruyorsa, galerinin ismini öğrenin. Onu tuzağa düşürmenin bir yolu mutlaka vardır.

"Tamamen katılıyorum. Bir özel dedektifle görüşmeniz *şart* – veya bir ceza avukatıyla. Ben kime başvurduysam hepsi de bu adamın ne kadar profesyonel olduğunu anlata anlata bitiremedi. Bizim de profesyonel birinin yardımına ihtiyacımız var...

"Evet bırakın dedektif bilgi toplasın, siz değil, böylesi çok daha iyi olur. Macondo sizi evinin ya da arabasının etrafında dolaşırken görürse, anında arazi olur...

"Ücret mi? Benim tuttuğum dedektifin günlüğü beş yüz dolardı, avukatın saat ücreti iki yüz elli dolar. New York'takiler daha beter soyarlar adamı.

"Sizi anlayamıyorum," dedi Marshal. "Niye *ben* ödeyecekmişim ücreti?

"Benim de kazanacağım bir şey yok. İkimiz aynı teknedeyiz – kiminle konuştuysam kesin biçimde söylüyor, paramın bir kuruşunu bile geri alamazmışım – Macondo yakalansa bile elinde tek kuruş kalmamış olacak ve ondan parasını kurtarmak isteyen sürüyle insan çıkacak ortaya. İnanın, ben de sizinle aynı şeyi istiyorum: Adalet istiyorum ben, bir de bu sahadaki diğer meslektaşlarımızın korunmasını... İntikam mı? Peki, evet, biraz o da var – bu konuda dürüst olmam lazım. Tamam, peki şuna ne dersiniz? Yapacağınız bütün harcamaları eşit olarak paylaşalım. Unutmayın, vergiden düşebiliyoruz bunları."

Biraz pazarlıktan sonra Marshal, "Yüzde altmış benden, yüzde kırk sizden, ha?" dedi. "Eh, buna dayanabilirim. O halde anlaştık mı? Şimdi ilk iş bir dedektifle görüşüyorsunuz. Avukatınıza da danışın. Sonra dedektifin yardımıyla bir plan yapıp adamı tuzağa düşürelim. Bu arada benim aklıma bir şey geldi: Macondo, istediğinizde paranızın iade edileceği konusunda güvence sağlayan bir belge verecektir size. Siz ondan banka teminat mektubu isteyin; sahte imzayla hemen bir mektup hazırlar. Biz de sahte evrak düzenleyerek bankayı dolandırmaktan içeri tıktırırız herifi – bu çok daha ağır bir suç. O zaman FBI da işe karışır... Hayır başvurmadım. FBI'ya başvurmadım. Polise de. Size katılıyorum; herkese afişe olmaktan çok korkmuştum, terapist-hasta ilişkisinde sınırları ihlal ettiğim için kınanmaktan çekindim, yani bir hastayla yatırım işine girdiğim için, veya eski bir hastayla. Hataydı tabii – bütün imkânlarımı zorlayarak onun peşine düşmem gerekirdi. Ama bakın siz aynı durumda değilsiniz. Henüz yatırıma girmediniz, girdiğinizde de sırf Macondo'yu tuzağa düşürmek için olacak bu.

"Karışmak isteyip istemediğinizden emin değil misiniz?" Konuşurken salonu adımlamaya başlamıştı Marshal. Bu büyük fırsatı kolayca elinden kaçırabileceğini fark etmiş, büyük bir dikkatle seçiyordu kelimeleri.

"Ne demek istiyorsunuz? Karıştınız *bile!* Belki yakın arkadaşınız olan başka psikiyatristlerin de bu tuzağa düştüğünü öğrendiğinizde, buna engel olma şansınız varken engel olmadığınızı hatırlayınca ne hissedeceksiniz? Peki ya *onlar*, sizin de bu adamın kurbanlarından olduğunuzu ama sesinizi çıkarmadığınızı öğrenince, onlar ne hissedecek? Hastalarımıza bunu söylemiyor muyuz? Yaptıklarının –ya da yapmadıklarının– sonuçlarından bahsetmiyor muyuz onlara?

"Ne demek 'bir düşüneyim'? Düşünecek zaman yok ki. Lütfen Doktor... bakın, adınızı da bilmiyorum.

"Evet, doğru, siz de benimkini bilmiyorsunuz. İkimiz de aynı durumdayız – açığa çıkmaktan korkuyoruz. Birbirimize güvenmek zorundayız. Benim adım Marshal Streider – San Francisco'da eğitim analisti olarak çalışıyorum – psikiyatrik eğitimimi Rochester'da aldım, Golden Gate Psikanaliz Enstitüsü. Evet, doğru. John Romano'nun Rochester'da kürsü başkanı olduğu dönemde. Peki ya siz?

"Arthur Randal adı tanıdık geldi. Washington'da St. Elizabeth? Hayır, oradan kimseyi tanımıyorum. Demek esas olarak psikofarmakoloji alanında çalışıyorsunuz?

"Ee, evet ben kısa süreli terapiye daha fazla hasta almaya başlıyorum artık, biraz da çiftlere yönelik terapi yapacağım herhalde... Fakat lütfen, Dr. Randal, konumuza dönelim –bunu düşünecek zaman yok– işbirliği yapmak istiyor musunuz?

"Dalga mı geçiyorsunuz? Elbette uçarım New York'a. Bu şansı kaçırır mıyım hiç? Yo, bir haftalığına gelemem – bütün hafta doluyum. Ama kader anı gelip çattığında, oradayım. Dedektifle görüştükten sonra arayın beni – bu işin her aşamasında yer almak istiyorum. Evden mi konuşuyorsunuz? Size en rahat ulaşabileceğim numara nedir?"

Marshal birkaç numarayı kaydetti – ev, muayenehane, hafta sonları için Long Island numarası. "Tamam, bu saatlerde evden ararım. Bana da muayenehaneden ulaşmak imkânsızdır. Ha, siz buçuklarda mı kesiyorsunuz seansları? Ben genellikle on kalalarda keserim – gün içinde konuşmamız mümkün değil."

Telefonu kapattığında gönül rahatlığı, coşku ve zafer sevinci karışımı bir duygu yaşıyordu. Peter parmaklıklar arkasında. Peter darağacında. Adriana, gri hapishane giysisi içinde boynu bükük voltalıyor. İyi bir fiyata satılmış olan yepyeni Jaguar, kendi garajında. Ve sonunda intikam! Kimse Marshal Streider'ı düdükleyemez.

Sonra Marshal, APB rehberini bularak Arthur Randal'ın resmine baktı: Yüz hatları güzel, sarı saçlarını ayırmadan dümdüz arkaya taramış, yaş kırk iki, Rutgers ve St. Elizabeth'te okumuş, lityum düzeyleri ve bipolar hastalıklar üzerine araştırma yapmış, iki çocuğu var. Muayenehane telefonunu kontrol etti. Seni Allah gönderdi, Dr. Randal.

Ama ne Kıpti herif, diye düşündü Marshal. *Biri benim kırk bin dolarımı kurtaracak da, daha hâlâ üç kuruşun hesabını yapıp dedektif masraflarını düşüneceğim. Gerçi onun açısından bakınca da, ne diye para versin ki? Bir zarara uğramış değil. Peter ücretini ödemiş. Kendisine zarar vermemiş olan birini tuzağa düşürmek için niye para harcasın?*

Marshal'ın düşünceleri Peter'a kaydı. Başka işte niye aynı adı kullanmıştı ki? Belki de kendine yönelik tahripkârlığı harekete geçmekteydi. Sosyopatların er geç kendi kuyularını kazdığını herkes bilir. Yoksa bu salak, Streider'ı o kadar mı salak sanıyor, bir takma ad bulma zahmetine bile girmiyor mu yani? Bakalım, göreceğiz!

Arthur, Marshal'dan talimatları aldıktan sonra çok hızlı hareket etti. Ertesi akşam görüştüklerinde bir dedektife danışmıştı bile ve Yarasa Thomas'ın aksine işe yarar bir adamdı bu. Adam yirmi dört saat süreyle Macondo'yu izleyeceğini söylemişti (saati yetmiş beş dolardan). Arabanın plakasını da alarak araştırmaya başlamıştı. Şansı yaver giderse Macondo'nun arabasına girecek, parmak izi ve adamın kimliğini saptamalarını sağlayacak başka malzeme bulmaya çalışacaktı.

Dedektifin Arthur Randal'a söylediğine göre, New York'ta bir suç işlemeden Macondo'yu yakalamanın hiçbir yolu yoktu. Dolayısıyla adamı tuzağa düşürmek için bir plan yapmalarını önermişti, aralarında geçen bütün konuşmaları dikkatle kaydedecek, ayrıca derhal New York Polis Merkezi Dolandırıcılık Masası'yla temas kuracaklardı.

Ertesi akşam yeni haberler de aldı Marshal. Arthur, Midtown Manhattan Dolandırıcılık Masası'na gitmiş ve orada görüştüğü Dedektif Darnel Collins, altı ay önce buna benzer bir olayı soruşturmuş olduğu için Peter Macondo'yla çok ilgilenmişti. Arthur'un üstüne dinleme cihazı yerleştirmeyi önermişti; Arthur, planlamış oldukları gibi Macondo'yla Jokey Kulübü'nde buluşacak, ona çek verip karşılığında sahte teminat mektubunu alacaktı. Bütün bu alışverişe tanık olan, üstelik her şeyi kamerayla kaydeden dolandırıcılık masası dedektifleri oracıkta yakalayacaklardı Macondo'yu.

Fakat New York Polis Merkezi, böyle kapsamlı bir operasyon için sağlam bir neden bulunması gerektiğini söylüyordu. Marshal'ın da yardım etmesi gerekmekteydi. New York'a uçacak, dolandırıcılık masasına giderek resmen şikâyette bulunacak ve Macondo'yu bizzat teşhis edecekti. Marshal, olayın alenileşeceğini düşününce ürperdi, ama avına bu kadar yaklaşmışken, durumu bir daha gözden geçirmeye karar verdi. Evet, New York'un birkaç küçük bulvar gazetesinde ismi çıkabilirdi, ama bunun ta San Francisco'dan duyulma ihtimali neydi ki?

Rolex saat mi? Ne Rolex'i? dedi Marshal yüksek sesle, âdeta prova yapıyordu. *Ha, terapi sonunda Macondo'nun yolladığı saat mi? Geri çevirerek Adriana'ya iade ettiğim saat?* Bunları söylerken bir yandan da saati kolundan çıkarmış, komodinin çekmecelerinden birine saklamaktaydı. Kim itiraz edebilirdi ki buna? Macondo'nun sözüne mi inanacaklardı yani? Bir tek karısıyla Melvin biliyorlardı saati. Shirley'nin konuşmayacağı kesindi. Melvin'inse o kadar çok riyakârca sırrına ortak olmuştu ki Marshal, ondan da çekinmiyordu doğrusu.

Marshal ile Arthur her gece yirmi dakika konuşuyorlardı. Sonunda gerçek bir sırdaşa ve yoldaşa, hatta belki arkadaşa kavuşmak ne büyük bir huzur vermişti Marshal'a. Hatta Arthur, hastalarından birini Marshal'a devrediyordu – IBM'de yazılım mühendisi olarak çalışıyordu adam ve San Francisco Körfez Bölgesi'ne gönderilecekti.

Anlaşamadıkları tek konu, yatırım için Peter'a verilecek paraydı. Arthur ile Peter, dört gün içinde buluşup birlikte öğle yemeği yemeyi kararlaştırmışlardı. Peter, banka teminat mektubu sağlamayı kabul etmişti, Arthur da kırk bin dolarlık çek verecekti. Ama kırk bin doların tamamını bankaya Marshal'ın ödemesini istiyordu. Yazlığı daha yeni almıştı, hiç nakdi yoktu. Tek çaresi, geçen kış ölen kayınvalidesinin karısına bırakmış olduğu mirastı. Ama karısı, iki yüz yılı aşkın bir süredir New York sosyetesi içinde adı olan bir ailedendi ve cemiyet nezdindeki itibarları konusunda aşırı bir duyarlılık sergiliyor, her ne şekilde olursa olsun böyle pis işlerden uzak durması için Arthur'a feci baskı yapıyordu.

Hiç de hakkaniyete sığmayan bu durum karşısında infiale kapılan Marshal, Arthur'la uzun bir görüşme yaptı ve sonunda bu tabansız meslektaşına karşı bütün saygısını kaybetti. Nihayet, Arthur'un, karısıyla imzalamış olduğu kapitülasyon anlaşması tehlikeye girecek diye bu işten tamamen çekilmesini göze almaktansa, yine yüzde altmışa yüzde kırklık bir paylaşıma razı oldu. Arthur'un, New York'taki bir bankaya karşılığı yatırılmış olan tek bir çek vermesi gerekiyordu. Marshal, yemekten önceki gün Arthur'un hesabına yirmi dört bin dolar yatırmayı kabul etti – parayı New York'a ya kendi götürecek ya da banka aracılığıyla yollayacaktı. Arthur da, istemeye istemeye, kalan on altı bin doları yatırmaya razı oldu.

Ertesi akşam Marshal, eve döndüğünde New York Kenti Midtown Manhattan Dolandırıcılık Masası'ndan Dedektif Darnel Collins'in mesajını buldu. Cevaben aradığında ise polis merkezinin operatörü bıkkın bir sesle kestirip attı: Memur Collins nöbette değildi, zaten Marshal'ın acil bir işi varmış gibi görünmüyordu, sabah arasındı.

Marshal'ın ertesi sabah ilk hastası yedide gelecekti. Çalar saati beşe kurdu ve kalkar kalkmaz da New York'u aradı. Polis operatörü, "Aradığınızı ileteceğim. İyi günler," diyerek telefonu suratına kapattı. On dakika sonra telefon çaldı.

"Bay Marshal Streider?"

"*Doktor* Streider."

"Ee, affedersiniz. DOKTOR Streider. Ben Dedektif Collins, New York dolandırıcılık masasından. Burada bir doktor *daha* var –Dr. Arthur Randal– söylediğine göre birisiyle pis bir vukuatınız olmuş, bizim çok ilgimizi çeken birisi, zaman zaman Peter Macondo adını kullanır."

"Hem de çok pis bir vukuat. Doksan bin dolarımı çaldı."

"Yalnız değilsiniz. Macondo dostumuzdan hazzetmeyen başkaları da var. Bana ayrıntıları anlatın. Her şeyi. Teybe alıyorum – tamam mı?"

Marshal, Peter Macondo'yla arasında olan biten her şeyi on beş dakika boyunca anlattı.

"Eyvah ki eyvah! Yani şimdi, harbiden, doksan bin doları öylece adamın eline mi saydınız?"

"Psikoterapi ortamının tabiatını, girift niteliğini bilmeden, bunun ne anlama geldiğini tam olarak takdir etmeniz mümkün değil."

"Yaa? Eh, ben doktor değilim elbet. Ama şunu söyleyeyim: *Ben* asla böyle bir para çıkaramazdım. Doksan bin dolar çok büyük para."

"Size söyledim, banka teminat mektubum vardı. Avukatımla incelemiştik. Bu işler daima böyle yapılır. Mektuba göre banka, talebim üzerine parayı anında ödemeyi taahhüt ediyordu."

"Adam ortadan kaybolduktan iki hafta sonra mı aklınıza geldi o mektubu kontrol etmek?"

"Bakınız, Dedektif, bu nedir böyle? Mahkemede miyim ben? Yani benim çok mu hoşuma gidiyor sanıyorsunuz?"

"Tamam, dostum, sakin ol, her şey yoluna girecek. Bak biz ne yapacağız seni mutlu etmek için. Bu adamı öğle yemeğinde yakalayacağız –tam *radicchio*'sunu çıtır çıtır yerken– önümüzdeki Çarşamba, saat yarım, bir gibi. Ama bunun için New York'ta sana ihtiyacımız var, gözaltından sonra on iki saat içinde, yani Çarşamba gece yarısı olmadan adamı teşhis etmen gerekiyor. Mutabık mıyız?"

"Asla kaçırmam."

"Tamamdır hocam, bir sürü insan sana bel bağlamış durumda. Ha bir şey daha: Sahte teminat mektubuyla çek için aldığın banka makbuzu hâlâ yanında mı?"

"Evet. Gelirken getireyim mi?"

"Evet, gelirken orijinallerini yanında getir, ama kopyalarını hemen görmek istiyorum. Bugün fakslayabilir misin? İki yüz on iki-beş yüz elli beş-otuz dört-seksen dokuz – faksa benim ismimi yaz, Dedektif Darnel Collins. Son bir şey. Herhalde söylememe gerek yok – ama *sakın, sakın, sakın* lokantada adama görünme. Göründün müydü, kuş uçar gider, herkes de çok üzülür. Elli Dördüncü Sokak'taki durakta bekle beni – Sekizinci ve Dokuzuncu sokakların köşesi oluyor; veya senin adamla baskından sonrası için randevulaşın, birlikte gelirsiniz. Hangisine karar verdiğinizi bileyim ama. Sormak istediğin bir şey?"

"Bir şey var. Bu, emniyetli bir iş mi? Dr. Randal'ın adama vereceği çek gerçek, paranın büyük bölümünü de ben yatıracağım."

"*Sen* mi? Ben *o* yatıracak sanıyordum."

"Yüzde altmışa kırk oranında paylaştık. Ben yirmi dört bin dolar veriyorum."

"Emniyetli mi diyorsan: İki adamımız yan masada yemek yiyor olacak, üç tanesi de her hareketlerini izleyip kamerayla kaydedecek. Yeterince emniyetli. Ama *ben* olsam, yapmazdım."

"Niye?"

"Her zaman bir şey çıkabilir –deprem, yangın, üç polisin üçü de kalp krizi geçirerek aynı anda yığılabilir– ne'bleyim, bir bok olur işte. Emniyetli mi? Evet, çok emniyetli. Ama ben, yapmazdım. Ama ben, doktor değilim."

* * *

Hayat yeniden ilgi çekici olmuştu Marshal için. Tekrar jogging yapmaya başladı. Tekrar basketbol oynamaya başladı. Carol'la randevularını iptal etti, çünkü Peter'ın izini sürmekte olduğunu itiraf etmek zor geliyordu ona. Carol tamamen aksi bir stratejiye bel bağlamıştı: Marshal'ın bu kaybı kabul ederek hıncından kurtulmasını sağlamak. Terapide nasihat vermeye kalkmanın tehlikeleri üzerine iyi bir ders oldu bu, diye düşündü Marshal: Hasta nasihati beğenmezse, bir daha gelmez.

Her akşam Arthur Randal'la konuşuyordu. Peter'la buluşma anı yaklaştıkça daha bir huzursuz olmaktaydı Arthur.

"Marshal, karım bu iş yüzünden kendimi mahvedeceğime inanıyor. Bu olay gazetelere çıkacak. Hastalarım okuyacak. İtibarımı düşünsene. Bir hastayla birlikte yatırım yaptığım için suçlayacaklar ya da dalga geçecekler benimle."

"Ama mesele de bu zaten: Sen hastayla birlikte yatırım *yapmıyorsun*. Bir suçluyu yakalamak için polisle birlikte çalışıyorsun. Bu senin itibarını *artıracaktır*."

"Basın öyle demez ama. Bir düşünsene. Skandal yaratmaya nasıl meraklılar biliyorsun – hele psikiyatristler söz konusu oldu mu. Hayatımda böyle bir şey olmasını istemiyorum, bu duygu gittikçe güçleniyor bende. İyi bir işim var, istediğim her şeye sahibim."

"Verdiğim ilanı okumasaydın, Arthur, şimdi kırk bin dolar tokatlanmış olacaktın. Ve eğer bu adamı durdurmazsak, tokatlamaya devam edecek – arka arkaya yeni kurbanlar bulacak."

"Bana ihtiyacın yok ki– *sen* yakala herifi, ben teşhis edeyim. Columbia'da klinikte öğretim görevlisi olmak üzere başvuruyorum... en küçük bir skandal bile... "

"Bak Arthur, benim bir fikrim var: Kendini sağlama al – New York Psikiyatri Derneği'ne bir mektup yazarak içinde bulunduğun durumu ve yapmayı planladıklarını ayrıntısıyla anlat, hem de *hemen şimdi*, Macondo yakalanmadan önce. Gerekirse bu mektubun birer kopyasını da Columbia'daki bölümüne ve basına gönderirsin. Seni kesinlikle güvence altına alır bu."

"Senden bahsetmeden böyle bir mektup yazmam mümkün değil, Marshal – senden ve verdiğin ilandan, senin Macondo'yla ilişkinden bahsetmek zorunda kalırım. Bu nasıl geliyor sana? Sen de isminin böyle olaylara karışmasını istemiyordun, değil mi?"

İşin iyice aleniyete dökülmesi düşüncesi karşısında Marshal'ın benzi attı, ama başka seçeneği olmadığını da biliyordu. Hem zaten ne fark ederdi ki? Dedektif Collins'le yaptığı konuşma teybe alındığına göre, Peter Macondo'yla ilişkisi zaten aleniyete dökülmüş demekti.

"Böyle yapman gerekiyorsa yap, Arthur. Benim saklayacak bir şeyim yok. Bu meslektekilerin hepsi de bize olsa olsa minnet duyacaktır."

Sonra bir de dinleme cihazı taşıma meselesi çıktı; bu sayede polis, Macondo'yla yapılan anlaşmayı kaydedebilecekti. Her geçen gün Arthur biraz daha pimpirikli oluyordu.

"Marshal, bunun başka bir yolu olmalı. Bu işi hafife almaya

gelmez ki – büyük bir tehlikeye atmış olacağım kendimi. Macondo bize göre çok zeki ve deneyimli, onu gafil avlayamayız. Dedektif Collins'le konuştun değil mi? Açıkça söyle, zekâ olarak Macondo'nun dengi mi Allah aşkına? Ya tam biz konuşurken Macondo dinleme cihazını fark ediverirse?"

"Nasıl?"

"Bir şekilde farkına varabilir. Adamı tanıyorsun – hep bizden on adım ileride."

"Bu sefer değil. Yandaki masada polis olacak, Arthur. Hem sosyopatların kendilerini nasıl dev aynasında gördüklerini, asla yakalanmayacakları inancında olduklarını unutma."

"Sosyopatlar aynı zamanda öngörülemezdir de. Peter'ın kendini kaybedip silaha sarılmayacağını söyleyebilir misin?"

"Arthur, onun tarzı değil ki bu... hakkındaki bilgilerimizin hiçbirine uymuyor. Emniyettesin. Unutma ki seçkin bir lokantada bulunacaksın ve etrafın tetikte bekleyen polislerle çevrili olacak. Bunu yapabilirsin sen. Birinin yapması gerek."

Marshal'ın içinde korkunç bir his vardı, Arthur son dakikada bu işten çekilecek gibi geliyordu ona ve her akşamki konuşmalarında, bu ödlek meslektaşına cesaret aşılamak için bütün belagat gücünü ortaya dökmekteydi. Kaygılarını Dedektif Collins'e aktardı ve Arthur'u yatıştırma işine o da katıldı.

Ama sonunda Arthur, herkese parmak ısırtacak bir şekilde korkularını bir yana bırakarak Macondo'yla randevusunu metanetle, hatta vakarla beklemeye başladı. Salı sabahı Marshal, parayı banka aracılığıyla gönderdi, paranın yerine ulaşıp ulaşmadığını teyit için o akşam Arthur'la görüştü ve New York'a kalkan son uçağı yakaladı.

Uçak iki saat rötarlı kalktı, dolayısıyla Arthur ve Dedektif Collins'le buluşmak üzere Elli Dördüncü Sokak'taki polis merkezine vardığında saat öğleden sonra üçtü. Girişteki polis, Dedektif Collins'in bir görüşme yapmakta olduğunu söyleyerek oturması için koridorda partal bir deri koltuk gösterdi. Marshal hayatında ilk defa bir polis merkezinde bulunuyordu; canından bezmiş memurların, beti benzi atık sanıkları alt kattan üst kata, üst kattan alt kata taşıyıp durmasını büyük bir ilgiyle izledi. Ama ruh gibiydi –o kadar gergindi ki gözünü kırpmamıştı uçakta– ve sonunda içi geçiverdi.

Yarım saat kadar sonra girişteki memur, omzundan tutup hafifçe sarsarak uyandırdı onu ve ikinci kata, Dedektif Collins'in odasına götürdü. Marshal içeri girince, heybetli bir görünümü olan siyah bir adamın masaya oturmuş bir şeyler yazmakta olduğunu gördü. *İri kıyım bir şey,* diye düşündü Marshal, *profesyonel bir geri saha oyuncusu olurdu. Tam düşündüğüm gibi biri.*

Ama başka hiçbir şey düşündüğü gibi değildi. Marshal kendini tanıttığında, dedektifin tuhaf bir resmiyet içinde davranması karşısında afalladı. Daha ilk anda –ama ne an!– dedektifin, Marshal'ın kimliği hakkında en ufak bir fikri olmadığı ortaya çıkmıştı. Evet, Dedektif Darnel Collins'di kendisi. Hayır, Marshal'la telefonda konuşmamıştı. Hayır, ne Doktor Arthur Randal diye birini duymuşluğu vardı, ne Peter Macondo'yu. Jokey Kulübü'ne karakol kurulacağı konusunda da bir şey bilmiyordu. Hem zaten, Jokey Kulübü neresiydi ki? Evet, Peter Macondo diye birini tam *radicchio*'sunu yerken yakalamış olmadığından *gayet tabii* emindi. Bi dakka, *radicchio* ne?

Marshal'ın beynindeki patlamanın yankısı kulakları sağır edecek gibiydi; haftalar önce, banka teminat mektubunun sahte olduğunu fark ettiğinde meydana gelen patlamadan bile şiddetliydi bu. Bir anda eli ayağı kesilen Marshal, dedektifin gösterdiği sandalyeye yığıldı kaldı.

"Sakin ol. Aman sakin ol. Koy başını şöyle. Belki iyi gelir." Dedektif Collins gidip bir bardak su getirdi. "Olanları anlat bana. Ama içimde bir his var ki, zaten biliyorum galiba."

Marshal, yarı uykuda gibi anlattı hikâyesini. Peter, yüz dolarlık banknotlar, Adriana, Pacific Union Kulübü, bisiklet kaskları, psikiyatri dergisindeki ilan, Arthur Randal'ın telefonu, yüzde altmışa yüzde kırk paylaşım, özel dedektif, Jaguar, yirmi dört bin dolarlık banka havalesi, dolandırıcılık masası dedektifleri –her şey– bütün facia.

Marshal anlattıkça kafasını sallayıp duruyordu Dedektif Collins. "Vay anasını, ne iş be, anlıyorum çok canın yanmış. Bana bak, sen iyi görünmüyorsun. Hele uzan şöyle."

Marshal iki yana salladı başını, sonra, tam iki elinin arasına almıştı ki, Dedektif Collins, "Konuşabilecek durumda mısın?" dedi.

"Tuvalet nerede, çabuk."

Dedektif Collins hemen tuvalete götürdü onu ve odasına dönerek beklemeye başladı; bu sırada Marshal tuvalete kustu, ağzını çalkaladı, yüzünü yıkadı ve saçını taradı. Ağır ağır yürüyerek Dedektif Collins'in odasına döndü.

"Daha iyisin ya?"

Başıyla onayladı Marshal. "Artık konuşabilirim."

"Bir dakika dinle beni. Şu başına geleni açıklayacağım sana," dedi Dedektif Marshal. "Buna çifte zokalı olta denir. Çok meşhurdur. Daha önce çok duydum böyle olaylar, ama hiç, hiç tanık olmamıştım. Dolandırıcılık konusunda eğitim alırken de anlatmışlardı bize. Böyle oltayı atması da çekmesi de büyük maharet ister. Önce çok özel bir kurban bulmak gerekir: Akıllı, mağrur... sonra da iş *iki zokayı birden yutturmada*... ilk zoka tamahkârlıktır... ikincisi de intikam hırsı. Gerçek bir ustalık. Bak, daha önce hiç örneğini görmemiştim. Çelik gibi sinir lazım bu iş için, çünkü her an, her şey ters gidebilir. Seni alalım mesela, birazcık şüpheye kapılıp da Manhattan telefon santralini arasaydın ve gerçek polis merkezinin numarasını isteseydin, bitmişti işte. Çelik gibi sinir olacak adamda, çelik gibi. Birinci sınıf iş bu."

"Hiç umut yok yani, ha?" diye bir fısıltı duyuldu Marshal'dan.

"Şu telefon numaralarını ver bana, bir kontrol ettireyim. Elimden geleni yaparım. Ama hakikat? Hakikati mi istiyorsun?... Hiç umut yok."

"Peki ya gerçek Dr. Randal?"

"Herhalde yurtdışında tatildedir. Macondo adamın telefon hattına girmiş. Zor bir iş değil."

"İşe karışan diğer kişilerden bir şey bulunamaz mı?" diye sordu Marshal.

"Diğerleri kim? Başka kimse yok ki. Polis merkezindeki santral memuresi, kız arkadaşıdır herhalde. Diğerlerinin hepsi de kendisidir. Bu heriflerin hepsi aktördür. En iyileri her türlü sesle konuşabilir. Bu adam da en iyilerinden belli ki. Şimdiye dünyanın öbür ucuna varmıştır. Hiç şüphen olmasın."

Dedektif Collins'in koluna yaslanan Marshal, sendeleyerek indi merdiveni, havaalanına kadar polis otosuyla gitmeyi reddetti, Sekizinci Cadde'de bir taksi çevirip havaalanına gitti, ilk San Francisco uçağını yakaladı, eve kadar yarı uyur bir vaziyette sürdü arabasını, bir haftalık randevusunu iptal etti ve kafayı vurup uyudu.

XXIX

"PARA, para, para. Konuşacak başka hiçbir şeyimiz yok mu, Carol? Bak sana babamın bir hikâyesini anlatayım, benimle ve parayla ilgili bütün sorularını ezelden ebede cevaplamış olacağım böylece. Ben daha bebekken olmuş bu olay, ama hayat boyu bunu dinledim – aile folklorumuzun bir parçası haline gelmişti." Marshal, fermuarını yavaşça indirerek eşofmanının üstünü çıkardı, alıp asmak için elini uzatan Carol'ı geri çevirip koltuğunun yanına, yere bırakıverdi eşofmanı.

"Washington'da, Beşinci Sokak ile R Sokağı'nın kesiştiği köşede ufacık, ikiye iki falan bir bakkal dükkânı vardı babamın. Evimiz de dükkânın üst katındaydı. Bir gün adamın biri gelip iş eldiveni sormuş. Babam eliyle arkasındaki kapıyı işaret edip depodan çıkartabileceğini, birkaç dakika beklemesini söylemiş. Depo falan yok aslında. Arkadaki kapı sokağa açılıyor. Babam sokağa fırladığı gibi iki blok ötedeki pazara koşmuş, on iki sent verip bir çift eldiven almış, koşarak geri gelmiş ve müşteriye on beş sente satmış eldivenleri."

Cebinden bir mendil çıkaran Marshal, burnunu öttüre öttüre sildikten sonra, yanağındaki yaşları da sildi hiç sakınmadan. New York'tan döneli beri kırılganlığını saklama çabalarını tamamen bir yana bırakmıştı ve hemen her seansta ağlıyordu. Carol sessizce oturarak Marshal'ın göz yaşlarına saygı gösterdi ve en son ne zaman bir erkeği ağlarken gördüğünü hatırlamaya çalıştı. Abisi Jeb, düzenli olarak herkes tarafından –babası, annesi, okulun kabadayıları– itilip kakıldığı halde ağlamayı reddederdi; bazen sırf ağlatmak için özel olarak üstüne varırlardı çocuğun.

Marshal yüzünü mendiline gömmüştü. Carol uzanıp elini tuttu. "Baban için mi ağlıyorsun? Hâlâ sağ mı?"

"Hayır, genç yaşta öldü, o bakkal dükkânı sonsuza dek tabutu oldu onun. Çok fazla koştururdu. O üç sentler için çok fazla uğraşırdı. Ne zaman para kazanma düşüncesi gelse aklıma, veya para kaybetme, veya parayı har vurup harman savurma, tavuk kanına bulanmış o beyaz önlüğüyle babacığım gelir gözümün önüne; onu o küf kokulu sokakta, suratını rüzgâra vermiş, kara saçlarını savurarak nefes nefese koşarken düşünürüm, elinde, büyük bir zafer sevinciyle, Olimpiyat meşalesi tutar gibi tuttuğu on iki sentlik iş eldivenleriyle."

"Ya sen Marshal, senin yerin nedir bu görüntüde?"

"O görüntü benim ihtiraslarımın beşiğidir. Belki de benim hayatımı tanımlayan kritik andır."

"Gelecekte parayla ilgili tutumlarını şekillendirmiş olan an mı?" diye sordu Carol. "Bir başka deyişle, yeterince para kazanırsan babanın kemikleri o sokakta bir aşağı bir yukarı takırdayıp durmayacak."

Şaşakalmıştı Marshal. Başını kaldırıp yepyeni bir saygıyla baktı avukatına. Carol'ın pırıl pırıl cildinin, terzi elinden çıkma eflatun elbisesini daha da güzel gösterdiğini fark edince, kendi tıraşsız suratından ve kir pas içindeki eşofmanından biraz tedirgin oldu. "Bu yorum... doğrusu hayretler içindeyim. Takırdayan kemikler üzerine biraz düşünmem lazım."

Sonra uzun bir sessizlik oldu. Arkasından Carol bir daha dürttü: "Nereye daldın gittin öyle?"

"Arka kapıya. Eldiven hikâyesi sadece parayla ilgili değil; arka kapılarla da ilgili."

"Babanın dükkânındaki arka kapı mı?"

"Ve kapının sokağa değil de büyük bir depoya açıldığı yalanı – benim bütün hayatımın mecazıdır bu. Ben de sanki başka odalarım varmış gibi yapıyorum; oysa yüreğimin derininde ben de biliyorum başka odam olmadığını, depom yok, depoda sakladığım mal falan yok. Sokak aralarından, arka kapılardan girip çıkıyorum boyuna."

"Ah, Pacific Union Kulübü," dedi Carol.

"Aynen. Nihayet, nihayet ön kapıdan girebilmenin ne demek olduğunu düşünsene. Macondo, asla karşı koyamayacağım bir zoka takmıştı oltasına: Sınıf atlama zokası. Sabahtan akşama kadar varlıklı hastalara bakıyorum. Çok yakınlaşıyoruz, çok mahrem anları paylaşıyoruz, onlar için vazgeçilmezim ben. Yine de yerimi biliyorum. Bu meslekte olmasaydım, onlarla tamamen başka şartlarda karşılaşsaydım bana zaman ayırmazlardı, biliyorum. Yoksul bir aileden gelme köy papazıyım ben; üst sınıftan insanlar bana gelip günah çıkartıyorlar. Ama Pacific Union Kulübü – işte *bu*, hedefe ulaşmanın simgesiydi. Beşinci Sokak'la R Sokağı'nın köşesindeki bakkal dükkânından çıkmanın, mermer basamakları tırmanmanın, kapıdaki kocaman pirinç tokmağı vurmanın, önünde açılan kapılardan girip kırmızı kadife kaplı iç odalara dalmanın simgesiydi. Hayatım boyunca bu hedefe yürüdüm ben."

"İçeride ise Macondo bekliyordu – babanın dükkânına girenlerin hepsinden daha berbat bir adam."

Başıyla doğruladı Marshal. "İşin doğrusu, babamın müşterilerini büyük bir sevecenlikle anarım. Sana bir hastadan bahsetmiştim hatırlıyor musun – birkaç hafta önce beni zorla Avokado Joe'ya götürmüştü hani? Hiç o kadar... müptezel bir yerde bulunmamıştım daha önce. Yine de, doğruyu söyleyeyim mi sana? Orayı sevdim. Çok samimiyim – kendimi evimdeymiş gibi rahat hissettim, Pacific Union Kulübü'nde olduğundan çok daha rahat. Oraya ait olduğumu hissettim. Sanki Beşinci Sokak'la R'nin köşesinde babamın müşterileriyle birlikteymişim gibi geldi. Ama bundan hoşlanmaktan nefret ediyorum; o kadar düşmek hoşuma gitmiyor – insanın hayatının ilk yıllarında yaşadıklarının onu böyle programlamış olması çok ürkütücü. Ben daha iyi şeyler yapabilirim. Hayatım boyunca şöyle dedim kendi kendime: 'Bakkal dükkânından ayağıma bulaşmış talaşları silkeleyeceğim; bütün bunların üstüne yükseleceğim.' "

"Benim dedem Napoli'de doğmuş," dedi Carol. "Onu pek hatırlamıyorum, bir tek bana satranç öğrettiği kalmış aklımda, her oyundan sonra taşları kaldırırken aynı şeyi söylerdi – o yumuşacık sesini duyar gibiyim: 'Gördün mü, Carol? Satranç da hayat gibi: Oyun bitince bütün taşlar –piyonlar da, şahla vezir de– aynı kutuya koyuluyor.'

"Senin için de iyi bir ders bu, Marshal, üzerinde düşünmelisin: *Oyunun sonunda, piyonu da, şahıyla veziri de, hepsi aynı kutuya giriyor.* Yarın görüşürüz. Aynı saatte."

Marshal, New York'tan döndüğünden beri her gün görüşüyordu Carol'la. İlk iki görüşme, Carol'ın onu evinde ziyaret etmesiyle gerçekleşmişti, sonra Marshal kendini zorlayarak Carol'ın bürosuna gitmeye başlamıştı ve şimdi, yani bir hafta sonra da artık depresif uyuşukluğundan sıyrılıyor, başına gelenlerde kendi payını anlamak için çaba gösteriyordu. Bu arada Carol'ın çalışma arkadaşları, Marshal'la her gün görüşüyor olmasına dikkat çekerek davanın niteliği hakkında sorular sormuşlardı. Ama cevabı hep aynıydı Carol'ın: "Karışık bir dava. Daha fazla anlatamam – gizlilik gerektiren nazik konular bunlar."

Bütün bu süreçte Carol, Ernest'a danışmaya da devam etmekteydi. Ernest'ın gözlemleriyle öğütleri çok işe yarıyordu: Ondan aldığı her öneri mucizeler yaratıyordu.

Marshal'ın takılıp kaldığı bir gün, Ernest'ın mezartaşı alıştırmasını denemeye karar verdi.

"Marshal, hayatın neredeyse tamamen maddi başarı üzerine, para kazanmak, parayla alınacak nesnelere sahip olmak üzerine kurulu –statün, sanat koleksiyonun falan– öyle ki senin kim olduğunu ve bütün hayatının ne anlam taşıdığını tanımlayan sadece para gibi. Bunun, senin kesin alametin haline gelmesini, hayatının nihai olarak böyle özetlenmesini ister miydin? Söylesene, mezartaşına ne yazılmasını isteyeceğini düşünmüş müydün hiç? Nasıl yukarılara tırmandığından, nasıl mal mülk edindiğinden, ne çok paran olduğundan mı söz edilsin isterdin?"

Marshal göz kırptı; bir ter damlası gözünün içine akmıştı da. "Çetin bir soru bu, Carol."

"Ne yani, ben çetin sorular soramaz mıyım? Beni kırma – birkaç dakika düşün bakalım. Aklına ne gelirse söyle."

"Aklıma gelen ilk şey, o New York'lu dedektifin hakkımda söyledikleri: Ben kibirliymişim, para ve intikam hırsı gözlerimi kör etmiş."

"Mezartaşına yazılmasını istediğin *bu* mu?"

"Mezartaşıma yazılmasını *istemediğim* bu. En büyük korkum bu. Ama belki bu sözleri hak ediyorumdur – belki bütün hayatım böyle bir mezar kitabesine doğru yuvarlanmaktadır."

"Böyle bir mezartaşı istemiyorsun, değil mi? Öyleyse," dedi Carol saatine bakarak, "gelecekte izleyeceğin yol belli: Hayat tarzını değiştireceksin. Bugünlük zamanımız doldu, Marshal."

Marshal başını sallayarak eşofmanının üstünü yerden kaldırdı, yavaş yavaş üstüne giydi ve çıkmak üzere kapıya yöneldi. "Aniden buz gibi geldi... tüylerimi ürpertti... şu mezartaşı sorusu. Şok edici bir soru – müthiş sarsıcı. Böyle ağır silahları dikkatli kullanmalısın, Carol. Bana kimi hatırlattı biliyor musun? Arkadaşın için bir terapist sormuştun, hatırlıyor musun? Ernest Lash – eskiden bana gözetime gelirdi. Tam onun tarzı işte bu soru. Böyle sorular sormasın diye hep onu dizginlemeye çalışmışımdır. Bunlara varoluşsal şok terapisi derdi o."

Carol tam yerinden kalkıyordu ki, merakına yenik düştü. "Demek sence kötü bir terapi usûlü bu? Lash'i epey eleştiriyordun."

"Hayır, benim için kötü bir terapi olduğunu söylemedim. Tersine, mükemmel bir terapi. İyi bir uyarı işareti. Ernest Lash'e gelince – ona da bu kadar haşin davranmamalıyım aslında. Söylediklerimin bir kısmını geri almak istiyorum."

"Ne yaptın da haşin davrandın?"

"Kibrim işte yine. Geçen hafta boyunca konuştuğumuz şey. Ona karşı çok tahammülsüzdüm: Kendi yolumun tek doğru yol olduğuna öyle inanmıştım ki. İyi bir gözetmen olamadım. Ve ondan bir şey öğrenemedim. Kimseden bir şey öğrenemedim."

"Yani, Ernest Lash konusundaki gerçek fikrin nedir?" diye sordu Carol.

"Ernest iyi adamdır. Yo, iyi adam olmaktan da öte. Gerçek şu: *İyi* terapisttir. Hep dalga geçerdim onunla, 'İki kişilik yemek yemen lazım, çünkü hastalarına çok fazla veriyorsun,' diye – çünkü çok fazla kendini verir işe, iliğini kemiğini emmelerine müsaade eder. Halbuki şimdi bir terapist seçecek olsam, kendinden çok fazla şey verme hatasına düşen birini bulurdum. Kendimi kısa sürede toparlayıp bu bataktan kurtulamazsam, hastalarımın bir kısmını başkasına devretmem gerekecek, Ernest'a hasta göndermeyi düşüneceğim."

Marshal gitmek üzere kalktı. "Zamanı geçirdik. Bugün bana fazla fazla zaman ayırdığın için teşekkür ederim, Carol."

* * *

Arka arkaya pek çok seans geçtiği halde Carol, Marshal'ın evliliği konusunu açamıyordu bir türlü. Belki kendi evliliğinin bataklığına da sapmak zorunda kalmaktan korkuyordu. Nihayet bir gün Marshal'ın, bu dünyada açık konuşabildiği yegâne insanın Carol olduğunu söylemesi üzerine gözünü karattı ve neden karısıyla hiç konuşmadığını sordu ona. Marshal'ın cevapları açıkça gösteriyordu ki, New York'taki dolandırıcılık işini anlatmamıştı Shirley'ye. Ne kadar büyük bir sıkıntı yaşamakta olduğunu da. Yardıma ihtiyaç duyduğunu da.

Marshal'ın söylediğine göre Shirley'yle konuşmamasının sebebi, kadının Tassajara'daki bir aylık meditasyon tatilini bozmak istememesiydi. Oysa bunun bahane olduğunu biliyordu Carol: Marshal'ın bu davranışının altındaki neden Shirley'nin rahatını düşünmesi değil, karısına karşı kayıtsızlığı ve ondan utanmasıydı. Shirley'yi ender olarak düşündüğünü, kafasını tamamen kendi durumunun meşgul ettiğini, zaten Shirley'yle ayrı dünyalarda yaşamakta olduklarını kendi de kabul ediyordu Marshal. Ernest'ın tavsiyelerinden cesàret alan Carol ise bastırmaktaydı.

"Söyler misin Marshal, *senin* hastalarından biri, yirmi dört yıllık karısıyla ilişkisini böyle bir rahatlıkla hiçe sayarsa ne yaparsın? Ne *dersin* ona?"

Ernest'ın da öngörmüş olduğu gibi Marshal bu soruya isyan etti.

"Senin büron, terapist olmak *zorunda* kalmadığım yegâne yer. Tutarlı davran. Önceki gün niye insanların beni sevmesine izin vermediğimi sorarak sıkıştırmıştın beni, şimdi de *burada bile* terapistlik yapmamı istiyorsun."

"Fakat Marshal, elimizin altındaki bütün imkânlardan yararlanmazsak aptallık etmiş olmaz mıyız? Bu imkânlar arasında senin engin terapi bilgin ve becerin de var."

"Ben sana uzman yardımı sağlaman için para ödüyorum. Kendi kendimi analiz etmekle ilgileniyor değilim."

"Hem bana uzman diyorsun, hem de bir uzman olarak sana kendi uzmanlığını kullanman için tavsiyede bulununca karşı çıkıyorsun."

"Demagoji yapma."

Bir kez daha Ernest'ın sözlerini kullandı Carol.

"Yaa, demek beslenip himaye edilmek ilgilendirmiyor seni? *Asıl* hedefin özerklik değil mi? Kendi karnını doyurmayı öğrenmek istemiyor musun? Kendi kendinin anası, babası olmak istemiyorsun?"

Carol'ın gücü karşısında hayret ve hayranlıkla kafasını salladı Marshal. Kendi kurtuluşu açısından hayati önem taşıyan bu soruları hazmetmekten başka seçeneği yoktu.

"Tamam. Tamam. Temel soru, Shirley'ye duyduğum aşka ne oldu, öyle mi? Ne de olsa onuncu sınıftan beri harika bir çifttik, arkadaş ve sevgili olarak. Öyleyse işler ne zaman ve nasıl bozuldu?"

Marshal kendi sorusunu cevaplamaya çalıştı. "İşler birkaç yıl önce bozulmaya başladı. Çocuklarımız ergenlik çağına girerken, Shirley gitgide huzursuz olmaya başladı. Yaygın bir durumdur bu. Sürekli kendini çok boş ve tatminsiz hissettiğinden, benim bütün hayatımı işime verdiğimden bahsetmeye başladı. Bence ideal çözüm onun da terapist olması ve benimle birlikte çalışmasıydı. Ama planım geri tepti. Üniversiteye yazıldıktan sonra psikanalizi eleştirmeye başladı. Benim en sert biçimde eleştirdiğim yaklaşımları benimsedi ve abuk sabuk şeylerle uğraşır oldu: Ruhani yönelimli, özellikle de Doğulu meditasyon tekniklerine dayalı birtakım yaklaşımları benimsedi. Bunu kasıtlı olarak yaptığına eminim."

"Devam et," diye zorladı Carol. "Sorabileceğim başka önemli

soruları sen çıkar ortaya."

Marshal homurdana homurdana bulup çıkardı birkaç soru: "Shirley neden benden psikanalitik terapi tekniğini öğrenmek için hiçbir çaba göstermedi? Niye böyle bile bile meydan okuyor bana? Tassajara buradan üç saatlik yolda – aslında oraya gidip neler hissettiğimi anlatabilirim ona ve terapi okullarına ilişkin seçimi hakkında benimle konuşmasını isteyebilirim."

"Olabilir ama benim söylemek istediğim bu değildi. Bunlar *onunla* ilgili sorular," dedi Carol. "Seninle ilgili sorular neler?"

Marshal başını salladı; doğru yaklaşımı izlemekte olduğunu belirtmek ister gibiydi Carol'a.

"Nelere ilgi duyduğu hakkında niye bu kadar az konuştum onunla? Niye onu anlamak için bu kadar az çaba gösterdim – aslında hiç çaba göstermedim?"

"Başka türlü söyleyecek olursak," dedi Carol, "niye hastalarını anlamak için bu kadar uğraşırken, karını anlamaya hiç çaba göstermiyorsun?"

Marshal yine deminki gibi salladı başını. "Böyle de söyleyebilirsin."

"Söyleye*bilir* miyim?" diye sordu Carol.

"Bu, tam da böyle söylenmelidir," diye kabul etti Marshal.

"Senin durumundaki bir hastaya sorabileceğin başka sorular var mı?"

"Cinsellikle ilgili bazı sorular sorardım hastama. Cinsel benliğine ne olduğunu sorardım. Ve karısınınkine de. Tatmin sağlamaktan uzak olan bu durumun sonsuza kadar böyle sürmesini isteyip istemediğini sorardım. İstemiyorsa, niye evlilik terapisine gitmemiş? Boşanmak mı istiyor? Yoksa mesele sırf gurur ve kibir mi? İlle de karısının gelip ayaklarına kapanmasını mı bekliyor?"

"İyi gidiyorsun, Marshal. Biraz daha eşelim mi cevapları bulmak için?"

Cevaplar çorap söküğü gibi geldi. Kendi söylediğine göre, Marshal'ın Shirley'ye karşı duyguları da Ernest'a olan duyguları gibiydi. İkisi de, profesyonel ideolojisini reddederek yaralamışlardı onu. Evet, kendini incinmiş ve sevgisiz hissettiğine şüphe yoktu. Gönlünün alınmasını beklediğine de şüphe yoktu, topyekûn özür dilenmesini ve yapılanların telafi edilmesini bekliyordu Marshal.

Bu sözler daha yeni çıkmıştı ki ağzından, başını iki yana sallayarak şöyle devam etti Marshal: "Kalbimin ve yaralanmış gururumun söyledikleri bunlar. Aklım ise başka şey söylüyor."

"Ne söylüyor?"

"Bir öğrencinin bağımsız düşünme eğilimi göstermesini kişisel bir saldırı olarak almamam gerektiğini söylüyor. Shirley, kendi ilgilendiği şeylerle özgürce uğraşma hakkına sahip. Ernest da öyle."

"Ve senin denetiminden kurtulma hakkına da, öyle mi?" diye sordu Carol.

"Ona da. Bir keresinde analistim, hayatı futbol oyunu gibi yaşadığımı söylemişti bana. Durmadan bastırıyor, markaj yapıyor, mevzi kazanmaya çalışıyor, karşımda duran herkese kendi iradémi dayatıyormuşum. İşte Shirley de böyle hissetmiş olmalı. Yine de mesele sadece psikanalizi reddetmesi değildi. Bu da yeterince kötü ama, buna dayanabilirdim. Asıl kaldıramadığım, bu sahada olabilecek en abuk sabuk cenaha kendini kaptırması, memleketin en kuş beyinli adamlarının, terapi konusunda geliştirdiği en eblehçe yaklaşımı benimsemiş olması. Bunu herkesin önünde benimle alay etmek için mahsus yaptığı ortada."

"Yani farklı bir yaklaşımı seçtiği için seninle alay ettiğini düşünüyorsun. Sonuç olarak sen de onunla alay ediyorsun."

"Ben misilleme yapmak için alay etmiyorum onunla; gerçekten alay edilecek şeyler yapıyor. Çiçek düzenleme yoluyla terapi uygulanabileceğini düşünebiliyor musun? O kadar saçmasapan bir düşünce ki, insanın nutku tutuluyor. Elini vicdanına koy da söyle Carol, sence bu saçmalık mı, değil mi?"

"Galiba sana istediğini veremeyeceğim, Marshal. Bu konuda bir şey bilmiyorum, ama erkek arkadaşım ikebanaya büyük ilgi duyuyor. Yıllardır ikebanayla uğraşmış ve birçok bakımdan faydasını görmüş."

"*Fayda* derken neyi kastediyorsun?"

"Yıllarca her türlü terapiyi denemiş, analiz dahil –ki onun da yararı olduğuna inanıyor– ama dediğine bakılırsa ikebanadan da çok şey kazanmış."

"Bunun *nasıl* olduğunu hâlâ söylemiyorsun."

"İkebananın endişelerinden kurtulmasını sağladığını anlatmıştı bana – insana dinginlik veren bir sığınakmış. Bu disiplin, kendini odaklamasına yardımcı oluyor, çoğu kez ahenk ve denge duygusunu geliştiriyormuş. Dur bir düşüneyim... başka ne demişti? Ha, evet – ikebana, yaratıcılığını ve estetik duyarlılığını ifade imkânı veriyormuş ona. Çok çabuk yargılıyorsun, Marshal. Unutma ki ikebana, kökeni yüzlerce yıl geriye uzanan çok saygıdeğer bir uğraştır, on binlerce insanın ilgilendiği bir uğraş. Ne biliyorsun ki ikebana hakkında?"

"İyi de ikebanayla terapi? Hey Yarabbim!"

"Şiirle terapiyi duydum, müzikle terapi, dansla terapi, resimle terapi, meditasyonla terapi, masajla terapi, hepsi var. Şu son haftalarda aklını kaybetmediysen bunu bonsailerinle uğraşmana borçlu olduğunu sen kendin söyledin. İkebanayla terapinin de bazı hastalarda sonuç vermesi mümkün olamaz mı?" diye sordu Carol.

"Zaten Shirley de tezinde bu fikri inceliyordu galiba."

"Ne sonuca vardı peki?"

Başını iki yana sallayan Marshal, bir şey demedi.

"Yani merak bile etmedin, öyle mi?" dedi Carol.

Marshal, "Evet" anlamında belli belirsiz salladı kafasını. Gözlüğünü çıkarıp uzaklara baktı, utandığı zamanlar böyle yapardı hep.

"Demek ki sen Shirley'nin seninle alay ettiği hissine kapılıyorsun ve Shirley de...?" Carol, konuşması için işaret etti Marshal'a.

Sessizlik.

"Onun hissettikleri ise...?" diye bir daha sordu Carol; işitemiyormuş gibi kulağına dayamıştı bir elini.

"Ona değer vermediğimi hissediyor. Kendini hiçe sayılmış hissediyor," diye mırıldandı Marshal.

Uzun bir sessizlik. Sonunda konuşan Marshal oldu: "Peki, Carol, kabul ediyorum. Meseleyi açıkça ortaya koydun. Onunla konuşmam lazım. Şimdi buradan nereye gidiyorum?"

"Bence sen zaten bu sorunun cevabını biliyorsun. Cevabını bildiğin soru, soru değildir. İzleyeceğin yol çok açık görünüyor bana."

"Açık? Açık? Senin için öyle olabilir. Ne demek istiyorsun? Söyle bana. Yardımına ihtiyacım var."

Carol susuyordu.

"Ne yapacağımı söyle bana," diye tekrarladı Marshal.

"Ne yapacağını bilmiyormuş numarasına yatan bir hastaya *sen* ne derdin?"

"Uzatma şimdi, Carol, analist pozlarını bırak da ne yapacağımı söyle bana."

"*Böyle* bir ifade karşısında sen ne cevap verirdin?"

"Allah kahretsin," dedi Marshal. Başını iki eli arasına alıp oturduğu yerde bir ileri, bir geri sallanmaya başladı. "Korkunç bir canavar yarattım ben. Merhamet. Merhamet. Carol, merhamet diye bir şey duydun mu hiç?"

Ama Carol, Ernest'ın tavsiyesine uyarak sıkı duruyordu. "Bak yine direnç gösteriyorsun. Zamanımız değerli. Haydi Marshal, ne derdin hastana?"

"Her zaman yaptığımı yapardım: Bu davranışına yorum getirirdim. Kendisine itaat edilsin diye delirdiğini, otorite aşkıyla tutuştuğunu, öyle ki kendi aklına kulak vermeyi reddettiğini söylerdim ona."

"Demek ki ne yapman gerektiğini *biliyorsun.*"

Uysalca başını salladı Marshal.

"Ne zaman yapacağını da."

Baş sallama.

Carol saatine bakıp ayağa kalktı. "Net iki yüz elli dolar, Marshal. Zaman doldu. Bugün iyi iş çıkardık. Tassajara'dan dönüşte ara beni."

* * *

Len'in Tiburon'daki evinde saat sabahın ikisiydi ve Shelly pot söylemek için masaya uzanırken kendi kendine mırıldanıyordu: "Dibi-dii-bii-daba-daa-baa" Gayet güzel kâğıtlar geldiği gibi –bütün gece floşlar, fuller ve son derece isabetli minörler üşüşmüştü eline– bir de Marshal'ın yaptığı saptamalar doğrultusunda numaradan renk vererek diğer oyuncuların kafasını karıştıran Shelly, muazzam paralar kazanmaktaydı.

"Hayatta aklıma gelmezdi Shelly'de ful olacağı," diye söylendi Willy. "Bin dolar koyardım blöf yaptığına."

"Bin dolar koydun ya *zaten,*" diye hatırlattı Len. "Şu fiş dağlarına baksana, masanın dengesi bozulacak birazdan. Hey Shelly, neredesin? Hâlâ orada mısın? Kulelerin arkasından göremiyorum seni."

Willy, cebinden cüzdanını çıkarırken, "Son iki elde fena yedim blöfünü," dedi, "bu elde de kafalayıp oyuna soktun beni; hayırdır, Shelly? Ders falan mı almaya başladın?"

Shelly önündeki fiş dağlarını kucaklayıp kendine biraz daha yaklaştırdı, başını kaldırarak sırıttı: "Tabii, ya, evet, ders aldım – senden de kaçmıyor. Şöyle oldu: Gittiğim ruh doktoru birinci sınıf bir psikanalisttir de, birkaç tüyo verdi bana. Her hafta divanını sırtlanıp Avokado Joe'ya geliyor."

* * *

"İşte böyle," dedi Carol, "dün gece rüyamda ikimizi gördüm, yatağın kenarına oturmuştuk, sonra kirli çoraplarımızla ayakkabılarımızı çıkardık ve ayaklarımız birbirine değerek yüz yüze oturduk. Yere bakınca ayakkabılarımızın derilerinin de birbirine değdiğini gördüm. Çok saçma, ayakkabı derisine gön dendiğini düşündüm o an."

"Rüyaya hâkim olan havayı hissedebiliyor musun?" diye sordu Ernest.

"Pozitif. Sevinç dolu. Ama biraz da ürkütücü."

"İkimiz çıplak ayaklarımız birbirine değerek oturuyoruz, ayakkabıların gönleri de değiyor. Ne diyor bu rüya? Zihnini çağrışıma bırak. İkimizi yan yana otururken düşün. Terapiyi düşün."

"Terapiyi düşününce müvekkilim geliyor aklıma. Şehir dışına gitti."

"Ve... " diyerek açıklama bekledi Ernest.

"Evet, müvekkilimin arkasına saklanıyordum. Artık oradan çıkmanın zamanı, şimdi kendime bakmam lazım."

"Ve... düşüncelerini serbestçe akmaya bırak, Carolyn."

"Sanki yeni başlıyormuşum gibi... iyi tavsiyeler verdin... biliyor musun, müvekkilimle ilgili olarak çok iyi tavsiyelerde bulundun... müthiş iyi... ve onun nasıl ilerleme kaydettiğini görünce imrendim... kendim için iyi bir şeyler yapmak istiyorum artık... buna ihtiyacım var... sana Jess'ten bahsetsem iyi olacak, son zamanlarda görüştüğüm biri – ona yaklaştıkça sorunlar yüzeye çıktı... benim de iyi bir şeyler yaşayabileceğime inanamıyordum bir türlü... sana güvenmeye başladım... her sınavı geçtin... ama ürkütücü de işte – nedenini tam bilemiyorum... evet, biliyorum... yine de söyleyemeyeceğim. Şimdilik."

"Belki senin yerine rüya söylüyor, Carolyn. Baksana rüyada olanlara."

"Anlayamıyorum – ayaklar ve ayakkabılar değiyor. Ee?"

"Ve buna gön deniyor. Bence rüyada ifade bulan istek, gönüllerimizin birbirine değmesi. *Gön-ül.* Gön eksik kalmış, gönlerin değmesi yetmiyor – gönül olacak."

"Ay, çok hoş. Gön değil, *gönül.* Ernest, sana biraz şans tanınınca çok zeki olabiliyorsun. Gönüllerin birbirine değmesi – evet, bu daha iyi oldu. Evet, evet, rüyanın anlamı bu. Artık işe *başlama* zamanı. Yeni bir başlangıç. Burada temel kural dürüstlük, değil mi?"

Ernest başıyla onayladı. "Hiçbir şey, birbirimize karşı dürüst olmamızdan daha önemli değil."

"Ve burada her şeyi anlatabilirim, değil mi? Dürüst olduğum müddetçe *her şeyi.*"

"Elbette."

"O zaman sana bir itirafta bulunacağım," dedi Carol.

Ernest, cesaret verircesine salladı başını.

"Hazır mısın, Ernest?"

Yine başını salladı.

"Emin misin, Ernest?"

Ernest bilgiç bir edayla gülümsedi. Ve biraz da kendini beğenmiş bir edayla – hep Carolyn'in bazı şeyleri kendine saklamakta olduğundan kuşkulanmıştı zaten. Not defterini çıkardı, rahat bir tavırla geriye yaslandı ve dedi ki, "Hakikate daima hazırım."

Julian Barnes

$10\frac{1}{2}$ BÖLÜMDE DÜNYA TARİHİ

Edebiyat/Çev.: Serdar Rifat Kırkoğlu/312 sayfa/ISBN 975-539-236-X

Julian Barnes'ın *$10\frac{1}{2}$ Bölümde Dünya Tarihi* adlı romanı, bildiğimiz, alışageldiğimiz dünya tarihlerinden değil. Bir kere, yapısını kuru ve kavramsal düşünceler değil, o düşünceleri doğuran estetik yaşantılar oluşturuyor. İkincisi, geleneksel bakış açılarından sapan alternatif bir tarih, hatta deyim yerindeyse, Doğa'nın gözünden muhalif bir İnsanlık Tarihi. Sonra, ilginç bir şekilde, kesirli, artığı olan bir tarih. Nedir bu artık? Bu artık, kitabın bir bölümünü ("Parantez") oluşturacak kadar önemli; çünkü Julian Barnes "aşk" kavramını, çok bilinmeyenli Dünya Tarihi denkleminde olmazsa olmaz bir parametre olarak görüyor ve ona romanında son derece önemli ve anlamlı bir yer açıyor.

Barnes romanında, o eşsiz ironisiyle, bize olağanüstü çeşitlilikte öyküler anlatıyor, ama her şeyden önce de sorular soruyor:

Nuh efsanesi bir tahtakurdunun bakış açısından anlatılacak olursa ortaya nasıl bir Tarih yorumu çıkar? Filistinli teröristler, Akdeniz'de seyreden bir yolcu gemisini ele geçirip de taleplerinin yerine getirilmesi için yolcuları öldürmekle tehdit ederlerse, Nuh efsanesi çağdaş zamanlarda nasıl bir yankı bulmuş olur? XVI. yüzyıl Fransası'ndaki Mamirolle köyü sakinleri haşaratı mahkemeye verirlerse karşımıza nasıl bir dava çıkar? Ve insanlığın en eski düşlerinden biri, düşünüzde uyandığınızı görmek, ölümsüzlük konusundaki görüşlerinizde nasıl bir değişikliğe yol açabilir?

İşte Julian Barnes, *$10\frac{1}{2}$ Bölümde Dünya Tarihi* adlı romanında, bizlere bu denli değişik ama aynı zamanda da bu denli çok ortak paydaya sahip öyküler anlatıyor. Hayatta kalma ve aşk, sanat ve gerçeklik gibi edebiyatın evrensel temalarını ele alıp Tarih'in farklı dönemlerinden değişik öykülerle bütün bu yaşantılar arasındaki derinlerde yatan koşutlukları, yaşantı birliğini keşfetmeye girişiyor ve bunu yaparken de, Kitabı Mukaddes'in dilinden argoya kadar çok geniş bir anlatım yelpazesi içinde ustalıkla kalem oynatıyor. Tabii, bütün roman boyunca o eşsiz ironik üslubunun damgasını taşıyarak...

$10\frac{1}{2}$ Bölümde Dünya Tarihi, okuduktan sonra dünyayı mutlaka farklı göreceğimiz ve belleklerden kolay kolay silinmeyecek, çarpıcı bir roman.

D.M. Thomas

BEYAZ OTEL

Roman/Çev.: Nihal Yeğinobalı/250 sayfa/ISBN 975-539-098-7

Uzun yıllar sadece şiirleri ve Ahmatova, Yevtuşenko gibi Rus şairlerinden yaptığı çevirilerle tanınan D.M. Thomas, 1980 yılında *Beyaz Otel*'in yayımlanmasıyla birlikte usta bir romancı olarak da rüştünü ispat etti. Özellikle ABD'de büyük ilgi gören roman, postmodernizmin edebiyat alanındaki en başarılı örneklerinden biri olarak değerlendirildi. Thomas'ın bütün yapıtlarında öne çıkan bir tema olan "erotizm, şiddet ve ölüm ilişkisi" psikanalizden de son derece yaratıcı bir biçimde yararlananan *Beyaz Otel*'de çok çarpıcı bir biçimde işleniyor. Doktor Freud romanın başkişilerinden biri ve hatta bir bölümün de "yazarı". Romanın başlarında Freud'un hastası olan isterik bir genç kadının kaleme aldığı upuzun ve açık saçık bir şiirle karşılaşıyoruz. Şiirde göl kıyısındaki beyaz otele gelen genç bir çiftin, yangın, sel, çığ gibi bir sürü doğal ve doğaüstü felaket olurken, bir rüya atmosferinde çılgınca sevişmeleri edepsiz bir dille anlatılıyor. Şiirin ve aynı olayların düzyazıyla anlatıldığı bir diğer bölümün ardından belki de tüm edebiyat tarihinin en ustalıklı parodilerinden biri geliyor: Freud bu metinleri ve kadının hastalığını analiz ediyor! Sonraki bölümlerde ise "her şeyi bilen anlatıcı" devreye girip Lisa Erdman'ın analiz sonrasındaki hayatını ve Freud'a anlatmadıklarını aktarıyor; psikanalizin insan ruhunu ve herkesin içindeki "beyaz otel"i ne ölçüde anlayabileceğini sorgulamaya itiyor bizi. Kahramanımız Lisa'nın içindeki şiddetin dışavurumuyla başlayan roman, yüzyılımızın en büyük kolektif şiddet olaylarından biri olan Babi Yar kıyımının neredeyse belgesel tonunda anlatılmasıyla ve yine fantezinin gerçekliği yendiği bir ütopyayla bitiyor.

Beyaz Otel, Lisa Erdman'ın isterisini Babi Yarların olabildiği bir dünyanın kitlesel isterisiyle koşut bir biçimde anlatırken özelden genele müthiş bir ustalıkla geçiyor.

Belleklerden silinmeyecek bir roman.

Philippe Djian

BETTY BLUE

Edebiyat/Çev.: Ayşen Ekmekçi/335 sayfa/ISBN 975-539-177-0

Hemen belirtelim: elinizdeki roman "yırtıcı" bir aşkı anlatıyor. "Aşk"ı, mutluluk ve evlilik beklentileriyle yaşamak isteyenlere göre bir kitap değil; hiç değil!... Sakin bir hayattan yana olanlar, pembe rüyalarının yıkılmasından korkanlar, okumasınlar...

Eleştirmenlerce bir mit, içtenlikle ve cesurca kaleme alınmış bir roman olarak nitelendirilen *Betty Blue,* barlarda çalışan bir kadınla bir musluk tamircisinin, yani sıradan insanların, yani anti-kahramanların aşklarını yaşamak ve kaderlerini değiştirmek için verdikleri mücadeleyi anlatır. Kadın, çağdaş dünyanın sahteliklerine ve alçaklıklarına karşı öfkesini dizginlemeyen biridir. Hayata karşı çırılçıplaktır, korunmasızdır, hiçbir hesabı yoktur. Erkek, yalnızlık ve nesnelerin anlamsızlığı konusunda deneyimli, isyanını gerçekleştiremediği için kendini için için yiyen bir kuşağa mensuptur. Minyatür bir hayat kurmak için dünyanın ıssız bir köşesine gider. Bir kitap yazar ve unutur. Akşamları bira içerek güneşin batışını seyretmeye razı olur. Bir gün kadın öfkesiyle, dişiliğiyle, sahiciliğiyle gelir. Erkeğin öfkesinin de giderek ateşlendiği cehennemin ayrıntılarına doğru uzanan bir yolculuğa beraberce çıkarlar... Farklılıklarına aldırmayanlarla, başlarını eğdirmek isteyenlerle.. kavga etmekten çekinmezler. Giderek bir bok çukuruna dönüşen dünyaya teslim olmazlar. Yaralanırlar. Yaralarlar.

Romanın bir yerinde Erkek: " 'Hayatta birtakım hedeflere saplanmak, kendini zincire vurmaktır.' 'Mutluluğun var olmadığını, cennetin var olmadığını, kazanılacak ya da kaybedilecek hiçbir şey olmadığını ve hiçbir şeyin özünün değiştirilemeyeceğini' anlamak gerekir. 'Ve bundan sonra insana sadece ümitsizliğin kaldığına' inanmak bir kere daha yanılmaktır. 'Çünkü ümitsizlik de bir yanılsamadır,' " der.

Kaderine razı olmayanların, öfkesini kontrol etmek istemeyenlerin, yüreğinde ateş yananların romanı...

Irvin D. Yalom

NIETZSCHE AĞLADIĞINDA

Roman/Çev.: Aysun Babacan/342 sayfa/ISBN 975-539-146-0

Zen ve Motosiklet Bakım Sanatı, Lila, Azizler ve Âlimler ve *Cuma*'yı sevenler için yeni bir düşünce romanı sunuyoruz: *Nietzsche Ağladığında*. Yine yoğun ve sürükleyici. Edebiyatla da düşünülebileceğini gösteren müthiş bir örnek...

SAHNE

Psikanalizin doğumu arifesindeki 19. yüzyıl Viyana'sı. Entelektüel ortamlar. Hava soğuk.

AKTÖRLER

Nietzsche: Henüz iki kitabı yayımlanmış, kimsenin tanımadığı bir filozof. Yalnızlığı seçmiş. Acılarıyla barışmış. İhaneti tatmış. Tek sahip olduğu şey, valizi ve kafasında tasarladığı kitaplar. Karısı, toplumsal görevleri ve vatanı yok. İnzivayı seviyor. Tanrıyı öldürmüş. "Ümit kötülüklerin en kötüsüdür, çünkü işkenceyi uzatır," diyor. Daha sonra "kendi alevlerinizde yanmaya hazır olmalısınız: Önce kül olmadan kendinizi nasıl yenileyebilirsiniz?" diyecek. Ümitsiz.

Breuer: Efsanevi bir teşhis dehası. Ümitsizlerin kapısını çaldığı doktor. Psikanalizin ilk kurucularından. Kırkında, bütün Avrupalı sanatçı ve düşünürlerin doktoru olmayı başarmış. Güzel bir karısı ve beş çocuğu var. Zengin. Saygın. Hayatı boyunca "ama" pozisyonunda yaşamış biri.

Freud: Breuer'in arkadaşı. Henüz genç. Geleceği parlak. Şimdi yoksul.

Salomé: Erkeklerin başını döndüren kadın. Çekici. Özgür. Evliliğe inanmıyor. Bazan aynı anda birçok erkekle beraber oluyor. Sanatçıları ve düşünürleri tercih ediyor. Kırbacı var.

KONU

Ümitsizlik.

Bir gün, erkeklerin başını döndüren kadın, Salomé, Nietzsche'den habersiz Breuer'e gelir. "Avrupa'nın kültürel geleceği tehlikede, Nietzsche ümitsiz. Ona yardım edin," der. Breuer Salomé'yi tekrar görebilmek umuduyla "peki" der. Ve varoluşun kader, inanç, hakikat, huzur, mutluluk, acı, özgürlük, irade... ve neden, nasıl gibi en önemli duraklarından geçen bir yolculuk başlar...

Kendisiyle ve hayatla yüz yüze gelmekten çekinmeyenlere...